# FRAU DIREKTOR IST TOT

*Ingrid Rencher*

echomedia

Handlung und handelnde Personen beruhen auf einer Erfindung der Autorin. Jede Übereinstimmung mit der Wirklichkeit wäre rein zufällig und nicht beabsichtigt.

Impressum:
ISBN: 978-3-901761-98-0
2008 echomedia verlag ges.m.b.h.
A-1070 Wien, Schottenfeldgasse 24


Produktion: Ilse Helmreich, Helmut Schneider
Produktionsassistenz: Brigitte Lang
Gestaltung: Rosi Blecha
Layout: Elisabeth Waidhofer
Lektorat: Regina Moshammer
Repro: mPg medienProduktionsgesmbH
Druck: Agensketterl Druckerei GmbH, Mauerbach

*Für Resi*

*Meinen Freundinnen Anita, Barbara,
Johanna und Vera, die mir geholfen und mir
immer wieder Mut gemacht haben, danke ich sehr.*

**Das Opfer:**

*Renate Felb-Ederring,* die Direx, Direktorin eines Gymnasiums

**Zeugen und Verdächtige:**

*Dr. Isolde Peterka,* AHS-Lehrerin, Deutsch und Philosophie
*Die Aberle,* AHS-Lehrerin, Physik und Chemie
*Kevin Schmidl,* AHS-Lehrer, Turnen und Latein
*Petra Nowak,* AHS-Lehrerin, Turnen und Biologie
*DDr. Qualt,* genannt die Qualle, AHS-Lehrer, Englisch und Geschichte
*Eva Zimmrich,* genannt der Besen, Sekretärin der Schule
*Karl Wehdorner,* genannt der Maler, AHS-Lehrer, bildnerische Erziehung
*Helene Schadek,* AHS-Lehrerin, Französisch und Italienisch
*Egon Felb-Ederring,* Sohn des Opfers, Student
*Hanna Proni,* Tochter des Opfers, arbeitslose Volksschullehrerin
*Mona Hartlieb,* Hausbesitzerin, Freundin des Opfers
*Dr. Hartlieb,* Rechtsanwalt des Opfers
*Ellen Haunausek,* Boutiquebesitzerin, Freundin des Opfers
*Felix Nagy,* Schüler, zwölf
*Daniel,* sein Freund, zwölf
*Somi,* Asylwerber
*Afa,* Asylwerber
*Luisa Qualt,* Putzfrau des Opfers

**Die Ermittler:**

*Josef Prager,* genannt der Alte
*Bernhart Berchtolt,* genannt BB, auch Berni
*Susanne Böse,* genannt Su
*Achmed*
*Herbi,* auch Herb genannt

*Donnerstag*

Nach zwei oder drei Schritten registrierte sie die ungewöhnliche Stille und wusste, es war wieder passiert. Es passierte nicht allzu oft. Nur alle paar Jahre. Dass sie sich um eine volle Stunde irrte. Ein einziges Mal war sie um eine Stunde zu spät zu einer Verabredung erschienen. Eine Stunde zu früh vor verschlossenen Türen gestanden oder frierend auf einem Bahnsteig auf und ab gelaufen war sie öfter. In die Schule war sie noch nie eine Stunde zu früh gekommen. Oder eine Stunde zu spät? Es war ja auch nach Unterrichtsbeginn still im Gebäude. Sie schluckte die Panik hinunter und lauschte angestrengt. Den Blick zur großen Uhr im Stiegenhaus heben wollte sie lieber nicht. Nein, es ist eine andere Stille, dachte sie und ließ erleichtert die schwere Tasche von der Schulter gleiten, dann blickte sie endlich auf. Dreizehn Minuten vor acht. Sie war rundum erleichtert und endgültig verwirrt. Einen winzigen Moment später wusste sie, dass etwas noch viel Dümmeres passiert war. Heute war Schulsporttag. Sie hatte es vergessen. Ihr erster Impuls war, umzudrehen und sich ein Frühstück in dem netten Kaffeehaus am Eck zu gönnen. Eine Melange, eine Buttersemmel, vielleicht sogar ein weiches Ei. Das würde den Ärger über die verlorene Stunde zumindest dämpfen.

Andererseits – ihre Tasche war schwer: korrigierte Hefte, Bücher, die sie sich zum Kopieren mitgenommen hatte, die Thermosflasche mit dem Halstee, den sie trank, seit ihr einmal die Stimme weggeblieben und gleich ein paar Tage nicht zurückgekommen war. Und überhaupt war sie ja eine, die immer viel zu viele Dinge mit sich herumschleppte, wie sie sich leise tadelnd und nicht zum ersten Mal wissen ließ. War es nicht klüger, die Tasche hinaufzutragen und dann unbeschwert ihr

Frühstück zu genießen? Oder, noch gescheiter, die Zeit gleich zum Kopieren zu nützen? Ohne dass sich jemand ellbogenstark vordrängte oder sie mit Hysterie im Blick anflehte, den Platz zu räumen. Musste ja geradezu ein Vergnügen sein, in Ruhe und mit einigermaßen ausreichendem Platz eine Seite nach der anderen – Wie auch immer, die Tasche sollte jetzt einmal ins Konferenzzimmer. Oder würden sie oben irgendwelche Störungen erwarten? Kaum. Keiner würde da sein. Keiner war so blöd, eine Stunde früher als nötig in die Schule zu kommen. Oder? Die Direx erledigte oft alles mögliche Private vom Direktionsbüro aus, aber die kopierte nicht selbst und ließ einen in solchen Fällen überhaupt in Ruhe, weil sie selbst in Ruhe gelassen werden wollte. „Der Besen“ war alles, nur kein Frühmensch. „Die Qualle“? Möglich. Dann würde sie sofort ins Café – das wäre eine Entscheidungshilfe, wenigstens. Ihre Entscheidungsschwäche war legendär, ihr Spitzname „Professor Oder“. Oder einfach: „die Oder“. Verpasst hatten ihn ihr die ersten Jahrgänge, die sie unterrichtet hatte. Damals, als noch unerfahrene Lehrkraft, war es ja verständlich, dass sie ihre Pläne häufig über den Haufen warf: Heute beschäftigen wir uns mit – oder nein, besser wir setzen da fort, wo wir letztes Mal – oder hatte jemand für heute ein Referat –? Und so weiter und so fort. Inzwischen war sie längst eine äußerst routinierte, meist gut vorbereitete und auch recht beliebte Lehrerin, das wusste sie und das wussten auch die Kollegen und die hohe Direktion, aber der Ruf, unentschlossen und unorganisiert zu sein, war ihr geblieben. Letzteres stimmte überhaupt nicht, was die Arbeit anging. Aber jeder Ruf verpflichtet. Also hatte sie sich, wie sie meinte, charmante kleine Schrullen zugelegt, die ihn rechtfertigten und sie bei der Arbeit nicht behinderten. Offenherzig erzählte sie im Konfer von verlegten Schlüsseln, vergessenen Büchern, verlorenen Geldbörseln und würde wohl auch das vergessene Sportfest erwähnen. Im Unterricht gestattete sie sich ebenfalls kleine, dem Alter der Schüler jeweils angemessene Unsicherheiten und Vagheiten. Den Kindern gegenüber schien es ihr einfach höflicher, ihren Spitznamen unaufwändig zu rechtfertigen, als ständig seine Unangemessenheit zu demonstrieren. Und im Konfer hatte sich ihr Ruf als etwas verhuschte, nicht ganz ernst zu nehmende Person als eine Art Schutzmantel erwiesen, hinter dem sie träumen, ihren eigenen Gedanken nachhängen und ihre eigenen Ansichten für sich behalten konnte. Was zählte dagegen, dass sie in der Hackordnung auf einer eher niedrigen Stufe stand. Sie war nicht ehrgeizig. Sie wollte nichts werden.

Im Konfer schlug ihr der vertraute, tief in Möbeln und Wänden sitzende Mief entgegen, den der Aufenthalt von zu vielen Menschen in einem zu kleinen Raum unweigerlich erzeugt. Dazu kamen heute noch zwei Gerüche. Sie hatte eine feine Nase und erkannte beide sofort. Der eine kam vom Kopierer. Die Tür zum Kopierkammerl stand wieder einmal offen, das Gerät war wieder einmal nicht abgeschaltet worden. Der leichte Ozongeruch ließ sie an Kopfschmerzen denken, etwas, woran sie lieber nicht dachte. Der zweite, schlimmere Geruch war Poison. Oder? Nein, da gab es kein Oder. Poison, ein für ihren Geschmack viel zu schweres Parfum, verwendete die Kollegin Aberle. Isolde kannte es, weil es ihre Freundin Heidi gelegentlich nahm. Zu der passte es, die war dunkel, üppig und sinnlich. Die Aberle war grau, knochig, trocken. Sie benutzte es auch nicht, weil sie meinte, es passe zu ihr. Sie verwendete es in der irrigen Ansicht, es sei stark genug, andere Gerüche zu überdecken. Die anderen Gerüche rührten vom Aberle-Hund her, einem Chihuahua, schon alt, den die Kollegin Aberle ständig mit sich herumschleppte. Unter der Jacke, an ihrer flachen Brust. Alte Hunde, auch winzige, riechen an sich streng. Wenn sie aber ständig halb bis ganz unter einer Jacke versteckt leben müssen, haben sie wohl nicht genügend Möglichkeiten, ihren natürlichen Bedürfnissen nachzukommen. Um den Geruch zu versüßen, nahm die Aberle das Parfum. Die Mischung war unmöglich, unerträglich, aber was sollte man machen? Der Versuch, ihr wenigstens ein anderes Parfum zu schenken, hatte nichts gefruchtet. Sie hatte sich gerührt für die Aufmerksamkeit bedankt und ungerührt weiter Poison verwendet.

Es war selbstverständlich verboten, Hunde mit in die Schule zu bringen, nur, Kollegin Aberle liebte ihren Hund einfach zu abgöttisch – oder konnte sie ihn nirgends anders lassen? –, um sich dem Verbot zu fügen. Dass es überhaupt ging, hatte zwei Gründe, oder eigentlich einen einzigen: Hertha Aberle unterrichtete Physik. Die Physikprofs hatten einen eigenen Raum neben dem Physiksaal, kamen fast nur ins Konferenzzimmer, wenn wirklich Konferenz war. Also belästigte der Aberle-Geruch das übrige Lehrpersonal nur gelegentlich und die Direx und ihre Adlaten bekamen die Hundeliebhaberin nicht allzu oft zu Gesicht. Und Physiklehrer sind rar. Weshalb es nicht wirklich im Interesse der Schule war, die Aberle loszuwerden. Unproblematisch war die Aberle-Angelegenheit trotzdem nicht. Es ging das bösartige Gerücht, die junge Physikprofessorin, die dem Dante vor zweieinhalb Jahren zugeteilt worden und vor einem Jahr gestorben war, sei der Aberle und ihrem Hund zum Opfer gefallen. Jeder wusste natürlich, dass die junge Frau magersüchtig gewesen war, aber ganz abgebrühte Kollegen behaupteten glatt, die Magersucht sei eine natürliche Folge der Geruchsbelästigung gewesen. Kein Gerücht war, dass regelmäßig, obwohl eh schon alle Fenster im Physiksaal offen standen, sogar im Winter, einer überproportional großen Zahl von Schülern in der Physikstunde bei der Aberle schlecht wurde. Was schade war, weil die Aberle keinen schlechten Unterricht machte, wie man hörte.

Isolde ließ die Tasche auf ihren Sessel fallen, der ganz links außen vor der Türe zum Zimmer der Direktorin stand, und tat, was sie immer tat, wenn sie alleine im Konfer war: Sie machte sich daran, alle Fenster aufzureißen. Die Gier nach frischer Luft galt als eine ihrer weniger liebenswerten Schrullen. Es wunderte sie oft, wie lärmempfindlich junge Menschen wurden, wenn es um Straßenlärm ging, der durch geöffnete Fenster drang. „Da versteht man ja sein eigenes Wort nicht! Da kann man sich ja überhaupt nicht konzentrieren, Frau Professor!" Und sie war über alle Probleme, die Kolleginnen und Kollegen mit Zugluft hatten, bestens informiert. In letzter Zeit hatte sie auch öfters etwas von Wallungen zu hören bekommen. Aber jetzt war ja zum Glück keiner da. Sie umrundete die Tische, die zwischen Eingangstüre und Fenstern aneinandergeschoben waren, stieß sich wie fast jedes Mal an der Tischecke und noch während sie sich die Hüfte rieb, sah sie es: Auf dem Boden zwischen Tischen und Wand, etwa in der Mitte des Streifens, der da noch frei war, lag die Direx.

Der Alte ließ einen fahren und seufzte. Die Erleichterung war da, aber sie würde nicht lang anhalten, das wusste er. Heute machten ihm vor allem Gedärme und Magen zu schaffen. Gegen die Kreuzschmerzen hatte er wie jeden Tag ein Pulver genommen und gegen die sich ankündigende Migräne ebenfalls. Das starke. Sicherheitshalber. Aber die Tabletten schlugen sich natürlich auf den Magen. Da half es wenig, dass er beim Essen inzwischen äußerst vernünftig war, nur noch vernünftig. Er hatte in letzter Zeit zehn Kilo abgenommen, war schlank, sah aber deshalb nicht jünger aus. Im Gegenteil. Langsam passte sein Spitzname wirklich zu ihm – „der Alte".

Ursprünglich hatte der Name nichts mit seinem Alter zu tun gehabt. Er war damals noch ziemlich jung gewesen, hatte einen komplizierten Fall besonders feinfühlig gelöst, und irgendwer hatte gesagt, ganz wie „Der Alte" im Fernsehen. Das war hängen geblieben. Aber inzwischen wusste das fast keiner mehr, jeder nannte ihn so, respektvoll oder respektlos, je nachdem, wegen seines Alters und mehr noch wegen seines Aussehens. Er sah ja Jahre älter aus als er war.

Er stellte sich ans Fenster seines Kabuffs, weil er vor lauter Bauchschmerzen nicht mehr sitzen konnte, und schaute auf den Boulevard Balkan hinaus; so wurde die alte Hauptstraße genannt. Er mochte sie, halb verkommen wie sie war, mit den Wettbüros, vernagelten Geschäftslokalen, den kleinen meist türkischen Läden und russischen Änderungsschneidereien. Balkanesisch war noch ein Teil der Bewohner und dementsprechend ein Teil der Beiseln, die früheren Eckwirtshäuser, die übrigen waren Türken oder kleine Chinarestaurants. Die Pizzarien wurden schon lange nicht mehr von Italienern betrieben, sondern von Arabern oder Afrikanern. Es war ein buntes Gemisch.

Die Magenschmerzen waren unerträglich und in den Därmen rumorte es schon wieder. Er sollte dringend zum Arzt, aber der würde ihn zu einer ganzen Reihe von Untersuchungen schicken, vielleicht sogar wieder ins Krankenhaus, und das konnte er sich nicht leisten. In letzter Zeit waren zu viele Krankenstände zusammengekommen, und es gab Leute, die ihn lieber heute als morgen in Frühpension schicken würden. Sogar in seiner eigenen Partei. Er hatte sich nicht immer beliebt gemacht, vor allem die kleinen Funktionäre meinten, er hätte sich immer gedrückt. Ein paarmal hatte man ihn nämlich aufgefordert, sich bei Wahlen aufstellen zu lassen, für die Personalvertretung, die Gewerkschaft, einen Bezirk. Manchmal hatte er schon Lust gehabt, aber Annuschka hatte jedes Mal erklärt: „Wenn du in die Politik willst, geh in die Politik, das stehen wir durch, aber Kriminaler und Hobbypolitiker ist mir zu viel.“ Sie hatte ja recht gehabt. Nur, wenn er jetzt zum Beispiel Personalvertreter wäre, dann wäre sicher nicht die Rede von Frühpension.

Die Direx lag auf dem Bauch. Den Kopf zur Seite gedreht, die Arme fast anmutig ausgebreitet. Sah nicht ungemütlich aus. Nicht erschreckend. Ohnmächtig? Oder tot? Isolde überlegte nicht lange, stellte sich keine Fragen, sondern tat, was sie tun musste. Sie öffnete die Fenster – um zum mittleren zu gelangen, musste sie über die Direx steigen. Nachdem das letzte geöffnet war, machte sie auch noch die paar Schritte zur Tür des Kopierkammerls und stieß sie mit dem Fuß zu. Dann endlich ging sie zur Direx, beugte sich nieder, berührte flüchtig ihre Wange und richtete sich wieder auf. Zu mehr konnte sie sich nicht überwinden. Die Haut hatte sich kalt angefühlt.

In ihrem Kopf breitete sich jene wattige Leere aus, die immer kam, wenn sie sich heillos überfordert fühlte, aber es dauerte nicht lange, keine Sekunde, da ging die Türe auf und der Türrahmen wurde ausgefüllt von Kevins eindrucksvoller Erscheinung. Kevin war Sportlehrer, über zwei Meter groß, prächtig gebaut, durchtrainiert, „fesch" eben, der Schwarm der Schülerinnen und das Idol der Schüler. Er war Spitzensportler gewesen, wenn man ein Mitglied des nicht gerade erfolgsverwöhnten Basketball-Nationalteams als Spitzensportler bezeichnen kann; immerhin hatte er eine Einladung an eine amerikanische Universität gehabt, bevor ein Unfall ihn zwang, einen Brotberuf, wie er das nannte, zu ergreifen. Interessant an ihm fand Isolde einzig seine aparte Fächerkombination: Er hatte Latein als zweites Fach. Allerdings war am Dante seit Jahren keine Lateinklasse mehr zustande gekommen, so dass Kevin seine klassische Bildung nur an das kleine Häuflein verschwenden konnte, das den Freigegenstand besuchte. Nein, sie mochte ihn nicht besonders, mochte überhaupt keine großen Männer, aber im Augenblick war Kevin Schmidl ohne Frage ein Geschenk des Himmels. Sie rief ihn zu sich. Wollte rufen, aber es drang kein Laut aus ihrem Mund. Also gestikulierte sie wild – inzwischen war sie wirklich aufgeregt –, und sie musste es eindrucksvoll getan haben, denn er setzte sich sofort in Bewegung. Kaum hatte er den Tisch umrundet, nicht ohne sich an der Tischecke zu stoßen, lief alles wie am Schnürchen. Er ließ sofort davon ab, sich den schmerzenden Schenkel zu reiben, schob stattdessen auf den aneinandergerückten Tischen Bücher, Hefte, Mappen, Stifte et cetera der Kollegen schwungvoll, unnötig schwungvoll, dachte sie, zur Seite – einiges kullerte dabei auf den Boden –, bückte sich, hob die kleine, zarte Direx auf den freigeschobenen Platz und drehte sie auf den Rücken. Isolde konnte bei der Aktion gerade noch den Kopf der Leblosen ein wenig stützen, damit er nicht unnötig schwungvoll auf den Tisch knallte, dann war sie schon unterwegs zum Telefon, denn inmitten all seiner unglaublichen Aktivitäten hatte Kevin noch Zeit gefunden, „Einen Arzt!“ zu rufen. Der Befehl musste ihr gegolten haben, es war ja sonst niemand da.

Das Telefon war neben der Eingangstüre an der Wand befestigt. Sie wählte den Weg an der anderen Schmalseite der Tischreihe vorbei, denn hier war der Durchgang so eng, dass man sich nur durchwinden konnte und so weniger Gefahr lief, sich einen blauen Fleck zu holen. Einer pro Tag reichte. Neben dem Telefon hing ein Zettel mit den wichtigsten Telefonnummern, vielmehr mit eingespeicherten Kurzwahlen, so groß geschrieben, dass auch die oder der Kurzsichtigste im Notfall Rettung, Feuerwehr, Polizei oder Notarzt verständigen konnte. Das war ihr Glück. Sollte sie aber jetzt Nummer 1, die Rettung, rufen? Oder Nummer 4, den Arzt, oder Nummer 5, den Notarzt, oder Nummer 10, den Schularzt? Nummer 4, der Arzt, residierte im Nachbarhaus, hatte da Wohnung und Praxis, und sie brauchte nicht allzu viele Fürs und Widers abzuwägen, um zu dem Schluss zu gelangen, dass er am schnellsten hier sein konnte. Und er hatte ein vertrauenerweckendes Univ.-Doz. vor seinem Namen und war Internist, was wohl das Richtige war, falls – Sie drückte auf 4. Wenn er allerdings nicht da war, würde sie wohl 1 drücken müssen. Oder 5. Aber 5 dauerte oft endlos, das wusste sie. 10 war keine gute Option, der Schularzt war heute sicher nicht im Haus. Während sie sich innerlich langsam in Richtung der, wie ihr schien, dramatischen 1 arbeitete, meldete sich Nummer 4.

„Dante-äh, Direx-äh, Direktorin-ohnmächtig oder –“, keuchte sie ins Telefon und dabei fiel ihr auf, dass sie wieder eine Art Stimme hatte. „Können Sie gleich?“ Das Keuchen und die nur notdürftig funktionierende Stimme ließen es dramatisch klingen, und der Arzt erklärte sich ohne Zögern bereit, zu kommen, obwohl er eigentlich schon unterwegs ins Spital sein sollte, wie er anmerkte. Als sie den Hörer auflegte, ging die Türe wieder auf und herein kam elastischen Schritts die junge Sportlehrerin. So nannte Isolde sie für sich, „jung“, obwohl Petra Nowak die dreißig schon deutlich überschritten hatte, weil es noch eine ältere Turnprof gab, und „Sportlehrerin“, weil sie bei ihrem Anblick eben eher an Sport als an gutes oder schreckliches altmodisches Turnen dachte. Petra war groß, schlank, muskulös und „fesch“, sie war alleinerziehend und tüchtig, lief jedes Jahr den Stadtmarathon, war auch einmal Staatsmeisterin im Judo gewesen, und trotzdem, und obwohl sie sich viel Zeit für die Schülerinnen nahm, war sie nicht das Idol der Mädchen und kein Bursch schwärmte für sie. Ungerecht! Kevin hatte Petra zu sich gerufen, und auch für Isolde wurde es jetzt Zeit, den Blick zur Szene auf den Konferenzzimmertischen zu lenken. Das Schauspiel war eindrucksvoll. Petra und Kevin wirkten wie ein gut eingespieltes Team in einer amerikanischen Krankenhausserie. Ja, manchmal sah sie sich so etwas an. Petra machte Mund-zu-Mund-Beatmung, Kevin Herzmassage. Er gab natürlich die Kommandos. Forsch.

Isolde hatte große Mühe, ein hysterisches Kichern zu unterdrücken. Wie die beiden sich an der toten Direx abarbeiteten, das war grauslich-komisch. Ja, sie war sicher, dass sie tot war.

Wusste nicht warum. War sich einfach sicher. Da sie sonst nichts tun konnte, ging sie zu ihrem Platz, etwas gekrümmt wegen des zu unterdrückenden Kicherns, klaubte unterwegs ein paar heruntergerollte Stifte auf, zur Tarnung, und registrierte, bevor sie sich setzen konnte, eine Irritation in oder über Augenhöhe. An der Türe zum Zimmer der Direx hing ein Zettel. War einfach drangepickt. Das war unerhört. Die Türe zum Zimmer der Direx war heilig. Noch nie war da etwas drangepickt gewesen. Allenfalls hing ein Schild mit „Bitte nicht stören" an der Türklinke, das war dann aber vom Besen hingehängt worden, der durfte das. Und die Direx durfte die Türe von innen so aufstoßen, dass sie die Nächstsitzende traf, sie selbst nämlich, Isolde, weshalb sie blaue Flecken nicht nur an der Hüfte, sondern auch an der Schulter hatte. Aber ein drangepickter Zettel war ein Sakrileg.

Sie war wirklich schon recht kurzsichtig und sie trug weder Brille noch Haftschalen. Die ständige Ungewissheit, was denn nun besser für ihre Augen sei – und um ehrlich zu sein, auch was ihr besser stehe –, führte dazu, dass sie oft die Haftschalen nicht ein- und die Brille nicht aufsetzte. Also löste sie ganz ohne zu überlegen den Zettel von der Türe, um ihn zu lesen. Es war kein besonderer Zettel. Jemand hatte mit Schablonen und Filzstift sehr ordentlich ein paar Worte gemalt und das Werk dann kopiert. Wozu denn das? Schrift und Blatt waren grau in grau, da hatte wer kopiert, der sich mit dem Gerät nicht sonderlich auskannte. Bisschen schief war das Blatt auch eingelegt worden, hatte da jemand in Eile –? Zu lesen war jedenfalls: „Das war deine letzte Missetat, du Sau", mit ein paar dicken Rufzeichen danach. Die Kombination von Missetat und Sau schien ihr so komisch, dass sofort das Kichern wieder aufstieg. Sie machte schnell ein paar Schritte zur und durch die Türe auf den Gang – nur weg – und konnte da gleich Empfangsdame für den Doz spielen, der eben die Treppe heraufhastete. Er unterbrach sie allerdings schon nach ihrem „Sehr freundlich, dass", stürmte ins Zimmer, scheuchte die Sportler zur Seite und verkündete kurz darauf: „Frau Doktor Felb-Ederring" – den Doktor hatte die Direx zusammen mit einer Villa und einem nicht unbeträchtlichen Vermögen von ihrem verstorbenen Gatten, einem Star-Orthopäden, geerbt – „ist seit mehreren Stunden tot."

Vor der Frühpension graute dem Alten. Es war nicht das Finanzielle, er lebte bescheiden. Klar, er würde wenn nötig seinen Mädchen gerne unter die Arme greifen, aber die Mädchen waren junge Frauen, die ihr Leben im Griff zu haben schienen, und es gab Ersparnisse, das Haus am Land, die kleine Eigentumswohnung vom Vater, gab kostbare Dinge von Annuschkas Eltern, die man notfalls verscherbeln konnte. Arm war er nicht. Er, Josef Prager, hatte einfach Angst vor den endlosen, strukturlosen, sinnlosen Tagen. Wusste, er würde sich über kurz oder lang umbringen, und das wollte er niemandem zumuten. Selbstmord war eine Gemeinheit. Klar, irgendwann würde er gehen müssen, aber bis dahin konnte viel passieren. Erst gestern hatten sie einen Kollegen, Freund begraben, ein Jahr jünger als er. Krebs. Der Alte fürchtete sich vor Krebs, sehr, aber andererseits, mit Krebs durfte man sich umbringen. War sogar anständig, den Angehörigen diesen langsamen, qualvollen Todeskampf zu ersparen. Und wenn nicht, es ging ja doch irgendwann vorbei. Die Schmerztherapien wurden auch immer besser. Schon bei seinem Vater war es nicht mehr so arg gewesen wie bei seiner Mutter. Arg genug. Schon. Und seine Töchter würden nicht so darunter leiden wie er und Annuschka. Die jungen Frauen heute waren auch in der Beziehung unabhängiger. Hatten ihr eigenes Leben. Wie oft hatte Annuschka ihre Mutter im Altersheim besucht, fast täglich über Jahre. Würden die Mädchen nicht tun, nicht tun können. Aber er wollte sowieso nie ins Altersheim. Nein, er musste die Beförderung kriegen, die ihn vor der Frühpension bewahren würde, dann mit fünfundsechzig in Pension. In der hoffentlich kurzen Zeit zwischen Pensionierung und Tod konnte er das Haus am Land und den Garten in Ordnung bringen. Annuschka hatte es einmal entdeckt und sie hatten es ganz billig gekauft. Heute war die Gegend prominent und das Haus einiges wert. Wenn es die Mädchen nicht wollten, konnten sie es gut verkaufen. Er war handwerklich nicht ungeschickt, aber er hatte immer nur getan, worum Annuschka ihn gebeten hatte, es war ihr Reich gewesen. Und es war immer noch so voll von ihr und ihren Habseligkeiten, dass er nur hinfuhr, um es einigermaßen vor dem Verfall zu bewahren, mehr hielt er nicht aus.

Er hielt es auch in der Wohnung nicht wirklich aus. Das Schlafzimmer und Annuschkas Zimmer betrat er ganz selten. Manchmal übernachteten die Mädchen dort, das störte ihn nicht, aber er konnte die Zimmer nicht benutzen. Und er konnte sich auch keine neue Beziehung vorstellen nach Annuschka. Nicht, dass er nicht mit anderen Frauen schlief, das hatte er ja auch getan, als Annuschka noch lebte. Aber mit einer anderen Frau zu leben, war unvorstellbar. Er unterhielt eine lockere Beziehung zu einer Kollegin von der Sitte – ab und zu miteinander ausgehen, in ein Theater, was sie besonders liebte, in ein Kino, was ihm am liebsten war, oder in ein Jazzkonzert, was beide gleichermaßen mochten, dann gut essen, dann ins Bett. Das war angenehm. Sie hatte ihn sogar einmal im Krankenhaus besucht. Seither hatte er allerdings nichts von ihr gehört. Nicht privat. Was sollte sie auch mit einem kranken, alten Mann? Was würde sie gar mit einem gelangweilten Pensionisten anfangen? Trotzdem, er sollte sie anrufen. In Freundschaft. Sie hatte es verdient.

Prager blätterte jetzt lustlos in der obersten der Akten, die sich auf seinem Schreibtisch türmten. Schon absurd, er hasste Schreibtischarbeit und jetzt richtete sich seine ganze Hoffnung auf den langweiligen Schreibtischjob, der demnächst frei wurde.

Den ganzen Tag in einem gut geheizten Zimmer, in einem bequemen Sessel, keine Aufregungen, keine Überstunden, keine Nachtarbeit, kein Ärger, kein Stress. Konnte ihn das gesund machen? Sein Arzt meinte, ja. Aber wozu? War es denn so viel besser als Frühpension? Es war wahrscheinlich genauso langweilig, aber es war eine Arbeit. Es bedeutete: aus dem Haus gehen, ins Büro gehen, in die Kantine gehen, Leute treffen. Es bedeutete: einen Job machen, an dessen Sinn man zumindest nicht ununterbrochen zweifeln musste.

„Tot." Sie hatte es gewusst. Der Doz war an dieser Stelle unterbrochen worden, denn Petra Nowak hatte es gewürgt und sie war stolpernd hinausgerannt und hinein in Eva Zimmrich, genannt der Besen, Sekretärin der Schule, Vertraute der Direktorin und Nummer zwei des Trio infernal.

Dass bei Petra die Vorstellung, so innig mit einer Leiche in Berührung gewesen zu sein, Übelkeit auslöste, war begreiflich, unbegreiflich und überraschend war, dass der Besen in ein derart bodenloses Heulen verfiel, kaum dass er, vielmehr sie, vom Tod ihrer bisherigen Chefin erfahren hatte. Irgendwie osmotisch erfahren übrigens, es hatte ja seit ihrem Eintreffen keiner etwas gesagt. Hatte Petra zwischen Rennen und Würgen etwas herausgepresst? Oder fühlte Eva Zimmrich einfach, dass ihre Herrin tot war? Jedenfalls war dieses Geheul sonderbar. Verständlich war dagegen, dass der Doz sich der hysteriegeladenen Atmosphäre – zu der Isolde selbst mit Ächzern und Keuchern, die das Kichern kaschieren mussten, beitrug – nicht länger als nötig aussetzen wollte. Er erklärte noch einmal, dass die bedauernswerte Direktorin seit mehreren Stunden tot sei, dass er die Todesursache nicht feststellen könne ohne ausführliche Untersuchung, zu der er keine Zeit habe, die auch nicht seine Aufgabe sei, dass man den Sprengelarzt, früher Leichenbeschauer, verständigen möge, am besten über die Rettung. Und draußen war er. Dann ging es Schlag auf Schlag: Petra kam blass und verheult zurück, gleich hinter ihr tauchten die beiden älteren Turnprofs auf, denen Kevin alles erklären musste, weil der Besen immer noch heulend über der Verstorbenen lag und Isolde selbst nicht viel Stimme und gar keine Lust hatte. Knapp nach den Turnprofs erschien dann die Qualle und nun war das Trio infernal komplett, wenn auch sein dominierender Teil nur noch körperlich anwesend war.

Isolde stand immer noch vor der Türe. Sie hatte den Zettel, an dem sie inzwischen mehrmals gerochen hatte – er roch nicht nach Aberle –, unauffällig in die Jackentasche gesteckt, als die Qualle aufgetaucht war, warum wusste sie nicht. Ihre Hand, ihr Arm hatten es automatisch gemacht, sogar die Unauffälligkeit automatisch; auch das Tempotaschentuch hatten sie zur Tarnung automatisch herausgeholt und führten es nun zum linken Auge. Das war die andere Seite der Entscheidungsschwäche, dass manchmal Teile von ihr völlig losgelöst funktionierten. Es war einerseits entlastend, andererseits nicht weniger verwirrend als die endlosen Oders in ihrem Kopf. Sie wäre jetzt am liebsten gegangen, keinem wäre es im Moment aufgefallen, aber das ging wohl nicht, schließlich hatte sie die Tote gefunden. Also setzte sie sich brav auf ihren Platz und überließ alles Weitere den überlebenden Mitgliedern des Trios.

Der Quallenmensch hatte die Besenzimmrich von der Direx gepflückt und hielt jetzt die immer noch Schluchzende tröstend in den Armen. Er selbst zerdrückte auch ein paar Tränen, dann befahl er, die Rettung zu rufen. Unvermutet und plötzlich lief aber da der Besen zur Normalform, der Furienform, auf und belferte „Polizei“. Ob denn niemandem aufgefallen sei, fragte sie schrill und empört, was sie sogar in ihrem tiefen Schmerz um die Verblichene sofort bemerkt habe, dass nämlich die Tür zum Kopierkammerl aufgebrochen und auch an der Tür zum Direktionszimmer ein Einbruchsversuch unternommen worden sei? Die Frau hatte wahre Habichtsaugen. Die Kratzspuren an der Direktionszimmertüre waren mit freiem Auge kaum wahrzunehmen und auch die Spuren an der Kopierkammerltüre waren nicht aufsehenerregend. Es war niemandem aufgefallen, aber der Besen hatte recht. Alle konnten es jetzt sehen und waren beeindruckt, einzig die Qualle kostete es nur ein Achselzucken. Sie, vielmehr er murmelte etwas von „Schülerstreich" und beharrte auf Rettung. Qualle und Besen hatten zwar unter Leitung der Direx äußerst effizient an der Umwandlung der Schule in einen Miniaturpolizeistaat zusammengearbeitet, aber grün waren sie einander nicht. In den Armen lagen sie einander inzwischen auch nicht mehr, sondern brüllten Rettung und kreischten Polizei, abwechselnd oder gleichzeitig.

Als die Nachricht vom ungeklärten Todesfall im Dante-Gymnasium hereinkam, wollte der Alte sofort aus seinem Kabuff stürzen und hinfahren, aber das sollte er ja gerade nicht. Er musste aufhören, sich um Kleinkram zu kümmern, delegieren lernen. Andererseits, das Dante war eine Institution, die Direktorin in jeder Hinsicht prominent; sie gehörte zu den wirklich feinen Leuten – wer immer die waren –, hieß es, und zur „Seitenblicke"-Gesellschaft gehörte sie auch. Sie war politisch aktiv, einmal sogar Bezirksvorsteherin gewesen, gehörte zur Kulturmafia, was immer das bedeutete, und war sie nicht auch in Sachen Wohltätigkeit unterwegs? So ein Fall erforderte Fingerspitzengefühl. Er durfte sich keine Fehler mehr leisten. Von seinem Misserfolg war ein Schlechtpunkt geblieben, der so leicht nicht wieder auszumerzen war. So viele große Fälle gabs schließlich nicht.

Das Dante musste natürlich kein großer Fall sein, aber einfach nur eine Streife schicken, ging nicht. Und einen von den jungen Kollegen auch nicht. Er konnte nur Berni schicken, Su hatte den Vormittag frei genommen. Außerdem ist Berni beleidigt, dachte der Alte, wenn ich Su schicke. Wenn es sich als falscher Alarm entpuppt, wird Berni allerdings auch beleidigt sein, weil ich ihn solchen Kleinkram machen lass. Ist natürlich egal, ich bin der Chef, Berni mein Assistent, mein Mitarbeiter, mein Stellvertreter wenn nötig, aber immer mein Untergebener. Die Nummer zwei. Das Problem ist, dass Berni schon viel zu lang die Nummer zwei ist. Anfangs war er fast zu jung gewesen dafür, jetzt wird er langsam zu alt. Und weil ich selbst langsam zu alt für meinen Posten werde, kann ich mich in ihn hineinversetzen. Wenn man zu lang auf einem Posten hängen bleibt, wird die Chance auf Beförderung immer geringer. Auf eine echte Beförderung. Dann bleiben nur noch die Schreibtischjobs. Für so einen ist Berni aber wieder zu jung. Er muss mein Nachfolger werden, dringend. Bald. Wenn er nur nicht immer gleich gekränkt wäre, Berni. Das war so enervierend.

Isolde saß auf ihrem Platz und begann sich zu entspannen. Nein, nichts entspannte sich von selbst in ihr, sie wandte ihre Technik an, versuchte ganz ruhig zu atmen und den Atem an die verspanntesten Stellen zu denken, schlüpfte aus den immer zu unbequemen Schuhen und ließ die Zehen kreisen, versuchte überhaupt, unauffällig so viele Muskeln wie möglich zu bewegen und sie dann in eine angenehme Ruhestellung gleiten zu lassen, und redete sich zu: Vor der Polizei fürchtest du dich nicht! Qualle und Besen werden dich in Ruhe lassen, sie beachten dich ja nie! Können sich wohl gar nicht vorstellen, welchen Gefallen sie dir damit tun. Schwieriger war das mit Renate gewesen. Ja, irgendwann hatten sie nach einem Theaterbesuch Schwesternschaft getrunken, und wenn Isolde das auch gerne höflich vergessen hätte, Renate erinnerte sie immer wieder daran, bestand auf dem Du. Renate also, die jetzt tot da auf dem Tisch lag und eben vom Besen zugedeckt wurde – mit dem Plaid, das sonst dekorativ über der Couch im Direktionszimmer lag –, hatte ein durch und durch ambivalentes Verhältnis zu ihr gehabt. Meist hatte sie ihr nicht viel Beachtung geschenkt, sie manchmal auch mit Missachtung gestraft, gelegentlich schien sie aber geradezu um ihre Freundschaft zu buhlen. Und immer wieder hatte sie auch Isolde Peterkas längst verblassten akademischen Ruhm für den Ruf der Schule zu nutzen versucht. Oder hatte es sie wirklich beeindruckt, dass „unsere Frau Dr. Peterka“ einst an einem recht prestigeträchtigen Projekt der Akademie mitgearbeitet hatte? Und ein Buch geschrieben, das in Fachkreisen immer noch geschätzt wurde? Dieses Getue, peinlich, aber nicht nur unangenehm, so in den Mittelpunkt der Aufmerksamkeit gezerrt, wohlige Schauer, irgendwie, so etwas – In ganzen Sätzen denken, Peterka! Renate hatte nie gefragt, wieso diese vielversprechende Karriere abgebrochen worden war. Sicher wusste sie es, sicher kursierten inoffizielle Dossiers, aber es war doch taktvoll gewesen. Wieso empfand sie das eigentlich so? Sie schämte sich ihrer Krankheit ja nicht. Oder doch? Insgeheim? Meine Güte, es brauchte eben nicht jeder zu wissen. Wieso eigentlich? Jetzt zu kompliziert. Besser noch an Renate – Und in ganzen Sätzen:

Du hast die Direx nie wirklich gemocht, aber die konnte, das war ihr einfach nicht abzusprechen, äußerst charmant, witzig und gewinnend sein, so dass du immer wieder auf sie hereingefallen bist und dann zeitweise so etwas wie Zuneigung empfunden hast. Und dieses ewige Kaltwarm hat dir zu schaffen gemacht. Sogar jetzt – du fühlst keine Trauer, nein, warum solltest du? Renate hat ihr Leben gelebt, weiß Gott! Aber irgendwo sitzt eine kleine Wehmut und zwingt dich mit einem Teil deines Gehirns über die Widersprüchlichkeiten der Toten nachzudenken. Den Rest hast du abgeschaltet, du beherrscht ja sehr effiziente Entspannungstechniken. Keine Gedanken, keine Gefühle: kein Problem, normalerweise. Jetzt allerdings funktioniert es nicht ganz. Neben dieser Wehmut ist da noch Ärger, absurder, dummer Ärger darüber, dass du nicht frühstücken gegangen bist. Dann hättest du die Aberle nicht gerochen und hättest nicht diesen blöden Zettel, der dir in der Jackentasche brennt, richtig brennt – Oder ist das der neue blaue Fleck? Außerdem hast du Hunger und Durst, die lassen sich nicht wegdenken, aber du kannst ja jetzt nicht die Thermosflasche auspacken und das gesunde Topfen-Schnittlauch-Brot. Auch zum Kaffeeautomaten kannst du nicht einfach gehn. Selber schuld!

Obwohl, es herrschte jetzt ein ziemliches Hinundher, einige Kollegen waren eingetroffen, standen bei der toten Renate, Ergriffenheit simulierend. Sie könnte schon unbemerkt auf die Toilette schlüpfen, dort den dummen Zettel hinunterspülen und dann schnell auf dem Gang einen Kaffee – Aber falls jemand ihre Zettelaktion beobachtet haben sollte? Wär doch dumm, wenn sie ihn nicht mehr hätte, den Zettel. Von wegen entspannen! Langsam stieg die Panik wieder auf. Zettelpanik!

Besser sie konzentrierte sich auf das, was um sie vorging; auch eine Methode gegen Panik. Gar nicht weit von ihr debattierte die Qualle mit dem inzwischen eingetroffenen stellvertretenden Direktor über das Schulsportfest. Ernst Hinterhäuser, genannt „der Vize“, diente dem Trio infernal als Stichwortgeber und Punchingball, ihn konnte man zu überflüssigen Konferenzen schicken und von ihm konnte sich die Direx notfalls eskortieren lassen. War ja „fesch“. Zu sagen hatte er nichts. Bis dato. Jetzt würde er wohl eine Weile Direktor sein. Hörte sie eine neue Festigkeit in seiner Stimme, neue Unterwürfigkeit bei der Qualle? Oder bildete sie sich das alles ein? Bei den beiden standen die zwei älteren Turnprofs. Harrten wohl der Entscheidung, ob das Sportfest über die Bühne gehen oder abgesagt werden sollte. Wo waren eigentlich Petra und Kevin hingekommen?

An der Tür tauchten jetzt Leute auf, wohl von der Rettung, ein älterer Mann und zwei jüngere. Die Qualle komplimentierte sie herein. Besen-Eva, die inzwischen aus Stühlen Absperrungen rund um die Türen zum Direktionszimmer und zum Kopierkammerl errichtet hatte – damit keine Spuren vernichtet würden, wie sie erklärte –, stürmte ihnen entgegen und wollte sie wieder hinauskomplimentieren; die Polizei würde gleich da sein! Der Schulsporttag solle stattfinden, verkündete der Vize, alles andere sei zu kompliziert, die Direktorin hätte es sicher auch so gewollt! Alle, die nicht in die Tragödie hier involviert seien, sollten zum Sportplatz – Der Besen fegte heran, um zu protestieren, der Vize, jetzt eigentlich kein Vize mehr, wessen Vize denn, äußerte noch einmal verlogen und sentimental, aber nicht ohne Autorität: „Frau Direktor hätte es sicher auch so gewollt"; einige Kollegen drängten zur Tür, die aber von Qualle und Leichenbeschauerteam blockiert war. Isolde stand auch auf, sie wusste wieder einmal nicht, warum. Da erschien die Polizei.

Berni hasste ihn, das wusste der Alte. Er hasste ihn, weil er da war und ihm im Weg, und er hasste ihn auch einfach so, hatte ihn von Anfang an nicht leiden können. Prager mochte seine Nummer zwei auch nicht. Er gab gern zu, privat ebenso wie in seinen Beurteilungen, dass Bernhart Berchtolt ein guter Kriminalbeamter war, ausdauernd, genau, systematisch. Er konnte organisieren, hatte ein phänomenales Gedächtnis, war in technischen Dingen immer auf dem neuesten Stand, bildete sich auch sonst weiter, war körperlich fit, ein blendender Schütze trotz eines kleinen Augenfehlers, der ihm die Versetzung in eine Spezialeinheit vermasselt hatte, war auch nicht unbeliebt bei den Jüngeren, obwohl er recht autoritär sein konnte, kurz, er war ein wertvoller Mitarbeiter. Aber der Gedanke, dass Berni oder „BB", wie ihn die meisten nannten, bald sein Nachfolger sein würde, gefiel dem Alten trotzdem nicht. Dass er kein kreativer Ermittler war, störte ihn nicht mehr so wie früher. Die Zeiten hatten sich geändert. Heute, wo die Technik so viel mehr konnte als zu seiner Zeit – zu seiner Zeit, ja! –, heute waren Intuition und Einfühlungsvermögen nicht mehr so wichtig. Und seine eigene Intuition, sein legendäres psychologisches Feingefühl, hatte ihn ja auch in die Irre geführt bei seinem letzten großen Fall. Wie stolz war er gewesen, als er ihn gelöst zu haben glaubte, wie arrogant hatte er Bernis Einwände beiseitegewischt, und wie gnadenlos war er dann von den Sachverständigen zerpflückt worden. Nein, als Ermittler würde Berni seinen Job schon gut machen. Aber er hat einfach zu viele Vorurteile, dachte der Alte, denkt zu sehr in Klischees, hat keine Sensibilität, keine Geduld, ist einfach zu wenig menschenfreundlich für eine so schwierige, gemischte Gegend wie die hier. Berni ist eben ein Law-and-Order-Typ und der wird hier nicht unbedingt gebraucht. Er verfolgt das Unrecht zu sehr, dachte der Alte, er hatte früher gern Brecht gelesen.

Burn-out. Das hatte unlängst wer über den Alten gesagt, Burn-out-Syndrom. Es war eins von diesen Modewörtern und BB mochte keine Modewörter, schon gar keine englischen. Er hatte nichts gegen Englisch, konnte es ganz gut, musste ja sein heutzutage, und er war geradezu ein Amerika-Fan, nur diese ganzen englischen Wörter, die die deutsche Sprache durchsetzten, durchfraßen wie ein – ein Schimmelpilz, lehnte er ab. Aber Burn-out passte auf den Prager. Ausgebrannt war der. Er gehörte weg. BB hatte den Alten ja nie sonderlich gemocht, nie so bewundert, wie andere es taten, aber früher war der anders gewesen. Ein ganz schöner Spinner mit seiner Menschenfreundlichkeit und seinem Verständnis für alles und jeden und seiner Sensibilität und seiner Intuition, aber vital und energiegeladen und vor allem erfolgreich. Doch seit ein paar Jahren war er nicht mehr der Alte, wie man so sagt, obwohl er jetzt wirklich „der Alte“ war, ständig krank, ständig müde, ständig schlecht gelaunt. Ob das mit dem Tod seines Vaters losgegangen war, oder mit dem Tod seiner Frau, oder mit dem großen Misserfolg, der seinen Ruf als brillanter Ermittler zerstört hatte? Egal, jedenfalls war er ein Wrack. Warum ging er nicht endlich in Frühpension? So groß waren die finanziellen Einbußen doch nicht. War ja nicht wie bei einem Angestellten, bei seinem eigenen Vater zum Beispiel. Der war wirklich schlecht dran, seit er in Frühpension hatte gehen müssen, weil er keine Stelle mehr kriegte. Wenn seine Söhne ihn nicht unterstützen würden, dachte BB, müsste er am Hungertuch nagen. Wolf kann da natürlich mehr beitragen als ich. Der hat es besser gemacht, der mit seiner Zahnarztpraxis, der kann es sich auch leisten, in der Partei zu sein. Ich hab ja das Studium abbrechen und heiraten müssen, als Gudrun schwanger war, und dann war es eine Fehlgeburt! Eine von vielen. Weiß ja keiner. Die Leute wissen nur, dass wir alles tun, um ein Kind zu kriegen, aber von den vielen Fehlgeburten weiß keiner. Oder doch Wolf? Vielleicht hat Gudrun es Wolf erzählt? Steckt ja den ganzen Tag mit ihm zusammen in der Praxis. Ist natürlich ein guter, sicherer Job. Aber eigentlich passt es mir nicht. Nur, eines steht fest: Ohne Wolf könnte sich der Vater nicht einmal mehr seine schöne Wohnung leisten. Der Alte dagegen hat von seinem Vater sogar noch eine Wohnung geerbt! Typen wie der sind eigentlich total unsozial, trotz all ihrem Gerede und Getue. Mir kann es natürlich egal sein, wohin er verschwindet, wenn er nur endlich seinen Platz räumt. Meinetwegen soll er ruhig noch ein paar Jahre auf einem bequemen Bürosessel hocken, furzen und zweimal die Woche zum Arzt laufen mit seinen ganzen Wehwehchen! Fair ist es nicht. Ein Arbeiter, ein Angestellter wäre längst draußen. Und bis ich mich den sechzig nähere, wird es bei den Beamten wohl auch nicht viel besser sein. Wenn ich nicht bald ein paar Stufen vorrücke, kann ich Karriere und eine anständige Pension sowieso vergessen. BB seufzte. Er brauchte einen Fall.

Der Alte seufzte, ging zu Berni hinaus und gab ihm den Auftrag, ins Dante zu fahren. Schob die viele Schreibtischarbeit vor. BB solle doch bitte schauen, was da los ist. Herbi mitnehmen. Er versuchte nett zu sein, sagte sogar BB zu ihm, aber er merkte schon, dass der wieder einmal alles in die falsche Kehle bekam.

Der Kern des Problems war natürlich, dass Berni ein Rechter war. Er gehörte zwar keiner Partei an, aber er war vom Gedankengut seines Vaters und Großvaters geprägt, durch und durch. Völlig unkritisch, dachte der Alte. Er konnte ja nachvollziehen, dass ein Sohn seinen Vater liebt, er hatte seinen eigenen weiß Gott geliebt und verehrt und bewundert, er war bis zu seinem Tod für ihn der nächste, der vertrauteste Mensch geblieben. Aber unkritisch hatte er nichts von ihm übernommen. Was hatten sie gestritten, vor allem, nein, ausschließlich über Politik. Von dem Tag an, als er aus der Partei ausgetreten war und sein Vater ihm das Haus – die kleine Gemeindebauwohnung damals noch – verboten hatte, nur noch Streit, bis der Vater, schon alt und desillusioniert, wenn auch immer noch in der Partei, milder geworden war, lieber erzählt hatte von früher als gestritten und schließlich in den letzten Jahren gar nicht mehr so viel mitbekommen hatte oder mitbekommen wollte von der Gegenwart. Pragers Eintritt in die andere, seine jetzige Partei war der Höhepunkt der Differenzen gewesen. Sie hatten jahrelang nicht mehr miteinander geredet, bis Annuschka es schließlich geschafft hatte, sie zu versöhnen. Ihrer Liebe hatte das nie Abbruch getan. Auch mit Annuschka hatte er viel über Politik gestritten, obwohl sie in derselben Partei waren, und mit seinen Töchtern natürlich erst recht. Aber bei diesen Rechten war das anders. Die setzten Liebe mit Einverständnis gleich. Gut, dass Berni keine Kinder hat, dachte der Alte boshaft und schämte sich gleich dafür, denn er wusste, dass Berni und Gudrun sich nichts sehnlicher wünschten.

Gudrun kam auch aus so einer stramm rechten Familie wie Berni. Wahrscheinlich hatten die beiden geplant, viele blonde, blauäugige deutsche Buben und Mädel – Nein, das war gemein, Gudrun war eigentlich nett und vernünftig. Ist wohl normal, dass man Kinder haben will, dachte der Alte. Er selbst hatte nie weiter darüber nachgedacht, die Kinder waren einfach gekommen. Für ihn wäre Annuschka auch ohne Kinder die perfekte Partnerin gewesen, die Freundin, die Vertraute, die Genossin, das Gewissen, die Herausforderung, der Stachel, der ihn antrieb. Aber wäre er für sie dann der Richtige gewesen? Wäre ihr langweilig geworden ohne Kinder? Hätten ihr seine Zuneigung, Freundschaft, Liebe noch genügt? Andererseits, ohne Kinder hätte sie bestimmt eine große Karriere gemacht, in der Wissenschaft oder in der Politik, da wäre sie ausgefüllt gewesen. Ob er ihr dann noch interessant genug gewesen wäre? Aber Annuschka wollte ja die Kinder. Es war sinnlos. Man konnte ein Leben nicht so auseinanderdröseln.

Es gibt inzwischen zwar eine Menge Leute, die die Nase voll haben vom Alten, dachte BB, während er zum Danteplatz fuhr, aber leider immer noch mehr, die ihn schützen. Man kann zwar nicht behaupten, dass er nur durch sein Parteibuch auf seinen Posten gekommen ist, nein, aber dass er immer noch da ist, das verdankt er eindeutig seinen Parteifreunden. Und die haben jetzt noch dazu wieder Oberwasser.

BB hatte keine solche Protektion. Wollte er ja auch nicht. Wollte es aus eigener Kraft schaffen. Vor allem aber wollte er keiner von den Altparteien beitreten. Er war zwar flexibel, anpassungsfähig, musste man ja sein heutzutage, aber seine Loyalitäten lagen anderswo. Außerdem würde mein Vater mir das nie verzeihen, dachte er. Hat sich gerade noch einreden lassen, dass es in dem Beruf nicht gut ist, bei einer Partei zu sein. Davon war ich ja unter dem Einfluss von Gudrun früher überzeugt, aber wär ich vor ein paar Jahren Mitglied gewesen, säß ich jetzt vielleicht schon am Schreibtisch vom Alten. Blöd! Ich hab gezögert und gezögert und dann war es plötzlich zu spät. Jetzt kann ich dafür ackern, dass der Alte befördert wird, damit ich selbst vorrücken kann. Eigentlich alles wegen Gudrun!

Glücklicherweise ackerte BB gern, genau genommen tat er nichts lieber, er war auch gern gut und erfolgreich, aber er wollte den Erfolg endlich für sich alleine. Der Alte war zwar einer, der die Leistungen seiner Mitarbeiter immer herausstrich, fair war er ja, aber BB hätte zu gerne einmal ganz allein einen Fall brillant gelöst. Als der Alte weg war, erst im Krankenhaus, dann auf Kur, gab es in dieser ganzen langen Zeit, in der er ihn vertreten hatte, keinen einzigen Fall, bei dem er zeigen konnte, was er drauf hatte, was er allein zustande bringen würde, nichts als Routinekram. Er konnte nur hoffen, dass diese Geschichte jetzt ein richtiger Fall würde.

Diese Direktorin war ja eine stadtbekannte Persönlichkeit, dachte er, eine von denen, die ständig im Fernsehen auftauchen, bei allen möglichen Diskussionen und in den „Seitenblicken" auch, das würde Aufmerksamkeit erregen, wenn es ein Mord wäre. Gudrun weiß sicher über die Bescheid, liest ja ständig solche Sachen über Promis in ihren Zeitschriften. Blödes Zeug, aber es ist ja ihr Geld, und außerdem hat sie genug Sorgen, da schadet ein bisschen Ablenkung nicht. Aber Gudrun ist jetzt in der Praxis, da kann ich sie nicht erreichen.

Vielleicht war es ein Schüler, der die Direktorin umgebracht hat? Gewalt in der Schule war ein heißes Thema, sehr beliebt bei den Zeitungsfritzen. Das Dante war allerdings eine ruhige Schule. Bisher hatte es da weder Gewalt noch groß Drogenprobleme gegeben. Aber möglich war alles. Oder hat die nicht auch bei irgend so einem Verein mitgemischt, die Tote? Für Obdachlose oder entlassene Strafgefangene oder waren es Asylanten? Gäbe auch schöne Schlagzeilen. Nein, ich muss seriös bleiben, rief sich BB zur Ordnung, meine Phantasie geht ja mit mir durch. Und da behauptet der Alte immer, ich hätte keine. Noch weiß man ja gar nichts. Aber wenn es ein Mordfall ist und wenn es gelingt, ihn schnell aufzuklären, dann könnte das die Beförderung vom Alten vorantreiben und damit auch meine eigene. Endlich.

Und diesmal würde BB sich nicht von den Intuitionen des Alten blenden lassen! Nie wieder, hatte er sich geschworen. Nein, diesmal würde nicht „Der Alte" gegeben, diesmal spielte es „CSI".

In dem Augenblick, in dem die zwei jungen Uniformierten hinter der Qualle, dem Besen, dem mutmaßlichen Leichenbeschauer und dem hinausdrängenden Lehrkörper an der Türe auftauchten, oder genauer, in dem Moment, in dem alle auseinanderwichen, sich teilten wie das Rote Meer, um den zwei jungen Uniformierten den Weg in den Raum freizugeben, blieb das Bild für Isolde stehen. Fror ein. Der Ton war abgeschaltet worden. Tableau!

Da standen die beiden, ein „fescher" und ein pickeliger, beide groß, lang eher, weil dünn, genau im Türrahmen. Hinter ihnen, draußen auf dem Gang also, der ältliche Leichenbeschauer mit seinen zwei jungen Adlaten, nur teilweise zu sehen allerdings, weil keiner von ihnen besonders groß, aber wahrnehmbar, und noch weiter hinten die graue Masse derer, die zu spät gekommen waren, um noch ins Konfer vordringen zu können, weil sich dieser Stöpsel in der Tür gebildet und den Zutritt blockiert hatte. Staffage. Vor ihnen, den beiden Polizistenburschen, also im Konfer, standen Qualle und Besen, beide klein, relativ, so dass der Blick auf die beiden Uniformierten wenig beeinträchtigt war, und links und rechts wie ein Spalier die übrigen Lehrer. Alle hatten den Blick zu den Tischen in der Mitte des Raums gewandt, auf denen Renate mit dem eleganten Doppelnamen unter ihrem eleganten Plaid ruhte; manche hatten sogar einen Arm erhoben, am eindrucksvollsten und dramatischsten, direkt klassisch, der Besen. Beim Tisch, aber das war außerhalb des Bildes, das konnte sie eigentlich nicht sehen, stand nur der Vize. Die Sonne war inzwischen hoch genug gestiegen, um schräg in den Raum zu fallen, und so waren alle scharf und ausdrucksvoll beleuchtet.

Solange die so still standen und keinen Ton von sich gaben, konnte Isolde ja ein bisschen nachdenken. Zum Beispiel über die Frage, wer spätabends oder in der Nacht oder frühmorgens ins Konfer hatte kommen können, um einen mitgebrachten Zettel zu kopieren und die Kopie an die Türe zum Direx-Zimmer zu picken? Und über die wichtigere Frage, was die Direx am Abend oder nächtens oder sehr früh morgens im Konfer zu suchen gehabt hatte? Und über die Frage, ob es da einen Zusammenhang gab?

Die Schule wurde vom Schulwart nach der letzten Stunde abgesperrt, sobald alle Schüler das Gebäude verlassen hatten. Mittwochs war das um sechs. Aufgesperrt wurde um sieben. Schlüssel zur Schule hatten relativ viele, auch die Aberle hatte einen, Mist! Das Konfer wurde schon lange nicht mehr abgesperrt, das hatte das Trio so hingekriegt, es war also jedem jederzeit möglich, es zu betreten. Abgesperrt wurde vom Besen nur das Kopierkammerl. Meistens. Gestern war es wohl abgesperrt worden, sonst hätte ja niemand das Schloss aufbrechen müssen. Oder war es schon gestern oder vorgestern aufgebrochen worden und niemand hatte es bemerkt? Aber der Zettel war gestern sicher noch nicht an der Türe und dem Besen wäre das aufgebrochene Schloss doch gar nicht aufgefallen, wenn sie gestern nicht zugesperrt hätte? Oder war das eine Schutzbehauptung? War sie die Zettelkleberin? Kaum. Die Besenzimmrich liebte die Direx abgöttisch. Dass die Kratzspuren an der Türe zum Direktionszimmer schon länger da waren, konnte dagegen gut sein, die Türe wurde vom Konfer aus so gut wie nie benutzt, nur wenn die Direx jemanden stante pede zu sich beorderte, sonst hatte das Direktionszimmer vom Sekretariat aus betreten zu werden. Wenn die Direx ins Konfer wollte, benutzte sie die Türe natürlich, meist stürmisch, aber sie betrat es eher selten, wozu sollte sie auch, sie hatte ein wirklich feines Büro, groß und gut gelüftet. Was zu der Frage führte, was die Direx im Konfer zu suchen gehabt haben könnte? Hatte sie etwas gehört? War herübergekommen und hatte etwas so Furchtbares gesehen oder erlebt, dass sie einen Herzanfall erlitten hatte? Absurd. Und ein Herzanfall war bei dieser herzlosen Person ohnehin auszuschließen. Nur, was dann? Äußere Verletzungen hatte sie keine, das hatte man mit freiem Auge sehen können. Renate trug ein Kleid mit halsfernem Ausschnitt. Hieß das so? Egal, Würgemale hätte man sehen müssen. Erstickt? Jemand war ertappt worden und hatte ihr irgendetwas auf den Mund gepresst? Aber warum? Wegen eines blöden Zettels doch nicht! Und mehr als den blöden Zettel hatte sich die Aberle keinesfalls zuschulden –

Der Frage, warum sie immer wieder auf die Aberle als Zettelkleberin kam, warum sie überhaupt immer an eine Zettelkleberin dachte, konnte sie nicht weiter nachgehen, denn das Bild löste sich auf, der Ton wurde wieder aufgedreht, Stimmen und Geräusche drangen zu ihr und im nächsten Moment wurden alle von einem energischen jüngeren Mann aus dem Raum gewiesen, ja alle, sogar Besen und Qualle.

Als BB den ersten Blick ins Lehrerzimmer warf, wusste er: Eine Katastrophe! Seine Sehnsucht nach einem Fall verflüchtigte sich augenblicklich. Er konnte nur noch hoffen, dass die Frau eines natürlichen Todes gestorben war. Sie lag mit einer karierten Decke zugedeckt auf einem langen Tisch, einer Reihe zusammengeschobener Tische eigentlich, rundherum waren Haufen von Mappen, Heften, Büchern, einiges war auf den Boden gefallen, die Stühle, die normalerweise wohl an den Tischen standen, waren vor den beiden Innentüren halbkreisförmig angeordnet und im Raum standen an die fünfzehn Menschen; dreizehn, korrigierte er sich, jedenfalls zu viele. Direkt vor ihm standen eine kleine Frau mit verquollenen Augen und einem roten Haarbesen und ein aufgequollener Mann mit rotem Gesicht. Weiter drinnen im Raum waren nur zwei Personen, die übrigen waren an die Wände links und rechts von der Tür zurückgewichen. Bei der Toten stand ein gut aussehender, großer Mann mit grauen Schläfen, der BB an seinen Zahnarzt erinnerte – er ging nicht zu seinem Bruder –, und links bei einem dieser Halbkreise aus Stühlen stand eine Frau – typisch Lehrerin, dachte BB – mit diesem etwas dümmlich schmachtenden Blick, wie ihn Kurzsichtige oft haben. Die anderen Anwesenden sah er sich gar nicht näher an, sondern forderte alle auf, den Raum zu verlassen, ja alle, und beauftragte die beiden Jungspunde von der Streife, vorläufig niemanden wegzulassen, und Herb, gleich die Namen derer zu notieren, die aus dem Lehrerzimmer kamen. Er selbst ging auf den „Herrn" zu, wie er den mit den grauen Schläfen bei sich nannte, und stellte sich vor. Sein Instinkt war richtig gewesen, er war der stellvertretende Direktor und natürlich bereit, ihm alle benötigten Auskünfte zu geben. BB benötigte allerdings im Moment keine von ihm, denn knapp nach ihm war der Pathologe eingetroffen und die einzige Auskunft, die er jetzt haben wollte, war, ob die Tote eines natürlichen Todes gestorben war oder nicht.

Die tote Direktorin lag ordentlich auf dem Rücken und wies keine Anzeichen von Gewalteinwirkung auf. Eine zierliche Person, eher abendlich gekleidet, das rötliche Haar elegant frisiert. Ein Schuh fehlte und um ihren Mund war der Lippenstift verschmiert, sonst wirkte sie unversehrt. Vermutlich war sie auf den Tisch gehoben worden, dabei war vielleicht der Schuh hinuntergefallen. Auf dem Tisch, dachte BB, ist sie ja wohl kaum gestorben, außer sie hat es da mit jemandem getrieben, aber so ordentlich, wie die aussieht, ist das nicht wahrscheinlich. Der verschmierte Lippenstift rührt wohl eher von Wiederbelebungsversuchen her als von Knutschereien.

Obwohl BB jetzt beinahe betete im Stillen, es solle kein Mord sein, bei dieser hoffnungslosen Spurenlage, prägte er sich routinemäßig jedes Detail ein und hatte auch schon das Notizbuch griffbereit. Er sah, wie der Pathologe den Haaransatz der Toten begutachtete, wie er in das gewellte rote Haar griff und es ihr mit einem Ruck herunterriss. Brutal. BB war richtig erschrocken. War natürlich eine Perücke, klar. Was darunter zum Vorschein kam, war auch brutal. Kurze, armselige, graue Haarbüschel, dazwischen völlig kahle Stellen. „Alopecia areata", sagte der Pathologe. „Kreisrunder Haarausfall", übersetzte er für BB und drehte die Tote etwas auf die Seite. Da war es! Eine große, hässliche Kopfwunde. Kein natürlicher Tod.

BB legte das Notizbuch auf den Tisch, auch schon egal, und zückte sein Handy. „Gewaltsamer Tod", sagte er, als der Alte sich meldete, und beschrieb die Wunde. „Ist aber nicht hier passiert", warf der Pathologe ein, „muss nämlich ordentlich geblutet haben." BB fügte noch hinzu: „Ein Glück. Hier waren so viele Leute, hier gibts garantiert keine brauchbare Spur mehr." Der Pathologe hatte die Wunde, vor allem aber die Perücke betrachtet und sagte jetzt: „Und die Perücke hat sie auch nicht aufgehabt. Diese nicht."

BB und der Alte einigten sich schnell, dass, wenn die Leiche schon bewegt worden war, der Pathologe sie gleich haben könne. Der Alte hatte noch nie viel Wert darauf gelegt, Leichen zu sehen, und hier war es wirklich sinnlos. BB ging zur Tür und winkte den „Herrn" heran, der ihn aber gleich an den Qualligen verwies, weil der vor ihm da gewesen war. Der bestätigte, dass die Tote auf dem Boden gefunden worden war und dass Wiederbelebungsversuche stattgefunden hatten, also konnte die Leiche weg.

Bis die Adlaten des Leichenbeschauers Bahre und Totensack geholt und die Tote abtransportiert hatten, herrschte ein seltsames Schweigen. Atemlos, dachte BB. Draußen auf dem Gang, die Leichenträger hatten die Tür offen gelassen, standen alle auf Zehenspitzen und versuchten noch einen Blick auf die Ermordete zu erhaschen, die wieder unter ihrer karierten Decke lag. Nicht einmal BB wagte es, dieses Schweigen zu stören.

Der Alte war während Bernis Anruf aufgestanden. Nicht weil er auf dem Sprung in ein neues Ermittlungsabenteuer war, sondern um seinen Rücken zu entlasten – die Kreuzschmerzen hatten sich auch wieder gemeldet. Dennoch fühlte er sich nach dem Anruf frischer. Seine Gedanken begannen zu fokussieren, während er die Routine durchzog. Spurensicherung. Rest des Teams. Helfer für die Tatortsuche. Vorgesetzte informieren. Pressestelle. Er pflegte gute Beziehungen zur Pressestelle und auch zur Presse. Die konnte einem öfter nützen als schaden. Klar schätzte er die Zeitungen des Landes nicht besonders, aber daran, dass die meisten schlecht und schmierig waren, trugen die Journalisten seiner Ansicht nach am wenigsten Schuld. Mussten auch ihren Lebensunterhalt verdienen. Gerade jetzt würde er sie außerdem brauchen, um so schnell wie möglich so viel wie möglich über das Mordopfer herauszufinden. Mord? Konnte auch Totschlag sein, oder Unfall. Aber wenn sich jemand die Mühe machte, eine Leiche an einen anderen Ort zu schaffen, und auch noch alles tat, damit der gewaltsame Tod so lang wie möglich unentdeckt blieb, deutete das schon auf Mord. Er rief einen Bekannten bei einer der besseren Tageszeitungen an und bat um Informationen über Renate Felb-Ederring. Dann wandte er sich ohne große Erwartungen den internen Quellen zu. Die Direktorin war vermutlich nie mit der Polizei in Berührung gekommen, außer bei einem Autounfall oder Einbruch vielleicht. Auch so was zu wissen konnte nützlich sein. Ja, sie war in einen Unfall verwickelt gewesen, als Beifahrerin des schuldlosen Lenkers. Gar nicht so lang her, knappes Jahr. Und es war eingebrochen worden in ihrer Villa. Klar, in der Gegend konnten Diebe mit fetter Beute rechnen. War aber eher ein Vandalenakt. Nicht viel gestohlen, einiges zerstört, Täter nicht ausgeforscht. Kurz vor dem Unfall passiert. Musste die Frau ja was durchgemacht haben! Er bestellte sich die Akten. Als er weiterforschte – Berni hatte ihm beigebracht, wie man auch an Informationen kommt, zu denen sie offiziell keinen Zugang hatten, der war in solchen Dingen wirklich geschickt, fast schon ein Hacker –, also da war der Alte dann ehrlich überrascht: sowohl vom Opfer als auch von der Behörde. Die Societydame war Mitbegründerin eines Vereins zur Unterstützung und Betreuung jugendlicher Asylwerber, war nicht nur Vorsitzende der „zukunft e. V.“, war offenbar auch selbst in der Betreuung aktiv gewesen. Alle Achtung. Dass das von der Behörde als potentiell staatsfeindliche Betätigung eingestuft und observiert wurde, war echt zum Kotzen. Genau aufgelistet waren da Mitglieder und Mitarbeiter des Vereins, die Adressen der zwei Wohnungen, in denen die Asys untergebracht waren, auch Proteste gegen Inschubhaftnahmen und Abschiebungen. Aber keine öffentlichen Veranstaltungen. Der Verein arbeitete offenbar diskret, keine Spendenaufrufe, keine Benefizkonzerte, ein Netzwerk begüterter Leute, die unauffällig und uneitel helfen wollten. Das fand er achtbar. Es gab sie also noch, die anständigen, christlich orientierten Konservativen, dann war ja noch Hoffnung. Er verbot sich, in politische Gedankengänge abzuschweifen, und machte sich ein paar Notizen. Ausdrucken wäre zu riskant. Danach öffnete er das Mail vom Journalisten und hatte dann schon eine ziemlich vollständige Biographie des Mordopfers.

Jetzt standen sie auf dem Gang vor dem Konfer, Kaffeebecher in der Hand. Plastikbecher mit Plastikkaffee. Im Konfer suchten Leute hinter verschlossener Türe nach Spuren. Andere durchkämmten die Schule. Der Kriminalbeamte hatte sich mit Vize, Qualle und Besen ins Sekretariat zurückgezogen. Von dort drang der Duft von echtem Kaffee. Der Besen hatte eine Espressomaschine da stehen, ein privates Stück von Renate. Isolde registrierte, dass sie immer öfter Renate dachte, nicht mehr so oft Direx. Was soll das denn? Pietät etwa? Oder das Gegenteil?

Sie waren nicht mehr viele auf dem Gang. Nachdem die Namen notiert waren, hatte der Beamte allen, die erst nach Besen und Qualle gekommen waren, freigestellt, zu gehen, und der Vize hatte sie auf den Sportplatz beordert. Nach einigem Hin und Her durften auch die beiden älteren Turnprofs dorthin. Sollten Petra und Kevin zurückschicken. Die beiden waren nämlich einfach abgedampft. Sportfest war ihnen wichtiger als tote Direx. Na, sie hatten das Ganze schließlich organisiert und außerdem, jemand musste sich wohl um die Schüler kümmern. Der Vize selbst hätte auch gehen dürfen, zog es aber vor, den Hausherrn zu spielen, der Herr Wichtig.

Isolde meinte, alle Mitglieder des Lehrkörpers gesehen zu haben, die ständigen, nicht die Vertretungen, und die, die nur ein paar Stunden hatten. Alle, außer der Aberle. Hatte das etwas zu bedeuten? Kaum. Die Aberle ließ sich zwar beim Unterricht fast nie vertreten, war sogar schon mit Fieber in die Schule gekommen, aber bei Veranstaltungen fehlte sie meist. Auf den Sportplatz hätte sie den Hund ja gut mitnehmen können, aber ins Konfer, zu einer Zeit, wo nicht nur Qualle und Besen, sondern auch die Direx selbst mit Sicherheit anwesend sein würden? Wäre Masochismus pur gewesen.

Auf dem Gang standen außer ihr selbst noch der Kulturklüngel, der sich von Sportfesten natürlich fernhielt, hier aber auch überflüssig war, und die Schadek. Der Kulturklüngel, wie er von Kollegen abschätzig getauft worden war, bevor man den Namen in würdiger Selbstironie übernommen hatte, bestand aus „dem Maler“ und „der Mützenmacherin“, beide Kunstprofs, beide noch jünger, den zwei Musikprofessorinnen, eine in Isoldes Alter, nein älter, die den Chor leitete, eine ganz jung, Trompeterin, „dem Lyriker“, einem Deutschprof, der schon mehrere ganz beachtliche Bändchen herausgebracht hatte, witzige Sachen waren das, und Silvia Pichler, Deutschprof und Exschauspielerin, die die großartigen Schulaufführungen inszenierte. Isolde wurde meist auch zum Klüngel gezählt, aber so ganz war sie nicht dabei. Sicher, sie mochte die Leute sehr, die waren alle offen, gebildet, nicht intrigant, engagierte Lehrer, die immer etwas auf die Beine stellten. In der Beziehung war das Dante vorbildlich. Und das war der Direx zu verdanken. Die hatte es geschafft, solche Leute anzulocken und vor allem zu halten: Die Wiltschnig, die Chorleiterin, hätte ja schon in Pension gehen können, mit ihren kaputten Stimmbändern überhaupt, die Trompeterin hätte sich mit Gigs durchschlagen können, der Lyriker hatte es auch nicht nötig, zu unterrichten, hatte was geerbt, die Schauspielerin wollte eigentlich nur eine Karenzvertretung machen und war dann geblieben; Michou Mützmacher verdiente mit ihren Filzarbeiten schon mehr als an der Schule und Karl Wehdorner, ein sehr begabter Maler, hätte in der Werbeagentur seines Bruders besser verdienen können, solange er noch einen Brotberuf brauchte, blieb aber lieber am Dante. Wenn Renate für die naturwissenschaftlichen Fächer auch so ein Händchen gehabt hätte, wäre die Schule wirklich eins a.

Isolde wurde immer eingeladen, wenn der Klüngel einen Theater- oder Konzertbesuch plante, zu einer Lesung oder in eine Ausstellung wollte; oft ging sie mit, manchmal schlug sie selbst etwas vor, was immer begeistert aufgenommen wurde.

Einmal war sie sogar kurz mit dem Klüngel verreist. Nach Südböhmen. Dass sie sich etwas abseits hielt, lag daran, dass sich die Direx auch zum Klüngel zählte, sie nannte ihn allerdings Clique, und bei vielen Unternehmungen dabei war. Da Renate eben sehr viel Charme hatte, störte das die anderen nicht so, vor allem die Jungen nicht. Die fanden es toll, auch weil Renate so etwas wie eine kostenlose PR-Agentin für sie war. Isolde wollte aber nicht allzu oft außerhalb der Schule mit der Direx zusammen sein. Außerdem brauchte sie ein gewisses Maß an Ruhe und, ja – Einsamkeit. Deshalb ging sie eher selten mit ins Kaffeehaus und fand bei Reisen und Ausflügen meist eine Entschuldigung. Dass der Klüngel das respektierte und sie trotzdem immer weiter einlud, war eigentlich das Beste an ihm.

Der Klüngel stand also da und plauderte und gehörte jetzt nicht her. War das eine Art Gedenkfeier für Renate? So gefördert würden die musischen Fächer an der Schule wohl nie mehr – Gut möglich, dass sich der Klüngel bald auflöste. Bei dem Gedanken empfand Isolde zum ersten Mal Trauer um die Direx.

Der Alte überflog die Vita des Opfers: Renate Felb-Ederring, geborene Huber. Fünfzig. Aufgewachsen in einer Kleinstadt. Vater Buchhalter, Mutter Hausfrau. Studium: Anglistik und Geschichte, Lehramt. Daneben Schauspielschule. Elevin an einem der großen Theater. Rolle in einer beliebten Fernsehserie. Schließlich Heirat mit einem Orthopäden. Mittelschulprofessorin. Ein Sohn, eine Tochter. Mussten jetzt vierundzwanzig und dreiundzwanzig sein.

Ob die schon jemand verständigt hatte? Kaum, so was blieb meistens an ihm hängen. Außer es hatte sich jemand von der Schule erbarmt. Er rief Berni an. Doch ja, berichtete der, die Sekretärin hat beim Sohn, der in der Villa der Mutter lebt, angerufen und der hat der Schwester Bescheid gesagt. Das waren angenehme Neuigkeiten, einerseits, andererseits wäre es doch besser, sich Villa und Sohn möglichst sofort anzusehen. Er fragte Berni, ob er in der Schule allein zurechtkäme, dann würde er selber gleich in die Villa – Aber Berni machte ihm einen Strich durch die Rechnung. Hatte bereits zwei Kriminaltechniker vorausgeschickt und wollte selbst hinfahren, sobald er in der Schule abgelöst wurde. Der Berni ist ja erwachsen geworden, dachte der Alte, und da er ihn alleine losgeschickt hatte, konnte er ihn jetzt auch schlecht zurückpfeifen. Also fuhr er in die Schule. In einem Wagen mit Fahrer, um unterwegs weiter in den Unterlagen über Renate Felb-Ederring lesen zu können.

Sie hatte ihre neue Verwandtschaft, alter Ärzteadel war das, überredet, ihrem jungen Mann eine Weiterbildung in Asien zu finanzieren. Damals eine ziemlich neue Idee. Als er zurückkam, eröffnete er eine Praxis, in der asiatische Heilmethoden angeboten wurden. Renate hatte die Ordination gestaltet, offenbar äußerst raffiniert, und sorgte mit den Kontakten, die sie sich in der „Gesellschaft" sehr bald geschaffen hatte, für regen Zuspruch. Dr. Felb-Ederring wurde zum Modearzt der Reichen und der Schickimickis, aber wurde auch von Künstlern und Schauspielern, Sportlern und Politikern frequentiert. Das Unternehmen war ein Erfolg. Renate konnte sich jetzt ihrer eigenen Laufbahn widmen und versuchte es mit Politik. Sie war schon früher in eine der beiden großen Parteien eingetreten, begann jetzt auf Bezirksebene aktiv zu werden und war durch eine Verkettung von Umständen bald Bezirksvorsteherin. Mit ihren unermüdlichen Bemühungen um Kultur und Kunst brachte sie etwas Schick in den verschlafenen Bezirk, aber den alten Parteihasen gefiel das wohl nicht. Sie wurde bei der nächsten Wahl nicht als Spitzenkandidatin aufgestellt. Zum Trost pushte ihre Partei sie auf die gerade frei werdende Direktorenstelle am Dante. Nachdem sie bei der nächsten Gemeinderatswahl mit einem hoffnungslosen Listenplatz abgespeist worden war, gab sie die aktive Politik auf. Das Ehepaar hatte inzwischen eine Villa von kunsthistorischer Bedeutung in einer der feinsten Gegenden der Stadt geerbt und Renate war mit deren Ausgestaltung und als Gastgeberin eleganter Feste, als Ehefrau, Mutter und Direktorin einer kleinen, aber renommierten Schule wohl ausgelastet. Außerdem wurde sie von den Medien zur inoffiziellen Schulsprecherin ihrer Partei gekürt, ständig zu Diskussionen und Veranstaltungen eingeladen und von Zeitungen, Radio und Fernsehen zu allen pädagogischen Fragen interviewt. Dr. Bernhard Felb-Ederring erbte dann noch das nicht unbedeutende Vermögen seines Vaters. Jetzt gehörte Renate zu den wirklich Reichen. Dann riss ihre Glückssträhne plötzlich ab. Ihr Mann kam bei einem Bergunfall ums Leben.

Das war vor zehn Jahren gewesen. Wegen der wirklich sehr hohen Lebensversicherung zu Gunsten seiner Frau wurde sein Tod penibelst untersucht, aber es war ein unglücklicher Sturz an einer völlig harmlosen Stelle gewesen, keiner würde da den Freitod suchen, keiner versuchen, dort jemanden umzubringen. Renate Felb-Ederring zog sich ein wenig aus der Öffentlichkeit zurück, schickte ihren Sohn auf ein Internat. Finanziell war sie ja bestens – Finanzen, dachte der Alte und rief Su an.

In den letzten Jahren hatte die Tote ihre Rolle als Proponentin eines konservativen Erziehungsmodells und als kunstbesessene Societylady erfolgreich weitergespielt. Völlig ohne Skandale oder Gerüchte über amouröse Verstrickungen übrigens. Als Vorsitzende des Vereins „zukunft“ kam sie in dem Dossier des Journalisten nur ganz am Rande vor. Der Alte hatte es gerade zu Ende studiert, als der Wagen vor dem Gymnasium hielt.

Warum der Klüngel auf dem Gang herumstand, war unklar, geradezu rätselhaft aber, was die Schadek da zu suchen hatte. Über die Schadek nachzudenken, veränderte Isoldes Gefühlslage. Beschleunigte ihre Gedanken. Erhöhte ihren Blutdruck.

Was vielleicht nicht ungünstig war. Sie war Isoldes Sitznachbarin im Konfer, Mag. Helene Schadek, Französisch und Italienisch; Italienisch war Wahlpflichtfach. Die war bestimmt nicht früh da gewesen, das wäre Isolde aufgefallen, die Schadek fiel ihr immer auf, war ihr ein Dorn im Auge. Außerdem war die sportlich, fuhr Ski im Winter und machte jeden Sommer riesige Radtouren durch Frankreich. Isolde wusste von den Radtouren, weil die Schadek endlos davon erzählen konnte, und vom Skifahren, weil sie sich dabei einmal den Arm gebrochen hatte. Sie war unfallanfällig, hatte ständig Verletzungen, auch jetzt wieder: eine Schürfwunde im Gesicht. Unfälle seien eben ihr Tribut an den Sport, behauptete die Schadek. Sicher, dachte Isolde, auch für Sportbegeisterte ist das Sportfest oder wie es heißt wohl nicht wahnsinnig interessant, aber immer noch interessanter, als bei dem schönen Wetter hier auf dem Gang Automatenkaffee zu trinken, wenn man gar nicht gebraucht wird. Oder wurde die Schadek zwar nicht gebraucht, brauchte aber selbst etwas? Aus dem Konfer, da konnte sie lang warten, oder aus dem Sekretariat? Die hatte ja immer was mit dem Besen zu besprechen, zu klären, zu intrigieren, sie mochte den Besen. Sollte sie. Gleich und gleich. Wenn es um die Schadek ging, verlor Isolde viel von ihrer kultivierten Damenhaftigkeit. Und nicht nur in Gedanken. Zur Schadek war sie immer kurz angebunden, sarkastisch, fast grob. Sie konnte sich nicht helfen. Sie verachtete sich, weil sie der Frau ihre Antipathie so offen zeigte, aber es ging nicht anders. Das fest verschlossene Kästchen in ihrem Inneren, das ihre Aggressionen barg und das kein Therapeut je hatte öffnen können, beim Anblick der Schadek sprang es ganz von alleine auf.

Die meisten fanden die Schadek nett und „fesch“. Nicht so überwältigend „fesch“ wie die jungen Turnprofs – sie war schließlich über vierzig. Aber sie war schlank, hübsch, immer gebräunt, trug auch immer Klamotten, die man sportlich nennt, und teure Sportschuhe, natürlich alles französisch, hatte das weißblonde Haar kurz geschnitten, verwendete ein frisches, dezentes Parfum, gegen das nichts einzuwenden war. Sie war auch immer freundlich, sogar zu Vertretungen und zum Schulwart; zur Aberle nicht, nein, so weit ging die Freundlichkeit nicht. Und sie war ein zutiefst autoritärer Charakter. Isolde bekam Gänsehaut in ihrer Nähe, und sie musste ihr oft in die Nähe kommen, weil sie ja die Plätze nebeneinander hatten. Die Frau wusste einfach immer, was gut und richtig war, die kannte kein Oder. Sie wusste immer exakt, exakt war ihr Lieblingswort, welche Schüler für die Schule untragbar waren und welche noch eine letzte Chance verdienten. Sie mochte nur nette, „fesche" Schüler. Für die war sie eine gute Lehrerin, ehrgeizig und erfolgreich. Französisch konnten die, wenn sie aus der Schule kamen. Wer nicht sprachbegabt war, aber fleißig mit Nachhilfelehrern paukte, konnte in den Augen der Schadek auch bestehen, vorausgesetzt es war ein Leistungswille da! Aber wehe jemand war faul oder gar aufmüpfig, wehe jemand signalisierte, nicht nett und „fesch" sein zu wollen, der oder die war unten durch. Und wenn die Kollegen nicht einer Meinung mit ihr waren, die Schadek fand trotzdem Mittel und Wege, denen den Herrn zu zeigen, ja den Herrn, die Schadek war Gott. Ihre Blitze waren Noten und ihren Weg pflasterten Leichen. Psychische und physische. Die meisten hatten nicht das Leben verloren, nur Zeit, das Interesse, den Mut, ihr Selbstbewusstsein, den Halt verloren. Aber für Verlierer hatte die Schadek kein Mitleid übrig. Unter diesen Leichen, den physischen wie den psychischen, waren einige Schülerinnen und Schüler, die Isolde besonders gemocht hatte. Sie hatte allen Grund, die Schadek zu hassen. Sich selbst zu hassen, weil sie nicht stark genug gewesen war, die Schadek-Opfer zu schützen. Es war ihre Schuld, ihre Schwäche war ihre Schuld. Nein, sie musste die Gedanken auf der Schadek halten.

Schüler und Schülerinnen mit Problemen gehörten nach Meinung der Schadek nicht ans Dante. Probleme hatte man in den Griff zu bekommen. Oder die Eltern hatten sie in den Griff zu bekommen. Mit liebevoller Strenge, ihre Eltern wären streng, aber immer liebevoll gewesen. Damals sei körperliche Züchtigung glücklicherweise noch nicht so verpönt gewesen, sie müsse nur in Liebe und Verantwortung vorgenommen werden. Was die Schadek dabei und überhaupt erfolgreich verdrängte, war, dass ihr Bruder sich das Leben genommen hatte. Isolde wusste es von Renate, die eine gnadenlose Tratschen gewesen war. Man würde sie schon wiederentdecken, so Originalton Schadek, die liebevolle, verantwortungsbewusste, maßvolle körperliche Züchtigung, eines Tages, genau wie jetzt Grenzen, Strenge und Autorität wiederentdeckt wurden. Ihr Weltbild war konservativ bis in die Knochen. Kinder von alleinerziehenden Müttern, zum Beispiel, hatten es schwer bei ihr, schüchterne Kinder auch, und Kinder, die oft krank waren. Gegen Schwache hatte sie eine instinktive Abneigung. Rassistin war sie dagegen keine. Ausländische Kinder aus ehrgeizigen, assimilationswilligen Elternhäusern konnten ja durchaus nett und „fesch" sein und problematische Ausländerkinder behandelte sie exakt wie andere Problemfälle. Sie war politisch korrekt. Dass es Kinder aus bildungsfernen, wie das jetzt hieß, Familien bei ihr schwerer hatten, war ihr nicht nachzuweisen, weil sich wenige ans Dante verirrten. Wenn sie die aus der Schule benotete, fiel das nicht weiter auf, die flogen früher oder später sowieso durch oder raus. Es war eben, wie die Schadek überzeugt war, doch eine Schule mit Niveau, eine, sagen wir es ruhig offen, Eliteschule.

Sie führte gerne das Wort Elite im Mund, und sie sah sich selbst absolut als Teil davon, weil sie immer Vorzugsschülerin gewesen war, gut und schnell studiert hatte, mehrere Sprachen fließend sprach, weil sie „fesch" und tüchtig und mit einem erfolgreichen Manager verheiratet war. Und ganz besonders, weil sie ein wirklich schönes Buch über die französische Atlantikküste herausgebracht hatte. Isolde, früher selbst gern in Frankreich unterwegs, natürlich nicht per Rad, hatte die Schadek das Land gründlich verleidet. Zum Glück war sie nicht so italienbegeistert, da konnte Isolde also noch hin. Falls sie sich entscheiden konnte; diesen Sommer hatte sie so lange herumüberlegt, dass sich dann gerade noch zehn Tage Cinque Terre ausgegangen waren. Und die nur, weil ihre Freundin Heidi gesagt hatte, komm. Wenn Heidi sagte, komm, gab es keine Zweifel und Fragen. Bei der Schadek gab es auch keine. Nur die Frage, was sie da zu suchen hatte. Der konnte Isolde aber nicht weiter nachhängen, weil jetzt ein älterer, krank und müde, trotzdem sympathisch wirkender Mann auftauchte und nach dem Sekretariat fragte. Und gleich darauf der Jüngere von vorhin erschien und wissen wollte, wer eigentlich die Tote gefunden hätte. Da fuhr Isoldes Arm in die Höhe wie der einer eifrigen Schülerin und ließ ihr keine Zeit für Zweifel und Fragen.

Am Tatort war Berni ein Ass. Also bekam der Alte, gleich als er das Sekretariat betrat, einen kleinen Stapel Zettel, sehr übersichtlich, und die Information, dass es erwartungsgemäß im Lehrerzimmer keine brauchbaren Spuren gab, das Direktionszimmer als Tatort nicht in Frage kam, die Suche im restlichen Gebäude noch lief.

Da der Alte den stellvertretenden Direktor aufgeblasen fand und die anderen beiden im Raum, einen grauslichen Fettsack und eine schrille Sekretärin, auf Anhieb auch nicht mochte, da die drei außerdem auf bequemen Sesseln saßen, während die anderen auf dem Gang herumstanden, verlangte er, sofort die Person zu sprechen, die die Leiche gefunden hatte, und hoffte, dass es die sympathische Blonde war, die ihm draußen aufgefallen war. Er führte Frau Dr. Isolde Peterka, es war die sympathische Blonde, ins Direktionszimmer, das er ohne viel

Federlesens requirierte. Ein schöner Raum war das, sehr persönlich eingerichtet, grau mit Glanzlichtern in verschiedenen Rottönen. So ein Büro hätte er auch gern. Den Kaffee, der ihm angeboten wurde, wollte er eigentlich ablehnen, aber als er den sehnsüchtigen Blick der Blonden sah, ließ er sich zwei Tassen bringen. Trinken durfte er ihn ja eigentlich nicht.

Frau Dr. Peterka gefiel ihm. Sie erinnerte ihn an Frauen in seiner Kindheit, nicht seine Mutter, die war dunkel und für eine Frau groß gewesen – meine Zigeunerin hatte sie sein Vater immer stolz und liebevoll genannt. Vielleicht an eine Lehrerin? Die Peterka war mittelgroß, schlank, aber durchaus weiblich, und sie hatte hübsche Beine. Elegante Schuhe und ein Rock, der kaum das Knie bedeckte, unterstrichen das. Und was das Schönste war: Sie trug eine richtige Bluse mit Kragen und Knöpfen. Ihre Haare, vielleicht ein bisschen nachgefärbt – sie musste schon auf die fünfzig zugehen oder sie sogar überschritten haben –, waren damenhaft frisiert. Wie eine dieser Dauerwellenfrisuren früher, dachte er, aber ihr Haar war so fein und glänzend, dass es wohl eher eine Naturwelle war. Nur eine große, vollgestopfte braune Umhängetasche passte nicht so ganz zur damenhaften Erscheinung, aber sie schien sie zu erden, in der Gegenwart zu verankern. Ihre grauen Augen hatten den verträumten Ausdruck einer Kurzsichtigen, die zu eitel ist, eine Brille zu tragen. Die Brille holte sie dann, als sie den Kaffee geradezu gierig weggekippt hatte, aber doch aus der großen Tasche und setzte sie auf. Mit ihr wirkte sie strenger, intellektueller, und das wusste sie wohl. Er schob ihr seine Tasse hin und erklärte, dass er keinen Kaffee trinken dürfe. Sie lächelte ihn dankbar an und leerte auch die zweite Tasse in einem Zug.

Was sie zu berichten hatte, berichtete sie knapp und sachlich. Wie sie zu früh in die Schule gekommen war, weil sie auf den Sporttag vergessen hatte, wie sie die Fenster öffnen wollte und

Renate auf dem Boden liegen sah. „Renate?“ Ja, sie duzten sich. Nein, Renate duzte sich nicht mit allen. Mit den wenigsten. Nur mit dem Kulturklüngel. Und mit der Sekretärin. „Mit der Sekretärin?“ „Ja, mit Eva Zimmrich war sie befreundet.“ „Auch privat?“ „Ja, schon auch privat.“ Darauf musste er später zurückkommen. Und was war der Kulturklüngel? „Die Professoren, die die musischen Fächer unterrichten, Klüngel ist ironisch gemeint.“ Ob sie da auch dazugehöre? „Ja, schon.“ „Mit dem stellvertretenden Direktor war sie nicht per du?“ „Nein, auch nicht mit der Qualle.“ Sie errötete. „Mit Herrn Dr. Qualt“, verbesserte sie sich. DDr. Wilhelm Qualt, las er auf Bernis Liste, teilweise freigestellt für administrative Aufgaben. Qualle wurde der Fettsack also genannt, klar.

Dann schilderte sie präzise und anschaulich, wie Renate dagelegen hatte und wo. Sie musste ein beinahe fotografisches Gedächtnis haben und sie konnte sich sehr gut ausdrücken. Er bekam ein klares Bild. Sie hätte die Liegende kurz berührt, sie wäre ihr kalt vorgekommen, und sie hätte die Fenster geöffnet. „Warum?“ „Weil es immer so stinkt.“ Ja, aber warum sie nicht gleich die Rettung gerufen habe? Sie wäre, sie errötete wieder, von Anfang an absolut sicher gewesen, dass Renate tot sei. Sie wüsste nicht, warum. Es sei einfach nicht mehr die lebendige Renate gewesen. Er konnte sich das vorstellen, obwohl es irrational war.

Sie sprach leise, aber nicht zu leise, mit etwas angeknackster Stimme. Wahrscheinlich Stimmbandprobleme, dachte der Alte, der wusste, dass Lehrer häufig darunter leiden. Und sie hat eine schöne Sprache, Hochdeutsch mit einem kleinen, feinen Hauch Lokalkolorit. Sie spricht auch in ganz klaren Sätzen und dennoch wirkt es nicht gestelzt, dachte er. Solange sie präzise schildern konnte, wer wann gekommen und sich wie verhalten hatte, war sie souverän. Als er sie aber dazu bringen wollte, ihre persönliche Meinung über die Direktorin, vor allem über die, und die

Leute, die sonst eine Rolle spielten, zu äußern, veränderten sich ihre Stimme und Sprechweise, sie wurde leiser, sprach in unfertigen Sätzen, war offenbar bemüht, Emotionen und Vorurteile zu unterdrücken und sachlich zu bleiben, ließ manchmal dennoch eine Antipathie aufblitzen, versuchte das aber gleich wieder zu vertuschen; kurz, man musste schon ein guter Psychologe sein, um etwas zu erfahren. Der Alte war ein guter Psychologe und glaubte am Ende des Gesprächs zu wissen, dass Sekretärin und Qualle – auf diesen Namen hatten sie sich stillschweigend und grinsend geeinigt – als verlängerte Arme der Direktorin fungiert hatten, dass sie intrigant und gemein waren und einen unheilvollen Einfluss in der Schule ausübten, dass die Mehrheit der Lehrer sie hasste, die Schüler sowieso, dass der stellvertretende Direktor wirklich eine aufgeblasene Null war; vor allem aber, dass die ermordete Direktorin eine Frau mit zwei sehr verschiedenen Gesichtern gewesen war, einerseits charmant, witzig, einnehmend und engagiert, andererseits kalt, machthungrig, ehrgeizig, intrigant und brutal; dass niemand offen gegen sie aufbegehrt hatte, viele sie gefürchtet und wenige sie gemocht hatten. Das waren vor allem die Jungen, die erst kurz an der Schule waren und bisher nur ihre netten Seiten kennen gelernt hatten, und da wieder vor allem die Mitglieder dieses Kulturklüngels, die von ihr auch am besten behandelt und in ihrer Arbeit unterstützt worden waren. Zu denen, die sie gefürchtet hatten, gehörten natürlich auch die Schüler. „Zu den Schülern konnte sie wirklich ätzend sein." Das Wort hatte von ihr eigenartig und treffend geklungen. Da ging es wirklich um Säure, um Verätzungen.

Über das Privatleben der Direktorin wusste sie anscheinend nicht mehr, als allgemein bekannt war, auch nicht, ob es einen Mann in ihrem Leben gegeben hatte; von ihren Vereinsaktivitäten hatte sie schon gehört, auch einmal was gespendet, freiwillig und unaufgefordert. „Renate betrieb kein Fundraising in der Schule. Sie hat das streng getrennt." Es hätte sie überrascht und verwundert, dass sich die Direx, die immer gern im Mittelpunkt stand, dieser stillen, ernsthaften Arbeit widmete.

Es hatte eines langen Gesprächs mit Windungen und Umwegen bedurft, um so viel aus ihr herauszuholen, und er war sich sicher, dass sie etwas verbarg, was ganz Konkretes, aber er hatte es nicht orten können. Nach ihrem Alibi hatte er natürlich auch fragen müssen. Sie hatte keins. Und wie man, wenn man keinen Schlüssel hat, abends oder nachts oder in der Früh eine Leiche in die Schule transportieren könne, dazu fiel ihr nichts ein. Sie würde aber darüber nachdenken. Obwohl das Gespräch lang gewesen war, tat es dem Alten leid, als er es beenden musste. Er hatte sich in letzter Zeit selten so wohl gefühlt wie mit dieser altmodischen, kultivierten Blondine.

Unter einer Villa hatte sich BB was anderes vorgestellt. Weil der Alte darauf bestand – er sagte immer, als Ermittler müsse man wissen, mit was für Leuten man es zu tun hätte –, beschäftigte sich BB regelmäßig mit Immobilien und Immobilienpreisen, blätterte in den Annoncen oder blieb vor den Schaufenstern von Maklern stehen; las auch gelegentlich einen Artikel über die sogenannte gute Gesellschaft in einer von Gudruns Zeitschriften. Daher wusste er, dass er sich in der exklusivsten Gegend der Stadt befand. Einem Reservat für die wirklich Reichen, und zwar nur für die, die ihr Geld geerbt hatten. Aber die Häuser in dieser Straße kamen ihm vor wie stinknormale, ältere Einfamilienhäuser. Wenn er Villa hörte, dachte er entweder an etwas Großes, Prächtiges oder an etwas mit Türmchen und Erkern, wie es Gudrun gefiel. Die Häuser hier wirkten nicht groß und waren sehr schlicht, das Felb-Ederring-Haus geradezu kahl. Es war zwar nicht frisch renoviert, wie andere Häuser in der Nachbarschaft, aber alles war intakt, nichts blätterte ab, nur der große Vorgarten hätte gepflegter sein können, fand BB. Auf dem Rasen wuchsen Gänseblümchen; so was würde bei seinem Bruder, der ein wunderbares modernes Haus am Stadtrand hatte, das aber nicht Villa genannt wurde, nie geduldet.

Die Spurlis arbeiteten schon im Garten. „Unter einer Villa stelle ich mir eigentlich was anderes vor“, sagte BB zu dem Kollegen, mit dem er sich gut verstand. Der zuckte die Achseln. Die Kollegin verkündete: „Wahrscheinlich Loos, jedenfalls die Zeit“, was immer das hieß. Die gab immer mit ihrer Bildung an, hatte Kunstgeschichte studiert. Auch komisch, dachte BB, erst Kunstgeschichte, dann Kriminaltechnik. Musste wohl froh sein, die Kleine, irgendeinen Job zu kriegen. Redete gern mit dem Alten, der sich scheinbar auskannte mit solchen Sachen. Hatte er wohl von seiner supergebildeten Frau-Doktor-Frau, er war doch nur ein Proletenkind.

Es gab zwei Klingeln, eine für Renate, eine für Egon Felb-Ederring. BB drückte auf Egon, affiger Name. Der kam gleich, nicht durch die Haustür, sondern von der Seite der Villa. Mitte zwanzig, gut aussehend, etwas zu zart und zu lange Haare für BBs Geschmack. Dunkel gekleidet, ja, aber nicht förmlich, man konnte nicht wirklich sagen, ob er in Trauer war. Außerdem war er barfuß, was BB unpassend fand. Er drückte ihm sein Beileid aus und entschuldigte sich für die Störung, aber „wir suchen nach dem Tatort, deshalb müssen wir Haus und Garten durchsuchen und ich muss, wenn möglich, auch mit Ihnen sprechen.“ Der Junge nickte und sperrte die Haustür auf. „Hier wohnt meine Mutter. Hat sie gewohnt. Ich bin noch nicht drin gewesen, seit – Ich hab eine Wohnung mit eigenem Zugang im Oberstock. Wenns recht ist, können wir dort reden oder auf der Terrasse.“ BB war es sehr recht, für die Spurlis war die Arbeit viel leichter, wenn der Besitzer nicht danebenstand. „Aber passen Sie bitte sehr auf“, sagte Egon, „da gibts ein paar recht kostbare Dinge. Eigentlich sollt ich wohl dableiben, aber ich kann, glaub ich, nicht.“ BB beruhigte ihn: „Die Kollegin ist Kunsthistorikerin, kennt sich aus.“ Das beruhigte

Egon wirklich und er führte BB am Haus vorbei in den hinteren Garten.

Der war jetzt allerdings wirklich schön. Rasen und alte Bäume, Statuen, ein Teich. Wie aus einem Buch. Nein, wie gemalt! Das war das Wort. Sie setzten sich auf die Terrasse. BB drückte sicherheitshalber noch einmal sein Bedauern über die Störung aus, fragte dann, wann Egon seine Mutter zuletzt gesehen habe. „Gestern Abend. Wir waren im ‚Ella', mit Bekannten, einem Industriellenehepaar." Egon war gern bereit, ihm den Namen zu geben, BB notierte. Obwohl er sich fast alles merkte, stenographierte er immer mit, hatte er in der HAK gelernt, konnte er blind. Wann seine Mutter nach Hause gekommen war und überhaupt den ganzen Verlauf des Abends, das wollte er von Egon bitte hören. „Also, wann sie genau nach Haus gekommen ist, weiß ich nicht, ich war oben und hab gelernt, bin Student, und dabei laut Musik gehört. Weggefahren sind wir um acht. Das war verabredet, also muss die Mama", Betonung auf der zweiten Silbe, klar, „spätestens um sieben nach Haus gekommen sein. Eine Stunde hat sie immer mindestens gebraucht, um sich zu entspannen und für den Abend zurechtzumachen." „Was hat sie davor gemacht? „Keine Ahnung. Wir haben sehr unabhängig voneinander gelebt. Gefahren sind wir in meinem Wagen, also dem alten von meiner Mutter, sie ist nicht mehr selbst gefahren nach dem Unfall und hat ihn mir geschenkt. Im ‚Ella' haben wir gegessen und mit unseren Gastgebern geplaudert bis zu dem Auftritt der brasilianischen Jazzsängerin. Der alte Schaf", so hieß der Industrielle, „hat das gesponsert, deshalb hat er uns eingeladen, meine Mutter und mich. Meine Art Musik war es ja nicht, zu folkloristisch. Aber ich bin natürlich immer froh gewesen, wenn Mama mich mitgenommen und mit einflussreichen Leuten bekannt gemacht hat, ich studier nämlich Cultural Management." BB musste erstaunt ausgesehen haben, denn Egon übersetzte: „Kulturmanagement." Das hatte

BB natürlich verstanden, er hatte sich nur gewundert, dass man das studieren konnte. „Also, die Mama", fuhr Egon fort, „hat sich immer sehr bemüht, mich mit Leuten bekannt zu machen, hat mich überallhin mitgenommen, für sie wars natürlich auch von Vorteil, sie ist nicht gern allein ausgegangen. Ihr hat die Musik gestern Abend wohl auch nicht so gefallen, denn um halb elf hat sie erklärt, sie sei schrecklich müd, sich bei den Schafs entschuldigt und sich von mir ein Taxi rufen lassen." Ob er vom Handy aus angerufen habe? „Nein, von der Rezeption, der Club ist im Keller des Bristol. Die Mama hat immer auf Sparsamkeit in kleinen Dingen geachtet, sie hat es nicht leiden mögen, dass ich ums eigene Geld telefonier, wenn ich es auf Kosten des Hotels tun kann." Typisch, dachte BB. Ob er seine Mutter zum Wagen begleitet habe? „Natürlich." „Wann ist sie abgefahren?" „Vielleicht zwanzig vor elf." BB wollte wissen, was sie an dem Abend getragen hatte; es waren die Kleidungsstücke, die er kurz zuvor an der Toten gesehen hatte.

Egon war noch eine Weile geblieben, etwa eine Stunde hatte er mit den Gastgebern geplaudert, und war dann in eine Bar gegangen, ganz in der Nähe, das „Trancity". Dort war er bis zum Schluss gewesen, bis vier Uhr früh. BB fragte Egon dann nach seiner finanziellen Situation. Er bekam eine monatliche Summe, nicht üppig, aber ausreichend. „Von Ihrer Mutter?" „Ja und nein, Mama hat das Geld, das ich erben werd, nur verwaltet, aber sie hat frei entscheiden können, wie viel ich krieg. Wenn ich extra was brauchte, hat sie eigentlich immer Verständnis gehabt." „Sie haben also keinen finanziellen Vorteil vom Tod Ihrer Mutter? Entschuldigen Sie, aber ich muss das fragen." „Ich hab nur Nachteile. Karrieremäßig. Ich will ja schließlich was werden. Und als Managerin war Mama einfach unbezahlbar. Jetzt muss ich mich allein durchfretten." Er schien zum ersten Mal richtig traurig zu werden. Vielleicht wurde ihm jetzt erst bewusst, dass er keine Mutter mehr hatte.

Die Spurlis waren unten fertig und wollten oben weitermachen. Da wurde Egon plötzlich arrogant. „Muss das wirklich sein, dieser Einbruch in die Privatsphäre?“ Was sie denn zu finden hofften? BB beruhigte und erklärte und schließlich ging der Junge mit den Kollegen und sperrte ihnen seine Wohnung auf. Als er zurückkam, entschuldigte er sich, es sei doch alles ein bisschen viel. BB nickte und fragte nach der Schwester.

„Ach, Hannas Verhältnis zur Mama war eigentlich immer schon schlecht. Und jetzt gibt – gab es überhaupt keinen Kontakt mehr. Hanna war immer wild, hat sich nie unterordnen können. Und nach dem Tod vom Papa wurde es schlimmer. Ich war ja dann im Internat, weiß also nicht so genau, was vorgefallen ist, jedenfalls ist sie aus der Schule geflogen, immer wieder von zu Haus durchgebrannt, hat schließlich zwar doch Matura gemacht, aber dann zum Entsetzen von Mama auf Volksschullehrerin studiert. Ist ja wirklich blöd, karrieremäßig, wo es doch gar keine Stellen gibt, aber Hanna hat gemeint, als Sonderpädagogin bekäm sie schon was, und das hat Mama noch mehr auf die Palme gebracht. Dann ist Hanna mit ihrem jetzigen Mann zusammengezogen, einem Musiker. Ab da hat sich die Mama geweigert, ihr Geld zu geben, und Hanna musste neben ihrem Studium im Supermarkt jobben.“ Er hatte irgendwie Verständnis für beide gehabt. „Hannas Freund, inzwischen Mann, ist ein Irrer, hat ein abgeschlossenes Studium als Musikpädagoge, wissen Sie“, sagte er, „der könnt wirklich leicht Geld verdienen, sieht sich aber als Künstler und lässt lieber seine Frau für sich arbeiten. Andererseits hätt die Mama auch nicht so stur sein müssen.“ Er und auch die Großmutter und Tante Mona, Mona Hartlieb, Hannas Taufpatin, hätten ihr natürlich immer wieder was zugesteckt. „Hinter Mamas Rücken. Sie hat nämlich gehofft, dass es schneller aus ist mit dem Musiker, wenn Hanna kein Geld kriegt. Aber als die dann noch das Kind bekommen hat, stellen Sie sich vor, wissentlich und bewusst ein Kind mit Down-Syndrom, da ist es ganz aus gewesen. Nicht einmal Geburtstagsgeschenke hat die Hanna mehr gekriegt. Dann hat sie den Irren auch noch geheiratet. Aus reinem Trotz. Aber in letzter Zeit hat sie sich verändert, Kontakt gesucht. Wollt gern hier einziehen, wissen Sie. Hälts nicht mehr aus in der kleinen, finstern Wohnung. An sich hat sie ja hier eine Wohnung, genau wie ich, nur Wohnrecht hat sie keins, und Mama wollt auf keinen Fall, dass der Musiker hier wohnt und schon gar nicht immer den kleinen Krüppel sehen, so hat sie geredet, wie er im Garten rumtobt. Dabei ist das Kind, zumindest jetzt noch, richtig herzig. Und Kinder mit Down sollen ja überhaupt sehr lieb sein."

Die Spurlis kamen zurück, der Kollege schüttelte den Kopf. Nichts. „Da gibt es eine leerstehende Wohnung oben. Habt ihr euch die auch angesehen?" Sie hatten. „Nichts als Puppen. Theaterpuppen. So riesige. Unheimlich. Wir brauchen nur noch den hinteren Garten", sagte die Kollegin. „Herrlich ist der. Ein Kunstwerk." Den konnten sie auch allein absuchen. Für dieses Mal hatte er von Egon genug erfahren – er wusste, dass „Mama" die Hand am Geldhahn gehabt hatte –, also verabschiedete er sich, und Egon sagte zu seinem Erstaunen: „Danke, es hat mir gutgetan, über meine Mutter zu reden." BB war verwirrt.

Nach fünf holte der Alte sein Team zusammen. Su und Berni, Herbi und Achmed. Jeder berichtete. Am wichtigsten war der Bericht über die Finanzen der Felb-Ederrings. Die waren nämlich total in Ordnung. Und da Su das recherchiert hatte, stimmte es auch. „Egon kann schon in einem Dreivierteljahr über sein Erbteil verfügen, Hanna in knapp zwei Jahren. Der Großvater hat bestimmt, dass bei Ableben seines Sohnes die Geschwister das Vermögen erben, nicht ihre Mutter, dass sie ihr Geld aber erst mit fünfundzwanzig bekommen. Bis dahin sollte es ihre

Mutter verwalten, unterstützt und kontrolliert von Rechtsanwalt Hartlieb."

Nach den Berichten schickte der Alte Herbi und Achmed weg. Beide waren jung und ziemlich unerfahren, zur Analyse konnten sie nicht viel beitragen. Herbi sollte sich um den Taxler kümmern, den hatten sie noch nicht auftreiben können. Außerdem die Nachbarn der Tochter befragen. Beinarbeit, wie sie das nannten, war Herbis Stärke. Herbert Breineder war fleißig, genau und hartnäckig. Und ein netter, geradezu strahlend netter Kerl. Sonst war er noch nicht viel. Mit Berni als Chef würde er auch nicht viel mehr werden, dachte der Alte bitter. Achmed sollte die Alibis von Egon Felb-Ederring und Thomas Proni, dem Mann der Tochter, überprüfen. Die alte Fabrik, in der Proni aufgetreten war, kannte Achmed von Konzertbesuchen, und die Bar, die Egon genannt hatte, das „Trancity", war, hatte er auf Anhieb gewusst, eine bekannte Schwulenbar nur einen Steinwurf vom Bristol. „Ach deshalb", hatte Berni gesagt. Er mochte keine Homosexuellen, aber er hielt sich im Zaum, diesmal, also sagte der Alte auch nichts. Achmed war ein ausgesprochen schöner Junge, er war nicht schwul, wurde aber manchmal dafür gehalten, weil er keine Berührungsängste hatte; er war auch kein Türke, trotz des Namens, kein ganzer zumindest. Sein Vater oder Erzeuger war Türke, eine Urlaubsliebschaft seiner Mutter, sie hatte nur seinen Vornamen gekannt, und der war Achmed gewesen. Achmed junior war hier aufgewachsen, als Sohn des netten Hauptschullehrers und Grünpolitikers, den seine Mutter dann geheiratet hatte. Mit sechzehn war er einmal auf der Suche nach seinem leiblichen Vater in die Türkei durchgebrannt, hatte Achmed senior natürlich nicht gefunden, sich aber ein bisschen mit Land, Sprache, Kultur und Islam beschäftigt und war ein halbes Jahr später zurückgekehrt. Die Sprache hatte er zu lernen beschlossen und es, von seinen Eltern ermuntert, auch wirklich getan, die Kultur, vor allem die Musik, liebte er, aber sonst hatte er sich eindeutig für die westliche Lebensart entschieden. Und für seinen Ziehvater, den er ja immer sehr geliebt hatte. Damit, dass er zur Polizei gegangen war, hatte er ihn freilich furchtbar gekränkt. Na ja, dachte der Alte, meinem Vater hat das auch nicht besonders gefallen. Aber wenn nur Kinder von Vätern, denen das gefällt, zur Polizei gingen, wären wir ein schrecklicher Haufen, ein noch schrecklicherer als wir schon sind. Mit seinen Türkischkenntnissen war Achmed in ihrem Bezirk ein Gewinn, klar, und der Alte fand, dass er, wenn auch noch ein bisschen unreif, überhaupt ein Gewinn war.

Su Böse war Anfang dreißig und seine beste Kraft. Intelligent, selbstbewusst, sehr stark, mental und körperlich, dennoch friedfertig, ein Fels. Eine Zeitlang hatte er versucht, sie als Nachfolgerin aufzubauen. Damals hatte Berni sich für die Spezialeinheit beworben. Als man Berni nicht genommen hatte und Su schwanger geworden war, musste er die Idee schweren Herzens aufgeben. Sie wäre eine prima Nachfolgerin, seine Susa. Aber sie hatte während der Karenzzeit ihre Magisterarbeit in Psychologie fertiggeschrieben, würde demnächst ihre letzten Prüfungen ablegen, dann würde sich hoffentlich was Interessantes für sie ergeben. Unter Berni weiterarbeiten würde sie nicht. Die beiden hatten außer ihrer Computer-Begeisterung nichts gemeinsam. Su war etwa zur selben Zeit aus der Karenz zurückgekehrt wie der Alte von seiner Kur, seither war nie viel los gewesen, sie hatte ihre Dienstzeiten streng einhalten können. Zwar hatte sie eine Schwiegermutter, die sich um das Kind kümmerte, und zwar gern, aber alles hat ja seine Grenzen, und Su wollte auch bei ihrer Tochter sein. Sie hatte koordiniert und ihre unnachahmlich knappen und übersichtlichen Berichte und Zusammenfassungen geschrieben. Von neun bis sechs mit Mittagspause. Bei diesem Fall würden ihre Mittagspausen fiktiv werden, das war ihr klar, aber sie habe nicht vor, groß

Überstunden zu machen, hatte sie erklärt. „Allenfalls von zu Haus am Telefon und im Internet recherchieren, so Sachen." Heute hatte sie ihre Mutter gebeten, die Kleine zu nehmen, ausnahmsweise, um bei der Auswertung dabei sein zu können. Als Herbi und Achmed weg waren, bat der Alte sie, den Stand zusammenzufassen. Das konnte sie einfach am besten.

Sie hatten eine weibliche Leiche. Identität geklärt. Fundort nicht Tatort. Tatort noch unbekannt. Todesursache schwere Schädelverletzung, zugefügt mit dem berühmten stumpfen Gegenstand. Todeszeitpunkt nach bisherigen Erkenntnissen zwischen dreiundzwanzig und ein Uhr. „Die Tote ist kurz vor acht Uhr gefunden worden, voll bekleidet, offenbar mit der Kleidung, die sie am Vorabend getragen hat. Kleidung weder blutig, gerade zwei Spritzer hat man gefunden, noch beschmutzt oder zerrissen. Sie trug eine Perücke, was das Erkennen der Todesursache verzögert hat. Zum Zeitpunkt des Todes hat sie die nach Ansicht des Pathologen nicht getragen." Die erste wichtige Frage sei, warum Täter oder Täterin – da das Opfer sehr klein und zierlich war, war eine Täterin denkbar – so großen Wert darauf gelegt hatte, dass die Tote möglichst lange nicht als Mordopfer wahrgenommen wurde. Die zweite, wie es möglich war, dass die Kleidung des Opfers so wenig Blut abbekommen hatte. Eine interessante Frage sei in diesem Zusammenhang – „Nur das Wichtigste", fuhr der Alte ungeduldig auf, „interessante Fragen später." Su lächelte und markierte eine Stelle in ihren Notizen. Sie ist nie gekränkt, das ist so angenehm, dachte der Alte.

„Am Fundort der Leiche gab es keine verwertbaren Spuren", fuhr Su fort, „mit Ausnahme von Einbruchsspuren, von denen unklar ist, ob sie mit dem Mordfall zu tun haben. Sicher ist, dass weder Schule noch Haus des Opfers als Tatort in Frage kommen. Die Spurensicherung ist derzeit in der Wohnung der Tochter. Über die Bewegungen des Opfers ist mit Gewissheit bekannt, dass es um etwa 22.40 Uhr mit dem Taxi vom Hotel

Bristol abgefahren ist, Zielangabe Wohnadresse. Das Ehepaar Schaf hat auf telefonische Nachfrage diesbezügliche Angaben des Sohns bestätigt. Als möglicher Täterkreis in Betracht kommen Familie, Personal der Schule und Personen, die mit dem Verein ‚zukunft' in Verbindung stehen." Dies sei aber nicht mehr als eine Vermutung. Tochter und Sohn hätten kein starkes finanzielles Motiv. Der Sohn scheine außerdem ein brauchbares Alibi zu haben. „Die Tochter hat eher ein negatives", erläuterte Su mit etwas gesteigertem emotionalem Engagement, „sie war mit dem Kind allein zu Haus, eine Nachbarin hat sie um zirka zweiundzwanzig Uhr kurz besucht und das bestätigt, und wenn ihr Mann einen Gig hatte, hat sie das Kind kaum allein lassen können." „Kann ja noch mehr Nachbarinnen geben", murmelte Berni. Der Alte schickte ihm einen strafenden Blick. Er mochte es nicht, wenn die Zusammenfassung unterbrochen wurde, zerstörte die Konzentration. „Das stimmt natürlich", meinte Su konziliant. „Da müssen wir dranbleiben. Lehrer und Beschäftigte der Schule kommen vor allem in Betracht, weil sie die räumliche Situation und die zeitlichen Abläufe dort am besten kennen. Befragt werden sollten vordringlich jene werden, die über einen Schlüssel zum Gebäude verfügen. Allerdings könnte auch der Schlüssel der Toten benutzt worden sein. Wo ist eigentlich ihre Tasche?" Das war nicht Teil des Berichts.

„Meine Güte! Ich Idiot", schrie der Alte, „jede Frau hat doch eine Handtasche. Berni, war da eine?" „Sicher nicht", sagte der und rief sich wohl erst dann das Bild des Fundorts ins Gedächtnis. „Da ist ja alles verändert worden", korrigierte er, „kann irgendwo gewesen sein zwischen all den Heften und Büchern." „Ruf den Sohn an und lass dir die Tasche beschreiben, vielleicht weiß er auch, ob seine Mutter alle Schlüssel an einem Schlüsselbund hatte oder wie sie das handhabte." „Frag ihn auch gleich, ob sie gestern Abend einen Mantel dabei hatte", fuhr Su dazwischen. Hellwach, dachte der Alte. Wenigstens eine. „Danke Su, ich ruf diese Peterka an. Kannst du in der Zwischenzeit die Spurlis ins Bild setzen? Und frag auch gleich in der Zentrale, ob es was Neues gibt, bitte." Während der Auswertung war das Telefon immer in die Zentrale geschaltet, er wollte da seine Ruhe.

Er rief die Peterka von seinem Kabuff aus an. Sie stotterte am Telefon. „Nein, Tasche war da nicht. Keine. Komisch. Dass mir das nicht aufgefallen – Renate war ja typische – andererseits hätte in ihrem Zimmer sein –" „War sie da?" „Nicht aufgefallen, aber – heißt ja nichts. Normal hatte sie Tasche neben Schreibtisch. Obendrauf, wenn sie klein. Da waren wir nicht. In der Nähe." „Es hätte eine Abendtasche sein müssen", präzisierte er. „Ach, hat sie Unmengen. Meist auffällig. Hätte also auf dem Schreibtisch – Nein, ich glaub, das wär mir schon –" „Danke. Und wissen Sie zufällig, ob die Frau Direktor ihre Schlüssel an einem Schlüsselbund hatte oder die Schulschlüssel extra?" „Nein, tut mir leid." „Danke." „Aber sie hatte die Schulschlüssel immer dabei, ist oft nachts in die Schule –" „Ach, und wieso?" „Weiß nicht, was holen, wen treffen, leichter Kontrollwahn? Wenn wir mit dem Klüngel weg waren, hat sie oft gesagt, ich muss noch, schau noch kurz in die Schule. Paarmal hat sie uns auf einen Drink in ihr Zimmer – Ja, genau! Sie hatte nur einen. Schlüsselbund. Nämlich, mir ist der Schlüsselring aufgefallen, Schlange, wohl Gold. Den hätt sie doch nicht nur für die Schule – oder? Ganz sicher kann ich natürlich nicht –" „Sie haben mir sehr geholfen. Danke und –", ihm fiel jetzt nicht ein, was er noch sagen könnte. Er hätte gern was Nettes gesagt, sie wirkte so aufgelöst. „Bis morgen", sagte er dann nur, weil Berni kam.

„Ein Glück, dass der schwul ist, der Knabe, konnte die Tasche genau beschreiben, könnt ein normaler Mann nie." Der Alte hatte den unbestimmten Eindruck, dass Berni auf eine Zurechtweisung lauerte, aber er erteilte ihm keine. Ist ja nicht negativ, wenn man eine Handtasche beschreiben kann, dachte er. Und nicht positiv, dass wir Normalos so was Wichtiges wie eine fehlende Handtasche glatt übersehen. Wie haben wir bloß ermittelt, als es noch keine Frauen bei uns gab? Vielleicht sind da die schwulen Männer eingesprungen? Er musste grinsen. Berni sah ihn entgeistert an. „Die Tasche", berichtete er dann, „ist aus grauem Filz, zirka fünfundzwanzig Zentimeter im Quadrat, darauf sind Rosen aus grauem und rosa Filz appliziert. Designerstück, sagt der Sohn. Über die Schlüssel weiß er angeblich nichts, aber sie hatte einen auffälligen goldenen Schlüsselring in Form einer Schlange. Mantel hatte sie dabei. Nicht an, als sie losfuhren, deshalb hat er wohl vergessen, ihn zu erwähnen, aber als sie ins Taxi stieg, ja. Grauer Stoffmantel, verschiedene Grautöne, hochgeschlossen, knöchellang mit einem" – jetzt musste Berni, obwohl er sich ganze Gesprächspassagen fast wörtlich merken konnte, doch in seine Notizen schauen – „durch Schlaufen geschlungenen schilcherfarbenen Schal. Auch Designer – nein, Einzelstück hat er gesagt, von einer aufstrebenden jungen Modeschöpferin." „Wir suchen", erklärte Su, die mit dem Handy am Ohr hinter Berni reingekommen war, „grauen Stoffmantel, Haute Couture, mit rosa Schal und graue Filztasche mit grauen und rosa Rosen. Quadratisch. Außerdem einen Schlüsselbund an einem schlangenförmigen Goldring." – „Logo. Tut leid. Tschau. – Waren grad fertig, jetzt können sie wieder von vorn – Sind die sauer! Dabei, in der Wohnung würd die Hanna die Sachen ja kaum aufheben und in ihre Mülltonnen wird sie sie auch kaum gestopft haben. Als Tatort kommt die Wohnung übrigens nicht in Frage, Stiegenhaus und Hinterhof auch nicht. Herbi kann den Taxler nicht finden, der hat frei und ist nicht zu Haus. Pech. Zu den Nachbarn der Pronis fährt er jetzt. Und Thomas Proni hat von zehn Uhr abends bis drei Uhr früh mit dieser Gruppe gespielt. Hat Achmed durchtelefoniert. Sonst war nichts."

„Danke“, sagte der Alte, „wir brechen hier ab. Über den Verein wissen wir sowieso noch zu wenig.“ Dann teilte er für den nächsten Tag ein. Su sollte sich mit Hanna Proni unterhalten, von Frau zu Frau, wie er halb entschuldigend Richtung Berni erklärte. Der solle doch solang koordinieren. Er selbst hatte sich die Lehrer für halb elf bestellen lassen. Vorher wolle er mit diesem Doppeldoktor ausführlicher reden, hinterher mit der Professor Schadek, die ja auch im Verein sei. Ansonsten solle der Verein ruhig noch ein bisschen dunsten. Er sei überzeugt, dass neben den überfallsartig frühen Befragungen die späten am meisten brächten. Seine beiden engsten Mitarbeiter kannten diese Theorie natürlich längst, aber er breitete seine Thesen manchmal eben gerne aus. Ich werde alt, dachte er.

Berni rauschte verärgert ab, nicht weil er zum Innendienst verurteilt worden war, er koordinierte gern und gut. Er war sauer, weil er sich gleich auf die Asylwerber stürzen wollte. Das durfte aber nicht sein. Su war auch schon im Gehen, als der Alte fragte: „War das deine interessante Frage, der Mantel?“ „Nein“, sagte sie, „das ist mir erst später eingefallen. Die interessante Frage war: Wer wusste, dass diese Frau eine Perücke trug?“

Seit dem Anruf war Isolde noch aufgewühlter. Sie wusste nicht, was anfangen mit diesem Abend. Wohnung geputzt hatte sie schon. Das Essen, das sie sich gekocht hatte, war angebrannt, ungenießbar! Lesen ging nicht. Arbeiten auch nicht. Kino kam ihr pietätlos vor. Schwachsinn. Anrufen konnte sie niemanden, Heidi war in der Türkei. Fernsehen? Später, falls sie nicht schlafen – bestimmt würde sie nicht schlafen können. Sie zog sich Halbschuhe an und eine Jacke. Ein langer Spaziergang würde ihr guttun. Am Kanal. Oder in die Innenstadt. Beim raschen Gehen hörte das Denken irgendwann auf. Sie steckte nur den Wohnungsschlüssel ein und ging. Oder sollte sie doch Geld –?

Irgendwo was essen? Sie kehrte um und kramte die Geldbörse aus der Tasche. Und wenn der nette Herr Prager noch einmal anrief? Etwas wissen –? Also Anrufbeantworter anschalten! Dann schminkte sie sich automatisch die Lippen und fuhr sich mit der Bürste durchs Haar. Schrecklich sah sie aus in der alten Jacke, die nur noch zu Waldspaziergängen taugte. In die Innenstadt konnte sie so ja nicht. Als ob sie jemand anschauen, beachten würde. Der Prager hatte sie – aber der schaute sicher alle so an, alle Frauen. Ein Ermittlertrick. Sie stand zögernd an der Wohnungstüre. Er hatte nicht nach dem Zettel gefragt am Telefon. Also hatte wohl niemand etwas bemerkt. Sie fischte den Zettel aus der Tasche der Kostümjacke. „Das war deine letzte Missetat, du Sau!" Eine regelrechte Drohung. So deutlich war ihr das bisher noch gar nicht geworden. Konnte der Zettel wirklich von der Aberle –? Sie hatte ja nichts als den Aberle-Geruch im Konfer als Indiz. Nein, so ging das nicht. Sie musste gehen. Oder sollte sie den Zettel doch vernichten? Sie stand da, in einer Hand den Zettel, in der anderen die Türklinke, lehnte sich gegen die Türe, schloss die Augen. Sah eine riesige, grässliche Kopfwunde. Blutig. Und voller Maden. Sie riss die Augen auf und taumelte würgend in Richtung Klo. Da läutete es hinter ihr. Polizei? Panisch stopfte sie den Zettel zurück und keuchte so etwas wie „komme". Dann lief sie ins Bad, spritzte sich kaltes Wasser ins Gesicht und riss die Wohnungstüre auf. Hatte ja alles keinen Zweck.

Vor der Türe stand der Herr Prager. „Ist Ihnen nicht gut?", fragte er gleich. Sie schüttelte den Kopf, was ja oder nein bedeuten konnte. „Wollten Sie gerade gehen?" „Spazieren. Vielleicht essen", presste sie heraus. „Wollen Sie hereinkommen?" Blöde Frage. Auf der Fußmatte würde er stehen bleiben wollen. „Ich hätte noch ein paar Fragen", sagte er und blieb auf der Fußmatte stehn. Sie machte den Versuch einer einladenden Handbewegung, ihr drehte sich immer noch alles. „Aber spazieren und essen würden mir auch nicht schaden“, fuhr er fort, „sollen wir zusammen gehen?“ Sie nickte, rührte sich aber nicht von der Stelle. „Frische Luft wird Ihnen guttun.“ Er machte einen Schritt auf sie zu und nahm sie am Arm. War sie jetzt verhaftet? „Haben Sie Ihren Schlüssel?“, fragte er fürsorglich.

Sie gingen lange schweigend. Anfangs führte er sie am Arm. Aber die frische Luft, sie war wirklich frisch heute Abend, tat ihr gut. Er merkte, dass es ihr besser ging, und ließ sie los. „Weil wir uns so gut verstanden haben“, brach er dann irgendwann das Schweigen, „wollte ich Sie um ein paar Hintergrundinformationen bitten.“ Sie nickte. „Aber vielleicht sollten wir vorher was essen.“ Sie nickte wieder. Brav. Immer brav. Er steuerte sie in ein kleines italienisches Lokal. Beim Bestellen zeigte sich, dass sie noch eine Stimme hatte. Gepresst und rau zwar, aber immerhin.

„Kennen Sie das ‚Ella‘?“, fragte er, als sie bestellt hatten. Warum interessierte ihn das? „Nur dem Namen nach, ist mir zu teuer und zu mondän“, sagte sie, um irgendetwas zu sagen, und um die Stimme in Gang zu halten noch: „Gibt bessere Jazzlokale.“ „Sie mögen Jazz? Ich auch.“ Sie lächelten beide und tranken beide einen Schluck. Etwas wie Vertrautheit stellte sich wieder ein. Das sind eben seine Tricks, dachte sie, sehr wirkungsvolle Tricks. Das Lächeln oder das Trinken hatte sie ein bisschen entspannt. „Die Felb-Ederring war gestern Abend dort, im ‚Ella‘.“ „Typisch“, dachte Isolde und sagte es auch. „Wahrscheinlich ‚gesellschaftlich‘. Sie mochte gar keinen Jazz. Hatte sie ihren Sohn dabei?“ Prager nickte. „Kennen Sie ihn?“ „Flüchtig. Hockte ständig bei ihr im Direktionszimmer. Ein Muttersöhnchen. Sie hat ihn unheimlich gepusht. Sogar zum Kulturklüngel hat sie ihn mitgeschleppt, war keinem so ganz recht.“ „Warum?“ „Er ist ein arrogantes, kleines Arschloch“, rutschte ihr heraus. Prager lachte herzlich. „Entschuldigung“, murmelte sie. „Und die Tochter, kennen Sie die auch?“, fragte er, nachdem die Pasta gekommen war. Hoffentlich wurde Hanna nicht verdächtigt! „Besser. Ich habe ihr eine Zeitlang Nachhilfestunden gegeben." Wie es Hanna wohl ging? Sie war ein verrücktes Huhn gewesen, damals. Aber sie hatte sie gemocht. „Jetzt habe ich den Kontakt zu ihr aber ganz verloren. Eine blitzgescheite Person mit grässlichen Problemen." Er wollte nicht mehr über Hanna wissen. War das gut oder schlecht?

„Wenn Renate", der Einfachheit halber wohl nannte er sie jetzt auch nur noch so, „keinen Jazz mochte, war das vielleicht der Grund, dass sie früh weg wollte? Sie hat gesagt, sie sei sehr müde." „Sicher", nickte Isolde, „wenn sie etwas langweilte, wurde sie immer müde." „Aber sie könnte dann noch woanders hin sein?" Isolde überlegte. „Schon, aber sie war keine Frau, die gerne ohne Begleitung irgendwo hinging, da war sie recht altmodisch." „Vielleicht war sie verabredet?" „Könnte sein." Beide wickelten schweigend ihre Spaghetti. „Wie man zwischen sechs Uhr abends und sieben in der Früh ohne Schlüssel mit einer Leiche in die Schule kommt, dazu ist mir leider nichts eingefallen", sagte sie schließlich. Er meinte mampfend, das mache nichts, der Täter hätte ja Renates Schlüssel verwenden können. Isolde atmete auf. Wegen der Aberle. Nicht einmal, dass er mit vollem Mund gesprochen hatte, störte sie.

Dann wollte er mehr, alles wissen über Renate, die Eva Zimmrich und den Dr. Qualt. „Das Trio infernal", kicherte sie. War ihr das bisschen Wein schon zu Kopf gestiegen? Prager bestellte noch ein Viertel. Betrunken machen gilt nicht, dachte Isolde und redete weiter. „Die haben die Schule beherrscht, mussten alles unter Kontrolle haben. Haben ein regelrechtes Spitzelsystem aufgebaut. Wussten alles über jeden, versuchten jeden in dieses System hineinzuziehen. Wissen Sie, an sich ist Unterrichten ja ein sehr einsamer, aber auch sehr unabhängiger Job. Du und die Klasse. Da gibt es wenig Hilfe, aber auch wenig Kontrolle. Das Trio hat es dennoch geschafft, die Lehrer zu kontrollieren." „Wie?" „Indem die Qualle fast jede Supplierstunde übernahm, zum Beispiel. So konnte er den Wissensstand der Schüler abprüfen. Und indem man alles Material, das Schüler nicht sehen durften, im Sekretariat abgeben musste, wenn man es nicht nach Hause schleppen wollte. Wegen des nicht abgesperrten Konferenzzimmers. Absperrbare Schränke werden uns zwar seit Jahren versprochen, aber seltsamerweise ist nie Geld dafür da. Und das Konfer, das Konferenzzimmer, muss sowieso bald einmal renoviert werden, hieß es immer. Der Besen, also die Zimmrich, hat dieses Material kontrolliert. Das ist keine Unterstellung, zweimal ist sie dabei erwischt worden. Lärmkontrollen gabs auch. Wehe, es war in einer Klasse zu laut. Und Renate hat regelmäßig Profs zum Kaffee eingeladen und ausgehorcht. Vor allem die autoritären, die kaum eine Einladung brauchen, um über weniger autoritäre Kollegen herzuziehen, und die Schwachen, die Nichtpragmatisierten, die Vertretungen, die auf einen festen Job hoffen, die Lehramtskandidaten, die eine gute Beurteilung brauchen." „Und die haben Kollegen vernadert?" Prager fragte es ungläubig. „Ach wissen Sie", erklärte Isolde, „es ist so einfach, Menschen zu Spitzeln zu machen. Man hat ein bisschen Angst vor einem Gespräch mit der Direx, dann ist sie so nett, so gewinnend, man kommt ins Plaudern, verplappert sich, hat etwas erzählt ohne es zu wollen, und schon hat man die Barriere durchbrochen. Dann ist man erpressbar." „Hat das bei Ihnen auch funktioniert?" Er fragte nicht streng, eher teilnehmend. Isolde überlegte ernsthaft. „Nein. Versucht hat sie es schon. Mit dem Charme. Aber ich bin ein vorsichtiger, zurückhaltender Mensch. Ich verplaudere mich nicht so leicht." Stimmt gar nicht, dachte sie, im Augenblick verplauderte sie sich ganz schön. „Sie hat es dann noch mit Ironie versucht, heilige Isolde hat sie mich genannt, oder Schutzmantelmadonna, wenn ich nichts erzählen wollte oder andere verteidigt habe. Auch mit Demütigungen: Die

Dame Peterka oder die brillante Frau Dr. Peterka nannte sie mich gerne coram publico." „Ist das eine Demütigung?" „Von ihr schon." Sie hatte keine Lust, ihm zu erklären, dass sie in Renates Augen eine Versagerin mit blödsinnigen Vorurteilen war. Zimperlich und altmodisch. Eine Spießbürgerin. Und sie hatte auch keine Lust ihm von ihrer abgebrochenen akademischen Laufbahn zu erzählen. Deshalb sagte sie: „Mit den Schülern hat sie es genauso gemacht. Wenn einer was auf dem Kerbholz hatte, gleich wurde er ausgequetscht über andere." Dann schwieg sie. Er sah sie an.

„Eine Sache interessiert mich noch", sagte er schließlich. „An der Tür zum Direktionszimmer gab es Spuren von einem Klebeband. Als sei dort was befestigt gewesen. Ein Zettel vielleicht. Wurden da manchmal Zettel angeklebt?" Sie schüttelte den Kopf und schwieg. Sicher war sie jetzt violett im Gesicht. „Frau Dr. Peterka, war da ein Zettel an der Tür, als Sie heute ins Konferenzzimmer kamen?" Sie konnte nur nicken. „Was für ein Zettel, Frau Dr. Peterka?" Sie nahm einen Schluck Mineralwasser, die kleine Weinkaraffe war schon wieder leer. „Ein dummer Zettel", würgte sie heraus. „Haben Sie ihn?" Sie nickte. „Wo?" „Zu Hause." „Warum haben Sie ihn heruntergenommen?" Sie deutete auf ihre Augen wie eine Stumme. „Sie sind kurzsichtig", sagte er, „Sie wollten ihn lesen?" Sie nickte. „Und warum haben Sie ihn eingesteckt?" Sie zuckte mit den Schultern. Warum war er so geduldig und nett, so würde sie nie einen Ton herausbringen. „Sie waren wohl sehr verwirrt?" Sie nickte wieder, zuckte dann die Achseln. Nicht einmal ohne Worte konnte sie lügen. Was auf dem Zettel stand, fragte er nicht, obwohl das doch logisch gewesen wäre. Stattdessen verlangte er die Rechnung. „Wir holen jetzt den Zettel", erklärte er.

Er las ihn nicht einmal, fragte stattdessen, ob er noch reinkommen dürfe? Sie nickte. Irgendwie war sie erleichtert. „Ich habe leider nichts – einen Tee vielleicht?" „Gerne." Seit sie den

Zettel los war, fühlte sie sich absurderweise besser. Die Tränen liefen ihr zwar übers Gesicht, aber sie fühlte sich eindeutig besser. „Um diese Zeit trinke ich normalerweise meinen Beruhigungstee, Melisse und Johanniskraut. Ich kann Ihnen aber gern einen schwarzen machen." „Beruhigungstee klingt gut." Klang das eine Spur sarkastisch? Sie führte ihn in die Küche. Stellte Wasser zu. Als sie sich wieder zu ihm drehte, hatte er den Zettel glatt gestrichen. Wohl auch gelesen. Er sah sie an. „Ist ja schlimmer, als ich dachte." Sie nickte. Er sprach nicht drohend, nicht streng, eher traurig. Es machte sie total fertig. Sie sollte eine Tablette nehmen. Aber sie hatte zwei Gläser Wein getrunken. Nicht gut. Sie entschuldigte sich und ging ins Bad. Wusch sich das Gesicht. Nahm das Tablettenröhrchen aus dem Spiegelschrank. Legte es wieder hinein. Trank noch ein Glas Wasser. Sie musste zurück. Schleppend ging sie zum Herd, goss den Tee auf. Die Tassen schepperten ein wenig, als sie sie auf den Tisch stellte. Sie holte den Honig. Was noch? Stand unschlüssig herum. Hatte sie noch Kekse? „Setzen Sie sich endlich." Es klang barsch. Das half. Sie würde nie erwachsen werden. Seufzend setzte sie sich. Gehorsam. Gerade genug Widerstandsgeist, um zu seufzen. „Wen wollten Sie schützen?" Immer noch streng. „Niemand bestimmten", log sie, „die Schwachen –" Gott, sie log so schlecht. Sicher war sie schon wieder rot geworden. Er lächelte. Was gab es da zu lächeln? „Frau Dr. Peterka", sagte er, „Sie sind mir wirklich sehr sympathisch, aber Sie machen es mir schrecklich schwer." Sie blickte auf ihre grässlichen Halbschuhe. „Sie sind mir auch sehr sympathisch", sagte sie gegen ihren Willen. Er lächelte, eher zufrieden, nicht spöttisch. „Sagen Sie mir schon, wen Sie beschützen wollten." „Jetzt machen Sie es wie Renate." Sie merkte, dass er sofort verstand. „Schon", gab er zu, „aber ich ermittle in einem Mordfall. Da kann man nicht immer die höchsten moralischen Maßstäbe anlegen." Nun lächelte er fast verlegen und sie merkte, dass sie ihn mit offenem Mund anstarrte. „Die Aberle“, würgte sie heraus. „Wen?“ „Hertha Aberle, Physik und Mathematik, unterrichtet aber nur Physik. War heute nicht da. Seit dem Tod ihrer Mutter ist sie ein bisschen eigen. Schleppt ständig den stinkenden alten Hund ihrer Mutter mit sich herum. Einen Chihuahua. Deshalb gehen ihr alle aus dem Weg. Weil sie selber schon stinkt. Um sie ein bisschen zu verstehen, muss man wissen, dass sie ihre schwerkranke Mutter jahrelang gepflegt hat, bis sich die dann das Leben genommen – Hat die Aberle wohl nicht verwunden. Jetzt muss sie eben den Hund herumschleppen.“

Er nickte. „Und warum meinen Sie, dass diese Aberle den Zettel geschrieben hat?“ Sie zuckte die Achseln, schenkte Tee ein. Er kostete. „Hat es in letzter Zeit einen Vorfall gegeben?“ Sie schüttelte den Kopf. Er überlegte und trank. „Haben Sie eine gute Nase?“ Sie zuckte wieder die Achseln. „Sie haben also eine gute Nase und als Sie heut früh ins Konferenzzimmer gekommen sind, haben Sie den Hund der Aberle gerochen. Deshalb haben Sie die Fenster aufgerissen.“ Er nickte und war offenbar mit sich zufrieden. „Den Hund und das Parfum“, rutschte ihr heraus. „Die Aberle verwendet ein sehr starkes Parfum, um den Hundegeruch zu kaschieren. Funktioniert aber nicht. Wird nur schlimmer.“ Jetzt war alles heraußen, jetzt konnte sie reden. Und sie redete schnell. „Weil ich den Geruch wahrgenommen habe, sehr deutlich, und weil die Aberle so selten wie möglich ins Konfer kommt, habe ich angenommen, dass sie den Zettel hingepickt hat. Aber es kann auch ein Schüler gewesen sein oder sonst wer, und die Aberle war zufällig auch im Konfer. Zuerst hatte ich tatsächlich Angst, sie habe mit Renates Tod zu tun, als ich noch nichts wusste von Mord. Schreck, Herzinfarkt oder so, dachte ich. Als ich dann hörte, dass Renate – und nicht im Konfer, da wusste ich, die Aberle kann das nicht gewesen sein. Nur war es da zu spät, den Zettel herauszurücken. Und wozu auch, wenn er nichts mit dem Mord zu tun hat?“ Er schüttelte den Kopf. „Sie reden sich in einen Strudel. Sie haben vielleicht recht, dass Einbruch und Zettel nichts mit dem Mord zu tun haben, durchaus denkbar, aber diese Aberle hat, wenn ich mich recht erinnere, einen Schlüssel. Und sie hatte ja wohl Grund, die Direktorin zu hassen. Wieso soll sie es nicht gewesen sein?“ „Ach, wissen Sie, erstens ist die Aberle ein ganz sanftmütiges Wesen. Zweitens ist sie zwar recht groß, um einiges größer als ich, aber sie ist sechzig und körperlich nicht besonders beisammen, hat es mit den Bandscheiben und den Knien. Ich kann mir nicht vorstellen, wie die Aberle Renate vor dem ‚Ella' oder vor der Villa auflauert, ihr die Perücke herunterreißt, ihr den Schädel einschlägt, ihr die Perücke sorgfältig wieder aufsetzt und sie in die Schule schleppt, dann seelenruhig einen vorbereiteten Zettel kopiert und anpickt. Und das alles mit dem Hund unter der Jacke!“ Er musste über ihre Schilderung lachen, wenigstens das. „Wer wusste eigentlich von der Perücke?“, fragte er unvermittelt. „In der Schule? Also ich nicht. Ich wüsste auch gar nicht“, überlegte sie laut, „wann das angefangen haben könnte. Sie hat die Frisur manchmal gewechselt, auch die Haarfarbe leicht. Rot war sie ja wohl von Natur, nur die Schattierungen änderten sich ab und zu.“ „Wer kannte sie besser?“ „Auf jeden Fall der Besen. Und die Schadek. Sonst war sie mit niemandem von der Schule privat befreundet.“ „Mit der Qualle?“ „Nein, die Qualle hat sie nur benutzt. Außerdem, wenn es jemand gewusst hat, dann sicher kein Mann.“ Er nickte zustimmend. „Ein Liebhaber vielleicht“, schränkte er dann ein. „Ein Liebhaber schon gar nicht. Außerdem hatte sie keinen Liebhaber in der Schule. Sie hat zwar gern kokettiert, geflirtet, mit den Jüngeren, aber weiter ging das nie.“ „Sind Sie da ganz sicher?“ War sie da ganz sicher? Nein, natürlich nicht. „Erzählen Sie mir von der Qualle“, forderte er. Sie zögerte. „Ich krieg ja sowieso alles raus, was es rauszukriegen gibt. Wenn Sie es mir erzählen, gehts einfach schneller." Das stimmte wohl. Seufzend erzählte sie ihm, was sie wusste.

„Renate und er waren Studienkollegen. Geschichte, Englisch. Er hat in Geschichte promoviert, sub auspicies." „Kannten Sie ihn damals schon?" „Flüchtig. Von einem Proseminar in Philosophie. Er war klein und dicklich und ein penetranter Angeber, fand ich, aber er galt als Leuchte und sein Wissen war wirklich phänomenal. Er war nicht nur ein Streber. Jedenfalls, er wäre gern an der Uni geblieben, nur gab es da gerade nichts. Immerhin bekam er eine Stelle an einer sehr akademisch orientierten Schule. Nach ein paar Jahren gab es einen Vorfall. Er hat einem Schüler in die Haare gefasst, der hat ihn daraufhin gegen das Schienbein getreten, und der Qualt hat ihm eine getuscht. Nicht genug für eine Fristlose, aber er musste weg aus der Schule und arbeitete jahrelang bei der Prüfungsstelle. Eine trostlose Büroarbeit. In dieser Zeit studierte er dann noch Mathematik. Noch ein summa cum laude. Aber keine Aussichten. Endlich bekam er nach zahllosen Eingaben die Chance, wieder als Lehrer zu arbeiten. Machte Vertretungen, hüpfte von Schule zu Schule und landete auch am Dante. Renate war gerade Direktorin geworden und setzte alle Hebel in Bewegung, um ihm die inzwischen frei gewordene Stelle bei uns zu verschaffen. Sie hatte sein Talent für Administration erkannt. Sie wälzte die gesamte Verwaltungsarbeit auf ihn ab und unterrichtete stattdessen selber, was sie gerne tat. Und hatte einen Sklaven. Gerade ein paar Stunden Geschichte in der Oberstufe ließ sie ihn geben. Er war aus einem hoffnungsvollen jungen Akademiker im Lauf der Jahre die Qualle geworden; rückgratlos, würdelos, schäbig und gemein. Renate drückte beide Augen zu, wenn er wieder einmal einem Schüler in die Haare fuhr; er hat da so eine Methode entwickelt, einzelne Haare auszureißen, das ist schmerzhaft, aber kaum nachweisbar. Sie drückte auch beide Augen zu bei seinen kleinen Geschäften; er verkauft zum Beispiel Klopapier, das er für die Schule bestellt, zu günstigen Preisen an Kollegen, auch Karteikarten und so. Es ist kein Betrug. Das nicht. Er macht nur kleine Profite damit." „Haben Sie auch Klopapier gekauft?", fragte Prager lächelnd. „Nein, ich brauch ja so wenig", lächelte sie zurück, „und ich trag es nicht gerne durch die halbe Stadt. Schmeckt Ihnen der Tee?" „Das nicht", gestand er, „aber er beruhigt." Sie lachten zusammen. Das war so angenehm. Sie hätte gern die ganze Nacht mit ihm weitergeredet.

„Erzählen Sie mir auch vom Besen?" Isolde wollte nicht so recht. „Eva Zimmrich und Renate waren wirklich befreundet?" Ist ja egal, dachte sie. Nur weiterreden, nur nicht alleine sein. Der Druck wegen des Zettels war zwar weg, aber die Bilder konnten wiederkommen. „Ja, sie waren Freundinnen. Vielleicht", überlegte sie, „wegen der Töchter. Hanna hat ja eine Zeitlang Drogen genommen, gekifft eben, und die Tochter von der Zimmrich auch, aber die hat gedrückt. Renate hat sie in einem Entzugsprogramm untergebracht, dem besten, aber es hat nichts genützt. Die Tochter ist gestorben." Sie verstummte, das war einfach kein Tratschthema. „Da hat Renate der Zimmrich dann sehr geholfen, sich ständig um sie gekümmert", setzte sie hinzu, um einmal etwas ganz Positives über Renate sagen zu können. Sie holte die guten Kekse, die sie doch noch hatte. „Vielleicht war die Zimmrich für sie auch die unscheinbare Freundin." Er sah sie fragend an. „Sie wissen schon, schöne Mädchen wählen sich oft eine unscheinbare Freundin als Folie." „Aber die Zimmrich ist ja nicht unscheinbar. Bis auf diesen Haarbesen sieht sie eigentlich gut aus." „Ja, es ging wohl weniger um Schönheit als um Erfolg. Zwei kleine, rothaarige Mädeln aus der Provinz, und was hat die Zimmrich daraus gemacht? Und was Renate!" Er nickte, sagte aber nichts. Der Tee schien zu wirken. Oder war er einfach müde? „Jetzt erzählen Sie mir noch von der Schadek", sagte er schließlich, „dann muss ich, glaub ich –" „Oh je, das kann aber die ganze Nacht dauern. Wie kommen Sie denn auf die?" „Sie haben gesagt, sie war mit Renate befreundet?" „Befreundet war vielleicht übertrieben, sie verkehrten gesellschaftlich miteinander, wie es so schön heißt. Und in der Schule hatte die Schadek immer Renates Ohr. Wissen Sie", brach es plötzlich aus Isolde heraus, „die Schadek ist eine Autoritäre, die verkörpert geistlose, dummdreiste Autorität." Sie brach ab, erschrocken über ihren Hassausbruch.

„Unter den Lehrern", erklärte sie dann etwas ruhiger, „gibt es zwei Gruppen: Liberale und Autoritäre. Das deckt sich nicht mit links und konservativ. Auch nicht mit jung und alt. Von den jüngeren Turnlehrern ist zum Beispiel Petra liberal, Kevin autoritär. Die meisten Lehrer sind eher liberal, sozusagen von Natur. Liberal ist natürlich nur ein Hilfsausdruck." „Menschenfreundlich", schlug er vor. Das wollte er also sein, der Prager! „Ja", lächelte sie, „kinderfreundlich. Sie sind Lehrer geworden, um Kinder zu fördern, zumindest haben sie irgendwann einmal so gedacht. Oder sie sind es geworden, weil sie zu träge waren, etwas anderes zu werden, oder zu ängstlich, jedenfalls nicht aus Machthunger. Aber die Autoritären, die wollen Macht, wenigstens über Kinder, Jugendliche. Sie wollen sie zurechtstutzen, die Bäume nicht in den Himmel wachsen lassen, sie nach ihrem Bild formen. Und unter Renate und ihren Helfern hat die kleine Fraktion der Autoritären die Oberhand bekommen. Das kann schnell gehen. Viele von den Menschenfreunden haben ja kein Konzept, sie mögen Kinder einfach, haben Mitleid mit den Schwachen, Respekt vor den auffälligen Begabungen, ein gewisses Verständnis für Pubertätsprobleme et cetera. Und wenn sie schon ein bisschen müd und desillusioniert sind, fallen sie leicht um. Unsere Autoritären am Dante sind aber nicht einfach nur autoritär, die glauben an eine Elite. Und wollen dazugehören. Sie wollen nur die gescheitesten, besten, angepasstesten Schüler unterrichten. Die Leistungswilligen! Leistung ist ihr Dogma. Sie wollen das Dante zu einer Eliteschule machen. Wohlhabende Leistungsträger aus der ganzen Stadt sollen ihre Kinder zu uns schicken. Die sollen am besten einen Konkurrenzkampf um die Plätze austragen. Das ist ihre Vision." Sie verstummte. „Da haben sie ja nicht viel Gegenwind", seufzte Prager und fragte: „War Renate auch so eine – Elitistin?" Sie überlegte. So einfach war das nicht. „Ja", sagte sie schließlich, „nein, Renate ging es um Erfolg."

Macht hatte sie eigentlich sagen wollen. Aber Erfolg war natürlich richtig. „Ich glaube, Erfolg war ihr Motor. Und ihre Sucht." Sie verstand sie plötzlich so genau. Und so gut. Sie redete schnell. „Sehen Sie, Renate wollte zuerst zum Theater, im Erfolg baden. Hat ihr aber wohl zu lange gedauert, bei ihr musste immer alles schnell, schnell gehen. Also lieber reich heiraten. Auch ein Erfolg. Später, in der Politik, hatte sie einen schnellen Erfolg, doch dann wurde es mühsam. Vielleicht hat sie da gelernt, wie eng Macht und Erfolg zusammenhängen. Als Direktorin war sie die ersten Jahre mit dem Umbau der Aula beschäftigt. Der wurde zum Triumph. Aber dann? Es muss ja immer weitergehen. Und weiter. Aufwärts. Nicht stagnieren. Reich war sie schon, prominent auch. Wie neue Erfolge einheimsen? Als Direktorin eines kleinen Gymnasiums in der Vorstadt? Sie verbündete sich eben mit den Elitären, um die Schule zu etwas Besonderem zu machen. Aber nur elitär ist uncharmant, fad. Deshalb brauchte sie den Kulturklüngel. Für den Glamour. Den Rest der Profs musste sie auch bei der Stange halten, konnte sie ja nicht rauswerfen. Um das alles unter einen Hut zu bringen, brauchte sie Macht. Und dafür brauchte sie ihr System." Isolde verstummte, fast bestürzt. So klar hatte sie das noch nie gesehen.

„Und die Schadek?", fragte er nach einer Weile, als wüsste er schon, dass sie weiterreden musste, wenn er auf den Schadek-

Knopf drückte. „Die ist gegen Renate ein Waserl", musste Isolde zugeben, „die ist nicht raffiniert, hat kein System, lief nur ständig zur Direx und hat ihr in die Ohren geblasen, wer weg musste. Manchmal hat Renate sogar einen begabten Schüler gerettet, aber meistens hat sie auf die Schadek gehört. Ich glaub, ich krieg Wimmerln, wenn ich über die Schadek rede." Er nickte. „Ich kenn solche Typen. Bei uns gibts nicht wenige davon. Ich krieg bei denen auch Wimmerln." Sie lachten wieder ein bisschen gemeinsam, aber befreiend war es nicht.

Als er gegangen war, plötzlich hatte er ganz alt ausgesehen, legte sie sich in die Wanne, bedauerte alles, was sie gesagt und getan hatte, dachte an die Aberle, die sie nicht hatte schützen können, dachte an Renate, deren Problem sie plötzlich verstand, sah wieder die grässliche Wunde mit den Maden oder Würmern – oder war das, was da herumkroch, Renates Hirn? Sie schreckte hoch.

*Freitag*

BB hatte schlecht geschlafen und war schon vor sechs aufgewacht. Um halb sieben war der Morgensport absolviert und er stand geduscht und angekleidet in der Küche, machte sich einen Pulverkaffee und goss Milch über ein Vollkornmüsli. Er war nicht gern in der Küche, deshalb machte er sich nur diese allereinfachsten Sachen und trug sie ins Wohnzimmer. Das Müsli schmeckte nicht so gut, wie wenn Gudrun es ihm mit frischem Obst zurechtmachte, und der Kaffee war ihm viel zu stark geraten. Untrinkbar. Gudrun musste erst in einer Stunde aufstehen. Ich hätte sie trotzdem wecken sollen, dachte er, aber es war auch schon egal. Am liebsten wäre er sofort losgestürmt und hätte diese Asys aus ihren Betten geklingelt. Bevor er ab neun als Koordinator im Büro sitzen musste, hätte er sicher alles Mögliche aus denen herausgebracht, ein bisschen früher aufstehen hätte ihnen ja nicht geschadet. Nur, er hatte die Adressen der Bimbowohnungen nicht. Es war zu blöd. Er könnte wen anrufen, diese Schadek zum Beispiel, Nummer stand auf der Telefonliste der Schule, aber rief man die Gattin eines Generaldirektors vor sieben Uhr früh an, wenn es nicht um Leben und Tod ging? Außerdem wollte der Alte heute mit der reden, wenn sie dann sauer und unkooperativ war, weil er sie aus dem Bett geklingelt – wär nicht so gut.

Gegen die ausdrückliche Anordnung des Alten würde er sowieso verstoßen, wenn er sich an die Bimbos ranmachte, das war aber egal, der Alte stand ja schon auf der Abschussliste, und auf jeden Fall wollte er diesem Gutmenschen bei den Asylschnorrern ins Handwerk pfuschen. Er, BB, wollte den Fall lösen und die Lösung lag dort. Da war er sicher, fast. Ja, er wollte ihn lösen, dann konnte er dem Alten immer noch großzügig einen Teil der Lorbeeren abtreten. Wenns unbedingt sein musste. Aber er wollte den Erfolg, brauchte ihn! Er musste ins Büro.

Kurz vor sieben. Immer noch zwei Stunden Zeit, die musste er nutzen. Nachmittags würde ihn der Alte einteilen. Am Vormittag beim Koordinieren konnte er zwar seine eigenen Ideen verfolgen, aber er konnte nichts tun. Diese ständige Abhängigkeit ging ihm langsam so auf den Geist!

Die Telefonzentrale hatte Nachrichten. Von Achmed: Das Alibi von Egon war dicht. Der war sowieso schon so gut wie aus dem Schneider, der Schwulibubi. Und von Herb: Der hatte den Taxler immer noch nicht aufgetrieben. Na, dem würde er was erzählen. BB warf den Computer von Su an und suchte die Adressen. Bei ihr war alles sagenhaft übersichtlich. Musste man ihr leider lassen. Die eine Wohnung war nicht weit weg. Zehn Minuten, wenn der Verkehr nicht zu arg war. Konnte sich ausgehen. Er stürmte los. Und stieß fast mit dem strahlenden Herb zusammen. Der hatte den Taxler im Schlepptau. War auch nicht schlecht. Wäre nicht schlecht gewesen, wenn nicht gleich nach Herb und dem Taxler der Alte aufgetaucht wäre. Was hatte der da zu suchen? Um die Zeit? Sollte sich lieber ausschlafen. Ach, Herb hatte ihn angerufen. Na, das würde der büßen, hätte ja ihn – oder –, er griff nach seinem Handy. Mist, abgeschaltet. Er hatte wirklich kein Glück.

Der Taxler war ein Jugo. Sprach aber gut Deutsch. Wenigstens. Und konnte sich an die Fahrt genau erinnern. „Hab die Fuhr 22.39 Uhr am Bristol aufgenommen. Sie hat nix geredet, ihr Begleiter hat die Adresse –“ „Diese Adresse?“ „Genau. Dann hat ihr Handy geklingelt. Sie hat nur gesagt: ‚Ach, du bists.‘ Nicht freundlich. Dann gesagt, sie ist müde, sie will nicht. Und dann, schön, sie kommt. Dann hat sie mir das neue Fahrziel angegeben. Café Jenseits. Heißt so, weil es jenseits vom Kanal liegt, von der Innenstadt aus“, erklärte der Taxler. Gab ihnen die genaue Adresse. Alle waren elektrisiert. BB telefonierte gleich nach Spurlis und Einsatzwagen; der Alte wollte wissen, ob dem Taxler noch was aufgefallen sei. „Nichts, hab sie da abgesetzt, vis-à-vis, weil sie das so wollte. Hat gezahlt, wenig Trinkgeld." Ob sie ins Café gegangen ist? Wusste er nicht. „In dem Moment ist ein Funk gekommen, hab mich konzentrieren müssen, um die Fuhr zu kriegen." Ob sie bestimmt gesagt hat, ach, du bists? „Bestimmt." „Nicht, ach, Sie sinds?" „Bestimmt nicht." Der Alte bedankte sich sehr höflich, zu Ausländern war er immer extra höflich, so richtig schleimig. Dann gings los.

„Berni, Herbi sofort los. Achmed anrufen, soll dazustoßen. Berni so bald wie möglich zurück, koordinieren. Oder Achmed. Meinetwegen. Ich muss um viertel zehn – Warum hat keiner an das Handy gedacht! Su anrufen! Muss es orten lassen, bevor sie – Die Handynummer? Da! Ich machs selber." Der Alte riss Herb, der Su schon dran hatte, den Hörer aus der Hand. Sie sollten endlich los, bellte er, „Foto nicht vergessen!"

Blöde Panne mit dem Handy, ja. Und dass keiner an die Handynummer – Wenn das rauskommt! So ein Anfängerfehler! Wir sind zu wenig erfahrene Leute für den Fall. Und der Alte macht einen so konfus mit seinen Resümees und Analysen. Schon wichtig, kann was bringen, aber wenn für die Routine keine Zeit bleibt, wenn man an die einfachsten Sachen nicht denkt! Das muss besser gehen. Ich werde das besser machen.

BB versuchte sich zu erinnern, ob eine der Adressen in der Nähe dieses Cafés lag. Die Tochter wohnte so ziemlich am anderen Ende der Stadt. Die Reichen wohnten auch nicht da, klar. Die Adressen der Lehrer hatte er nicht im Kopf. Aber die eine Bimbowohnung, ja, nicht die, zu der er fahren wollte, die andere musste da wo sein. An einer Ampel fischte er den Stadtplan aus der Seitentasche. Genau! Praktisch ums Eck. Seine Stimmung hob sich. Soll ich das dem Alten –? Nein. Ich schick Achmed ins Büro, hat er mir ja freigestellt, und geh selbst da vorbei.

Ganz spontan. Kein Verstoß gegen Anordnungen, Eigeninitiative! Vielleicht hab ich ja doch noch Glück in dem Fall.

Der Alte lenkte seinen Wagen durch den ziemlich dichten Verkehr. Er hatte in der Schule angerufen, nach der Tasche gefragt, war da nirgends, und nach Renates Handy. Sie hatte drei! Ein privates, ein Diensthandy von der Schule und eins für den Verein. Er hatte sich die Nummern geben lassen, noch einmal Su angerufen, dann wieder die Schule und sich von der Zimmrich erklären lassen, wie Renate das handhabte mit den drei Handys. „Das Schulhandy wurde immer um 18 Uhr ab- und erst in der Früh wieder angeschaltet, außer es gab abends eine Schulveranstaltung natürlich. Das private war immer an." „Immer? Wohl nicht während Konzerten und so?" „Doch, immer, rund um die Uhr. Reni, also die Frau Direktor, hatte es auf stumm gestellt." „Immer stumm?" „Immer stumm." „Und das Vereinshandy?" Da wusste die Zimmrich nicht so Bescheid. Nur dass es einen anderen Klingelton hatte als das Schulhandy. „Eine bekannte Melodie?" „Nein, das fand die Frau Direktor kitschig." Er ja auch, aber jetzt wärs praktisch gewesen. Er hatte Su noch einmal angerufen und ihr erklärt, was er erfahren hatte. Dann den Taxler ausfindig gemacht und gefragt, ob das Handy wirklich geklingelt hatte? „Hundertpro." Ob er sich an den Klingelton erinnern könne? „War ein Standardton." „Danke." Dann hatte er Renates Sohn gebeten, in der Wohnung nachzuschauen, ob da ein Handy – Hatte Su auch schon gemacht, das Schulhandy war abgeschaltet in der Wohnung gelegen. Also war auf dem Vereinshandy angerufen worden. Scheiße. Und er hatte noch nichts wegen des Zettels – Es war alles zu viel.

Es geht mir nicht gut, registrierte er beim Fahren, die Spaghetti, der Wein, der wenige Schlaf. Er hatte heute eine Magentablette genommen, nehmen müssen, dafür schmerzte der Rücken, und er hatte diesen Druck um den Kopf. Andererseits fühlte er sich belebt, irgendwie wacher. Und gestern Abend hatte er gar nicht mehr an seine Schmerzen gedacht. Sogar die blöde Furzerei hatte aufgehört, sonst hätte er sich ja nicht in Isolde Peterkas damenhafte kleine Wohnung gewagt. Damenhaft oder altjüngferlich? Er war sich nicht sicher.

Im Sekretariat bat er, den Fragebogen für den Lehrkörper, den er gestern vorbereiten hatte lassen, zu kopieren. Es ging um Handynummern, Schlüssel, Autos, Zweitadressen, Alibis. Er konnte nicht jeden einzeln befragen, war nicht zu schaffen, aber er wollte wenigstens die kompletten Daten. Er rief noch schnell im Büro an, Achmed war dran. Hatte Berni ihn also wirklich – Ihm sollte es recht sein. Gab den Auftrag, alle Adressen in dem Fall zu prüfen, ob eine in der Nähe dieses Cafés lag. Das war was, woran Berni vielleicht nicht dachte. Man wusste ja nie, woran der denken würde. Manchmal war er hellwach, dann wieder einfallslos. Wie wir alle eben, dachte der Alte, aber sein eigener Verstand arbeitete jetzt glücklicherweise gut. Vielleicht war es das Migränepulver gestern?

Die Qualle hatte ein kleines Büro neben dem Sekretariat, vollgeräumt mit Aktenschränken, Rollladenkästen, Stellagen, einem viel zu großen Schreibtisch. Als wären alle überflüssigen Büromöbel hier gelandet. Vor dem Schreibtisch gab es einen schäbigen alten Holzstuhl, ärarisch, dachte der Alte zu seinem eigenen Erstaunen. Der war aber genau richtig für seinen Rücken. Durch das offene Fenster drang starker Verkehrslärm. Er bat, es zu schließen.

„Sie kannten die Frau Direktor schon lange?“, eröffnete der Alte das Gespräch. „Also, genau, wir waren Studienkollegen, gleiche Fächer, gleicher Jahrgang, da trifft man sich natürlich in Seminaren und Vorlesungen. Renate hat allerdings nur Lehramt gemacht, war dann weg von der Uni.“ „Sie waren per du?“ „Also, teils, teils, damals natürlich schon“, die Qualle begann zu schwitzen, „später wollte das Renate nicht so gerne, fand es unpassend, war ja mit kaum jemandem hier per du. Ich durfte sie aber Renate nennen und wenn wir allein waren, haben wir uns gelegentlich noch geduzt." „Waren Sie befreundet?" „Damals oder jetzt?" „Damals." „Also, befreundet ist so ein diffuser Begriff. Ein paar Semester lang waren wir recht viel zusammen, gleiche Interessen, derselbe Freundeskreis. Aber Renate ist ja dann zum Theater. Da gingen unsere Wege auseinander." Der Alte dachte an das, was ihm Isolde Peterka über die Qualle erzählt hatte. Einen Augenblick bedauerte er den Fetten, dann dachte er an seine vielleicht pädophile, vielleicht sadistische Seite, und dann läutete sein Handy. Er murmelte eine Entschuldigung.

Achmed hatte zwei Adressen in der Nähe vom „Jenseits" gefunden, „und zwar eine Wohnung, in der der Verein Asys untergebracht hat, die ist in der Mohrenstraße, ist doch fett? Und eine Zweitwohnung von Dr. Qualt." „Fett", sagte der Alte und gab den Auftrag, die Asylwerber sofort aufs Revier zu holen, samt Lehrern und Betreuern. Achmed könne schon einmal Alibis überprüfen und Fingerabdrücke nehmen lassen. Der lachte. „Du glaubst echt, die Fingerabdrücke von den Asys haben wir noch nicht?" „Na, dann eben von den Betreuern, und find raus, wer der Schützling der Toten gewesen ist. Auch Handys überprüfen. Wenn Su kommt, könnt ihr die Leute schon ein bisschen befragen. Und der Streife einschärfen, dass sie höflich und nett zu den Burschen ist. Sag ihnen am besten, die blöden Niggerkanaken haben leider, leider Beschützer ganz oben." Achmed kicherte, der Alte sicherheitshalber auch, um der Qualle zu signalisieren, dass das nicht ernst gemeint war. „Was hört man von Berni?" „Hat Schwierigkeiten, an den Besitzer und das Personal ranzukommen, ist ein Abendbetrieb. Aber den Tatort haben sie. Am Kanal unten. Die Spurlis suchen noch die Umgebung nach Mantel und Handtasche ab. Und das Privathandy ist geortet. Frage nicht wo." „In einem Müllauto."

„Erraten. Wir konntens grad noch stoppen, bevor es die Fuhr auskippte. Lustig wird das nicht für die Spurlis und sofort kann auch gar keiner hin. Das Müllauto kam übrigens aus der Umgebung der Schule, das hab ich gecheckt." Der Alte lobte ihn ein bisschen für seine Umsicht und verlangte dann noch, dass die Suche nach dem Mantel zurückgestellt und das Handy vorrangig behandelt werde. Langsam ging was weiter.

Während des Telefonats war er aufgestanden, wegen seines Rückens, jetzt ging er ohne groß zu überlegen am Schreibtisch und an der Qualle vorbei zum Fenster und öffnete es. Im Zimmer hatte sich nämlich ein unangenehmer Geruch breitgemacht. Die Qualle stank. Aus dem Mund und nach Schweiß und auch sonst irgendwie. Er atmete tief durch und entschuldigte sich, Kopfschmerzen. Als er sich umdrehte, sah er auf einem Hocker neben dem Sessel der Qualle ein Fressaliendepot. Fettige Wurstpapiere, Käse, der offen dalag, irgendein geöffnetes Tetrapak, eine fast schwarze Banane, ein halb angefaulter Apfel, Schokolade und angebissene Kuchenstücke. Ihn grauste. Er drückte sich schnell durch den Gang zwischen dem Schreibtisch und einem Rollladenkasten – dass der Fettsack da überhaupt durchkam!

„Sind Sie eigentlich pädophil?" Der Qualt sah ihn entrüstet an. „Hat die Direktorin davon gewusst und Sie erpresst?" Jetzt geriet der Mann hinter dem Schreibtisch in Rage. „Wer behauptet so was? Renate wusste haargenau, sogar aus eigener Erfahrung, dass an solchen gemeinen Gerüchten nichts dran ist. Außerdem bin ich verheiratet." „Das beweist nichts", erklärte der Alte ruhig, „viele Pädophile sind verheiratet. Und was wusste Renate? Hatten Sie ein Verhältnis mit ihr?" Jetzt druckste er schon wieder, der Fette. „Also, ein Verhältnis kann man nicht – Renate war damals kein Kind von Traurigkeit, wir sind uns einmal auf einer Fete nahegekommen, nichts Ernstes, Petting und so." Hast wohl keinen hochgekriegt, dachte der

Alte gemein. „Dass Sie Schülern in die Haare fahren und Ihnen einzelne ausreißen, ist bekannt." „Das kann nur diese blöde Peterka erzählt haben", die Qualle war jetzt völlig außer sich, „aber ich habe sie gewarnt, wenn sie nicht aufhört mit diesen dummen Anschuldigungen, lasse ich alle wissen, warum ihre akademische Karriere so plötzlich zu Ende war. Und Renate hat ihr das auch gesagt." Der Alte wurde innerlich blass, vielleicht auch äußerlich. Er ging zur Tür und verlangte, dass man Frau Dr. Peterka hereinschicke. „Sobald sie kommt!" Was hatte ihm die Person denn noch alles verschwiegen? Er durfte die Qualle jetzt nicht auslassen. „Wo waren Sie gestern Abend zwischen zehn und eins?" „Zu Hause." „Kann Ihre Frau das bezeugen?" „Also, wir wohnen nicht zusammen. Ich hab eine eigene kleine Wohnung." „Aha. Drüben, auf der anderen Seite vom Kanal?" „Nein, da wohnt meine Frau. Ich wohne hier bei der Schule, nur zwei Straßen weiter." Scheiße, scheiße, scheiße. Was wussten Sie über Renate Felb-Ederring, womit haben Sie sie erpresst, wollte er gerade fragen, als es klopfte. „Herein", brüllte er unbeherrscht, und Isolde Peterka kam. Er hatte jetzt wenig Lust auf damenhaften Charme, trotzdem beruhigte ihn ihr Anblick ein wenig. Nein, dachte er, nein. „Wieso haben Sie mir nicht gesagt, dass Sie Dr. Qualt in flagranti erwischt haben? Wann und wo und wie war das?" Sie errötete. Hold, dachte er, lieblich. Obwohl sie fünfzig war. „Es ist – ja, genau drei Wochen her. Mir ging es nicht gut und meine Tabletten waren mir ausgegangen, deshalb musste ich in die Apotheke und habe mich zwanzig Minuten verspätet. Dr. Qualt war in meiner Klasse. Als ich kam, hatte er gerade seine Hand in den Haaren eines Schülers, kraulte ihm sozusagen den Kopf und dann hat er ihm ruckartig ein oder zwei Haare ausgerissen, vor meinen Augen, und hat dabei gegrinst. Die Schüler haben mir bestätigt, dass er das öfter macht. Ich bin gleich mit ihm raus. Auf dem Gang hat er gedroht, allen zu erzählen, an welcher

Krankheit ich leide, wenn ich nicht den Mund halte. Ich habe ihm gesagt, das sei mir egal, und bin zurück in die Klasse. Nach der Stunde bin ich zur Direx und habe ihr davon berichtet. ‚Macht es das schon wieder, das Säuli', hat sie gesagt. Fand es offenbar nicht so schlimm. Ich hab gedroht, ihn zu melden, da hat sie mir lange erzählt, was für ein elendes Leben er habe, dass es aus mit ihm wäre, wenn die Sache bekannt würde, und dass ich doch ein bisschen Mitleid, Verständnis haben und mich nicht als heilige Johanna aufspielen solle, ich sei doch eher die heilige Elisabeth." „Sie hat Sie nicht zu erpressen versucht?" „Renate? Nein. Die hat nie auf meine Krankheit angespielt. Sie hat mich bequatscht. Und versprochen, dass er nicht mehr in die Unterstufe geschickt wird. Er macht es nur bei den Kleinen, hat sie mir versichert." Der Alte schob sie zur Seite und riss die Tür auf. „Hat es in letzter Zeit in puncto Supplierstunden neue Anweisungen gegeben?" „Es war davon die Rede", antwortete die Zimmrich lächelnd, „dass das System geändert werden muss. Kollegen haben sich beschwert, weil sie kaum je Supplierstunden bekommen. Für manche bedeutet das ja eine finanzielle Einbuße." „Aha. Und hat Dr. Qualt in letzter Zeit suppliert, in den letzten drei Wochen?" „Nur kurz beaufsichtigt, am Mittwoch, die 2b." „Verstehe", nickte der Alte und sah die Peterka an. Nach der Krankheit wollte er sie nicht coram publico fragen. „Ich hab schwere Depressionen", sagte sie ungefragt, „aber ich bin gut eingestellt. Es ist wirklich keine Schande, aber es ist auch nicht so angenehm, wenn es alle wissen. Man wird nicht für voll genommen." Die Zimmrich durchbrach schließlich das Schweigen. „Der Lehrkörper wartet übrigens." „Verteilen Sie doch schon einmal die Fragebögen", sagte der Alte ungeduldig. Er wollte die Qualle weiter unter Druck setzen. Aber es fiel ihm nichts mehr ein. Er wollte mit Isolde reden. Aber nicht vor allen Leuten. Er sollte dringend ins Büro. Wusste gar nicht mehr recht, was er von den Lehrern wollte. Er hatte noch die Schadek vor sich. Und da war diese Aberle. Es war alles zu viel. Sein Kopf war leer. Er unterdrückte mühsam einen Furz, wegen Isolde Peterka. Schade, in der Schule hätte es Spaß gemacht zu furzen.

In der Aula setzte sich Isolde gleich in die letzte Reihe, die gemütliche mit den olivgrün gepolsterten Sesseln; die meisten anderen Reihen hatten Holzstühle. Sie saß gerne hier. Die Aula war eine von Renates absoluten Großtaten, sie hatte nicht nur Sponsoren für die Renovierung aufgetrieben, sondern auch einen wirklich guten jungen Architekten. Der früher eher trostlos wirkende Jahrhundertwende-Raum war jetzt ein großzügiger Rahmen für eine funktionale und zugleich warme und stimulierende Installation aus hellem und dunklem Holz, mattem Metall und schönen Stoffen. Und die Akustik war blendend, sie konnte Prager, der vor der Bühne stand, noch ganz hinten mühelos verstehen.

Er fasste sich kurz, berichtete, was sie schon in der Zeitung gelesen hatte, gab als neue Information preis, dass der Tatort gefunden sei – „weit weg von der Schule", sagte er lächelnd, verriet aber nicht wo –, bat alle sehr nachdrücklich, die Fragebogen sorgfältig auszufüllen und außerdem – das sei eine neu aufgetauchte Frage – falls jemand gestern Abend noch mit der Frau Direktor telefoniert hätte das bitte dazuzuschreiben. Sie sollten Verständnis für diese Vorgangsweise haben, es könne einfach nicht jeder persönlich befragt werden. Nur jene, die früh am Fundort – äh, im Konferenzzimmer eingetroffen waren. Das Konferenzzimmer könne übrigens nach dieser Zusammenkunft wieder benutzt werden, die Spurensicherung sei abgeschlossen. Apropos, es seien da zwei vielleicht unwesentliche Details aufgetaucht: Erstens wüsste er gern, wer am Donnerstag zuletzt kopiert hatte und ob und wann der Kopierraum abgesperrt worden war. Die Zimmrich, die knapp vor Isolde saß, meldete sich gleich zu Wort: Kurz vor sechs hätte sie das Kopierkammerl persönlich abgesperrt, da sei die Frau Professor Pichler gerade fertig gewesen. Silvia Pichler bestätigte das und Prager bedankte sich. Das zweite Detail, das an Ort und Stelle – er zögerte ganz kurz. Manches deute darauf hin, dass an der Tür zum Direktionszimmer ein Zettel angeklebt gewesen war. Er wisse bereits, dass das nicht üblich sei, deshalb die Frage, ob jemandem Donnerstag früh ein Zettel an dieser Stelle aufgefallen sei? Jetzt war Isolde eiskalt geworden. Warum machte er das? Alle schwiegen. „Doch, ja", tönte es plötzlich. Kevin sprang auf. „Ja, es schien mir beim Reinkommen so, als ob da irgendein Zettel hing. Ich hab das dann wegen der Aufregungen ganz vergessen. Wie lang der Zettel da gehangen ist, weiß ich aber nicht. Ich bin übrigens Kevin Schmidl." Er sagte das, als müsse jetzt ein großes Ah durch die Reihen gehen. Dummer Kerl. Natürlich, schoss es Isolde durch den Kopf, der Prager macht das, weil es so am einfachsten ist. Für mich? Für ihn? Für mich auf jeden Fall. Jetzt wurde ihr ganz warm. Ob vielleicht sonst noch jemandem etwas aufgefallen sei? „Hat jemand beobachtet, wie der Zettel abgenommen wurde oder dass jemand einen Zettel in der Hand hatte?" Jetzt könnte er aber schon wieder aufhören, dachte Isolde. Einen Moment glaubte sie, die Zimmrich würde aufstehen und etwas sagen, aber die drehte sich nur zu ihr um und lächelte. Was war denn das? „Na gut", fuhr Prager fort. „Sie haben bei dem Fragebogen eine Liste mit Telefonnummern, Ansprechpersonen, Mailadresse. Wenn einem von Ihnen noch was einfällt, irgendeine Beobachtung, etwas, das Ihnen ungewöhnlich vorgekommen ist, dann melden Sie sich bitte. Informationen werden vertraulich behandelt, solange sie sich nicht als prozessrelevant erweisen. Geben Sie das bitte auch an Ihre Schüler weiter. Vielleicht könnte man ja die Telefonliste kopieren und in den Klassen aushängen? Wenn irgend möglich möchte ich mir und Ihnen eine Befragung der Schüler ersparen." Die Zimmrich sagte: „Wird gemacht." Isolde fiel auf, dass sie viel öfter Zimmrich dachte als Besen. Genau genommen war die ja ganz patent, wenn sie nicht gerade den Blut- und Kettenhund für Renate spielte.

Prager war glücklicherweise allein und zückte gerade sein Handy, als Isolde zu ihm kam. Sie sagte leise: „Ich gehe dann." Das hieß danke. Er würde es schon verstehen. Er hielt ihr die Hand hin, nicht wie zum Abschied, sondern fordernd. Sie kapierte, griff in ihre Jackentasche und holte einen Flyer heraus, den ihr heute früh jemand in die Hand gedrückt hatte. Er steckte ihn ein, lächelte ein bisschen, nur mit den Augen, und wandte sich seinem Handy zu.

Sie wäre am liebsten auf dem glatten Parkett der Aula durch den Mittelgang getanzt. Ging aber nur rasch. Bei der Türe holte sie Petra Nowak ein, fragte, ob sie sich von dem Schock erholt habe, erkundigte sich nach dem Sohn, bot – nicht zum ersten Mal – Unterstützung an, falls nötig. Sie hatte an Babysitten gedacht, doch zu ihrem Erstaunen meinte Petra, ein paar Nachhilfestunden in Deutsch würden ihrem Sohn nicht schaden, aber das könne sie ihr ja kaum zumuten. Isolde sagte, warum nicht, sie sollten das nächste Woche gleich fix machen. Und weil sie so einen Drang verspürte, sich schnell zu bewegen, eilte sie mit einem „bis dann" gleich weiter. Die meisten Kollegen gingen ins Konfer und sie überlegte kurz, ob sie auch – so ein Bedürfnis nach Kontakt hatte sie. Aber sie wollte die Aberle besuchen. Vor dem Schultor kramte sie den Stadtplan aus der übervollen Tasche, auch etwas, das sie immer mitschleppte. Die Aberle wohnte bei einer U-Bahn-Station. Isolde fuhr nicht gerne U, aber heute ging es vielleicht. Oder doch lieber Straßenbahn? Da müsste sie aber dann recht weit gehen.

Schnell war man ja wirklich mit der U. Schon nach knapp zehn Minuten stand sie vor dem Haus. Gegenüber war ein Obstgeschäft, das hatte auch Blumen vor der Türe. Sie kaufte

Trauben und Birnen, weil sie sich zwischen den beiden nicht entscheiden konnte, und die hübschen Zinnien, es gab zum Glück keine anderen Blumen, und weil das Obstgeschäft eigentlich eine Greißlerei war auch gleich Milch und ihre Lieblingskekse. Dann läutete sie bei Aberle. Ein schwaches „Ja, bitte" ertönte. Sie sei die Isolde Peterka und wolle sie gern besuchen. Vielleicht brauche sie ja auch etwas. Sie brauche nichts, erklärte die leicht verzerrte Stimme, und Isolde dachte schon, die Aberle habe sie für eine Vertreterin gehalten, aber der Türöffner summte dann doch.

BBs Laune besserte sich nicht. Ausfindig gemacht war der Besitzer des „Jenseits" ja schnell, aber obwohl er in der Nähe wohnte, dauerte es eine Ewigkeit, bis er auftauchte. In der Zwischenzeit hatten die Spurlis zwar schon in der Grünanlage am Kanal den Tatort gefunden, das heißt Blutspuren und am Wasser einen rosa Seidenschal, der der Toten gehört haben könnte, aber sonst nichts. Die Anlagen waren verkommen, voller Hundescheiße, Bierdosen und anderem ekelhaften Zeug, auch Spritzen. Kein Vergnügen, da rumzustochern, und viel war nicht mehr zu erhoffen. Die Spurlis suchten außerdem in den Mülltonnen der Umgebung nach dem Mantel der Toten, auch keine schöne Beschäftigung. Endlich tauchte der verschlafene Wirt auf, schüttelte nur den Kopf, als ihm BB das Foto zeigte, und erklärte lang und breit, dass grad um diese Zeit der Laden immer zum Bersten voll ist, da viele junge Leute kommen, auch von drüben, aus der Innenstadt, wegen seiner bekannt guten und preiswerten mittelamerikanischen Küche. Der Kellner von gestern Abend war nicht aufzutreiben, war Student und schon auf der Uni, die Barfrau, auch eine Studentin, wurde schließlich von Herb herbeigekarrt, ganz verknautscht und verquollen und unfreundlich, aber sie hatte Renate Felb-Ederring tatsächlich gesehen.

„Ja, die ist einmal durchs Lokal marschiert, dann gleich wieder raus. Hat wohl wen gesucht. Hat ja auch nicht hergepasst, und Tisch ist sowieso keiner frei gewesen. Aufgefallen ist sie mir wegen dem unglaublich schönen Mantel, so was kriegt man nicht oft zu sehn." „Grau?" „Ja, ein Traum in verschiedenen Grautönen mit einem schilcherfarbenen Schal, und der Schnitt, perfekt, ich kann das beurteilen, ich studier textiles Design. Viel zu schad für die alte Schachtel. Andererseits ideal für so eine kleine Person." Ob schilcherfarben rosa sei, fragte BB. „Ja, ein ganz eigenes Rosé." Der Schal, den sie am Kanal gefunden hatten, war also wohl wirklich von Renate. Mehr war von der Barfrau nicht in Erfahrung zu bringen. Auf die Zeit hatte sie nicht geachtet. Ob das Opfer draußen jemanden getroffen hatte, ob jemand aufgestanden und ihm nachgegangen war, all das konnte sie nicht sagen. Ob noch eine andere gut gekleidete Dame für kürzere oder längere Zeit hier gewesen war? „Nicht in der Preislage, und normal ist vierzig das Limit bei den Frauen, die kommen, eine ältere wär mir vielleicht schon aufgefallen." Ob ihr oder dem Wirt, der stand daneben, vielleicht ein junger Schwarzer aufgefallen war? Farbige sind oft unter den Gästen, fallen nicht auf, erklärten die beiden übereinstimmend mit hochgezogenen Brauen. Na ja. So war das. Sie konnten einpacken. Der Alte hatte nämlich angeordnet, die Suche nach dem Mantel vorläufig einzustellen und sich zuerst um den Müllwagen mit dem Handy zu kümmern. War im Moment wohl wirklich wichtiger. Der Müll wurde in dieser Gegend am Mittwoch geleert, Zeit genug, den Mantel zu finden; vielleicht konnten sie sogar einen Hund kriegen, dann brauchten sie nicht so lang in der Scheiße zu wühlen.

Die Bimbowohnung war ganz in der Nähe, aber er brauchte trotzdem lange wegen der Einbahnen. Dann musste er auch noch eine Weile Parkplatz suchen. Alles Mist. Das Handy ließ er im Wagen, so kurz vor dem Ziel wollte er nicht auch noch zurückgepfiffen werden. Es war ein mittelgroßes Mietshaus in mittelgutem Zustand. Eine Gegensprechanlage gab es, aber „zukunft“ stand da nicht, also läutete er bei Prohaska. Der Name stand ganz unten, vielleicht die Hausmeisterin. Die Tür wurde kommentarlos geöffnet. Tatsächlich, vor der Tür zur Hausmeisterwohnung stand eine ältere Frau. Er fragte nach der Wohnung vom Verein „zukunft“ und die Alte schickte ihn in den ersten Stock, Tür Nummer 21. Als er schon im Mezzanin war, rief sie ihm nach: „Sind aber nicht da!“ Trampel! Er betrachtete Stiegensteigen zwar als Fitnesstraining, aber heute ärgerte ihn einfach alles. Er stieg trotzdem weiter und läutete an der namenlosen Tür 21. Nichts. Nur die Nachbarin blinzelte erst durch den Spion und öffnete dann ihre Tür bei vorgelegter Kette. „Die hat die Polente abgeholt. Gott sei Dank. Endlich. War ja eine Schand für ein anständiges Haus.“ Er wies sich aus, da machte sie die Tür ganz auf und kam heraus. „Ja, vor einer halben Stund vielleicht“, bekräftigte sie, „sind die abgeholt worden, auch der Kerl, der mit denen da wohnt, und die Junge, die jeden Tag antanzt.“ Er wollte laut scheiße rufen, sagte aber nur: „Haben die Kollegen wohl vergessen, mich zu verständigen.“ Wo er schon einmal da war, sollte er die Nachbarin wenigstens ein bisschen aushorchen. War nicht schwer. Ein Redestrom ergoss sich über ihn. „Ja, sechs Kanaken, die meisten schwarz, eine Zumutung, aber das ist die Hausbesitzerwohnung, bei wem soll man sich da beschweren? Laut sind sie ja zum Glück nicht gewesen, auch höflich, muss man wohl oder übel zugeben, aber die Essensgerüche, das ganze scharfe Zeug, und sieben Leute in einer Wohnung, ein ständiges Kommen und Gehen, und die Mülltonnen immer voll, und irgendwie hat man doch auch Angst, aber diese reichen Ziegen haben wohl nichts zu tun, wissen nicht, wohin mit dem Geld, tanzen da an als gute Feen für das Ausländergesocks und gehn dann zurück in ihre Villen, die extra bewacht werden, dass ihnen keiner was wegnimmt.“

BB war weiß Gott kein Ausländerfreund, aber die Nachbarin fing an, ihm auf die Nerven zu gehen. Fast hätte er noch diese Schützlinge in Schutz genommen. Unten läutete er noch einmal bei der Hausmeisterin und fragte barsch und mit gezücktem Ausweis nach Hausbesitzer oder Hausverwaltung. „Hausverwaltung gibts keine, macht der Dr. Hartlieb selber“, druckste sie, „Hausbesitzerin ist seine Frau, Mona Hartlieb.“

Schon wieder die! Er hatte sich die Liste der Vereinsmitglieder ausgedruckt, da stand die Adresse. Altes Weindorf. Häuser und Grundstücke auch dort unerschwinglich. Wie BB den Alten kannte, krebste der noch in der Schule rum, er konnte es riskieren. Was er von der Frau wollte, wusste er nicht so genau, aber sie war eine Freundin der Toten, Gattin des Rechtsanwalts der Toten, Taufpatin der Tochter der Toten, Stellvertreterin der Toten im Verein und Besitzerin dieser Wohnung. Es schien ihm hoch an der Zeit, dass jemand mit ihr redete.

Die Aberle stand in der Türe, in einem altmodischen Flanellschlafrock, den kläffenden Hund an der Brust. Die Wohnung lag im dritten Stock, Isolde war einigermaßen außer Atem. Sie streckte nur die Zinnien vor. „Ach, wie nett“, sagte die Aberle und nahm zögernd die Blumen. „Ich dachte, wenn Sie krank sind, brauchen Sie vielleicht was“, Isolde lächelte, inzwischen kriegte sie wieder Luft, und schlau setzte sie hinzu, „vielleicht Hundefutter.“ „Ach, Ragazzo frisst ja nur frisches Fleisch, das ist zwar schon fast aus, aber vielleicht kann ich morgen selber runtergehen. Wollen Sie einen Tee? Kaffee hab ich leider keinen.“ „Gerne.“ Isolde durfte eintreten und in die Küche kommen. „Wenn Sie schon einmal Wasser aufstellen, ich zieh mir schnell was an“, sagte die Aberle und verschwand. In der Wohnung roch es nicht so schlimm, wie Isolde befürchtet hatte, nach Hund natürlich, aber nicht nach Poison. Und die Türe zu dem kleinen Küchenbalkon war offen. Der Wasserkessel stand auf dem Gasherd, also tat sie, worum sie gebeten worden war, und legte noch eine Packung Kekse auf den Tisch. Die Küche war alt, die ganze Wohnung abgewohnt, aber es wirkte sehr sauber, kein Problem, hier Tee zu trinken.

Hertha Aberle kehrte mit einer Vase zurück und in einem Kleid. Es ging das Gerücht, sie trage seit dem Tod ihrer Mutter deren Sachen auf, und so sah das Kleid auch aus. Isolde hatte dafür Verständnis, auch sie trug ja immer noch Kostüme ihrer Mutter. Die hatte in ihren letzten Lebensjahren eine wahre Passion für schöne Kostüme entwickelt und die Sachen waren einfach zu gut, um sie wegzugeben. Allerdings hatte Isolde sie umarbeiten lassen, während das Kleid der Aberle zu kurz und zu weit war. „Was fehlt Ihnen denn eigentlich?" Isolde fragte voller Anteilnahme. „Ach, mein linkes Knie wird immer schlimmer. Muss wohl bald operiert werden. Ich kann nicht sitzen und nicht stehen und nicht liegen und schlecht Stiegen steigen, nur langsam hin und her gehen geht noch. Und da gestern Sporttag war und heute – die Zimmrich hat angerufen, wegen dieser Versammlung, da hab ich gedacht, ich kann mich ein bisschen schonen. Ich weiß ja nichts."

Der Kessel begann zu pfeifen und die Aberle machte den Tee in einer schön altmodischen Kanne. „Milch ist mir leider ausgegangen, da mach ich ihn besser nicht so stark." „Wir können meine Milch nehmen", meinte Isolde munter und kramte ein Halbliterpackerl aus dem Papiersack, „ich hab noch ein zweites. Obst hab ich auch mitgebracht, wenn Sie wollen. Und für den Hund hol ich Ihnen gerne Fleisch." „Ach, das wär ja so nett", antwortete die Aberle überraschend. „Die Stiegen machen mir wirklich zu schaffen."

Dann erzählte Isolde der Aberle bei Tee mit Milch, der wirklich gut und sehr englisch war, alles, was sie über Renates Tod wusste. „Die Polizei wird sicher mit Ihnen reden wollen", sagte sie zum Schluss. „Warum mit mir?" „Sie waren doch im Konfer am Abend – oder in der Früh." „Woher wissen Sie das?" Isolde wurde rot und brachte die Worte kaum heraus: „Ich habs gerochen." Pause.

„Den Hund?" „Den Hund und das Parfum." „Ach, und ich dachte, das Parfum deckt –" „Nein, es machts schlimmer." „Dann sollt ich es wohl nicht mehr nehmen?" „Ein frisches Eau de Cologne wär vielleicht besser." „Warum hat mir das keiner gesagt?" „Es ist so – schwierig, einmal haben wir Ihnen ja ein Parfum zum Geburtstag geschenkt." „Und ich dachte, das sei zu leicht, zu schwach."

Nachdem das heraußen war, erklärte Isolde ihr noch verlegen, dass sie sie natürlich nicht verpfeifen hatte wollen, „aber diese Beamten kriegen einfach alles aus einem heraus." Und dann endlich stellte sie die entscheidende Frage: „Haben Sie den Zettel angepickt?" „Was für einen Zettel?" Die Aberle war perplex. „Da hing ein Zettel an der Türe zum Direktionszimmer. Ich dachte, das seien Sie gewesen." „Wieso sollte ich denn da, ausgerechnet da einen Zettel hinpicken?" „Hatten Sie keinen Streit mit der Direx? Jetzt, vor kurzem?" „Nein, ich geh ihr ja aus dem Weg. Bin ihr aus dem Weg gegangen." „Aber was haben Sie dann im Konfer gemacht?"

Die Aberle schwieg ein bisschen und sagte dann zögernd: „Vorgestern war der erste Todestag von der Lisa." Isolde musste erst überlegen, wer Lisa war. „Und weil sie ja sonst niemand hat, der an sie denkt und für sie betet – Grab gibts keines, weil sie ihren Leichnam der Anatomie vermacht hat, und man braucht einen Ort, wenn man intensiv an jemand denken will, auch das Beten geht dann besser –, da bin ich zu ihrem Platz im Konfer gegangen. Ich wollt auch eine Blume dort lassen, aber ich hab mich dann doch nicht getraut. Es mochte sie ja keiner außer mir." Isolde hatte mit der blassen, magersüchtigen jungen Physikprofessorin kaum zu tun gehabt, deshalb wusste sie nicht, ob sie sie gemocht hatte; nein, das Gerippe hatte ihr

Angst gemacht, sonst nichts. „Das hätten Sie ruhig tun sollen, Frau Aberle.“ Die schüttelte den Kopf. „Ich hab dann lieber eine Kerze für sie angezündet in der Kirche, obwohl Lisa ja nicht religiös war, und wenn ich es schaff, bring ich am Sonntag Blumen zum Grab ihrer Eltern, das würd sie freuen.“ Isolde hatte nicht geahnt, dass die Aberle religiös war, auch nicht, dass sie ihre junge Kollegin so gemocht hatte. „Lisa war so ein tapferes Mädchen, hat sich ganz allein durchs Studium geboxt, und dann diese dumme, dumme Krankheit. Nein, das war keine Magersucht.“ Das war eine Krankheit gewesen, von der Isolde noch nie gehört hatte, eine unheilbare.

Schließlich, nach einer Weile, fragte die Aberle: „Was war denn das eigentlich für ein Zettel?“ Isolde erzählte es ihr und fragte, ob ihr etwas aufgefallen und ob die Türe zum Kopierkammerl offen, der Kopierer an gewesen sei? „Nein, Zettel war da keiner, an der Tür durfte doch nie was hängen, das wär mir schon aufgefallen, und die Tür zum Kopierzimmer, das weiß ich ehrlich nicht, aber der Kopierer war nicht an. Ich hasse Stromverschwendung, ich hätt ihn bestimmt abgedreht. Wahrscheinlich war das ein Schüler, einer von den Kleineren. Der Text ist so blöd, der kann nur einem Schüler einfallen.“ Da musste ihr Isolde recht geben. Sie war beschämt. Ganz furchtbar. Fragte trotzdem: „Und wann war das, als Sie im Konfer waren?“ „Wie ich raus bin, kam grad der Putztrupp. Der kommt immer um acht. Ich war dann noch bei der Probe vom Kirchenchor. Bin zu spät gekommen, natürlich. Sie wollen mein Alibi überprüfen, gelt?“ Isolde wurde schrecklich rot und stammelte eine Entschuldigung. Aber die Aberle war nicht böse. „Die Probe war sehr lang, weil wir demnächst unser Konzert haben, und danach hat mir mein Knie so weh getan, dass mich die Chorleiterin eingeladen hat, bei ihr zu übernachten. Wir sind befreundet und sie wohnt dort im Pfarrhaus.“ Isolde wurde wieder rot, als ihr die Aberle Namen und Adresse der

Chorleiterin diktierte, aber es war ein gutes Alibi, das war das Wichtigste. Sie ging dann noch Fleisch für den Hund und ein paar andere Sachen einkaufen, und als sie sich verabschiedete, sagte die Aberle: „Wissen Sie, Isolde, ich mochte das Parfum ja nie, ich mag auch den armen Hund eigentlich nicht, wenn überhaupt, hätte ich lieber einen richtigen Hund, aber er war eben der Liebling meiner Mutter." Und dann sagte sie noch: „Die Direx hätt mir das eigentlich sagen müssen, das mit dem Parfum. Aber sie war leider feig, eine tüchtige Person, aber dumm und feig." Isolde hatte manchmal gedacht, dass Renate dumm, aber nie, dass sie feig war, doch vielleicht hatte die Aberle recht. Sie waren alle schrecklich feig gewesen.

Jetzt wollte sie einmal tapfer sein und Prager anrufen. Sie erreichte ihn tatsächlich. Es verschlug ihr vor Schreck fast die Stimme, als er sich meldete, und sie flüsterte, ohne ihren Namen zu nennen, ins Telefon: „Die Aberle hat ein Alibi und sie wars nicht. Mit dem Zettel." „So", sagte er, „und warum nicht?" Da erzählte sie ihm alles – im Telegrammstil – und sie hatte den Eindruck, dass er ihr glaubte. „Danke", sagte er, „danke, dass Sie mich angerufen haben. Spart mir Zeit. Aber spielen Sie jetzt bitte nicht weiter Detektivin."

Das Haus der Hartliebs lag in einer abgesperrten Privatstraße – das hatte die Nachbarin also gemeint mit extra bewacht. Die meisten Häuser hier waren prächtige Neubauten, ein paar alte Weinhauerhäuser waren aber renoviert worden. Auch das Hartlieb-Haus war alt. Davor lag ein üppiger Rosengarten, in dem eine Frau arbeitete. BB brauchte gar nicht zu klingeln, sie sah sofort auf und kam zur Gartentür. „Was wollen Sie?" Es klang streng. Er stellte sich vor und wies sich aus. Sie war wohl an die fünfzig, genauer konnte man das ja nicht schätzen heutzutage, hübsch, eine üppige Blondine. Ihm gefiel der Typ, aber wahrscheinlich musste sie ständig an ihrer Figur arbeiten, um dem heutigen Schönheitsideal gerecht zu werden. Seine Gudrun hatte das Problem auch, obwohl sie viel jünger war. Die Blonde trug eine makellose Gartenschürze und hatte einen Strohhut mit Blumen auf, was BB richtig romantisch fand. Das war keine Gärtnerin oder Hausangestellte, das musste Mona Hartlieb selbst sein. Sie ließ ihn herein, aber nur in den Garten, und führte ihn zu einem kleinen Sitzplatz an der Hausmauer.

„Bitte?“ Sie wirkte sehr kühl. Er erklärte, dass er gerne mit ihr über den Verein gesprochen hätte. Sie sei ja jetzt wohl Vorsitzende? Sie schüttelte den Kopf: „Die Vorsitzende muss neu gewählt werden, ich führe nur vorübergehend die Geschäfte. Die Vereinsstatuten können Sie von meinem Mann bekommen, der hat sie aufgesetzt, oder im Büro des Vereins, es ist allerdings selten besetzt.“ Dann setzte sie völlig unvermittelt hinzu: „Die arme Renate.“ Und schwieg. Er hatte einen Geistesblitz, wie er selbst fand, und fragte: „Wer kümmert sich denn jetzt um Frau Felb-Ederrings Schützling?“ Da wurde sie etwas zugänglicher. „Das ist ein Problem, ja, nicht nur ein menschliches, auch ein finanzielles. Wir müssen rasch ein neues Vereinsmitglied finden oder die Arbeit stark einschränken. Es ist alles Renates Idee gewesen, sie hat sich immer um alles gekümmert. Die Helene ist noch recht aktiv, Schadek, sie ist Schriftführerin, und Lilo Baster, die Kassierin. Wir andern haben uns darauf beschränkt, Geld und Sachspenden zu geben, zu den Versammlungen zu gehen und unseren eigenen Buben zu betreuen.“ „Ihnen gehört ja die Wohnung, in der ein paar von den jungen Afrikanern untergebracht sind?“ „Ja, das ist mein finanzieller Beitrag, die ‚zukunft2‘. Es sind übrigens nicht nur Afrikaner. Mein Schützling ist Tamile. Es ist auch ein Iraner unter ihnen, und ein Pakistani.“ Iraner und Pakistanis kannte BB, aber was war ein Tamile?

Wie das denn eigentlich sei, wann die Schützlinge aus der Betreuung entlassen würden, wollte er wissen. „Regulär, wenn sie Asyl erhalten und eine Ausbildung abgeschlossen haben. Eine vorzeitige Entlassung kann bei Verfehlungen oder nicht ausreichenden Leistungen stattfinden oder bei endgültiger Ablehnung des Asylantrags.“ Und ob nur Damen beim Verein seien? „Einige Ehemänner sind fördernde Mitglieder, mein Mann unterstützt einen ehemaligen Schützling, einen Palästinenser, den er vor der Abschiebung bewahrt hat.“ Sie errötete etwas, schien ihm, aber er konnte nicht nachhaken, weil jetzt sein Handy läutete und Su wissen wollte, wo er stecke. Tasche und Privathandy waren gefunden. „Wenn du noch nicht zu weit vom Tatort bist, fahr hin, das Ablöseteam von der Spurensicherung einweisen, wegen des Mantels.“ Su sagte immer „wegen des“. Affig! Sonst müsse sie Herb schicken. „Nein, kann ich schon machen.“ Dank der Schnellstraße würde er gleich dort sein. Danach solle er aber gleich – Ja, dann.

Er bedankte sich und fragte schon fast auf der Straße noch, ob sie Frau Felb-Ederring vielleicht am Mittwochabend auf dem Vereinshandy angerufen hatte. „Nein, sicher nicht, da waren wir in der Oper. Sie können zwanzig Leute fragen, falls Sie mein Alibi überprüfen möchten.“ „Ein oder zwei würden mir schon genügen“, lächelte er und notierte die Namen, die sie ihm etwas säuerlich nannte. Hinterher fiel ihm erst ein, dass die Oper um drei viertel elf wohl schon aus war.

Während der Fahrt zum Tatort fielen ihm noch mehr Fragen ein, die er ihr stellen hätte sollen. Warum konnte ihn Su auch nicht in Ruhe arbeiten lassen! Neue Erkenntnisse konnte sie ihm ja telefonisch durchgeben. Aber wahrscheinlich brauchte der Alte wieder einmal wen zum Reden. Bei einer roten Ampel setzte er das Blaulicht aufs Dach. Korrekt war das nicht, aber er musste sich abreagieren. Die Fahrt ging wirklich rasch, nur musste er dann ziemlich weit vom Tatort parken. Das machte ihn wieder wütend. Und dann hatte er unverhofft sein einziges echtes Erfolgserlebnis an diesem Tag. Er öffnete beiläufig einen

Sandbehälter neben dem Gehsteig, und da war ein graues Ding, das nicht hineingehörte: Der Mantel!

Helene Schadek – so ein hübscher Name, Helene, dachte der Alte – hatte ihn in eine der Garderoben hinter der Aula-Bühne geführt; dort könne man in Ruhe reden. Die Frau wirkte nett, zuvorkommend, fröhlich und offen. Nicht wie die Schreckschraube, die Isolde Peterka ihm geschildert hatte. Auch nicht wie die Gattin eines der erfolgreichsten Männer des Landes. Nur eine Schramme auf der Wange störte die lässige Perfektion. Sie sei leider unfallanfällig, sagte sie lachend, als sie seinen Blick bemerkte, und schlug die Beine übereinander. „Was wollen Sie wissen?" „Ja, sehen Sie, da ist einerseits Ihr Verein, über den wir gern mehr wüssten. Und Sie kannten Frau Felb-Edering gut, waren befreundet, vielleicht können Sie mir andere Dinge über sie erzählen als ihre Kinder oder ihre Mitarbeiter." Eine miserable, eine richtiggehend unprofessionelle Eröffnung. Zwei Fragen, und die Zeugin kann sich aussuchen, welche sie beantworten will. „Ich kannte sie schon recht lange", erklärte die Schadek, „aber Freundinnen? Nein. Ich meine, wir verkehrten in denselben Zirkeln und arbeiteten zusammen in der Schule und auch im Verein, ja, aber wir haben uns kaum je à deux getroffen, haben einander keine Geheimnisse anvertraut, uns nicht gegenseitig das Herz ausgeschüttet, so war das nicht." „Sie wissen also auch nichts über eventuelle Beziehungen zu Männern?" Was war bloß in ihn gefahren? War das eine Art zu befragen? Die Peterka musste ihm Angst vor der Schadek eingejagt haben. Oder machte die Schadek selbst ihm Angst? Nichts an ihr wirkte furchteinflößend, aber ein bisschen wie ein zu maßregelnder Schüler fühlte er sich doch. „Sie meinen, intime Beziehungen? Ich wüsste von keiner. Ich hatte auch nie den Eindruck, dass sie eine leidenschaftliche oder sinnliche Person war. Ihr Genre war eher der Flirt. Sie hat jeden Mann angeflirtet, vor allem jeden jüngeren, sogar die jüngeren Lehrer und manchmal auch ältere Schüler. Konnte bis zur Peinlichkeit gehen, aber es war eher etwas, womit sie ihrem Ego schmeichelte, als etwas Sexuelles. Alle sollten sie mögen, alle sollten sie bewundern, sollten ihr Tribut zollen, mehr wollte sie nicht. Es war nur Spiel." „Aber vielleicht gab es Männer, die das Spiel ernst genommen haben? Und sich dann zurückgewiesen fühlten?" Endlich eine einigermaßen brauchbare Frage. „Schon möglich, obwohl, Renate war zwar auf ihre Art attraktiv, und es gibt ja Männer, die so winzige Frauen mögen, sogar einige wenige, die erfolgreiche, selbstbewusste Frauen mögen, aber irgendwie kann ich mir schlecht vorstellen, dass sie aus verschmähter Liebe –" Sie musste über die Vorstellung lachen, ein bisschen zu sehr, fand er. Entweder sie hatte Renate insgeheim ganz und gar nicht gemocht oder sie verschwieg was, das ihr nahegegangen war. „Da war also gar nichts, keine einzige Beziehung seit sie Witwe war?" „Nicht, seit sie Witwe war und nicht vorher, soviel ich weiß. Das war eine sehr angenehme Seite an Renate." Wieder ein kurzes Lachen, so meckernd. „Ich meine, die Frauen in unserem Freundeskreis brauchten bei ihr nie Angst um ihre Ehemänner zu haben. Auch nicht, als sie wieder solo war." Was ist denn das für eine Art zu reden, wenn der Mann gestorben ist, dachte er. „Aber ihr Mann ist doch schon seit zehn Jahren tot. Ich kann mir kaum vorstellen, dass eine noch gar nicht alte Frau, die mitten im Leben steht und keinen Mangel an Kontakten hat, nicht eine einzige sexuelle Beziehung eingeht? Muss ja nicht immer Liebe sein." Also, verliebt sei Renate sicher nie gewesen, antwortete die Schadek eher barsch, „wenn da etwas gewesen sein sollte, dann wirklich etwas sehr Kaltes. Ich meine", lenkte sie dann ein, „solange der Bernhard am Leben war, hätte sie sich ja gar nichts erlauben dürfen, nach einer Scheidung wäre ihr vergleichsweise wenig geblieben. Und der Bernhard wäre durchaus fähig gewesen, sich scheiden zu lassen und eine von seinen schönen Freundinnen zu heiraten. Dazu hätte seine Energie gerade noch gereicht. Der war zwar nicht so krankhaft eifersüchtig wie mein Mann –“ Sie biss sich auf die Lippe; da war wohl was rausgeflutscht, das sie gar nicht preisgeben wollte. Er sagte mehr zur Beruhigung als aus Kalkül: „Das kann ich mir gar nicht vorstellen. Man kann doch nicht sein Leben lang immer nur mit einem Menschen eine Beziehung haben, auch wenn man ihn oder sie noch so liebt.“ Die Bemerkung trug ihm einen sehr neugierigen und auch etwas abschätzigen Blick ein. „Sie betrügen Ihre Frau also.“ Es war nicht einmal eine rhetorische Frage, einfach eine Feststellung. „Hab sie gelegentlich betrogen, wie man das so nennt, ja“, gab er zu. „Sie ist tot.“ „Und was hat Ihre Frau davon gehalten?“, fragte die Schadek, ohne sich mit einem „tut mir leid“ aufzuhalten. „Sie hat auch gelegentlich mit anderen geschlafen.“ „Und da waren Sie nicht eifersüchtig?“ Er schüttelte nur den Kopf. „Ich hatte Angst“, gestand er schließlich, um die schon recht lange Pause zu beenden. „Wovor?“ „Nicht weiter mit ihr leben zu dürfen, natürlich.“

Er wusste gar nicht, wie sie auf dieses sehr persönliche Thema gekommen waren. Es gehörte zwar zu seinen Methoden, Zeugenvernehmungen wie freundschaftliche Gespräche zu führen, aber das war zu weit gegangen. Jetzt hätte er jedenfalls das Steuer herumreißen müssen. Nur fiel ihm nicht ein, wohin. Da fing sie plötzlich an zu sprudeln, und er hatte das Gefühl, dass sie was von sich wegredete. „Wissen Sie, Renate war ja in ihrem Privatleben so konventionell. Ihre Schwiegermutter hat sie einmal die personifizierte Kleinbürgerin genannt, und das stimmte exakt, bei ihr musste alles ganz comme il faut zugehen. Sie war eine begabte Person, hat den Bernhard, der ein träger, langweiliger Typ war und selbst gar keine Initiative hatte, gemanagt, bis er der Star-Orthopäde der Stadt war. Der Bernhard hatte ja nichts als ein paar begnadete Hände, so hat ihn die

Renate auch kennen gelernt, hat sich irgendwas an der Wirbelsäule getan und musste in die Ambulanz, da hatte der Bernhard Dienst und hat sie eingerenkt mit diesen Wunderhänden. Sie ist ihm dann nicht mehr von der Seite gewichen, sozusagen, bis sie ihn hatte. Weiß ich alles von seiner Mutter. Die Familie war ja einerseits nicht begeistert von der Heirat, andererseits haben sie ihre Energie gespürt und davon hatte der Bernhard eben zu wenig. Außerdem hat er davor immer unmögliche Freundinnen gehabt, schön, aber unmöglich. Hat mir seine Mutter erzählt. Die hat sogar gesagt, Renate sei ihre, sie meinte die Familie, Rettung. Sie hätten die Praxis sehen sollen, die sie ihm eingerichtet hat, ein Traum; asiatisch alles, aber streng, kein Kitsch. Renate hätte eine großartige Innenarchitektin abgegeben, die Aula hat ja auch praktisch sie gemacht, schon mit einem Architekten, aber das Konzept war von ihr. Bei solchen Sachen war sie wirklich kreativ. Und sie hatte so gute Ideen: Sie hat meditative Musik laufen lassen in der Ordination und beruhigende Kräutertees servieren. War damals ganz neu. Und sie hat ihm die schönsten Masseusen und Masseure engagiert, Thaimädchen und schöne Jungen aus Indien und Sri Lanka, kein Wunder, dass alle hingerannt sind, und Traumfrauen als Empfangsdamen, immer sanfte Blondinen, sind eine nach der anderen weggeheiratet worden. Mit der letzten von denen, danach hat sie einen anderen Typ genommen, hatte der Bernhard ein stadtbekanntes Verhältnis, da hätte sie ja allen Grund gehabt, sich selbst was anzufangen, aber sie hat es ausgesessen, nie ein Wort darüber verloren, bis die Traumfrau einen anderen geheiratet hat. Da hat ihr Renate ein kostbares Hochzeitsgeschenk geschickt. Ich meine, das ist alles sehr bewundernswert, hat vielleicht Größe, aber irgendwie ist es doch auch kalt. Und nach dem Tod vom Bernhard, dürfen Sie nicht vergessen, waren die Kinder noch recht jung. Den Egon hat sie zwar ins Internat gesteckt, und der war immer ein Braver, die Hanna hat ihr dafür brutale Schwierigkeiten gemacht –" „Darüber hat sie also geredet?", schaffte er endlich dazwischenzufragen, aber sie sagte: „Kein Wort. Bekannt wird so was natürlich trotzdem." Bevor sie in ihrer Suada fortfahren konnte, fragte er, wie Renate, wenn sie so konventionell war, denn damit zurechtgekommen war, dass Egon schwul –?

„Der Egon schwul?", rief die Schadek ganz überrascht, „der geht doch mit der kleinen Herbertsberg, der Gundel, die sind ja regelrecht verlobt." Ihm schoss das Blut ins Gesicht, was hatte er da nur angestellt, ganz schwindlig wurde ihm und sein Kopf begann wieder zu hämmern. Die Schadek brach wieder in dieses Meckerlachen aus, ziemlich giftig kam es ihm vor, versicherte aber, dass sie ein Geheimnis schon bewahren könne. Er glaubte ihr kein Wort. Es sei ja nur eine Vermutung, stotterte er, vielleicht habe er eine Information falsch interpretiert. Und dann läutete glücklicherweise sein Handy und Su fragte, wie lang er denn noch –? Es gäbe ganz interessante Neuigkeiten. Er fragte die Schadek dann nur noch nach ihrem Alibi. Sie sei alleine in ihrer Innenstadtwohnung gewesen in der fraglichen Zeit. Über den Verein hatte er nichts erfahren, aber bevor sie sich trennten, drückte sie ihm plötzlich eine Mappe in die Hand und sagte: „Unsere PR-Mappe, da steht alles Wissenswerte drin. Exakt. Adieu."

Isolde schleppte sich die letzten Schritte zum Café Hut. Nach dem Besuch bei der Aberle hatte sie den dringenden Wunsch verspürt, ins Kaffeehaus zu gehen. Eine Angewohnheit aus ihrer guten Zeit – so nannte sie bei sich die Zeit vor der Katastrophe. Wenn sie über etwas nachdenken wollte, war sie immer ins Kaffeehaus gegangen. Jetzt ging sie selten, manchmal mit dem Klüngel, aber wenn sie allein ging, dann ins „Hut" in der Innenstadt. Es war keines von den schönen alten Cafés, dafür auch weniger von Touristen frequentiert, ein paar bekanntere

Schriftstellerinnen und Malerinnen verkehrten dort, aber keine Schickimickis, und irgendwie war es ein Café für Frauen, obwohl natürlich Männer dort waren, aber man fühlte sich dort geborgen, vielleicht weil die Chefin, eine ehemalige Schönheitskönigin, immer da war.

Sie war den ganzen Weg zu Fuß gegangen. Am einfachsten und schnellsten wäre wieder die U-Bahn gewesen, aber einmal U am Tag reichte. Mit allen anderen Verkehrsmitteln hätte sie mehrmals umsteigen müssen, dafür fehlte ihr die Geduld. Ein Taxi? Nein Peterka, hatte sie sich selbst zurechtgewiesen und das so ersparte Geld unterwegs an Bettler und Straßenmusikanten verteilt. Sogar die Punks mit den Hunden hatten was bekommen.

Sie ließ sich auf „ihren" Fensterplatz fallen, der glücklicherweise frei war. Höchstens drei-, viermal im Jahr kam sie hierher, aber dann saß sie am liebsten hier. Der Ober begrüßte sie wie einen Stammgast, nannte sie Frau Doktor und sie fühlte sich geehrt. Sie bestellte so einen großen italienischen Kaffee mit viel Milch und ein Mineralwasser und ein großes Glas Leitungswasser und fast hätte sie auch noch ein Achtel Rot bestellt, aber sie bremste sich noch rechtzeitig. Als sie das Glas Wasser in einem Zug geleert hatte, begann sie mit der Denkarbeit.

Sie hatte schon gestern Nacht überlegt, dass sie vielleicht mit ihrer Fähigkeit, Texte zu interpretieren, Symbole und Zeichen zu entschlüsseln, oder Metaphern, etwas zur Lösung des Mordfalls beitragen konnte. Rational oder praktisch schien ihr an dem Vorgang ja fast nichts. Mit einer Krimi-Logik kam man da nicht weiter; sie las gerne gute Krimis.

Da tötet jemand die Direx, irgendwo, und schleppt sie dann ins Konfer. Warum nicht in einen Wald oder auf eine Baustelle, wenn man sie nicht dort finden sollte, wo sie ermordet worden war? Das hatte doch etwas Zeichenhaftes. Man stelle sich die Mühe vor! Erst Leiche ins Auto, dann Schultor aufsperren –

das fiel gleich wieder ins Schloss, wenn man es nicht fixierte, also fixieren –, dann Leiche die Treppe hinaufschleppen und im Konfer drapieren. Dazwischen Schultor schließen. Sicher, Renate war leicht, aber für einen allein war es doch anstrengend. Und langwierig, wenn jemand die Schule nicht gut kannte – richtigen Schlüssel finden, herauskriegen, wie das Schultor zu fixieren ist, et cetera. Oder war Renate durch die Hintertüre transportiert worden? Auch nicht viel leichter, außer man hatte einen Liftschlüssel, gehörte also zur Schule. Und wozu das Ganze? Um die Ermittlungen auf die Schule zu lenken, ja. Wäre aber nur sinnvoll bei jemandem, der nichts mit der Schule zu tun hatte. Oder es war eine Inszenierung, die einer anderen Logik folgte.

Dazu hatte man alles getan, damit der Mord möglichst spät entdeckt wurde, der Toten eine, ihre, Perücke aufgesetzt, sie wohl auch von Blutspuren gereinigt, sie frisch geschminkt und sie hinter die Tische gelegt. Wer nur kurz ins Konfer schaute, konnte sie ja gar nicht bemerken. Kevin hätte Renate vielleicht gar nicht entdeckt, hatte wohl nur nachsehen wollen, ob jemand von den Turnkollegen da war, und wäre gleich wieder gegangen. Oder hatte Kevin etwas mit Renates Tod zu tun? Waren die Wiederbelebungsversuche Theater? Konnte Kevin Renate wirklich für lebendig gehalten haben, wo sie selbst doch vom ersten Moment an –? Sie kam vom Weg ab. Zurück. Die Frage war, ob der Täter gewusst haben musste, dass Renate eine Perücke trug, oder ob die Perücke zufällig heruntergerissen worden war? Und die zweite Frage, wer eine Perücke derart perfekt wieder aufsetzen konnte, dass gar nicht auffiel, dass die Tote eine trug. Eine Frau? Nicht jede. Sie könnte es sicher nicht. Jemand, der mit Haaren zu tun hatte? Friseure und Maskenbildner konnten das sicher, die hätten Renate auch nachschminken können, sah ja völlig unversehrt aus, aber welcher Friseur oder Maskenbildner hatte Grund, Renate zu töten? Manche gehörten natürlich zu den Schickimickis. Hatte Renate mit so jemandem ein Verhältnis gehabt? Hatte Renate überhaupt ein Verhältnis gehabt? Was für einen anderen Konflikt konnte es geben? Eifersucht? Eine Maskenbildnerin? Gabs vielleicht eine Maskenbildnerin im Verein? Unter ihren Freundinnen? Isolde machte sich jetzt Notizen; Prager war ja vielleicht nicht bewusst, wie schwierig es war, jemandem eine Perücke – In der Schule gab es niemanden, dachte sie. Aber was wusste sie schon? War vielleicht die Zimmrich früher Friseuse –? Nein, die hatte Medizin studiert, glaubte sie einmal gehört zu haben. Hatte bei den Schulaufführungen jemand Maske gemacht? Sie wusste es nicht. Die jüngere Deutschkollegin, Silvia Pichler, war Schauspielerin gewesen. Schauspielerinnen mussten wohl mit Schminke und Perücken umgehen können? Transvestiten, dachte sie, um von den Frauen wegzukommen. Und gab es hierzulande eigentlich Leute, die gewerbsmäßig Tote herrichteten? Bei Bestattungsunternehmen? Aber das war ja der völlig falsche Weg. Für sie. War Sache der Polizei. Sie wollte doch Text oder Inszenierung entschlüsseln.

Jemand hatte also Renate, nachdem er ihr absichtlich oder unabsichtlich die Perücke heruntergerissen hatte, getötet und sie dann alleine oder mit einem Helfer in die Schule geschafft, wahrscheinlich unter Benutzung von Renates eigenem Schlüssel. Im Konfer hatte der Jemand sie gereinigt, geschminkt, ihr die Perücke aufgesetzt und sie drapiert, als wäre sie einfach umgefallen, gefällt worden. Schon ein eher theatralischer Vorgang und kaltblütig. Im Konfer, weil es nicht abgesperrt war? Das konnte nur jemand wissen, der die Schule ganz gut kannte. Und der Mörderjemand hatte doch Renates Schlüssel. Warum hatte er sie dann nicht in ihr schönes Büro gebracht? Das Konfer musste bewusst gewählt worden sein.

Ins Konfer kamen ziemlich viele Menschen innerhalb kurzer Zeit. Auch am Donnerstag, Renate hatte ja alle hinbestellt.

Also hätte es für die Entdeckung der Toten ein großes Publikum gegeben. Was konnte dieses Publikum aber groß sehen? Eine wie immer elegante, dezent nach Parfum duftende Renate, die auf dem Boden lag. Sie rief sich Renates Bild zurück. Das Gefühl, als sie sie berührt hatte. Nichts. Hätte sich in der Stunde, die sie zu früh gekommen war, etwas verändert? Wäre Renates Leichnam wärmer geworden, wenn die Sonne eine Zeitlang durch die geschlossenen Fenster geschienen hätte? Hätte sie dann angefangen zu riechen? Hätten sich alle vor ihr geekelt? Ein Lehrkörper versammelt um die stinkende Leiche seiner Direktorin? Und an der Türe hing ein Zettel, auf dem stand: „Das war deine letzte Missetat, du Sau!" Es wäre eine Inszenierung gewesen, wenn auch keine sehr gute. Nein, wirklich! Den Zettel samt Einbruch hatte sie außerdem doch schon als Schülerstreich klassifiziert, der mit dem Mord nichts zu tun hatte. Und so schnell konnte es doch auch nicht gehen mit dem Geruch? Oder hatte die Mörderperson angenommen, am Sporttag würde keiner ins Konfer kommen? Renate erst am Freitag gefunden werden? Das hätte dann wieder niemand von der Schule sein können. Doch, ein Schüler vielleicht?

Sie war an einem toten Punkt. Musste was essen. Die nächsten Minuten verbrachte sie damit, zu überlegen, ob sie Würstel oder Topfenstrudel wollte, um den armen, netten Ober nicht mit ihrer Unentschlossenheit zum Wahnsinn zu treiben, was sie dann aber doch tat.

Su hatte wirklich eine Menge zu erzählen, als der Alte ins Büro kam. „Die Schützlinge sind bis auf drei alle aufs Revier gebracht worden und Achmed hat die Personalien aufgenommen und Alibis abgefragt, bevor ich zurück war. Die fehlenden waren ein Medizinstudent aus der ‚zukunft1', der auf der Uni war, und Renates Schützling und sein bester Freund aus der ‚zukunft2'. Ihr Betreuer hat den beiden erlaubt, einen Spaziergang zu machen, weil der Renate-Schützling, ein Somalier, so untröstlich über ihren Tod ist. Wie ich gerade anfange, auf der Basis von Informationen, die ich von der Proni habe, die Schützlinge in eine gewisse Richtung zu befragen, taucht Dr. Hartlieb auf, und da geht das dann nicht mehr. Hab alle Hände voll zu tun, ihm zu erklären, dass es sich um eine normale Zeugenbefragung in einem Mordfall handelt und nicht um eine Polizeiaktion gegen Asylwerber. Musste die schließlich ziehen lassen. Nach Verabredung, hat der Hartlieb gemeint, können wir sie natürlich befragen, weniger einschüchternd sei es seiner Meinung nach in den Wohnungen als bei der Polizei. Wenn die Alibis stimmen, waren Mittwochabend und -nacht in der ‚zukunft2' alle daheim, bis auf einen Tamilen, Monas Schützling, der war mit Hartliebs in der Oper. Ist aber vor zwölf zurück gewesen, versichern der Betreuer und seine Schäfchen einhellig."

Was sie denn so Interessantes von der Proni erfahren habe, wollte der Alte wissen, während er mürrisch einen Teebeutel in der Tasse schwenkte und sich nach Kaffee sehnte. „Zweierlei. Erstens hab ich so nebenbei den Einbruch in der Villa aufgeklärt. Ich hab mir gestern Abend den Akt durchgelesen und da ist mir aufgefallen, dass das eigentlich ein sehr gezielter Vandalismus gewesen ist. Die Einbrecher haben Lebensmittel und Getränke, CDs und alte Platten, Unterwäsche und Kosmetika mitgehen lassen, und was sie an Geld finden konnten. Zerstört worden sind Pelze, sonst kein einziges kostbares Stück. Hanna hat gleich alles zugegeben. Sie wars. Mit ihrem Mann und ein paar Freunden. Denkzettelaktion. Die Pelze hat sie zerschnitten, weil sie Tierschützerin ist, das Geld ging an eine Tierschutzorganisation, mit den Lebensmitteln und Getränken haben sie Party gemacht, Platten und CDs waren für die freiwilligen Helfer, Unterwäsche und Kosmetika hat sie dringend gebraucht."
„Feines Früchtchen", brummte der Alte, obwohl er die Aktion

eigentlich komisch fand. „Sie war schwanger, da macht man halt so Sachen." Su lächelte milde. Das hieß, sie würde die Angelegenheit auf sich beruhen lassen. Auf ihre Lorbeeren verzichten. Meine Susa, dachte Prager stolz.

„Und die zweite Sache?" „Ja, die ist wichtiger für den Fall. Ich hab sie gefragt, warum ihre Mutter ihr denn nicht den Job als Deutschlehrerin für die Asys gegeben hat, und die Antwort war: Hätte sie sogar, aber bei so einer Megasauerei mach ich nicht mit. Da wollte ich natürlich wissen, worin denn die Sauerei besteht, wie eine Rassistin wirkt die Proni ja nicht. Hab aber ganz schön Druck machen müssen, mit Mordverdacht und so, bis sie es ausgespuckt hat: ‚Das Ganze ist doch nur eine Aktion, um ein paar reiche, alte Tussen mit knackigem Frischfleisch zu versorgen.' Ich hab zuerst gedacht, die spinnt, aber sie hat mir versichert, sie hat die Tante Mona mit ihrem ersten Schützling erwischt, als sie einmal unangemeldet zu Besuch gekommen ist. Die Mona hat ganz naiv erklärt: ‚Wir brauchen ja schließlich auch was vom Leben.' Das ‚wir' hat die Proni dann auf die Idee gebracht, dass es kein Einzelfall war, sie hat ihre Mutter darauf angesprochen, und die hat ganz zynisch gefragt: ‚Was glaubst du, wofür die Damen so viel ausspucken?' Und ihr dann den Job angeboten. Der erste Mona-Schützling ist übrigens abgeschoben worden und der zweite nach einiger Zeit auch in Schubhaft gelandet, nein, umgekehrt, den ersten, einen Palästinenser, hat Hartlieb aus der Schubhaft geboxt. Er kümmert sich noch jetzt um ihn, auch finanziell. Hanna meint, der wird erpresst, weil er sonst nicht grad ein Gutmensch ist. Schon komisch, was?"

Der Alte hatte schon die längste Zeit grinsen müssen; jetzt begann Su zu lachen, und da schüttelte ihn ein Lachanfall, der zwar seiner Stimmung guttat, nicht aber seinem Körper. Er hielt sich abwechselnd das Kreuz und den Bauch und den Kopf, schrie halb erstickt: „Hilfe, Hilfe" und „Ein Bordell!", schüttete den Tee auf seine Hose und rannte schließlich aufs Klo. Als er zurückkam, immer noch außer Atem, aber etwas ruhiger, sagte Su: „Und du hast gedacht, christliche“ – und fing schon wieder an zu lachen – „Nächsten –“, aber da kamen Achmed und Herbi und ein zweiter Lachanfall blieb ihnen erspart. Auf dem Schulhandy, das Achmed aus der Villa geholt und bei den Spurlis vorbeigebracht hatte, gab es eine SMS. Text: „Das wirst du noch büßen, du alte Kuh!“ Von Mittwoch, acht Uhr abends!

Achmed hatte den Absender gleich ermitteln lassen und der Alte schickte ihn und Herbi zu der Adresse. Er hätte natürlich selbst hin müssen, nicht diese unerfahrenen Burschen schicken, nur, er konnte einfach nicht glauben, dass der Mörder dem Opfer eine SMS geschickt hatte, so eine blöde noch dazu, das roch eher nach dem Zettelschreiber. Und außerdem, er wollte einfach nicht mehr. Er wollte, wenn überhaupt was, bei seiner Susa sitzen und mit ihr lachen. Aber die musste jetzt telefonieren; vor allem musste sie feststellen lassen, von wo aus Mittwochabend nach halb elf auf dem Vereinshandy angerufen worden war. Hätten sie längst in die Wege leiten müssen. Sie waren einfach zu langsam. Andererseits hatten sie für den zweiten Tag eine Menge. Er blätterte im Bericht des Pathologen. Fand nichts Neues. Der Schlag war mit großer Wucht geführt worden. Von einem Rechtshänder. Mit an Sicherheit grenzender Wahrscheinlichkeit auf den unbedeckten Schädel. Die Tatwaffe musste hart und glatt gewesen sein, keine Spuren davon in der Wunde. Tatzeit konnte nicht weiter eingegrenzt werden und der kleinen Schuldirektorin hätte fast jeder von rechts oben auf den Schädel schlagen können. Der Alte seufzte. Schließlich fragte Su vor sich hin: „Ob es wohl was zu bedeuten hat, dass der Täter oder die Täterin auf dem Vereinshandy angerufen hat?“ Ja, er hatte sich viel zu sehr auf die Schule konzentriert.

Als BB freudestrahlend mit der Nachricht vom gefundenen Mantel ins Büro kam, waren der Alte und Su alleine. Der Alte war freundlich, gratulierte ihm, so auf die väterliche Tour. „Nur Schlüssel und Vereinshandy brauchen wir jetzt noch, dann sind wir in dieser Hinsicht fertig. Wie wärs mit Tauchern, Su?“ Die hatte das natürlich längst angeleiert, der Alte hinkte ja ewig hinterher. Dann drückte er BB den Bericht des Pathologen in die Hand: „Vielleicht kannst du da was entdecken. Mir ist nichts aufgefallen, aber du bist ja so systematisch, Berni.“ BB hörte das zwar gern, aber das ewige Loben ging ihm auf den Geist, und er wurde auch nicht gern Berni genannt, war doch kein kleiner Bub mehr!

Su setzte ihn über die anderen Neuigkeiten ins Bild, und als er vom Verdacht Hanna Pronis hörte, war für ihn alles klar. „Dass dieser Schützling von der Toten ganz in der Nähe vom Tatort wohnt, ist euch schon bewusst?“ Ja, deshalb hatten sie sich die Schützlinge ja geholt. Allerdings waren der Renate-Schützling und sein Freund nicht dabei. Alibi hatten sie aber. „Alibi“, schnaubte BB, „von wem denn?“ „Von allen Mitbewohnern, auch vom Betreuer.“ „Die Asys stecken sicher unter einer Decke und der Betreuer ist wahrscheinlich so ein Gutmensch, der jeden Ausländer in Schutz nimmt. Stellt euch doch vor, diese Bimbos kommen her, kriegen im Gegensatz zu ihren Landsleuten, die beim Dealen oder auf dem Schwulenstrich landen, diese Riesenchance, leben wie die Maden im Speck, aber dafür müssen sie alte Weiber ficken!“ Dass er Mona Hartlieb äußerst attraktiv gefunden hatte, fiel ihm ein. Aber er war ja schließlich nicht mehr so jung. „Wie alt ist denn dieser Schützling von der Toten?“ „Der Schützling der Toten“, korrigierte Su, die Oberlehrerin, „ist siebzehn.“ „Na bitte, siebzehn, und die Direktorin war fünfzig. Wenn das stimmt, was die Tochter erzählt, haben wir doch ein eindeutiges Motiv.“ „Der Verein arbeitet jetzt seit zwei Jahren und bisher hat es keine Todesfälle gegeben“, erklärte der Alte und Su ergänzte: „In vielen Kulturen ist es ganz normal, dass junge Männer mit älteren Frauen schlafen, hab ich gelesen.“ „Aber vielleicht hat sie ihn gezwungen“, meinte BB. „Wie lang war denn der schon ihr Schützling, wenn er erst siebzehn ist?“ „Eine sehr gute Frage, Berni. Wir müssen herausfinden, wer wessen Schützling war und ob das wechselte und auch warum wessen Schützling in Schubhaft gekommen ist oder abgeschoben wurde. Da entsteht vielleicht ein Muster. Ist einfacher, als die Damen zu fragen, ob sie mit ihren Schützlingen Sex hatten. Noch dazu mit Hartlieb im Genick. Weißt du, Berni, grundsätzlich halte ich es schon für möglich, dass einer von den Burschen durchgedreht ist, im speziellen Fall wohl der von Renate, aber vergiss den Aspekt Schule nicht. Wie soll der Typ die Leiche denn dorthin transportiert haben und wieso?“ „Zu zweit? Warum nicht? Vielleicht hatten sie irgendein Behältnis, die berühmte Teppichrolle, oder es gibt auch so Riesentaschen für Sportgeräte.“ BB stürzte ans Telefon, um die Kriminaltechnik noch einmal anzuweisen, speziell auf Fasern an Kleidungsstücken und Perücke der Toten zu achten. „Und warum in die Schule?“ Der Alte versuchte ihn zu bremsen, aber er würde sich nicht aufhalten lassen. „Damit wir uns auf die Schule konzentrieren. Klar.“ „Aber kannten denn diese Burschen die Schule überhaupt?“, fragte Su. „Renate hat gern Leute am Abend mit in ihr Büro genommen“, räumte der Alte ein. Aha. Wusste BB ja noch gar nicht. „Ihr Liebesnest wahrscheinlich!“ „Das können wir ja feststellen lassen“, seufzte der Alte, und Su wählte schon die Nummer der Spurlis, sie sollten das Sofa auf Spermaspuren – „Erst Montag? Wir können das Sofa doch nicht bis Montag bewachen.“ – „Ach, die werden auch am Montag noch –?“ – „Selbst wenn jemand sie zu beseitigen versucht?“ – „Na, dann als Erstes am Montag, bitte.“ Die Zaubereien der Forensik überraschen den Alten und Su immer noch, die schauen wohl nie „CSI“, dachte BB.

„Ja, gut", kam es widerstrebend vom Alten, „falls Renate ihren Schützling öfters oder regelmäßig ins Direktionszimmer mitgenommen hat, könnte er auf die Idee gekommen sein, sie dorthin zu schaffen." Und er setzte zweifelnd hinzu: „Irgendwie." BB war klar, wie sehr diese Richtung der Ermittlungen den Prager giftete. Er würde jede Menge Widerstand leisten, aber diesmal würde BB nicht locker lassen.

Es begann schon damit, dass nicht BB, sondern Su beauftragt wurde, gemeinsam mit Achmed ab Montag die genaue Struktur dieses Schützlingswesens zu recherchieren. Auch über die Vereinsdamen natürlich alles, was sich unauffällig herausfinden ließ. „Ich fang am Wochenende schon einmal im Internet an", erklärte Su. BB sollte sich das Vereinsbüro vornehmen. Sicher gab es da Unterlagen dazu. „Nein, morgen nicht. Montag reicht, erst muss man ja auch jemanden auftreiben, der einen Schlüssel hat. Vielleicht die Professor Schadek. Die kannst du meinetwegen am Wochenende zu erreichen versuchen." BB, der lieber gleich ins Büro gestürmt wäre, aber einsah, dass das nicht ging – mit dem Schlüssel der Direktorin hätte man es riskieren können oder bevor der Tatort gefunden war, aber so –, BB ergänzte: „Man muss auch herausfinden, wem das Büro und die zweite Wohnung gehören, die eine Wohnung gehört jedenfalls Mona Hartlieb." War ihm rausgerutscht, blöd, aber verheimlichen hätte er seinen Besuch bei Mona sowieso nicht können. Woher er das wisse, fragte der Alte und bekam seinen tückischen Blick. BB erzählte und ließ alles nach einer Kette spontaner Einfälle aussehen. „Das war nicht klug." Der Alte klang eisig. „Bei solchen Leuten sollte man ein bisschen vorsichtiger vorgehen. Aber vielleicht weißt du ja nicht, dass Hartlieb einer der einflussreichsten Anwälte der Stadt –"

Bevor der Alte weiterpoltern konnte, schob Achmed einen zwölf- oder dreizehnjährigen Buben in den Raum. „Das ist der

Absender der mysteriösen SMS", erklärte er grinsend. „Der Felix Nagy aus der 2B ist von der Direktorin für etwas, was er gar nicht gemacht hat, bestraft worden und hatte deshalb eine Stinkwut auf sie. Gemeinsam mit seinem besten Freund hat er sich am Mittwoch nach dem Unterricht in der Schule versteckt. Als der Putztrupp weg war, sind die beiden ins Lehrerzimmer geschlichen, haben mit einem Taschenmesser die Tür zum Kopierraum aufgebrochen, einen mitgebrachten Zettel kopiert und ihn an die Direktionszimmertür geklebt. Eigentlich wollten sie auch das Direktionszimmer verwüsten, aber sie konnten das Schloss nicht knacken. Sie wollten es vom Sekretariat aus versuchen, aber da haben sie gehört, wie das Schultor geöffnet wurde, und sind in ihr Versteck zurück. Deshalb hab ich den Felix mitgebracht. Den Freund bringt Herbi. Er war übrigens hochanständig, der Felix, hat seinen Freund nicht verpetzt", sagte Achmed anerkennend, „aber da er seinen Eltern gesagt hat, dass er beim Daniel und der Daniel seinen Eltern, dass er beim Felix schläft, wars nicht schwer zu erraten." Achmed strahlte. BB wusste nicht, was es da zu strahlen gab, aber er verstand Achmed sowieso nie. Ob die Buben denn Handschuhe getragen hätten, wollte der Alte wissen. „Logo", nickte Felix, „macht man doch so." Und ob sie eine Taschenlampe dabeigehabt hätten. „Klar." Und wo sie sich versteckt haben. „Im Heizungskeller." „Der ist nicht abgesperrt?" „Nein." „Aha. Und wie spät war es, als ihr im Lehrerzimmer wart?" „So zwischen halb zwölf und zwölf." „Und das Schultor, wann habt ihr das gehört?" „Zirka um zwölf." „Habt ihr auch Schritte gehört?" „Ja." „Und dann seid ihr gerannt?" „Na, zuerst haben wir uns nur in so eine Nische gedrückt. Aber dann sind die Schritte die Treppe raufgekommen. Es waren zwei Leute. Da sind wir gerannt, also geschlichen, schnell geschlichen." „Und wohin?" „Bis ans Ende vom Gang. Da sind wir stehen geblieben." „Und ihr habt nichts gesehen?" „War finster." „Die Leute, die da gekommen sind, haben kein Licht gemacht?" „Nein." „Keine Taschenlampe gehabt?" „Nein. Aber wir haben gesehen, dass sie ins Lehrerzimmer sind." „Wie konntet ihr das sehen?" „Da ist es heller drin, von der Straße." „Aha, als die Tür zum Lehrerzimmer geöffnet wurde, habt ihr also was gesehen?" Der Alte stellte die Fragen und er machte das gut, dachte BB, vernehmen kann er. „Wir haben nur so schwarze Umrisse gesehen." „Und es waren zwei?" „Ja." „Haben die was geschleppt?" „Geschleppt? Ah, Sie meinen die Leiche? Weiß nicht, glaub nicht." „Kannst du zufällig gut zeichnen?" „Schon." „Dann geh mit Achmed in mein Kabuff und zeichne mir auf, was du gesehen hast." „Okay."

Der Freund, Daniel, war inzwischen mit Herb gekommen und bestätigte alles, was Felix erzählt hatte. Zeichnen konnte er nicht, und überhaupt, er wäre hinter Felix gestanden und hätte noch weniger gesehen deshalb. Der hat sich wahrscheinlich vor Angst in die Hose gemacht, dachte BB. Der Alte fragte, wo sie den Rest der Nacht verbracht hätten. „Im Heizungskeller, da sind alte Turnmatten gestapelt und Decken von den Großen." „Decken von den Großen?" „Na ja", Daniel tat es offenbar leid, dass ihm das rausgerutscht war, „wir haben sie eh nicht gebraucht, haben eh unsere Schlafsäcke mitgehabt. Die Decken sind eh grindig." Und dann spuckte er es schließlich aus: „Der Heizungskeller ist immer offen, weil der Schulwart dafür von den Großen Geld kriegt. Die treffen sich da mit Mädchen und so. Weiß ich von meinem Bruder."

„Den Schulwart kauf ich mir", rief BB, als die Buben weg waren. „Warum?", wollte der Alte wissen. „Weil er den Heizungskeller offen lässt?" Wollte ja immer allen alles durchgehen lassen. „Weil die Großen da bestimmt nicht nur mit Mädchen rummachen, sondern auch kiffen. Mindestens. Und weil der Heizungskeller Donnerstag früh abgesperrt war und weil der Schulwart bestechlich ist. Vielleicht hat er was gesehen und sagt es nicht, weil er Geld dafür kriegt." Diesem letzten Argument konnte sich der Alte nicht verschließen, ha! BB erhielt die Erlaubnis, sich den Schulwart vorzuknöpfen, aber dann sollte er mit Herb und Achmed noch einmal zum Tatort fahren und versuchen Zeugen aufzutreiben. „Tut mir leid, aber morgen könnt ihr ja ausschlafen. Am Wochenende ist Ruhe angesagt! Nachdenken, recherchieren, telefonieren meinetwegen, aber keine Zeugenbefragungen, vor allem keine überfallsartigen!" Nachdenkpausen, wie er es nannte, hatte der Alte immer schon geliebt. BB hasste sie zwar nicht, aber Aktivität war ihm lieber. „Lass vor allem die Asylwerber in Ruhe, sonst haben wir gleich wieder den Hartlieb am Hals", sagte der Alte noch speziell zu BB, und dann: „Wir befragen den Schützling und seinen Freund am Montag."

Als alle weg waren, schleppte sich der Alte an seinen eigenen Schreibtisch in seinem Kabuff. Er hatte auf gar nichts Lust, nicht auf den verdammten Papierkram, nicht auf Nachdenken und schon gar nicht auf seine leere Wohnung. Er hatte Lust, Isolde Peterka anzurufen, kam sich aber langsam blöd vor. Also starrte er Löcher in die Luft. Die Jasmin von der Sitte sollte er anrufen und zu seiner eigenen Überraschung tat er es auch, entschuldigte sich für sein langes Schweigen, es sei ihm nicht gut gegangen und jetzt stecke er mitten in einem komplizierten Fall, aber er wolle doch einmal fragen, wie es ihr ginge und ob sie sich – Er verstummte. Auch am anderen Ende der Leitung blieb es stumm, bis er fragte: „Jasmin?" „Es ist nett, dass du anrufst, Josef, und es tut mir leid, dass es dir nicht gut geht. Besser, ich sags dir gleich: Ich hab seit ein paar Wochen einen festen Freund, wir wollen zusammenziehen." Er versuchte, ein bisschen Enttäuschung in seine Stimme zu legen: „Das freut mich für dich, hoffentlich bist du, äh, wirst du glücklich", und er setzte hinzu: „Es war immer sehr schön mit dir. Aber ich war ja nichts für dich, ein alter, kranker Mann." „Um alt und krank ging es nicht", sagte Jasmin, „nur ich hatte nie das Gefühl, dass du eine feste Beziehung willst, und ich möcht nicht immer allein leben. Aber egal, ich hab mich verliebt." Es klang fast trotzig. Er kannte diesen kleinen Trotz, so hatte sie auch immer gesagt: „Ich will aber ins Theater oder ich will eben zum Italiener." Er lachte. „Das ist doch wunderbar. Lass uns Freunde bleiben, Jasmin." „Ja, lass uns Freunde bleiben, und mit dir war es auch immer schön." Sie legte auf.

Er fühlte sich erleichtert, als hätte er jetzt einen freien Weg vor sich. Aber wohin? Ja, zu Isolde. Nur, er hatte noch keinen Augenblick das Gefühl gehabt, mit ihr schlafen zu wollen, nur mit ihr zusammen sein, mit ihr reden, sie anschauen, das wollte er. So ist es immer, dachte er. Entweder will ich mit einer Frau ins Bett oder ich will mit ihr leben. Mit ihr leben! Wo ich sie gerade zwei Tage kenne, lächerlich. Und die falsche Richtung, Prager. Die führt zu Annuschka.

Er rief in der „zukunft2" an. „Andreas", meldete sich der Betreuer. Der Alte kündigte ihm an, dass er Montag um zehn kommen würde, um sich mit dem Somalier – er wollte den Namen nicht falsch aussprechen – zu unterhalten. „Ja", sagte der Betreuer, „gut. Kein Problem." Wie es mit der Sprache sei, ob er einen Dolmetsch brauche? „Nein, der Somi spricht gut Deutsch, Englisch auch. Aber ich muss Ihnen sagen, dass ich den Auftrag habe, Dr. Hartlieb zu verständigen, wenn sich die Polizei meldet." „Machen Sie das, ich werd ihn auch verständigen." Er schrieb ein Mail an Hartlieb, in dem er die Befragung ankündigte und Zutritt zum Vereinsbüro erbat. Höflich, bisschen schleimig, dachte er. Er wollte schon auf „send" drücken, aber plötzlich wusste er, was er tun musste. Und rief seinen Freund Drago an.

Drago war Schlosser. Prager hatte ihn einmal, da war der noch ein ganz junger Bursch, ein Lehrling gewesen, als Mitglied einer Jugobande geschnappt. Eigentlich war Drago nur als Hilfskraft für einen Bruch engagiert worden, für die Schlösser eben. Einer von den Älteren war geschnappt worden und hatte Drago verpfiffen. Der Bursch hatte Prager leidgetan und er hatte ihn laufen lassen. War nicht so einfach gewesen, aber er hatte ihn als seinen Informanten ausgegeben. Heute war Drago Schlossermeister, Staatsbürger, verheiratet, Vater von drei Kindern und Besitzer eines gut gehenden kleinen Unternehmens für Sicherheitstechnik. All das wäre er jetzt nicht, wenn er damals eine Jugendstrafe ausgefasst hätte. Zu Weihnachten bekam der Alte deshalb immer einen Riesenkorb mit Slibowitz, Weinen, nach Knoblauch duftenden Würsten und anderen Spezialitäten aus dem Land, das lange sein Lieblingsland gewesen war; fast jeden Urlaub hatten Annuschka und er dort verbracht. Informationen hatte er von Drago nie verlangt, nur Tipps für seine Jugoslawienreisen. Und hin und wieder ließ er sich von ihm Türen öffnen.

Eine halbe Stunde später trafen sie sich vor dem Haus, in dem das Vereinsbüro untergebracht war. Das Haustor stand offen, obwohl es eine Gegensprechanlage gab. „Die Leute sind ja so leichtsinnig“, meinte Drago, ganz Sicherheitsfachmann. Der Alte schloss das Tor hinter ihnen, war sicherer. Dann stand er Schmiere, während Drago das unkomplizierte Schloss knackte. Das Büro war in einer Substandardwohnung im Hochparterre untergebracht, Klo auf dem Gang. Die frühere Gangküche hatte man in ein Vorzimmer und ein kleines Büro unterteilt. Im Zimmer stand nur ein runder Tisch mit zwölf Stühlen und an den Wänden hingen riesige Fotos der Schützlinge. Nahm er an. Das Besprechungszimmer offenbar. Mit Renate-Flair. Die Tür zu einem weiteren Raum war versperrt, und als Drago sie geöffnet hatte, staunten sie nicht schlecht.

In dem schmalen Kabinett wurde etwa die Hälfte des Raums von einem Bett eingenommen. Außerdem gab es einen verspiegelten Schrank und dann noch so eine Art Schminktisch; Psyche hat man das früher genannt, fiel ihm ein, komisch. Mehr ging in das Kabinett nicht rein, aber es war geschickt und geschmackvoll eingerichtet, wohl auch Renates Werk. Prager befiel schon wieder das Kichern, aber er wurde auch nervös, ließ sich noch rasch die Mittellade am Schreibtisch öffnen und schickte Drago weg. Wenn jemand hier auftauchte, sollte sein Helfershelfer nicht in die Sache hineingezogen werden.

Er fischte eine kleine Digitalkamera und Plastikhandschuhe aus der Jackentasche, zog die samtigen Vorhänge im Kabinett zu und machte Aufnahmen vom Liebesnest der Vereinsdamen, was sollte es sonst sein? Die Proni hatte recht gehabt! Er öffnete den Schrank. Hinter der ersten Tür war ein Waschbecken, hinter den anderen seidige Bettwäsche in verschiedenen Farben; elegante Morgenmäntel hingen auch da. Es waren zwölf Stück. Alle zwölfe, dachte er, und: Die Schadek! Das Luder!

Er musste sich beeilen. In der Schreibtischlade fand er einen Kalender, in Leder gebunden, ziemlich dick. Grau. Den steckte er ein. Sonst waren da nur Höschen, Strümpfe, Papiertaschentücher, Parfum, was eine Frau halt so braucht im Liebesnest. Gerade wollte er gehen, als es läutete. Verdammte Scheiße. Aber es hatte unten geläutet, am Haustor. Er verzog sich schleunigst. Es gab so einen altmodischen Liftschacht und er presste sich ein paar Stufen weiter oben ans Gitter. Von da konnte man die Bürotür gut sehen. Blöd wär nur, wenn jetzt jemand von oben die Stiegen herunterkäme.

Für solche Fälle hatte er einen üblen Trick parat. Er hatte einmal Annuschka davon erzählt, sie hatte ihm ein paar geschmiert. Ihn blödes Macho-Arschloch geschimpft. Und war drei Tage verschwunden gewesen. Deshalb. Und sie hatte recht gehabt! Sicherheitshalber öffnete er aber doch seinen Hosenschlitz, holte seinen Schwanz raus und zog die Jacke drüber. Frauen gegenüber hatte man als Exhibitionist immer einen kleinen Zeitvorteil, wegen der Schrecksekunde, und falls ihn ein

Mann festzuhalten versuchte, kannte er ein paar gute Griffe. Selbst wenn ihn jemand identifizieren hätte können – dass ein Kriminaler als Exhibitionist unterwegs war, das hätte ja doch keiner geglaubt. Außerdem hatte er ein Durchschnittsgesicht und war immer ganz unauffällig gekleidet. Eine vernünftige Beschreibung von ihm zu liefern, war ziemlich hoffnungslos. Ja, seine Haare waren auffällig dicht, aber er trug sie ganz kurz oder, wie jetzt, unter einer Mütze, also fiel das auch nicht auf. Nur gegenüber mehreren Leuten war die Exhibitionistennummer keine gute Methode; deshalb hatte er auch noch einen Polizeiausweis mit falschem Namen in der Tasche. Alles Tricks aus jüngeren Jahren. Da hatte er noch mehr so Sachen auf Lager gehabt, sogar – was er Annuschka wohlweislich nie gebeichtet hatte – genau gewusst, wie man schlägt, ohne Spuren zu hinterlassen. Inzwischen war er ein äußerst gesetzestreuer Polizist, aber manchmal ging es einfach nicht, wenn man was erreichen wollte. Er hoffte inständig, dass er zumindest den Exhibitionistentrick nicht brauchen würde.

Die Haustür wurde aufgesperrt, das Licht ging an, eine Frau Mitte vierzig kam mit einem jungen, südländisch wirkenden Typ die Treppe herauf, dem Iraner vielleicht, sperrte die Tür zum Büro auf, rief: „Ist da wer?“, lauschte; dann gingen sie hinein. Er hörte sie noch sagen: „Da hat wer vergessen, die Vorhänge aufzuziehen!“ Er seufzte tief.

Als er auf der Straße stand, schlotterten seine Knie. Was machte er bloß für Sachen in seinem Alter! Wenn er erwischt – es wäre definitiv das Ende seiner Laufbahn gewesen. Er durfte auch Drago nie mehr in so was hineinziehen. Nie mehr! Im Kabuff verstaute er sein Handwerkszeug, überlegte kurz, ob er den gefälschten Polizeiausweis, mit dem einmal ein Betrüger unterwegs gewesen war, jetzt endlich vernichten sollte, ließ es aber doch bleiben, schickte das Mail an Hartlieb und stürzte sich auf Renates Notizbuch.

Musste schon eine seltsame Person gewesen sein, versuchte ständig die Bereiche ihres Lebens auseinanderzuhalten, getrennte Handys, getrennte Kalender offenbar; und dann brachte sie wieder alles durcheinander, lud sich zum Beispiel alle möglichen Leute in ihr Büro – er wählte die Zimmrich-Nummer –, eine einzige Mischkulanz! Die Zimmrich fragte er, ob Renate den Schützling manchmal in die Schule bestellt hätte. „Schon vorgekommen." Scheiße. Konnte wirklich der Schützling –? „Kam man eigentlich leicht ins Direktionszimmer? „Nein, das war immer abgesperrt. Schlüssel hatten außer der Frau Direktor nur der Putztrupp und ich."

Er wandte sich wieder dem Notizbuch zu. Es enthielt eine Telefonliste der Mitgliedsdamen, mit Handynummern, praktisch. Außerdem Telefonnummern von verschiedenen einflussreichen Leuten. Dann gab es einen richtigen Stundenplan, extra eingeheftet, darauf waren die Initialen der Damen verteilt. Offenbar die Zeiten, zu denen sie das Liebesnest benutzten. Und dann, heureka, eine Art kleine Kartei, in die eingetragen war, welche Dame von wann bis wann welchen Schützling betreut hatte. Da konnte sich Su die Arbeit sparen. Er rief sie an; sie saß gerade beim Essen und war etwas unwirsch, also sagte er ihr nur das Nötigste.

Mein Gott, war er blöd! So ging das ja überhaupt nicht. Was soll ich denn machen, wenn wir nicht ins Büro dürfen? Wie soll ich dann den Besitz dieses Büchels erklären? Vielleicht kann ich das Buch am Montag im Direktionszimmer finden? Ich muss mir da was überlegen. Ja klar, der Putztrupp hatte einen Schlüssel zum Direktionszimmer. Die Frauen würden einem Polizisten sicher problemlos das Zimmer aufsperren. Er könnte ihnen auch ein paar Fragen stellen. Der Putztrupp war – jetzt schon drinnen. Mist. Er könnte läuten, aber ob sie ihm aufmachten? Schlimmstenfalls musste er warten, bis sie rauskamen. Sollte er noch einmal die Zimmrich anrufen? Aber wenn die ihm aufsperrte, konnte er schlecht den Kalender im Direktionszimmer deponieren. Er rief trotzdem an. Irgendein Vorwand würde ihm schon einfallen. Es hob niemand ab. Er versuchte den Schulwart – nichts. Dann hielt er es nicht länger aus. Es war zu blöd, aber er rief Isolde Peterka an.

Nach dem Paar Würstel und dem Topfenstrudel, hinuntergespült von einem halben Achtel Rot, hatte Isolde versucht, wieder zu ihrer selbst gewählten Aufgabe zu finden, ohne Erfolg. Entweder sie übersah etwas oder sie wusste einfach nicht genug. Also hatte sie gezahlt und sich ein Taxi bestellt. Daheim hatte sie lange überlegt, ob sie duschen oder baden sollte, ein ewiges Dilemma. Vordergründig ging es um den Wasserverbrauch, nicht nur um den Verbrauch des rapide teurer werdenden Warmwassers, sondern um den Wasserverbrauch schlechthin; sie versuchte immer, so wenig wie möglich zu dieser gigantischen Verschwendung des kostbaren Guts beizutragen. Aber es ging auch um andere Dinge. Duschen vermittelte ihr eher das Gefühl, sich vom Schmutz der Stadt zu reinigen, und es brauchte weniger Zeit; beim Baden kam sie unter einer Dreiviertelstunde nicht weg. Heute hatte sie zwar das Bedürfnis, sich vom Schmutz der Stadt zu reinigen, andererseits hatte sie Zeit, endlos. Baden war unübertroffen zum Entspannen, nach einem anstrengenden Schultag gönnte sie sich das, aber wovon musste sie sich heute entspannen, zum Nichtstun verurteilt, wie sie war?

Sie hatte schließlich geduscht. Den Ausschlag hatte ein moralisches Argument gegeben. Kaffeehaus und Taxi waren Luxus genug für einen Tag, mehr wollte sie sich nicht zugestehen. Sie lehnte diese Selbstverliebtheit ab, die zunehmend um sich griff, wollte sich dagegenstemmen. Nach dem Duschen hatte sie sich etwas Bequemes angezogen, etwas sehr Bequemes – er würde ja wohl nicht ohne Vorankündigung auftauchen, schoss ihr durch den Kopf –, sich die Lesebrille aufgesetzt, die brauchte sie jetzt auch schon, und sich mit ihrem Buch auf die Couch zurückgezogen. Schließlich hatte sie ihr eigenes Leben zu leben. Das Buch sollte sie rezensieren, es handelte sich also um Arbeit, die sie in dieser bequemen Position eben am besten verrichten konnte, nicht um Luxus.

Es ging einigermaßen mit dem Buch, obwohl ihre Gedanken doch immer wieder abschweiften, zum „Fall" und zu der Überlegung, ob Prager sich überhaupt noch einmal melden würde. Sie musste deshalb einige Male ein paar Zeilen zurückgehen, einmal sogar zurückblättern. Konzentration war ihre Stärke, in guten Zeiten. Wenn sie sich nicht konzentrieren konnte, machte ihr das Angst. Jetzt ist das etwas anderes, redete sie sich gut zu. Sie war, erklärte sie sich, durch Renates Tod natürlich aus ihrer Sicherheit spendenden Routine gerissen. Renate hatte in gewissem Sinn ihr Leben beherrscht, war eine Bezugsperson gewesen, man konnte das nicht einfach so wegstecken. Nein, nein, Peterka, widersprach sie sich, wenn Renate an einem Herzinfarkt gestorben wäre, würde dich das nicht am Lesen hindern. Es war die Gewalt. Oder? Es ist, seien wir ehrlich, das Rätsel. Rätsel hatten sie schon immer fasziniert! Und wenn wir schon ehrlich zu sein versuchen, dann geben wir zu, es ist auch dieser Prager. Lächerlich! Was sollte das denn heißen? Prager war nett zu ihr gewesen. Hätte sie ja auch zur Sau machen können – mindestens. Er war sehr verständnisvoll gewesen. Und schien ihr trotz ihrer Heimlichtuerei zu vertrauen. Sicher, da war dieser maßlos enttäuschte Blick, als er glauben musste, sie hätte sich von der Qualle erpressen lassen. Ja und? Er mochte sie eben, manche Menschen mag man auf Anhieb, andere nicht. Er würde sich auch wieder melden, irgendwann.

Sie schob einen Bügel ihrer Brille als Lesezeichen in das Buch und legte beides weg, was bedeutete, dass sie sich endgültig ihren Denkereien überließ. Dann läutete das Telefon. Sie wusste nicht, wie lange sie geschlafen hatte. Auf die Uhr zu schauen hatte keinen Sinn ohne Brille, was musste sie auch ewig diese damenhaften kleinen Ührchen tragen! Sie taumelte mehr als sie lief zum Telefon. Nicht auflegen, dachte sie, nicht auflegen, bitte.

Prager entschuldigte sich für den späten Anruf, sagte, er würde sie gern noch auf ein Glas Wein einladen, aber es könnte spät werden, er müsse noch in die Schule, was überprüfen, sonst hätte er keine ruhige Nacht, und unter Umständen müsse er warten, bis der Putztrupp aus der Schule käme, denn Zimmrich und Schulwart seien nicht daheim. Da habe sie aber eine bessere Idee, meinte sie, er könne sich ja den Schlüssel von der Aberle holen, die wohne nicht so sehr weit weg. „So spät noch?“ Sie würde gern für ihn anrufen. „Das wär aber nett.“ „Wenn die Aberle zu Haus ist und nichts dagegen hat, ruf ich gleich zurück. Ich ruf auf jeden Fall gleich zurück.“ Und das tat sie dann. „Es ist überhaupt kein Problem, den Schlüssel können Sie dann mir geben, ich bin morgen bei der Aberle. Aber ausgehen möchte ich nicht mehr, bin schon zu viel herumgelaufen heute.“ Er solle doch zu ihr kommen. Ob er denn schon etwas gegessen habe? „Nichts Richtiges“, räumte er ein. „Dann kann ich vielleicht was vom Chinesen bestellen, wenn Sie anrufen, sobald Sie in der Schule fertig sind. Was mögen Sie denn?“ „Ente“, sagte er automatisch, korrigierte dann aber: „Huhn, Huhn wäre besser für meinen Magen. Und nichts Süßsaures, bitte.“

Die Aberle fragte über die Gegensprechanlage, ob es sehr unhöflich wäre, wenn sie ihm den Schlüssel durchs Fenster hinunterlasse? Er könne sich so auch die drei Stockwerke ersparen. Er versicherte ihr, dass er es nicht unhöflich, sondern praktisch fände. Diese Aberle würde er wohl nie zu Gesicht bekommen, dabei hätte er sie küssen können, denn ohne sie und ihren Hund hätte er Isolde Peterka vielleicht nie so gut kennen gelernt. Konnte man doch gut nennen, wenn sie einen schon zum Essen zu sich nach Haus einlud.

Er schloss das schwere Schultor auf, fand den Putztrupp im obersten Stock, ließ sich von der Chefin den Schlüssel zum Direktionszimmer aushändigen, fragte sie, ob das Zimmer der Direktorin schon geputzt worden sei. Nein, sagte sie. „Hat uns zwar keiner gesagt, aber wir gedacht, wegen Polizei und auch, weil irgendwie komisch, Zimmer von Toten putzen." Sie sprach fast akzentfrei, nur die Grammatik war Jugo. Er liebte es.

Renates schönes Zimmer wirkte muffig und tot. Er probierte die Mittellade am Schreibtisch. Versperrt. Die Seitentüren. Versperrt. Oben drauf konnte er das Büchel ja schlecht legen! Da war noch ein rötlicher Jugendstilschrank. Glück! Nicht versperrt. Noch mehr Glück, drinnen hing eine Jacke mit großen Taschen. Leer bis auf ein Taschentuch. Er steckte den Filofax hinein und brachte der Putztruppchefin den Schlüssel. „Nicht gefunden", erklärte er achselzuckend, um sich ein Alibi zu geben. Fragte dann noch, ob ihnen am Mittwochabend was aufgefallen sei, ob sie jemanden gesehen hätten, zum Beispiel. „Ja, verrückte alte Frau mit kleinem Hund ist gegangen, wie wir rein. Und großer Turnlehrer war in Gerätekammerl, ganz großer, junger." „Ach? Wann war das?" „So halb neun. Vielleicht schon drei viertel." „Und was hat er da gemacht?" „Weiß nicht, Sachen eingepackt." „Was für Sachen?" „So Stangen und so, wie heißen?" Sie zeichnete mit den Händen die Form. „Keulen", schlug er vor. „Ja, Keulen und Stricke zum Springen." Hat er Sie gesehen?" „Ja, war erschrocken, hat ganze Tasche fallen lassen. Ist aber normal, müssen für Turnbereich Schuhe ausziehen, sind ganz leise." Was für eine Tasche das war? „So ganz, ganz große, Sie wissen schon, für Ski, Snowboard, so Sachen. Schulwart war auch da." „Aha, und wo war der?" „In Gang zu Hintertür, hat Turnlehrer tragen geholfen."

Er bedankte sich. Er würde noch ein bisschen rumlaufen in der Schule, sie sollten nicht erschrecken.

Stangen, Keulen, Springschnüre! Lauter Sachen, die man für Mord und Leichentransport gut brauchen könnte. Und nichts davon in den Vernehmungsprotokollen! Den Schmidl hatte Achmed vernommen, den Schulwart Berni, beide waren sorgfältig. Und von einer Hintertür hatte er bisher gar nichts gewusst. Wenn es eine Hintertür gab, wieso wurde die Leiche dann durch dieses schwere Haupttor transportiert? Deutete das auf einen Schulfremden? Oder hatten sich die Buben einen Krimi ausgedacht?

Er suchte noch einmal nach dem Putztrupp und fragte die Chefin, wo ihnen Frau Professor Aberle begegnet sei. „Wer?" „Die mit dem Hund." „Ah, bei Hintertür, am Abend nur Hintertür." Hatte er vielleicht alles falsch verstanden? Die Hintertür fand er in der Nähe des Turnsaals. Sie führte auf einen Parkplatz. Eine Treppe führte da abwärts in den Keller und aufwärts, in einem schmäleren, schäbigeren Stiegenhaus. Das schmale Stiegenhaus umschloss einen noch schmäleren Lift. Ach, er hätte so gern die Qualle als Mörder, nur konnte der Fettsack keine Leiche, sei sie auch ganz klein, die Treppe hinaufschleppen, so wie der beisammen war. Mit dem Lift allerdings hätte er es schaffen können.

Sein Handy läutete. Achmed. Saß im „Jenseits" und flirtete mit der Barfrau. „Und weißt, wer noch hier sitzt?" „Wer?" „Der Dicke aus der Schule, der Doppeldoktor." „Wer, die Qualle?" „Heißt der so? Jedenfalls, der ist hier Stammgast. Kommt auch öfter mit seiner Frau oder Exfrau. Die Barfrau sagt, die ist schön wie eine Göttin."

Isolde hatte ordentlich zu tun gehabt. Aberle anrufen, dann wieder Prager anrufen, Küche in Ordnung bringen, Jasmintee suchen, war da nicht auch noch irgendwo eine Dose Litschi?

Das schöne alte Geschirr aus der Vitrine holen und abspülen, sicher staubig, oder war das zu viel? Ach was, wenn sie schon nicht kochte, konnte sie wenigstens den Tisch hübsch decken. Servietten! Wo waren die bloß? Erst den Rotwein aufmachen, dass er atmen konnte; hatte sie am Vorabend ja ganz vergessen, dass sie noch guten Rotwein – Gläser besser noch einmal polieren. Kerzen waren zu blöd, oder? Ein paar angenehme Jazzplatten heraussuchen, im Wohnzimmer bissel Ordnung machen und im Bad. Gästehandtuch nicht vergessen! Umziehen sollte sie sich auch. Die Kerzenleuchter stellte sie zweimal auf den Tisch und nahm sie zweimal wieder weg, sonst lief alles fast automatisch richtig. Als er wieder anrief, war sie so weit fertig. Die Kerzenständer hatte sie gerade wieder vom Tisch genommen. Zum dritten Mal. Nur war sie noch nicht umgezogen, aber erst musste sie beim Chinesen anrufen, dann Teewasser zustellen, und so schlimm sah es doch auch nicht aus, was sie anhatte, einen langen Rock und einen weiten Pulli, na und? Aber kämmen und Parfum auftragen und Lippenstift. Sie wusste genau, dass ihr Lippenstift stand.

Jetzt saßen sie vor dampfenden Tellern und tranken duftenden Jasmintee. Isolde fühlte sich befangen. Außer dem Essen wollte ihr kein Gesprächsthema einfallen. Endlich sagte sie: „Das war ein sehr anstrengender Tag für Sie, oder? Sie sehen richtig fertig aus." Da platzte es aus ihm heraus. Er wolle eigentlich nicht über die Arbeit reden, aber er könne ja doch an nichts anderes denken. Wie das sei mit der Hintertür der Schule, wann und von wem die benutzt werde? Also erklärte sie ihm, dass tagsüber die Hintertüre fast nur von denen benutzt werde, die sich untertags auf den Parkplatz stellen dürften: „Trio, Vize, Schulwart, ein Kollege mit Behindertenausweis und die Turnlehrer, die müssen ja ständig Geräte zum Sportplatz – Abends benutzen alle Kollegen mit Schlüssel die Hintertüre, das Haupttor ist ja schrecklich schwer. Außerdem darf dann jeder auf den Parkplatz fahren. Nur der Direktionsplatz musste immer, immer frei bleiben, obwohl Renate gar nicht mehr selbst fuhr." Und wie das mit dem hinteren Stiegenhaus sei? Wer das benütze? „Das wird kaum benützt, nur der Lift." „Hat jeder Lehrer einen Liftschlüssel?" Sie nickte. „Danke, jetzt hab ich das aus dem Kopf. Jetzt können wir über was anderes reden. Ich bin inzwischen draufgekommen, warum Sie mir auf Anhieb so sympathisch, so vertraut waren. Sie erinnern mich an meine Lehrerin in der zweiten Volksschule, in die ich ganz verliebt war." Isolde wusste, dass sie errötete, aber nicht schlimm, ein zartes Rosa wahrscheinlich, kein Hochrot, schon gar kein Purpur. „Meine Mutter war auch Lehrerin", sagte sie, „ich sehe ihr sehr ähnlich." „Dann war sie es vielleicht", rief er und sie rechneten nach, aber ihre Mutter konnte wohl nicht seine Lehrerin in der zweiten Klasse gewesen sein. Weder zeitlich noch geographisch. „Sie hieß auch bestimmt nicht Peterka", meinte er. „Peterka hat meine Mutter auch nie geheißen. So hieß mein Mann." „Sie waren verheiratet?" „Erstaunt Sie das?" „Nein, natürlich nicht." Jetzt wurde er rot. Das war nett. „Ich weiß, ich wirke wie eine richtige alte Jungfer", lachte sie, „ich war auch nicht lang verheiratet. Halbes Jahr. Aber wir waren vorher schon ziemlich lange zusammen." „Und wieso ging es dann nicht?" Er fragte vorsichtig und so, als kenne er sich ein bisschen aus mit Gehen und Nichtgehen. „Es ging, es ging sogar gut, dachte ich wenigstens. Er ist gestorben." Sie wollte es dabei belassen, aber es kam ganz gegen ihren Willen heraus: „Selbstmord." „Ach", sagte er nur. Und jetzt musste sie es natürlich erklären und das hatte sie, außer bei ihren Therapeuten, noch nie getan. Mit Heidi brauchte sie ja nicht darüber zu reden, die hatte alles hautnah miterlebt.

„Er war der Cousin meiner Freundin Heidi", fing sie an, „kam eigentlich nur auf Besuch, aus Köln, aber wir haben uns sofort verliebt, und er blieb. Er war Schriftsteller, wollte Schriftsteller werden. Und Musiker, als Musiker verdiente er sich sein Geld." Sie versuchte ganz ruhig zu atmen und die Zeiten nicht durcheinanderzubringen. Und in ganzen Sätzen zu sprechen. „Er spielte Klavier, Jazz. War damals schon nicht mehr so leicht, damit Geld zu verdienen, Jazz war ziemlich aus der Mode." Prager nickte. „Aber er war gut. Meistens. Manchmal. Er war so melancholisch, was mich natürlich gefesselt hat. Und düster in dem, was er schrieb, in der Musik – im Leben war er anfangs eher fröhlich. Lustig geradezu. Auch ein bisschen zynisch." Ich werde zu ausführlich, dachte sie. „Jedenfalls, er hat mir dann ziemlich bald erklärt, dass er Depressionen hat. Wollte Schluss machen. Mit mir. Aber ich wollte nicht. Damals war das noch ein Elend mit den Psychopharmaka. Ganz starkes Zeug. Wenn er sie nahm, war er – eben sediert. Konnte nicht schreiben, seine Musik wurde leer. Mechanisch. Er konnte Alltagskram machen, aufräumen, einkaufen, kochen, spazieren gehen. Wir sind damals stundenlang spazieren gegangen. Im Kino waren wir auch viel. Für alles andere fehlte ihm die Konzentration. Deshalb wollte er die Medikamente nicht nehmen. Aber wenn er sie nicht nahm, konnte es ziemlich schlimm werden. Er kam dann tagelang nicht aus seinem Zimmer oder rannte stundenlang herum, bis zur völligen Erschöpfung. Ich wusste eigentlich nie, was besser war. Nur wenn es ihm gut ging, war das Leben mit ihm – herrlich. Dann bekam ich eine fixe Anstellung, gut bezahlt, meine Eltern zogen aufs Land und überließen uns ihre Wohnung, ich wurde schwanger. Ich schlug ihm vor zu heiraten. Nicht wegen des Kindes, obwohl das damals noch üblich war, sondern um ihm Sicherheit zu geben. Dachte, die Verantwortung würde ihm helfen. Es schien auch gut zu sein. Mir schien es gut zu sein. Aber ich war wohl mit zu vielen Dingen beschäftigt, Schwangerschaft, Wohnung einrichten, alles neben einer sehr anspruchsvollen Arbeit – ich weiß es nicht. Eines Nachts kam er von einem Gig nicht nach Hause. Am nächsten Tag hat man ihn gefunden.“ Prager fragte nicht, wie. Und sie war ihm dankbar. Aber er fragte – ganz vorsichtig –: „Und Ihr Kind?“ „Verloren“, sagte sie knapp. Er fragte nichts mehr, nahm wortlos ihre Hand.

„Dann hat es mich erwischt, nicht gleich, zuerst schien es, als könnte ich es verkraften, ich stürzte mich in Arbeit. Aber später. Ich ging nicht mehr aus der Wohnung. Wenn meine Mutter nicht zufällig – wahrscheinlich wär ich verhungert, verdurstet. Halbes Jahr stationär, im Schattenreich, so nannten die Insassen die Psychiatrie. War schlimm.“ Es war schlimm, nur an diesen Ort zu denken, sie hatte noch nie davon gesprochen, der Boden begann zu schwanken und sie glaubte zu ertrinken und musste sich an den Tisch klammern; der Prager kam zu ihr und hielt sie fest, darum konnte sie dann weiterreden und ihn sogar anlächeln. „Als es einigermaßen vorbei war, fühlte ich mich nicht mehr stark genug für die wissenschaftliche Arbeit und ging in die Schule. Eine überschaubare Aufgabe, ein regelmäßiges Einkommen, nach der Pragmatisierung konnte mir nichts mehr passieren. Ich habe es nie ganz losgekriegt, aber heute gibt es ja so gute Medikamente. Wenn es die früher schon gegeben hätte, würde ich nicht so ein falsches Leben führen.“ „Ein falsches Leben?“ Sie antwortete nicht. „Wir könnten alle, fast alle, ein anderes Leben leben, ein nützlicheres vielleicht, ein engagierteres, aber deshalb ist das, das wir leben, doch nicht falsch!“ Er regte sich auf, als sei er an einem wunden Punkt getroffen worden. Sie dachte, er würde jetzt vielleicht von sich sprechen. Von seinem richtigen oder falschen Leben. Stattdessen sagte er: „Ich bin überzeugt, dass Sie eine sehr gute, sehr wichtige Lehrerin sind. Kennen Sie übrigens den Felix Nagy?“ War das jetzt besonders unsensibel oder besonders gescheit? Sie wusste es nicht. „Ja, der ist in meiner Klasse“, nickte sie, „in der 2B. Warum fragen Sie?“ „Das muss ich Ihnen wohl erzählen, obwohl es dienstlich ist, weil es zu unserer Zettel-Geschichte gehört." Unsere Zettel-Geschichte, dachte sie, klingt nett. „Aber erzählen Sie zuerst von Felix."

Er musste große Erfahrung haben im Führen von Gesprächen, schien ihr, er brachte sie dazu, über etwas anderes zu reden, was ihr, das merkte sie sofort, guttat. Sie setzten sich ins Wohnzimmer, sie auf die Couch, er in den etwas härteren Sessel wegen seiner Kreuzschmerzen, und wechselten von Jasmintee zu Rotwein. Nachdem sie sich eine ihrer seltenen Zigaretten angezündet hatte, begann sie: „Der Felix, der hat es nicht leicht. Er ist ein Hausmeisterbub und ein Tschusch. Kam mit einem Alles-Einser-Zeugnis, da mussten sie ihn nehmen, schließlich ist das Dante eine öffentliche Schule und er wohnt ums Eck. In der Klasse ist er sozial gesehen natürlich ein Außenseiter, und weil er kein Duckmäuser ist, kein Streber, sondern ein lebenslustiger kleiner Kerl, verschafft er sich Respekt, indem er bei jedem Unsinn dabei ist. Deshalb gilt er als wild und ungebärdig. Wird oft bestraft. Seine Leistungen sind sehr gut bis ausgezeichnet, darum geht das alles im Moment noch. Er ist ein Ass in Sprachen, weil er dreisprachig aufgewachsen ist, die Nagys sind ungarische Serben. Oder serbische Ungarn? Er ist auch begabt in Mathematik. Und im Zeichnen. Und er lernt genug. Aber ich weiß nicht, was passieren wird, wenn er in die Pubertät kommt." „Und sein Freund Daniel?" „Dani ist ein netter, stiller Kerl, Vater Sozialarbeiter, Mutter Lehrerin. Der Felix und er sind schon vom Kindergarten her dicke Freunde. Nur dem Felix zuliebe macht Dani manchmal Unsinn. Eigentlich ist er ängstlich. Ist vielleicht nicht so begabt wie Felix, kommt aber aus einem gebildeteren Elternhaus. Die beiden sind ganz gut füreinander."

„Das heißt", sagte Prager, „wenn der Felix sich mit dem Daniel nachts in der Schule hätte einschließen lassen, die Tür zum Kopierzimmer aufgebrochen und einen dummen Zettel an die Tür zum Direktionszimmer gepickt hätte, als Rache für eine ungerechte Bestrafung, dann wäre es für den Felix ziemlich schlimm, wenn das rauskäme?" „Ja, das wäre schlimm." „Dann müssen wir uns was ausdenken, damit es nicht bekannt wird. Er hat es nämlich getan."

Er lächelte sie an. Da war wieder dieses schöne Vertrauen. „Die Buben haben alles zugegeben und uns wichtige, vielleicht sehr wichtige Hinweise gegeben. Sie wollen beobachtet haben, wie um Mitternacht zwei Personen ins Konferenzzimmer gegangen sind." Er fischte einen Zettel aus der Tasche und setzte sich neben sie. „Das will Felix gesehen haben." „Ja, er hat ein außerordentliches Talent zum Zeichnen, sagt der Wehdorner, sein Zeichenprof. Macht auch sehr gute Karikaturen. Von den Lehrern meistens. Zum Entzücken des Kulturklüngels. Wenn er dabei einmal von jemand anderem erwischt wird, oh Gott!" „Wenn man gut Karikaturen zeichnen kann, muss man wohl einen Blick für das Wesentliche haben", überlegte er. Und fuhr fort: „Er und Daniel schwören Stein und Bein, dass zwei Personen durch das Haupttor gekommen sind, ein Mann und eine Frau oder eine größere Frau in Turnschuhen und eine kleinere in Stöckelschuhen, die hätten sie deutlich gehört." „Ein Puppenspieler?" Er sah sie verständnislos an und sie sagte: „Später, erzählen Sie erst zu Ende." „Das mit dem Haupttor würde praktisch alle, die sich in der Schule auskennen, aus dem Kreis der Verdächtigen ausschließen." „Oder es ist Teil der Inszenierung", rutschte ihr heraus, aber sie winkte gleich ab. „Ja, also eigentlich müssten wir noch einmal nachhaken bei den Buben, aber wenn wir sie bestellen oder auch wenn jemand zu ihnen geht, ist die Gefahr, dass wir die Sache nicht geheim halten können, natürlich groß." Er sah auf die Uhr, wechselte zurück in den Sessel und zückte sein Handy. „Entschuldigung, einen Augenblick bitte."

„Prager, servus", hörte sie, „wie stehts? Irgendein Ergebnis?" – „Gut. Eigentlich wollt ich wissen, wie es mit dem Schulwart –?" – „Ach. Verreist. Und ob du die Schadek erreicht –?" –

„Auch verreist, soso." – „Dienstag? Na, hallo! Weißt was, schick Herbi zum Büro, er solls beobachten. Damen mit Koffern oder so." – „Meinetwegen auch junge Farbige, ja. Wenn jemand, der in Frage kommt, was aus dem Haus schaffen will, anhalten und Bescheid geben. Ich lös ihn dann ab." Nach dem Telefonat wirkte er ein bisschen aufgeregt, aber sein Gesicht war noch grauer geworden und er musste eine Kopfwehtablette nehmen. „Wo waren wir? Ah ja, bei Felix." „Ich könnte zu ihm gehen", schlug sie vor. Er sah sie an. „Mir gegenüber würde er vielleicht eher zugeben, dass er Märchen erzählt hat. Ich habe einen ganz guten Draht zu ihm, glaub ich. Sagen Sie mir, was Sie wissen wollen." „Sie müssten die Geschichte mit der Haupttreppe noch einmal mit ihm durchgehen. Ach, und fragen Sie ihn, ob eine der beiden Personen Qualle oder Kevin oder der Schulwart gewesen sein könnte." „Warum die?" „Die Qualle nur, um uns eine Freude zu machen, Kevin und der Schulwart waren an dem Abend in der Schule, die Putzfrauen haben sie gesehen. Allerdings so um halb neun. Übrigens auch die Aberle, wie sie um acht aus der Schule ist. Die ist aber sowieso aus dem Schneider." Schrecklich muss das sein, dachte sie: immer alle verdächtigen müssen, egal ob sympathisch oder unsympathisch. Wie sich wohl Verdächtigte fühlten, die gar nichts getan hatten? Es hätte auch ihr blühen können. Könnte ihr blühen. Ganz sicher konnte er doch nicht sein, dass sie nichts – „Aber jetzt Sie", sagte er. „Puppenspieler? Inszenierung?"

Wenn er sie schon zu Felix schickte, konnte er ja nichts dagegen haben, dass sie über den Fall nachdachte. Also erzählte sie ihm von ihrem Versuch, das Ganze als Inszenierung zu verstehen, oder als Text, und es so zu interpretieren. Er begriff gleich und war Feuer und Flamme. Aber sie musste ihn natürlich enttäuschen. Ohne den Zettel ergab es nicht einmal eine schwache Inszenierung, und dass der ein Schülerstreich war, stand ja jetzt fest. Die Einzelheiten ergaben genauso wenig Sinn, wenn man sie als Metaphern oder Symbole zu interpretieren versuchte, wie wenn man sie kriminalistisch betrachtete. Trotzdem wollte er alles wissen. Und sie erzählte. Was ihn geradezu elektrisierte, war, wie schwierig es gewesen sein musste, Renate so herzurichten mit Perücke und wohl auch frischem Make-up. „Das ist nicht einmal Su aufgefallen, der einzigen Frau in meinem Team, aber mit Perücken hat sie eben keine Erfahrung. Sie schminkt sich auch nicht. Oder kaum?“

Isolde wischte sich ganz automatisch über den Mund. Vielleicht mochte er keine geschminkten Frauen. Er lächelte und meinte, Lippenstift stünde ihr gut. „Kriminalisten sind doch grässliche Menschen!“ „Ja“, er lächelte, „meine Frau hat das auch gehasst, deine Gedankenleserei hat sie es genannt, dabei lese ich ja keine Gedanken, beobachte nur Reaktionen. Ganz automatisch. Und wie war das jetzt mit dem Puppenspieler?“ „Ach, bisschen weit hergeholt, aber wenn man eine Tote schon herrichtet wie eine Puppe, kann man sie vielleicht auch bewegen wie eine Puppe, mit ihr so eine Treppe hinaufgehen, dass die Absätze klappern. Renate hat ja immer Stöckelschuhe getragen.“ Und Isolde blickte verlegen auf ihre Schuhe. „Auch Stöckelschuhe passen gut zu Ihnen.“ Jetzt mussten sie beide lachen. „Aber zu einer Schwerarbeit wie Leichentransport würde ich keine anziehen.“ Er nickte, stand auf: Er müsse gehen, einen jungen Kollegen ablösen. „Schade“, sagten sie gleichzeitig. Und dann fragte sie: „Wie heißen Sie eigentlich mit Vornamen?“ Es kam zwar aus einer unkontrollierten Ecke, aber sie fand, sie habe jetzt schon das Recht, es zu erfahren. „Oh“, sagte er, „Entschuldigung“, sagte er. „Josef. Oder Pepi. Früher auch Joe.“ An der Türe hatte sie den Eindruck, dass er sie zum Abschied küssen wollte, wahrscheinlich auf die Wange. Da läutete sein Handy. „Einen Moment“, sagte er zu dem Anrufer und küsste sie zu ihrer Überraschung leicht, ganz leicht auf den Mund.

*Samstag*

BB fühlte sich wohl. Er war ausgeschlafen, war gleichzeitig mit Gudrun aufgewacht, sie hatten sich geliebt, er war dann eine Runde gelaufen, während sie ins Bad gegangen war und Frühstück gemacht hatte, und saß jetzt gemütlich am Frühstückstisch seiner unheimlich attraktiven Frau gegenüber.

Die Liebe und das gemeinsame Frühstück, dachte er, das ist es, was uns zusammenhält. Sonst wären sie bei all den Problemen mit dem Kinderkriegen, bei seinen unmöglichen Dienstzeiten und bei den zunehmenden Differenzen über alles Mögliche vielleicht längst nicht mehr – irgendwie lebten sie ja nebeneinander her. Aber er konnte sich nicht vorstellen, dass Gudrun ihn verließ, obwohl er wusste, dass sie ganz gut alleine zurechtkommen würde. Und dass er nicht der Einzige war, der sie attraktiv fand. Er konnte sich auch nicht vorstellen, was er machen würde, wenn Gudrun ihn wegen einem anderen verlassen würde. Das heißt, er konnte es sich vorstellen, er wollte nicht. Er war ein eifersüchtiger Ehemann und er gönnte diese schöne Frau keinem anderen. Sie war das Geschenk, das er vom Leben erhalten hatte. Sie gehörte ihm. Er könnte genauso ausrasten wie viele der Männer, die er festnehmen musste. Töten würde er sie vielleicht nicht, aber verunstalten, so dass sich kein anderer an ihrem hinreißenden Körper und an ihrem schönen Gesicht erfreuen konnte. Auch ein ewiger Streitpunkt zwischen ihm und dem Alten. Der hasste Eifersuchtstäter, für die hatte er null Verständnis und ging entsprechend grob mit ihnen um. BB hatte immer Mitleid mit ihnen, manchmal direkt Sympathie.

Er sagte Gudrun nicht, wie schön er sie fand, tat er selten, aber er fragte, was sie vorhatte, als ob er das nicht wüsste. Wohnung putzen und einkaufen gehen. Abends waren sie bei seinem

Bruder eingeladen. Er bot an, sie zu begleiten, ihr die Vorräte für die Woche nach Hause zu tragen, wusste, dass sie ablehnen würde, sie ging lieber allein einkaufen. Aber sie schenkte ihm ein freundliches Lächeln für sein Angebot. Nein danke, aber sie wolle erst ein bisschen sauber machen. Das hieß, sie wollte ihn nicht in der Wohnung haben. „Am Nachmittag bin ich zu einer Überwachung eingeteilt." „Wie lang?" „Nicht so lang, dass wir nicht rechtzeitig bei meinem Bruder sein können." „Gut." Damit war alles gesagt.

Ab ins Büro. Er würde es für sich haben. Das liebte er. Am aufgeräumten Schreibtisch sitzen, alle Unterlagen fein säuberlich geordnet vor sich, den Computer in Betrieb, Telefon bei der Hand. So konnte er gut denken. Und fühlte sich auch schon ein bisschen als Chef. Ins Kabuff würde er nicht übersiedeln, hatte er sich überlegt, viel zu muffig und dunkel. Und er furzte ja nicht! Mit ein bisschen Ordnung und Disziplin und einer vernünftigen Hierarchie würde es schon gehen in einem Büro. Ins Kabuff konnte Su ziehen, falls sie blieb, würde sie aber nicht, oder Achmed, auch so ein Chaot. Nein, Su war keine Chaotin, echt nicht, nur ihr Schreibtisch sah manchmal aus! Achmed müsste er so rasch wie möglich loswerden. Oder ein bisschen auf Zack bringen. Der führte sich auf wie einer von diesen affigen „Tatort"-Kommissaren. Den hatte der Alte total verzogen.

BB überprüfte die Vereinsdamen samt Ehemännern in allen möglichen Dateien, in denen er eigentlich nichts zu suchen hatte. Wäre zu schön, wenn er mehr rausfinden würde als Su. Dummerweise hatte er ja mit seinen Kenntnissen geprahlt und dann hatte er Su und dem Alten die wichtigsten Zugänge verraten müssen. Nicht nur Su, erstaunlicherweise auch der Alte hatte es schnell gelernt. BBs Nachforschungen brachten nicht viel. Er überprüfte noch den Schulwart, Verkehrsdelikte; und die Eltern der beiden Buben: Die von Daniel hatten öfters an Demos teilgenommen, war aber schon länger her, über die Nagys gab es nichts außer die Einbürgerungsdaten. Er überprüfte die Betreuer der Vereinskanaken – Demos – und die Deutschlehrerin der Asys – einmal mit Gras geschnappt, deshalb nicht in den Schuldienst übernommen. Konnte alles nützlich sein bei Vernehmungen, im Moment brachte es null. Weil er schon dabei war, ging er auch zu den Kindern der Toten – bei Egon absolut nichts, bei Hanna eine ganze Latte, aber das wussten sie alles schon – und dann noch zu den Lehrern.

Diese Peterka war in der Psychiatrie gewesen. Sehr lange her, dürfte eigentlich nicht aufscheinen, tat es aber natürlich. Und solche Leute ließ man auf Kinder los! Nur, dem Alten durfte er davon nichts erzählen, Schutz von Psychiatriepatienten war eines seiner Steckenpferde. Über den Qualt gab es auch was: war ein paar Mal überprüft worden in Zusammenhang mit Kinderpornos, war denunziert worden, gefunden hatte man nie was. Das konnte er immerhin berichten, Kinderpornos und Päderasten hassten sie alle. Die Sekretärin war ein unbeschriebenes Blatt, Kevin Schmidl ebenso; Petra Nowak hatte ein Kind von einem Kurden – wieso war der aus dem Iran? Kurden waren doch Türken? Jedenfalls, der hatte Asyl beantragt und war abgewiesen worden, gut so! Sie hatte sich in diesem Fall und in anderen Fällen mit den Behörden angelegt, war auch Mitglied eines Vereins für Asylwerber, davon gabs ja genug unter den Gutmenschen. Strafbar war das nicht, leider, aber die wusste vielleicht was über die „zukunft". Er rief an. Nichts. Der Alte hatte schon recht, wenn er am Wochenende lieber Pause machte, die Leute waren ja alle weg. Weil ihm niemand mehr einfiel, durchsuchte er noch einmal alle möglichen Dateien nach der Toten. Und da fand er dann etwas, das zwar auch in den Akten stand, aber vielleicht noch keinem aufgefallen war:

Bei diesem Unfall vor etwa einem Jahr war das Opfer mit einem Kurt Haunausek im Auto gesessen, und der war der Ehemann von Ellen Haunausek, einer Vereinsdame. Er überprüfte den Mann: Getränkegroßhandel, nie straffällig geworden. Seine Frau: Nobelboutique in der Innenstadt. BB ging in die Dateien der Wirtschaftspolizei. Gegen den Mann war mehrfach ermittelt worden: Bestechung, Absprachen, Geldwäsche, Schmuggel, alles hatte man bei ihm vermutet. Nur nachweisen hatte man ihm nichts können. Die Frau war noch nie ins Visier der Kollegen geraten. In den internen Dateien des Finanzamts fand er klarerweise beide; und beide Firmen waren offenbar ständig in Schwierigkeiten. Interessant. Diese Information konnte er freilich nicht benutzen. Niemand, absolut niemand durfte wissen, dass er da drin war, das wäre strafbar. Aber er konnte ja auch über den Akt auf die Haunauseks gekommen sein. Er nahm ihn sich vor.

Fischig war das. Der Mann war mit seinem Sportwagen gegen einen Kastenwagen geprallt. Vielmehr der Kastenwagen in ihn. Totalschaden. Der Kastenwagen hatte die Vorfahrt übersehen. Es war eine von diesen tückischen Situationen, wo die breitere Straße nachrangig war. Renate Felb-Ederring war mit Haunausek, den sie erst kurz kannte, zu einem Haubenlokal am Land unterwegs gewesen. Sie hatte ausgesagt, Haunausek sei sehr vorsichtig gefahren, weil er die gefährliche Kreuzung kannte, der Kastenwagen habe sie aber trotzdem völlig überrascht. Konnte stimmen, denn der Kastenwagen war knapp vor der Kreuzung aus einer Einfahrt gebogen. Beide Seiten wollten das Ganze als Versicherungsfall behandeln, verletzt war ja niemand. Die Versicherung des Kastenwagenfahrers hatte sich aber quergelegt, und zwar, weil die Bremsleitung an Haunauseks Wagen defekt gewesen war, er daher nicht voll bremsen hatte können. Man stellte eine mutmaßliche Manipulation fest. Mit sehr viel Pech konnte die Beschädigung allerdings auch durch einen Stein, zum Beispiel, verursacht worden sein. Der unglückliche Kastenwagenfahrer wurde verurteilt, leugnete ja gar nicht, dass er die Vorfahrt missachtet hatte. Haunausek und die Versicherung einigten sich außergerichtlich, weil nicht mit Sicherheit festzustellen war, ob Haunausek von dem Defekt an der Bremsleitung vorher gewusst hatte. Dann hätte er natürlich gar nicht weiterfahren dürfen.

Das Geld von der Versicherung reichte zwar nicht für einen neuen Sportwagen, aber für einen japanischen Geländewagen allemal. Und ein paar Wochen nach dem Unfall trat Ellen Haunausek mit ihrer wackligen Boutique dem Verein bei. Ersetzte ein Mitglied, das ausgeschieden war, Gattin eines prominenten Primars. Vor ein paar Monaten gestorben. Auf der onkologischen Station eines Privatkrankenhauses. BB hatte das erregende Gefühl, auf eine heiße Spur gestoßen zu sein. Lieber würde er zwar einen Asy drankriegen, am liebsten die ganzen Bande, aber letztlich war ihm jede Spur recht, die er entdeckte und die zu einer raschen Verhaftung führte.

Wenn er noch eine Kiste Mineralwasser besorgen wollte – das war seine Aufgabe im Haushalt –, bevor er Achmed ablösen musste, blieb ihm nur noch eine Viertelstunde für den Bericht über gestern Abend. Immerhin hatte er eine Hundebesitzerin gefunden, der Frau Felb-Ederring aufgefallen war, als sie auf dem Gehsteig gegenüber vom „Jenseits“ auf und ab gegangen war. Märtyrerplatz hieß es da. Auf die Uhr hatte das spätere Mordopfer gesehen und die Zeugin deshalb automatisch auch, wie man das manchmal so macht. Es war zehn nach elf gewesen. Gleich darauf hatte ein Wagen neben der Direktorin gehalten und sie hatte mit dem Fahrer oder der Fahrerin gesprochen. Mit Automarken kannte sich die Zeugin nicht aus, aber es war ein mittelgroßer, normaler dunkler Wagen gewesen. Und dann hatte noch ein junges, sehr junges Liebespaar ausgesagt, es wäre gegen halb zwölf aus dem Café weggegangen, um in den Anlagen ein bisschen zu schmusen – haha, schmusen, dachte BB –, hätte einen dunklen, geschützten Winkel gesucht, aber als es einen gefunden hatte, wäre da so ein komisches, ersticktes Stöhnen zu hören gewesen und sie wären gleich wieder weg. Herb hatte diese Zeugen aufgetan, BB sich von ihnen die Stelle zeigen lassen und sie hatten ihn praktisch zum Tatort geführt.

BB wollte gehen, als das Telefon läutete. Der Alte. Ob Berni am Sonntag um sechs zu Su kommen könne? Es gäb so viel zu besprechen und es wäre leichter, den Montag ordentlich zu planen, wenn sie sich vorher – Die Alternative wäre heute Abend. „Nein, heute Abend kann ich nicht." BB war ganz erschrocken bei der Vorstellung, seinem Bruder schon wieder abzusagen. „Morgen geht." „Fein", sagte der Alte, „Su macht Kaffee, ich bring den Kuchen." „Dann bring ich ein paar Flaschen Mineralwasser", hörte sich BB sagen, selbst überrascht von seiner Großzügigkeit. Aber es würde sein großer Auftritt werden, morgen um sechs.

*Sonntag*

Eine halbe Stunde bevor der Alte sich auf den Weg zu Su machen musste, sie wohnte am Stadtrand, wurde er nervös und rief bei Isolde Peterka an. Am Samstag hatte er nicht angerufen und sie hatte sich auch nicht gemeldet. Wahrscheinlich hat jeder erwartet, dass der andere anruft, wie blöd, dachte er. Oder sie war vielleicht noch gar nicht beim Felix gewesen? Aber doch. Gerade erst zurückgekommen, entschuldigte sie sich, bevor er noch fragen konnte. Ob er vorbeikommen –? Leider nicht. Das sei schad, sie habe ziemlich aufregende Neuigkeiten. An sich hätte ihr Felix alles genau so erzählt wie der Polizei und Stein und Bein geschworen, dass er sich nichts ausgedacht habe. Die zwei Personen wären bestimmt nicht durch die Hintertüre gekommen. Und dass weder Qualt noch Kevin eine der beiden gewesen sei, könne er beschwören. Der Qual, so nennen ihn die Schüler offenbar, schnaufe so beim Stiegensteigen, das hätte er doch gehört. Und der Schmidl sei einfach zu groß, sei ja einen guten Kopf größer als alle anderen Leute, mindestens, so war das aber bestimmt nicht. „Ja", seufzte der Alte, „so gehen unsere Verdächtigen dahin." „Das Wichtigste kommt aber noch: Ich bin mit Felix und seiner Mutter in dem winzigen Zimmer vom Felix gesessen und direkt vor meinen Knien war der Papierkorb. Da habe ich ohne nachzudenken eine zerknüllte Zeichnung herausgefischt. Felix wollte mir das Blatt wegreißen, aber die Mutter hat darauf bestanden, dass er es mir lässt. Ich habe es glatt gestrichen, meine Neugier hat da über meine pädagogischen Prinzipien triumphiert, glücklicherweise vielleicht." Es sei eine böse, aber schon sehr böse Karikatur der Direktorin gewesen. Sie habe völlig entsetzt gefragt, was das sei, und Felix habe sie ganz groß angesehen und gesagt: „Das ist doch die Kopiervorlage für den Zettel." Dann sagte Isolde nichts mehr. Prager hatte es auch die Rede verschlagen.

„Sie wollen sagen", fragte er schließlich ganz vorsichtig, „Felix hat gar nicht den Zettel, den Sie abgenommen haben, an die Tür geklebt, sondern einen anderen?" „Ja." „Und er sagt die Wahrheit?" „Ja. Die Karikatur ist so gemein, dass er sicher nicht damit angeben wollte, er ist ja ganz rot geworden. Außerdem hat er etwas für mich sehr – ja, Bewegendes gesagt, nämlich dass er die Direx nicht anonym beschimpfen wollte. Das sei doch nicht fair. Deshalb hätte er ja auch noch die SMS geschickt, falls sie die Karikatur nicht herumzeigen wolle. Er sei ja nicht blöd und schicke eine SMS von seinem eigenen Handy, wenn er nicht erwischt werden wolle. Ich habe ihn gefragt, ob vielleicht Dani den Zettel ausgetauscht haben könnte? Er hat lange überlegt. Möglich wäre das, nur seien sie nach dem Anpicken gleich raus aus dem Konfer. „Vielleicht während Felix geschlafen hat?", überlegte der Alte. „Hab ich auch gefragt. Allein im Finstern nie, hat er gesagt. Vielleicht hat er deine Taschenlampe genommen? Er hat gleich angerufen, aber der Dani ist kein solcher Held, der war ganz entsetzt über die Vorstellung."

„Was ist auf der Karikatur?" „Muss ich?" „Bitte. Ich geb nichts weiter, was ich nicht weitergeben muss. Aber alles hilft mir." „Also", sie schluckte, „also – die nackte Renate versohlt einem Buben den nackten Hintern und holt sich dabei einen runter, mit ganz verzücktem Gesicht. Es ist grauslich." „Himmel, wo hat er das denn her?" „Bei einem Freund Pornos geschaut, mit einer Domina oder so. Die Mutter war ganz verzweifelt. Ich habe ihr versprechen müssen, die Zeichnung nur aus der Hand zu geben, wenn es tatsächlich hilft, einen Mord aufzuklären." „Genau so machen wir es auch", erklärte er, „aber ich muss die Karikatur sehen." „Ja." „Kann ich nach meiner Besprechung noch vorbeikommen, falls sie nicht zu lang –?" „Ich gehe nie vor zwölf schlafen."

Der Alte packte sein Kuchenpaket und zwei Sechserpack Bier und düste los. Bei solchen Treffen verwöhnte er seine Kollegen gern; früher hatte Annuschka oft was gebacken, jetzt kaufte er, was seine Leute mochten. Bei Su duftete schon der Kaffee, heut würde er auch einen trinken; Achmed hatte türkische Pistazien mitgebracht, Berni fehlte noch. Herbi musste das Vereinsbüro bewachen. Prager rief ihn an. Der war gut drauf, hatte sich mit der älteren Dame angefreundet, die in der Wohnung vis-à-vis vom Büro wohnte. Von dort konnte er es beobachten und sie hatte ihm Kaffee gekocht, ihn mit Keksen gefüttert und ihm eine Menge erzählt über die Damen. Der Alte fragte sich, ob die Nachbarin seinen Einbruch wohl auch –? Ein Glück, dass sie nicht die Polizei gerufen hatte. Er beendete das Gespräch mit einem „Aber keine Alleingänge, gelt!", als Berni erschien.

Su sollte anfangen. War nervös. Kein Wunder, er hatte ihr eingeschärft, nur zu berichten, was sie selbst recherchiert hatte, und ja nicht zu erwähnen, dass er schon mehr Informationen hatte. Blöde Situation für sie. „Aus den internen Quellen war zu erfahren", sagte sie, „dass zwei von den Burschen abgeschoben wurden, einer Schützling von Renate, der andere von Mona. Zwei weitere wurden in Schubhaft genommen, aber von Hartlieb rausgepaukt. Der eine, ein Palästinenser, auch ein Mona-Schützling, lebt noch hier als Student, Hartlieb hat das irgendwie gedeichselt. Der andere wurde von der Schadek betreut, sie hat ihn zurückgekriegt, aber kurz darauf wurde er mit Gras erwischt, ist aus dem Programm geflogen und abgetaucht. Vermutlich in ein Nachbarland. Mehr hab ich dazu noch nicht." Sie klang trotzig. „Interessant ist vielleicht, dass von den Vereinsdamen nur Hartlieb, Schaf und Herbertsberg vermögend sind, die Steuerberaterin Baxter und die Prokuristin Hanisch verdienen echt gut. Diese fünf können sich die Vereinsbeiträge leisten, alle anderen sind auf die Unterstützung ihrer Ehemänner angewiesen." „Interessant", murmelte der Alte, um ihr Mut zu machen. „Die zweite Asywohnung", fuhr Su fort, „gehört der Schaf und die Wohnung, in der das Büro untergebracht ist, hat sich Renate vor ihrer Eheschließung gekauft."

Der Alte heulte auf. „Da hätten wir ja längst reinkönnen!" „Ich weiß", sagte Su reumütig, „aber alles lief auf ihren Mädchennamen, Renate Huber. Ich bin erst draufgekommen, als ich die Sachen von den Spurlis bekommen hab." „Was für Sachen?" „Die haben Renates Filofax eingesackt und eine Mappe, auf der ‚persönlich' stand. Wollten sie BB geben, haben aber vergessen. Ich hab das Zeug erst Freitag kurz vor sechs gekriegt und gestern durchgearbeitet." Prager begann zu zittern. Waren sie noch zu retten! Eine Panne nach der anderen, erst Tasche und Handy, jetzt das! „Es war sonst nichts Wichtiges dabei", versuchte Su zu beruhigen, „Hinweis auf ein Sparkonto, da kümmere ich mich morgen gleich drum. Im Kalender lauter stinknormale Termine, Theater, Konzerte, Friseur –" „Den Friseur brauch ich, mach einen Termin", blaffte der Alte. „Sonst noch was?"

„Ich hab eine Zusammenfassung vom Stand gemacht und euch ausgedruckt." Sie teilte sie aus. „Dazu hab ich natürlich alles durchgehen müssen", fuhr Su fort. „Vielleicht sollte man sich diesen Verkehrsunfall mal ansehen, der Fahrer ist immerhin mit einer Vereinsdame verheiratet. Außerdem hab ich überlegt, ob wir den Egon nicht zu leicht vom Haken gelassen haben. Das ‚Trancity' hat mehrere Räume und Notausgänge, da könnt man doch unauffällig verduften." Der Alte nickte. „Achmed war noch einmal dort. Erzähl."

„Ja", begann Achmed, „das einzig Neue ist, dass Egon einen festen Freund hat. Einen rumänischen Geiger, mit dem er schon eine Weile geht. Mit ihm war er am Mittwoch dort. Dass Egon und sein Freund die Bar unbemerkt verlassen haben, ist möglich, das stimmt. Er scheint aber weder ein Spieler noch drogenabhängig zu sein, seine Rechnungen in der Bar sind auch eher bescheiden. Nichts deutet darauf hin, dass er dringend Geld braucht. Außer, er wird erpresst." Das war eine Idee! „Der Egon ist nicht beliebt, weil er sich nicht outet, wenn es also noch Tratsch über ihn gibt, hätte ich ihn wahrscheinlich gehört." Der Alte fragte plötzlich: „Ist die Mutter seiner Verlobten nicht auch eine Vereinsdame?" „Ups", rief Su, „die Herbertsberg! Logo! Sind aber schon alle sehr eng verquickt!"

Es ist zu groß für uns, dachte Prager, während Achmed weiterredete. „Zufällig bin ich da aber auf was ganz anderes gestoßen. Ich geh aufs Klo, und wer steht da? Unser Doktordoktor. Freitag im ‚Jenseits', Samstag in der Schwulenbar. Ist das nicht steil?" „Also doch schwul", murmelte der Alte. „Weiß nicht, ob er schwul ist", meinte Achmed, „macht auf Fummeltrine und nennt sich Marikka. Jedenfalls arbeitet er als Maskenbildner. Für Transi-Shows. Samstagabend treten da immer Transvestiten auf. Deshalb war er dort. Soll ein Ass sein, hab ich gehört."

„Seid ihr alle wahnsinnig geworden?" Prager schäumte. „Su weiß seit gestern, dass das Büro dem Mordopfer gehört! Du, dass der Qualt als Maskenbildner jobbt! Und keiner sagt ein Wort! Berni, hast du auch so eine Überraschung für mich?" Prager hoffte es fast, aber Berni strahlte wie ein frisch lackiertes Hutschpferd.

„Ich hab mir heut den Akt über den Haunausek-Unfall, den Su erwähnt hat, durchgeschaut. Fischig. Ich will das jetzt nicht alles referieren, aber es könnte Versicherungsbetrug gewesen sein. Auffällig ist, dass Renate dieses Ehepaar Haunausek erst kurz vor dem Unfall kennen gelernt hat, auf einer Party, und dass Ellen Haunausek kurz danach dem Verein beigetreten ist, obwohl sich die Haunauseks das meines Erachtens nicht leisten können. Hinter ihm ist ständig die Wipo her, ihre Boutique wirft, äh, bestimmt nicht viel ab. Das Vereinsmitglied, das von der Haunausek ersetzt wurde, ist inzwischen an Krebs gestorben." Der Alte war beeindruckt. „Erstklassig recherchiert, Berni", murmelte er, „ich will lieber nicht so genau wissen, wie. Du meinst also, Renate könnte die Haunauseks erpresst haben, weil sie dringend ein neues Vereinsmitglied brauchte?" „Sieht so aus, was? Ich hab versucht, die Leute anzurufen, aber es war keiner da." Und mit einem vernichtenden Blick auf Su: „Mobilnummern haben wir ja keine." „Finden wir sicher im Vereinsbüro", wiegelte der Alte ab. „Eigentlich können wir jetzt rein. Aber wir warten noch ein bisschen. Vielleicht bringts was. Sonst was, Berni?" „Ja, dass Qualt schon ein paar Mal wegen Kinderpornos in Verdacht war, gefunden wurde allerdings nie was. Wurde denunziert." „Anonym?" Berni nickte. „Schade." „Und", fuhr Berni fort, „Petra Nowak, die Turnprofessorin, ist bei einem Unterstützungsverein für Asylwerber. Ich glaub ja nicht, dass diese Vereine so verfeindet sind, dass sich die Leute gegenseitig umbringen, aber vielleicht weiß sie was über die ‚zukunft'." „Gute Idee. Hast du sie angerufen?" „Versucht. Offenbar weggefahren." „Ihre Handynummer haben wir aber", sagte Su kühl.

Der Alte holte seine Notizen heraus. „Dann bin ich jetzt an der Reihe, was? Also: Ich wurde aufmerksam gemacht, von Frau Dr. Peterka, dass es gar nicht leicht ist, jemandem eine Perücke so aufzusetzen, dass man nicht merkt, dass die Person eine trägt." „Das stimmt aber", rief Su. „Und dass die Tote auch nachgeschminkt worden sein muss", fuhr Prager fort. „Ist die Frage, wer so was kann. Friseure, klar, Maskenbildner mit Sicherheit, eventuell Schauspielerinnen und Schauspieler und möglicherweise Transvestiten. Deshalb müssen wir mit Renates Friseur reden. Einen Maskenbildner hätten wir ja jetzt auch. Fällt euch noch was dazu ein?" „Ich checke die Vereinsdamen, vielleicht hat eine so eine Ausbildung", bot Su an. „Gut, außerdem solltest du mit Silvia Pichler vom Dante reden, war früher Schauspielerin. Bestell sie dir." „Hat aber ein hundertpro Alibi", maulte Su. „Dann ruf sie an. Vielleicht weiß sie was." „Der Egon", sagte Achmed, „wollt eigentlich Kostümbildner werden, hab ich im ‚Trancity' gehört, hat in seinem Nobelinternat ein paarmal Kostüme für Schulaufführungen gemacht! Vielleicht auch Maske?" „Gut möglich", der Alte war schon wieder versöhnt mit Achmed, „erkundig dich. Und Berni, du musst dir den Qualt morgen noch einmal vornehmen. Mich kennt er schon und du bist härter." Dann berichtete er von seinem Gespräch mit der Putzfrau. Achmed war sich sicher, dass Kevin nichts von einem Gerätetransport erwähnt hatte, und Berni ebenso sicher, was den Schulwart anging. „Befragt sie, du wirst ja den Schulwart heut vielleicht erwischen." Schließlich zog er sein Ass aus dem Ärmel und erzählte von der neuesten Entwicklung in der Geschichte mit den Buben und dem Zettel. „Du hast diese Peterka die Buben aushorchen lassen", ereiferte sich Berni. „Sie ist ihr Klassenvorstand", fuhr der Alte auf. „Sie konnte es am unauffälligsten machen. Ich will nämlich nicht, dass diese Geschichte von der Polizei an die Schule geht, hört ihr? Wenn die es selber rausfinden, okay, dann sollen sie die Buben bestrafen oder rauswerfen, aber das ist keine Polizeisache." „Und der Einbruch, das aufgebrochene Schloss", rief Berni erbost. „Dass es Einbruch ist, wenn sich zwei Zwölfjährige abends in der Schule einschließen lassen, wage ich zu bezweifeln, und die Tür hat der Schulwart in zehn Minuten repariert. Das war ein Schülerstreich, der uns zufällig einen vielleicht wertvollen Hinweis eingebracht hat. Offizielle Zeugenaussage haben wir sowieso keine, das wisst ihr genau, es gibt kein Protokoll. Übrigens war die Peterka nur bei Felix, den Daniel hat Achmed noch einmal befragt. Auch seinen älteren Bruder. Würdest du gnädigst –" Er spielte immer noch den erzürnten Vater.

„Ja“, Achmed begann seine Berichte immer mit einem Ja, „der Dani schwört bei allen Heiligen, dass es das Haupttor war, das aufgegangen ist. Er hat so viel Angst, er würde sich gar nicht trauen zu lügen. Der Bruder war ziemlich sauer auf den Kleinen, hat aber bestätigt, dass der Schulwart abkassiert. Im Heizungskeller wird geschmust und wohl auch gekifft, hat er nicht direkt abgestritten, es geht aber vor allem um einen Raum, in dem sie in Ruhe zusammen sein können. Die Taxe des Schulwarts ist immer noch billiger als in Lokalen abzuhängen.“ „Soll das vielleicht auch unter den Tisch gekehrt werden?“ Berni war wütend. Achmed aber auch. „Hör zu, BB“, rief er, „ich war ganz inoffiziell bei diesen Leuten, weil das Bekannte von meinen Eltern sind. Mach du da jetzt keinen Stunk!“ „Du kannst den Schulwart damit unter Druck setzen, Berni“, sagte der Alte, „offiziell werden wir nur tätig, wenn wir im Heizungskeller Hinweise auf Drogenkonsum finden, und das werden wir nicht, weil der Schulwart noch am Donnerstag da aufgeräumt hat. Vermutlich finden wir nicht einmal mehr die Turnmatten. Und wir sind keine Denunzianten, ein für alle Mal! Jetzt zum Plan für morgen, oder hat noch wer was? Also, ich bin um acht mit den Spurlis im Direktionszimmer, mal sehen, ob ich was finde, Kalender, Notizbücher und so. Berni, du fährst in die Villa, vielleicht gibt es da noch was Wichtiges. Wir sind dann um zehn in der ‚zukunft2‘. Su, schau bitte, dass du die Aussagen protokolliert kriegst. Und frag alle nach der Maskenbildnerei. Eigentlich kannst du auch die Nowak übernehmen, Berni wird genug anderes zu tun haben. Herbi soll dir helfen. Der muss auch einmal was lernen, nicht immer nur laufen. Und holt euch den Schmidl. Achmed kümmert sich um Egon und seinen Teufelsgeiger. Und wenn sich im Vereinsbüro bis dahin nichts getan hat, gehen wir am Nachmittag hinein. Ach, und Berni, du bleibst doch auch an der Haunausek-Sache dran? Ich versuch an Hartlieb und Gattin ranzukommen. Du hast völlig recht, diese Mona taucht ein bisschen oft auf, aber das wird nicht einfach. Um fünf dann Bilanz. Okay? Jetzt könnten wir was trinken." Aber bevor der Alte das Bier aus dem Eisschrank holen konnte, läutete sein Handy. Herbi.

BB wusste nicht, was Prager in eine so außergewöhnlich gute Laune versetzt hatte, aber der wirkte um Jahre verjüngt, strahlte richtiggehend. Herb hatte zwei Damen mit großen Taschen beim Betreten des Büros beobachtet und die Streife alarmiert. Jetzt saßen die beiden an einer Art Konferenztisch; hatten sich den Kollegen gegenüber als Magdalena Herbertsberg und Ellen Haunausek ausgewiesen. Das ist also die Haunausek, dachte BB. Man sah ihr die vierzig nicht an, musste er zugeben, aber sie war nicht sein Typ: stark geschminkt, mit so einem völlig unnatürlichen Lilaton im kurz geschnittenen Haar, lang und dünn, kaum Fleisch auf den Rippen, aber wulstige Lippen. Negroid, dachte BB. Sie funkelte sie wütend an und zischte Sachen wie: „Hausfriedensbruch", „Das werden Sie büßen" und „Ich sag gar nichts, bis Dr. Hartlieb da ist." Die zweite musste die Mutter der Braut sein, der Egon-Schwuli-Braut. War wohl über fünfzig, bisschen auseinandergegangen und völlig aufgelöst. Seufzte nur immer: „Gott" und „die Schande" und immer wieder „Ich habs ja gewusst!" Der Alte war total höflich, schickte die Streife weg, entschuldigte sich für die Störung, erklärte, „es hat Hinweise auf einen Einbruch gegeben, deshalb hat der junge Kollege gleich die Funkstreife alarmiert", blinzelte Herb zu und schickte ihn mit Achmed los, Hausparteien befragen. Su, die mitgekommen war – warum eigentlich? –, und BB sollten sich im Büro ein bisschen umsehen. Prager setzte sich zu den Damen und sagte ganz nett: „Dr. Hartlieb wird ja sicher gleich da sein, sollen wir lieber auf ihn warten?"

BB stürzte sich auf den Schreibtisch, fand aber nur Briefpapier, Kuverts, so Zeug, und in der Mittellade Unterhöschen,

Slipeinlagen und Kosmetika. Komisch, dachte er, solche Sachen im Schreibtisch! Da Su schon den einzigen Aktenschrank in Arbeit hatte, ging er zurück und wollte die Tür öffnen, die vom Besprechungszimmer in einen weiteren Raum führte. Versperrt. „Gibt es vielleicht einen Schlüssel für diese Tür?“ „Gibt es nicht“, zischte Ellen Haunausek und schoss der anderen einen warnenden Blick zu, „dieser Raum wird vom Verein nicht benutzt.“ „Vielleicht hatte Frau Felb-Ederring einen?“ „Möglich.“ Su kam zurück und meinte, da wären jede Menge Unterlagen, die sie anschauen lassen sollten. „Morgen“, lächelte der Alte, „morgen reicht, das Büro wird sowieso versiegelt. Habt ihr irgendwo zwei große Taschen entdeckt?“ Hatten sie nicht. „Komisch“, der Alte redete so leichthin, „Herbi hat ja gesehen, dass die Damen mit großen Taschen herein sind. Wo könnten die denn jetzt sein?“ Und unvermittelt zu Ellen: „Sie haben gesagt, Renate hätte den versperrten Raum benützt?“ „Vielleicht“, knurrte die, „vielleicht ist nur altes Zeug drin, keine Ahnung.“ BB wusste nicht, warum der Alte nach der ganzen Aufregung um das Vereinsbüro jetzt fast gleichgültig vorging. Aber es musste was dahinterstecken, einfach nur lasch war der nicht. Das Türschloss war ein Sicherheitsschloss. „Müssen aber recht wichtig sein, die alten Sachen, wenn die Tür so ein gutes Schloss hat“, sagte BB zum Alten. „Tja“, meinte der, „wir werden es erfahren. Wenn Dr. Hartlieb auch keinen Schlüssel hat, müssen wir uns eben aufsperren lassen.“ Ellen wollte wieder loslegen, da kam Hartlieb.

Ein beeindruckender Mann, dachte BB, groß, gut aussehend, elegant, energiegeladen, souverän. Ein Herr. „Wie kommen Sie dazu, hier unbefugt einzudringen, Sie haben keine Durchsuchungserlaubnis. Gehen Sie sofort oder ich werde Schritte einleiten“, sprach er mit so einer sonoren Gerichtssaalstimme. „Ach“, erwiderte der Alte ruhig, „Erlaubnis brauch ich nicht, die Wohnung ist Eigentum des Mordopfers. Weiß ich leider erst seit ein paar Stunden. Sie wussten es offenbar auch nicht, Herr Doktor. Außerdem bestand der Verdacht, dass ermittlungsrelevantes Material entfernt werden sollte. Wissen Sie, die beiden Damen wurden beobachtet, wie sie mit großen Taschen hier herein sind." „Sie haben die Damen also observieren lassen." Hartlieb war eisig. „Nein, doch nicht die Damen, das Büro. Wir wollten sichergehen, dass nichts entfernt wird, bis wir die Hausdurchsuchung bekommen." „Ich weiß nicht, was Sie hier zu finden hoffen, jedenfalls haben Sie kein Recht, die Damen festzuhalten. Sie sind Vereinsmitglieder und dürfen die Büroräume jederzeit betreten." „Stimmt", lächelte der Alte, „sie hätten auch gehen können, wollten aber auf Sie warten. Alles, was wir von den Damen brauchen, ist ein Schlüssel zu diesem versperrten Raum und Auskunft darüber, wo die großen Taschen geblieben sind, mit denen sie gesehen wurden. Da sie hier nirgends sind, müssten sie theoretisch da drin sein, aber Frau Haunausek leugnet das und Frau Herbertsberg sagt leider gar nichts." „Wer behauptet das mit den Taschen?" „Ein Kriminalbeamter und eine Nachbarin. Soll ich sie rufen lassen?" „Wenn deren Aussagen protokolliert sind", erklärte der Anwalt, „können Sie die Damen gerne dazu vernehmen." Ellen stand auf, aber die alte Herbertsberg griff in ihre Jackentasche und holte einen Schlüssel heraus. „Ist doch schon alles egal", schluchzte sie. Ellen versuchte sich auf den Schlüssel zu stürzen, und kreischte: „Du alte Kuh, du Aristokratenziege" und andere Nettigkeiten. Man musste die beiden mit Gewalt trennen. Su hatte den Schlüssel erbeutet und sperrte auf. „Ups", rief sie und begann zu kichern. „Da sind ja die Taschen", kriegte sie kaum noch raus. BB drängte sich hinter sie, um auch einen Blick zu erhaschen. Das war ja was! Riesenbett, Spiegel überall, dicke Vorhänge, aufgerissene Schranktüren und auf dem Boden die Taschen, aus denen seidiger Stoff in allen Farben quoll. „Altes Zeug ist das eher nicht", grinste er. Der Alte schob BB und Su beiseite, warf selbst einen Blick in den Raum, sagte „Aha“ und gestattete auch Hartlieb einen Blick.

Die Stimme des Anwalts war noch sonorer, als er wieder sprach. „Da hat sich Frau Felb-Ederring also ein kleines Schlafzimmer eingerichtet, hat ja viel hier gearbeitet, auch spätabends. Und die Damen wollten es aus falsch verstandener Pietät vertuschen, falls da auch – amouröse –, war nicht klug.“ „Spurensicherung?“, fragte BB. „Montag reicht“, meinte der Alte, „ich bin sicher, wir finden da Fingerabdrücke von allen Vereinsdamen, nicht nur von Renate. Und von den Schützlingen. Wir haben nämlich“, erklärte er liebenswürdig, „einen Hinweis erhalten, dass der Verein noch andere Ziele verfolgt als die Förderung junger, integrationsfähiger Asylwerber.“ Wenn der Alte freundlich zu Verdächtigen war, ging das BB oft auf die Nerven, aber wenn er einflussreichen Leuten gegenüber diese gelassene Freundlichkeit auspackte, war BB voller Bewunderung. Da konnte er noch was lernen, das musste er zugeben.

Achmed und Herb kamen zurück. „Ja, die Hausparteien haben einiges zu erzählen“, berichtete Achmed fröhlich, „die sagen, das ist hier ein regelrechtes Puff, ständig sind Damen mit jungen Ausländern ein und aus gegangen. Ein paar Leute haben sich schon bei der Hausverwaltung beschwert, aber man hat ihnen versichert, die Damen reden nur mit den Burschen. Hat natürlich keiner geglaubt, vor allem die nicht, die hier drüber und nebenan wohnen. Die wollen eindeutige Geräusche gehört haben. Ich hab auch gefragt, ob das immer dieselben Damen waren. Meistens schon, sagen die Zeugen, aber ab und zu sei auch ein neues Gesicht aufgetaucht.“ „Ach“, fragte der Alte erstaunt, „wurden die Burschen vermietet?“ „Nein“, keuchte Frau Herbertsberg, „nein. Das war bestimmt nicht so.“ Der Anwalt wurde jetzt böse. „Mir reicht es“, donnerte er,

„kommen Sie, meine Damen, gehen wir. Lassen wir die Polizei ihre Arbeit machen." „Ach, tun Sie doch nicht so, Herr Doktor", sagte der Alte, immer noch scheißfreundlich, „Sie haben das doch alles gewusst. Damit werden Sie doch erpresst." Hartlieb wurde, schien es BB, deutlich blasser unter seiner Golfplatzbräune, aber er war ein Steher. „Was reden Sie denn da, mein Lieber", er sprach richtig herablassend, „ich erpresst? Was ist Ihnen denn da eingefallen?" „Wir werden", lächelte der Alte, „es sicher ganz schnell beweisen können." Er zückte sein Handy und gab den Auftrag, den Palästinenser Riad Lafi an seiner Wohnadresse vorübergehend festzunehmen. BB stand hinter ihm und konnte genau sehen, dass das nur eine Finte war. Der war heute echt gut drauf, der Alte.

„Herr Lafi ist mein Mandant, er ist Student und hält sich völlig legal hier auf. Wie kommen Sie dazu, ihn zu verhaften? Was wird ihm vorgeworfen?" Der Anwalt wirkte jetzt echt erstaunt. „Verdacht auf Erpressung einer stadtbekannten Persönlichkeit, zum Beispiel", erklärte der Alte. „Lächerlich!" „Wir finden schon was, bei diesen Ausländern findet man ja immer was, nicht, Berni?" „Das werden Sie noch bedauern", meinte Hartlieb und ging. Ellen stöckelte hinter ihm her; Frau Herbertsberg blieb sitzen und heulte weiter. „Ich wollte doch wirklich nur helfen", jammerte sie. Hast eben den Falschen geholfen, blöde Kuh, dachte BB.

Auf der Fahrt zum Schulwart überlegte er kurz, ob der Alte nicht schon gewusst hatte, was er in diesem Büro finden würde. Er hatte sich so seltsam benommen. Aber das war nicht möglich. Der war ja immer so penetrant korrekt und gesetzestreu. Außerdem, wenn er etwas nicht konnte, dann Schlösser knacken. Spielte immer den Herrn, machte sich die Hände nicht dreckig, der Angeber. Wo er ein echtes Proletenkind war, ursprünglich. Kommunistenbrut, dachte BB, um allzu positive Gefühle für den Alten zu verscheuchen.

Isolde fühlte sich lustlos. Wäre gerne ins Bett gegangen. Schlafen würde sie zwar nicht können, das wusste sie, aber wenigstens geborgen hätte sie sich gefühlt in ihrer winzigen Schlafkoje. So schleppte sie sich in der Wohnung herum oder saß da und schaute blicklos auf den Fernsehschirm. Von dem Fall hatte sie genug. Was ging es sie an, wer Renate erschlagen hatte. Allenfalls war es wichtig, Leute, die sie mochte, zu schützen. Aber das konnte sie nicht. Die Aberle wollte sie schützen und hatte sich angestellt wie eine Idiotin. Den Felix konnte sie nicht schützen, es hing von Prager und seinen Kollegen ab, ob er Schwierigkeiten bekam oder nicht. Und wenn Hanna verdächtigt werden sollte, würde sie auch die nicht schützen können. Sie hatte es ja schon wieder ganz blöd angestellt! Hatte den Prager auf die Puppenspielerei gebracht. Wenn er jetzt dahinterkam, dass Hanna Puppenspielerin war! Wozu musste sie sich bloß immer wichtig machen bei ihm? Sie mochte diese widerspenstige Person doch so. Nein, sie glaubte nicht an die Macht der Gene. Wie kämen die konventionelle Renate und ihr netter, aber schlaffer Mann denn dann zu dieser eingefleischten Rebellin als Tochter? Außer Renate hatte –? Alles war möglich. Was wusste sie denn schon? Gar nichts. Hatte nicht mitbekommen, dass es der Hanna so miserabel ging, bis sie sie gestern besucht hatte. Finanziell zumindest hätte sie ihr doch helfen können. War auch zu feig gewesen, einmal mit der Aberle zu reden, dabei war die so gescheit. Und hatte nicht kapiert, wie tief verletzt der Felix war, bis sie die Zeichnung sah. Wollte ihn beschützen vor den bösen, hochmütigen Reaktionären und hatte nicht einmal bemerkt, wie ihn Qualle und Direx quälten. Die wollten den kleinen Tschuschen gar nicht loswerden, die brauchten ihn für ihre sadistischen Spielchen. Und wer weiß, wie viele andere Schüler ihre Opfer waren. Sie, Isolde, hatte sich ein kleines, feines Leben zurechtgebastelt, weit weg von der Realität anderer Menschen. Sie hatte Überzeugungen, aber die behielt sie meistens für sich, damit sie mit niemandem zu streiten brauchte. Sie hatte keine Sorgen, keine richtigen Sorgen wie andere Leute, sie tat nichts Böses, aber auch nichts Gutes, sie bemühte sich, freundlich zu sein, aber ihre Freundlichkeit war vage. An ihr war ja überhaupt nichts konkret, selbst ihre Krankheit war unkonkret. Sie lebte in einer Zwischenwelt. Zwischen Vergangenheit und Gegenwart, Illusion und Wirklichkeit, Anwesenheit und Abwesenheit. Sie hätte sich am liebsten tief ins Fleisch geschnitten, damit echtes Blut käme, aber wahrscheinlich käme gar keines. Das mit dem Schneiden lassen wir ganz schnell, Peterka! Sie schnitt sich ja nie, dazu war sie viel zu feig, aber Schneidephantasien waren immer ein Zeichen, dass die Depression Macht über sie gewann, genau wie zu viel schlafen und sinnlos herumlaufen. Sie setzte sich brav auf die Couch. Wozu sollte sie jetzt noch auf Prager warten, war ja auch nur so ein kleines Spiel, der einzige Unterschied war, dass jemand mitspielte. Wenn er wirklich was von ihr wollte, was auch immer, sie würde es nicht erkennen. Nein, sie wollte nicht, dass er heute noch kam, sie war nicht in der Verfassung, aber natürlich würde sie ihn nicht anrufen und sagen: Hör zu, lieber Freund, es ist mir zu spät, ich bin zu müde und überhaupt, löst euren blöden Fall allein. Sollte sie aber. Die Warterei tat ihr nicht gut. Sie ging zum Telefon, memorierte die Worte, die sie gerade gedacht hatte, hören Sie zu, lieber Freund, es wird mir zu spät. Natürlich konnte sie seine Nummer nicht gleich finden. Sie kramte. Hören Sie zu, lieber Freund, übte sie weiter, sie musste die Worte parat haben, sonst würde sie nicht wissen, was sie sagen wollte am Telefon, würde zum Beispiel sagen: Wann kommen Sie oder Kommen Sie heute noch? Und das wäre doch ganz etwas anderes.

Der Alte hatte mit Frauen, die so hemmungslos weinten wie Magdalena Herbertsberg immer großes Mitleid, jetzt musste er aber langsam Dampf machen, wenn er noch zu Isolde wollte.

Er gab ihr noch eine Minute und ging durch, was er über sie wusste. Magdalena und ihr Mann waren beide „Vons“, natürlich nur gesellschaftlich, sozusagen. Da hatte sich altes Geld mit altem Geld vereinigt und es war in ihren Händen nicht weniger geworden. Sie besaßen, was Aristokraten eben so besitzen. Außerdem arbeiteten sie als Immobilienmakler. Nur das Feinste vom Feinen für die Superreichen natürlich. Die einzige Tochter war siebenundzwanzig. Mehr wusste er nicht. Magdalena hatte sich jetzt ein bisschen beruhigt, also schaltete er das Diktiergerät ein, dann fragte er liebevoll: „Sie wollten nur helfen, ich weiß. Wie kam es denn dazu?“ „Ja, die Renate hat eines Tages gefragt, ob ich nicht bei ihrem Verein mitmachen will, sie wollten die Aktivitäten ausweiten, aber es fehlte ihnen noch ein Mitglied. Sie erzählte, wer alles dabei war, sehr honorig, und sie erklärte mir das Konzept so überzeugend.“ Und er hörte noch einmal, was er schon in der Schadek-Mappe gelesen hatte: Elite, Elite und wieder Elite! ... nicht anderen Ländern überlassen ... intelligent, lernwillig, leistungsbereit, anpassungsfähig ... von Landsleuten fernhalten ... unsere kulturellen Werte vermitteln ... gesund ... sorgfältig psychologisch getestet ... nur Burschen, weil Mädchen ja keine Chance ... keine Muslime, da schwer zu integrieren. Hallo, das mit den Mädchen und den Muslimen war nicht in der Mappe gestanden, und es war ihm auch gar nicht aufgefallen bisher. Was war er doch für ein Arsch.

„Als ich hörte, was es kostet, war ich leicht schockiert“, gestand die Herbertsberg, „obwohl ich es mir ja leisten kann. Die Renate hat mich beruhigt, das Konzept ist so auf den Punkt, wie sie das nannte – das war einer ihrer Lieblingsausdrücke, auf den Punkt –, dass bald Spenden fließen werden, nicht die 10-Euro-Scheine von alten Mutterln, so hat sich die Renate ausgedrückt, bitte, sondern echte Spenden aus der Wirtschaft. ‚Jetzt ist der Verein einfach noch zu klein, aber wenn er erst zehnmal so groß ist, dann wird das Geld mit Sicherheit fließen, das ist bei unseren Verbindungen doch keine Frage. Und außerdem sind die jungen Leute ja so dankbar, das ist doch auch etwas Schönes.‘ Sie konnte stundenlang darüber reden, und so überzeugend.“

Das Konzept war wirklich auf den Punkt, überlegte der Alte, in Zeiten wie diesen. Was war schiefgelaufen? Magdalena plauderte weiter: „Ich hab es dann mit meinem Mann besprochen. Das könnte sich rechnen, hat er gesagt. Wenn die Gundel schnell heiratet, haben wir das bald herinnen. Er ist so ein kalter Rechner, mein Mann.“ „Ist der Egon so eine gute Partie?“ „Schon, er erbt ja das halbe Vermögen und wird wohl auch Karriere machen mit seinem Kulturmanagement. Die Gundel, meine Tochter, ist keine Karrierefrau, wissen Sie, eher ein altmodisches Mädchen, bissel zu schüchtern für die heutige Zeit, aber repräsentieren hat sie gelernt. Bei den Kulturmenschen ist sie auch nicht so gehemmt wie in der echten Gesellschaft. Mich störts ja nicht, dass sie noch bei uns ist, aber mein Mann findet, sie liegt uns auf der Tasche. Er meint, je früher sie heiratet, desto weniger kostet sie uns. Und wenn ich dem Verein beitrete, beschleunigt das vielleicht die Hochzeit, die beiden sind jetzt schon über ein Jahr verlobt.“

Ach du meine Güte, dachte der Alte. Was für ein schlechtes Geschäft! Und: Muss ich ihr sagen, dass der Egon schwul ist? Nachdem ich mich bei der Schadek verplappert hab, bleibt mir wohl nichts anderes übrig.

Magdalena war also beigetreten und hatte ihren ersten Schützling bekommen, ihren einzigen – sie sagte es so innig, als wäre er die erste und einzige Liebe ihres Lebens. Renate hatte ihr den jungen Mann im Büro vorgestellt und gemeint, sie solle ein bissel mit ihm plaudern, er werde sicher so dankbar sein, und war dann gegangen. „Er war kein Neuer – die Hausmann, die Architektin, hat ihn vor mir betreut –, konnte schon recht gut

Deutsch, also haben wir geredet, und dann ist er plötzlich zärtlich geworden, aber nicht frech, irgendwie bittend, und ich, mein Gott, ich war eben so ausgehungert. Aber wie ich dann in diesem Zimmer da wieder zu mir gekommen bin, sozusagen, hab ich begriffen, dass das alles geplant war." Sie hatte geweint und dem Jungen Vorwürfe gemacht, der sei ganz verwirrt gewesen, das sei doch immer von ihm verlangt worden und es sei doch auch so schön gewesen. Das hatte sie dann gerührt. Der Renate hatte sie aber Vorhaltungen gemacht. „Die hat richtig zynisch gesagt, ich muss das Service ja nicht beanspruchen, wenn ich es nicht brauch, man hätte allerdings den Eindruck, ich bräuchte es sehr wohl. Und da hat die Renate bei all ihrem ekelhaften Zynismus leider recht gehabt. Eine Zeitlang ist dann alles gut gegangen, das Arrangement war ja perfekt, aber als Vera Meiwald, diese feine Frau, krank geworden ist, hat Renate die Haunausek angeschleppt, die ordinäre Person, und da ist mir das Ganze ein bisschen zu viel geworden und ich wollt austreten, obwohl ich den Kleinen richtig lieb gewonnen hab. Renate hat mich dann regelrecht erpresst. Nicht nur mich, alle. Ich lass mir das nicht kaputt machen von euch, hat sie geschrien. Und gedroht, alles auffliegen zu lassen, falls der Verein baden geht. Sie hat behauptet, sie hätte Fotos. Stellen Sie sich vor! Alle sind ganz blass geworden. Nur die Haunausek nicht. Ich glaub, ihr Mann weiß Bescheid. Die Mona hat sogar einmal gesagt, die machen wohl einen Dreier. Und die Schadek hat gelacht und gesagt: ‚Wenn ihr so viel Angst vor euren Männern habt, wieso treibt ihrs dann mit den Protegés?' Dabei, mein Mann lässt sich sicher nicht scheiden, auch wenn alles auffliegt. Das rechnet sich nicht, würd der sagen. Aber die Schadek wär die Erste, die geschieden wär, und dann wär sie nichts mehr als eine kleine Französischlehrerin mit einem Fahrrad. Bei der hat nur der Mann das Geld und er ist ein eifersüchtiger Teufel. Schlägt sie sogar." Der Alte sah kurz das Gesicht der Schadek vor sich, mit der unschönen Schramme. Nein! Die war doch kein Opfertyp! „Trotzdem: Seit diesem Tag hab ich nur noch in Angst und Schrecken gelebt", plapperte Magdalena weiter, „und wie ich gehört hab, dass jemand die Renate umgebracht hat, da hab ich gewusst, es ist aus." „Ja", sagte der Alte, „das versteh ich" – und dachte, das muss dann bei den meisten, bei fast allen Vereinsdamen so gewesen sein. Da hatten die ja eigentlich keinen Grund, Renate umzubringen. Aber die meisten Leute denken eben erst hinterher.

„Und warum sind Sie heute hergekommen?", wollte er noch wissen. „Die Schadek hat angerufen: ‚Die Polizei will ins Büro. Lange können wir das nicht verhindern. Du schaffst heute Abend mit der Haunausek alles aus dem Kabinett, was beweglich ist.' Sie selbst wollt morgen nach der Schule gründlich putzen. Dann sollen sie uns was beweisen, hat sie gemeint. Aber wenn es wirklich Fotos gibt, hätt das ja alles nichts genützt, oder?" Der Alte schaltete das Gerät ab. „Jetzt hören Sie mir einmal zu, Magdalena", sagte er nett, obwohl sie ihm schon auf die Nerven ging mit ihrer aristokratischen Dummheit. „Ob Renate wirklich Fotos hatte, wissen wir nicht, gefunden haben wir bisher nichts, aber wenn jemand versucht, Sie mit Fotos zu erpressen, rufen Sie mich sofort an, ja? Ist immer das Klügste und Schmerzloseste. Eines muss ich Ihnen auch noch sagen, Ihnen privat." Sie sah ihn an, als würde sie eine Liebeserklärung erwarten, die dumme Kuh. Er erzählte ihr vom Egon. Sie war fassungslos. Und sprachlos. „Sind Sie sicher?", fragte sie schließlich. „Ziemlich sicher", er führte sie zur Tür, „aber vielleicht will er Ihre Tochter ja trotzdem heiraten. Sie ist immerhin eine Erbin." „Ach", seufzte sie statt eines Abschieds, „wäre ich nur dieser Renate nie begegnet."

Als Isolde die Nummer vom Prager endlich hatte, läutete es. Sie war jetzt doch froh, dass er gekommen war. Aber sie war auch böse auf ihn, als könnte er was für ihre spiraligen Denkereien. Sie ließ ihn im Vorzimmer stehen und ging die Karikatur holen, fragte dabei beiläufig: „Wollen Sie Wein oder was anderes?“ „Soll ich überhaupt noch hereinkommen?“, fragte er fast demütig. „Sie scheinen sehr müde zu sein, Isolde.“ „Wie Sie wollen“, sagte sie und hätte sich auf die Zunge beißen können, „ich bin sicher nicht müder als Sie. Sie sehen ja furchtbar aus.“ Er ging in die Küche und ließ sich auf einen Stuhl fallen. „Machen Sie mir einen Beruhigungstee? Bitte.“ Sie musste lachen. „Der schmeckt Ihnen doch gar nicht. Rotwein beruhigt auch.“ „Wenn ich Rotwein trinke, bleib ich zu lang, wir müssen morgen wohl beide früh raus.“ „Es ist noch eine halbe Flasche da von vorgestern, mehr gibts nicht.“ Sie legte die Zeichnung vor ihn hin. Er starrte sie lange an. Sie schenkte den Wein einfach in die Küchengläser. Schließlich fragte er: „Glauben Sie, so war sie?“ Das war die falsche Frage. Oder die richtige? „Ich weiß nicht“, antwortete sie zögernd, „darüber hab ich nicht nachgedacht.“ „Worüber haben Sie nachgedacht?“ „Über Felix, wie verletzt er ist, wie böse er ist. Er wirkt doch so unbeschwert, meistens.“ „Ja“, sagte er, „aber andere Kinder können ihrem Zorn und ihrem Schmerz keinen Ausdruck geben, er kann es wenigstens.“ Stimmt nicht, dachte sie, bei anderen Kindern verstehen wir es bloß nicht so gut. Aber sie widersprach ihm nicht, der Gedanke, dass Felix sich ausdrücken konnte, tröstete sie ein bisschen. Gleichzeitig überlegte sie immer noch, ob Renate so gewesen war. „Ja, sie war so“, beschloss sie schließlich. „Ich glaube, sie hat gern gequält, es war ihr eine Lust. In den letzten Jahren. Ich weiß nicht, wann es angefangen hat, früher quälte sie eher zufällig.“ „Einen bestimmten Menschentyp?“ „Leute, die sie in Frage gestellt haben und gleichzeitig schwächer waren als sie. Die ganz Schwachen hat sie nur sachlich und beiläufig gequält, nicht sadistisch. Und die, die sie für sich gewinnen konnte, gar nicht. Eva Zimmrich zum Beispiel. Oder die meisten vom Kulturklüngel." „Und Sie?" „Mich? Ja, mich hat sie gequält, aber ich wollte es nicht wahrhaben. Ein Schutzmechanismus wohl." „Und bei den Schülern?", fragte er. Sie schüttelte den Kopf. „Ich habe es noch nie unter diesem Blickwinkel betrachtet, immer gedacht, es sei normale Machtgier. Falls es das gibt. Keine perverse. Wenn der Felix recht hat, war sie nicht so anders als die Qualle. Der macht das übrigens ständig mit den Buben. Die lassen sich schon die Haare ganz kurz schneiden, damit er nicht dran kann. Wir nennen ihn Qualle, weil er fett und glitschig ist, die Kinder nennen ihn Qual. Und ich wusste es nicht einmal."

„Das schwöre ich Ihnen, Isolde", er hatte einen ganz bösen Blick bekommen, „was immer ich sonst in diesem Fall erreiche, dem Qualt leg ich das Handwerk." „Können Sie das denn?" „Ich könnte es vermutlich. Er arbeitet im Nebenberuf als Maskenbildner für Transvestiten und so schwule Shows. Würde zusammen mit seiner Geschichte vermutlich reichen, um ihn von der Schule zu verbannen. Aber es kommt mir dreckig vor, das so zu machen." „Ja", sagte sie, „ja. Ich könnte ihn einfach anzeigen. Das wäre besser." „Das wäre sauberer", stimmte er zu, „aber schwer für Sie, was?" „Ich bin nicht tapfer, Josef." Es ging ganz gut mit Josef. „Nein, ich bin krankhaft konfliktscheu. Aber ich mache es gleich morgen. Wenn ich damit anfange, werden sich sicher andere anschließen, Lehrer und Eltern." „Es ist auch mehrfach gegen ihn ermittelt worden wegen Kinderpornos", erklärte er, „wurde anonym angezeigt. Ist nie was dabei herausgekommen. Aber irgendwie bilde ich mir ein, dass ich da was finden kann."

Sie fühlte sich plötzlich wieder schlecht. „Stellen Sie sich vor, Josef, Sie verbeißen sich in ihn und er hat gar nichts damit zu tun." „Das stelle ich mir immer vor, deshalb verbeiß ich mich selten in jemanden, zumindest seit ich ein erwachsener

Polizist bin. Andererseits kriegt man nichts raus, wenn man sich nicht verbeißt. Wissen Sie“, er schien plötzlich sehr müde und traurig, „das ist ein blöder Beruf, man muss ständig die aberwitzigsten Entscheidungen treffen und man weiß nie, ob man das Richtige tut. Früher hab ich Annuschka gefragt, sie war mein Gewissen. Seit ihrem Tod – ich bräuchte so dringend einen Gesprächspartner.“ Das will er also von mir, dachte Isolde. Na ja, auch nicht schlecht. Und in ihr dachte es: für den Anfang. Sie wurde rot.

Die Rotweinflasche war leer. Sie hatte ihren Spezialschlaftee aus Hopfen, Ingwer, Melisse und Johanniskraut aufgegossen und in seine Tasse Honig und ein bisschen Zimt gegeben. Ihre Lieblingskekse hatte sie auch auf den Tisch gelegt, einfach in der Packung. „Heute sind Sie nicht die perfekte Gastgeberin, Gott sei Dank“, lächelte er. „Und ohne Lippenstift sind Sie auch hübsch.“ Sie musste auch lächeln. „Nach dem Tee müssen Sie gleich nach Hause fahren“, sagte sie, „der ist stark, der wirkt.“ Er hätte ja eigentlich nur die Zeichnung sehen wollen. Ob er sie denn mitnehmen dürfe? Sie nickte. Sie hatte sie lange genug angestarrt. „Wenn Sie mit jemandem reden wollen –“, fing sie an. Er nickte: „Ich weiß.“ Dann stand er auf. Sie auch, weil sie meinte, er wolle gehen, aber er nahm sie in die Arme, fest, ganz fest.

Sie tranken eine zweite Tasse und redeten. Er erzählte von seiner Frau, wunderbar musste die gewesen sein, von ihrem plötzlichen Tod. Von seinen Schuldgefühlen, weil sie so lange seinen Vater gepflegt hatte; „es war ihre Entscheidung, ja, sie mochte ihn so und wollte auch seine Biographie schreiben“, plötzlich rannen Tränen über sein Gesicht, „aber es waren zwei Jahre ihres Lebens“, sagte er, „zwei schwere und belastende Jahre, und ein halbes Jahr später hat ihr Herz versagt.“ Er brauchte eine Weile, bis er weitersprechen konnte. „Es ist so ungerecht, finde ich. Wenn man schon so eine ungeheure Arbeit leistet, sollte man hinterher dafür belohnt werden, das Leben genießen können." „Ja", sagte sie, „ja, das wäre gerecht. Aber wissen Sie, ich habe meine Mutter auch lange gepflegt. Erst hat sie meinen Vater gepflegt, und als der gestorben war, wurde sie selbst krank. Es war schrecklich, qualvoll und so traurig, aber es war auch schön. Vielleicht hat Ihre Frau es auch so erlebt. Und die Biographie können ja Sie schreiben." „Ich kann doch nicht schreiben", er war ganz entsetzt. „Ich könnte Ihnen ja helfen", rutschte ihr heraus, und sie wusste gleich, das war ein Fehler. Ein schwerer. Er sah sie an, als müsste er sich erst erinnern, wer sie war. Dann meinte er höflich: „Danke, aber wissen Sie, ich kann einfach noch nicht an Annuschkas Sachen, das dauert noch. Vielleicht in ein, zwei Jahren." Schade, dachte sie, ein, zwei Jahre sind lang, während sie doch noch eine Flasche Rotwein aufmachte, obwohl es schon spät war. Irgendwie glaubte sie an die Heilkraft von Rotwein. Er protestierte. „Wie soll ich denn noch nach Hause fahren?" Aber er trank.

„Damals ist es wohl losgegangen bei mir", sagte er schließlich übergangslos. „Der Tod meines Vaters, Annuschkas Tod. Seitdem bin ich ständig krank. Die Ärzte nennen es Burn-out-Syndrom. Und es stimmt, ich bin ausgebrannt. Ich glaube, dass es auch der ewige Kleinkram ist, die vielen schlimmen Sachen. Wissen Sie, so ein großer Fall geht, ist wie ein Rätsel, das man lösen will. Aber die Routine, die ist so ein Moloch, verschlingt ständig Menschen. Und einen selber mit. Wenn man sich erst einmal zu fragen beginnt, ob es nicht besser wär, die Leute einfach in Ruhe ihre kleinen Schandtaten begehen zu lassen, beginnt man das System zu hassen. Gesetzgeber, Justiz, Polizeiapparat. Man hat das Gefühl, immer mehr Elend und Unrecht zu produzieren, statt es zu lindern, zu mindern –" Um ihn am Verstummen zu hindern, fragte sie: „Und die großen Schandtaten?" „Ja", räumte er ein, „die sind die andere Seite. Die hält man irgendwann auch nicht mehr aus. Ein Sumpf –" Er verstummte wieder. „Im Vergleich dazu ist es ja so egal, wer die Felb-Ederring erschlagen hat."

Und dann redeten sie doch noch über den Fall. Was für ein riesiges Puzzle das war! Puzzles mochte sie nicht. Wurde ganz wirr im Kopf davon. „Das kann man ja gar nicht in eine Ordnung bringen", rief sie. „Man kann. Doch. Su kann es zum Beispiel. Die Frage ist, was dabei verloren geht. In der Ordnung. Jeder denkt ja so anders. Ob man einen Fall lösen kann, hängt auch davon ab, ob einer von uns denkt wie der Täter. Denkt er so wie Sie? In Zeichen und Symbolen? Oder wie ich? Mehr psychologisch. Oder wie Su, systematisch? Oder denkt er wie Berni, autoritär? Verstehen Frauen die Tat besser oder Männer?"

„Ja, so habe ich das noch nie gesehen", sagte Isolde. Hatte sie wirklich nicht. Und es kam ihr sehr tiefsinnig vor. Dann machte sie ihm ein Bett auf dem Sofa und verzog sich in ihre Koje. „Halb sieben?", fragte sie noch. „Halb sieben", nickte er.

*Montag*

Punkt acht war der Alte im Direktionszimmer. Alles ging prima. Während die Spurlis das elegante Sofa auf Spermaspuren untersuchten, bearbeitete er den Schreibtisch. Die Zimmrich stand neben ihm und passte auf. Er nahm nur einen Kalender mit, dasselbe elegante Modell wie das aus dem Vereinsbüro, nur in Dunkelrot, und fragte dann, was in dem Schrank sei. „Sachen zum Wechseln", meinte die Zimmrich. Er öffnete den Schrank, nahm die Jacke heraus, „fand" seinen Kalender und alles war erledigt. Jetzt konnte er Su seine Beute aushändigen. Er bat die Zimmrich, Dr. Qualt auszurichten, dass er ihn um siebzehn Uhr im Büro erwarte, ob sie das machen könnte? Den Qualt würde er warten lassen oder den Termin immer wieder verschieben, dunsten lassen eben.

Im Auto bekam er die Nachricht: Hartlieb hatte sich umgebracht. Mit seinem Jagdgewehr. Es war ein Schock. Da hatte er gedacht, er hätte einen Gegner, einen entschlossenen, einen gefährlichen Gegner, und dann erschießt sich der! Wegen der Erpressungsgeschichte? War er schuld? Und der Hartlieb-Selbstmord brachte neuen Druck. Vorgesetzte und Presse würden den möglichen Zusammenhang erkennen. „Hör mal, Su, ich brauch diesen Riad Lafi, der Hartlieb erpresst haben soll. Und Berni muss allein zu den Schützlingen, das wird ihn freuen." „Nein", lachte Su, „ich geb ihm Achmed mit, das wird ihn nicht freuen."

Er war ganz konfus. Auf dem Parkplatz blieb er ein bisschen sitzen, um Ordnung in seine Gedanken zu bringen. Es nützte nichts. Er musste Su bitten, das Arbeitsprogramm zu aktualisieren. Sie war schon dabei. „Friseur wichtig?", fragte sie, als er reinkam. „Wenn du ihn heut nicht unterbringst, ruf ich ihn an." Er überreichte ihr die beiden Kalender. „Das ist wohl der vom Verein. Der mir die viele Arbeit erspart?" Sie lächelte, erleichtert, dass jetzt alles wieder mit rechten Dingen zuging. „Das Sparkonto ist eins mit Losungswort, auszuzahlen auf den Überbringer der Karte. Es ist eine sechsstellige Summe, eine hohe sechsstellige. So viel hab ich erfahren. „Und wer untersucht beim Hartlieb?" „Dein Freund Ferdl. Ist für die Wohnadresse zuständig, dort hat er es getan, in den frühen Morgenstunden." „Wer erbt?" „Unsere Mona. Ist aber viel reicher als ihr Mann. Und ein Sohn aus erster Ehe." „Fremdeinwirkung auszuschließen?" „Scheint so. Mona und der Sohn haben ein Alibi. Keiner von ihnen war in der Stadt." „Vermutungen über die Gründe?" „Die Wipo ermittelt offenbar. Hartlieb und Cie hat eine große Abteilung für Vermögensangelegenheiten. Er hat sie nicht selbst betreut, aber er war immerhin der Chef." „Wer sind die Kompagnons?" „Eine Frau Dr. Huber und ein Dr. Vitisser. Der alte Vitisser ist schon in Pension, aber es gibt einen jungen, der den Anteil erben wird. Die Huber scheint den Laden zu schmeißen. Gilt als exorbitant tüchtig." „Wie kriegst du das bloß alles so schnell raus?" „Mit ein bisschen Freundlichkeit."

Er rief den Ferdl an, den Kollegen, der Hartliebs Selbstmord überhatte. Das war einer, den er mochte, einer von den Älteren, erfahren, uneitel, kollegial. „Servus, du weißt ja sicher schon", begann er, „dass unsere Fälle sich berühren. Ich hab den Mord an dieser Schuldirektorin und Hartlieb war ihr Anwalt, Vermögensverwalter, was weiß ich alles. Ich hatte noch gestern Abend mit ihm zu tun. Eindeutig Selbstmord?" „Spricht nichts für Fremdeinwirkung", meinte der Kollege, „der Abschiedsbrief ist zwar nicht viel wert, nur: Verzeih mir, Hannes – so hieß der mit Vornamen –, undatiert, aber er war allein zu Haus, seine Frau war in Barcelona, sitzt jetzt noch im Flieger, und nur er hatte den Schlüssel zum Waffenschrank. Alle, die eventuell von seinem Tod profitieren könnten, waren weit weg vom Tatort." Der Alte wollte trotzdem wissen, wer das sei, bitte. „Ein Sohn aus erster Ehe: Schauspieler in Hamburg, stand gestern Abend dort auf der Bühne, gibt keinen Nachtflieger. Ein Kompagnon: liegt sterbenskrank im Spital. Dessen Sohn: übers Wochenende in Piran, um nach seiner Yacht zu sehen, erst heute Früh abgereist. Und Frau Dr. Huber, die zweite Co: seit Mittwoch in der Schweiz, lag im Schlafwagen, als Hartlieb starb. Und jetzt sag mir, was Hartlieb mit deinem Fall zu tun hat." Der Alte erzählte ihm so viel er für richtig hielt und wollte dann nur noch wissen, warum die Wipo ermittelt. „Reine Routine, scheints. Hatten nie den leisesten Hinweis, dass in der Kanzlei was faul sei, und das will was heißen, heutzutag. Aber warum die Stapo sich reinhängt, weiß ich auch nicht. Du?" „Die Stapo?" Der Alte war fassungslos. Das konnte doch nichts mit Renates kleinem Verein zu tun haben? Mit seinem Fall? Er mochte die Typen nicht, er wollte nicht mit denen zusammenarbeiten. „Hoffentlich stochern die nur auf gut Glück", sagte der Ferdl, „ich mag die Typen nicht, ich will nicht mit denen zusammenarbeiten."

BB war heute glücklich. Erst hatte er den Tresor entdeckt, ein kleines Ding, eingemauert in die Wand unter dem Spülbecken, mit Fliesen getarnt, den hätte nicht jeder gefunden. Und jetzt konnte er die Bimbos nach Belieben hernehmen. Der Alte konnte ihn nicht daran hindern und Hartlieb auch nicht. Bisschen pietätlos, was er da dachte, aber er hatte nicht viel Respekt vor Leuten, die sich umbrachten. Frauen, okay, oder junge Leute, die kamen oft nicht klar. Aber Männer? Entweder sie hatten Dreck am Stecken oder sie waren krank. An Hartlieb hatte nichts krank gewirkt, also: Dreck am Stecken. Anwälte, dachte BB verächtlich, sind auch nicht mehr, was sie einmal waren. Er hatte gehört, dass es viel zu viele gab, die Konkurrenz gnadenlos war. Außerdem, wenn man ständig Verbrecher verteidigt und Unrecht in Recht verdreht, muss man ja anfällig werden für krumme Sachen. Er war stolz auf den Gedanken.

BB war ausgeschlafen, fit, wusste, was er wollte, er sang lauthals, während er über die Brücke fuhr und in die Straße einbog, in der Monas Mietshaus stand. Achmed war schon da – das ärgerte ihn –, machte ihn mit einer jungen Anwältin, einer blassen, spitzen Person, aus der Kanzlei Hartlieb bekannt; und mit einem Dolmetscher, Bimbo natürlich, den die angeschleppt hatte. Das ärgerte ihn noch mehr. Macht nichts, dachte BB, bisschen Adrenalin schadet nie bei Vernehmungen. „Ich dachte, die können Deutsch", knurrte er. „Besser Deutsch als wir Suaheli", sagte die Junge spitz. Achmed fragte ganz freundlich: „Ach, sprechen die alle Suaheli?" Die Tussi wurde rot. BB hätte Achmed ausnahmsweise küssen können; er hatte zwar nicht ganz kapiert, worum es ging, aber dass er der spitzen Anwaltstussi eins reingewürgt hatte, war klar.

Der Betreuer öffnete. Nicht so ein Späthippie, wie BB erwartet hatte, sah ganz normal aus, sportlicher junger Mann mit kurzen Haaren, ein Magister irgendwie. Personalien hatten sie ja schon, aber BB fragte „Magister?" „Ich hab Psychologie studiert", erklärte der junge Mann, „im Augenblick bezahlt mich das Arbeitsamt für meine Tätigkeit hier." Es klang nicht glücklich. Psychologie hatte doch Su studiert? BB hatte schon wieder Grund, froh zu sein: Der Magistertitel, den sie bald haben würde, war also nicht viel wert. Und er hatte schon begonnen, Minderwertigkeitskomplexe – ha! Er erklärte dem Betreuer, dass er zuerst mit dem – er schaute in seine Notizen und wusste nicht, wie man den Namen aussprach, eine Zumutung, diese vielen Mitlaute hintereinander –, dem Freund des Somalis – „Er heißt Afa", sagte der Betreuer, als hätte er seine Gedanken erraten, „ich meine, so nennen wir ihn. Am besten, Sie gehen in sein Zimmer, ich schicke ihn, die Burschen sind beim Unterricht."

Das Zweibettzimmer war klein, aber sehr ordentlich, fand BB, alles neu, hell, sauber, nichts erinnerte an Afrika, nur ein paar Fotos auf den Pinnwänden über den Betten. Der junge Mann, der hereinkam, war groß, schlank, athletisch gebaut. Wäre er nicht schwarz gewesen, hätte BB gesagt, fesch, aber Bimbos konnten nicht fesch sein. Gut aussehen schon, aber nicht fesch. Afa wirkte sehr selbstbewusst, sprach ruhig, ein etwas stockendes Deutsch, in dem ihm oft Wörter fehlten. BB blickte auf seine Unterlagen: Achtzehn sollte der sein? Wers glaubt! Wirkte jedenfalls älter. Kam aus Äthiopien, war Christ und Sohn eines ermordeten Politikers, sprach Englisch und Arabisch und wollte Medizin studieren. Na, das war jetzt nicht mehr so leicht, dachte BB zufrieden, da würde er sich schön anstrengen müssen. Seine Betreuerin war eine Andrea Hausmann, Architektin und Unternehmersgattin, mit der sie sich bisher nicht befasst hatten. Afa bestätigte, was er schon ausgesagt hatte: „Am Mittwoch waren alle zu Hause bis auf Tami, der war vor zwölf zurück. Um zwölf sind wir in Zimmer wie immer." – „Nein, niemand kann dann hinaus. Wohnungstür wird von Andreas abgesperrt. Schlüssel haben wir keine, wenn wer allein hinaus muss, bekommt von Andreas." Ob sie da richtig eingeschlossen sind, nachts, fragte Achmed dazwischen. „Ja, haben Angst, dass wir hinausschleichen, Dummheiten machen." „Was für Dummheiten denn?", fragte Achmed, der nervte vielleicht! „Alkohol, Drogen, Frauen, Sie wissen", lächelte Afa. „Somi, so rufen alle, geht außer zu Betreuungsgesprächen nie weg, ist verschüchtert. Kennt sich noch gar nicht aus in Stadt. Ja, Freitag haben wir langen Spaziergang gemacht, weil Somi so traurig gewesen und nicht aufgehört zu weinen." Ob sie mit dem Auto unterwegs gewesen sind, fragte BB. „Nein, wir haben doch nicht Auto, können ja nicht fahren." „Aber Andreas hat sicher ein Auto." „Nein, hat auch nicht." Sie waren lange herumgelaufen, und hatten lange, lange geredet. „Hat Somi gutgetan." „Ist er wirklich so traurig über den Tod von Frau Felb-Ederring?" „Natürlich", sagte Afa einfach. „Kannten Sie sie persönlich?" „Ja, von Aufnahmegespräch und ist oft gekommen, Somi abholen. Wir alle haben verehrt, aber der Kleine hat sie geliebt." „Wie geliebt?" „Wie eine Mutter." „Schläft man mit seiner Mutter?" BB hatte das höfliche Gerede jetzt satt. Die Anwältin wollte dazwischengehen, aber BB bellte: „Dafür haben wir Beweise!" Der Dolmetscher, der bisher nicht viel zu tun gehabt hatte, redete jetzt mit dem Bimbo in weiß Gott was für einer Sprache. „Lassen Sie das", schrie BB, „wenn Sie übersetzen sollen, werde ich es Ihnen schon sagen." Dann schickte er ihn vor die Tür. Die Tussi wollte protestieren, aber BB war jetzt in Fahrt. „Also? Wie hat Ihr kleiner Freund Frau Felb-Ederring geliebt?" Auch eine Zumutung, dieser Name, dachte er. „Okay", sagte Afa, „nicht wie eigene Mutter. Wie Retterin." „Und du liebst Andrea Hausmann auch wie deine Retterin?" „Sie können nicht verstehen", erklärte der junge Afrikaner würdevoll und sehr erwachsen, „Sie sind nie in so großer Not gewesen. Ohne diese Leute wären wir zurückgeschickt. In sicheren Tod. Ja, ich liebe Andrea, sie ist sehr gut. Aber Renate Felb-Ederring" – der kann das tatsächlich fehlerlos hersagen, dachte BB – „hat Verein gegründet, sie verehren wir am meisten. Ist unsere Mutter Teresa. Alle haben jetzt Angst, dass Verein aufhört ohne sie. Und Somi hat größte Angst, ist der Jüngste und hat jetzt niemand, der für ihn sorgt. Wenn Sie glauben, wir haben umgebracht, dann müssen Sie verrückt." BB musste sich sehr zusammenreißen, um ihm nicht eine zu knallen. Vor der Anwältin ging das nicht, klar. „Sie sind doch Christ", sagte er, nach der Anstrengung plötzlich wieder ruhig. „Finden Sie es als Christ richtig, mit verheirateten Frauen zu schlafen?" „Das ist ein Problem", gestand Afa mit gerunzelter Stirn, „wir sehen so, dass Zeichen von großer Dankbarkeit ist, diese Sünde." Es hat keinen Zweck, dachte BB, der ist zu unangreifbar, ich hol mir den Kleinen direkt.

Der Somi war wirklich klein, im Vergleich mit dem groß gewachsenen Afa besonders. Er ist noch ein Kind, dachte BB. Ekelhaft, die alte Kuh schnappt sich dieses Kind. Wenn sie schon mit Bimbos bumsen muss, hätte sie sich doch einen Kerl aussuchen können. Er blickte wieder auf seine Unterlagen. Der Junge war noch keine siebzehn, das war glaubhaft, kam aus diesem Somalia, war ebenfalls Christ, hatte die Ermordung seiner Eltern und Geschwister mit angesehen, war mit Verwandten geflohen. Die hatten sich über halb Europa verteilt. Der Kleine war in Deutschland bei einem Onkel gelandet, illegal. Als er geschnappt wurde, brachten ihn Freunde des Onkels hierher. Mit Hilfe eines Anwalts, den der Onkel angerufen hatte, stellte er einen Asylantrag. In Deutschland hatte er noch keinen gestellt, sonst wäre er gleich zurückgeschickt worden. Waren offenbar Asylprofis, die Verwandten von dem Kleinen.

BB redete von Anfang an barsch mit ihm, obwohl oder gerade weil er so ängstlich war; er mochte keine ängstlichen Buben, nein. Er ging dieselben Fragen noch einmal mit ihm durch. Bekam dieselben Antworten in viel besserem Deutsch, aber sehr zögernd und stockend. Anfangs glaubte er deshalb, er könnte den Burschen in Widersprüche verwickeln, aber der verhaspelte sich nicht. Hatte das wohl alles genau einstudiert. Und dann kamen Tränen, als er ihn über Renate ausfragte. Und immer wieder nur: „Renate war so lieb zu mir. Renate war so lieb." Herrgott, dem konnte er nicht einmal mit der verheirateten Frau kommen, war ja Witwe. „Hast du denn gern mit ihr geschlafen?" „Ich hätte alles gerne für sie getan. Alles." Ihr den Hintern gewischt, wahrscheinlich, dachte BB. Die Anwältin und Achmed wetzten schon herum. Aber es musste, musste einfach eine Lücke geben. Die müssen es zusammen gemacht haben. Klar, allein hätte der Kleine das nicht geschafft. War ja kaum größer oder stärker als Renate. Aber er war das schwächste Glied. „Hast du ‚du' zu ihr gesagt?" „Nein." Somi war ganz entsetzt über die Vorstellung, „aber sie zu mir. Sie hat gesagt, ich bin ihr Sohn." Sie zu ihm, das reichte. „Hast du sie angerufen am Mittwochabend?" „Nein." Hast du ihr manchmal die Perücke abgenommen?" „Perücke?" Mist, jetzt fiel ihm das englische Wort nicht ein. „A wig", half Achmed aus. „Falsche Haare", schlug die Anwältin vor. Der Kleine antwortete nicht. Sie mussten den Dolmetsch aus der Küche holen, wo er mit Andreas einen Tee trank. Pausen waren schlecht, aber BB hatte ihn selbst weggeschickt. Der Dolmetsch übersetzte. Somi sah sie fassungslos an. „Sie war so schön", sagte er schließlich. „Warst du mit ihr in der Schule?" „Ja, sie hat mir ihre Schule gezeigt. Sie hat gesagt, ich kann da bald hin, weil ich so gut Deutsch kann, aber anderes muss ich noch lernen." „Warst du da mit ihr in ihrem Zimmer?" „Ja." „Tagsüber oder am Abend?" „Tags. Am Abend hat sie mich nie geholt. Sie können Andreas fragen." „Hast du dort mit ihr Sex gehabt?" Der Kleine begann zu weinen. „Doch nicht in der Schule", würgte er schließlich heraus. Als wäre das die Kirche! „Wo hast du mit ihr geschlafen?" „Geschlafen? Wir waren zärtlich im Büro. Manchmal in ihrem Haus." „Und du warst gern zärtlich mit ihr?" „Sehr gern." „War sie nackt?" „Nackt? Nein." „Was hast du gemacht mit ihr?" „Gemacht? Geküsst, gestreichelt, geleckt." „Wo hast du sie geschleckt?" „Jetzt reichts", keifte die Anwältin. „Jetzt reichts aber wirklich." „Die Hände", sagte der Kleine, „die Füße." BB resignierte. Er bekam schon fast keine Luft mehr vor Wut. Ich krieg euch, dachte er, ich kriege euch. Ich mach euch kaputt.

Der Alte wusste schon gar nicht mehr, warum er im Büro geblieben war. Sicher, er hatte den Rumänen und den Palästinenser verhört. Aber wars das wert gewesen? Der Rumäne war sympathisch, kein Teufelsgeiger, sondern ein sensibler, beinahe soignierter Substitut bei den Symphonikern und anderen Orchestern. Er war über vierzig. Sein Aufenthalt war prekär. Er sprach völlig rückhaltlos über seine Beziehung zu Egon. Natürlich habe er ihn gern, es sei auch schmeichelhaft, wenn sich ein jüngerer Mann in einen verliebe, aber er habe schon öfter überlegt, Schluss zu machen. Egon sei schrecklich egozentrisch, auch kindisch, ein Muttersöhnchen eben. Und die Heimlichtuerei und auch diese Verlobung, das ginge ihm gegen den Strich. Der Alte erfuhr, dass Egon wegen seiner Homosexualität erpresst worden war. Also doch! Allerdings nur um läppische Beträge, die sogar Egon mit seinem relativ bescheidenen Monatswechsel erübrigen konnte. Und dass Renate eine Woche vor ihrem Tod von Egons Homosexualität erfahren und ihn massiv unter Druck gesetzt hatte. Sie wollte ihm kein Geld mehr geben, wenn er nicht so schnell wie möglich heirate. Da gab es ja doch eine Art Motiv. Allerdings waren es nur ein paar Monate, bis er sein Geld bekommen würde. Und in Egons Auto, das routinemäßig untersucht worden war, hatte sich nichts Verdächtiges gefunden. Es passte alles nicht so recht, aber ganz vergessen durften sie nicht auf die Möglichkeit.

Riad Lafi war mindestens ebenso sympathisch. Würdig, fiel Prager zu ihm ein. Der hatte eine Odyssee durch verschiedene Länder hinter sich, sprach perfekt Deutsch und studierte an der Musikakademie. Als ihm der Alte von Hartliebs Selbstmord berichtete, brach er in Tränen aus. Dr. Hartlieb sei so anständig zu ihm gewesen und er habe sich benommen wie ein Schwein, schluchzte er. „Warum hat er das denn gemacht?" „Vielleicht, weil Sie ihn erpresst haben?" Der junge Mann war baff. „Womit hätte ich ihn denn erpressen sollen?" Ja, er habe ein Verhältnis mit Mona, „aber wir haben immer so aufgepasst. Wenn ihr Mann es erfahren hätte, da hätte er doch dafür sorgen können, dass ich weg muss." Das war ein Aspekt, den der Alte nicht bedacht hatte. Vom Liebesnest wollte der Palästinenser nichts gewusst haben, er sei überhaupt nur einmal, ganz am Anfang, in diesem Büro gewesen. Mit Mona träfe er sich bei ihr oder in seiner Wohnung. Warum ihn der Anwalt denn finanziell unterstützt hätte? Er habe ihn eigentlich nicht unterstützt, nur für ihn gebürgt und ihm anfangs Geld geborgt, ja. Aber jetzt könne er mit Stunden und Auftritten schon genug verdienen. Und warum der sich überhaupt so für ihn eingesetzt hätte? „Wegen der Musik." Der Alte war ratlos. „Er war ganz verrückt nach arabischer Musik. Ich spiele Oud. Gut." Der Alte hatte sich zwar ein anderes Szenario zurechtgelegt, aber was Riad Lafi erzählte, schien irgendwie logisch. Er ließ ihn laufen. Ohne Protokoll, um ihm keine Schwierigkeiten zu machen. Für die Nacht von Renates Tod hatte der ein Traumalibi, und was ging ihn die Hartlieb-Geschichte an? „Werden Sie denn jetzt zurechtkommen?", fragte er zum Abschied besorgt. „Ja, danke. Ich habe seit diesem Semester einen Lehrauftrag für arabische Saiteninstrumente am Konservatorium." „Ich dachte, Sie studieren noch?" „Ich studiere Komposition und elektronische Musik. Für den Fall, dass mir einmal jemand die Finger bricht." Das klang nicht wie ein Witz.

Prager ließ sich von Su seinen Terminplan geben, ein Besuch beim Friseur ging sich aus. Achmed war da, Herbi auch, alle tranken Kaffee, es sah aus, als hätten sie nichts zu tun. Er wollte Achmed fragen, wie die Vernehmung der Asylwerber gelaufen sei, aber das wär nicht gut. Wenn es was Neues gäbe, würden sie es ihm sagen, aber sie sagten nichts. Manchmal gab es solche Flauten. Er gönnte ihnen die kleine Rast. „Geh ich halt zum Friseur", fasste er die Situation zusammen. Alle lachten ein bisschen.

Er betrat den Laden auf der Herrenseite und wusste sofort, hier gehörte er nicht her. Also zückte er seinen Ausweis und verlangte den Chef. Der führte ihn in einen Nebenraum, ein Mitteldinng aus Wohnzimmer und Büro mit Friseursessel. Der Chef war wohl, was man eine Schwuchtel nennt. Der Alte fand ihn nett. Fand er denn heute jeden nett? „Ich kann Ihnen genauso gut die Haare schneiden, während wir reden“, bot der Chef an. „Keine Angst, es verirren sich öfter Heteros zu mir, die bring ich dann hier ins Kabuff. Ich weiß, was die wollen.“ Klang zweideutig, aber dass er sein Büro auch Kabuff nannte, war nett. Ein Hetero bin ich also, dachte der Alte, ein Schwabo, Hetero, Normalo. Warum soll ich keine Taferln kriegen, warum immer nur meine Kunden? Der Chef fuhr ihm durchs Haar. „Sie haben schönes Haar.“ Für Ihr Alter hat er höflich verschluckt, dachte Prager. Ein Oldie, ein Single, ein Kieberer sowieso, ein rotes Gfrieß. Mehr fiel ihm jetzt nicht ein. Gab bestimmt noch mehr. Gutmensch natürlich. Er sagte: „Renate Felb-Ederring war Stammkundin bei Ihnen?“ „Ja, eine sehr treue, liebe Kundin. Schon sehr lange.“ „Ist ihr Sohn auch Ihr Kunde?“ „Der Egon? Nein. Er wollt, der dumme Kerl, aber ich hab ihm dringend abgeraten.“ „Sie kennen ihn also?“ „Aus der Szene. Außerdem hätt er gern eine Friseurlehre gemacht, wollt Maskenbildner werden. Ich hätt ihn schon genommen, hat begabte Hände, wie sein Vater. Aber Renate war ganz entsetzt, hat auf Studium bestanden.“ „Sie haben also seiner Mutter nicht gesteckt, dass er schwul ist?“ „Ich? Bestimmt nicht. Hats ihr jemand gesteckt?“ „Offenbar. Wer könnte das gewesen sein?“ „Tausend Leute. Es gab zu viele Berührungspunkte zwischen ihrer Welt und seiner. Die Frage ist eher, warum sie es nicht schon viel früher erfahren hat.“ „Warum würde jemand das tun?“ „Manche ärgern sich halt, dass er sich nicht outet. Er kann auch ein ziemliches Arschloch sein, ganz allgemein und speziell bei Typen, die auf ihn fliegen. Noch spezieller bei älteren Typen, die auf ihn fliegen.“ „Ein Name?“ „Bestimmt nicht. Ich tratsch gern, aber nie mit Namen.“ „Waren Sie am Mittwochabend zufällig im ‚Trancity‘?“ „Ich bin jeden Abend im ‚Trancity‘, außer montags, da tarockier ich.“ „Haben Sie den Egon da getroffen?“ „Ja, er war mit seinem netten Freund dort.“ „Wissen Sie, wie lang?“ „Der war bis zum Schluss da, bis vier.“ „Und wann haben Sie ihn zuerst gesehen?“ „Muss kurz nach halb zwölf gewesen sein, ich komm immer um halb zwölf, danach stellen sie dort die Uhr, und er kam kurz nach mir.“ „Aber Sie wissen nicht, ob er die ganze Zeit da war?“ „Bis zirka zwölf kann ich es beschwören, da haben wir geplaudert, danach nicht. Ich bleib immer in der oberen Bar, außer wenn unten Programm ist, er wandert gern rum.“ „Wenn Sie immer in der oberen Bar bleiben, müssen Sie da nicht sehen, wer kommt und wer geht?“ „Theoretisch schon, ist ja auch der Sinn der Sache“, lächelte der Chef, „aber, ich sags nur ungern, es gibt andre Ausgänge, Notausgänge, und durch Ausgänge kann man auch rein. Bei schönem Wetter sind sie sowieso offen.“ „Es war schönes Wetter“, nickte der Alte. Dann wechselte er das Thema.

„Seit wann trug Renate Felb-Ederring eine Perücke?“ „Seit zwei, drei Jahren, ich muss nachschaun, wann ich die erste gemacht hab. Sie hat kreisrunden Haarausfall gekriegt und sofort reagiert. Wollt erst dem Salon die Schuld geben und den Preis runterhandeln, aber das lief nicht. Früher dachte man, das sei ansteckend, heut nicht mehr.“ „Neigte Renate zu solchen Erpressungsversuchen?“ „Absolut. Sie wollt immer Prozente, fand ständig Fehler, die einen Nachlass erforderten.“ „Und das nennen Sie eine liebe Kundin?“ „Aber ja. Sie war eine Erpresserin und eine Schwulenhasserin, eine Rassistin war sie auch, aber sonst war sie ganz lieb.“ „Eine Rassistin?“ „Sie hat sich aufgeführt, wie ich ein dunkelhäutiges Mädchen als Lehrling hatte, hübsches Ding, wollt nicht, dass sie ihr die Haare wäscht.“ Der Chef lachte. „Dabei hat sie ihrem Mann lauter süße Asiatinnen für die Praxis engagiert, um das Geschäft anzuheizen. Sie war ja so verlogen!“ „Wie viele Perücken hatte sie eigentlich?“ „Lassen S’ mich lieber nachschaun, wir sind fertig.“ Er nahm ihm schwungvoll wie ein Torero den Frisierumhang ab und tänzelte zu einem Rollladenkasten. Der Alte betrachtete sich im Spiegel. Nicht schlecht, dachte er. Wirklich nicht schlecht. Besser als normal, aber kein bisschen auffällig. Und ein ganz angenehmes, frisches Haarwasser, überhaupt nicht süß. Ach, die Klischees!

„Renate hat ihre erste Perücke seltsamerweise genau drei Jahre vor ihrem Tod bestellt. Einen Monat später wurde sie geliefert. Sie hatte vier." Drei hatten sie gefunden, eine auf dem Kopf der Toten und zwei in ihrem Schlafzimmer. Was bedeutete das jetzt wieder? „Sitzt so eine Perücke eigentlich sehr fest?" „Ihre saßen sehr fest, ich hab mich oft gewundert, wie sie das aushält. Sie hat auch oft geklebt." „Man konnte ihr die Perücke also nicht einfach vom Kopf reißen?" „Hätt schon einige Kraft erfordert." „Und wie ist es mit dem Aufsetzen? Kann das jeder?" „Wohl kaum. Sie hat es nach einiger Übung sehr gut gemacht." „Wer kann das noch?" „Friseure, Maskenbildner. Vielleicht jemand, der selber eine trägt." „Ich muss in Ihre Kartei schauen." „Nur mit Durchsuchungsbefehl, tut mir leid." „Aber Sie wissen, dass ich den kriege?" „Ja, weiß ich, aber ich kann mich dann meinen Kunden gegenüber rechtfertigen. Ohne könnt ich das nicht. Sie können gerne mein Büro versiegeln", erklärte der Chef milde, „oder mir einen Polizisten vor die Tür stellen. Schadet mir alles nicht. Aber wenn ich ohne Not das Vertrauen meiner Kunden brech, das schadet mir." Der Alte bedankte sich und wollte gehen, da fiel ihm noch was ein. „Kennen Sie einen Dr. Qualt?" Der Chef sah ihn ratlos an. „Sehr dick. Hilft offenbar als Maskenbildner im ‚Trancity' aus." „Ach, Marikka meinen Sie? Ekliger Typ, aber geschickt. Wahrscheinlich ein armes Schwein. Manchmal glaub ich, er spielt die Schwuchtel nur." „Er steht auf kleine Buben", bestätigte Prager. Der Chef zuckte die Achseln. „Dagegen kann man nichts machen." „Und wie lebt man damit?" „Schlecht, würd ich annehmen." „Hat er was mit Kinderpornos zu tun?" Der

Chef wurde wütend. „Woher soll ich das wissen? Das ist wirklich nicht meine Szene."

Vor der Tür überlegte der Alte. Die Kartei brauchten sie wirklich. Er gab Su Bescheid. „Gibts nichts Neues?" „Eine Menge", sagte sie, „wir wollten dich nur nicht stören." „Schieß schon los", knurrte er. „Der Tresor ist geknackt", berichtete sie fröhlich, „sind Fotos und Filme drin. Und ein handschriftliches Testament, genauer ein Zusatz. Das Geld von dem Sparkonto soll Eva Zimmrich kriegen, auch die Büro-Wohnung, und die soll sich um den Schützling kümmern. Bezeugt ist es von der Putzfrau." „Aha. Von einer Putzfrau weiß ich ja noch nichts." „Weil das eher ein Freundschaftsdienst war, sagt der Sohn, hat er sie nicht erwähnt." „Aha. Sonst noch was?" „Im Liebesnest waren natürlich Kameras. Auf dem Sofa im Direktionszimmer keine Spermaspuren. Und in der Gerätekammer fehlt eine Keule." „Wie aufregend!" „Ist es, die Sachen werden nämlich ständig gezählt, und wenn was fehlt oder kaputtgeht, muss die Versicherung gleich blechen. Der Schulwart, der übrigens ein wasserdichtes Alibi hat, ist ganz aufgeregt und schwört, er und der Herr Kevin, wie er ihn nennt, haben genauso viele Keulen zurückgebracht, wie sie auf den Sportplatz transportiert hatten, nämlich dreißig. Dann müssten sechzig da sein, sind aber nur neunundfünfzig da." „Vielleicht hat der Qualt eine verschwinden lassen", überlegte der Alte. Su lachte. „Ach, ist das dein Wunschtäter? Kann ich verstehen." „Weiter", grummelte er. „Der Anruf auf das Vereinshandy kam aus einer Telefonzelle ganz in der Nähe vom ‚Jenseits'. Hab ich schon an die Presse gegeben, wegen Zeugen. Außerdem ist die Haunausek Friseuse gewesen und beide Haunauseks sind Mitglieder in mehreren Swingerclubs." Dem Alten drehte sich alles im Kopf. „Frau Qualt war früher auch Friseuse", fuhr Su sadistisch fort, „hat dann eine Allergie entwickelt und geht jetzt putzen. Das heißt, sie erweist Freundschaftsdienste." „Den Felb-Ederrings?" „Erraten." „Zu viel", stöhnte der Alte, „es ist einfach zu viel."

Die Schule war nach den vier schullosen Tagen so laut gewesen. Im Konfer hatte es gesummt – nein, summen ist leise, oder? Gebrummt. Gesurrt. Und in den Klassen hatte es noch lauter gebrummt. Gedröhnt, gekreischt. Alles hatte geflattert, gefetzt, und Isolde hatte ihre Nerven, die auch geflattert und gefetzt hatten, schlecht unter Kontrolle gehabt. Dann hatte sie in ihrer Freistunde das Mail an die Schulaufsicht geschrieben. Schrecklich war das gewesen. Würden die Kollegen wirklich mitziehen? Oder sie verachten? Wozu hatte sie dieses blöde Versprechen geben müssen, dem Prager und sich selber. War das denn ihre Angelegenheit? Nicht schlicht ein Denunzieren, Vernadern? Würden sich nicht sogar die Schüler von ihr abwenden, weil sie Petzer nicht ausstehen können? Unsinn, dem Kerl musste endlich das Handwerk gelegt werden. Ein neuer Direktor ohne Renates Widerwillen gegen Verwaltungsarbeit würde ihn vielleicht regelmäßig in die Klassen schicken. Dann würde es andererseits sowieso bald auffliegen, oder? Wie lang lief es denn jetzt schon, ohne dass es aufgeflogen war? So ging es fast die ganze Stunde. Wenn ihr nicht auf dem Weg zur Lehrertoilette Felix auf dem Gang begegnet wäre, hätte sie das Mail wohl nie geschickt. Und nach der letzten Stunde noch zur Polizei. Das war auch schrecklich gewesen, die Vorstellung. Sie hätte es ja verschoben, aber sie hatte sich mit Petra verabredet, im Café vis-à-vis, die war knapp nach ihr bestellt. Also war sie hingegangen. Es war gar nicht schrecklich gewesen. Pragers Su war angenehm. Und tüchtig. Eine von diesen großen, selbstbewussten Frauen, die jetzt überall auftauchten. Die hatte es doch früher gar nicht gegeben? Das Protokoll war fertig gewesen, sie brauchte es nur durchzulesen, ein paar Ergänzungen und Korrekturen anbringen und unterschreiben. Su hatte ganz willig unklare Formulierungen verbessert und schien sich sogar zu freuen, als sie sie auf einen grammatikalischen Fehler aufmerksam machte. „Ups“, hatte sie gesagt, das klang nett. Isolde hatte sich wegen der Zettelgeschichte so gefürchtet, dass da noch einmal jemand drin rumbohrte, aber da war nichts gewesen. Jetzt saß sie in dem kleinen Café, früher hätte man Espresso gesagt; kaum Zeitungen, unappetitliches Essen, laut. Aber trinkbarer Kaffee. Immerhin. Der Zettel machte ihr ständig Kopfzerbrechen. Die Zettel. Warum jemand den Zettel ausgetauscht haben sollte? Sie versank in ihren Gedanken und ihre Gedanken kreisten um den Fall. Unweigerlich. Dabei wusste sie ja viel zu wenig. Oder zu viel? Als Prager ihr erzählt hatte, gestern Abend, war ihr ganz schwindlig geworden. Wie konnte man sich in diesem Wust an Information zurechtfinden? Sie konnte sich nur an die einfachsten Fakten halten.

Jemand hatte Renate zum Café Jenseits bestellt. Warum, um Himmels willen? Natürlich weil es Café Jenseits hieß! Ja, so musste sie denken. Sie kramte ihren Block aus der viel zu vollen Tasche. Das Café lag am Kanal. Am Wasser. Renate hatte gegenüber gewartet, noch näher am Wasser, war auf und ab gegangen. Wie eine Hure. War das Absicht? Warum hätte der Anrufer sie sonst warten lassen? War dort ein Strich? Auch wenn nicht, Renate musste sich so gefühlt haben, als sie da herumstand oder auf und ab ging. Sie, Isolde, hätte sich so gefühlt. Obwohl sie genauso wenig wie Renate leicht verwechselt werden konnte mit einer – Sie lachte. Laut. Ein paar Männer drehten sich zu ihr um. Es war ein Männerlokal. Das Blut schoss ihr ins Gesicht. Ja, so war das, für sie und Renate zumindest, für Frauen in ihrem Alter. Dann wurde Renate zum Kanal hinuntergelockt. Zum Wasser und in die Finsternis. Ein Kanal war ein ziemlich träges Wasser. Lethe, dachte sie. Totenfluss, Totenreich. Sie fischte den Stadtplan aus der Tasche, suchte die Namen der Uferstraße, des kleinen Parks oder Platzes. Nichts, was bezeichnend – doch. Der Platz, der kleine, von dem die Stufen zum Kanal hinuntergingen, hieß Märtyrerplatz. Wegen der Märtyrerkirche in der Nähe. Wer war der Märtyrer? Die Märtyrerin? Renate doch wohl nicht? Anrufer oder Anruferin oder vielleicht jemand anderer, Zweiter, hatte Renate also vom Märtyrerplatz ins Dunkel gelockt und in die Nähe des Wassers. Hatte ihr die Perücke vom Kopf gerissen. Was hatte das zu bedeuten? Skalp, fiel ihr ein. Manche Naturvölker glaubten doch, dass Macht in den Haaren lag. Nicht nur Naturvölker, auch im Alten Testament gabs doch diese Samsongeschichte. Haare weg, Kraft weg. Dalila hieß die Frau. Musste sie nachlesen. Und Josef fragen, ob sich der Täterjemand vielleicht die Perücke behalten hatte. Nein, wie denn, Renate hat sie ja aufgehabt. Könnte aber eine andere – sie hatte sicher mehrere. Nur waren die doch in der Villa? Nicht kriminalistisch denken, Peterka! Bleib bei deinem Leisten. Haare abschneiden war auch eine Strafe für Verräterinnen, Kollaborateurinnen. Glatze schneiden oder ganz kurz. Sie erinnerte sich an Szenen in Filmen, sah Bilder. Eine Verräterin, eine Kollaborateurin konnte Renate leicht gewesen sein. Wie ging es weiter? Renate erschlagen. War wohl eher praktisch. Nein. Erwürgen, erdrosseln wären praktischer gewesen. Auch sicherer. Doch ein Zeichen? Bedeutete eine Wunde am Hinterkopf etwas? Überhaupt ein eingeschlagener Schädel? Man sagte das so, ich schlag dir den Schädel ein! Ich erwürg dich, seltener. Schon gar nicht, ich erdrossle dich. Und der Kopf war der Sitz des Gehirns, der Gedanken. Da kam sie nicht weiter. Zu undeutlich.

Die tote Renate transportieren. Ein Boot würde im Bild bleiben. Aber die Täter hatten kaum ein Boot am Kanal, oder? Gab es sonst ein Gefährt, das an ein Boot, ein Schiff, einen Kahn erinnerte? Eine Zille, eine Fähre? Gab es noch eine Fähre am Kanal? Sie blätterte im Stadtplan. Gab es. Aber ob die so spät am Abend in Betrieb war? Da war aber ein kleiner Platz, der hieß Zur Überfuhr. Sie suchte andere Ortsnamen, die mit Booten und Fähren zu tun hatten. Der Plan war mühsam, ständig musste sie blättern, sie hätte eine große Karte gebraucht. Es gab einen ziemlich langen Weg entlang des Kanals, irgendwo hätte da schon ein Boot sein können. Oder man wäre zumindest dem Wasser entlanggegangen. Aber war nicht Renates Mantel oben gefunden worden, an der Straße? Das würde darauf hindeuten, dass sie doch ganz normal zu einem Auto gebracht worden war. Normal? Es gab doch Autos, bei denen man so etwas sagte, was mit Schiff. Straßenkreuzer, meinte sie wahrscheinlich. Und andere Vehikel? Eine Rodel, fiel ihr ein, hatte aber nichts mit Booten zu tun. Eine Sackrodel. Renate war ja nur noch ein Sack. Knochensack. Puh!

Sie sollte vielleicht vom anderen Ende der Reise her denken. Konferenzzimmer, Lehrerzimmer, Schule, Gymnasium, Danteplatz. Ja! Dante. Die Commedia führt durch die Hölle, das Inferno. Und nannten die Schüler das Schultor nicht Höllentor? Manchmal auch die Lehrer. Und der Architekt, der die Schule gebaut hatte, hieß der nicht Teufel? Vom Jenseits in die Hölle. Zum Teufel. Ins Inferno. Das ist ja ein Inferno! Wer sagte das bloß immer übers Konfer? Es fiel ihr nicht ein. Aber sie konnte es regelrecht hören. Da kam Petra.

„Tut mir leid, die haben mich ausgequetscht“, entschuldigte sie sich. Sie brauche einen Kaffee. Jetzt wo ich so schön im Denken war, dachte Isolde. „Das Protokoll über Freitag früh ging ja ruckzuck, aber dann wollte die Beamtin von mir wissen, was ich über Renates Verein weiß, weil ich doch auch Mitglied in so einem sei. Schwachsinn. Ich musste ihr erst erklären, dass das ganz verschiedene Dinge sind und dass ich über die ‚zukunft‘ nur weiß, dass der Verein nicht sehr beliebt ist bei den Flüchtlingsbetreuern.“ „Warum?“ „Weil die so viel Geld haben und so gute Connections, mit dem Geld und diesen Kontakten könnte man vielen helfen, aber die helfen nur ein paar Auserwählten. Der Hartlieb, zum Beispiel, der hat ihnen zwei Leute aus der Schubhaft geboxt, für andere macht der nix, wir habens probiert. Und sie machen auch eine komische Politik, schotten ihre Leute total ab, keine Kontakte zu Landsleuten und so. Lassen sie nicht einmal zu Konzerten! Und machen so Tests mit ihnen, Intelligenztests, psychologische Tests, bevor sie sie aufnehmen, und nehmen nur Männer, also Burschen. Ich glaube, die wollen ihrer Elite Frischzellen zuführen." Typisch Schadek, dachte Isolde und ärgerte sich jetzt, dass sie ihre Spende nicht Petra gegeben hatte. „Und über Kevin wollte sie auch eine Menge wissen", redete Petra immer weiter. „Klar, der war am Mittwochabend in der Schule, wegen Gerätetransport, und der Depp hats nicht gesagt." Depp ist nett, dachte Isolde, das passt. „Hat er kein Alibi?" „Nicht so richtig, scheinbar." Anscheinend, dachte Isolde. Berufskrankheit. „Wir haben gegen elf telefoniert, er hat gesagt, er hat alles fertig und ist endlich zu Haus und geht jetzt duschen, aber ich hab ihn auf dem Handy angerufen, da kann er überall gewesen sein. Mir ist das peinlich, aber ich kann ja kein Alibi erfinden für ihn. Sie wollte sogar wissen, mit wem er was hat oder hatte in der Schule, als ob ich das wüsste. Manchmal hab ich gedacht, mit der Schadek, aber sie hat ja diesen berühmt eifersüchtigen Mann, ich hab natürlich nichts davon gesagt." Petra musste offenbar alles loswerden. Verständlich. „Ob mit der Renate, haben sie gefragt. Wie kommen die da drauf?" „Na ja", überlegte Isolde, „sie hat ihn ja angeflirtet bis zum Gehtnichtmehr, vielleicht hat ihnen das jemand erzählt." „Aber", kicherte Petra, „er so groß und sie so klein! Ist ja fast nicht machbar." Da musste auch Isolde lachen. „Und dann gings weiter mit den Turngeräten, weil eine Keule fehlt." „Eine Keule!", lachte Isolde. „Ach, du weißt ja nicht, wie das läuft, hast ja kein Kustodiat. Die Qualle zählt doch ständig alles und verlangt wegen einer fehlenden Keule oder einer zerrissenen Springschnur einen Bericht." „Glauben die, Renate sei mit einer Keule erschlagen worden?" „Anzunehmen." Petra zuckte die Achseln. Eine Keule ist ein ziemlich archaisches Mordinstrument, dachte Isolde, würde irgendwie zu Skalp passen. „Bei uns macht der besonders oft Inventur", hatte Petra schon weitergeredet, „viel öfter als in der Bibliothek zum Beispiel. Ich glaube, weil er da in den Umkleideraum der Buben schauen kann, das Schwein. Er sucht sich auch immer die Zeiten aus. Ich sag dir, wenn ich den einmal erwisch, wie er meinem Sohn in die Haare geht, ich zeig ihn an." „Warum nur bei deinem Sohn?" Petra sah sie fassungslos an. „Du hast ja recht", Petra war richtig erschrocken. „Wenn ich ihn erwisch, meld ich ihn." „Ich hab schon", gestand Isolde da leise. Pause. Petra stand auf. Isolde auch. Jetzt kommts, dachte sie, vernadern, verpetzen, denunzieren! Aber Petra küsste sie und sagte: „Toll, endlich, hätt ich nicht gedacht, dass du so mutig bist." Isolde wurde rot.

Der Alte gönnte sich vor dem Resümee eine Pause. Trank einen Tee, schreckliches Gebräu. Su sorgte für guten Kaffee, mit Tee hatte sie nichts am Hut, sagte sie selbst, und kümmerte sich nicht darum. Wieso sollte sie auch? Er musste sich von Isolde beraten lassen, das Zeug war ja nicht zu trinken. Einerseits fühlte er sich nicht so schlecht, sein Magen gab Ruhe, sein Kopf auch, nur der Rücken tat höllisch weh; er konnte gar nicht mehr sitzen, stand am Fenster und blickte auf den Boulevard Balkan hinaus. Seine Gedanken drifteten zu dem Herbsturlaub mit Annuschka in Piran. Das war kurz nach dem Tod seines Vaters gewesen. Sie hatten schrecklich getrauert, aber irgendwie hatten sie auch das Gefühl eines Neuanfangs gehabt. Gingen viel spazieren, schwammen, schliefen täglich miteinander auf diese zärtliche, freundschaftliche, auch lustige Art, die sie entwickelt hatten, und redeten ununterbrochen. Über die

Möglichkeit seiner Frühpensionierung, über Reisen, über ein geruhsames Leben am Land mit Büchern und dem Garten und vielleicht einem bisschen Politik; Annuschka im Gemeinderat war durchaus vorstellbar, sie war so beliebt bei den Leuten. Sie überlegten aber auch, ob sie das Haus nicht verkaufen und hierherziehen sollten. Im Karst standen genug Häuser leer. Das Klima war so wohltuend, das Essen schmeckte ihnen so gut. Triest war nicht weit, wenn sie Lust auf Stadt hatten. Sie mochten es beide. Annuschka hatte, wie so vieles andere auch, einmal ein bisschen Slowenisch gelernt; Italienisch sprach sie sowieso fließend. Es wäre durchaus möglich gewesen. Zu Hause schluckte dann beide die Routine ganz schnell wieder. Er erkundigte sich zwar, wie er bei einer Frühpension finanziell aussteigen würde, sie erkundigte sich sogar, was das Haus in etwa bringen könnte, aber sie hatten ja noch so viel Zeit, beide Mitte fünfzig. Und dann war Annuschka tot. Und sie fehlte ihm jede Stunde, jede Minute. Er hatte sich, noch ganz überwältigt von Annuschkas plötzlichem Tod, in diesem Fall verrannt; er wusste, dass er sich verrannt hatte, obwohl – der Täter war nie ermittelt worden, aber seinem Verdächtigen hatte er die Tat auch nicht nachweisen können. Zwei Monate lang hatte er sich in ihn verkrallt, sein Leben und seine Psyche umundumgekrempelt. Und jetzt war er drauf und dran, es wieder zu tun. Die Qualle verdiente es, klar, der andere hatte es auch verdient, weiß Gott, aber vedächtigte er die Qualle überhaupt ernsthaft? Allein konnte er es jedenfalls nicht getan haben.

Der andere Teil seiner Gedanken war zwischendurch um den Fall gekreist. Er war ganz nahe an der Resignation, das spürte er. Und er durfte nicht resignieren, sonst hieß es Frühpension. Hoffentlich war seine Resignation nur Müdigkeit. Er hatte heute schon mehr gearbeitet, als er sich eigentlich zumuten durfte. Vernehmen war anstrengend, fast immer belastend, wie bei der Zimmrich zum Beispiel.

Er hatte sie nach allem Möglichen gefragt, was die Schule betraf, und dann nach dem Qualt, ob er was gegen Renate in der Hand gehabt hätte? Nein, das glaube sie eigentlich nicht, hatte sie gesagt, aber ernsthaft überlegt. „Ich hatte manchmal schon den Eindruck, dass die beiden sich besser gekannt haben müssen, früher, da gab es so Untertöne und kurze Wortwechsel, bei denen ich nicht kapiert hab, worum es ging. Aber letztlich hat er immer gekuscht, auch wenn sie noch so brutal zu ihm gewesen ist. Nur, Sie könnten doch recht haben, denn immer wenn ich sie gedrängt hab, ihn loszuwerden, hat sie abgewunken. Sie hat dann immer gesagt: ‚Aber Evitale, ich brauch ihn doch.‘ Ich meine, sie hatte recht, kein anderer hätte ihr den Bürokratiekram so total abgenommen, und den hat sie gehasst. Aber man hätte alles etwas anders organisieren können und manches war einfach überflüssig. Möglich, dass er was über sie hatte, aber ich hab keine Ahnung, was das sein könnte." Der Alte hatte sie auch gefragt, ob sie von der Perücke gewusst habe und sie hatte mit großen, erstaunten Augen reagiert. „Nein, eine Perücke? Wieso?" Und sie nach dem Sparkonto ausgefragt, vorsichtig; sie hatte offenbar keine Ahnung davon gehabt. Als er sie fragte, ob ihr ein Losungswort einfiele, hatte sie angefangen zu weinen. „Die Reni hat immer gesagt: ‚Wenn dich einmal jemand nach einem Wort fragt, einem Wort, das du wissen musst, sag Argentina.‘ Ich hab nie verstanden, was sie meint. Sie nannte mich Evita und sie mochte diesen Hadern, ‚Dont't Cry for Me …‘, Sie wissen schon. Hat sich wohl irgendwie identifiziert mit dieser Evita." Er hatte ihr von der Wohnung erzählt und von der Aufgabe, die sie zusammen mit Geld und Wohnung erben würde, und sie hatte wieder geweint, aber gesagt: „Gut, dann hat das ja alles einen Sinn." Schließlich hatte er noch gefragt, ob sie wüsste, warum Renate – er machte sich jetzt nicht mehr die Mühe mit dem Doppelnamen – diesen Verein gegründet hatte, wo sie doch irgendwie eine Rassistin gewesen sei? Die Antwort war lange ausgeblieben, es war klar, dass sie was wusste. „Das ist aber so persönlich", hatte sie schließlich gesagt. Er hatte das Aufnahmegerät abgeschaltet und es sogar ein Stück zurücklaufen lassen, so dass nicht einmal mehr die Frage auf dem Band war. So was machte er immer wieder, er war einfach zu neugierig.

„Die Reni hat einmal ein Kind zur Adoption freigegeben. Da war sie noch ganz jung. Der Typ, der sie geschwängert hat, hat sie sitzen lassen, und weil er ein Afrikaner war, hat sie einen Hass auf Schwarze entwickelt. Farbige, mein ich. Sonst war sie keine Rassistin, gegen Asiaten hatte sie gar nichts, wir haben auch ein paar an der Schule, aber alles, was entfernt afrikanisch aussah, hat sie völlig irrational abgelehnt. Bis sie meine Tochter kennen gelernt hat. Meine Molly war dunkelhäutig, ihr Vater Amerikaner. Und plötzlich, als sie sie kennen lernte, hat sie umgeschwenkt. Zuerst nur in Bezug auf Molly. Sie war ja auch so schön und so gewinnend, wenn sie gut drauf war. Die Reni wirkte regelrecht verliebt. Ich hatte sogar Angst, sie nimmt sie mir weg, irgendwie. Dann ging es los mit Drogen bei Molly. Reni hat alles versucht, ihr einen super Therapieplatz verschafft, sie wollte sie sogar an die Schule holen. Und sie hat plötzlich angefangen, von diesem Kind zu reden. Und irgendwann wurde der Verein draus. Sie hat sich die jüngsten, kleinsten und zerbrechlichsten von diesen jungen Leuten als Schützlinge ausgesucht. Als Söhne. Zuerst wollte sie Molly als Tochter und dann diese Buben als Söhne."

Er fragte sich, ob er Eva Zimmrich, die er jetzt trotz ihrer schrillen Stimme eigentlich mochte, wohl auch zu quälen bereit wäre, wenn er sie verdächtigte. Oder den Palästinenser oder den Rumänen oder den Friseur? Und was war mit den Asys? Auch die Proni ließ er immer aus, obwohl er die nur aus Erzählungen kannte. Was würde er machen, wenn ein Verdacht auf Isolde fiele?

Herbi kam rein. War es schon so weit? Nein, Herbi hatte auf Anregung von Su, wie er betonte, weil die Wagen der Protagonisten – er benutzte dieses Wort ganz stolz – alle nicht auf die Beschreibung der Zeugin passten, eine Liste aller Autos gemacht, die irgendwie mit dem Fall zusammenhängen könnten, und die herausgefiltert, die passten. Der Alte war sich inzwischen ja nicht mehr sicher, ob das Auto wichtig war, vielleicht hatte nur jemand eine Auskunft von Renate gewollt, aber verfolgen musste man die Spur. Er sah sich die fünf, die in Frage kamen, an. Dr. Hartlieb hatte einen zwar teuren, aber unauffälligen, mittelgroßen schwarzen Wagen gefahren, an den kamen sie nicht so leicht ran, jetzt überhaupt. Frau Qualt, die schon wieder, besaß eine alte Klapperkiste, auf die die vage Beschreibung passte; die konnten sie sich holen, die Kiste. Eine der Vereinsdamen, Andrea Hausmann, und der Zeichenprofessor vom Dante, Karl Wehdorner – von den beiden wussten sie bisher so gut wie nichts –, hatten auch passende Wagen. Und Isolde Peterka! Mein Gott, Isolde, schon wieder, dachte er und wählte ihre Nummer.

Sie war da, klang munter und lebhaft. „Du hast mir nicht gesagt, dass du ein Auto hast“, sagte er statt einer Begrüßung. „Gehabt habe“, lachte sie, „ich habs grad verschenkt. Bin sowieso nie damit gefahren, stand immer nur herum und rostete vor sich hin, und oft habe ich es nur durch Zufall wiedergefunden. Zuletzt ist es ewig in der Werkstatt gestanden, so lange, dass ich extra dafür zahlen musste, und jetzt habe ich es der Petra Nowak geschenkt.“ „Wann?“ „Vorhin. Sie hat erzählt, dass sie ein neues Auto kaufen muss, ein kleines, da habe ich es ihr angeboten.“ „Und wo ist es jetzt?“ „Wo?“ Isolde lachte. „Wart. Ja, klar, auf dem Schulparkplatz.“ „Seit wann?“ „Seit Mittwoch, du liebe Zeit! Da habe ich es endlich aus der Werkstatt geholt und bin dann zu meinem Literaturkurs gefahren. Auf dem Parkplatz war ein Platz frei. Dort hab ich es vergessen." „Und seither bist du nicht mehr damit gefahren?" „Wenn ich es dir doch sag. War einfach eine Schnapsidee mit dem Auto. Warum interessiert dich das eigentlich so?" „Weil Renate kurz vor ihrem Tod gesehen wurde, wie sie mit dem Fahrer oder der Fahrerin eines Wagens sprach, und dein Wagen auf die Beschreibung passt." „Oh", lachte sie, „das ist aber blöd." „Ja. Wir müssen den Wagen untersuchen." „Muss ich ihn wo hinbringen?" „Nein, machen wir schon. Kann sich ein Kollege den Schlüssel holen?" „Ich hab ihn grad gefunden; jederzeit, aber besser bald, sonst verkrame ich ihn am Ende wieder." „Warum bist du eigentlich so aufgekratzt?", fragte er genervt. „Weil ich der Petra das Auto geschenkt hab und ihren Sohn als Nachhilfeschüler gekriegt hab, der ist süß, und weil ich die Quallensau vernadert hab. Ist doch eine gute Bilanz für einen Tag?" „Ja, eine gute Bilanz", räumte er ein. „Ich muss jetzt, ich ruf dich noch einmal an, aber es kann spät werden." „Komm doch lieber vorbei auf einen Schlaftee." „Ich weiß nicht, ob ich es heut schaff. Ist wirklich ein harter Tag." „Ich hab es doch nicht so ernst gemeint, Josef, komm oder ruf mich an, wie du magst, ich würde dir nur gerne etwas erzählen. Keine Sorge, sind nur Denkereien", setzte sie hinzu.

Erst als er aufgelegt hatte, fiel ihm auf, dass sie sich völlig selbstverständlich geduzt hatten. Dabei hab ich doch nur auf ihrem Sofa geschlafen, dachte er.

Schon die Befragung von Ellen Haunausek und das Gespräch mit Qualt hatten BB die Pleite bei den Asylwerbern fast vergessen lassen, und als Su sagte, der Alte wolle beim Resümee das Programm befragen, war sein Tag gerettet. Auf das Programm war er irrsinnig stolz, obschon er zugeben musste, dass Su keinen unwesentlichen Beitrag geleistet hatte. Aber er, BB, hatte es dem Alten abgetrotzt und sehr viel von seiner Freizeit investiert. In das Programm konnte man alle Personen, die in einem Fall auftauchten, mit Alibis, Geschlecht, Alter, Familienstand, Adresse, Beruf, Besonderheiten und möglichem Motiv eingeben. Auch alle Querverbindungen, also wer wen kannte. Und den Wagen – Typ, Farbe und Kennzeichen –, so dass man zum Beispiel auf Mausklick alle unverheirateten Frauen zwischen zwanzig und dreißig herausfiltern konnte, die in einem bestimmten Umkreis von einem Tatort wohnten und eine bestimmte Art Wagen fuhren. Bei Beruf konnte man die Ausbildung eingeben, bis zu vier Berufe und auch den Beruf des Partners. Besonderheiten umfasste alle Kenntnisse und Fähigkeiten in den Kategorien Sprachen, Handwerk, Kunst, Sport und körperliche Besonderheiten, also fettleibig oder sehr groß, sehr klein, aber auch schwerhörig oder Sommersprossen. Er wollte eigentlich auch drin haben, wenn jemand schon einmal verdächtigt worden war, aber das hatte Su rundweg abgelehnt, das sei illegal und viel zu gefährlich, falls sich einmal jemand einlinken sollte. Abgelehnt hatte sie auch, sexuelle Neigungen aufzunehmen. Alibis waren von eins bis fünf gewertet; eins war wasserdicht, vier nichts wert, fünf bedeutete keines. Beim Motiv gabs drei Kategorien: finanziell, persönlich und politisch. Auf Letzteres hatte er bestanden. Und alle konnten von eins bis fünf gewertet werden. Bei Querverbindungen gabs auch wieder eins bis fünf; eins waren Lebenspartner, fünf flüchtige Bekannte. Lehrer untereinander waren zum Beispiel alle vier, außer sie arbeiteten zusammen, dann waren sie drei; waren sie befreundet, dann waren sie zwei, oder ein Paar, dann waren sie eins. Und die Beziehung zum Opfer war natürlich auch erfasst, von eins bis fünf.

Bisher hatten sie das Programm nur an kleinen Fällen ausprobiert. Diesmal hatte Su seit Beginn der Ermittlungen alles eingegeben. Der Alte war nicht begeistert gewesen, aber Su hatte ihn überzeugt, weil ihr das Programm bei den vielen Personen in dem Fall die Arbeit erleichterte. Er hatte aber verboten, dass das Programm für mehr als Teilbereiche verwendet würde. Und jetzt wollte er ihm doch Fragen stellen, das war großartig. BB war zumute wie früher zu Weihnachten.

„Probieren wir es halt", sagte der Alte mürrisch. „Wir suchen eine Person, Frau oder Mann, die für den Mittwochabend ab, sagen wir, drei viertel elf kein wasserdichtes Alibi hat, sich in der Nähe des Tatorts aufgehalten haben könnte, das Café Jenseits kennt, ein Motiv hatte, unsere Renate umzubringen, finanziell, persönlich oder politisch, vom Opfer geduzt wurde, körperlich in der Lage ist, eine kleine Frau zu erschlagen, körperlich in der Lage ist, den Leichnam einer kleinen Frau zu tragen, sich mit dem Aufsetzen von Perücken auskennt, wissen konnte, dass Renate eine Perücke trug, die Nummer des Vereinshandys gekannt haben könnte, einen dunklen Wagen fährt." Er überlegte, schüttelte den Kopf: „Mehr fällt mir nicht ein. Oh ja, wenn er oder sie auch noch Puppenspieler ist, bin ich restlos zufrieden. Im Übrigen glaube ich inzwischen an mehrere Täter, zwei oder drei." „Bleiben wir einmal bei einem." Su gab den Befehl.

Man hätte die berühmte Stecknadel fallen hören können.

„Luisa Qualt", sagte Su endlich. Alle sahen sie verblüfft an. Wieso die? „Ganz schwaches Alibi", erklärte Su, „wohnt nicht weit vom Tatort, kennt das ‚Jenseits', war Renates Putzfrau und Jahre mit einem Mann verheiratet, der Renate sehr lange kennt, könnte also ein persönliches Motiv haben, oder auch ein finanzielles, von dem wir nichts wissen. Fährt einen Wagen, auf den die Beschreibung passt, ist kräftig und viel größer als Renate, gelernte Friseurin, hat eine Zeitlang als Maskenbildnerin gearbeitet, als Renates Putzfrau wusste sie sicher von der Perücke, sie und Renate haben sich geduzt. Die Nummer des Vereinshandys kann sie als Putzfrau gekannt haben und sie war Puppenspielerin. Hat einige Zeit für ein Puppentheater als Maskenbildnerin gearbeitet und dann dort selbst Puppen bewegt."

Der Alte schien beeindruckt. „Wer kümmert sich morgen um die Qualt? Ich hab ja um zehn die Vereinsdamen." „Ich", sagte Su, „hab schon mit ihr telefoniert. Ihr Alibi ist Helene Schadek, mit der sie um halb zwölf noch telefoniert haben will. Der erweist sie auch Freundschaftsdienste. Die Schadek hat das bestätigt, es aber selbst nicht als Alibi angegeben, sie hätte das ganz vergessen. Wir müssen es noch genauer prüfen." Der Alte seufzte. „Wen hätten wir noch?", fragte er.

„Die nächsten wären die Proni und die Haunausek mit je zwei fehlenden Signifikanten." „Die Proni ist keine Puppenspielerin, nehme ich an." „Doch, ist sie." „Warum immer zwei?", brüllte der Alte. „Wenn ich fragen würde, wer schon in Timbuktu war, wären es sicher auch zwei. Wieso ist die Proni Puppenspielerin?" „Wieso, weiß ich nicht, aber ich hab mir ihre Studienunterlagen abgerufen und sie hat durchgehend Puppenspiel als Wahlfach belegt, und zwar immer mit ausgezeichnetem Erfolg." „Und was fehlt bei ihr?" „Das Auto. Sie hat keins, ihr Mann auch nicht. Beide haben keinen Führerschein. Und sie ist weder Friseuse noch Maskenbildnerin." „Beeindruckend", brummte der Alte. „Wenn ich dich einmal nicht habe, nehme ich das Programm. Nein, im Ernst, das habt ihr prima gemacht, Berni und du." BB war, auch wenn der Alte nicht mehr zählte, stolz.

„Und wie sieht es bei dieser Haunausek aus?" „Kein passendes Auto, keine Puppenspielerin." „Aber das ‚Jenseits' kennt sie?" „Ja, die ist auch da aufgewachsen", erklärte BB. „Sag ruhig, im Proletenbezirk", lachte der Alte. „Wo rangiert Egon?" „Ziemlich weit unten", sagte Su, „sein Alibi ist zu gut." Der Alte nickte. „Hab ich bei den Kriterien eurer Meinung nach was vergessen?" BB überlegte, es fiel ihm nichts ein. Er wusste nur nicht, was das mit der Puppenspielerei sollte, aber er gab nicht gern zu, dass er was nicht wusste. Su hatte da keine Hemmungen, sie fragte: „Was soll das eigentlich mit der Puppenspielerei?" Der Alte zuckte die Achseln. „Nur so ein Gedanke, weil die Buben nur zwei Personen gesehen haben, die nichts getragen haben. Versucht es noch einmal ohne." Das Ergebnis war dasselbe, Frau Qualt war vorn, Haunausek und Proni landeten auf den Plätzen.

„Wir könnten versuchen, eine Tätergruppe zu konstruieren", sagte BB. „Wie geht das?" „Leute mit starken Querverbindungen, bei denen gemeinsam alle oder die meisten Kriterien erfüllt sind", erklärte Su. Sie hatten das bisher nur im Probelauf probiert. Aber es funktionierte. Su ließ ihm den Vortritt, irgendwie war sie ja nett, und er präsentierte die Ergebnisse: „Herr und Frau Qualt sind logischerweise Nummer eins. Er ist Stammgast im ‚Jenseits' und hat die klareren Motive. Dann Hanna Proni und Mona Hartlieb." „Wieso? Mona war in der Oper. ‚Parzival'. War um drei viertel elf aus. Das ist Quatsch, entschuldigt schon", knurrte der Alte. „Ja", musste BB eingestehen, „mit den Wegzeiten müssen wir noch was machen", und er dachte: Erst um drei viertel elf, dann hat der Tamile ja auch ein Alibi, anrufen hätte er Renate jedenfalls nicht können. „Mona hätte der Proni später helfen können, aber das mit dem Wagen geht sich nicht aus", überlegte Su. „Und die Proni hätt sich ein Taxi nehmen müssen, um rechtzeitig am Tatort zu sein", brummte der Alte. War jetzt wieder kritisch geworden. Mist. „Wieso gehen wir eigentlich davon aus, dass die beiden das ‚Jenseits' kennen?" „Die Proni kennt es", sagte Su, „ihr Mann und seine Musikerfreunde gehen da öfters hin essen. Bei der Mona hat es das Programm angenommen, weil sie das Haus in der Nähe hat." Der Alte brummte. „Weißt du", lächelte Su, die oft zu wissen schien, was er meinte, auch wenn er nur brummte, „es hat Vor- und Nachteile. Ich kann Sachen schnell eingeben, die ich bei den Besprechungen nicht extra erwähne und die ihr vielleicht in den Protokollen überlest, also hat es einen Informationsvorsprung, aber das Denken ersetzt es nicht." „Immerhin", brummte der Alte, „ist es brauchbarer, als ich dachte. Weist Herbi und Achmed ein. Ich werde meine Sachen in Zukunft halt auch eingeben", knurrte er. Was für ein Sieg, dachte BB. Er hätte am liebsten die Arme hochgerissen.

Dann verstummte der Alte. Erst nach einer langen Pause meinte er: „Irgendwas stimmt nicht. Hat nichts mit eurem Programm zu tun. Aber stellen wir uns doch vor, die Qualt oder die Proni würden auf dem Vereinshandy anrufen. Was würde Renate da sagen? Einfach nur: Ach, du bists? Nicht: Wieso rufst du auf der Nummer an? Klar, alle hätten die Nummer von ihr haben können. Aber wozu, wenn das Privathandy immer an war –" „Sie hätte sich von ihnen vielleicht auch nicht zum ‚Jenseits' bestellen lassen", meinte Su, „und zwischen Renate und Hanna herrschte Funkstille." „Also doch eine Vereinsdame", nickte der Alte. „Oder die Asys", rief BB begeistert und erntete böse Blicke.

„Okay", grantelte der Alte weiter, „ich weiß, es ist spät und es war ein anstrengender Tag. Wenn jemand was Wichtiges hat, soll er es jetzt sagen, sonst schreibt es lieber in eure Berichte." Su begann einzupacken. Achmed zögerte. „Ja, ich hab noch mit dem Tamilen geredet", schob er dann heraus, „entschuldige BB." Dieser hinterhältige kleine Kümmeltürke! Was hatte sich der einzumischen? „Er sagt, er war nach der Oper noch mit den Hartliebs in einem Lokal, aber die haben dann gestritten und sich getrennt um kurz nach elf." „Da ist Monas Alibi ja noch besser", schrie Su. „Warum hast du mir das nicht gegeben, du Koffer?" Achmed schien zu einer Erklärung anzusetzen, sagte dann aber nur: „Weil ich blöd bin. Sie waren außerdem mit dem Taxi unterwegs." Su schäumte. Wurde nicht leicht wütend, aber sie hasste Fehler.

„Und wo war dein Tamile bis zwölf?", setzte BB nach. „Ja, der ist ein bisschen allein durch die Stadt gelaufen. Hat sich verirrt, den Weg aber dann noch rechtzeitig gefunden. Ich hab auch mit Andreas geredet, dem Betreuer. Die Burschen leben dort wie im Gefängnis. Er hat gesagt, die lernen unheimlich viel, nur nicht, wie man ein Brot kauft. Kennen sich in der Stadt kaum aus, kommen nur in Lokale, in die sie die Damen mitnehmen, dürfen nur mit den Damen telefonieren, keiner hat ein Handy, und gemeinsam haben sie einen Stadtplan. Den hat der Andreas gestiftet."

„Wir haben jetzt keine Zeit, um uns über die Lage dieser Leute aufzuregen." BB bemühte sich, sachlich zu klingen. Alle schwiegen. Nur Herb sagte schüchtern: „Darum gehts doch nicht, BB." Was war denn in den gefahren? BB wollte schon auffahren, aber der Alte kam ihm zuvor. „Genau, Herbi", sagte er, und zu Achmed, seinem Herzibubi, „mit dem Tamilen zu reden, war nicht falsch. Absprechen hättest du es sollen. Hör dich morgen bei den älteren Schützlingen und ihrem Betreuer um." Was dieser kleine Halbkanake wohl groß herausfinden würde bei denen?

„Starke Leistung mit dem Tresor, Berni", lobte der Alte dann schließlich auch ihn. Ob der ahnte, wie sehr ihm das auf den Geist ging? „Und wie wars mit dem Qualt?" „Hab ich nur genervt. Wolltest du doch, oder?", grunzte BB unfreundlich. „Kinderpornos leugnet er stur." Der Alte seufzte. „Wir bräuchten dringend die Berichte über Spuren an Renates Kleidung, hak da nach, Berni. Und wann können wir endlich an die Kartei vom Friseur?" „Mensch, das war heute", stöhnte Su. Der Alte sah sie irritiert an. „Stimmt", sagte er, „entschuldige. Aber was ist mit den Tauchern?" „Mittwoch." Su klang erschöpft. „Um die Autobesitzer müssen wir uns auch noch kümmern", ergänzte BB boshaft. „Ja. Diese Architektin kann ich morgen fragen, aber der Wehdorner muss kontaktiert werden. Und was war mit dem Schmidl?" Keiner sagte etwas.

„Der Fall ist einfach zu groß für uns", murmelte der Alte. „Wenn wir nicht bald einen entscheidenden Schritt weiterkommen, müssen wir um Unterstützung ersuchen. Das ist euch doch klar?“ BB bekam einen Schreck. Das durfte nicht sein. Jetzt wollte der Alte aufgeben?

„Lasst uns morgen Nachmittag Bilanz ziehen und dann entscheiden. Jetzt muss ich unbedingt was essen, ich hab dann noch einmal den Qualt“, sagte der. „Ich geh zum Türken, geht wer mit?“ Achmed ging natürlich mit und Herb strahlte über die Einladung. So war es ja immer gemeint, der Alte zahlte immer. Der nimmt mir den Jungen noch weg, dachte BB sauer. Herb hatte er ausgesucht aus den Bewerbern, der war nicht so ein niedliches Bobo-Bubi wie Achmed, sondern groß, fesch, sportlich und hatte kein Problem mit Befehl und Gehorsam. Allerdings, in einem hatte der Alte recht: Herb musste einmal wegkommen von der reinen Beinarbeit. BB war immer anständig zu seinen Leuten, da war er sich sicher, aber Ausbildung war nicht seine Stärke. Der Alte konnte das. An dem war ein Lehrer verloren gegangen. BB hasste Lehrer.

Er selbst wollte jetzt wirklich nicht mit dem Alten sitzen. Das mit dem Unterstützungsersuchen hatte ihm einen ordentlichen Schlag versetzt. Schon wahr, der Fall war zu groß für sie. Genau genommen hätten sie das deklarieren müssen, sobald klar war, dass es eher keine Familiensache ist. Schule, Verein, dafür waren sie nicht genug Leute. Aber er wollte den Fall lösen. Die Lorbeeren ernten. Wenn sich der Alte nur nicht immer so verrennen würde! Er verbeißt sich schon wieder in den Falschen. Qualt kann es doch nicht gewesen sein! Und, Programm hin oder her, was für ein Motiv die Frau Qualt haben sollte, musste ihm auch erst einer erklären. Puppenspielerin! Quatsch.

Nach dem mühsamen Vormittag und dem Mittagstief hatte Isolde sich den Rest des Tages wirklich wohl gefühlt. Der Besuch bei Petra war nett gewesen, ihren Sohn hatte sie auf Anhieb ins Herz geschlossen. Zu Hause hatte sie sich mit dem großen Stadtplan auf dem Teppich ausgebreitet. Da hatte sie lange gearbeitet und Welt und Schule, zeitweise sogar den Fall vergessen. Die Bücherstapel um sie herum waren gewachsen, der Laptop stand neben ihr auf dem Boden, und sie fühlte sich wie eine Archäologin in einem halb versunkenen Land. Obwohl sie immer wieder auf Nebengeleise geraten war, ihre Neugier sie oft weit weggelockt hatte von der selbst gestellten Aufgabe, hatte sie schließlich einen recht plausiblen Weg vom Jenseits zum Höllentor gefunden. Nicht ohne Lücken, zugegebenermaßen. Ein bisschen irritierend war, dass Renate im Jenseits gewesen war, bevor sie auf den Märtyrerplatz ging. Aber stimmte das überhaupt? Sie musste Josef fragen. Nicht ganz ins Bild passte vielleicht auch, dass es vom Höllentor zum Inferno hinauf statt hinunter ging. Vielleicht war das Inferno auch eins zu viel, sie wusste ja auch immer noch nicht, wer das immer sagte mit dem Inferno. Warum Renates Leiche ausgerechnet im Konfer gelandet war, würde es allerdings erklären. Ihr war bewusst, dass ein paar Fakten nicht ins Bild passten, aber sie wollte ja nicht kriminalistisch denken, und als Interpretation einer Inszenierung war ihr Ergebnis nicht schlecht.

Sie hatte gerade einen übersichtlichen Plan gezeichnet, als der Josef anrief. Schon so spät? Nein, erst kurz vor zehn, aber er klang völlig erschöpft. Er hätte es gerade noch nach Hause geschafft, berichtete er, sein Rücken tue einfach höllisch weh, und wenn es nicht besser würde, müsse er wohl in die Ambulanz. Im Moment liege er flach auf seinem Bett und könne sich nicht vorstellen, je wieder aufzustehen. Isolde wusste nicht, was in sie gefahren war, aber sie sagte, sie könne zu ihm kommen, wenn er wolle, sie habe ein Öl, das helfe ihr immer. „Der Mann von der Renate hat es mir einmal gemischt. Es heilt natürlich nicht, aber es lindert.“ Sie kam sich sehr aufdringlich vor, weil sie so in seine Privatsphäre eindringen wollte. Er zögerte auch etwas, stimmte aber zu. „Am besten, du duschst so heiß du kannst“, wies sie ihn an, „ziehst dich dann ganz warm an und bleibst in Bewegung. Auch wenn es weh tut.“ „Okay.“ Offenbar war er froh, dass ihm jemand sagte, was er tun solle. Sie raffte Dinge zusammen, das Öl, einen Tee, ihre Pläne und Notizen, dann vielleicht noch ihre Duftlampe und die Ölfläschchen, nein, sah ja aus, als wolle sie bei ihm einziehen, sie stellte sie wieder zurück, aber es entspannte doch so herrlich; sie könnte sie ja mitnehmen, müsste sie nicht verwenden, wenn es ihr zu viel schiene. Also alles in eine Einkaufstasche, dazu ihre schwere Tasche, die brauchte sie zwar nicht wirklich, aber sie brauchte sie eben doch, sie musste ein Taxi nehmen.

Im Taxi fiel ihr ein, dass sie vergessen hatte, sich umzuziehen, Hosen und eine Strickjacke mit Loch, du liebe Zeit, und dazu Schuhe mit hohen Absätzen! Na und, redete sie sich zu, er zieht sich ja auch nicht um, bevor er zu mir kommt. Stört mich das? Es stört mich nicht. Ich mag sogar diesen Geruch von Amt und Arbeit, Menschen und Müdigkeit. So konkret.

Er ließ sie im Bademantel ein, zeigte ihr die Küche, weil sie Tee machen und das Öl wärmen wollte, konnte sich aber nicht einmal bücken, um ihr einen Topf zu geben. Die Wohnung war offenbar noch ganz so, wie sie beim Tod seiner Frau gewesen war. Er wirkte verloren darin, kleiner und einsamer als sonst. Ihre Munterkeit verflog, jetzt hatte sie doch das Gefühl, zu tief in seine Privatsphäre eingedrungen zu sein. Und er sah aus, als empfinde er es genau so, sagte es dann auch. Seit Annuschkas Tod seien nur die Mädchen, seine Töchter also, und die Putzfrau da gewesen, erklärte er. Und er fühle sich selbst oft wie ein Eindringling. Benutze überhaupt nur noch die Küche und sein Arbeitszimmer. Es sei ein furchtbarer Zustand, aber er könne nichts ändern, höchstens ausziehen. Sie goss den Tee auf. Das Öl war warm. In seinem Zimmer war es dann besser. Zwischen Schreibtisch und Bücherschränken, Fernseher und gemütlichen Sesseln stand eine Liege, die ihm wohl als Bett diente. „Hast du eine warme Decke?“ „Im Bettkasten. Ich hab mich schon gefragt, wie ich die da herausholen soll." Sie holte das Bettzeug heraus, breitete das Leintuch aus, legte die Decke bereit und gab ihm ein Zeichen, sich hinzulegen, das sie gar nicht an sich kannte, so eine Handbewegung, die in ihrer Körpermitte entsprungen war. Dann verteilte sie das warme, duftende Öl auf seinem Rücken und massierte es entlang der Wirbelsäule leicht ein, versuchte den Schmerz wegzustreichen, wie es ihr der Bernhard einmal gezeigt hatte. Sie massierte und strich länger als sie eigentlich vorgehabt hatte, um es richtig, um es besser zu machen, oder weil es ihr angenehm war, sie wusste es nicht; jedenfalls weil ihre Hände es wollten. Schließlich verließ sie diese seltsame, unbekannte Kraft, war wohl verbraucht, und sie deckte ihn mit dem Bademantel zu und breitete die Steppdecke darüber. Dann fragte sie, ob sie den Tee aus der Küche holen dürfe. Sie brauchte seine Erlaubnis, in seiner Wohnung herumzugehen.

Sie tranken Tee – Entspannungstee war das, kein Schlaftee – und sie musste ihm die Tasse an die Lippen führen, wenn er einigermaßen ruhig liegen bleiben sollte, das hatten sie nicht bedacht. Dann saß sie in seinem Fernsehsessel, so, dass er sie sehen konnte, der Duft des Massageöls und des Duftöls aus ihrem Lämpchen, das sie doch hervorgekramt und angezündet hatte – sie hatte einfach ein bisschen von ihrem Tee hineingeschüttet, weil sie nicht noch einmal in seine Küche gehen wollte –, mischten sich angenehm.

Es war die Teetasse, die ihn weckte und sie aus ihren Träumereien riss. Er hatte sie im Schlaf hinuntergestoßen, sie war klirrend auf dem Parkettboden zerbrochen. Er entschuldigte sich, dass er eingeschlafen sei, aber sie meinte, das sei doch das Allerbeste gewesen, und fragte, ob sie gehen solle. Nein, nein, er sei jetzt wach, er klang auch so, und sie wolle ihm doch was erzählen. Von ihren Denkereien. Ob er liegen bleiben dürfe dabei, ihm sei so behaglich. Das rührte sie fast zu Tränen. Sie hatte es einem Menschen behaglich gemacht.

Sie sammelte die Scherben auf und legte ihm eine Hand auf die Schulter, um ihm zu bedeuten, dass er ruhig liegen bleiben solle. Hatte es heute mit den Händen, oder die Hände mit ihr. Ob sie noch Tee machen solle? Bitte, er sei durstig. Als der frische Tee fertig war, gute zehn Minuten später, war er immer noch wach; sie war in der Küche geblieben, um ihm die Chance zu geben, wieder einzuschlafen, aber er hatte sich sogar ein bisschen aufgerichtet.

„Jetzt erzähl endlich", verlangte er streng. Sie wollte vorher noch wissen, ob die Straße vor dem Café Jenseits ein Strich sei. Er sah sie erstaunt an. „Der Märtyrerplatz gilt als Babystrich. Weiblich und männlich." Die Märtyrer, dachte sie. Die Märtyrerinnen? „Noch was?", fragte er. „Wurde der Renate dieselbe Perücke wieder aufgesetzt oder eine andere?" Er antwortete nicht gleich, dann sagte er: „Weiß nicht, eine Perücke fehlt." Sie seufzte zufrieden. „Die, die sie am Abend getragen hat, findet ihr wahrscheinlich bei der Täterin." Hatte sie jetzt Täterin gesagt?

Dann erzählte sie ihm, was ihr eingefallen war, was sie gedacht hatte. Nicht den ganzen Weg, das schien ihr doch zu kühn, aber Anfang und Ende. Nachdem sie beim Inferno angekommen war, murmelte er: „Interessant." Sie lachte. „Du findest es völlig verrückt. Ich verschwende deine Zeit." „Nein", sagte er, „ich finde es wirklich interessant, ich kann mir nur nicht vorstellen, dass sich jemand das alles ausdenkt." „Ach, das geht unbewusst oder halb bewusst", erklärte sie. „Die Eckpunkte sind einfach, Jenseits und Höllentor oder Inferno. Natürlich, jetzt weiß ich es wieder: Renate selbst hat das mit dem Inferno manchmal gesagt, wenn sie ins laute, stinkende Konfer gekommen ist. Aber jemand anderer auch noch. Und wenn man die Eckpunkte einmal hat, laufen Assoziationsketten ganz von selbst." Er nickte und ließ sich ein Stück von ihrem Notizblock und einen Stift geben. „Du weißt schon, dass es nach deiner Interpretation jemand von der Schule sein muss?" Sie nickte und schluckte. Er seufzte. „Heute Nachmittag war ich überzeugt, dass es jemand vom Verein war, jetzt ist es wieder die Schule!" Er überlegte. „Was mir sehr gefällt, ist, dass das ‚Jenseits' als symbolischer Ort ausgesucht wurde. Das war übrigens früher das Wirtshaus Zum Jenseits, ich bin in der Gegend aufgewachsen, weißt du." Das war ja noch viel besser. „Dann", setzte sie an, aber er winkte ab. „Erst einmal das schon Gefundene durchgehen, dann neue Ideen. Schreib auf, was dir einfällt." Er arbeitet richtig mit mir, dachte sie zufrieden. „Das mit den Haaren finde ich auch einleuchtend, vor allem, da ich jetzt weiß, dass man die Perücke kaum zufällig herunterreißen konnte. Die Märtyrerinnen versteh ich nicht, aber dunkles Wasser und Tod verbinde sogar ich, und damit, dass man Renate zumindest ein Stück am Kanal entlangtransportiert hat, bin ich auch einverstanden. Einfach über die Treppe rauf zu einem Auto, das hat mich schon immer gestört. An ein Boot kann ich nicht so recht glauben, aber man könnte sie am Kanal entlanggetragen und irgendwo zwischen Tatort und Überfuhr in ein Fahrzeug gepackt haben. Das Höllentor würde erklären, warum man die Tote durchs Haupttor gebracht hat, nicht durch den Hintereingang, und das Inferno wäre immerhin ein Grund, sie überhaupt ins Konferenzzimmer zu schleppen. Jetzt du. In der Küche ist Rotwein."

Sie holte den Wein und Gläser. Dann sagte sie, ordentlich ihren Notizen folgend: „Das alte Wirtshaus Zum Jenseits könnte auf jemanden deuten, der schon lange dort wohnt." „Oder früher dort gewohnt hat", nickte er. „Der Märtyrerplatz kann Zufall sein", fuhr sie fort, „aber ich kriege das Gefühl nicht los, dass es eine versteckte Botschaft ist. Könnte mit dem Babystrich zu tun haben, Märtyrerinnen waren ja oft Jungfrauen, die für den Erhalt ihrer Jungfräulichkeit starben. Keine Ahnung, wie das auf Renate passen könnte. Statt mit einem Boot kann sie auch über eine Brücke transportiert worden sein, mit irgendeinem Gefährt, weiß nicht, mir fällt immer eine Sackrodel ein, wahrscheinlich weil eine Leiche ein Knochensack ist. Etwas, das einem Leichenwagen ähnlich sieht, vielleicht." „Was Viereckiges?" Sie nickte. „Oder etwas mit Blumen oder Kränzen", assoziierte sie weiter. „Ein Fahrradanhänger von einem Blumengeschäft oder so ein Friedhofskarren." Er schrieb eifrig. „Was ich mir gar nicht vorstellen kann, ist, wo sie hergerichtet wurde." „Sicher nicht am Kanal, zu finster", stimmte er zu, „und auch nicht im Konferenzzimmer. Da war ja nicht das kleinste bisschen Blut." „Die wirklichen Probleme liegen aber am anderen Ende", gestand sie dann. „Der Zettel und die Zeit", fiel er ein. „Der Zettel passt nicht, was, zu primitiv? Und selbst mit einem Auto war das alles bis kurz nach zwölf, als das Schultor aufging, kaum zu schaffen. Wir haben übrigens zwei Puppenspielerinnen."

Zwei Puppenspielerinnen waren erstaunlich, viel besser als eine, die Hanna hieß. Noch erstaunlicher war, dass er ihrem kleinen Einfall nachgegangen war. „Wer?" „Luisa Qualt und Hanna Proni." „Scheiße, und ich dachte, Hanna sei aus dem Schneider." So nebenbei, so ohne Druck konnte sie ja schwindeln. Er seufzte. „Bei diesem Fall scheint nie jemand aus dem Schneider zu sein." „Und wo kommt Frau Qualt plötzlich her?" „Wir haben sie auch fast übersehen, bis der Computer sie als Hauptverdächtige ausgespuckt hat. Aber hat die Puppenspielerin wirklich einen Sinn? Wenn man nicht ahnt, dass man beobachtet wird, warum macht man sich dann die Mühe, eine Tote wie eine Puppe zu bewegen, statt sie sich einfach über die Schulter zu werfen?" „Der Größenunterschied war laut Zeichnung nicht gewaltig. Eine Frau oder ein kleiner Bursch würde sich schwertun, Renate einfach über der Schulter zu tragen. Außerdem, sie war frisch hergerichtet, so ein Werk ist schnell wieder zerstört. Und mythologisch gesehen? In der Hölle gehen die Verdammten ja auch aufrecht, und da war Renate schon in dieser Inszenierung – Himmel, ich habe immer an eine Theaterinszenierung gedacht, aber es war wohl eher eine Installation, nein, eine Aktion. Publikum war dabei nebensächlich! Man müsste herausfinden, ob der Mond auf den Fundort der Leiche geschienen hat?" „Jetzt spinnst aber!" Sie lachte. „Ein bisschen weit hergeholt ist es schon", räumte sie ein. „Aber Renate wurde, nehmen wir einmal an, aufrecht in die Hölle gebracht und dann hingelegt. Da wechseln die Bilder. Im Inferno oder Totenreich wäre sie vor einen Richter gebracht worden, dann wäre sie doch eher auf einem Stuhl gelandet, oder – ich weiß nicht –, aber sie lag da, wo sie eigentlich keiner sehen konnte, weder aufgebahrt noch wie zur Strafe, sondern eher wie ein Opfer, und der Mond ist natürlich auch eine Todesgöttin, der könnte sie geopfert worden sein." „Kannst du das selber rausfinden mit dem Mond, ist mir zu feministisch." Er war aufgestanden, ging herum und fragte: „Hast du noch eine Theorie zur Zeit oder zum Zettel?" Er hatte wohl langsam keine Lust mehr auf unpraktische Denkereien. Sie räumte ihre Sachen zusammen. „Nicht wirklich. Die Buben könnten eine falsche Zeit genannt haben. Warum, weiß ich nicht. Und die Karikatur hat vielleicht jemand weggenommen, um Renate zu schützen? Oder Felix zu schützen? Aber warum den Missetat-Zettel hinpicken?" „Wir haben völlig vergessen, herauszufinden, was für eine Missetat da gemeint sein könnte. Kannst du dich in der Schule ein bisschen umhören?" „Klar. Miss Marple-Peterka! Tut mir leid, dass ich dich so lange vollgequatscht habe." Er nahm sie ungeschickt in den Arm. „Du hast mich auf so viele gute Ideen gebracht. Und deine Theorie ist auf jeden Fall spannender, als was wir machen." Klang das ein bisschen herablassend? Eigentlich nicht.

*Dienstag*

Der Alte war früh aufgewacht und hatte die Wohnung verlassen so schnell er konnte. Nicht einmal ein Frühstück hatte er sich gegönnt, aber in dem kleinen Laden am Eck, der wohl überlebte, weil er so früh aufsperrte, hatte er sich Teebeutel gekauft, die etwas vielversprechender aussahen als die im Büro. Er wusste genau, warum er so schnell aus der Wohnung geflüchtet war. Gleich nach dem Aufwachen war sein Blick auf Isoldes Duftlampe gefallen. Sie hatte sie vergessen, klar; er machte ihr keinen Vorwurf, aber er hatte es doch als Tabubruch empfunden. Zum ersten Mal hatte ihn eine Frau hier besucht. Schön, die scheue, damenhafte, etwas altjüngferliche Isolde war in den paar Tagen eine Art Freundin geworden und sie hatte ihm geholfen; die Schmerzen waren besser geworden von ihrem Öl oder ihren Händen. Trotzdem konnte er damit nicht umgehen. Und er wollte jetzt auch nichts Privates. Er wollte sich auf den Fall konzentrieren.

Er musste die Begegnung mit den Vereinsdamen vorbereiten und auch noch Vernehmungen von gestern aufarbeiten und heute würde es sicher wieder anstrengend werden. Sie mussten durchgehen, was sie hatten, ewig Rumrennen war ja sinnlos, wenn sie sich keine Zeit zum Analysieren nahmen. Die Gespräche mit Isolde waren ja so angenehm, weil er da zum Nachdenken kam. Überhaupt zum Denken. Auch wenn es vielleicht verrückte Gedanken waren. Aber nicht verrückter, als zu glauben, die Schützlinge in ihrer „Erziehungsanstalt“ hätten Renate ermorden können.

Vor sieben saß er schon im Kabuff – sitzen konnte er wenigstens wieder – mit seinem Tee und tippte Protokolle. Erst den Medizinstudenten aus Simbabwe. Der war von Anfang an Vera

Meiwalds, der Primarsgattin, Schützling gewesen. Die beiden hatten offenbar eine ungewöhnliche, aber ernste und tiefe Liebe erlebt. Deshalb hatte sie sich auch standhaft geweigert zu wechseln, als die älteren Mitglieder neue Schützlinge übernehmen sollten. Aber kurz danach war ihre Krankheit diagnostiziert worden und sie konnte nicht im Verein bleiben. Die Beziehung hatte trotzdem weiter bestanden, er hatte sie besucht, sich um sie gekümmert, sie gepflegt, manchmal hatte sie nur von ihm gepflegt werden wollen, und nach ihrem Tod hatte sich sogar eine Freundschaft mit dem Primar entwickelt. Die sexuelle Beziehung zwischen Vera Meiwald und ihrem Schützling war ganz ohne Druck, ohne Forderungen entstanden, aber der Medizinstudent hatte natürlich mitgekriegt, was bei seinen Freunden so lief. „Ich wusste also, was gemeint war, als Frau Felb-Ederring mir sagte, ich bekomme eine neue Betreuerin, der ich auch meine Dankbarkeit beweisen muss."

Die neue Betreuerin war Ellen Haunausek. „Erst hab ich gedacht, ein Glück", so der Simbabwer, „Ellen ist jünger als die anderen Damen. Und will nur Sex, kein Gefühl. Mir recht. Aber sie ist gierig und kalt, gemein. Habe ich schnell gemerkt. Und hat sich immer über mich beschwert. Dann wollte sie, dass ihr Mann dabei – Das war zu viel. Da habe ich mich beschwert. Ich kann, weil ich habe Asyl. Frau Felb-Ederring war nicht nett, sagt, ich kann bleiben, bis sie einen neuen Schützling haben, aber muss zahlen für Unterkunft und Essen. Ich kann mir verdienen. Gibt genug nette Damen, die bereit sind, zu zahlen für das Vergnügen, aber keinen Bimbo auf Dauer durchfüttern können. So hat sie geredet, plötzlich. Bin ich zu Herrn Primar Meiwald gegangen, fragen, ob er mir Geld borgt. Er hat mir gegeben und Job besorgt in der Klinik, und in der Wohngemeinschaft vom Moritz, unserem Betreuer, wird gerade Zimmer frei, ist nicht so teuer, übermorgen ziehe ich um. Aufenthalt für ein Monat hab ich bezahlt." Am Ende des

Gesprächs hatte der Alte gedacht: Schon wieder ein schrecklich sympathischer Mensch, was ist heute nur los? Und er hatte auch gedacht: Da ist was aus dem Ruder gelaufen in dem Verein. Und bei Renate.

Viel schwieriger war die Zusammenfassung des Qualt-Gesprächs. Der Alte hätte sich am liebsten gedrückt, sich zuerst mit den Fotos und Filmen und dem ganzen Mist beschäftigt, aber das hatte ja auch keinen Sinn.

Die Qualle hatte sich ächzend auf den ächzenden Stuhl gesetzt und sofort hatte dieser Geruch das Zimmer erfüllt, ein Gemisch aus Schweiß, Angst, Mundgeruch, Essen, vielleicht auch ein bisschen Bier, allem Möglichen. Der Alte hatte das Fenster öffnen müssen, aber es wurde am Abend jetzt schon zu kalt. Laut war es auch. Also schloss er das Fenster wieder und öffnete die Tür. Er blieb da stehen und feuerte seine Fragen von hinten auf den Fettsack ab. Das Band lief. „Ab wann haben Sie beim Kanal gewohnt?" „Bin da aufgewachsen." „Wo haben Sie die Maskenbildnerei gelernt?" „Von meiner Frau." „Wie haben Sie Ihre Frau kennen gelernt?" „Waren Nachbarskinder." „Wann ist Ihnen klar geworden, dass Sie schwul sind?" „Bin nicht schwul." „Haben Sie Kinder?" „Einen Sohn, lebt in Amerika." „Haben Sie Renate einmal die Perücke aufgesetzt?" „Nein." „Haben Sie ein Auto?" „Nicht einmal den Führerschein." „Haben Sie Renate am Mittwochabend angerufen?" „Nein." „Kennen Sie die Nummer von Renates Vereinshandy?" „Nein." „Warum wohnen Sie nicht mehr mit Ihrer Frau zusammen?" „Sie wollte nicht mehr." „Warum?" „Hat andere." „Haben Sie den Zettel geschrieben?" „Welchen Zettel?" „Wo haben Sie Renate kennen gelernt?" „Beim Studententheater" „Was haben Sie da gemacht?" „Regieassistenz, auch gespielt." „Wann haben Sie Renate zum letzten Mal gesehen?" „Mittwochnachmittag in der Schule." „Sind Sie pädophil?" „Ja."

Jetzt wollte der Alte die Qualle sehen. Er sah einen völlig zerbrochenen, zerstörten Menschen. Das konnte er nicht mit seinen Fragen bewirkt haben, auch wenn Berni ihn am Nachmittag vielleicht angeknackst hatte, das musste andere Gründe haben. Der Alte wusste einen Moment nicht weiter. „Ja, ich bin pädophil, aber ich tue nichts", sagte der DDr. Qualt, den er jetzt nicht mehr ohne weiteres Qualle nennen konnte. „Sie sehen sich Kinderpornos an?" „Ich hab nicht einmal einen Videorecorder. Auch keinen Computer." „Und Sie machen auch nicht Maske bei Pornofilmen?" „Das sind Erotikfilme, schwule Softporns, mit Kindern haben die nichts zu tun. Wissen Sie", er zuckte die Achseln, „einmal hat mich jemand denunziert, anonym, klar, ich hatte Renate im Verdacht, aber es gibt hundert andere Möglichkeiten, und wenn man erst auf der Liste steht, dann lassen die einen nicht vom Haken, auch wenn sie nie was finden." „Aber Sie fahren kleinen Buben in die Haare?" „Ja. Ich schau sie auch gern an." „Wissen Sie, wie die Schüler Sie nennen?" „Qualle, nehme ich an." „Nein, Qual." Der fette Mann stöhnte. „Es hat ganz unbewusst angefangen, als ich anfing zu unterrichten", erzählte er; „ich fuhr ihnen eben durch die Haare. Und wenn sie frech waren, zog ich auch ein bisschen daran. Dann hat mich einmal ein Kollege ertappt und so komisch angesehen. Da wurde mir erst klar, was ich tat. Aber ich konnte es nicht lassen. Also musste ich es verschleiern. Darum entwickelte ich diese Technik: ein bisschen in den Haaren wuscheln und dann eines ausreißen, oder zwei. Tut weh, aber auch wieder nicht so weh. Und deshalb bin ich aus dem Schuldienst geflogen." „Wieso?" „Einer hat sich gewehrt, hat mich gegen 's Schienbein getreten, sehr fest, und ich hab ihm eine geschmiert. Ein Reflex. Es ging ums Schlagen, nicht um einen sexuellen Übergriff, darüber hat man sich damals noch keine Gedanken gemacht, aber das Schlagen hat gereicht." „Ja", sagte der Alte. „Und was haben Sie dann gemacht? Mit Buben, meine ich." „Nichts. Man darf nichts machen oder der Damm bricht." „Keine Reisen?" „Keine Reisen. Ich hab von solchen Ländern geträumt, bin aber nie hingefahren." „Keine Stricher?" „Ich bin um sie herumgeschlichen. Oft. Bin auch als Spanner verprügelt worden, aber ich hab keinen angerührt. Das war alles früher, als ich noch nicht so fett war, heute –" „Warum sind Sie so fett geworden?" „Fressen als Sex-Ersatz? Luisa-Ersatz?" Qualt zuckte die Achseln. „Vielleicht auch Selbstschutz. Wissen Sie, früher in der alten Schule, aber auch am Dante anfangs, als ich noch nicht eklig fett war – dick ja, dicklich war ich schon immer, aber nicht fett –, da hat manchmal ein Bub reagiert. Positiv reagiert. Das war unerträglich." Der Alte war fasziniert und entsetzt. Ihm fiel ein, dass Isolde den Qualt gemeldet hatte. Und der hatte immer dagegen angekämpft. Wenn das stimmte. Aber er war für die Buben trotzdem die Qual. Er war eine Sau, aber irgendwie auch ein Märtyrer. Sau, dachte der Alte jetzt beim quälenden Abhören des Bandes. Das war deine letzte Missetat, du Sau. Würde das nicht viel besser auf Qualt passen als auf Renate? Aber der Zettel war an ihrer Tür. Trotzdem. Er müsste herausfinden, wen der Qualt als Letztes gequält hatte, am Mittwoch vielleicht. Es war schon halb acht vorbei, er rief in der Schule an.

„Dr. Qualt hat sich krankgemeldet." Er rief beim Qualt an. Nichts. Er schickte eine Streife. Wenn der sich was antat! Angetan hatte! Rief noch einmal in der Schule an. „Wie hat sich der Herr Dr. Qualt krankgemeldet? Ich meine, per Mail, Fax, Telefon?" „Telefonisch." Gott sei Dank! „Es war auf dem Anrufbeantworter." Himmel. Die Streife musste die Tür aufbrechen!

Weiterschreiben konnte er jetzt nicht. Er ging, rannte fast hin und her, auf und ab und dachte an den fetten Mann und seine absurden Probleme. Er hatte ihn nach seinem Sohn gefragt, weil er die Bekenntnisse nicht mehr ertragen konnte. „Er hat das Aussehen meiner Frau und meinen Verstand geerbt. Umgekehrt hätte er es leichter gehabt. Aber es geht jetzt einigermaßen."

Was er meine? „Sie kennen sie ja nicht, meine Frau, sie ist sehr schön und sie ist genial. Im Ernst, ihr Intelligenzquotient liegt im Genie-Bereich. Mein Sohn sieht so gut aus wie sie, hat aber einen Durchschnittsverstand." „Aber Sie –?" „Lassen Sie sich doch nicht von Doktortiteln blenden. Ich bin durchschnittlich intelligent, nein, natürlich überdurchschnittlich, aber im ganz normalen Bereich. Ich lerne nur leicht. Und ich wollte immer meine Frau beeindrucken, sie auf ihrem Gebiet schlagen. Dabei ist das gar nicht ihr Gebiet. Das Akademische langweilt sie. Sie wär so gerne Künstlerin geworden." „Aber wenn Ihre Frau so intelligent ist, wieso arbeitet sie dann als Putzfrau?" „Hochbegabten Menschen fehlt es manchmal an Lebenstüchtigkeit. Und sie hat ja keine Ausbildung, die ihrer Intelligenz entspricht. Es hat sie immer alles so schnell gelangweilt, die Schule, aber auch das meiste andere, was sie angefangen hat. Und sie ist so ungeduldig, darum hat sie oft Streit mit Leuten." Luisa Mrkvicka, spätere Luisa Qualt, hatte der Alte erfahren, war mit vierzehn von der Schule abgegangen, hatte es in einer Modeschule versucht, wo ihr auch schnell fad geworden war, hatte dann eine Friseurlehre gemacht, aber eine Allergie gegen Haarfärbemittel entwickelt, war schließlich bei diesem Puppentheater gelandet. Später hatte sie noch einige Ausbildungen begonnen, vor allem künstlerische, und auch einige Jobs gehabt, Barfrau, Billeteurin, Museumswärterin, solche Sachen, es aber nie lange ausgehalten und dann begonnen, ein bisschen bei Leuten zu putzen und zu gärtnern. „Das macht sie am liebsten, behauptet sie", hatte Qualt gesagt. Prager hatte noch gefragt, wer der derzeitige Lover sei. „Der Kevin." Qualt hatte gelacht. „Ja, der Sport-Kevin." Und ungefragt hinzugefügt, als wolle er einfach loswerden, was ihn demütigte: „Und ihre beste Freundin ist die Schadek." Was war denn aber daran demütigend?

Der Anruf von der Streife kam. Sie hatten ihn gefunden. Rechtzeitig, vielleicht. Tabletten. Unterwegs ins Spital. Müsste normalerweise durchkommen. Körperlicher Zustand allerdings insgesamt schlecht.

Er versuchte Isoldes Handynummer. Es war kurz vor acht, er hatte nicht viel Hoffnung. Aber sie nahm ab, hatte keine erste Stunde. Sinnlos es aufzuschieben, er musste es ihr sagen. Sie war fertig. Fix und fertig. Er versuchte sie abzulenken, indem er ihr die Idee mit dem Zettel erzählte. Sie wollte erst gar nichts davon hören, aber dann wirkte es doch. Sie schluchzte immer noch, qualvoll, als bekäme sie kaum Luft, aber sie versprach, sich zu erkundigen. Er fragte, ob sie am Abend reden sollten. Sie sagte: „Ich weiß nicht. Ich weiß es einfach noch nicht." Und hängte ein. Er kehrte an seinen Schreibtisch zurück. Zu seinem Tonband.

Er hatte den Qualt dann noch nach seinem Verhältnis zu Renate gefragt. Ob sie was gegen ihn in der Hand gehabt hätte? „Nein. Na ja. Sie wusste von meinem Zweitjob. Wusste in der Schule sonst keiner." Er hatte sich dafür eine eigene Identität zugelegt. „Marikka?" „Ja, Marikka Locher, eine alte Tunte, die keinen mehr abkriegt." Hatte sich sogar eine Perücke aufgesetzt und eher weibliche Kleidungsstücke angezogen. Wieso er das eigentlich mache? Wegen Geld natürlich, für den Sohn, und weil er Theater liebe, jede Art von Theater, und auch weil es eine Ablenkung war. Eigentlich arbeite er gern mit den Händen. Sei geschickt. Renate hatte es rausgekriegt, damit konnte sie ihn schon unter Druck setzen. „Sie war eine geborene Erpresserin, aber vor allem war sie eine Sadistin, quälte gern. Mich zum Beispiel mit den Liebhabern meiner Frau. Kannte die ganze Latte. Manchmal hab ich von ihr erfahren, wer gerade an der Reihe war. Und um den Quälereien zu entgehen, tat man, was sie wollte." „Verstehe. Und hatten Sie was gegen Renate in der Hand?" „Nein." „Frau Zimmrich hatte den Eindruck." „Ach, die Zimmrich! War ja völlig vernarrt in Renate. Und wenn ihr was gegen den Strich ging, musste ich daran schuld sein. Aber, doch ja, sie hat recht. Ich hatte etwas gegen Renate in der Hand. In den letzten Jahren erst. Nur, ob Sie es glauben oder nicht, ich bin eigentlich kein Erpresser." Der Alte hatte ihn skeptisch angesehen. Da hatte der Qualt erklärt, von der Peterka, der Zimtzicke, von der wolle er sich nichts kaputt machen lassen, die hätte doch immer nur Masel gehabt und keine Ahnung vom Leben. „Na?", hörte sich Prager zweifelnd sagen. Ein Fehler. Er hatte ja gar nichts weiter in diese Richtung hören wollen, aber der Fette war dann nicht mehr zu bremsen gewesen. Glaubte man ihm, war Isoldes Karriere nichts als die Folge von hübschen Beinen, guten Manieren und Glück. „Und das größte Glück war, Renate, diese brutale Sadistin, hatte keine Ahnung, dass die Peterka in der Anstalt war!" Pause. „Woher wissen Sie es dann?" „Hat mir jemand erzählt. Im Vertrauen." Komischer Mensch, hatte der Alte wieder gedacht, und wirklich kein Erpresser, eigentlich. Dann endlich gefragt: „Und was hatten Sie gegen Renate in der Hand?" „Das eine waren natürlich die Perücken. Müssen ein Vermögen gekostet haben, aber sie waren es wert, waren phänomenal. Keiner hat was bemerkt. Außer mir. Wenn man so lange mit Perücken – Und sie hatte eine geradezu kindische Angst, dass es jemand erfährt. Das hab ich schon manchmal ausgenutzt." Pause.

„Das andere war subtiler, spielte sich nur in Nebenbemerkungen ab, Gesten, Blicken. Renate hat nämlich als Studentin einen Nigerianer zum Freund gehabt, einen Diplomaten. Ein wirklich schöner Mann, außerdem gebildet, weltläufig, reich. Sie war völlig hin und weg von ihm. Wollte einfach nicht kapieren, dass sie für ihn nur eines von vielen kleinen Abenteuern war. Sie wurde schwanger, er ließ sie sitzen. Er war in seiner Heimat verheiratet und er erklärte ihr rund heraus, dass er nicht daran denke, für das Kind zu zahlen. Damals waren wir viel zusammen, Renate und ich. Ich war so etwas wie ihr Beichtvater. Sie war ja nur ein kleines, katholisches Mädel aus der Provinz, sie brauchte einen, und ich war sehr geeignet, unattraktiv, dicklich und total verknallt in Luisa. Renate hat abgetrieben, ging nicht anders." Prager dachte: Adoption, Abtreibung, was jetzt? Abtreibung kam ihm wahrscheinlicher vor. „Ich hab sie hinbegleitet", sagte der Qualt, „und ihr Geld geborgt. Danach hat sie sich verändert. Wurde kälter, berechnender, ehrgeiziger. Ging bald weg vom Studententheater, suchte sich neue Kreise. Wir verloren schnell den Kontakt. Ich hätte gekränkt sein können, war es aber nicht. Ich habe es schon verstanden. Vor ein paar Jahren merkte ich dann, dass eine Veränderung vorging mit ihr. Ihr Rassismus gegen Farbige wurde immer extremer, verlor das spielerische, witzige Element, hinter dem sie ihn versteckt hatte. Und dann begann sie auch noch gegen die Fristenlösung zu wettern. Gleichzeitig fing sie mit diesem Verein an. Da wurde mir klar, dass sie immer noch ein Problem mit ihrer Abtreibung hat. Sie muss schreckliche Schuldgefühle gehabt haben, und wenn sie mich zu sehr quälte, konnte ich zurückschlagen, oder sie dachte, ich könnte, das reichte schon."

Dem Alten war plötzlich schlecht geworden, er schickte Qualt weg. Schlagartig hatte er erkannt, wie sehr er es liebte, in diesen dunklen Labyrinthen herumzuwandern, dass er diese Geschichten so gierig aufsog wie ein Süchtiger seine Droge, dass er sie zum Leben brauchte, und er wäre am liebsten kotzen gegangen. Er war ein Voyeur. Geilte sich auf an seinen Opfern. Wühlte sich hinein in ihre Tragödien und suhlte sich in ihnen; er fühlte mit den Opfern, ja er fühlte mit ihnen, auf ihre Kosten, und wenn es wirklich arg wurde, konnte er gar nicht mehr aufhören, dann war er auch bereit, Leute kaputt zu machen, nur um alles, alles zu kriegen, was sie ihm zu bieten hatten an Schmutz und Schmerz.

Er hatte das Fenster aufgerissen, um den Qual-Geruch loszuwerden, und das Band abgeschaltet. Sollte er es löschen?

Auch keine Lösung. Er musste ja irgendwie weiterkommen. Musste er? Er war angeekelt von diesen tragischen, dreckigen Geschichten, aber er hatte sie gebraucht, war dadurch gesund geworden, gesünder, er furzte und rülpste nicht mehr in der Gegend herum, kaum, seine Magenschmerzen meldeten sich seltener, er brauchte nur noch ein Kopfwehpulver am Tag, und wenn er nicht auf Isoldes viel zu weichem Sofa geschlafen hätte, könnte er mit seinen Rückenschmerzen auch leben. Es war nicht schlimm, dass er aus zweiter Hand lebte, taten ja alle irgendwie, aber dass er sich nicht mit Kino und Romanen begnügte, dass er sich am wirklichen Leben vergriff, um die Dosis an Unglück und Heldenmut, Märtyrertum und Verworfenheit zu kriegen, die er brauchte! Dass er das auch noch Arbeit nannte! Ihm lag ja nichts daran, nicht viel, dass ein Täter bestraft wurde. Er wollte nur wissen. Hatte er immer gedacht. Aber er wollte nicht Wissen, er wollte Stoff. Und es war harter Stoff, den er wollte.

Er war nach Hause gegangen – ja gegangen, weil sein Rücken so schlimm geworden war, dass er in kein Auto hätte einsteigen können –, hatte sich die Stiegen hinaufgeschleppt, gequält, das Wort hatte neue Wellen von Übelkeit verursacht, und erst als er bäuchlings auf seinem Bett gelandet war, war ihm eingefallen, dass er versprochen hatte, Isolde anzurufen.

Er hatte sie nicht wegen des Versprechens angerufen, nein, nur weil er sie anrufen durfte. Und er hatte sie kommen lassen, um von seinen schrecklichen Gedanken abgelenkt zu werden. Es hatte funktioniert. Sie hatte ihn in einen Patienten verwandelt, dann in einen – zurück in einen Kriminaler. Ja! Von einem Seelenfresser in einen Ermittler. Und dafür hasste er sie jetzt. Schon. Ein bisschen. Sein Unwille hatte gar nichts mit ihrem Eindringen in seine und Annuschkas Wohnung zu tun, sein Unwille kam von ihrer Art zu denken. Sie war an Vorgängen und Tatsachen interessiert, nicht an anderer Leute Seele.

Er musste etwas für sie tun, musste ihr diese Last von den Schultern nehmen, wenn er konnte. Er rief wieder in der Schule an. „Frau Zimmrich“, begann er, „ich muss Sie was fragen, aber es muss unter uns bleiben.“ Sie wartete. „Und es hat eigentlich nichts mit dem Fall zu tun, ist persönlich.“ Er hörte nur ihren Atem. Schließlich sagte sie: „Fragen Sie schon.“ „Gestern muss bei der Schulaufsichtsbehörde eine Meldung über Herrn Dr. Qualt eingegangen sein, ein Mail. Gibt es darauf schon eine Reaktion?“ „Ich verstehe Sie nicht.“ „Ich meine, hat die Behörde der Schule oder dem Dr. Qualt gegenüber schon reagiert?“ Sie lachte. Schrill. „Da machen Sie sich bloß keine Sorgen, die brauchen ein bisschen länger. In ein, zwei Monaten hören wir vielleicht was. Und auf ein simples Mail vielleicht nie. Das hab ich der Peterka auch schon gesagt. Sie ist nicht schuld an dem Selbstmordversuch.“ „Wer dann?“ Es wurde aufgelegt.

BB war früh aufgewacht und hatte sofort gewusst, was er zu tun hatte. Er verkürzte seine Morgenroutine, verzichtete auf Frühstück und läutete noch vor halb sieben bei der „zukunft2“. „Polizei“, sagte er laut und deutlich, als Andreas sich meldete, und oben an der Wohnung schob er sicherheitshalber gleich seinen Fuß in die Tür. Sie schlafen alle noch, jammerte Andreas, selbst noch im Pyjama. „Ich brauche nur den Kleinen, den Somi, wecken Sie ihn. Er soll sich was anziehen und mitkommen. Und lassen Sie die Tür offen.“ BB schob sich ins Vorzimmer und stellte sich so, dass er das Telefon, das dort an der Wand befestigt war, blockierte und auch ins Zimmer schauen konnte, wenn die Tür offen war. Er hatte ein untrügliches Gespür für gute Positionen. Andreas ging seufzend in das Zimmer von BBs Hauptverdächtigem.

BB hatte die halbe Nacht darüber gegrübelt. Der Kleine konnte es nicht gemacht haben, nicht alleine, aber der Kleine, sein Freund Afa und Andreas wären ein gutes Team gewesen. Die anderen hielten eben dicht. Aus Prinzip. Ohne Andreas ging es freilich nicht. Der Mona-Schützling könnte geholfen haben, aber BB wusste nicht genau wie, und nötig war es nicht.

Andreas geht mit den beiden Freunden erst zur Telefonzelle und dann hinunter zum Kanal. Oder sie fahren. Das Auto, diesen dunklen Wagen, den kann er sich ausgeborgt haben. Führerschein hat er und junge Leute leihen sich oft großzügig ihre alten Klapperkisten. Andreas muss irgendwie Dreck am Stecken haben, rein aus Zuneigung zu den Kanaken würde der so was nicht machen, aber das würde BB schon noch rauskriegen.

Wahrscheinlich lauert Afa am Kanal, der Kleine lockt Renate hinunter zum Wasser und Andreas fährt ein Stück weiter, an eine dunklere Stelle, wo man die Leiche ins Auto laden kann. Am Kanal unten reißt der Kleine Renate die Perücke herunter – warum eigentlich? Egal, vielleicht ein afrikanischer Brauch – jedenfalls wusste er bestimmt, dass sie eine trug, und die Alte ließ ihn ja nahe an sich ran. Dann erschlägt Afa sie, vermutlich mit einem Stein, den er dann ins Wasser wirft, bringt sie, nachdem sie ihr die Perücke wieder übergestülpt haben, mit dem Kleinen zu der verabredeten Stelle, brauchen ja nur ein bisschen Theater zu spielen, als wäre sie betrunken oder so, und verstaut sie mit ihm im Wagen. Mit einer Decke oder etwas Ähnlichem, vielleicht am unauffälligsten in einer Tasche für ein Schlauchboot – oder überhaupt in einem kleinen Schlauchboot – hätte das auch ohne Perücke und Theater gehen können.

Afa geht dann zurück und räumt auf, das heißt, er wirft den Mantel weg. Vielleicht auch das Vereinshandy, kann ja in der Manteltasche gewesen sein. Hätte man schon längst im Kanal suchen müssen. Zwischen Tatort und Fundort des Mantels. Da liegt es vermutlich. Mit ein bisschen Glück ist es noch zu finden. Eigentlich kann Afa dann gehen.

Andreas und der Kleine bringen Renate in die Schule. Der Kleine weiß natürlich von der Hintertür, dem hat sie die Schule ja gezeigt. Wenn nicht, müssen sie sie eben die Haupttreppe hinauftragen. Und weil sie in Eile sind und nicht lang nach Schlüsseln herumsuchen wollen, legen sie sie ins unversperrte Lehrerzimmer. Ende.

Auf die Zeichnung vom Felix gab BB nicht viel. Kinder als Zeugen sind nicht ernst zu nehmen. Sehen ja alle viel zu viel fern. Und wegen dieser Zeichnung gleich Puppenspieler! Wenn man das Programm mit so einem Unsinn füttert, kann es ja nur Unsinn ausspucken. Die Perücke müssen sie ihr irgendwo aufgesetzt haben, bevor sie ins Lehrerzimmer gekommen sind. Und nachgeschminkt haben sie sie wohl auch. Wo, wusste er noch nicht. Aber das Zeug dazu war sicher in der Handtasche. Dass es so schwierig sein sollte, jemandem, der stillhält, eine Perücke aufzusetzen, konnte er sich absolut nicht vorstellen. Bei den perversen Spielen, die die mit dem Kleinen getrieben hat, war es sogar denkbar, dass er so etwas öfter machen musste! Genau.

Warum sie sie in die Schule brachten? Um von sich abzulenken natürlich. Und das Motiv? Das würde er aus dem Kleinen schon rauskriegen, vielleicht sollten er oder Afa aus der „zukunft“ fliegen. Oder Andreas hat die beiden aufgehetzt. So hätte man den Fall natürlich von Anfang an angehen müssen. Familie checken, Verein checken, Schule checken und wo es am wahrscheinlichsten ist, nachbohren. Gezielt. Beweise suchen. Nicht in den Leuten herumstochern, bis man zwar alles von ihnen weiß, aber keinerlei Handhabe gegen sie hat. Eine brauchbare Theorie aufstellen und dann mit harten Fakten untermauern. Natürlich auch mit harten Vernehmungen. Es ist hoffentlich noch nicht zu spät dafür, er wird es jedenfalls versuchen. Unterstützung anfordern? Nicht im Traum.

Afa kam als Erster aus dem Zimmer, mit nacktem Oberkörper, und wollte wissen, was er denn von dem Somi noch wolle, aber BB schob ihn nur aus dem Weg. Afa ließ nicht locker: ob er denn nicht begreife, dass der Kleine schon ganz fertig sei? BB sagte nur: „Halts Maul“, das half eine Weile. Als Afa den Mund wieder aufmachen wollte, sagte er: „Du behinderst eine polizeiliche Ermittlung“ und schupste ihn ein bisschen weg. War eine gute Methode. Wenn sich der Mann wehrt, hat man ihn, wenn er es sich gefallen lässt, verliert er ein Stück Selbstachtung, dann kriegt man ihn leichter. Afa wehrte sich nicht, aber er richtete sich zu seiner vollen Größe auf. „Machen Sie das nicht“, sagte er leise. Es klang nicht drohend, aber auch nicht eingeschüchtert. Normalerweise hätte ihn BB jetzt weiter provoziert, aber der Kleine kam gerade, und der war im Moment wichtiger. Afa war eine zu harte Nuss. „Wir sprechen uns noch“, warf er ihm hin, nahm den Kleinen am Arm und führte ihn aus der Wohnung, die Treppe hinunter und in den Wagen, so schnell, dass der kaum nachkam und ein paar Mal stolperte. Aber Gewalt war das nicht. So was hatte er nicht nötig. Ein paar Knüffe, ein paar Ohrfeigen, na ja, aber mehr nicht. Führte nur zu Komplikationen. Vor allem, wenn man Spuren hinterließ.

„Schnall dich an“, sagte er und verriegelte die Türen. Er wollte ein bisschen mit ihm rumfahren, der Kleine würde schnell nicht mehr wissen, wo sie waren, und Angst kriegen. „Wo bringen Sie mich hin?“ BB antwortete nicht. „Sie können mir doch sagen, wo wir hinfahren“, bettelte Somi. BB schwieg. Er bog von der Ausfallstraße ab und fuhr mit ihm durch ein altes, halb verfallenes Industriegebiet am Hafen. Das wirkte immer bedrohlich, hatte er schon öfters ausprobiert, und nicht nur er. Nachdem er da ein bisschen herumgekurvt war, fragte er unvermittelt: „Also, warum hast du sie umgebracht?“ „Ich habe sie nicht umgebracht“, schrie der Kleine, halb hysterisch, „ich hab sie nicht umgebracht!“ „Erzähl mir keinen Scheiß. Hat sie dich mit Drogen erwischt?“ „Ich nehme keine Drogen, das kann man doch untersuchen.“ „Oder mit dem Afa im Bett?

Wie er dir seinen Schwanz in den Arsch gesteckt hat? Oder wie du ihn gelutscht hast?“ Der Kleine riss die Augen weit auf. „Was fällt Ihnen ein, Afa und ich machen so etwas nicht. Und wenn sie mich bei so was erwischt hätte, wäre ich schon eine Minute später auf der Straße gestanden. Homosexuelle Kontakte sind nicht erwünscht und werden mit sofortigem Ausschluss bestraft“, leierte er runter. Stand wohl so in der Hausordnung. „Vieles ist nicht erwünscht und wird trotzdem gemacht“, antwortete BB etwas lahm, aber er würzte es mit einem gemeinen Lächeln.

Als Su kurz vor neun kam, war er noch mit den Fotos beschäftigt. Er bat sie, rasch die Schadek anzurufen, ob sie schon um drei viertel zehn ins Vereinsbüro kommen könne. „Ich bin gar nicht da“, rief Su. Stimmt, die wollte ja zur Qualt. „Aber ich machs.“ „Danke“, rief er, „und pass auf, die Qualt ist eine Intelligenzbestie.“ „Okay“, rief sie, „aber ich bin auch nicht auf den Kopf gefallen.“

Das ekelhafte Material war sorgfältig geordnet und beschriftet, er war gut vorangekommen. Von den ersten Monaten der Vereinsarbeit gab es nichts, dann fing es mit den Fotos an, die Paare waren regelmäßig festgehalten worden. Keine Bilder gab es von Renate und ihren Schützlingen, was die Vermutung bekräftigte, dass das alles ihr Werk war. Mona war nicht oft vertreten, mit Riad Lafi gar nicht, mit dem abgeschobenen Jungen einmal auf einem Foto, mit dem Tamilen je einmal auf Video und einmal auf Fotos. Beide Dokumente waren älteren Datums, also hatte Mona entweder von den Kameras erfahren oder sie holte den Tamilen zu sich nach Haus. Die verstorbene Vera Meiwald und der Medizinstudent waren auch festgehalten – das hätte Renate ja wenigstens vernichten können, dachte der Alte –, aber wie bei den meisten war auf den Fotos – die Videos wollte er sich gar nicht anschauen, wenn er nicht musste – nicht viel zu sehen. Die Damen waren fast immer bekleidet, dezent, und die Stellungen konventionell. Schlichter, kuscheliger Sex. Ein bisschen anders sah es bei der Schadek aus, die mochte es offenbar nur oral, schien aber wie die übrigen ihren Partnern sehr zugetan. Alles eher nett.

Anders war das bei der Haunausek. Die war offenbar ständig auf der Suche nach neuen interessanten Stellungen. Hatte auch immer irgendwelche absurden Fummel an. Bei ihr hatte man das Gefühl, sie posiere für die Kamera. Bekam die Kopien für ihren Mann? Oder wurden da Billigpornos gedreht? Mit dem nichtsahnenden Medizinstudenten als Darsteller? Nicht so nett. Gar nicht nett war, dass eine Sektionschefin aus dem Innenministerium ihren Buben mit Ruten, Bürsten, Kleiderhaken, Kochlöffeln, Gürteln und sogar Peitschen bearbeitete.

Wie zu erwarten, gab es auch Bilder mit drei Damen, die nicht zum Verein gehörten. Videos auch. Renate hatte also wirklich angefangen, Schützlinge zu vermieten. Brauchte der Verein so dringend Geld oder war sie eine Erpresserin oder machte es ihr zunehmend Spaß, Leute zu verkuppeln? Schaute sie sich das Zeug selbst an und geilte sich daran auf?

Dann fand er noch Fotos – Videos auch – von der Schadek mit anderen Frauen, Mädchen eher. Harmlos.

Gar nicht harmlos war eine Serie, die den Hartlieb mit ganz jungen Mädchen zeigte. Farbigen. Das war ekelhaft. Das war eindeutig eine Angelegenheit für – ja, für wen? Für die Kollegen, die den Hartlieb-Selbstmord bearbeiteten? Hatten die den Fall nicht schon abgeschlossen? Für die Sitte? Für die Gewalt? Gewalt war er selbst. Sollte er gegen einen Toten ermitteln, gegen zwei Tote vielleicht? Scheiße, er musste gleich los.

Er öffnete noch eine unbeschriftete Fotoschachtel und ihm wurde schlecht. Die Bilder waren keine zwei Monate alt. Zeigten Hartlieb mit einem Mädchen, wieder farbig. Wieder eine Vergewaltigung. Das Mädchen war auch in der lesbischen Serie von der Schadek abgelichtet. Und auf zwei Fotos war Renate zu erkennen. Die half dem Hartlieb, hielt das Mädchen fest – großer Gott! Er besah sich noch einmal die anderen Vergewaltigungsbilder und verglich sie mit den Schadek-Fotos. Es waren alles ihre Mädchen! Er verglich die Daten. Ja, alle erst mit der Schadek, dann mit Hartlieb. Hatte die Schadek was damit zu tun? Musste er rausfinden, bevor er das Material aus der Hand gab. Er schaufelte alles in die versperrbare Lade, die er Safe nannte, nahm nur das Kuvert mit den aussortierten Fotos, von jeder Dame eins, und düste los. Seine Hände zitterten.

Unterwegs erfuhr er es. Berni hatte sich Renates Schützling geholt. „Der wird doch nicht – Man muss ihn finden. So eine Idiotie. Sucht ihn. Sucht ihn überall!" „Machen wir", Achmed war aufgelöst, heulte fast, „machen wir ja." Alles begann ihm zu entgleiten.

BB hatte gerade eine besonders abgelegene Stelle entdeckt und hielt an. Der Kleine begann zu zittern. „Oder war es mit dem schwulen Andi, sag?" „Andi ist doch nicht schwul, er hat eine Freundin." „Soso, was du alles weißt. Ich kann mir ja einmal dein Arschloch anschauen." „Tun Sie das nicht", flehte der Kleine. BB ließ den Sicherheitsgurt hochschnappen, die Schnalle traf den Kleinen an der Wange, eigentlich fast am Auge. War ihm unabsichtlich passiert und er entschuldigte sich automatisch. Er hatte das nicht gewollt. Wie gesagt, keine Spuren. Aber jetzt, wo es passiert war, würde er es ausnützen. Er beugte sich an dem Bimbobürschchen vorbei und öffnete das Handschuhfach. Der Kleine zog die Luft scharf ein, dachte wohl, er würde jetzt seine Pistole herausholen, wie im Kino, aber er holte nur Plastikhandschuhe heraus, zog sie über und sagte: „Leibesvisitation. Mund auf." Der Somi hatte etwas anderes erwartet und gehorchte. Es war eine sinnlose Übung, aber es war unangenehm, wenn einem jemand mit Plastikhandschuhen im Mund herumfuhr, das wusste BB. Er tat es lange und genüsslich. Dann verlangte er ganz freundlich: „Mach deine Hose auf." Der wollte nicht. „Mach sie auf, hab ich gesagt, du schwule Niggersau! Sonst passiert was." Der Kleine begann zu heulen und gehorchte. Er zog ihn ruckartig über sein Knie, schob die Hose runter und stieß ihm den Finger ins Arschloch. „Na, gefällt dir das? Ich kann auch zwei Finger nehmen, wenns dir lieber ist, oder drei. Auf meinen Schwanz musst du leider verzichten, mir graust nämlich vor Niggern. Jetzt sag mir, wie ihr Renate umgebracht habt." Der Kleine schluchzte nur. Er stieß hart mit dem Finger. „Los, sonst kommt der nächste." Der Kleine heulte: „Ich hab die Mami nicht umgebracht." Mami? Das war echt zu viel. „Hast du sie Mami genannt?" Der Kleine nickte. „Wenn du sie gefickt hast?" Er nahm den Finger heraus, fuhr zwischen Somis Beinen durch und packte dessen Eier. Der Kleine schrie. „Ich hab sie nicht gefickt, ich hab sie nicht gefickt, das haben wir nie gemacht!" „Weil du gar nicht kannst", sagte BB triumphierend, „weil du ein kleiner Schwuli bist." Er ließ die Eier los und drehte ihn herum, holte ihm den Schwanz heraus und lachte. „Hat sie dich deswegen rauswerfen wollen, weil du so ein kleines Schwänzchen hast und nicht einmal das hochkriegst?" „Sie hat immer gesagt, ich bin ihr Sohn und sie wird mich adoptieren." „Hat sie aber nicht, Schätzchen, sie wollte dich zurück in den Urwald schicken." „Wollte sie nicht und wo ich herkomme, ist kein Urwald." „Na, dann eben in die Wüste", sagte BB gutmütig und ließ ihn los. „Setz dich hin, aber lass die Hose unten. Wenn du es nicht warst, wars eben einer von deinen Freunden. Dran seid ihr sowieso." Der Kleine wirkte plötzlich reifer und vernünftiger. „Warum hätte einer von uns das tun sollen? Wir haben sie alle verehrt. Ohne sie wird es uns schlechter gehen." Bestimmt, dachte BB, aber der Kleine hatte ihn einen Moment aus dem Konzept gebracht. Er versuchte es auf die nette Tour. „Vielleicht wolltet ihr ein bisschen mehr Freiheit, hm?“ „Wir wollen lernen. Und leben. Vor allem leben.“ „Ja, aber eine andere Chefin wäre vielleicht nicht so streng?“ „Manche sind weniger streng, stimmt“, bestätigte Somi gutwillig, „aber ob man zwei- oder dreimal öfter in die Stadt geht, ist nicht so wichtig.“ „Vielleicht hat euch ja Andreas aufgestachelt, der ist sicher sehr unzufrieden mit seinem Job?“ „Ja, aber er kriegt keinen anderen.“ Pause. Schnell weiter, härter, BB, dachte er. „Du weißt, wo deine ‚Mami‘ umgebracht worden ist?“ „Am Wasser, aber nicht genau, wo.“ „Hast du ihr die Perücke oft heruntergenommen?“ „Sie hat keine Perücke gehabt.“ „Doch, weil sie nämlich keine Haare hatte. Hatte sie an der Fut auch keine?“ „Ich verstehe nicht“, sagte der Kleine ratlos. „Fut ist da, wo du deinen Schwanz reinstecken kannst, wenn du kannst“, erklärte ihm BB. „Und du brauchst mir gar keine Märchen auftischen, wir haben sowieso Bilder.“ „Was für Bilder?“ „Von dir und deiner Mami beim Bumsen.“ „Wir haben nie gebumst.“ „Ach, was bumsen heißt, weißt du?“ „Ja, das weiß ich.“ „Vom Afa?“ „Alle sagen bumsen. Alle bumsen ihre Damen.“ „Nur du nicht? Wollte Renate dich deshalb loswerden?“ „Sie wollte mich nicht loswerden.“ „Obwohl du sie nicht bumsen konntest?“ „Ich hätte können. Ich hätte schon können.“ Jetzt wurde der Kleine zornig. „Sie hat nicht gewollt. Sie hat gesagt, es gibt viel schönere Sachen, und das stimmt.“ „Hast du schon einmal gebumst?“ „In Deutschland, ja. Es gibt wirklich schönere Sachen.“ „Ach, und was?“, fragte BB. „Lieb haben, streicheln, anschmiegen, wiegen.“ „Und schlecken, ja? Wo hast du sie geschleckt?“ „Hab ich doch gesagt, an den Händen, an den Füßen, an den Ohren.“ „Ach, an den Ohren? Und da hast du nicht gemerkt, dass sie eine Perücke auf hat?“ „Nein.“ „Und an der Fut hast du sie nicht geschleckt?“ Der Kleine schüttelte den Kopf. „Wer hat sie erschlagen? Du bist ja wohl zu schwach.“ Der Kleine lächelte. „Ich bin nicht schwach, aber erschlagen habe ich sie nicht." „Wer hat sie dann erschlagen, die Renate?" „Niemand von uns. Und sagen Sie nicht immer Renate, sie war nicht ihre Freundin. Das ist respektlos." BB versetzte ihm einen harten Schlag gegen den Bauch. Das würde man nicht sehen, weil der Kleine mager wie eine Katze war. Somi japste. „Wer hat sie angerufen? Andreas?" „Ich weiß nicht, warum soll er sie anrufen?" Schlag. „Kennst du ihre Handynummer?" Er nickte. „Sag sie mir." Der Kleine wusste sie auswendig, aber es war die Privatnummer. „Warst du oft in der Villa." „Ja." „Warst du oft in der Schule?" „Zweimal." „Wo hattet ihr das Auto her?" „Was für ein Auto?" „Das, mit dem ihr die Tote in die Schule gebracht habt." „Ich habe keine Tote in die Schule gebracht." Schlag. „Habt ihr ein Boot, ein Schlauchboot?" „Nein." „Habt ihr Handschuhe angehabt." „Wann?" „Wie ihr deine Renate erschlagen habt." „Keiner von uns hat sie erschlagen." Schlag. „Sie sind verrückt!" BB wollte gerade wieder zuschlagen, als hinter ihm ein Streifenwagen hielt. Scheiße.

Er streifte die Handschuhe ab, befahl „Hose an!" und stieg aus. Die Kollegen waren verlegen. „Sie werden gesucht", erklärte einer. „Von Ihrem Chef." „Ah, gut, dass ihr mich gefunden habt." „Wir sollen den Bimbo nach Haus fahren." „Schön sprechen", mahnte BB. Er ging um den Wagen herum, um dem Kleinen die Tür zu öffnen. „Steig aus. Sie bringen dich heim. Bis bald", sagte er scheißfreundlich zu ihm, und „Bleibt sauber" zu den Kollegen. Dann fuhr er in Richtung Büro. Wie hatten die Scheißtypen ihn bloß gefunden?

Im Konfer war von nichts anderem die Rede als vom Selbstmordversuch der Qualle. Die Kommentare waren brutal. Isolde hatte wenige Menschen so gehasst wie den Qualt, aber das hielt sie dennoch nicht aus. Musste weg.

Sie stellte sich an ein Gangfenster und wartete, bis es zur Pause läutete. Dann konnte sie schon die Schularbeitsthemen an die Tafel schreiben. Um sich abzulenken, fischte sie ihren Kalender aus der Tasche. Ja, am Mittwoch war Vollmond gewesen, zirka ab zwei Uhr musste der Mond ins Konfer geschienen haben, teilweise verdeckt durch die Alleebäume zwar, aber sie hatten schon den Großteil ihres Laubs verloren.

In der Früh hatte sie sich einen dünnen Band über Mondgöttinnen aus dem Bücherschrank geholt, um während der Schularbeit darin zu lesen; bei Aufsätzen konnte ja nicht wirklich geschwindelt werden, sie brauchte nicht aufzupassen. Jetzt interessierte sie das zwar kaum noch, aber es war besser als in die Luft zu schauen und zu grübeln, also würde sie darin blättern. Sie hatte doch Prager versprochen, etwas für ihn herauszufinden – ach ja, wegen Qualt. Sie würde ihn anrufen, ihm sagen, was zu sagen war, und dann die Finger von dem Fall lassen. Es musste Schluss sein. Sie nannte ihn in Gedanken jetzt wieder Prager, fiel ihr auf, irgendwas war gestern Abend schlecht gelaufen, obwohl alles so harmonisch schien. Besser so. Diese Freundschaft hatte sich viel zu schnell entwickelt. Unnatürlich schnell. Höchste Zeit, dass Heidi zurückkam. Sie brauchte andere Menschen.

Nach der Schularbeit winkte sie Felix zu sich. Sie gingen zum Fenster, das sie natürlich schon wieder aufreißen musste. „Keine Sorge, ich muss dich nur etwas fragen. Am Mittwoch war der Qualt in unserer Klasse." Felix nickte nur. „Hat er jemanden an den Haaren gezogen?" „Macht er doch immer." „Wen?" Felix wollte es nicht sagen. „Den Dani?" Richtig lügen konnte Felix nicht. Er nickte. „Und darum hat Dani den Zettel hingeklebt?" Felix nickte, bevor er begriffen hatte, dass das eine Fangfrage gewesen war. „Und was bedeutet: ‚Das war deine letzte Missetat?'" „Seine Eltern haben dem Dani versprochen, dass sie den Qual melden, wenn er es noch einmal macht." Sie hielt die Luft an. „Und, haben sie es gemacht?" Felix nickte.

Was hatte sie sich gequält! Und andere hatten es schon vor ihr getan. Was sie gemacht hatte, war völlig irrelevant. Sie schloss das Fenster, weil der Verkehr so laut war. Wirklich unerträglich. „Wann hat er den Zettel angepickt?" „Gleich als Erstes. Er hat ihn mit so einer Schablone gemalt. Ganz schön raffiniert, was?" „Er hat ihn also gleich an die Türe von Qualts Stinkebude geklebt?" „Ja. Kriegt er jetzt Ärger?" „Nein", beruhigte ihn Isolde, „niemand wird etwas erfahren von dem Zettel. Es hat mich nur interessiert." „Wie sind Sie da draufgekommen, Frau Professor?" „Hab nur ein bisschen nachgedacht." „Toll", sagte Felix. „Ich habe auch über die Zeit nachgedacht", fuhr Isolde fort. „Ihr habt gesagt, ihr seid kurz vor zwölf aus dem Konfer gegangen? Das stimmt nicht, oder?" Felix schüttelte den Kopf. „Aber wir haben nicht absichtlich gelogen. Der Dani hat gesagt, es ist gleich zwölf, wir müssen verschwinden. Ich hab mich gewundert, dann hab ich gedacht, er hat einfach Angst, er will raus. Wissen Sie, der Dani hat eine ganz tolle Uhr, die darf er nicht in die Schule mitnehmen, aber am Sporttag – Er wollte eben so gerne. Und erst am Sonntag hat er mir gesagt, dass die Uhr nicht gegangen ist. Nicht kaputt, die Batterie war leer." „Es kann also alles viel später gewesen sein?" „Schon. Ja." „Danke, Felix, mach dir keine Sorgen, es ist wirklich nur für mich. Für meine Denkereien." „Sie können aber schon verdammt gut denken, Frau Professor", sagte er anerkennend und dann zögernd: „Da ist noch eine Sache." „Und zwar?" „Ich glaub, es war jemand im Heizungskeller." „Was?" „Ich weiß nicht, ob ich es geträumt hab oder ob es wirklich war. Aber ich glaub immer öfter, da war wirklich jemand. Zwei Leute haben reingeschaut." Ihr wurde schwach zumute. „Wer?", fragte sie. „Die Schadek und der Wehdorner. Die Schadek mag ich nicht, die könnt ich schon geträumt haben. Aus Nervosität, wissen Sie." „Aber den Professor Wehdorner magst du?" „Der ist urlieb. Und die

Schadek hat mich gestern irgendwie komisch angeschaut. Bild ich mir ein. Können Sie da auch was herausfinden? Mit Denken?" Sie wünschte, sie könnte es. Aber sie musste jetzt das Wattige bekämpfen. „Weißt du was, Felix", sagte sie, „geh nach Hause!" „Wieso?" „Wahrscheinlich hast du wirklich nur geträumt, man träumt ja alles Mögliche. Aber wenn dich jemand gesehen hat –" „Uns gesehen hat", sagte Felix. „Aber der Dani hat wahrscheinlich geschlafen?" „Der hat geratzt, ja. Sogar geschnarcht." Sie schauten einander an. „Man kann auch träumen, dass jemand schnarcht", meinte sie schließlich. „Stimmt. Und Sie meinen, ich soll mich daheim verstecken? Weil das die Mörder sind? Daheim bin ich aber fast immer allein. Und wenn ich mich krankmelde, erfahren die Mörder auch, dass ich zu Haus bin." Der Felix ist gescheiter als ich, dachte sie. „Da hast du natürlich recht. Schau einfach, dass du nie allein bist." „Und wenn die mit mir allein sein wollen, sag ich, ich muss ins Sekretariat. Oder aufs Klo."

Die Schadek war diesmal nicht nett. Eher grimmig. „Ich sollte jetzt Unterricht geben", beschwerte sie sich. „Hätte man das nicht zu einer anderen Zeit veranstalten können, wenn überhaupt?" Der Alte lächelte nur und führte sie in das kleine Büro. Der Aktenschrank war offen und leer, das hatte er doch gar nicht in Auftrag gegeben. Oder? „Wo sind unsere ganzen Unterlagen", keifte sie. „Ich vermute, die hat die Wirtschaftspolizei. Ich will jetzt nur von Ihnen wissen, ob Sie am Mittwochabend mit Ihrer Putzfrau telefoniert haben?" „Ja, hatte ich ganz vergessen. Sie hat mich angerufen, um halb zwölf herum." „Sie sind mit Luisa Qualt befreundet?" „Befreundet? Mit meiner Putzfrau?" Ihr wurde klar, dass sie die Sprachregelung gebrochen hatte. „Na gut, sie ist mehr eine Hilfe als eine Putzfrau, es ist ein Freundschaftsdienst." „Sie bezahlen sie nicht?" „Wenn sie Geld braucht, helfe ich ihr natürlich aus. Und ich gebe ihr oft schöne Sachen." „Sie sind also mit Luisa Qualt, die keine Putzfrau ist, sondern Ihnen Freundschaftsdienste erweist, nicht befreundet, weil sie eine Putzfrau ist", fasste er zusammen. Sie wurde nicht einmal rot. „Sie haben Ihre Putzfrau wahrscheinlich angemeldet", giftete sie. „Nein, aber ich bezahle sie gut und regelmäßig. Dr. Qualt behauptet, Sie sind die beste Freundin seiner Frau." „Was weiß denn der! Ich habe keine beste Freundin." „Weil Sie so viele gute haben, wahrscheinlich. Und vergessen Sie nicht, es ist alles fein säuberlich von Renate dokumentiert worden." Er klopfte auf sein Kuvert, obwohl da gar kein Bild von der Schadek mit ihren Mädchen drin war. „Ist es etwa verboten, in gegenseitigem Einverständnis Sex mit einer Frau zu haben?" „Nicht, wenn die Frau erwachsen ist." „Waren alle vierzehn." „Kann man auf den Bildern nicht so genau erkennen", räumte er ein. „Ich wollte ja auch eher was über Ihre Beziehung zu Frau Qualt erfahren. Immerhin hat sie Ihnen eine Art Alibi gegeben. Dr. Qualt behauptet, sie sei sehr schön und ungewöhnlich intelligent." „Da hat er recht", sagte die Schadek. „Sie war einmal sehr schön, sieht immer noch faszinierend aus, und sie ist zweifellos überdurchschnittlich intelligent." „Da wäre es doch leicht möglich, dass Sie befreundet sind." „So gesehen ja. Aber sie ist so eine Chaotin, gesellschaftlich unmöglich, provozierend, streitsüchtig, auch vulgär. Man kann sich bei einer Tasse Kaffee mit ihr unterhalten. Man kann eine Radtour mit ihr machen, aber sonst?" „Und Sex hatten Sie keinen mit ihr?" „Das geht Sie jetzt wirklich nichts an." Da hatte sie natürlich recht, die Schadek.

Wie Renates Verhältnis zur Qualt gewesen war, wollte er gerade fragen, als sein Handy klingelte. Isolde. Er nahm das Gespräch unwillkürlich an und ärgerte sich gleich darüber. Er wollte nicht reden, aber sie war ungewöhnlich bestimmt. „Entschuldigen Sie Frau Professor Schadek, würden Sie schon zu den anderen Damen gehen und sich Fingerabdrücke nehmen lassen? Ich komm gleich", sagte er. Isolde machte es knapp. Es war schlimm. Er versprach, jemanden zu schicken, Su – Mist, nicht da. Achmed würde sie anrufen, ob das ginge? „Ja." Er rief im Büro an, erklärte Achmed, was er brauchte. Kurz und verschlüsselt. „Wir brauchen einen Aufpasser. Denk dir was aus. Der Zeichner ist besorgt." – „Ja. Vor Ort." – „Ja." – „Ruf die – meine Freundin an." – „Genau." Er gab ihm Isoldes Handynummer durch. „Mach was aus. Servus." Zum Glück hatte Achmed kapiert. Aber ob er das alles schaffte?

Sie wartete in der leeren Klasse auf den Anruf; die war ganz grau, wie im Nebel. In ihrem Kopf war auch Nebel. Achmed rief zum Glück bald an. Sie machten einen Treffpunkt aus mit der Polizistin, die kommen sollte. Die würde in der Schule bleiben. Nach seiner letzten Stunde würde Achmed Felix abholen und nach Hause begleiten. Ob sie die Mutter anrufen könne?

Sie ging hinunter ins Sekretariat, fragte nach dem Vize, die Zimmrich wollte ihn gleich abschirmen, instinktiv, aber Isolde war wie ferngesteuert, da konnte man sie nicht aufhalten; sie ging einfach ins Direktionszimmer und winkte der Zimmrich, mitzukommen. „Es geht darum", redete es mit einer fremden Stimme aus ihr, einer Automatenstimme, „dass ein Schüler meiner Klasse in Zusammenhang mit dem Mord an Renate möglicherweise in Gefahr ist. Eine Polizistin kommt her, um ihn zu beschützen. Sie heißt Mirwana, ist halb Türkin, halb Perserin. Für uns ist sie eine türkische Lehrerin, die unsere Unterrichtsmethoden studieren will. Wir haben leider über den ganzen Aufregungen vergessen, das bekannt zu machen." „Klar", sagte die Zimmrich, und dann lächelnd, „diese Geschichte hatte ich ja auch ganz vergessen." Der Vize wollte etwas sagen oder fragen, war offenbar überfordert, aber die Zimmrich beruhigte ihn: „Ich schreib Ihnen gleich alles auf, Herr Professor", und winkte Isolde hinaus. „Wie heißt die

Lady?" Isolde buchstabierte. „Alles klar, klappt schon", sagte Eva Zimmrich, der Besen.

Glücklicherweise hatte Isolde erst um zwei das Wahlpflichtfach. Sonst war die lange Warterei lästig, heute war es ihr recht. Felix hat nach Musik Zeichnen, fiel ihr ein. Der Gedanke war absurd, Karl Wehdorner war so ein lieber Kerl. Sanft, verträumt. Und er mochte den Felix so. War begeistert von seinem Talent. Trotzdem, sie musste auf Felix aufpassen, stand vor dem Musiksaal, als es läutete. Felix kam sofort zu ihr. Blass. Sehr blass. „Der Wehdorner wollt mich aus der Stunde holen", flüsterte er. „Aber die Wiltschnig hat mich nicht weglassen, weil Test war." Isolde nahm ihn an der Schulter und sagte laut: „Ist aber nicht gut, wenn dir so schlecht ist. Weißt du was, ich bring dich ins Sekretariat. Frau Zimmrich hat sicher einen Platz für dich. Wenn dir besser ist, gehst du zurück zum Unterricht, wenns nicht besser wird, müssen wir deine Mutter anrufen." Dani kam dazu. „Dem Felix ist schlecht", erklärte sie, „wenn du willst, kannst du bei ihm bleiben." Felix ließ sich widerstandslos führen. Dani trottete hinterher. Die Zimmrich hatte einen Platz und Dani solle ruhig auch dableiben. „Der Felix soll bloß nicht weggehen, bevor ich zurückkomme", sagte Isolde. Die Zimmrich sah sie aufmerksam an. Die war vielleicht schnell von Begriff!

Auf dem Gang rief sie den Prager an. Er klang immer noch oder schon wieder ungehalten, kurz angebunden jedenfalls, und ihre Stimme war immer noch mehr ein Krächzen, aber er hörte zu, und sie wurde allmählich zur Meisterin des Telegrammstils. Er sagte: „Dann schick ich jemanden vorbei und lass es holen." „Was?" „Na, was schon", knurrte er, offenbar war er nicht allein, „das Unterrichtsmaterial, das andere hab ich ja auch. Klar?" „Klar", bestätigte sie sicherheitshalber. Sie sagte sonst nie klar. Jetzt sagte sie klar, obwohl ihr gar nichts klar war. Was für ein Unterrichtsmaterial? Ach, Lehrer, klar! Den Wehdorner, klar. Die Zimmrich hätte das schneller kapiert.

Als Prager die Damenrunde vor sich sah, wurde er rot. Es war ihm entsetzlich peinlich. Den Damen offenbar auch, alle rieben an ihren geschwärzten Fingerkuppen herum. Er leerte die Fotos auf den Tisch. „Ich hab noch jede Menge davon", sagt er, „Videos auch. Der Rest ist gut weggesperrt. Wenn das Material nicht prozessrelevant ist, bleibt es auch unter Verschluss. Ich muss nur erst herausfinden, was dann damit zu geschehen hat. Ob es zu Frau Felb-Ederrings Nachlass gehört oder ob Sie Anspruch darauf haben." „Knifflige Frage", meldete sich eine unscheinbare Person in Schwarz, während sich alle hektisch ihr Foto suchten. Klar, Dr. Margaret Huber, Hartliebs Co. Wie kam die denn in den Verein? „Ich will von Ihnen wissen, wer von den Kameras gewusst hat?" Niemand meldete sich. Er sah Mona an. Ja, sie war da, obwohl ihr Mann – erstaunliche Frau. Schöne Frau. Sie sprach scheu und leise. „Ja, die Renate hat es mir erzählt, das heißt, sie hat mich gefragt, ob ich Fotos will. Ich wusst erst gar nicht, was sie meint. Als sie sagte, von dir und deinem kleinen Freund, da hab ich begriffen." „Und dann sind Sie nicht mehr hierhergegangen?" „Doch, schon. Wir haben zuerst kein Licht mehr gemacht und später die Kameras gesucht und abgehängt." Die anderen waren empört. „Aber ich hab gedacht, euch hätt sie auch gefragt", verteidigte sich Mona, „und ihr wolltet es. Wozu hätt sie es sonst machen sollen?" War die so naiv? „Zum Beispiel, um jemanden zu erpressen. Ist jemand von Renate erpresst worden?" Keiner meldete sich. „Sie hat uns doch alle erpresst mit den Fotos", rief die Herbertsberg, „und wir haben es nicht geglaubt, nicht wirklich." „Ja", sagte eine schöne Frau, eine Schauspielerin war das, ein Fernsehstar, „aber da ging es ums Austreten aus dem Verein, nicht um Geld." „Wer hat denn noch Geld", warf die Architektin Hausmann müde ein. „Bei den Mitgliedsbeiträgen." Ihr Alibi muss ich checken, fiel dem Alten ein. „Ja, es ist schon alles sehr teuer", bestätigte der Fernsehstar, „ich weiß gar nicht mehr, wo ich es hernehmen soll. Immer hat Renate gesagt, es wird billiger, und nie wurde es billiger." Sie hatte so eine klagende, aber auch tragende Stimme, dass alles, was sie sagte, bedeutend klang. „Was war eigentlich so teuer?", wollte der Alte wissen. Lilo Baster, Steuerberaterin und Vereinskassierin, meinte: „Alles eben. Gehälter, Mieten, das Büro zum Beispiel, man möcht nicht glauben, was so eine Bude kostet, heutzutage." „Die Bude", sagte der Alte genüsslich, „gehörte ja auch einer gewissen Renate." „Renate Huber", widersprach Dr. Huber, „das weiß ich genau, wegen der Namensgleichheit." „Ja", lächelte Prager, „so hieß die Felb-Ederring mit Mädchennamen." Da knirschten selbst die damenhaftesten Mitglieder ganz vernehmlich mit den Zähnen.

„Lebt der Verein eigentlich nur von Beiträgen oder gibts andere Einnahmen?", fragte er die Steuerberaterin. Lilo Baster erklärte, in letzter Zeit habe es ein paar größere Spenden gegeben. Vielleicht von – er las die Namen der drei Damen vor, die sich offenbar Schützlinge gemietet hatten. „Ja", nickte sie, „woher wissen Sie?" „Und von Dr. Hartlieb?" „Auch." „Und von einer Luisa Qualt vielleicht?" Die Schadek fuhr dazwischen. „Die haben unsere gesamten Unterlagen beschlagnahmt, dürfen die das überhaupt?" „In diesem Fall leider ja", seufzte die Hartlieb-Co, „richterliche Anordnung. Die Kanzlei wird geprüft, nach dem schrecklichen Ereignis", sie schaute zu Mona, die rasch eine dezente Trauermiene aufsetzte, „und der Verein hängt da eben mit drin."

„Wussten Sie zufällig auch von den Kameras, Frau Haunausek?" Der Alte fragte so unvermittelt, dass ihr das Leugnen ganz schlecht gelang. „Wir könnten eine Hausdurchsuchung machen, oder haben Sie das Material schon vernichtet? Haben Sie es in Ihren Swingerclubs verscherbelt?" Sie fing an zu toben, was er sich erlaube! „Wenn wir wollen, kriegen wirs raus. Mir ist es eigentlich zu schäbig. Aber wenn der Medizinstudent

Anzeige erstattet, muss dem natürlich nachgegangen werden." „Jetzt sagen Sie schon, was das bedeutet", rief Lilo. „Es sieht aus, als hätten Frau Haunausek und ihr Ehemann hier billig Videos hergestellt, die in den Swingerclubs verkauft wurden, bei denen das Ehepaar Haunausek Mitglied ist. Das Ehepaar Haunausek ist manchmal in Geldnot." „Das hat mir die Renate doch von Anfang an versprochen, sonst hätt ich es ja gar nicht machen können", schrie die Haunausek und heulte vor Wut. Sie war nicht besonders gescheit, nur gierig. „Aber die Videos haben ja nichts getaugt, die meisten –" „Wozu hätten die Videos denn taugen sollen?" Die Schadek klang eisig. „Na, um sie zu Geld zu machen", jammerte die Haunausek, „deine waren eh super!"

Die Schadek schoss um den Tisch und knallte der Haunausek eine, dass sie bis an die Wand flog. Dem Alten war es recht, aber als sich dann alle Damen auf die Haunausek stürzten, musste er doch eingreifen. Er zückte sein Handy und fragte: „Soll ich die Polizei rufen?" Einige mussten lachen und alle setzten sich wieder brav, bis auf Ellen Haunausek, die stand da, mit dem Rücken zur Wand. Und mit geballten Fäusten. Er rief den Wipo-Chef an. „Beim Hartlieb sucht ihr wahrscheinlich vergebens. Der hatte es mit kleinen Mädchen, nicht mit Geld." Mona wurde blass, registrierte er. „Aber wenn ihr den Haunausek drankriegen wollt, der verscherbelt Pornos, Amateurvideos. Peanuts, aber es reicht wohl, um einmal aufzuräumen. Nur, die Videos krieg dann ich. Sollen nicht unter die Leute. Okay?" Der Fernsehstar sprach tönend und irgendwie tragisch: „Sie sind wirklich nett, Herr Prager, danke." Er fragte nur noch Alibis ab, die Architektin hatte ein solides, dann erklärte er abschließend: „Wenn Renates Tod nichts mit dem Verein zu tun hat, kommt das alles nie an die Öffentlichkeit, das verspreche ich Ihnen, meine Damen. Dann erfahren auch Ihre Männer nichts. Außer Sie setzen Ihre Schützlinge jetzt auf die Straße, dann könnte ich oder einer meiner Kollegen den Wunsch verspüren, die Geschichte irgendwie durchsickern zu lassen." Fiese Erpressung, dachte er, aber die Damen nickten brav. „Sie können ruhig noch bleiben und sich austauschen, das Büro gehört wieder Ihnen. Frau Professor Schadek und Frau Haunausek muss ich bitten, mitzukommen."

Im Büro saß Berni, wollte was sagen, aber der Alte machte nur „ksch", schob ihm die Haunausek hin und sagte ihm, was er wissen musste. „Wo ist Achmed?" „Im Dante oder auf dem Rückweg." „Soll den Wehdorner herbringen, sofort." Und zu Herbi: „Ein Kaffee würde mir das Leben retten. Apropos", das zur Schadek, während er sie ins Kabuff schob, „Sie wissen, dass Herr Dr. Qualt einen Selbstmordversuch unternommen hat?" Sie zuckte die Achseln. Dann war so gut wie alles vergessen, was er letzte Nacht gedacht hatte, er begann sie auseinanderzunehmen.

Hochfahrend war der Alte. Hatte ihn gar nicht zu Wort kommen lassen, dabei wollte er sich entschuldigen. Und „ksch" war eine Gemeinheit. Aber Ellen Haunausek zu zerlegen natürlich ein Vergnügen. Allerdings brauchte BB nicht viel zu zerlegen, die redete, als würde sie dafür bezahlt. Ja, sie verscherbelten Videos und Fotos aus dem Verein in Swingerclubs, und ja, sie hatten versucht, bessere Videos zu machen, „aber mit diesem langweiligen Typ ging da nicht viel. Die Renate hat das alles gewusst und uns auch ein paar wirklich heiße Videos verschafft, waren eigentlich echt brutal, aber sie gingen weg wie warme Semmeln, nur wollte Renate von allem ihren Schnitt. Und zwar einen ordentlichen. Nicht fünfzig Prozent, siebzig wollte die. Und dabei mussten wir das Material auch noch auf unsere Kosten schneiden lassen, Gesichter unkenntlich machen und so." Und ja, Renate hätte sie erpresst, dem Verein beizutreten. Einerseits, andererseits ihr das Blaue vom Himmel versprochen, wie die Boutique florieren würde und was sie alles mit den Videos verdienen könnten. „Womit erpresst?“ Da wollte sie erst nicht reden, aber als er ihr den Unfall als Grund vorschlug, redete sie darüber auch. Sie war eben eine Amateurin. „Auf die Idee, den Unfall zu türken, weil mein Mann dringend einen neuen Wagen brauchte, der Sportwagen war ja nur noch Schrott, ist Renate gekommen. Schien an so was Spaß zu haben. Und muss gleich gerochen haben, dass mein Mann auch so einer ist. Sie ist eine geborene Erpresserin gewesen, aber sie mischte die Erpressungen immer mit, ja, mit Angeboten, Verlockungen. Man dachte dann immer noch, sie ist nett, hilfsbereit.“ BB hatte einen Einfall: „Dr. Hartlieb hat sie auch erpresst?“ „Klar.“ Woher sie das wisse? „Sie hat mich da immer reingezogen. Erst hat sie mich ganz freundlich gebeten, jemand anzurufen, dann hat sie mich damit erpresst, dass ich es gemacht hab.“ So hatte BB schnell eine Liste der Leute, die Renate erpresst hatte: Hartlieb, Dr. Huber, die Sektionschefin und eine Frau Mistler, „die hat nur ein paar Mal mit einem von den Buben gevögelt, außertourlich. War gar keine Gstopfte, musste ihre letzten Ersparnisse zusammenkratzen, um Renate zufriedenzustellen. War echt gemein. Dann noch zwei weitere außertourliche Damen, und die Schadek musste auch regelmäßig löhnen.“ Da war ja das Sparkonto nicht so erstaunlich. Er rief zum Alten durch. „Das Opfer hat Schadek erpresst“, sagte er nur.

„Ging denn Geld von diesen Erpressungen an den Verein?“, wollte BB wissen. „Ein Teil in Form von Spenden. Genau weiß ich es nicht. Aber es mussten immer wieder Löcher gestopft werden.“ „Was für Löcher?“ „Ach, es hat nie gereicht. Manche konnten eben nicht regelmäßig zahlen, die Schauspielerin zum Beispiel, ich ja auch nicht. Und die Renate hat zwar versucht, alles umsonst zu kriegen, aber immer gings halt nicht. Die Betreuer hat zwar das Arbeitsamt bezahlt, aber die Lehrer nicht. Ärzte waren kein Problem, aber Zahnarzt gabs nicht gratis.

Lebensmittel und Getränke kamen von der Hanisch und von meinem Mann, verdient haben sie nichts dran, aber ab und zu mussten die Rechnungen ja bezahlt werden. Nicht, dass die Burschen so viel kriegen, die werden kurz genug gehalten, aber bei den Vereinssitzungen ging immer ordentlich was drauf. Und im Séparée trinken die Damen alle gern Champagner auf Vereinskosten. Na ja, wir haben ihn ja irgendwie auch bezahlt. Die Renate präsentierte auch ständig Spesenrechnungen. Die hat, wenn man ihr Glauben schenken wollte, überhaupt nur für den Verein gegessen und getrunken. Sogar Geburtstagsgeschenke für ihre reichen Bekannten waren Vereinsausgaben. Manchmal hat sie großzügig ein Loch gestopft, dann hat sie sich wieder eine irre Aufwandsentschädigung von ihrem Mitgliedsbeitrag abgezogen. Die konnte zwischen Dein und Mein überhaupt nicht unterscheiden, glaub ich. Hat auch alle irgendwie ausgenommen. Außer der Mona. Die nicht. Aber alle anderen mussten Sachen für sie besorgen. Freikarten oder ausgefallene Pralinen, irgendwas, aber eine gute Geschäftsfrau war sie nicht. „Und Sie", fragte BB, „sind Sie eine gute Geschäftsfrau?" „Nicht wirklich", seufzte sie. „Die Boutique war ja eine totale Pleite. Ich hätte einen Frisiersalon aufmachen sollen. Da haben die reichen Funzen Angst, dass man ihnen die Haare versaut, und zahlen brav." BB musste lachen.

Dann wollte er noch alles über Renates Verhältnis zu den Asys wissen. „Ich kenn ja nur die Zeit mit dem Jetzigen", sagte Ellen, „da hab ich mich anfangs gewundert, dass sie sich den ausgesucht hat. Bis mir die Mona einmal, wie sie ein bisschen im Öl war, erklärt hat, die Renate will gar keinen Sex. Ihr hat das der Mann von der Renate selber erzählt. Nachdem die zwei Kinder da waren, das Soll erfüllt war, sozusagen, wollte die von Sex nichts mehr wissen." Dann hat der Kleine ja vielleicht doch die Wahrheit gesagt, dachte BB. „Ich glaub, den Kleinen wollte sie als eine Art Ersatzsohn", plapperte Ellen weiter. „Mit ihrem eigenen war sie ja nicht so glücklich.“ „Warum?“ „Sie hat sich beklagt, dass er wie der Vater ist, antriebslos, ohne Ehrgeiz. Alles muss sie für ihn machen. Außerdem ist er schwul, aber das hat sie vielleicht gar nicht gewusst.“ „Woher wissen Sie es?“ „Hab ihn einmal mit seinem Freund gesehen, eng umschlungen.“ „Haben Sie ihn erpresst?“ „Mein Mann. Aber viel war da nicht zu holen.“ „Und Ihr Mann hat es Renate gesteckt?“ Was ich alles wissen will, dachte BB, bin schon wie der Alte. „Nein“, erklärte sie, „wär doch blöd gewesen, wo er ihn melken wollte.“ „Er hätte ja Renate damit erpressen können.“ „Renate erpressen, das war wahrscheinlich sogar meinem Mann zu gefährlich.“

BB hörte ihr jetzt zwar gern zu, sie hatte aufgegeben und redete sich hemmungslos alles von der Seele, aber sie war schließlich eine Tatverdächtige. Eine heiße. Wenn er die neuen Informationen eingeben würde, wäre sie mit Sicherheit Nummer eins im Programm. Es passte eigentlich alles. Ihr Alibi war zwischen vier und fünf. Mit ihrem Mann war sie zusammen gewesen, allein! Tatmotiv hatte sie mehr als ausreichend. Dunklen Wagen hatte sie zwar keinen, aber wer weiß, ob der nicht nur ganz zufällig ins Spiel gekommen war. Im Geländewagen vom Haunausek hätte man die Leiche mühelos transportieren können. „Haben Sie ein Schlauchboot?“ „Ja, so ein altes Ding.“ „Wo ist das?“ „Mein Mann hats immer hinten im Auto. In so einer Tasche.“ Er rief die Kriminaltechnik an und bat, Wagen und Schlauchboot vom Haunausek zu untersuchen. Ellen wurde blass. „Sie glauben doch nicht, dass mein Mann die Renate – ?“ „Hat Sie Renate einmal mitgenommen in die Schule?“ „Öfters. Sie hat immer gern Leute in ihr Zimmer eingeladen. Es ist wirklich schön und sie hatte immer was Feines zu trinken und zu naschen.“ „Wie sind Sie denn da immer hineingegangen?“ „Na, von hinten, vom Parkplatz natürlich.“ Sicher, dachte er, war das eine Spintisiererei von den Buben.

Jeder vernünftige Mensch würde die Leiche durch die Hintertür transportieren. „Das Beste wäre, Sie würden gestehen, Frau Haunausek“, sagte BB unvermittelt. Wenn sie es schnell täte, müsste er sich die blöde Analyse gar nicht mehr antun. Dann wäre er sowieso Sieger.

Am Anfang, erzählte die Schadek, nachdem der Alte sie eine Weile mit Fragen und den Fotos gequält und sie viel geweint hatte, sei es eine ganz ernsthafte Angelegenheit gewesen mit dem Verein. Renate hätte wieder einmal eine ihrer dümmlichen rassistischen Bemerkungen über Asylwerber gemacht, immer sei es gegen Farbige gegangen, da hätte sie ihr widersprochen. Intelligenz habe nichts mit der Hautfarbe zu tun und eine Gesellschaft brauche einfach Elite aus allen Kontinenten, wenn sie heute bestehen wolle. Und sie hatte ihr ihre Vorstellungen erläutert. Dass man die besten, intelligentesten jungen Asylwerber herausfiltern müsse, fördern und integrieren. Wenn der Staat das nicht mache, müssten das eben Private tun. Vielleicht ein Verein. Renate sei plötzlich Feuer und Flamme gewesen und dann immer wieder darauf zurückgekommen, was das für eine gute Idee sei; sogar an der Schule wollte sie junge Asylwerber aufnehmen, obwohl sie farbige Schüler bis dahin immer verhindert hatte. „Nur gegen Mädchen war sie, aber die haben ja wirklich exakt null Chancen, muss man leider zugeben. So ist schließlich ein Konzept entstanden, ein sehr schlüssiges, und wir brauchten nur noch betuchte Mitglieder zu finden. Die Erste, die Renate ansprach, war natürlich Mona. Hat ja Geld wie Heu und ist sehr großzügig. Die Vera Meiwald, eine geborene Wohltäterin, hatte sie auch gleich gewonnen, aber dann stockte es. Und einmal sagte die Mona: ‚Wär schon schad, wenn nichts draus würd, man darf sich von den Schützlingen doch sicher ein bissel eine Dankbarkeit erwarten, und der Verein wär so eine gute Tarnung.‘ Jeder weiß, wie hungrig die Mona ist. Ich hab es für einen Witz gehalten, aber Renate ist gleich darauf angesprungen, hat gemeint, das sei eine brillante Idee, man könne es ganz vorsichtig ins Gespräch einfließen lassen, dezent, Dankbarkeit sei genau das richtige Wort, wer verstehen wolle, würde verstehen, und innerhalb von ein paar Wochen hatte sie die Lilo und die Architektin und der Verein wurde gegründet. Da gab es kein Séparée und schon gar keine Kameras, nur eine alte Couch im Kabinett, und wer wollte und konnte, hat sich seinen Schützling auf die Couch geholt. Sogar Vera Meiwald, von der ich es nie erwartet hätte, aber die war ja so verliebt. Ich meine, richtig, und ich habs ihr gegönnt." „Und Sie haben sich Ihren Schützling auch auf die Couch geholt?" „Ja." Pause. „Irgendwie ging es mir schon contre coeur, aber wenn man mit einem krankhaft eifersüchtigen Mann verheiratet ist, der einem noch dazu sexuell nichts, aber schon überhaupt nichts zu geben hat, nützt man eben jede Chance. Bis dahin hatte ich ab und zu was mit einer Frau – von meinen diesbezüglichen Neigungen ahnt mein Mann nichts –, aber auch dabei war Vorsicht angesagt. Und dann plötzlich – Es war alles so gut, wie es war, aber Renate wollte immer alles noch besser machen. Sie ist eben so. Eine Perfektionistin. Dachte ich. Auf Bereicherung oder Erpressung wär ich nie gekommen, schon gar nicht auf Kuppelei." „Aber sie hat Sie doch erpresst?" Die Schadek sah ihn mit einem verstörten Blick an und nickte. „Zum Schluss ja." „Und da wollen Sie nichts von den Kameras gewusst haben?" „Um mein Leben zu ruinieren, dazu brauchte sie keine Fotos, dazu hätte schon eine Andeutung gegenüber meinem Mann genügt." Es überlief sie. „Wissen Sie, Renate hat ja nie offen erpresst. Sie hat um Gefälligkeiten gebeten. Früher waren die klein, da dachte man, sie ist eben ein bissel gierig. In letzter Zeit wurden sie immer größer, die Gefälligkeiten, unverschämt. Und wenn man nicht gefällig sein wollte, hat sie Bemerkungen gemacht, die man als

Drohung verstehen konnte. Sie hat ja schon immer irgendwie Material gesammelt, über jeden, und dann Anspielungen gemacht, Gschichterln erzählt, auch über erotische Vorlieben, sie tratschte gern, aber was sie erzählte, hätte sie alles auch ohne Kameras in Erfahrung bringen können. Manchmal ist sie sogar in ein Tête-à-Tête hineingeplatzt, ganz aus Versehen natürlich, pardon, völlig vergessen, tut mir so leid, in der Art. Aber dass sie handfeste Beweise sammelt" – Sie zuckte die Achseln. „Ich hab sie wohl immer unterschätzt."

Was ist bloß mit dieser Renate los gewesen, dass sie so schäbige Sachen gemacht hat, überlegte der Alte. Hatte sie das alles nur getan, um Geld für den Kleinen zu raffen? Sie hatte doch eigentlich genug, unabhängig vom Felb-Ederring-Vermögen. Durfte keiner wissen, wie sehr sie an diesem Ersatzsohn hing? Außer der Zimmrich, und die erst nach ihrem Tod? Oder war der Kleine nur ein Vorwand für ihre Gier?

„Dass sie manipuliert, dass sie intrigiert, dass sie machtgeil ist, hätte mir schon lange klar sein müssen", hörte er von der Schadek, auf die er kurz vergessen hatte. „Aber es ist mir erst durch den Verein richtig bewusst geworden. Von den ersten sechs Schützlingen haben wir ja vier verloren, ein Wahnsinn in jeder Beziehung, das waren handverlesene Leute. Zwei hat Renate versucht aus dem Programm zu boxen, dass die dann plötzlich in Schubhaft kamen, war sicher ihr Werk. Ob sie bei den anderen beiden, die plötzlich abgeholt wurden, auch die Hand im Spiel gehabt hat, weiß ich nicht. Wenn, dann hat sie bei denen vorsichtiger agiert, weil es Mona-Schützlinge waren." „Der Riad Lafi?" „Ja, und der Georgier. Manchmal denke ich, sie hat Mona um ihre unbefangene Sinnlichkeit beneidet und deshalb versucht, ihr die Objekte ihrer Begierde kaputt zu machen. Wie mir meine Mädchen."

„Hartlieb hat zwei Burschen rausgehaut. Was war mit den anderen?" „Renates Erster war so schnell weg, dass keiner etwas machen konnte. Und bei Monas Zweitem ging es vielleicht wirklich nicht oder Hartlieb hat was gemerkt, obwohl: Mona war ihm ja in der Beziehung schon lange egal. Aber Männer sind eigen. Er hat aber immerhin dafür gesorgt, dass dem nichts passiert, der war bei einer Zwischenlandung plötzlich weg. Muss einen zweiten Ausweis und ein zweites Ticket in der Tasche gehabt haben. Wissen Sie, wenn der Hartlieb was machte, dann exakt hundert Prozent. In vieler Hinsicht war er ein total anständiger Mensch, ethisch hochstehend. Nur wenn es um die kleinen Mädchen ging, war er so ein Schwein." „Und dafür haben Sie ihn gehasst?" Sie nickte. „Ich habe die Mädchen angeschleppt; gut, sie waren gerade erst vierzehn, aber ich hab ihnen nichts Böses getan, nur geschmust eigentlich, sie waren ja so jung. Ich wollte auch was tun für die, wirklich, sie waren so schön, alle drei, und dann verschwand eine nach der anderen. Ich habe es erst bei der Dritten kapiert. Dieses Schwein hat sie sich geschnappt. Und das kann nur über Renate gelaufen sein. Eine ist schwanger, eine geht auf den Strich, die Dritte ist überhaupt verschwunden." Die Schadek weinte wieder. Als es einigermaßen ging, fragte er: „Und wie kamen Sie auf Hartlieb, wenn Sie die Fotos nicht kannten?" „Na, dass der auf kleine Mädchen steht, ist ja stadtbekannt." Soso. Was alles stadtbekannt ist, dachte der Alte, während sie sagte: „Der konnte ja nicht einmal die Finger von den Töchtern seiner Freunde lassen. Mona hat manchmal gejammert, es dann wieder beschönigt. Und Renate, die Erztratschen, hat natürlich herumerzählt, was sie so hörte. Da war einmal eine Geschichte in der Kanzlei mit einem Lehrling." Sie verstummte. Da hätte er jetzt wirklich gern weitergebohrt, war ja sehr interessant, aber er hatte nicht Hartliebs Tod aufzuklären, sondern den Mord an Renate. Und der große Schreck vom Vorabend steckte ihm auch noch in den Knochen. Er tastete ein bisschen herum, wie immer, wenn er sich selber gebremst hatte. „Haben Sie in der Schule jemandem davon erzählt?" „Nie." „Und Luisa Qualt?", fragte er beiläufig, er wusste gar nicht recht, warum, fragte eben, aber das wusste sie angeblich nicht. Und das Visier, das weit offen gewesen war, klappte zu. Er hätte von vorne anfangen müssen und es war kurz vor zwei.

Hatte er genug, um sie festzunehmen? Er hatte null. Wie er sie festhalten könnte, überlegte er und ließ sie von Herbi zur Sitte fahren – die saß in einem anderen Bezirk –, um das verschwundene Mädchen genau zu beschreiben, vielleicht könne man sie finden. Sie war sauer, er sanft. Sanftmut war, das hatte er inzwischen gemerkt, bei ihr die beste Waffe. Er rief Jasmin von der Sitte an, erklärte ihr kurz, worum es ging, und bat sie, die Schadek möglichst lange dazubehalten.

Sie holte die Polizistin beim Schultor ab; die wirkte nett und tüchtig, obwohl sie ein Kopftuch trug. Isolde biss sich zur Strafe für den blöden Gedanken in die Lippe. Fest. „Tarnung", erklärte Mirwana, die Isoldes Blick bemerkt hatte. „In der Türkei trägt man zwar in der Schule kein Kopftuch, aber das wissen hier die wenigsten." Sie gingen ins Sekretariat, um Felix zu befreien und in seine geliebte Zeichenstunde zu bringen. Dort stand Kevin und unterhielt sich mit Felix und Dani und die Zimmrich spielte perfekt, begrüßte den Gast höflich, machte Kevin mit der türkischen Kollegin bekannt und fragte Felix, ob er vielleicht mitgehen wolle in den Zeichensaal, es sei ihm doch schon ein bisschen besser, oder? Da tauchte der junge Kollege von Prager auf, Achmed, und verlangte nach Professor Wehdorner, er müsse ihn mitnehmen zur Vernehmung. Dringend. Die Zimmrich jammerte, sie hätte ja niemanden zum Supplieren. Isolde meinte, sie könne das machen, ein bisschen für Ordnung sorgen. Für die Kollegin aus Ankara sei es natürlich zu dumm, ausgerechnet bei einer Supplierstunde zu sitzen, aber – Also gingen sie alle zum Zeichensaal, der Wehdorner meuterte ein bisschen, was das solle, er sei ja heute schon befragt worden, ging dann aber brav mit, war eben ein sanftmütiger Mensch. Alles war gut.

Das hatte sich ja von einem Krimi schon direkt in einen Actionfilm verwandelt und Actionfilme mochte Isolde überhaupt nicht. Aber was konnte jetzt noch passieren? Felix war von der Polizistin bewacht. Und seine beiden nächtlichen Erscheinungen – Traum oder Wirklichkeit – waren bei der Polizei. Nach der Zeichenstunde hatte die Klasse noch Physik bei der Aberle, danach nur noch Turnen. Kein Problem, Felix war krank. Und Achmed würde ihn abholen.

Bei Su saß Professor Wehdorner, ein sanfter Typ mit angenehmer Stimme, ganz kleines bisschen nervös, fahrig, waren viele bei einer polizeilichen Einvernahme. Su schien fast fertig mit ihm. Der Alte sagte: „Wir müssen jetzt leider was besprechen, mein Kollege bringt Sie in ein anderes Zimmer, wird nicht lang dauern." Die Vernehmungsräume konnte man von innen ohne Schlüssel nicht öffnen und sie konnten ja leicht eine Weile auf ihn vergessen, bei der Hektik! In einer halben Stunde würden sie an ihn denken, ihm noch ein paar Fragen stellen und ihn dann zur Protokollaufnahme ins Hauptbüro schicken. Alles ein bisschen viel für einen vielleicht nur Traum, aber sicher war sicher.

Obwohl oder weil Berni offenbar darauf brannte, Neuigkeiten loszuwerden fragte der Alte ab. Der Bericht über das Peterka-Auto? War da, war kurzgeschlossen worden. Und es gab einen deutlichen Fingerabdruck, groß, man wusste noch nicht von wem. Da spielte der dunkle Wagen also doch eine Rolle. Der Bericht über Renates Kleidung? Auch da. Abrieb von einem Gummimaterial, Schlauchboot vermutlich. „Schlauchboot!", brüllte Berni – und der Alte brüllte: „Ruhe! Weiter!" Und pflanzliche Reste, Lilien, Rosen, Herbstastern. Friedhofskarren, schoss es dem Alten durch den Kopf. Er machte sich eine Notiz. Und dann noch Jutefasern. Die waren auch in dem Auto. Von einem Sack wahrscheinlich. Die Isolde, dachte er, mit ihrer Sackrodel! Das Vereinshandy war nicht aufgetaucht, aber der Schlüsselring, die goldene Schlange, war bei einer jungen Geheimprostituierten wahrgenommen worden, die ihn in den Anlagen am Kanal gefunden haben wollte. Egon oder Hanna mussten gefragt werden, ob der Schlüsselring ein Einzelstück war. „Den Egon kann man auch gleich fragen, ob er Anzeige gegen den Haunausek erstatten will wegen Erpressung", ergänzte Berni. Diesmal ließ ihn Prager reden. Kurz. Dann sah er auf die Uhr. Es waren erst etwas über zehn Minuten vergangen.

„Die Qualt", forderte er, aber bevor Su loslegen konnte, läutete das Telefon, sie hatten es noch nicht weggestellt. DDr. Qualt war gestorben. Hatte nichts Tödliches geschluckt, einfach alles, was er zu Hause hatte, aber sein Körper war schon völlig ruiniert gewesen; schließlich hatte das Herz versagt. Scheiße, scheiße, scheiße, dachte der Alte. Und seine Schmerzen setzten prompt wieder ein. Die ganze Palette. Gleich darauf läutete sein Apparat im Kabuff. Der Ferdl. Hatte den Fall Hartlieb doch noch nicht abgeschlossen. Prager schaltete den Ton laut, die anderen drängten sich herein. Es gab da ein winziges Detail, über das Ferdl gestolpert war: „Hartlieb war nämlich Linkshänder. Und er hat sich auch mit links erschossen." Er lachte. Depp, dachte der Alte. „Nur sagen seine Jagdfreunde – der junge Vitisser ist einer davon, sonst hätt ich das nie erfahren –, dass er mit der rechten Hand geschossen hat. Hat was mit seinen Augen zu tun. Ist natürlich nicht schlüssig, aber falls du möchtest, kann ich den Fall noch ein bisschen offenhalten." „Mach das bitte", sagte der Alte, jetzt wieder voller freundlicher Gefühle für den Ferdl. „Der Hartlieb hat sich ganz junge Mädchen geholt, mit Gewalt." Er hörte, wie Su scharf die Luft einzog. „Könnte ein Selbstmordmotiv sein, klar, aber genauso gut ein Mordmotiv. Grab da ein bisschen rum, wenn du Zeit hast." „Gut", sagte der Kollege. „Die Stapo hat sich nämlich schon zurückgezogen und die Wipo packt auch schon ein. Von da hab ich also rein gar nichts. Die Stapos sind übrigens tatsächlich wegen diesem Verein aufgetaucht. Dachten wohl, da werden Terroristen ausgebildet."

Die halbe Stunde war um. Sie holten Wehdorner, entschuldigten sich sehr höflich für die lange Wartezeit, und der Alte, Su und Achmed schossen ein kurzes Feuerwerk an Fragen auf ihn ab. In erster Linie ging es um Mittwochabend und -nacht. Er hatte bis elf ein Alibi, war im Konzert eines Freundes gewesen, aber nach hinten hin franste es aus. Das Konzert war fugenlos in ein gemütliches Beisammensein übergegangen, er wusste einfach nicht genau, wann er gegangen war, er wohnte dort gleich in der Nähe und den Rest der Nacht war er allein zu Haus gewesen. „Nicht in der Schule?" „Was hätte ich da tun sollen?" „Vielleicht das Auto holen?" „Welches Auto?" „Den dunklen Wagen, der da stand." „Der gehört mir nicht." „Wie war Ihr Verhältnis zur ermordeten Direktorin?" „Gut, sie hat ja alles Musische so gefördert." „Hatten Sie ein Verhältnis mit ihr?" „Nein." „Kennen Sie die Frau Qualt?" „Flüchtig." „Was heißt das? „Wir plaudern, wenn wir uns zufällig begegnen." „Wieso kennen Sie sie?" „Dr. Qualt hat uns einmal im Café Jenseits bekannt gemacht, sie ist mir aber schon vorher auf Vernissagen aufgefallen. Sie ist so schön", rutschte Wehdorner heraus. „Haben Sie ein Verhältnis mit ihr?" „Aber nein." „Wissen Sie, dass sie mit Professor Schmidl zusammen ist?" „Ja." „Das Café Jenseits kennen Sie also?" „Ja." „Haben Sie sich dort Mittwochabend mit der Direktorin verabredet?" „Nein." „Kann ich Ihr Handy sehen?" „Ich hab keines." „Haben Sie ein Telefonverzeichnis oder einen Kalender mit?" „Ja." „Kann ich den sehen?" „Bitte." Es war keine Nummer von Renate eingetragen. „Wie ist Ihr Verhältnis zu Professor Schadek?" „Gut.

Korrekt." „Sie sind nicht befreundet?" „Nein." „Sie haben kein Verhältnis?" „Mit wem soll ich denn noch alles ein Verhältnis haben?" „Sie waren Mittwochnacht nicht mit ihr in der Schule?" „Nein." „Jemand glaubt aber, Sie gesehen zu haben." „Der Jemand muss geträumt haben."

Eine ganz normale Antwort, aber sie passt so verdammt gut, dachte Prager. Sie nahmen ihm die Autoschlüssel ab, der Wagen musste untersucht werden, und Herbi brachte Wehdorner weg.

Jetzt wollte der Alte endlich was über die Qualt hören! Su meinte, das sei eine unheimliche Frau. „Unheimlich toll, aber auch beängstigend. Sie ist wirklich wunderschön, wie man sich eine Zauberin vorstellt. Eine Fee, eine – Elfenkönigin vielleicht. Irgendwie durchscheinend. Und leuchtend, nein schimmernd. Langes dunkles Haar, schon ein bisschen grau, trotzdem schön, Augen wie Seen, ein sinnlicher Mund, olivfarbene Haut, aber ganz klar und rein, ein Körper, der gleichzeitig zart und üppig wirkt, schöne, schlanke Hände, perfekte Beine." Su seufzte. „Und die ist so – wie soll ich sagen – anziehend, sinnlich. Sogar ich als Frau hatte sofort das Bedürfnis, sie zu berühren. Ich hab das sonst nie!" Su schien ganz außer sich. „Nur ihre Stimme ist nicht schön", sagte sie dann, wie um sich zu retten.

„Sie war freundlich, aber nicht verbindlich. Vom Selbstmordversuch ihres Mannes wusste sie schon. Hat gesagt: ‚Da hat er eine Abkürzung genommen. Mit dem Fressen hat es ihm wohl zu lang gedauert.' Und er wollte ohne sie eben nicht leben. Pech. Sie hat sich von ihm getrennt, nachdem der Sohn ausgezogen war. Einmal in der Woche haben sie sich aber im ‚Jenseits' getroffen, ein bisschen geredet, vor allem über den Sohn, und er hat ihr seine Hemden zum Waschen und Bügeln gegeben und Geld." „Wie viel Geld?" „Nicht viel, hat sie gesagt, so hundert. Fürs Waschen und Bügeln eben. Stellt euch vor, sie hat dem Alten die Hemden gewaschen und gebügelt! Allerdings nur die Hemden, hat sie betont. Sie sei eben die absolut perfekte Hemdenbüglerin.“ „Hartlieb hatte auch so ein perfekt gebügeltes Hemd“, sagte der Alte, und alle schauten ihn verwirrt an. „Dass sie der Renate im Haushalt geholfen hat, das hat sie sofort zugegeben. Und auch der Schadek. Sie sei die gute Fee. Und mache gern Hausarbeit. Sei interessanter als Molekularbiologie, hat sie gemeint. Und komischerweise hat sie gesagt, ungefähr so interessant wie Kriminalistik. Ob das ironisch gemeint war? Den Wehdorner kenne sie nur flüchtig von Vernissagen. Und für den Mittwochabend ist ihr noch was zu ihrem Alibi eingefallen. Kevin sei natürlich da gewesen, zwar gleich vor dem Fernseher eingeschlafen, aber da gewesen. Ich habe ihr entgegengehalten, dass der Schmidl ausgesagt hat, er sei in seiner eigenen Wohnung gewesen. Sie hat gelacht. ‚Hat er sicher verwechselt, Dienstag war er am Alektoplatz. Wollte ein Match schauen, das ist mir zu langweilig.‘“ „Sie gibt dem Kevin also ein Alibi?“ „Dem Kevin und sich. Ja. Mit der Schadek ist sie schon befreundet, irgendwie, aber die sei so konventionell, geniere sich immer für ihre offene Art. Deshalb träfen sie sich nicht oft.“

„Hast du sie nach ihren anderen ‚Freunden‘ gefragt? Denen sie Dienste leistet?“ „Vergessen.“ Su schien den Tränen nahe, war ja sonst nicht so. „Schade“, sagte der Alte deshalb nur. „Ja, scheiße, ich glaub, die hat mich ziemlich dominiert.“ „Und wie war ihr Verhältnis zu Renate?“ „Sie meinte, in letzter Zeit ist sie ihr eher auf die Nerven gegangen und langweilig war es außerdem in einem Einpersonenhaushalt. Aber sie kennt Renate eben schon so lange, da hat sie es nicht übers Herz gebracht, sie im Stich zu lassen.“ „Wovon lebt sie eigentlich?“ „Sie sagt, sie braucht nicht viel; beim Qualt ist sie mitversichert, sind ja nicht geschieden, die Wohnung ist billig, dem Sohn schickt Qualt Geld, wenn er was braucht, Kleider bekommt sie immer von Bekannten und für den Rest hat sie das Geld von den Hemdenbügeleien.“ „Und das Auto?“ „Eine alte Kiste, die sie einmal geschenkt bekommen hat. Versicherung und Steuer hat wohl der Qualt gezahlt.“ „Hast du sie nach der Puppenspielerei gefragt?“ „Ja, die hat sie ganz aufgegeben, sogar ihre Puppen verschenkt, es interessiert sie nicht mehr. Und dass Renate eine Perücke trug, ist ihr natürlich klar gewesen. Die hat ihre Perücken ja nicht im Tresor aufbewahrt.“ „War das alles?“, fragte Prager und wollte, nachdem Su genickt hatte, gerade Berni von seinem Mitteilungsdruck erlösen, der würde sonst noch platzen, als das Telefon schon wieder läutete. Notfallnummer.

Daniel stürzte mitten in einem wirklich ausgezeichneten Referat über den Golem in die Klasse und schrie: „Felix ist weg!“ „Der ist doch längst zu Hause, Daniel“, sagte Isolde etwas ungehalten und wollte ihn aus der Klasse schieben, aber er klammerte sich an ihre Hand und heulte: „Ist er nicht. Seine Mama hat mich angerufen. Sie hat Sie nicht erreicht.“ Sie zuckte resigniert mit den Schultern, murmelte: „Einen Moment, bitte“ und drängte Daniel auf den Gang hinaus. „Ist er denn nicht abgeholt worden?“ „Nein, keiner ist gekommen. Und der Professor Schmidl hat ihn ständig gelöchert, er soll mitturnen, er soll nicht so ein Weichei sein.“ „Wo ist die türkische – Lehrerin?“ Dani sah sie verwirrt an. „Die? Die hat doch nichts beim Bubenturnen verloren. Ist zu den Mädchen gegangen.“ Sie riss die Türe auf und rief: „Dein Referat ist wirklich glänzend, Sarah. Hältst du es bitte für die anderen zu Ende. Ich muss kurz weg. Oder warte, bis ich zurück bin. Oder gib es uns schriftlich.“ Mist. Dann rannte sie los, Dani im Schlepptau, und versuchte dabei, ihr Handy anzukriegen.

Irgendein wildes Ballspiel war im Gang, es war sehr laut. Kevin machte den Schiedsrichter, sie musste sich zu ihm durchkämpfen. Die Buben bemerkten sie und hörten langsam auf zu rennen und zu schreien. „Wo ist der Felix Nagy?“, fragte sie, als der Schmidl sich zu ihr umdrehte. Er antwortete ihr nicht gleich, sondern schickte Dani barsch zu seinem Team, aber der blieb trotzig stehen. „Der Felix ist weg“, rief er anklagend. „Er ist nicht da“, sagte Kevin zu Isolde, „stimmt, wir haben ihn schon überall gesucht, wird nach Haus gegangen sein.“ „Er ist nicht zu Hause“, erklärte sie. „Ist er denn nicht abgeholt worden? Er war doch krank!“ „Krank! Wegen ein bisschen Bauchweh.“ Kevin zuckte verächtlich die Achseln. „Die Kinder sind so was von verweichlicht. Nein, er ist nicht abgeholt worden. Ich weiß zwar nicht, was Sie das angeht, Frau Kollegin, aber ich kann einen Zwölfjährigen nicht allein nach Haus schicken, auch wenn der Weg noch so kurz ist. Er ist da herumgesessen, hat behauptet, ein Polizist würde ihn abholen, weil er was aussagen müsse, und so Quatsch. Ich hab ihn überredet, ein bisschen mitzumachen.“ „Und dann haben Sie ihm einen Ball an den Kopf geschossen“, sagte Dani böse. „Quatsch, ein Ball hat ihn getroffen, ja. Ich hab ihm gesagt, er soll sich im Umkleideraum auf die Bank legen, und ein paar Mal nach ihm gesehen. Es ging ihm nicht schlecht. Und jetzt darf ich Sie ersuchen, meinen Unterricht nicht länger zu stören.“ Den Dani, der Isolde nach wollte, hielt er fest. „Jetzt geh endlich zurück zu deinem Team“, herrschte er ihn an.

Natürlich hatte sie kein Recht, seinen Unterricht zu stören. Was konnte sie tun? Sie lief zum Mädchenturnsaal, der nur halb so groß, aber nicht weniger laut war, und winkte die Polizistin heraus. „Felix ist weg. Niemand hat ihn abgeholt. Rufen Sie Achmed an.“ Sie selbst wählte schon die Nummer der Mutter. „Felix ist nicht zu Hause?“ „Nein, ich bin schon ganz besorgt. Ob er doch mitgeturnt hat?“ „Eine Zeitlang ja, dann ist ihm wieder schlecht geworden und er ist verschwunden. Gehen Sie doch den Weg zur Schule einmal ab, bitte, vielleicht ist er da irgendwo.“

Dani war schon wieder bei ihr. Der war hartnäckig. „Wart ihr in den Toiletten?“ „Hier unten in allen, ja.“ Sie rief die Zimmrich an. „Können Sie den Schulwart anweisen, nachzusehen, ob der Nagy Felix in einer der Toiletten ist? Er ist verschwunden. Im ganzen Haus, bitte." „Klar." Die Polizistin hatte aufgelegt. „Kollegen sind gleich da. Achmed hat gedacht, er soll ihn um vier holen, und ich habe gedacht, er kommt um zwei." „Ich auch", keuchte Isolde, „ich ja auch." Isoldes Handy läutete wieder – die Mutter. Jetzt schon aufgelöst. Felix war nirgends. „Sind Sie bei der Schule? Dann kommen Sie doch herein." Sie lief ihr entgegen. „Es wird sich sicher alles aufklären", versuchte Isolde sie zu beruhigen. Sie konnte ihr doch jetzt nicht sagen, dass Felix in Gefahr war. Sie rannte mit ihr in den Turnsaal, Dani und die Polizistin hinterher, wagte es, noch einmal in Kevins Unterricht einzubrechen. „Die Mutter von Felix ist da, will ihn abholen. Können wir nicht alle noch einmal suchen?" Kevin resignierte vor so viel weiblicher Unvernunft. „Gut", rief er, „suchen wir den Herrn Felix. Mannschaft A die Hintertreppe rauf bis zum Dachboden und in jede Toilette und jeden unversperrten Unterrichtsraum zwischen Hintertreppe und Haupttreppe gucken. Mannschaft B nimmt die Haupttreppe und macht das Gleiche auf der anderen Seite des Gebäudes. Wir können ja hier im Sportbereich noch einmal nachsehen." Kevin ging Richtung Gerätekammer. Isolde lief mit den anderen zu den Duschräumen und Toiletten. Den Keller, dachte sie plötzlich, den Keller hat er ausgelassen.

Der Keller war hell. War er das immer? Der Heizungskeller glücklicherweise beschriftet. Aber abgesperrt. Sie donnerte gegen die Türe, schrie, bildete sich ein, was zu hören. Schwachsinn. Wieder hinauf zur Kammer des Schulwarts. Wenn der jetzt im obersten Stock –! Das schaffte sie nicht. Aber er war da. Die Zimmrich musste das anders – Oder gar nicht? Egal! „Den Schlüssel zum Heizungskeller, haben Sie den?" „Klar." Der Schulwart wollte schon zu einer Frage ansetzen, als er merkte, dass der Schlüssel nicht an seinem Platz hing. Er war so verblüfft, dass er nichts fragte, ein gebogenes Stück Metall aus einer Lade fischte und mit ihr losrannte. Die Tür war in null Komma nichts offen. Jetzt erst fragte er, was sie eigentlich – schaltete dabei das Licht an, da sahen sie ihn.

Er lag auf einem Stapel Turnmatten, mit dem Gesicht nach unten, eine große blutige Wunde am Kopf. Sie schrie. Die ganze Schule musste es hören. Ja. „Die Türkin im Sportbereich. Einen Arzt. Die Zimmrich!", befahl sie dem Schulwart. Der telefonierte schon und lief los.

Sie berührte den kleinen Körper und hob den Kopf ganz vorsichtig ein bisschen an. Sein Mund war verklebt mit so einem Klebeband. Sollte sie das wegmachen? Und seine Beine und Arme waren zusammengebunden. Die Fesseln konnte sie wenigstens aufknoten. Dani half ihr. Wo war der hergekommen? Dann beugte sich plötzlich die Türkin über Felix und riss das Klebeband ab. „Er lebt", rief sie, „er hat gezuckt." Sie drehte ihn auf die Seite und öffnete seinen Mund. Dann war auch Achmed da. Und der Schulwart, der riss irgendein Verbandszeug aus einer Folie und die Zimmrich drückte es auf den Hinterkopf von Felix. Zusammen drehten sie ihn auf den Rücken. Herzmassage. Mund-zu-Mund-Beatmung. Das hatte sie doch schon einmal gesehen. Dann war plötzlich der Doz auch wieder da. Wo kam der denn her? Und wie war sie in die Arme von Josef gekommen?

Es war sehr still. Man hörte, wie der Doz eine Spritze aufzog. Das kann man doch nicht hören? Und alles dauerte schrecklich lang. Aber es wurde langsam wieder lauter. Die Mutter und Achmed und die Türkin konnte man weinen hören. Und die Zimmrich sagte an der Tür zu irgendwem, „er lebt". Wieso wusste die, dass er lebt? Der Doz fühlte Felix den Puls und nickte und das hieß vielleicht, er lebt. Und dann stand wieder alles ganz still. Nur sie, Isolde, drehte sich anscheinend herum und herum im Kreis und betrachtete alles. Den Schulwart und Eva Zimmrich, die die Türe ausfüllten, Schulter an Schulter, den riesigen, bedrohlichen Kevin dahinter. Frau Nagy, die Daniel festhielt, oder er sie, die Türkin, die sich an Achmed klammerte, und den Doz, der sich schon so lange über Felix beugte, dass ihm der Rücken weh tun musste, und natürlich auch die enormen Heizkessel, in denen das Höllenfeuer brannte. Nix Artemis, Peterka, Pluto.

Dann wurde es schrecklich laut, Sirenen tönten, Schritte trampelten, Leute wurden beiseitegedrängt, sie wurde die Treppe hinaufgeschoben, hinter der Bahre, die mit Felix voranschwankte oder -schwebte, bewacht vom Doz, der führte ihn aus dem Totenreich, musste Herkules sein oder Theseus, und sie alle dahinter, Daniel und die Mutter und die Türkin, vorbei an Kevin, dem ungeheuren, und Josef, der immer noch ihren Arm hielt, als könne sie nicht alleine gehen.

Sie drängten alle zum Rettungsauto, brauchten alle Rettung, aber keiner durfte hinein außer Felix und dem Doz. Und ein Polizeiauto fuhr hinterher, da durften die Mutter von Felix und Daniel mitfahren. Isolde zückte automatisch ihr Handy, um Danis Eltern anzurufen, aber die Eva sagte: „Ich mach das schon." Konnte die jetzt Gedanken lesen? Aber gut, konnte sie weiterweinen an Josefs Schulter und brauchte nicht die Kinder nach Hause zu schicken, alle außer den Buben vom Turnunterricht, hörte sie, Eva machte das schon und der Schulwart und die Polizisten, außer dem Josef, der sie offenbar festhalten musste, und außer Achmed und der Türkin, die ohne Kopftuch ganz anders aussah, persisch, die mussten einander erklären, wer schuld war und wer nicht, auf Türkisch. Sie wusste jetzt, dachte sie, was mein Fehler auf Türkisch hieß oder meine Schuld. Sie hätte mit dem Josef auch gerne in einer anderen Sprache gesprochen, das wäre jetzt gut. Und irgendwann – die meisten Leute waren weg, hinein in die Schule oder nach Hause – sagte der Josef Prager: „Ich fahr jetzt zurück, aber ich kann dich nicht allein hierlassen, komm halt mit."

Der Achmed und die Türkin – die eine halbe Perserin war, Perserin klang so schön, und auch ein bisschen eine Einheimische, hatte wohl mehr als zwei Hälften –, der Achmed und Mirwana also sprachen jetzt wieder Deutsch und gingen durchs Höllentor. Da konnte sie ja mit dem Pepi – sie musste kichern, aber er betrachtete sie besorgt, also hörte sie wieder auf –, mit dem Josef in sein Büro fahren. „Bist du eigentlich nach Stalin Josef getauft worden“, fragte sie, ohne es zu wollen. Er schaute sie an und nickte. „Ach, du Armer“, sagte sie.

Su kochte noch einen Kaffee und holte ihnen aus der Kantine einen Weinbrand – das Einzige, was sie dort für Notfälle hatten –, aber dann musste sie gehen, ausgerechnet heute musste sie früher weg. Die Schwiegermutter hatte ihr Theaterabonnement, ihr Mann hatte Dienst und der Schwiegervater Angst, wenn er länger als zehn Minuten mit dem Kind alleine war. Prager setzte sich auf ihren Platz, die Kommandozentrale, obwohl er lieber Isolde, die immer noch zitterte, festgehalten hätte. Wenn es nicht bald aufhörte, musste er den Polizeiarzt rufen, aber der war so ein alter Grobian! Sie tranken Kaffee und Weinbrand und warteten. Er hatte das Gefühl, der Lösung ganz nah zu sein, aber Gefühle hatten keine Beweiskraft. Und das Gefühl, er würde den Fall nie lösen, hatte er auch.

Isolde zitterte nicht mehr so wild, dafür hatte ihr Gesicht einen ganz angestrengten Ausdruck angenommen. Und ihre Stirn war heftig gefurcht. Bevor sie was von Felix erfahren hatten, war es sicher sinnlos zu reden. Aber er war Polizist, er musste zurück zu seiner Arbeit. Vorsichtig berührte er die Tastatur. Bei Su war nicht viel, außer dass einer Blumenhandlung in der Nähe der Überfuhr ein Fahrrad mit Anhänger abhanden gekommen war. Die zeigten so was an, wegen der Versicherung. Und die goldene Schlange war eine Spezialanfertigung, Renate hatte das Stück zum Vierziger bekommen. Das Mädchen, inzwischen wieder im Heim, behauptete jetzt, die Schlange von einem Mann bekommen zu haben, einem großen Mann. Na, so wenig war das nicht. Berni hatte einen Bericht über die Haunausek-Vernehmung geschrieben, klar und schlüssig seine Theorie, wie die Haunauseks den Mord begangen hatten. Ach, er hatte einfach kein Glück, der Berni. Wenn das mit Felix nicht passiert wäre, hätten sie die Haunausek-Theorie akzeptieren müssen, ja. Sogar ein Schlauchboot hatten die! Und die Haunausek war Friseuse. Mit Kleidern kannte sie sich auch aus. Perfekt. Man hätte die beiden in die Mangel nehmen müssen. Und die unglücklichen Haunauseks wären geknetet und gewalkt worden, ein Indizienprozess wäre angestrengt worden und sie wären verurteilt worden. Oder nicht. Es war grausam.

Telefon. Isolde fuhr hoch. Aber es war Berni, nicht das Krankenhaus. „Keine Spuren", berichtete er, „alles zertrampelt. Tatwaffe eine Keule. Lag im Heizungskeller unter den Kesseln. Keine Fingerabdrücke. Der Felix hat einen Ball an den Kopf gekriegt und ist dann allein auf einer Bank im Umkleideraum gelegen. Wer den Ball geschossen hat, ist unklar." „Erzähls mir später", unterbrach ihn der Alte, „bitte, wir warten auf Nachricht aus dem Krankenhaus." „Ja", sagte Berni, „ja, hoffentlich gute." Er klang ganz menschlich, aber der Alte wollte lieber nicht zu genau wissen, wie menschlich er heute früh gewesen war, als er den kleinen Somali –

Prager schaute in die Mails. Da war es schon. Die Kanzlei Hartlieb würde Anzeige gegen Berni erstatten. Das hatten sie nötig gehabt. Hatte wenig Sinn, mit denen zu reden. Und er hatte wenig Lust dazu. Zu Achmeds Berichten: Ach, Kevin hatte seine erste Aussage geändert, jetzt war er bei der Qualt gewesen, er hätte sich im Tag geirrt. Na ja, so was kam ja vor im wirklichen Leben. Aber hatte nicht irgendwer mit ihm telefoniert? Musste Su checken. Im Wehdorner-Protokoll stand auch nichts Neues, außer – die Adresse. Er wohnte am Alektoplatz. Das hatte der Alte heute doch schon einmal gehört? „Ist Alekto nicht eine Rachegöttin?“, fragte er unwillkürlich laut. „Ja, eine Erinnye, warum?“ Er hatte keine Antwort erwartet, war richtig erschrocken. „Weil der Wehdorner am Alektoplatz wohnt“, sagte er. „Ach“, sagte Isolde gleichgültig.

Er googelte Karl Wehdorner. Es gab einiges, der war nicht so unbekannt als Maler. Auf der Homepage einer Galerie fand er ein Bild. Ein junges Mädchen, gefesselt und geknebelt. In ganz zarten Farben. Unendlich traurig, dachte er. Er gab Wehdorner in die interne Suchmaschine ein. Da war ein Fall Wehdorner. Xenia Wehdorner, vierzehn, entführt und vergewaltigt. Täter nie ausgeforscht. Hat sich umgebracht. Ertränkt. Im Kanal. Ihr Bruder hieß Karl Wehdorner. Prager spürte, dass Isolde hinter ihm stand. Sie kriegte wieder kaum Luft. „Damit kann Renate doch nichts –“, presste sie heraus. Und wieder das Telefon.

Ihre Hand krallte sich in seine Schulter. Er hörte zu, sagte „gut“ und wieder „gut“ und „Gott sei Dank“ dazwischen, um Isolde zu beruhigen. Dann stand er auf, nahm sie in die Arme. „Sie glauben, er kommt durch.“

BB machte, was er am besten konnte: organisieren, systematisieren, rekonstruieren. Er machte es so gut wie immer, aber darunter liefen die Gedanken ungewöhnlich schnell und laut, ja laut, er bekam richtig Kopfweh davon. Er war empört. Er war immer empört, wenn Kindern etwas angetan wurde. Sogar bei Neger- und Türken- und Juden- und Zigeunerkindern. Er konnte die Bilder von gemarterten, gequälten, ermordeten Kindern nicht sehen. Vielleicht wollte er doch ein Kind. Natürlich wollte er ein Kind, nur als Gudrun letztens wieder davon angefangen hatte, hatte er sie richtig angeschnauzt. Aber vielleicht sollten sie es noch einmal probieren. Wenn Gudrun sich das antun wollte, konnte es ihm doch nur recht sein.

Er war auch empört darüber, wie der Alte ihn behandelte. Und dass er eine Theorie nach der anderen ad acta legen musste, war auch empörend. Erst die Bimbos, dann die Haunauseks. Er hatte die Haunauseks ja genau genommen schon in der Tasche, mit dem Gummiabrieb vom Schlauchboot auf jeden Fall, und jetzt das. Es war so ungerecht. Der Alte hatte wieder recht gehabt, trotz seiner ziellosen Herumschnüffelei. Ach was, recht? Glück! Und noch hatte er keinen Mörder. Noch konnte er niemandem etwas beweisen. Wenn er, BB, nicht sauber arbeitete, schon gar nicht. Aber er musste sauber arbeiten, das wusste er. Er tat es nicht für den Alten. Er tat es, weil es ihn befriedigte. Weil er eben ein aufrechter Mensch war. Achmed tat es aus schlechtem Gewissen. Das war es, was an dem so nervte, der hatte immer ein schlechtes Gewissen, ständig. Da war ihm Su lieber. Die arbeitete auch gut, weil sie es gut konnte. Emotional war sie schon, waren die Frauen ja alle, nur trennte sie es irgendwie. Konnte kühl bleiben, noch wenn ihr die Tränen übers Gesicht liefen.

Auf der Arbeitsebene war BB auch sauer, blöd von ihm, nur, es war schon wieder so ein total versauter Tatort. Alle Spuren hin. War ja gut, dass die Leute herumgetrampelt waren, der Bub hätte auch erst morgen gefunden werden können. Oder irgendwann. Er fragte den Schulwart. „Die Heizung, die läuft automatisch“, erklärte der, „Kontrolllampen sind in meinem Arbeitsraum. Ist praktisch, ich schau nur alle paar Tage in den Heizungskeller.“ Na prima, da hatte Felix mehr als Glück gehabt.

Die Kinder als Zeugen waren natürlich auch nicht das Gelbe vom Ei, waren sich über nichts einig. Ein Teil bestätigte alles, was Schmidl sagte, der andere Teil behauptete das Gegenteil. Aber den Tathergang hatte er so weit rekonstruiert. Den Alten anrufen wollte er nicht, der sollte selbst fragen, wenn er was wissen wollte. Ihn einfach so abzuschneiden. Schon klar, er wollte die Telefone frei halten für das Krankenhaus, aber sie hatten ja mehr als eins. Der wollte nicht gestört werden mit seiner Peterka. Wie der die gehalten hatte und wie lang. Nicht, dass die beiden was machten, lächerlich! Die redeten sich einen runter, die zwei.

Noch weiter innen arbeitete es auch bei ihm – was heißt arbeitete, es schrie eigentlich immer nur Idiot, Wahnsinniger! Er wollte es nicht hören, aber er wusste, wenn ihn jemand anzeigte wegen dem Kleinen, konnte er sich die Beförderung an den Hut – Intern würde man Verständnis haben, aber die Hetzpresse würde zuschlagen, die Gutmenschen aufjaulen, da konnte er nicht befördert werden, nicht jetzt. War ja Irrsinn, was er gemacht hatte, aber wenn es funktioniert hätte, ja, dann hätte er Lob geerntet, und keiner hätte gefragt, wie er zu dem Geständnis gekommen war.

BB mochte es gar nicht, wenn alles gleichzeitig über- und untereinander ablief statt nacheinander, er hatte dann das Gefühl, zu zerfallen. Am liebsten war er sich selbst, wenn er sachlich und konzentriert bei der Arbeit war und alles andere ausblenden konnte. Aber heute wollte es nicht gelingen.

Prager musste Achmed anrufen. Machte er mit einer Hand, die andere hielt Isolde. „Ja, dem Felix gehts – nicht so schlecht. Ist auf der Intensiv, aber sie glauben, sie kriegen ihn durch. Sie meinen, der Schlag hat ihn vielleicht nicht voll erwischt, weil er sich mit aller Kraft gewehrt hat, die Fesseln haben ziemlich tiefe Einschnitte hinterlassen, muss unheimlich um sich gehaut haben." Er redete für beide, Isolde und Achmed. „Deshalb ist der Schlag gar nicht das Schlimme, sondern dass er ganz wenig Luft gekriegt hat. Zumindest nach dem Schlag. Wenn die Turnmatte nicht hart und glatt gewesen wäre, hätte er gar keine gekriegt. Und sie wissen nicht, wie lang es gedauert hat. Wir auch nicht, oder?" „So weit wir das rekonstruiert haben, eine halbe Stunde", seufzte Achmed, „Minimum". „Halbe Stunde? Das gibts nicht", sagte Isolde. Und erzählte ihm den Ablauf ihrer

Suche im Detail. Sie kalkulierten die Zeiten. Möglich, dass es keine Viertelstunde gedauert hatte. Aber davor hatten ja schon die Schüler und der Schmidl gesucht. Und hatte Daniel seinen Freund sofort, nachdem er verschwunden war, vermisst?

Er brauchte den Wehdorner. Der war natürlich schon weg. Er musste ihn holen. Rief eine Streife. Aber konnte er den festnehmen? Was hatte er denn? Ein Motiv. Irgendwie. Er rief bei den Kriminaltechnikern an. Nein, der Fingerabdruck im Peterka-Auto sei nicht von Wehdorner Karl. Er rief Berni an. „Bringt den Schmidl auf jeden Fall mit. Wir brauchen Fingerabdrücke." Die Fingerabdruckleute riefen zurück. „Wir hatten diesen Abdruck schon einmal in eurem Fall, leider ohne Namen. Aber er war überall in diesem Lehrerzimmer, besonders auf den Tischen." Ja, sie hatten die Abdrücke im Konferenzzimmer nicht geprüft, es waren zu viele, sie hätten Fingerabdrücke von allen Lehrern nehmen müssen und von den Angestellten und vom Putztrupp und womöglich noch von den Schülern, das wäre absurd, waren sich alle einig gewesen. Jetzt wünschte er, sie hätten es getan. Dann hätten sie früher gewusst, dass Kevin Schmidl Isoldes Auto – Aber konnte der es gewesen sein? Er hätte seinen Unterricht machen müssen und irgendwie dazwischen Felix niederschlagen und in den Keller schleppen. Oder umgekehrt? Natürlich umgekehrt! Wozu sonst die Fesseln? „Der Schmidl?", fragte Prager zu Isolde hin. Sie zuckte die Achseln. „Er kam mir heute vor wie ein Ungeheuer", sagte sie. „Aber ich bin nicht bei Sinnen gewesen. Sonst wäre ich nie auf ihn gekommen. Er ist so phantasielos. Aber", ihr fiel sichtlich was ein, „er hat Altphilologie studiert." Er gab Kevin Schmidl intern ein. Null. Im Internet ein paar alte Geschichten über den Basketballer. Sonst nichts. „Mit einer Keule?", fragte Isolde plötzlich. Er nickte. „Im Keller?" „Wahrscheinlich." Er schaute noch einmal in die Schmidl-Protokolle. „Komisch", dachte er laut, „der wohnt auch am Alektoplatz." Sollte er jetzt zu Wehdorner fahren oder auf Schmidl warten? Nein, er musste den Schmidl holen lassen. Er schickte die Streife, die schon wartete, zur Schule und rief Berni an. „Ich lass den Schmidl abholen. Passt gut auf ihn auf solang." „Der Schmidl", der Alte hörte, dass Berni den Tränen nahe war, „der Schmidl ist weg."

„Ich muss heim", hatte Isolde plötzlich gesagt, und Josef hatte ihr nicht widersprochen. Warum hatte sie das gesagt? Und warum hatte er sie gehen lassen? Jetzt war sie zu Haus und es war schrecklich. So abgeschnitten von allem. Wie in einer Raumkapsel. Wenn die nicht mehr Kommunikationsmöglichkeiten mit der Erde hatte. Sie konnte niemanden anrufen. Frau Nagy? Die Zimmrich? Die würden sich schon melden, wenn es etwas Neues gab. Sie blätterte ihr Telefonverzeichnis durch. Keiner. Keiner, weil Heidi nicht da war. Sie tat etwas Verrücktes. Rief die Michou Mützmacher an, die war mit dem Wehdorner zusammen, locker, und wohnte ums Eck von ihm. „Ist der Karl bei dir?" „Nein, warum?" „Ach nur, er ist nicht zu Hause und ich muss ihm was –" „Nein, er ist nicht zu Haus", sagte Michou, „habs auch grad probiert." Panik stieg in Isolde auf, sie wusste gar nicht, warum. Es redete aus ihr. Ihr Körper machte wieder einmal, was er wollte. War das ihr Körper? Gehirn ist ja auch Körper, oder? Ruhe, Peterka, lass es reden. „Ich weiß nicht warum, aber ich glaube, die Polizei will ihn noch einmal sprechen", sagte es. „Ich war da und hab so was gehört." „Der war ja heute schon den halben Tag bei der Polizei", Michou war verwirrt. „Eben", sagte dieser Isolde-Automat, „vielleicht war es ihm zu viel. Du hast doch einen Schlüssel? Willst du nicht einmal nachschauen? Vielleicht gehts ihm nicht gut." „Mach ich", sagte Michou. „Sofort."

Was mischte sie sich in anderer Leute Leben ein? Das wurde langsam chronisch. Und diese Verselbstständigungen auch. Den ganzen Nachmittag hatte sie funktioniert wie ein Automat.

Ohne viele Oders. Oder? Sie hatte ganz gut funktioniert, aber das war ja gar nicht mehr sie selbst, der Fall hatte sie schön aus der Bahn geworfen. Ein Bad wäre vielleicht gut. Oder eine Dusche? Entspannen konnte sie sich jetzt sowieso nicht, also Dusche. Das war ja schnell gegangen! Sie stand noch unter der Dusche, als das Telefon läutete, rannte hin, klitschnass, rutschte aus, fast wäre sie gefallen. Eva Zimmrich. Sie habe mit dem Doz telefoniert. Der sei immer noch im Spital. „Der Mann ist wirklich nett. Dem Felix geht es den Umständen entsprechend gut. Sie haben ihn in Tiefschlaf versetzt“, erklärte die Eva. Vom Besen zur Eva, das war auch schnell gegangen. Alles ging im Zeitraffer in letzter Zeit. Kaum hatte sie aufgelegt, klingelte es schon wieder. Michou. Aufgeregt und auch irgendwie böse. „Wir haben ihn gefunden, rechtzeitig wahrscheinlich. Wieso hast du gewusst –?“ Es klang aggressiv, beinahe eifersüchtig. Du meine Güte, dachte Isolde, wieso hatte sie gewusst, geahnt, gespürt? „Es war nur so ein Gefühl.“ Dann erzählte sie einfach alles. Um diese Aggression aufzulösen. Wahrscheinlich durfte sie das gar nicht, aber anders konnte sie es ja nicht erklären. Und Aggressionen hielt sie eben nicht aus. Michou heulte. Von der Schwester hatte sie nichts gewusst. „Warum hat er mir das nicht erzählt?“ Sie hätte sich nur gewundert über das ständig wiederkehrende Motiv in seinen Bildern. „Aber er gab ihnen immer irgendwelche mythologischen Namen.“ „Mythologische?“ „Ja, griechische. Meistens.“ Ach Gott, dachte Isolde, ist mir gar nie aufgefallen. Aber was konnte Renate damit zu tun gehabt haben? „Ich dachte immer“, redete die Michou weiter, mehr für sich und zu ihrer Verteidigung, „es sei eben seine Nische. Musst ja eine Nische finden, heute. Da macht er es eben verrätselt, mythologisch. Handwerklich ist er ja so gut! Und irgendwie sind seine Bilder schon ganz besonders. Lang hätte er nicht mehr zu unterrichten brauchen.“ Isolde dachte: Warum hat er überhaupt noch unterrichtet? Wegen der Kunstbegeisterung von der Renate? Blödsinn. Er muss etwas gewusst haben über sie. Was?

Sie musste jetzt endlich nachdenken über den Wehdorner und Kevin. Zwei Männer, die am Alektoplatz wohnten. Alekto war eine ganz wilde Rachegöttin, die, die nie aufgab. Wahrscheinlich hieß der Platz gar nicht nach ihr, aber es passte, zumindest beim Wehdorner. Sie holte sich einen Bademantel, wickelte sich ein Handtuch um den Kopf, drehte die Heizung höher, nahm sich einen Cognac – nein, es war auch ein Weinbrand, aber ein besserer, den hatte sie einmal zum Kochen gebraucht – und setzte sich in den Sessel. Mit Block und Bleistift. Sie überließ sich den Gedanken, das heißt, sie versuchte über nichts nachzudenken, sondern die Gedanken einfach kommen und gehen zu lassen. Und alles aufzuschreiben, ungeordnet. Die Methode hatte sie bei einer Therapie gelernt. Aber die Gedanken kamen zögerlich, kreisten um Wehdorner und seine Schwester und seine Bilder und Renate. Zu Kevin kam nichts, außer dem Bild vom Gehilfen des Höllenfürsten. Der Höllenfürstin, dachte es. Wer war die denn? Gab es die überhaupt? Nicht wissen, Peterka, nicht zensurieren. Für die Methode brauchte man viel Geduld.

*Mittwoch*

Am nächsten Tag liefen alle herum wie lebende Tote. Berni sagte gar nichts mehr, seit er von der Anzeige erfahren hatte. Susa sah müde und verquollen aus; sie wisse nicht, wie lang sie es noch durchstehen könne, hatte sie beim Hereinkommen statt guten Morgen gesagt. „Das Kind hat die ganze Nacht gequengelt, vielleicht ist es krank oder es spürt meine Belastung." „Das Kind" sagte sie nur, wenn sie total fertig war mit den Nerven. Sonst verwendete sie die läppischsten und zärtlichsten Namen. Achmed hatte erklärt, er wisse jetzt, dass der Beruf nichts für ihn sei. Herbi kochte Kaffee, holte Golatschen vom Bäcker, rief in den Krankenhäusern an und erkundigte sich nach Felix und Wehdorner – alles, ohne dass ihm jemand einen Auftrag erteilt hätte –, ging ans Telefon, schrieb Notizen und verteilte sie, war eigentlich ein Engel oder wenigstens ein guter Geist.

Der Alte selbst war gar nicht zu Haus gewesen, hatte sich ein paar Stunden auf eine Liege im Bereitschaftsraum geworfen und gestöhnt, bis alle anderen den Raum verlassen hatten. Ob er überhaupt geschlafen hatte, wusste er nicht. Wenn, dann hatte er wahrscheinlich auch noch geschnarcht und gefurzt. Unwillkürlich sagte er: „Ich muss denen ein Kilo Kaffee schicken." „Wem?", wollte Herbi wissen. „Ach, der Bereitschaft." „Mach ich", erklärte der Engel. Da wurde dem Alten klar, dass Herbi einfach ununterbrochen was tun musste, um mit den Ereignissen von gestern fertig zu werden.

Sie hatten Wehdorner retten können. Dank Isolde eigentlich. Achmed und die Streife hatten ja keinen Grund gehabt, gleich die Tür aufzubrechen. Wollten gerade gehen, als die Freundin vom Wehdorner mit dem Schlüssel kam.

Die Schadek hatten sie nicht retten können. Die hatte ihnen keine Zeit gelassen. Pulsadern aufgeschnitten in der Badewanne. Sehr elitär, römisch geradezu. Ihr Körper war voller halb verheilter Wunden, Blutergüsse und Narben. Brust, Bauch, Gesäß vor allem. Unfallanfällig? Von wegen! Prager hatte gleich Anzeige gegen den Schadek erstattet. Dieses Schwein! Aber ob er ihn drankriegen konnte, wusste er nicht. Dann hatten sie ihren Abschiedsbrief gefunden. Sie könne die Gewalttätigkeit ihres Mannes nicht länger ertragen. Punkt. Der Schadek war dran. Musste doch dran sein. Aber zum Mord: nichts. Sie standen im Finstern.

Der Abschiedsbrief vom Wehdorner war ein Geständnis, dass er Renate getötet hatte. Getötet stand da, nicht ermordet, nicht erschlagen. Die Fakten stimmten zum Teil. Stimmen konnte es trotzdem nicht. Dazu war er zu wenig schlau, der Maler, um es so zu deichseln, dass man ihm den Einzeltäter abnehmen konnte. Und als Motiv hatte er unerwiderte Liebe angegeben. Schwach.

Der Alte bat Herbi, in der Galerie anzurufen, die Wehdorners Bild ins Internet gestellt hatte. Sie hatten noch mehr Fotos, ja, leider nur auf Papier. Also fuhr Herbi mit dem Fahrrad los. So war er beschäftigt. Berni saß an seinem Bericht. Sein Schweigen war beängstigend. Su war damit beschäftigt, die Augen offen zu halten. Achmed wollte zu Felix ins Krankenhaus fahren, wenn er mit seinem Bericht fertig war. Der Alte würde ihn lassen, obwohl es sinnlos war. Es war eben so ein Tag, an dem man nicht viel tun konnte. Nur warten. Auf Neuigkeiten von Felix. Und vom Schmidl. Ihm selbst drehte sich alles, er musste heim. Seinen Bericht konnte er da auch schreiben.

Eigentlich wollte er nur mit Isolde reden. Aber er durfte sie nicht zu tief in den Fall hineinziehen, jetzt hatten sie vier Tote, eindeutig zu viel. Für sie, dachte er. Und für mich. Er mochte es in der Arbeit wie in Kriminalromanen, möglichst wenig Blut.

Er rief bei der Sitte an, bei Jasmin. Ob sie schon was über die Mädchen von der Schadek wüssten? „Die, die auf den Strich gegangen ist, haben wir aufgegriffen und vorläufig in einem Heim untergebracht. Gezwungen worden, klar, aber keine Namen. Angst. Von der anderen keine Spur. Kann längst im Ausland sein oder tot. Aber ich bleib dran. Dir zuliebe. Wir haben viel zu viele solche Fälle, um jeden einzelnen – bisher allerdings nicht aus der Asylantenszene. Da gibt es nicht viele junge Mädchen und die wenigen werden von den Familien gut bewacht. Die Schwangere hat diese Schadek übrigens bei einer Pflegefamilie untergebracht, weil sie von der eigenen Familie verstoßen worden ist. Wollte sie adoptieren." Die Schadek, dachte er und spürte zum ersten Mal so etwas wie Trauer um sie. Ihr gemarterter Leib hatte ihn nur wütend gemacht. Er erkundigte sich noch nach der Kollegin von gestern. „Geht schon wieder", sagte Jasmin, „aber sag deinem Achmed, nächstes Mal soll er mich fragen, wenn er jemand von meinen Leuten haben will, auch wenn sie dienstfrei sind." Hoffentlich konnte er dem Achmed noch was sagen, wär schade, wenn er aufhören würde. Andererseits, es gab wirklich schönere Berufe.

Berni legte ein Blatt vor ihn hin. Kündigungsschreiben. „Blödsinn", sagte der Alte. Jetzt blieb ihm nichts anderes übrig, als in der Kanzlei anzurufen. Er fragte sich zu der jungen Anwältin durch, die die Asys betreute. Ob sie die Anzeige schon –? Ja. Freiheitsberaubung. Anderes käme nach. Ob das wirklich nötig –? „Doch. Die polizeilichen Übergriffe –" „Sie haben recht. Aber Berchtolt ist eigentlich ein guter Polizist. Normalerweise nicht gewalttätig. Weiß auch nicht, was da in ihn –" „Rassismus", sagte sie, „blanker Rassismus." Es war schwer ihr zu widersprechen. „Ich glaube, es war übertriebener Ehrgeiz", sagte er, halb ins Telefon, halb zu Berni, „er ist aus dem Team ausgeschert, wollte den Fall allein lösen. Das war dumm. Er ist aber bereit, sich zu entschuldigen. Er sieht es ein. Und disziplinäre Maßnahmen wird es auf jeden Fall geben." Die Anwältin lachte. „Sie glauben wahrscheinlich, Frau Doktor, ich will nur einen Kollegen schützen, aber mir geht es auch um die Asylwerber. Ich könnt mir vorstellen, dass es für die nicht so gut wäre, an die Öffentlichkeit gezerrt zu werden. Und für den Verein auch nicht. Von den einzelnen Damen ganz zu schweigen." Die Junge wusste wohl nicht, was er meinte, aber die Huber-Co würde es ihr schon ausdeuten. „Ich möchte die Geschichte so klein wie möglich halten. Ich hoffe ja, dass der Verein in Ruhe weiterarbeiten kann. Aber das ist alles gefährdet, wenn sich jetzt die Medien auf die Burschen und die Damen stürzen." Sie werde es intern besprechen, meinte sie.

Er zerriss Bernis Schrieb. „Du fährst jetzt zu den Asylwerbern und entschuldigst dich. Nein, nicht gut. Schreib eine Entschuldigung." Er rief in der „zukunft2" an und erkundigte sich bei Andreas, wie es dem Somalier ging. Berni drückte auf die Mithörtaste. „Er hat ein Cut beim linken Auge, aber er behauptet, das sei unabsichtlich passiert, der Polizist hätte sich dafür entschuldigt. Aber er hat sich stundenlang übergeben, der Arzt meint, wahrscheinlich Schläge in den Magen. Heute redet der Somi nicht viel, aber er wirkt wieder einigermaßen in Ordnung. Wahrscheinlich sollte ich Ihnen das gar nicht sagen", fiel dem Andreas plötzlich ein. „Es ist schon gut, dass Sie es mir gesagt haben, ich muss die Angelegenheit schließlich untersuchen." „Ja, untersuchen Sie nur, aber es kommt sicher wieder nichts dabei heraus; nur eine Anzeige wegen Verleumdung und Widerstand gegen die Staatsgewalt, wie ich euch kenne." „Wer ist ‚euch'? Ich kenne Sie nicht", sagte der Alte scharf, „und Sie kennen mich nicht. Keine Verallgemeinerungen bitte, die sind immer gefährlich." Dann legte er auf. Sah Berni an. Der nickte und machte sich wieder an die Arbeit. Mit großer Verspätung sagte er danke. Dieser Andreas hatte leider recht: Es endete immer mit einer Anzeige wegen Widerstands und

Verleumdung. Der Alte fand das zum Speiben, nur hatte er da nichts mitzureden. Berni war es freilich so blöd angegangen, dass sie diesmal kaum damit durchkämen. Aber eine Anzeige wäre für den kleinen Somalier auf jeden Fall eine Katastrophe. Deshalb. Redete er sich ein. „Ich finde, du solltest was mit Computern machen“, sagte er zu Berni, „oder Logistik oder bei der Kriminaltechnik. Wär das nichts für dich?“ „Nicht die richtige Ausbildung“, murmelte Berni. „Ich erkundige mich einmal“, murmelte der Alte.

Er musste den Chef anrufen, musste er sowieso. Also ging er ins Kabuff. Es roch nach Qualt. Schien ihm. Aber er riss nicht das Fenster auf. Hatte das Gefühl, er müsse den Qual-Geruch ertragen, solange es ihn noch gab. Absurd. Dass der Chef nicht ständig selber anrief, war das Netteste an ihm. Er wartete immer, bis man so weit war, ihm zu berichten. War eben ein alter Praktiker, wusste, wie es den Leuten nach einem schweren Tag ging. In allen anderen Punkten war er längst zum Bürokraten geworden. Und er war sehr politisch. Was er unter politisch verstand, nicht, was der Alte darunter verstand. Sie waren in derselben Partei, ja, aber die Partei war groß. Der Alte war Mitglied, der Chef Funktionär. Der Chef war im Zentrum, der Alte irgendwo an der Peripherie. Er war nicht wichtig. Viele hatten ihn abgeschrieben. Das war ihm klar. Er hatte sich nie zu den Futtertrögen gedrängt, hätte Annuschka gar nicht zugelassen, und wer nichts haben wollte, dem konnte man auch nicht wirklich trauen. Und jetzt wollte er was für einen politischen Gegner. Es war eine Sache, einen politischen Gegner zu befördern, das stand ihm zu und man konnte es gegenrechnen. Für den politischen Gegner einen Job zu finden, in dem er wirklich was leisten konnte, war eine ganz andere Sache. Aber er musste es versuchen. Also rief er an. Der Chef sagte: „Na endlich.“

Der Alte berichtete erst über den Fall, das war einfach. In der Arbeit verstand er sich mit dem Chef. Und der verstand ihn.

Sogar seine Schwächen. Eine Zeitlang hatten sie zusammengearbeitet, das war gut gegangen. „Kannst du abschließen?" „Nicht sofort, da gibt es noch lose Enden." „Schön, aber mach nicht zu lang. Wir können einen Erfolg immer brauchen, du auch." Ein angemessenes Maß an Druck, human.

Dann berichtete er von Bernis unverzeihlicher Aktion und der Anzeige, von der der Chef natürlich schon wusste. Das war schwieriger. Der Chef wollte nicht, dass ein Mitglied seiner Truppe von den Medien fertiggemacht wurde, einerseits, andererseits hatte er nichts dagegen, dass einer von der anderen Seite, der ganz anderen Seite, politisch gesehen, fertiggemacht wurde. Aber Berni selbst war ja kein Mitglied irgendwo. Nur sein Vater, sein Bruder. Das half. Der Alte erzählte von seinem Gespräch mit der Anwältin. Von seinem Versprechen, dass es eine interne Untersuchung geben würde, von seiner Überzeugung, dass es irgendeine Reaktion geben müsse auf den Vorfall. „Eine Versetzung wäre am besten", sagte er. „Keine Bestrafung, einfach eine Versetzung. Am besten weit weg von Kontakten mit jeder Art Publikum." „Klingt gut", meinte der Chef, „aber wer übernimmt dann deinen Laden?" Der Chef mochte keine großen Rochaden, war ihm zu mühsam. „Warum muss ihn jemand übernehmen, ich würde gern bleiben." „Du? Stehst du nicht zur Beförderung an?" „Ich mag eigentlich keinen Schreibtischjob. Kann es mir jedenfalls noch nicht vorstellen", schwächte er ab, um den Chef nicht zu brüskieren. „Ich dachte, du bist krank?" „Gesund bin ich nicht, aber ich könnte durchhalten, bis Su so weit ist." „Su?" „Susanne Böse, sehr gute Frau und eine von uns. Schreibt die übersichtlichen Zusammenfassungen, die du immer bekommst." „Ah, die", sagte der Chef. „Ja, die ist wirklich gut."

Prager wusste, dass der Chef von Frauen bei der Truppe eigentlich nicht viel hielt, aber die Partei bestrebt war, sich ein frauenfreundliches Image zu geben. Der Chef war schon unter

Druck geraten, Frauen bessere Chancen zu geben. Sonst hätte nämlich Jasmin ihren Posten gar nicht gekriegt. „Wann ist die denn so weit, deine Su?" Der Chef fragte mit einer Portion Skepsis, aber auch mit einer ermutigenden Neugier. „Bald", sagte der Alte, „wenn sie ihren Magister hat und wenn ihr Kind aus dem Gröbsten heraus ist. In ein, höchstens zwei Jahren." „Magister, eh?" Akademiker fördern das Ansehen der Truppe. „Kind, hm?" Frauen mit Kindern in höheren oder zumindest mittleren Positionen sind auch gut fürs Image. „Und was machst du dann? Wenn sie so weit ist?" „Dann geh ich eben in Frühpension, außer ihr wollt mich unbedingt halten." „Du bist immer noch ein guter Mann, Prager", sagte der Chef. „Und was machen wir mit deinem rassistischen Gewalttäter?" „Deinem" war gut, als hätte sich der Alte Berni ausgesucht. Nehmen hatte er ihn müssen, damit die von der ganz anderen Seite sich nicht beklagen konnten. „Mein Rassist", gab er zurück, „ist zwar ein ziemliches Arschloch" – das musste er sagen, so was hörte der Chef gern über die von der ganz anderen Seite, und es stimmte ja auch –, „aber er hat auch beachtliche Fähigkeiten. Wenn wir ein Privatunternehmen wären, würde er sicher in der Organisation arbeiten, oder in der Logistik oder als Koordinator. Er ist eins a am Computer, macht phänomenale Arbeit am Tatort, hat ein unfehlbares Gedächtnis –" „Schon gut", unterbrach der Chef. „Wo stecken wir dein Genie also hin?" „Ich weiß doch nicht, wo was frei ist", sagte der Alte. „Wir bräuchten wen, der die Kriminaltechniker koordiniert. Die Leute sind gut, hervorragend, aber lauter Spezialisten, da entsteht zu viel Leerlauf. Jemand müsste das Ganze straffen. Die ganz oben denken natürlich an einen Akademiker, möglichst mit Praxis in der Wirtschaft, aber so jemand kostet, wenn er wirklich was taugen soll. Vielleicht kann ich ihnen einen aus dem Fußvolk einreden. Er bliebe auf derselben Gehaltsstufe. Fürs Erste zumindest. Kommt er mit den Spurlis aus?" „Mit denen kommt er prima aus, das interessiert ihn auch wirklich. Weißt du, das ist eine großartige Idee, Edi", sagte der Alte. Der Chef mochte es, wenn man ihn lobte, und auch wenn man ihn Edi nannte, nicht zu oft, aber ab und an. „Ich werfe es in die Diskussion, versprechen kann ich nichts. Voraussetzung ist natürlich, dass die Anzeige zurückgezogen wird." „Klar." „Und das mit deiner Beförderung besprechen wir noch. Wir brauchen schon einen von unseren Leuten auf dem Posten." „Ja, wir besprechen es, ich stehe natürlich zur Verfügung." Sie verabschiedeten sich. Freundschaftlich.

Er sah auf die Uhr; jetzt konnte er es bei Isolde versuchen. Sie ging nicht dran. Aber kaum hatte er aufgelegt, rief sie zurück. „Handy nicht gefunden", sagte sie aufgeregt, „in der blöden Tasche, wollt dich auch gerade anrufen. Mir ist nämlich jetzt ganz klar, dass der Täter kurz vor mir im Heizungskeller gewesen sein muss. Das Licht war ja an." „Aha?" „Es hat einen Zeitschalter. Ist auf drei Minuten gestellt, weil der Keller so groß ist." Jetzt begriff er. „Und als du zum ersten Mal hinunter bist, war das Licht an?" „Ja." „Das heißt", überlegte er, „zwischen dem Schlag auf den Kopf und der ersten Hilfe sind vielleicht nur Minuten vergangen? Wäre toll." „Ja", sagte sie. „Und was wolltest du?" „Dich fragen, ob wir uns treffen können." „Ich habe Unterricht." „Ist dir das nicht zu viel?" „Es ist allen zu viel. Vor allem den Schülern aus meiner Klasse. Der von Felix." Er hatte schon verstanden. „Ja", sagte er. „Wie lang?" „Bis nach eins." „Kannst du dann zu mir kommen?" „Nach Hause?" „Ja." Er hatte das Gefühl, sich rechtfertigen zu müssen, weil sie arbeitete und er heim wollte. „Jetzt bin ich noch im Büro, aber ich muss da weg, ich kann von zu Haus aus auch arbeiten. Die Segnungen der modernen Technik. Sogar Alte und Kranke können vom Rollstuhl aus arbeiten." Sie lachte ein bisschen. „Gut, ich komme, weil du alt und krank bist. Ich muss dich auch viel fragen, dir viel erzählen. Sag mir nur schnell: Habt ihr Kevin gefunden?" „Nein. Er ist nicht am

Alektoplatz erschienen, nicht bei der Qualt aufgetaucht, von seinem Handy wurde nicht telefoniert, sein Wagen steht bei der Schule. Wie vom Erdboden verschwunden." „Verschluckt", korrigierte sie. Wohin verschluckt? In die Unterwelt? Sie hat mich schon angesteckt mit ihrem mythologischen Zeug, dachte er. Aber er war erleichtert. Wegen Felix. Und weil er mit ihr reden würde. Und sie anschauen.

Bernis Entschuldigungsschreiben musste er noch durchschauen. War nicht schlecht. Kein Schuldeingeständnis, aber eine echte Entschuldigung. Musste ihn einige Überwindung gekostet haben. Der Alte las es drei Mal und konnte nichts Falsches finden. „Wir schicken es mit einem Fahrradboten in die ‚zukunft2', den zahlst natürlich du, und mailen es der Kanzlei. Und schick eine Kopie an den obersten Chef. Oder besser, bring sie persönlich hin."

Er breitete die Fotos aus, die Herbi gebracht hatte. Es waren Mädchen. Mädchen gefesselt, Mädchen geknebelt, Mädchen geschlagen, Mädchen unter Wasser. Verschiedene Mädchen verschiedener Hautfarbe. Die ältesten Bilder zeigten immer die Schwester – von ihr waren zwei Bilder beim Akt, den er sich hatte kommen lassen. Zwei grässliche Bilder –, aber dann kamen auch andere Mädchengesichter. Manchmal waren sie aus Zeitungen herausgerissen und in das Bild eingefügt worden. Ergab einen schmerzhaften Kontrast zu dem fein und zart gemalten Rest. Die letzten Bilder, die waren noch nicht alt, zeigten farbige Mädchen. In den freien Flächen waren Symbole, Zeichen, Zahlen und Teufelsfratzen, Worte in verschiedenen Sprachen, Schriften. Die Bilder hatten griechische oder lateinische Namen. Oder Namen von irgendwelchen Heiligen. Ihm sagten nur Ursula und Lucretia was. Isolde würde mehr wissen. Achmed schaute ihm über die Schulter: „Grässliche Bilder." „Wie meinst du das?" „Sind doch lauter geschändete Mädchen, oder?" „Ich glaub schon." „Wie hält es jemand aus, das zu malen?" „Er hat es nicht ausgehalten." „Stimmt. Man sollte sie auf alle Plakatflächen kleben", sagte Achmed.

Su fragte lustlos, was sie an die Presse geben solle. Der Alte antwortete ebenso lustlos: „Am liebsten gar nichts. Den Felix möcht ich jedenfalls raushalten. Und wenn sie spitzkriegen, wo er liegt, sofort verstärkten Polizeischutz." „Ich möcht das machen", rief Achmed. „Achmed, ich versteh dich", der Alte hätte ihn am liebsten in den Arm genommen, „aber du kannst dich jetzt nicht aus der Arbeit ausklinken und nur noch für Felix da sein." „Ich weiß, aber das ist ja das Arge." „Schon, aber das kannst du bei keinem Job", sagte Susa sanft. „Vielleicht will ich keinen Job", gab Achmed zurück. Er war eben noch sehr jung. Nahm alles ganz persönlich.

Dann kam ein Anruf vom Egon. „Egon Felb. Ich möcht mit meinem Freund nach Rumänien, bald, wann können wir denn die Mama – ?" „Weiß ich nicht, werd mich erkundigen." „Das wäre nett." Dann setzte Egon nachdenklich, nicht ungeduldig hinzu: „Heut Abend wird es schon eine Woche." „Ja." „Und Sie wissen noch nicht, wer es war?" „Wir haben sogar ein Geständnis, aber wir glauben nicht recht daran." „Aha." Der Egon fragte nicht, von wem. „Kennen Sie eigentlich die Frau Qualt?", fragte der Alte. „Nicht gut. Eine Art Edelputze von der Mama. Gefährliche Frau." „Gefährlich?" „Kam mir immer vor wie die böse Fee aus dem Märchen." „Ach?" „Die dreizehnte, Sie wissen schon." „Ich melde mich", sagte der Alte, „auf Wiedersehen, Herr Felb-Ederring." „Den Ederring lassen wir jetzt weg", sagte Egon. „Mein Vater wollte ihn auch nie, aber die Mama hat ihn geliebt." „Da ersparen Sie sicher vielen Leuten eine Menge Zeit", meinte der Alte, und Egon lachte. „Grüßen Sie Ihren Freund." „Ja. Der fand Sie auch nett."

Gute Fee, böse Fee. Was jetzt? Und was, überlegte der Alte, mussten Egon und Hanna über ihre Mutter erfahren? Was konnte er geheim halten? Das Liebesnest? Die Geldgier? Die

Erpressungen? Vielleicht. Die Schweinereien mit den Mädchen nicht, die würden eine Rolle spielen im Prozess. Musste es einen Prozess geben? Sicher. Gegen Wehdorner. Gegen Schmidl. Warum mussten sie den Schmidl fangen? Warum mussten sie den Fall überhaupt lösen? Seine Schmerzen wurden schlimmer.

Isolde hatte etwas zu essen besorgt, beim Griechen, und Tee gekauft. Sie hatten in der Küche gegessen und jetzt saßen sie in gemütlichen alten Fauteuils im Arbeitszimmer und tranken Tee. Die Sonne schien herein, es war ja so ein toller Herbst, und vis-à-vis, auf der anderen Seite der Straße, gab es wunderbare Jahrhundertwende-Fassaden, richtig verträumt, schön. Die Wohnung war überhaupt schön. Trotz der leichten Verlassenheit, die sie ausstrahlte. Isolde hatte die Beine hochgezogen, wie sie es gerne tat, obwohl das bei dem kurzen Kostümrock vielleicht nicht ganz damenhaft aussah. Dass Felix möglicherweise, wahrscheinlich nicht so lange von ausreichender Luftzufuhr abgeschnitten gewesen war, hatte sie sehr erleichtert.

Nach dem Essen hatten sie über die Schadek geredet, um die sie nicht ehrlich trauern konnte, aber dass ihr Mann sie geschlagen und gequält hatte, war erschütternd. „Warum hat sie das ausgehalten, sie war doch nicht der Opfertyp?“ „Vielleicht wollte sie einfach keine kleine Französischlehrerin mit einem Fahrrad sein. Das hat jemand über sie gesagt, ich weiß nicht mehr wer“, hatte Josef gemeint. „Das Motiv von der Schadek ist klar, oder?“, hatte sie überlegt. „Der Hartlieb hat ihre Mädchen vergewaltigt und irgendwie muss das mit Renate zu tun haben.“ Da hatte er ihr von den Vergewaltigungsfotos erzählt, auf denen Renate zu sehen war. Es war – dafür gab es keine Worte. Aber sie musste weiterreden, irgendwas, sonst – da lauerte ein ganz tiefes Loch. „Das Motiv vom Wehdorner ist auch klar“, sagte sie schließlich tapfer. „Die Schadek braucht es ihm nur erzählt zu haben. Aber die beiden verkehrten in verschiedenen Welten. Da fehlt die Verbindung. Und was hatte Kevin damit zu tun? Hatte er doch was mit der Schadek?“ Josef schüttelte den Kopf. Zeigte ihr ein Bild von der Qualt. Es war nur die Fotokopie von einem Ausweisfoto, grau in grau, aber das Gesicht war überirdisch schön. Sie kannte es. Doch, sie hatte die Frau schon gesehen. Nicht mit Qualt, nicht mit Kevin. Mit Wehdorner, ja. Irgendwann. Aber es erinnerte sie auch an etwas anderes. Altes. Sie kam nicht drauf. Etwas blockierte. „Das Verhältnis zwischen ihr und Kevin verstehe ich nicht“, dachte sie laut. Sie musste mehr über die wissen. „Hast du so ein Telefon zum Lautstellen?“ Er gab es ihr. Isolde kramte ihr Telefonbüchel heraus und legte sich auf den Teppich.

Sie wollte Hanna nicht direkt nach der Qualt fragen, erkundigte sich erst so allgemein, vor allem nach dem Kind, lenkte das Gespräch dann auf die Puppenspielerei, die Hanna jetzt wirklich wieder aufnehmen wollte, und fragte sie in dem Zusammenhang, ob sie eigentlich die Frau Qualt – „Oh ja, die Luisa kenn ich. Nicht vom Puppenspiel, das hat sie schon lang aufgegeben, hat mir sogar ihre Puppen geschenkt, ganz wunderbare Puppen. Hatte sie von dem Theater, wo sie einmal gearbeitet hat. Riesige Puppen sind das, Gliederpuppen, eigentlich für Schwarzes Theater, kennst du das?“ Ja, nickte Josef. „Ja“, sagte Isolde. „Ich wollt sie gar nicht nehmen, aber sie hat gemeint, sie hätt keinen Platz und ich könnt sie benützen, sei doch besser. Luisa hat bei Mama geputzt, alles in Ordnung gehalten. Tipptopp. Schon lang. Nicht als Papa noch lebte, da hatten wir eine Haushälterin. Aber als Egon im Internat war, tauchte sie auf. Die gute Fee. Eine Freundin, die netterweise ein bisschen half. Ich musste sie Tante Luisa nennen.“ Sie lachte. „Mama und sie duzten sich auch, aber die beiden kannten sich wohl wirklich schon lang. Wieso fragst du eigentlich, suchst du eine Putzfrau? Ich glaub, die Luisa kannst du dir nicht leisten.“

„Verlangt sie so viel?“ „Sie verlangt nichts.“ „Gar nichts? Wovon lebt sie dann?“ Hanna lachte. „Das ist doch der Trick! Weißt, eine schwarze Putzfrau ist für Gstopfte ein Risiko. Denen sitzt doch die Finanz ständig im Nacken. Steuerfahndung, was weiß ich. Eine, die kein Geld verlangt, ist da natürlich ein Segen. Und kriegt, was sie will. Ach, ist das ein hübscher Schal! Sie hat ihn schon. Ich würd ja auch so gern einmal in die Oper: Schon sind die Karten da. Taugt dieses Badeöl was? Probiers doch, ich schenks dir. So lebt man wie im Schlaraffenland. Kaum ist ein Wunsch ausgesprochen, schon ist er erfüllt. Letztlich kommt es teurer als eine reguläre Haushaltshilfe, aber die Reichen sind geizig, deshalb lassen sie sich auf so was ein. Und dann ist es zu spät. Sie weiß dann ja sehr intime Dinge.“ „Hat die Qualt deine Mutter erpresst?“ „Erpresst? Nicht Luisas Stil. Sie äußert eine Kritik, macht einen Vorschlag, und wenn sie nicht beachtet werden, droht sie einfach, nicht mehr zu kommen. Das klingt vielleicht wie eine Erpressung, denn was sie dann macht, kann man ja nicht wissen. Sie hat meine Mutter sogar dazu gebracht, freundlicher zu mir zu sein, allerdings hat es nur in Luisas Gegenwart gewirkt. Sie hat mich immer gemocht“, sagte Hanna, fast erstaunt. „Und du meinst, sie kriegt einfach alles geschenkt, was sie braucht?“ „Klar, Auto und Reisen von der Schadek, bei meiner Mutter hat sie sich auf Parfum und Kosmetika spezialisiert. Und Theaterkarten, Bücher, CDs, solche Sachen. Dann hat sie noch ein jüngeres Paar mit ganz feinen Läden, Delikatessengeschäften. Kleider kommen von der Tante Mona, von der hat sie auch die Wohnung ganz billig, die hat ja so viele Häuser –“

„Bei Hartliebs putzt sie auch?“ Isolde war elektrisiert. Auch Josef hatte sich aufgerichtet. „Zweimal die Woche. Da macht sie auch den Garten. Schon lang. Bei der Mona hat meine Mutter sie ja wiedergetroffen.“ „Kennst du auch ihren neuen Freund?“ „Nein. Ich hab mit der Luisa eigentlich keinen Kontakt. Sie wollte wohl. Ist sogar einmal mit Kindersachen gekommen. Ich hab irgendwie abgeblockt. Ich mag sie, ich bewundere sie, aber sie ist mir auch unheimlich. Menschen, die so unirdisch intelligent sind, machen einem eben Angst. Aber vielleicht schenk ich ihr was von Mutters Sachen. Vielleicht diese Schlange. Die hat sie so bewundert. Sie wirkte sonst nie gierig, aber da war sie schon fast penetrant. Nur, die konnt Mama ihr ja nicht geben. Sie hat ihr dann einen schlangenförmigen Armreif geschenkt. Da hat sie ihr einmal eine echte Freude gemacht. Ganz aus dem Häuschen war die Luisa, hat ihn immer getragen, früher zumindest." Isolde lenkte das Gespräch noch einmal auf andere Themen. Hanna war ja auch ziemlich gescheit, würde auf jeden Fall begreifen, dass sie ausgehorcht worden war, aber Isolde wahrte gerne die Form.

Josef war schon ungeduldig. „Jetzt weiß ich, warum Hartlieb so gut gebügelte Hemden hatte, die Qualt ist eine Meisterbüglerin." Er rief irgendwen, der wohl mit Hartliebs Tod zu tun hatte, an, fragte, ob er Luisa Qualt vernommen habe? „Dann mach das. Die geht ein und aus bei Hartliebs. Zugehfrau und so. Vielleicht weiß sie was. Vielleicht hat sie sogar einen Schlüssel." Kaum hatte er aufgelegt, klingelte das Telefon. Er ließ es auf laut. „Ja Achmed?" „Wir haben den Schulwart hier, wegen Protokoll. Und der hat was Interessantes erzählt." „Ja?" „Der Schmidl trägt immer Handschuhe, wenn er mit den Turngeräten hantiert, auch während des Unterrichts. Hat irgendwas mit den Händen." Der Josef sah Isolde an, sie nickte. „Kevin hat eine Schuppenflechte", bestätigte sie, als er aufgelegt hatte. „Trägt bei jeder Gelegenheit Handschuhe. Im Konfer nicht. Aber gestern beim Unterricht hatte er welche an. So dünne Baumwollhandschuhe." „Nur als er dein Auto geknackt hat, trug er keine, der Depp", lachte Josef, „wir haben seinen Fingerabdruck gefunden. Dass der versucht hat, Felix umzubringen, ist ja jetzt schon ziemlich sicher. Nur warum?" Er fragte es so vor sich hin. „Der Bub hat ja nicht ihn gesehen. Er muss im Auftrag gehandelt haben." „Nein", sagte Isolde, „ich bin schuld." Und ein tiefer Schrecken schnitt durch ihr Hirn.

„Wieso bist du schuld?" „Der wollte den Felix nur verstecken, damit er nicht von der Polizei befragt werden kann. Nach der Turnstunde wollte er ihm vielleicht Angst machen, das funktioniert ja bei Kindern: Ich tu dir was, oder noch besser, ich tu deiner Mutter was. Erst als ich ihm keine Ruhe gelassen habe, hat er Panik gekriegt und versucht, den Felix umzubringen. Die Schadek und der Wehdorner haben die Buben ja gesehen, die hätten längst etwas unternommen, wenn sie gewollt hätten." Er widersprach ihr nicht. Jetzt musste jeder in seine eigene Richtung schauen und seine eigenen Gedanken denken. Ihre kreisten um Panik und Dummheit und Dummheit und Schuld.

„Sag endlich, was du mir erzählen wolltest", hörte sie dann irgendwann von weit her. „Ja", sagte Isolde und war froh, an etwas anderes denken zu müssen, „aber du wirst sicher alles blöd finden. Gestern im Keller ist mir so durch den Kopf geschossen, nicht Artemis, sondern Pluto. Also Hades. Das heißt, mein Hirn hat mir gesagt, dass das mit dem Mond falsch ist, zumindest nicht der erste Plan war. Der erste Plan war der Heizungskeller." „Du meinst, sie wollten Renate verbrennen?" „Der Heizungskeller als symbolischer Ort war wohl genug. Feuer, Hitze, Hölle, Orkus." „Aber die Kessel waren nicht in Betrieb?" „Ja, und die Buben waren da." Josef griff nach dem Telefon. „Habt ihr den Schulwart noch da?" – „Frag ihn, wann die Heizung in der Schule normalerweise in Betrieb geht." – „Am ersten Oktober, aber wegen dem schönen Wetter heuer nicht", hörte Isolde den Schulwart sagen. „Ist von Tag zu Tag verschoben worden. Komisch, der Herr Kevin hat mich das auch einmal gefragt, das war, glaub ich, noch im September, an einem kühlen Tag." Josef legte auf. Sah sie an. „Sie wollten

Renate in den Keller bringen, dann mussten sie sich was anderes überlegen und haben sie ins Konferenzzimmer –?" „Als Station war es vielleicht schon geplant. Mir ist jetzt eingefallen, wer noch immer gesagt hat, das ist ja ein Inferno hier. Die Schadek!" „Und was hat dir dein Hirn noch gesagt, Isolde?", fragte er, irgendwie zärtlich. So mit einem „Meine dumme kleine Spinnerin"-Ton? Nein, eher verwundert. „Es hat gesagt, Kevin sieht aus wie der Gehilfe des Höllenfürsten. Da ist irgendetwas mit dem Licht gewesen, vielleicht. Im Keller. Und dann hat es gedacht, der Höllenfürstin. Aber es gibt keine Höllenfürstin. Allenfalls eine Fürstin der Unterwelt, Persephone." Josef fuhr auf und begann zu kramen.

„Erzähl mir von Persephone", sagte er dabei. „Persephone oder Proserpina wurde von Hades oder Pluto in die Unterwelt entführt, nachdem sie zuvor schon von Zeus vergewaltigt worden war. Ihre Mutter Demeter, Göttin der Fruchtbarkeit, ging daraufhin in Streik und es wurde ein Kompromiss ausgehandelt: Persephone musste jedes Jahr vier Monate in der Unterwelt bleiben, als Gattin von Hades – während dieser Zeit war in der Oberwelt Winter –, den Rest der Zeit durfte sie auf Erden weilen." Josef suchte immer noch. Griff zum Telefon. „Hab ich auf dem Schreibtisch von Su ein Foto von einem Wehdorner-Bild liegen lassen? Heißt, glaub ich, ‚Zwei Mal Persephone'." – „Ja? Kannst es mir mailen? Danke." Isolde sagte: „Irgendetwas hatte Persephone auch mit einer Schlange zu tun. Ach ja, Zeus hat sie in Form einer Schlange gevögelt." Josef wählte schon wieder. „Sag Su, bei der Qualt, ist dir da ein Schlangenarmreif aufgefallen?" – „Nein? Sicher?" Sie hörte Su sagen: „Hundertpro, ich hab eine Schlangenphobie, sie trug keinen Schlangenarmreif." „Danke. Kannst du die Sitte dazu bringen, das Mädchen mit Renates Goldschlange noch einmal zu befragen? Wir brauchen eine bessere Beschreibung von ihrem Freier, dem großen Mann." „Warum rufst du deine Jasmin nicht selber an?" Deine? Josef sagte barsch: „Weil ich was anderes zu tun habe." Su schluckte hörbar, rief aber: „Wart, ich hab noch was. Ich hab mich wegen des Alibis vom Wehdorner noch ein bisschen umgehört. Blöd, ich weiß, wo wir schon ein Geständnis haben." „Gar nicht blöd", sagte Josef versöhnlich und Su schien auch schon wieder versöhnt. „Das Komische ist, sein Alibi ist besser, als er selber angegeben hat. Er war sicher bis halb zwölf bei diesem Konzert und nach eins hat ihn ein Bekannter noch gesehen." „Aha", sagte Josef. „In seinem Grätzel?" „Nein, bei der Uniklinik, Sensenstraße." „Danke. Danke dir sehr. Tschau." Deine Jasmin?

Josef sagte ungefragt: „Jasmin ist die Chefin von der Sitte und ich hatte was mit ihr. Ist aber vorbei." Sie stellte die Füße damenhaft nebeneinander. Ihre Beine wären das Beste an ihr, hatte sie immer wieder zu hören gekriegt. Sah er sie denn gar nicht als Frau, dass er ihr so rundheraus –? Schluss, Peterka, er will bloß reden, das weißt du genau. Dann war das mit den Beinen gerade verkehrt? Ach, sie konnte ja gar nichts richtig machen, weil sie selber nicht wusste, was sie wollen sollte. Er telefonierte schon wieder. Mit Mona Hartlieb. Ihre Beine waren ihm jetzt scheißegal. Sicherheitshalber setzte sie die Brille auf. Mit der wirkte sie seriöser.

Ob Luisa Qualt einen Schlüssel habe? „Ja", hörte sie nach einer Schrecksekunde. „Ich bin nicht vom Finanzamt", sagte Josef. „Ich weiß, dass sie bei Ihnen putzt und den Garten macht. Kommt sie auch, wenn Sie verreist sind?" „Ja." „Und wenn Ihr Mann allein war?" „Auch." „Trägt sie immer noch den Schlangenarmreif?" „Ja, das heißt nein, sie hat ihn bei uns im Bad vergessen, ich weiß nicht wann." „Denken Sie bitte nach." „Muss gewesen sein, während ich in Barcelona war. Samstag oder Sonntag." „Kommt sie denn auch am Wochenende?" „Nur wenn noch was im Garten zu tun ist." „Rufen Sie sie bitte nicht an", Prager klang streng. „Nein, nein, mach ich nicht. Hören Sie", sie war hörbar verwirrt, „die scheinen zu glauben, dass Hartlieb umgebracht –" „Möglich, das ist nicht mein Fall." „Von der Qualt?" Josef schwieg. „Ich wär ihr nicht bös", sagte Mona. „Es musste ein Ende haben." Pause. „Ich hab nichts gewusst von Vergewaltigungen. Ihr Kollege hat mir das gesagt. Bitte, glauben Sie mir. Ich dachte immer, dass es die Mädchen freiwillig machen, für Geld." „Ich glaube Ihnen. Aber warum haben Sie sich eigentlich nicht scheiden lassen?" „Ach", sagte Mona, „man will es nicht wahrhaben, dass sich das nie ändern wird. Und man konnte so gut leben mit ihm, meistens." Pause. „Ich hab ihn wohl noch immer geliebt." Jetzt weiß der Pepi wohl nicht mehr, was er sagen soll, dachte Isolde, denn es herrschte ein langes Schweigen, ein sehr langes. Mona sagte schließlich: „Meinen Sie, Herr Prager, ich kann das mit dem Verein? Allein? Ohne die Renate und die Helen?" „Klar können Sie das." „Danke", seufzte sie, „dann versuch ich es." Isolde schlug die Beine übereinander, es reichte jetzt langsam. Ihre Füße wurden schon ganz nervös und wippten. „Würden Sie mir helfen, wenn ich ein Problem hab?", fragte die Mona süß. „Natürlich." Josef lächelte Isolde mit so einem schiefen „Was soll ich machen"-Lächeln an. Sie hatte jetzt aber keine Lust, zurückzulächeln. „Sie können auch Isolde Peterka fragen, ob sie Ihnen hilft." Isolde schüttelte heftig den Kopf. Was sollte denn das? „Peterka", hörte sie, „ist das nicht die blonde Huschi, über die sich die Renate immer lustig gemacht hat?" „Genau", sagte Josef, „die Huschi. Hat einen glasklaren Verstand." Von wegen, dachte Isolde; sie war jetzt richtig zornig. Er legte auf.

„Also, meine kleine Huschi, wann nimmt man so einen Armreif ab?", fragte er. „Vielleicht, wenn man duscht oder badet oder sich zumindest die Arme wäscht." „Und wann tut man das in einem fremden Haus?" „Zum Beispiel", antwortete sie brav, „wenn man im Garten gearbeitet hat." Du wolltest hören, wenn man jemanden erschossen hat, dachte sie. Nein, mein lieber Pepibub, so einfach geht es nicht. Wenn, müsstest du fragen: Wann vergisst man so einen Armreif? Der einem so viel bedeutet. Zum Beispiel, wenn man sehr durcheinander ist, weil man gerade jemanden erschossen hat. Aber warum war der Armreif eigentlich für Persephone so wichtig? Persephone?

Das Persephone-Bild war gekommen. Sie betrachteten es gemeinsam. Es zeigte ein Mädchen, dunkelhäutig, gefesselt, auf dem Boden liegend, mit Nadeln gespickt, von wenigen Mondstrahlen beschienen. Ganz oben war noch eine Frauengestalt, die sehnsüchtig die Arme nach ihr ausstreckte. Sie erinnerte sie an jemanden, undeutlich, ihr fiel nicht ein, an wen. Dazwischen war eine kahle, unfruchtbare Welt. Mit griechischen Texten beschriftet. Ihr Altgriechisch war miserabel, aber Zeus, Demeter, Hades und Persephone konnte sie entziffern. Da stand also die Geschichte, wie sie Homer erzählt. Zahlen standen da auch, Daten. Josef zeigte ihr das Todesdatum von Wehdorners Schwester. Es war keines von den ganz verstörenden Wehdorner-Bildern. Wirkte eher ruhig und traurig. Akademisch, dachte sie. Ein Auftragswerk?

„Nehmen wir an", sagte Josef, „Kevin klaut dein Auto und fährt mit der Schadek in die Nähe vom ‚Jenseits'. Sie ruft Renate von einer Telefonzelle auf dem Vereinshandy an, bestellt sie zum Café. Mit der Schadek würde sie sich treffen und sich auch nicht wundern, dass sie auf dem Vereinshandy anruft. Aber warum lassen sie sie warten?" „Absicht? Am Babystrich. Renate war ja so klein und zierlich", überlegte Isolde, „von weitem konnte man sie für eine junge Hure halten." „Nicht bei dem, was sie anhatte." „Nein, aber das konnten sie vorher nicht wissen. Allenfalls, dass sie in einen Jazzklub wollte, da donnert man sich doch normalerweise nicht auf." Er griff schon wieder zum Telefon. Diesmal zum Handy. „Hallo Jasmin", hörte sie und hörte weg. Das erforderte ihre ganze Konzentration.

„Da beim Märtyrerplatz ist das eine Mädchen von der Schadek gestanden." Isolde wurde kalt. „Mir ist übrigens noch eingefallen, dass die Stiege, die vom Platz zum Kanal hinunterführt, früher Jungfrauenstiege hieß." Ach Gott, dachte Isolde, es wird langsam Kolportage.

„Gut", sagte Josef, „sie wird erschlagen. Und dann?" Er erzählte ihr von den Sackfasern und dem Gummiabrieb auf Renates Kleidung. „Schlauchboot wahrscheinlich", sagte er mit seinem schiefsten Lächeln. „Wozu haben sie dann eigentlich mein Auto gebraucht? Sie hätten genauso gut mit der U-Bahn fahren können, mit dem Rad." „Schon. Aber Kevin hat nun einmal dein Auto kurzgeschlossen. Oder hast du ihn irgendwann mitgenommen?" „Den Kevin?", lachte sie. „Der passt da doch gar nicht rein." Sie sahen einander an. Das Telefon klingelte. Kevin war gefunden worden.

BB war verzweifelt. Er hatte schon in der Nacht kaum geschlafen. Und sich in der Früh davongestohlen. Er wollte Gudrun nichts erzählen, solange er selbst noch nicht wusste, was passieren würde. Er brauchte keine Vorwürfe von ihr. Die machte er sich schon selbst. Er musste verrückt gewesen sein gestern. Völlig durchgeknallt. Er war gelaufen. Aber der Wut auf sich selbst hatte er nicht davonlaufen können. Seit er im Büro erfahren hatte, dass man ihn wirklich angezeigt hatte, konnte er nicht mehr reden. Kehle zugeschnürt. Zum Glück waren alle müde. Ausgelaugt. Keiner hatte Lust gehabt, viel zu reden. Keiner hatte ihn auf die Anzeige angesprochen. Das war gut. Er wäre sonst ausgerastet und hätte noch mehr Unsinn gemacht, oder er hätte losgeheult. Und das ging ja nicht. In seinem Kopf hatte nur ein Gedanke Platz gehabt: Es ist aus. Aus mit Beförderung. Sie würden ihn zur Streife zurückschicken, zur Bereitschaft, weiß Gott wohin, aber sicher irgendwohin, wo es keine Aufstiegschancen gab. In die Hölle. Er würde eine Null werden, bleiben. Nicht genug verdienen für Gudrun. Schon gar nicht für ein Kind. Das konnten sie jetzt vergessen. Sie waren ja nicht mehr so jung. Gudrun würde ihn über kurz oder lang verlassen. Und dann wieder von vorne. Und am Ende immer, dass Gudrun ihn verlassen würde.

Der Alte war anständig gewesen. Kündigung zerreißen. War so seine Art. Wenn die Anzeige nicht zurückgezogen wurde, konnte er die Kündigung jederzeit wieder ausdrucken. Trotzdem war es ihm dann besser gegangen. Hatte auch wieder mehr zu tun gegeben. Er hatte lose Enden verknüpft, sein Programm mit den neuesten Fakten gefüttert. Selbst wenn es nur zu seinem Privatvergnügen war, er wollte dem Programm noch einmal die richtigen Fragen stellen und sehen, was herauskam. Su würde mitmachen. Und jetzt stand er mit Su am Tatort.

Der Alte hatte gemeint: „Du kannst das sowieso besser und mir geht es schlecht." Einerseits fand BB das gut, er war wirklich besser am Tatort. Andererseits fand er es unmöglich, dass der Chef nicht zum Tatort kam. Wo waren wir denn! Su war gekommen, weil sie in der Nähe wohnte. Hätte sie nicht müssen. Herb war natürlich da. Achmed war Läufer, musste dahin, wo grad jemand gebraucht wurde. Und der Alte saß daheim und koordinierte! Weiberjob. Natürlich, der sah nicht gerne Tote, wer schon, aber früher hatte er sich doch überwunden. Er wurde langsam untragbar. Half nichts, er, BB, würde ihn nicht beerben.

Der Tatort war einfach und unergiebig. Eine Wiese neben einem Parkplatz. Zeugen gabs keine. Fußspuren, Reifenspuren auch nicht. Der Parkplatz war eine Busstation, ein Täter würde nicht einmal unbedingt ein Auto brauchen. Ein Hundebesitzer hatte den Schmidl gefunden. Nicht vergraben, nicht einmal zugedeckt. Lag einfach so da. Getötet durch einen glatten Stich ins Herz. Tatwaffe nicht weit von ihm im Gras, aber zu weit für Selbstmord. Ein angeschliffener Brieföffner. Dutzendware wahrscheinlich. Keine Fingerabdrücke. Der Stich war von vorn geführt worden. Von schräg rechts unten. Täter musste kleiner gewesen sein, viel kleiner, aber das war fast jeder. Musste auch gewusst haben, wo hinstechen. Immerhin etwas. Kriminaltechnik, ja, das wäre was für ihn gewesen. CSI! Aber er hatte keine Spezialkenntnisse. Chemie, Biologie, Technik, sogar Kunstgeschichte, so etwas wurde gebraucht.

Schmidl war offenbar unterwegs gewesen, seit er abgetaucht war: unrasiert, Stroh im Haar, nein, Heu. In den Taschen seines Parkas nicht viel, Taschenmesser, Geldbörse, Führerschein. In der Börse Bargeld, Plastikkarten und das Foto einer sehr schönen Frau. Su hatte gesagt, das sei Luisa Qualt. Und dann noch ein altes Foto, Jugendfoto, von Schmidl und einem hübschen Mädchen. Hinten auf dem Foto stand: In heißer Liebe, Ruth, und ein Datum. Er rief den Alten an.

„Die Qualt", sagte der Alte, „kanns nicht gewesen sein. Auf die haben wir ja aufgepasst. Und sie ist völlig zusammengebrochen, als Achmed ihr gesagt hat, dass Schmidl tot ist. Ist nämlich krank, die Frau. Krebs. Achmed ist jetzt noch bei ihr im Krankenhaus. Bis eine Bewachung organisiert ist. Man weiß ja nie bei diesem Fall." Das Ruth-Foto interessierte ihn. Er ließ sich das Datum sagen. Su und Herb riefen. BB lief hin, den Alten am Ohr. Sie hatten Kevins Sachen entdeckt, in einer Art Heuschober. Rucksack, Schlafsack, Verpackungen von Schokoriegeln, Traubenzucker, so Isozeug. Und Wanderkarten. „Wo hatte er das bloß alles her?", fragte der Alte. „Manche Leute haben so was immer im Auto", erklärte BB, „damit sie jederzeit losmarschieren können." „Könnte also völlig spontan gewesen sein?" „Könnte." „Vielleicht hat er das Rad von der Schadek genommen, das würde niemand vermissen. Aber war das gestern überhaupt bei der Schule?" „Doch", hörte BB eine Frauenstimme sagen, „das war da." War ja noch schöner! Er hatte eine Frau bei sich. Ließ sie bei der Ermittlungsarbeit mithören. Und Jasmin von der Sitte war das nicht. Der Alte sagte verlegen: „Also, ich fahr zum Vater vom Schmidl, sobald Achmed zurück ist. Oder Su koordiniert von zu Hause aus. Dann mach ich mich auf den Weg, sobald sie mir das Okay gibt. Servus."

Jetzt könnte ich ihm auch ein Verfahren anhängen, dachte BB. Wenn ich es beweisen könnte. Aber das würde schwer sein. Trotzdem sagte er zu Su und Herb: „Der Alte sitzt zu Haus mit einem Weib." Su lachte. „Gut für ihn. Hat er dir das erzählt?" „Nein, sie hat dazwischengequatscht." „Wie blöd von ihr!" Er erzählte und Su wurde verlegen. Es gefiel ihr nicht, klar, aber sie wollte nie was gegen den Chef sagen. Herb meinte unbefangen: „Vielleicht diese Peterka von der Schule. Die gefällt ihm, glaub ich." „Die blonde Huschi", sagte BB, „ja, wahrscheinlich." Alle lachten.

Es war eine lange Fahrt zurück in die Stadt. Der Alte war bald nach ihm da. War wie immer, wenn er eine Todesnachricht überbracht hatte. Unerträglich mürrisch. Diese Unsachlichkeit war auch etwas, das BB an ihm nicht ausstehen konnte. Männer sollten sich nicht so von ihren Gefühlen beherrschen lassen. Heftige Aggressionen hingen in der Luft. Der Alte knurrte: „Die haben die Anzeige zurückgezogen. Du kommst mit einem Disziplinarverfahren davon." Er sagte es, als wäre es eine Riesensauerei, mit der er aber schon überhaupt nicht einverstanden war. „Ich könnte dir auch ein Disziplinarverfahren anhängen", entfuhr es BB, „weißt du.". „Ja", zischte der Alte. „Mach doch." Und rülpste. Wahrscheinlich hatte er wieder seine Magenschmerzen und alles gründlich satt.

BB gab ihm die Fotos. Das von „In heißer Liebe"-Ruth sah der Alte lange an. „Die ist auch vergewaltigt worden, die Ruth, und erschlagen", sagte er.

Jetzt hatte er zwei Morde und einen Mordversuch. Dazu jede Menge Selbstmorde. Von den Morden und Vergewaltigungen, die das Ganze ausgelöst hatten, ganz zu schweigen. „Ich will das nicht", jammerte er, „so viel Gewalt. Man fängt mit einem ganz normalen Mord an, vielleicht nur ein Totschlag, und plötzlich hat man das alles um die Ohren. So viel Blut. Wollt ich nie. Ja, ich hab immer mit Gewalt zu tun. Aber meistens ist es eine kleine, schäbige, banale Gewalt. Wut, Eifersucht, Gier, das sind Motive, mit denen ich mich auskenn. Erpressung, Vergewaltigung, geplanter Mord nicht. Und dann noch deine Symbole. Ich blick nicht mehr durch. Morgen schließ ich ab. Ich hab das Wehdorner-Geständnis, Schadek und Schmidl sind tot. Wer sonst noch mitgemacht hat, interessiert mich nicht." Er war müde.

„Kannst du den Mord am Schmidl denn abschließen?", fragte Isolde ganz vernünftig. Er stöhnte. „Nein, kann ich nicht." Er hasste sie. Sie kam ihm jetzt vor wie ein Jagdhund, der nicht Ruhe geben konnte, bevor er die Beute hatte. War er die Beute? Er lachte. Nein, so eine Jägerin war sie nicht. Sie war einfach ganz schön reingekippt, wie Achmed das nennen würde.

Er sagte: „Ich hab solche Kopfschmerzen und Magenschmerzen. Und wenn ich eine Todesnachricht überbracht habe, bin ich immer so." Sie hatte während er weg war ein bisschen geschlafen. Jetzt sah sie zerknautscht aus. Arm. Er hätte sie gern ein bisschen gedrückt, aber er konnte nicht. Er war jetzt alt und grau und stank. „Soll ich gehen?", fragte sie. Ganz einfach. Nicht beleidigt. „Auf keinen Fall", blaffte er, behandelte sie schon wie seine Leute. „Darf ich einen Tee machen?", fragte sie sanft. Da musste er lachen. Er ging mit ihr in die Küche. Es war kühl, sie fröstelte. Er holte eine Strickjacke und legte sie ihr um. Sie lächelte. Als sie die Hände frei hatte, schlüpfte sie hinein. Er wollte doch nur mit ihr gemütlich in einem Bett liegen, sie halten, sie drücken, sich an sie schmiegen. Reden, lachen. Sex, wenn es sich ergab. Er brauchte ihre Tees nicht, auch ihre Denkereien nicht, obwohl die nicht schlecht waren. Er brauchte ihre Nähe. Nur, hier in der Wohnung gab es kein gemütliches Bett für sie beide. Außer dem Ehebett. Bei ihr gab es auch keines. Sie würden zusammen irgendwo hinfahren müssen, um es auszuprobieren. So lange musste er sich eben mit ihren Tees und ihren Interpretationen und ihrer damenhaften Grazie begnügen. Und mit ihrer plötzlichen Ungezwungenheit. Die gefiel ihm ja auch. Er saß am Küchentisch und träumte von ihr, obwohl sie vor ihm herumging.

Sie setzte sich zu ihm, mit dem Tee. „War es schlimm beim alten Schmidl?" „Entsetzlich, schlimmer gehts gar nicht." Und er erzählte ihr von dem gar nicht so alten Mann, der erst vor einem Jahr seine Frau verloren hatte, jetzt den Sohn. Zum Glück gab es noch eine Tochter, die war gleich gekommen. Der Vater hatte gesagt: „Seit Ruth tot ist, habe ich immer gedacht, der Kevin wird auch nicht lang leben. Er kam mir vor wie ein Automat. Aber in letzter Zeit war es besser, seit er mit dieser Luisa zusammen war. Weiß es die schon?" Er hatte ihm von Luisa Qualts Zusammenbruch erzählt, aber nichts vom Krebs im Endstadium. Der Vater hatte erleichtert aufgeseufzt. „Hat sie ihn also doch geliebt. Ich habe befürchtet, sie will nur einen jungen Kerl im Bett." „Ach geh, die hat ihm doch erst wieder Leben eingehaucht, die war doch wie eine Therapie für ihn", hatte die Tochter gesagt. „Therapie? Das ist es", rief Isolde. „Die waren eine Therapiegruppe! Aber was war mit dem Kevin?" Da erklärte er ihr das mit Ruth. Isolde begann plötzlich zu weinen, um Ruth, um Kevin, um Wehdorner und seine Schwester, vielleicht sogar um die Schadek mit ihrem gemarterten Leib und ihre vergewaltigten Liebsten, vielleicht auch noch einmal um den Qualt mit seinen ganz unerfüllbaren Sehnsüchten oder um die schöne Luisa, die bald sterben musste.

Es dauerte lange und er war froh. Es war, als würde sie für ihn mitweinen. Als es schließlich doch zu Ende ging, bestellte er was zu essen. Vom Inder. Essen mussten sie trotz all der Toten. Das fand sie auch. Und dann erzählte er ihr, dass das wirklich nie seine Sache gewesen sei, solche Fälle. Und er sagte ihr auch, was er so nicht einmal Annuschka gesagt hatte, aber die hatte es trotzdem gewusst. „Was mir Freude macht an dem Beruf, ist, dass ich ein bisschen Gott spielen kann. Ja. Dafür sorge, dass nette Leute mit leichten Strafen davonkommen und die gemeinen schwere Strafen kriegen. Ein bisschen kann man das ja. War immer meine Rechtfertigung. Dass ich manchmal Dinge ein bisschen zurechtrücken kann. Denn an Gerechtigkeit glaube ich schon lange nicht mehr, auch nicht an den Sinn von Strafe. Auch bei meinen Leuten hab ich es immer genossen, die Guten zu belohnen und die Schwachen zu schützen", sinnierte er weiter. „Und die Bösen zu bestrafen?" „Bei den eigenen Leuten ist es schwer. Man versteht sie zu gut. Den Berni zum Beispiel hab ich nie wirklich bestrafen können, obwohl der so ein ekelhafter Rassist ist, eigentlich schon ein Faschist. Jetzt hab ich ihn sogar ein bisschen gerettet." Er erzählte ihr auch davon. Sie fand das nicht so gut. „Der arme Kleine, was der für eine Angst gehabt haben muss. Denkst du daran gar nicht?" „Doch, aber es nützt ihm ja nichts, wenn Berni Streife fahren muss. Der wird dann nur noch gemeiner, aus Frust. Wenn ich ihn auf einen Platz bugsieren kann, wo seine Vorurteile keinen Schaden anrichten, seine Qualitäten sich aber voll entfalten können, das nützt. Es ist wie beim Qualt, weißt du, begabte Leute, die einfach nie auf den richtigen Platz kommen." Und er erzählte ihr, was der Qualt über sie gesagt hatte. „Du meine Zeit", sie war betroffen, „er muss mich so gehasst haben! Ich hab alles gekriegt, was er sich ersehnt hat. Daran habe ich gar nie gedacht. Er hat eine ungeheuer fundierte Diss geschrieben, aber das Thema hat nur ein paar Spezialisten interessiert. Man braucht schon enorm Glück, um Erfolg zu haben. Aber dass die Direx nichts von meiner Krankheit gewusst hat!" Sie schüttelte den Kopf. „Von wem es der Qualt dann wusste? Und er hat es nicht weitererzählt, bis – Dabei hab ich ihn für eine solche Sau gehalten." Dann erzählte er ihr sogar von seinem

Seelen-Voyeurismus und wie er doch immer stolz gewesen sei, dass er sich so gut einfühlen könne in Menschen, und gar nicht gemerkt habe, was für furchtbare Sachen er machte. Überflüssige, einfach sadistische. Dass er sich genauso von Vorurteilen oder eigentlich Sympathien, sei ja auch nicht besser, leiten lasse wie Berni. Und sie tröstete ihn gar nicht mit irgendwelchen Gemeinplätzen. Sagte nur nach einer Weile: „Ja, Lehrer und Polizisten sind arm dran mit ihrer kleinen Macht. Gefährlich sind sie auch." Annuschka hätte was Ähnliches gesagt. Mit ganz anderen Worten.

„Du bist sicher nicht gefährlich, Huschi", sagte er deshalb albern. Sie wurde böse. Streng. „Ich will nicht, dass du mich so nennst." „Ich mein es doch nur lustig, es klingt eben lieb." „Zuerst", erklärte sie ziemlich lehrerinnenhaft, „ klingt es lieb und lustig und dann fängst du an, mich so zu sehen, und irgendwann fange ich selber an, mich so zu sehen. Und dann haben wir den Salat." Er lachte. „Werden wir uns denn so lange kennen?" „Dachte ich schon", sagte sie keck und fügte dann wieder ganz schüchtern hinzu, „oder willst du nicht?" „Doch", sagte er und nahm ihre Hand, weil er zu müde war zum Aufstehen und Umarmen, „aber ich dachte, du interessierst dich mehr für den Fall." „Das werden wir erst wissen, wenn er gelöst ist. Willst du jetzt eigentlich noch herausfinden, wie es war?" Er wollte.

Also breitete er eine große Decke auf dem Boden aus und sie ihre Pläne. Er holte seine Unterlagen, auch seinen Laptop. Dann noch Wein und Gläser. War auch schon egal. „Also! Schieß los." „Nein", lachte sie, „zusammen. Nur Renate und was mit ihr geschieht. Ganz abstrakt, ohne Personen. Dann müssten wir doch die Lücken finden." Lücken? Klar, die Lücken.

„Renate wird", fing er willig an, „von einer Telefonzelle in der Nähe vom Café Jenseits angerufen, sie fährt zu dem Café, geht hinein, ihr Rendezvous ist nicht da, also geht sie wieder raus und auf die andere Straßenseite. „Erste Lücke", unterbrach ihn Isolde: „Warum geht sie auf die andere Straßenseite, wo die Huren stehen? War es vielleicht umgekehrt? Sie wurde zum Märtyrerplatz bestellt und hat nur ins Lokal geschaut, weil niemand gekommen ist?" „Natürlich! Der Taxler hat sie ja am Märtyrerplatz abgesetzt." Sie nickte. „Teil der Strafe. Weiter!" „Ein Wagen hält. Zweite Lücke", unterbrach er sich selbst: „Hat der Wagen damit zu tun?" Sie sagte ungeduldig: „Bringt uns jedenfalls nicht weiter, wir sollten ihn vergessen." Sie hatte ja recht, der Wagen hatte seine Schuldigkeit getan. „Renate geht zum Kanal hinunter. In Begleitung einer Frau? Mit einem Mann wär sie da doch nicht hinuntergegangen, was?" Isolde schüttelte den Kopf. „Sie geht mit ihrer Begleiterin zu einer ziemlich dunklen, abgelegenen Stelle." „Dritte Lücke", sagte Isolde. „Warum geht sie da hin?" „Die Begleitperson will ihr was zeigen", schlug er vor. „Gute Idee. Aber, vierte Lücke, warum ist der Platz frei, warum ist niemand an dieser Stelle?" Sie hätte eine ganz gute Kriminalistin abgegeben. „Irgendwas war dort, vielleicht, irgendetwas oder irgendwer? Wenn es eine Person war, muss sie den Platz schon eine Weile freigehalten haben." „Und wenn es ein Etwas war?" „Müsste es sperrig oder sehr grauslich gewesen sein." „Zum Beispiel?" „Tote Fische, Speibe, ein riesiger Haufen frische Scheiße? Davon hätt es aber Spuren geben müssen." Er studierte die Tatortbeschreibung. „Da war nichts Ungewöhnliches. Präser, bisschen Hundescheiße." „Etwas Sperriges?" „Fällt mir nichts ein. Sicher konnte Kevin –" „Ohne Namen, bitte!" „Könnte ein starker Mann da was hingetan haben, das nicht jeder zur Seite schieben konnte, aber was? Ein Fahrrad oder ein Schlauchboot oder deine geliebte Sackrodel würde nicht reichen." „Ein großes Schlauchboot vielleicht doch? Renate wird jedenfalls zu dem Platz gelockt. Ein großer oder zumindest starker Mensch, vielleicht der Platzhalter, reißt ihr die Perücke vom Kopf, auch eine Strafe, hält ihr den Mund zu. Man nimmt ihr Schal, Handtasche, Schlüsselbund ab. Ihre Insignien. Der starke Mensch oder die Begleitperson oder eine dritte Person, aber zwei reichen, schlägt ihr mit einem Stein oder einer Keule den Schädel ein." „Mit einer Keule, die Taucher haben sie dort im Kanal gefunden. Und zwei Schlüssel zwischen den Steinen." Sie nickte. „Die Täter haben Renates Schlüssel also nicht gebraucht." Er lachte. „Stimmt. Hätten wir früher wissen sollen." „Schlange, Schlüssel und Tuch könnten Opfergaben gewesen sein." Er sah sie ratlos an. „Die Schwester vom Wehdorner ist doch in den Kanal gegangen, oder? Und wo lag das Tuch?" „Ganz nah am Wasser. Auf den Steinen." Sie nickte. „Vielleicht wollten sie es in den Kanal werfen? Und warum sollte jemand einer kleinen Hure so ein kostbares Stück geben? Außer weil eines der Schadek-Mädchen dort –? Wenn es eine Art Therapiegruppe war, dann hätten nicht nur der Tatort und Renates Reise, sondern vielleicht auch solche Opfergaben einen Sinn. Symbolische Handlungen können helfen, heilen. Aber weiter. Sie ist jetzt erschlagen. Ein oder zwei Personen ziehen ihr einen Sack über den Kopf und transportieren sie zum Boot." „Halt", rief er, „wieso hatte sie sowohl Jutefasern als auch Gummiabrieb an der Kleidung? Wenn sie in einem Sack steckte, kam ihre Kleidung nicht mit dem Schlauchboot in Berührung." „Stimmt", sagte sie überrascht. „Aber ein großes Schlauchboot am Tatort", überlegte er, „in dem sie sie einfach zum Wasser tragen oder ziehen konnten, wär vielleicht am allereinfachsten gewesen. Mit dem Sack war sie vielleicht zugedeckt?" Er hatte immer wieder den Plan vom Kanalufer studiert. Fünfzig Meter flussaufwärts, kanalaufwärts vom Tatort war so eine Treppe, die zum Wasser hinunterführte. Er zeigte es ihr. „Das Boot könnte da gewesen oder da hingeschleppt worden sein." Sie nickte: „Jedenfalls wurde sie ins Boot gelegt und über den Fluss gerudert." „Von wie vielen Personen?" „Eine", entschied sie, „die andere musste aufräumen. Aber ich glaube, sie hat das nicht gut gemacht, diese Aufräumerperson. Der Mantel hätte weiter weg sein müssen, in einer richtigen Mülltonne. Der Schal wäre ein unauffälligeres Geschenk für das Mädel gewesen und im Kanal hättet ihr die Goldschlange kaum gefunden, oder?" Er nickte und dachte: Wir hätten es nämlich zu spät versucht! Es war egal. Alle seine Verdächtigen waren tot, es war nur noch ein Spiel, also machte er weiter: „Auf der anderen Seite des Kanals, bei der Überfuhr, wird Renate in den gestohlenen Fahrradanhänger eines Blumengeschäfts gelegt. Davon sind auch Spuren an ihrer Kleidung, also kann sie gar nicht im Sack gesteckt sein. Was passiert mit dem Boot?" „Kann man wegtreiben lassen." „Klar, das finden wir nie mehr. Weiter." „Es ist natürlich denkbar, dass die Ruderperson Renate mit dem Fahrrad gefahren hat. Plausibler scheint mir aber, dass da jemand mit diesem Rad auf sie gewartet hat." Er nickte. Wehdorner vielleicht, dachte er. „Und dann?" „Von der Überfuhr geht es ziemlich steil bergauf, durch die Gerichtsgasse und den Bluthof in den Rabenweg. Von dem biegt die Barmherzigenstraße ab und führt zum Sühnhaus, das ist so ein Durchhaus. Auf der anderen Seite geht es weiter durch die Balsamierergasse." Er musste lachen. „Ja", sagte sie ungerührt, „zur Richtstätte. Aber dann ist da ein Riesenloch." Jetzt sah sie geknickt aus. „Egal in welche Richtung. Selbst mit enormen Umwegen. Es gibt einzelne symbolische Gebäude, Orte, aber dazwischen – nichts als Lücken." „Aber irgendwie geht es weiter?" „Schon. Von der Sensenstraße zum Danteplatz führt dann wieder ein geschlossener Weg. Die Frage ist, ob das Loch auch mit dem Blumenkarren überwunden wurde oder ob dazu ein anderes Gefährt –" „Dein Auto?" Sie zuckte die Achseln. „Mit dem Auto hätten sie an ein paar signifikanten Orten vorbeifahren können, damit der Weg einen Sinn bekommt. Da könnte eine vierte Person ins Spiel gekommen sein." „Wär praktisch", nickte er. „Bei der Richtstätte ist ja alles zugeparkt." „Es ging eher darum, dass alle beteiligt sein mussten, die ganze Gruppe." „Ich kann nachschauen lassen, ob das Rad von der Blumenhandlung da wo steht. Bei der Richtstätte." Er rief an, konnte eine Streife machen. „Wie gehts weiter?"

„Wenn ich recht habe, führt der Weg von der Sensenstraße" – dort hatte ein Zeuge den Wehdorner gesehen, fiel ihm ein – „durch einen kleinen Durchgang, die Anatomiegasse, zur Dr.-Ignaz-Knochen-Gasse." „Die hast du erfunden!" „Nein. Na ja, sie heißt eigentlich Knochegasse, aber die Leute sagen immer Knochen. Die Stixgasse, durch die es weiterginge, passt auch nur phonetisch – jedenfalls führt der Weg in die Todtenstraße."

„Halt", unterbrach er sie. „Wenn nur dein Loch mit einem Auto überbrückt worden ist, wie wurde Renate denn jetzt transportiert?" „Weiß nicht. Meine geliebte Sackrodel wäre eine Möglichkeit. Vielleicht ist sie erst bei der Anatomie in den Sack gesteckt worden. So hätten sie sie durch die Todtenstraße zum Kalvarienberg schieben können. Dort ist ein kleiner Park mit einem Jugendstil-Tempelchen, dem Proserpinatempel." Er nickte: „Beliebter Fixertreff." Sie war irritiert. „Mir schien das eigentlich der beste Ort, sie herzurichten." „Durchaus möglich", sagte er, „die Junkies sind vertrieben." Sie seufzte erleichtert. „Auf der anderen Seite vom Park führt die Schattenstraße zum Dante-Platz hinunter, und sie sind vor dem Höllentor. Dieses letzte Stück hätte man sie tragen oder auch als Puppe bewegen können."

Es klang so logisch. „Wehdorner will Renate am Kanal getötet haben, weil er sie liebte und sie ihn abgewiesen und gequält hat." Isolde lachte. „Dann will er sie in einen Sack gepackt und zu deinem Auto, das er in der Nähe geparkt hatte, getragen haben, mit ihr zur Schule gefahren sein usw. Zwischendurch will er angehalten haben, ihr die Perücke wieder aufgesetzt – was ja nicht wahr ist –" Durfte er ihr das eigentlich alles erzählen? Entschieden nicht. „Er will die Handtasche bei der Schule in eine Mülltonne gestopft haben, dann zurückgefahren sein, in seinem Wagen, den Mantel in einen Koloniakübel und den Schlüsselbund ins Wasser geworfen haben. Du siehst, manches passt, anderes nicht." „Vielleicht weil er einen Teil wusste und einen anderen nicht? Die Handtasche kann ja er weggeworfen haben. Aber am Märtyrerplatz war er wohl nicht, konnte also nicht wissen, was dort genau passiert ist. Wenn der Aufräumerjemand Fehler gemacht hat, wird er das nicht herumerzählt haben. Nur, dass der Wehdorner nicht den ganzen Plan gekannt hat, ist seltsam. Eine echte Lücke. Oder war die Perücke für ihn einfach nicht wichtig? Jeder der Beteiligten hat wohl die eigenen Symbole eingebracht. Für ihn war es sicher das Wasser, der Kanal."

Die Zentrale rief an. Das Rad mit Anhänger war bei der Richtstätte. Er schaute Isolde fast atemlos vor Bewunderung an. Oder, schoss es ihm siedend heiß ein, ist sie eine Mittäterin? Weiß sie deshalb alles? Warum soll sie es mir dann aber erzählen? Um sich zu schützen? Um jemand anderen zu schützen? Eher. Aber wen? Liebte sie den Wehdorner? Oder hatte sie sich eine Tochter adoptiert? Die Proni? War die ein Hartlieb-Opfer und Renate hatte nichts –? Mist. Er hatte der Frau viel zu blind vertraut. Was sollte er jetzt machen? Er musste sie berühren, um den Verdacht zu verscheuchen. Zog sie in seine Arme und küsste sie. Nein, war ja alles Topfen, was er da gedacht hatte. Hätte sie ihn denn auf die Puppenspielerei gebracht, wenn sie die Proni schützen wollte? Und von Renates Kuppelei und Wehdorners Schwester hatte sie definitiv nichts gewusst! Sie konnte ja überhaupt nicht lügen! „Wie gehts weiter?", fragte er.

„Weiß nicht", lächelte sie beschämt. „Eine Person hat ja wohl mein Auto zurückgebracht, zwei mussten Renate tragen oder bewegen, es könnten aber auch alle da gewesen sein. Vielleicht haben sie sich beim Proserpinatempel zu einer Zeremonie versammelt und das Opfer dann in einer Prozession zum Höllentor geführt? Jedenfalls sind die beiden bekannten Personen in den Heizungskeller gegangen. Dort war kein Orkus. Also mussten sie den Plan ändern und haben Renate im Konfer ins Mondlicht gelegt. Ja, sie lag da wie gefällt, von Artemis, der Göttin der Jungfräulichkeit und der Jagd und des Todes, erlegt." „Manche Leute denken vielleicht wirklich so", grummelte er. „Dann konnten sie gehen, es war vorbei", sagte sie, fast traurig.

„Moment: Wer hat den Zettel ausgetauscht?" „Ach ja. Die wütendste von den fünf Personen. Die dümmste vielleicht." „Fünf?" „Müssen es doch sein, oder? Den Maler und die Schadek hat Felix gesehen. Kevin hat versucht, Felix zu töten. Keiner von den beiden Ersten kann Kevin getötet haben. Die Qualt auch nicht. Also muss es eine fünfte Person geben." „Schon", sagte er, „nur: War die Qualt wirklich dabei? Die Frau ist todkrank!" „Wer sonst konnte so unterschiedliche Menschen zu einer Gruppe zusammenschweißen? Muss jemand mit Macht und Charisma gewesen sein." „Aber es ist doch so", überlegte er unglücklich – er hatte ja schon wieder auf den Schmidl-Mord vergessen, gedacht, er wäre fertig, es sei alles nur eine Art Rätsel –, „Wehdorner hatte seine Schwester, der Schmidl seine Ruth, die Schadek ihre Mädchen, die unbekannte Person hat wahrscheinlich auch jemanden. Wen hat Luisa Qualt?" „Sie ist Persephone."

„Was meinst du?" „Sich selbst. Weiß nicht, bin zu müd. Warum hat sie den Qualt geheiratet? Warum so gelebt? Und da ist noch was, es fällt und fällt mir nicht – Schlangen – Schatten –" Sie war ganz plötzlich eingeschlafen, auf dem Boden. Er rüttelte sie, kriegte sie aber nicht wach.

*Donnerstag*

Es war dunkel, aber sie hätte schwören können, sie war in einem Raum, in dem sie noch nie zuvor gewesen war. Was war passiert? Unfall? Gedächtnisverlust? Spital? Aber im Krankenhaus bekam man so Kittel. Sie war halb nackt. Passte nicht. Sie musste träumen. In einem dieser Schachtelträume gefangen sein, wo man träumt, man habe geträumt – sie hatte nämlich geträumt, im Traum geträumt, sie habe mit Prager geschlafen. Es war ganz einfach gewesen. Alles, wovor sie solche Angst – Er hatte sie in ein Bett getragen. Konnte er ja nicht mit seinem Rücken. Also Traum. Sie hatten sich aneinandergeschmiegt und es war ganz vertraut – Geborgen. Leicht. Irgendwann hatte er gesagt, probieren wir es doch, und sie hatten beide gelacht – Muss ein Traum – sie waren beide viel zu kaputt dafür. Und jetzt musste sie träumen, in einem fremden Zimmer zu liegen. Wahrscheinlich lag sie noch auf dem Boden, wo sie gestern Abend gelegen waren. War dort eingeschlafen und träumte auf dem harten Boden solchen Unsinn. Kein Wunder. Aber träumt man, in einem weichen Bett zu liegen, wenn man auf dem harten Boden schläft?

Die Gedanken und Gespräche von gestern Abend – plötzlich wusste sie alles. Entdeckte das eine Gesicht, erkannte das andre. Entdecken und erkennen. Das wars. Wehdorner hatte alles gemalt. Die ganze Geschichte. Erst die eigene. Dann die der anderen. Und die Herrin im Hintergrund. Aber das würde sie dem Josef nicht sagen, wer die fünfte Person – nein. Das ging zu weit. Außerdem, im Traum glaubt man ja immer, alles zu wissen.

Josef schnarchte, ganz leise, mehr ein lautes Atmen. Wohlig. Wenn sie sich an ihn schmiegen dürfte, würde sie schlafen können. Aber sie durfte ihn nicht wecken. Und sie schlief ja. Konnte nur im Traum nicht – Langsam wurde es heller, auf ihrer blöden kleinen Uhr konnte sie natürlich nicht sehen, wie spät es war. Falls es kein Traum war, dass sie alles wusste, musste sie es irgendwie so hinkriegen, dass sie die Wahrheit erfuhr. Das wollte sie schon. Die Wahrheit kennen, wissen. Ach, Peterka, die Wahrheit! Na, die ganze Geschichte halt. Mochte es der Josef auch nicht glauben, die Qualt war die Herrin der Unterwelt. Und Kevin ihr Gehilfe. Der Golem. Schadek und Wehdorner und Eva nichts als Puppen, die sie tanzen ließ.

Meine Güte, die waren ja alle von Anfang an da gewesen! Wie auf dem Tablett. Kevin so früh im Konfer, wo er gar nichts zu suchen hatte. Eva früher als nötig da. War sie sonst nie. Und wie die geheult hatte! Die Schadek auf dem Gang, sinnlos. Und Wehdorner ja auch. Das hätte die Polizei aber wirklich herausfinden können. Wenn ich schon zu blöd dazu war!

Die Augen fielen ihr zu. Im Traum fiel ihr wieder ein, dass die Zimmrich ein paar Semester Medizin studiert hatte. Nicht so wenige. Bevor sie schwanger geworden war. Was hatte Renate bloß mit ihrer Molly gemacht? Hatte sie nicht alles getan, sie zu retten? Und was war ihr gestern nicht eingefallen über Persephone Qualt? Es war ganz nah. Genau da musste der Wecker läuten.

Prager fuhr hoch. Sie auch. Sie sahen einander verwirrt und erstaunt an. Einen Augenblick lang. Dann sagte er: „Ich hab dich ins Bett gebracht, so auf dem Boden, das war ja nichts. Aber ich hab nichts gemacht.“ Es rutschte ihr einfach raus: „Schad.“ Er lachte. „Aber ich habe wenigstens geträumt, du hättest“, sagte sie. „Wir hätten.“ Er nahm sie in die Arme und küsste sie ein bisschen. So auf halbem Weg zwischen zärtlich und – dann hörte er abrupt auf. Er gehe Frühstück machen. Sie könne ins Bad. Es sei erst sechs, aber sie wolle sicher nach Haus vor der Schule, sich umziehen. Sie raffte ihre Kleider zusammen. Unterwäsche trug sie noch. „Warte, Handtuch", er gab ihr eines aus einem wunderschönen Schrank. Biedermeier. Sie konnte nicht widerstehen, musste das alte Holz berühren. „Die Möbel hat Annuschka von ihren Eltern geerbt, die waren, wie soll ich sagen, wohlhabend eben." Als müsse er sich rechtfertigen, so schöne Dinge zu haben!

Sie ging gehorsam ins Bad. Duschte kurz. Heiß, kalt. Versuchte wach zu werden. Er wollte nicht in seinem Ehebett, ihrem Ehebett. Und er war auch viel zu müde gewesen. Aber er wollte schon? Oder? Peterka! Es geht zu weit! Strenge half manchmal. Und sie musste das jetzt beiseiteschieben. Hatte ein anderes Problem. Sie konnte ihn doch nicht so weit ihren Weg führen und dann plötzlich aufhören, weil sie jemanden schützen wollte. Alles begann und endete damit, dass sie jemanden schützen wollte. Und mit einem blöden Zettel. Wie konnte sie das denn drehen? Konnte ihn auf Kevin schieben, den Zettel, natürlich. Meine Güte, sie wusste ja selbst nicht genau, wie es gewesen war. Sie musste in die Küche. Frühstücken. Lieber hätte sie sich im Bad eingeschlossen. Aber er wollte ja wohl auch – also musste sie. In ihrem verknautschten Kostüm und ihrer zerknitterten Bluse. Sie war wirklich schon zu alt für so etwas.

Ein bisschen Zeit blieb ihr noch, er ging ins Bad. Eva hatte Kevin getötet. Sicher. Nur, warum? Kevin hätte ja nie etwas verraten. Der hatte durchaus den Zuschnitt zum Märtyrer gehabt. Oder hatte es ein Ausstiegsszenario gegeben? Wer in Verdacht geriet, nahm sich aus dem Spiel? Die Schadek hatte sich umgebracht, ohne jemanden zu belasten, und der Maler versucht, alles auf sich zu nehmen. War Kevin aus der Reihe getanzt? Oder konnte er es nicht selbst? Und hatte Eva gebeten?

Josef kam, roch frisch und fragte schon nach dem ersten Schluck Kaffee: „Und wer war das mit dem Zettel?" „Och, entweder Kevin oder die fünfte Person", sagte sie. War ja keine Lüge. „Eine Sackrodel haben sie bei diesem Tempel gefunden. Woher hast du eigentlich gewusst, dass das Rad von der Schadek am Dienstag bei der Schule stand?“ Sie wurde rot. Purpur. Bisher hatte er kein Wort darüber verloren, aber es musste ihn doch sehr geärgert haben, so ein Vertrauensbruch. „Das war wirklich zu blöd von mir. Ich habs vom Gangfenster aus gesehen. Es ist unverwechselbar, bunt, voller Pickerln, aus Frankreich natürlich, mit einer ganz ausgefallenen Satteltasche. Sicher auch französisch.“ Sie hatte das Gefühl, eben ihre Trauerrede für die Schadek gehalten zu haben. Was konnte sie sonst – Josef fragte schon wieder nach der fünften Person. Sie zuckte die Achseln, traute sich nichts zu sagen. Wo sie so schlecht log. „Wer hat denn jetzt Renate so geschickt die Treppe hinaufgebracht?“ „Das verwirrt mich ja auch.“ Wieder nicht gelogen. „Vielleicht sind Schadek und Wehdorner vorgegangen, das Terrain sondieren. Und Kevin wartete unten mit der toten Renate, bis sie ihm das Zeichen gaben, dass die Luft rein war.“ „Also gar keine Puppenspielerperson?“ Jetzt sagte er das auch schon. Und richtig enttäuscht! Sie plapperte weiter. „Der Kevin trug sie dann hinauf, vielleicht zusammen mit jemandem, oder sie bewegten sie hinauf, aber das konnten die Buben ja nicht mehr sehen. Nach der Größe der Figuren auf der Zeichnung würden Wehdorner und Schadek schon passen.“ Nur dass die Schadek nie Stöckelschuhe getragen hat, dachte sie, die Eva dagegen – „Dann gingen die beiden in den Heizungskeller, Kevin strich oben herum, entdeckte die Zettel und tauschte sie aus.“ „Im Konferenzzimmer kann ich mir das schon vorstellen, da war es heller, aber wie hat er den Zettel an Qualts Tür entdeckt?“ Mist! „Und war der Schmidl so dumm?“ Was heißt schon dumm, dachte sie, jeder ist dumm, ich bin dumm, der Josef ist dumm, Renate war dumm, die ganze Geschichte – Kevin war natürlich dumm, ein Depp, die Eva ist bestimmt gescheiter. Was der da aufgeführt hat im Konfer! Lässt die arme Petra einen Leichnam beatmen! Oder hat er wirklich gehofft, er könne Renate ins Leben zurückholen? Wieso hatte Eva eigentlich den Zettel entdeckt? Weil die Bürotüre vom Qualt neben dem Sekretariat ist. Logisch. Als Eva ins Sekretariat gegangen ist – konnte sich nicht losreißen von ihrer Renate, der Kaltwarm-Renate –, vielleicht war es da schon hell. Und nur die Eva hatte ja diese Hassliebe zu Renate. Die Karikatur konnte sie nicht ertragen, aber ihr ein „Sau“ nachzurufen, muss ihr gutgetan haben.

„Was machen wir mit der Qualt?“ „Du kannst in ihrer Vergangenheit herumstochern nach – einer Schändung. Obwohl, wenn sie noch jung war, wurde das vielleicht nie – damals.“ Er nickte. „Beweisen wirst du ihr nichts können. Und wenn? Sie stirbt. Bei deinem Fall hat sie wohl auch nur Maske gemacht. Beim Proserpinatempel könnt ihr ja suchen. Sie hätte auch jemanden anlernen können, aber für sie war es am einfachsten. Sie kann es.“ „Der Qualt konnte es auch, vielleicht sogar besser“, sagte er. Wieso war sie darauf nie gekommen? Hatte der sich deshalb –? Oder warum? Weil Luisa sterben muss? „Aber sie kann auch Kleider gründlich reinigen und in Ordnung bringen. Und hatte Zugang zur zweiten Perücke.“ „Und die erste?“ Was er alles von ihr wissen wollte! „Wahrscheinlich in einer Mülltonne“, log sie, ging ja. „Du hast gesagt, die Täterperson hat sie“. Sie wurde rot. Ja, Eva hatte die blutige Perücke, bestimmt. Eva war von Renate verraten worden. Renate hatte mit dem Feind kollaboriert. Irgendwie. Und der Skalp würde Eva Renates Kraft geben, um die sie sie beneidet hatte.

Ob Luisa Qualt den dummen Kevin wirklich geliebt habe, wollte Josef jetzt wissen. Ungefährliches Terrain. „Wie soll ich das wissen? Ich kenn sie ja gar nicht. Vielleicht hat sie ihn als ihren Gehilfen erwählt, weil er der Jüngste und Unsicherste war.“ Wenn er nicht bald aufhörte, würde sie nicht mehr nach Hause kommen. Aber er fragte schon wieder: „Die fünfte Person ist also älter als Kevin?“ Sie war ihm heute nicht gewachsen.

Es würgte sie in der Kehle. Gleich würde sie schweißgebadet sein. Sie wollte weg. Nicht länger ausgefragt werden. Sagte es sogar. Nur höflicher. Und stand auf.

„Meine liebe Isolde, hör mir zu." Er nahm sie fest am Arm und drückte sie zurück auf ihren Stuhl. „Wenn du weißt oder ahnst, wer die fünfte Person ist – du kannst sie nicht schützen. Nicht vor mir." Plötzlich kam er ihr ziemlich mächtig vor. Nicht gerade wie Gott, aber wie ein Vater oder Richter. Und zusammen ergab das ja Gott, oder? „Ich finde heraus, wer es ist. Ich kann hartnäckig sein. Außerdem hast du die ganze Vorarbeit gemacht. Ich brauch nicht mehr weit zu gehen. Irgendwas ist auf diesem Bild, das mich hinführen wird." Er drehte das Blatt um, das er neben seinen Teller gelegt hatte; es war „Zwei Mal Persephone". Mist, dachte sie und spürte, wie sie rot wurde, puterrot wahrscheinlich. „Ich kann viel machen oder unterlassen", er war mächtig, aber milde, „ich manipuliere die Wahrheit, wenn es mir richtig scheint. Aber wissen will ich sie schon, genau wie du." Doch nicht Gott, dachte sie, der war ja allwissend. „Du willst nicht, dass die Unfähigkeit der Polizei, meine Unfähigkeit noch einen Menschen in den Tod treibt. Da hast du natürlich nicht unrecht. Aber vergiss bitte nicht, Kevin ist eiskalt hingerichtet worden. Deine Schutzbefohlene ist eine Scharfrichterin." Woher weißt du, dass es eine Frau ist, hätte sie fast gefragt. „Renate ist rituell getötet worden, von einer Sekte oder Feme oder von den Erinnyen –" „Erinnyen töten nicht", redete es besserwisserisch dazwischen. „Meinetwegen, Frau Doktor", sagte er, „jedenfalls von einer Gruppe zutiefst verzweifelter Menschen. Ich mag keine Femegerichte, nein. Ich rechtfertige es nicht. Aber irgendwie kann ich es begreifen. Mit meinem atavistischen Teil, ist das korrekt?" Sie nickte. Beschämt. „Kevin hat in Panik versucht, einen Buben zu erschlagen, dafür hätte ich ihn zu gern geschnappt, diesen Depp, aber ich hätte nicht gewollt, dass er hingerichtet wird." Sie nickte.

„Weißt du, es gibt Menschen, die töten einmal. Aus Angst oder Gier oder Rache. Dann ist Schluss. Es gibt aber auch welche, bei denen bricht ein Damm. Für die wird es dann normal, zu töten. Finde die Wahrheit meinetwegen selbst heraus, allein, wenn du musst. Aber sag mir, wer es ist, und lass mich auf dich aufpassen.“ Sie nickte.

Sie zeigte auf die Injektionsnadeln auf dem Bild. „Persephone“, sagte er, „Molly Zimmrich.“ Sie zeigte ihm das Gesicht, das sie im Traum gesehen hatte und das jetzt deutlich vor ihr lag. Es wurde von der Landschaft und der Schrift und den Zahlen gebildet. Sie fuhr die Züge zärtlich mit dem Finger nach. „Die Qualt“, sagte er. „Persephone. Zwei Mal Persephone“, sagte sie. Sie zeigte auf die weibliche Figur am oberen Bildrand. Er drehte das Bild ein bisschen. „Eva Zimmrich.“ Er hatte sie schneller erkannt als sie. „Ich möchte gerne alles erfahren von der Eva, heute nach der Schule“, bettelte sie. „Du kannst mich beschützen, und wenn wir alles wissen, können wir – kannst du entscheiden.“

Das Telefon klingelte, bevor er antworten konnte. Er ging ins Arbeitszimmer, sie musste mit. Er hatte vergessen, sie loszulassen. Luisa Qualt lag im Sterben und wollte Herrn Prager sprechen.

Sie würde Persephone sehen. Deshalb hatte er sie aber nicht mitgenommen, der Josef. Er wollte aufpassen auf sie. Sie kam sich ganz klein vor. Wenn er die Zimmrich sofort festnimmt, dachte sie auch schon fügsam, ist das vielleicht das Beste. Nur, wie festnehmen, ohne dass etwas außer Kontrolle geriet? „Nicht in der Schule“, sagte sie unwillkürlich. Er schaute auf die Uhr. Telefonierte. „Hab ich dich geweckt, Berni?“ – „Gut. Hör zu, du musst Eva Zimmrich festnehmen. Sie wars.“ – „Nein, den Schmidl. Möglichst gleich, bevor sie aus dem Haus geht. Auf keinen Fall in der Schule. Nimm dir Leute mit, die könnte gefährlich sein. Seid vorsichtig.“

Die Qualt war wirklich wunderschön. Himmel, war die schön! Obwohl sie so totenblass war. Und die Haare verklebt und strähnig. Und obwohl Schläuche in ihrer Nase steckten. Prager fragte, ob Isolde Peterka dabei sein dürfe. Luisa schaute sie an und lächelte, als wollte sie sagen: Ach, du bist das! Oder: Ach, da bist du ja. Und nickte. Isolde setzte sich auf ein unbenütztes Bett und versank in Luisas Anblick. Dieses vollkommene Ebenmaß des Gesichts! Unwirklich. Unirdisch.

Ob er das Band laufen lassen dürfe, fragte Prager. „Meinetwegen." Die Stimme drang kaum bis zu Isolde. Egal. Sie musste ihr sowieso auf den Mund schauen. Diese Lippen! Trocken und rissig, ja, aber so schön geschwungen!

„Ich muss das jetzt abschließen", sagte die Stimme. Sie war ganz flach, trocken, rau. Krächzend. Gehörte nicht zu der Schönen. Isolde bekam Gänsehaut. Musste wohl an den Schläuchen liegen. Oder? „Sie müssen die Eva festnehmen. Deshalb habe ich Sie herkommen lassen", hörte sie, las sie. Und dachte, das ist ein Befehl, sie ist mächtig. Sie sah, wie die Qualt Prager prüfend anblickte. Der nickte. „Eva Zimmrich", sagte er, „ja. Sie hat Kevin Schmidl erstochen. Die Kollegen sind schon unterwegs." Luisa schien zufrieden. Wie eine Lehrerin, deren Schüler bei einer schwierigen Prüfung besser abschneidet als erwartet.

„Ich wusste, dass ich nicht mehr lang Zeit hab, wollte ein paar Dinge zurechtrücken", sagte die Qualt. Lächelte. „Bisschen Gott spielen." Prager wurde blass. „Oder Göttin." Das war sie, eine Göttin. Brauchte sie nicht zu spielen. Aber welche? Persephone? Die war von der Schlange geschändet worden. Würde die Schlange als Mal tragen. Möglicherweise. Doch nicht als Schmuck! War es das, was sie nicht hatte greifen können? Welche Göttinnen hatten Schlangen? Die Erinnyen, ja. Alekto, Megaira und Tisiphone. Aber Rache? Bei den anderen ja, aber bei Luisa?

Prager sagte: „Ich brauche ein Geständnis." Die Qualt lächelte. „Kevin hat Hartlieb getötet", krächzte sie. „Er musste aufgehalten werden." Sie hatte es laut und deutlich gesagt. Obwohl sie mit so viel Mühe sprach. Prager nickte. Ja, dachte Isolde, sie hat es nicht selbst getan. Wozu hatte sie einen Golem? Und Puppen, die Puppenspielerin? Aber war Hartlieb ermordet worden? Oder hatten ihn die Erinnyen in den Selbstmord gehetzt? Und wer musste da eigentlich aufgehalten werden?

Prager sagte: „Sie hatten ein Verhältnis mit Hartlieb." Auf die Idee wäre jetzt Isolde wieder nicht gekommen. Luisa lächelte. Wie im Traum. „Eine Zeitlang." Isolde musste sich sehr konzentrieren, um zu verstehen. „Wollte ihn von den Mädchen wegkriegen. Hat nicht gewirkt. Wirkt nie." Was meinte sie? Hatte sie versucht, den Qualt von den Buben abzulenken? Oder die Schadek von ihrem Prügelmann loszueisen? Hatte sie versucht, mit ihrem Körper zu heilen? Zu erlösen? Die Welt in Ordnung zu bringen? Und weil es nicht wirkte, war sie auf den Tod gekommen? Aber die Schlange stand nicht für Tod. Stand für Heilung, Erlösung, fiel ihr ein. Oder eben Rache.

Prager fragte: „Hatten Sie keine Beweise? Für die Vergewaltigungen?" Pause. „Nein." Die Qualt wirkte erstaunt. Als verstünde sie den Sinn der Frage nicht. Und wieder Pause. Dann sagte sie, gnädig, gönnerhaft fast: „Wenn Sie ein Geständnis brauchen, ich hab Renates Reise – inszeniert. Angeregt." Angeordnet, dachte Isolde. Befohlen. Die Herrin.

Prager fragte: „Hatte Renate Molly Zimmrich auf dem Gewissen?" Ein Nicken. „Ihre Hilfe war nur Täuschung?" Pause. „Nein. Ja. Sie hat sie zu Hartlieb gebracht." Kaltwarm, dachte Isolde schaudernd. Und versank wieder im tröstlichen Anblick der Göttin. Josef war wohl auch versunken, fragte nichts. Wartete. Wozu auch noch Fragen stellen, es war nicht mehr wichtig. War wohl alles ganz anders gewesen als sie gedacht hatten. Das meiste. Manches. Aber Luisa Qualt lag im Sterben.

Schließlich redete die Qualt aber doch. Ohne Fragen. „Renate hatte es auf farbige Mädchen abgesehen. Hat sie gehasst. Krankhaft. Hat sie zerstört. Weil ihr Liebster sie wegen einer dunkelhäutigen Frau verlassen hat. Wie sie meinte." Jetzt war das Lächeln nicht sanft, sondern geringschätzig. Warum hatte die Luisa Renate bloß so verachtet? Die Krächzstimme, Blechstimme mühte sich weiter: „Sie glaubte, sie steht allein gegen die Welt. Alle wollen ihr rauben, was ihr zusteht. Sogar ihre Kinder. Musste alle bekämpfen, alle betrügen, alle erpressen, alle opfern, um zu ihrem Recht zu kommen. War gefährlich. Krank. Keiner hat es gemerkt. Die hätte man wegsperren müssen." Das war eine lange Rede gewesen. Eine Rechtfertigung. Wozu? Was hatte Renate der Luisa denn geraubt? Diesen Afrikaner? Kaum. Den Felb-Ederring? Möglich. Oder war da was mit Hanna? Der die Qualt ihre Puppen geschenkt hatte? Hanna war ihr schon irgendwie ähnlich, auch wenn sie äußerlich dem Bernhard – Peterka! Das ist ja die reinste Schnulze! Nur, irgendeine schäbige alte Geschichte steckte hinter dem allen, ganz weit hinten, unten. Die konnte jetzt keiner mehr erzählen. Die würden sie nie erfahren. Wozu auch. Aber Rache? Doch. Ja.

Prager kam mit seiner Gedankenleserei auch nicht weiter. Er hielt Luisa sein Gerät hin und sagte unsicher: „Schmidl hat Renate getötet, Helene Schadek hat geholfen?" Die Göttin lächelte. Zuckte die Achseln. Wieso die zwei? Vielleicht war es ganz jemand anderer? Konnten ja noch mehr Leute zu der Gruppe gehört haben. Der Qualt, Mona Hartlieb, Hanna – Nein. Unsinn. Drei Erinnyen. Nicht mehr. Und Erinnyen töten nicht. Der Gehilfe muss es gewesen sein, seine Ruth war erschlagen worden. Erschlagen!

Prager fragte weiter: „Karl Wehdorner?" „Er wollte nur helfen." Sie sagte es mit einem so zärtlichen Lächeln! Den Maler hat sie geliebt, dachte Isolde überrascht. Und: War er keine Erinnye? Nur Chronist? Doch noch eine Frau? „Er hat alles auf sich genommen“, sagte Prager. Wieder dieses zärtliche, auch stolze Lächeln. „Er wird überleben“, setzte er noch nett hinzu. Luisas Gesicht verzerrte sich. Vor Schmerz? Wut? Angst? Vermutungen. Nichts als Vermutungen.

Der Josef sah jetzt sie an. Es war eine Aufforderung. Hieß, jetzt red schon! Als würde sie mehr verstehen! Sie versuchte eine Ordnung herzustellen. Dachte laut: „Für die Männer war Renate nur Ersatz. Für Eva und – Helene war sie die Schuldige? Deshalb wollten sie Renate töten? Eine von beiden? Sie haben gelost? Helene hat gewonnen? Aber sie konnte es nicht? Darum hat es Kevin getan?“ Luisa hatte auf jede ihrer Fragen genickt, resigniert irgendwie, gleichgültig, und Prager hatte jedes Mal leise in sein Aufnahmegerät gesagt: Frau Qualt nickt. Das war so absurd! Aber es war schließlich alles nur für Prager und sein Gerät. Damit er seinen Fall abschließen konnte. Es stimmte so nicht. Oder? Es war wirklich nicht wichtig. Nur verstanden hätte Isolde es gern.

„Du hast es so schön inszeniert. Den Weg. Die Symbole. Es hätte die Qualen lindern sollen, heilen, erlösen. Aber es hat nicht gewirkt, oder?“ Die Puppenspielerin bewegte den Kopf ein wenig hin und her. Jetzt selbst wie gelenkt. „Es lief auch nicht so gut?“ Die gleiche, fast unmerkliche Kopfbewegung. „Kevin?“ Ein Nicken. „Ja, man sollte nicht glauben, dass ein so großer Mensch so schwach sein kann.“ Luisa lachte. Hustete. Oder war es ein Keuchen? „Symbole konnte er auch nicht begreifen.“ Die Qualt sah sie aufmerksam an. Gespannt. „Deshalb hat er Fehler gemacht?“ Luisa nickte. „Mit der Schlange? Deinem Zeichen.“ Nichts. „Wollte auch plötzlich nicht mehr sterben.“ Nichts. „Eva hat Kevin auf deinen Befehl getötet? Aufgehalten?“ Nichts. „Und sie wird sterben?“ Nichts. Egal.

Isolde hatte es für Prager gesagt. Ja, die Irre hatte das Todesurteil für Eva ausgesprochen, als sie ihm den Auftrag gegeben hatte, sie zu verhaften. Und sie beide dann hier festgehalten mit ihren Rätseln und Geschichten! Prager hatte sein Gerät schon abgeschaltet. Sie drängte ihn zur Türe. Er musste zurück in die Oberwelt, Eva retten! „Nicht festnehmen“, bettelte sie. „Ruf an“, schrie sie.

Sein Telefon schrillte. Die Oberwelt. Da war sie schon. Er sagte nur leise „ja“, dann nichts mehr. Wurde sehr blass. Weiß. So weiß konnte ja niemand werden, der noch unter den Lebenden weilte. Nicht einmal Luisa war so weiß. Seine Stimme krächzte auch, als er endlich sprach. „Eva Zimmrich ist tot“, sagte er. „Berni auch. Sie hat den Berni erstochen.“ Pause. „Ich hätte doch selber –“

Er verbeugte sich schweigend und ging.

Isolde wusste jetzt, wie es gewesen war. Zu spät. Sie war so nah dran gewesen. Hatte es immer wieder – und nicht begriffen. Die wollten Renate nicht töten! Nur strafen. Quälen. In den Selbstmord treiben. Wie Hartlieb. Oder in den Wahnsinn. Erinnyen eben. Der Strich für die Schadek-Mädchen, der Schlag auf den Kopf für Ruth, ein Tauchbad im Kanal für Xenia, Nadelstiche am Fixertreff für Molly, ein paar Tage in Plutos Reich für Luisa. Aber der Kevin-Depp hatte nicht symbolisch zugeschlagen. Ach, hätten sie sie bloß da liegen lassen, am Kanal, die Renate! Aber die waren gefangen in ihren Geschichten. Ihrer Welt.

Isolde wusste jetzt auch, dass die Göttin Eva hatte retten wollen. Durch Prager, durch die Verhaftung. Persephone war nicht böse. Liebte das Licht. Hasste Plutos Reich.

Und sie wusste jetzt, wo sie sie zum ersten Mal gesehen hatte. Damals. So ein Gesicht vergisst man doch nicht, Peterka, tadelte sie sich gewohnheitsmäßig. Es war an diesem Ort gewesen. Schattenreich nannten ihn die Insassen. Sie nannte ihn für sich immer nur „diesen Ort“. Selbst dabei verlor sie den Boden unter den Füßen. Und die Welt schlug über ihr zusammen. Sie klammerte sich fest. Am Türstock, weil der Josef nicht mehr da war.

Es ging wieder nach einer Zeit. Sie setzte sich an Luisas Bett. Eins musste sie noch fragen: „Was haben sie dir angetan, Persephone?"

„Ach", sagte die mit ihrer hässlichen Krächzstimme, „du kennst die Geschichte. Bei mir warens keine Götter. Lehrer. Danach war ich – viele Jahre – jeden Winter im Schattenreich." Pause. „So nannten wir die Anstalt, weißt noch?"

Isolde saß dann nur noch da. Lange. Bis zum Schluss.

Mit freundlicher Unterstützung von

HEINZ DUCHHARDT

# Der Aachener Kongress 1818

*Ein europäisches Gipfeltreffen im Vormärz*

Mit 13 Abbildungen

PIPER

*Mehr über unsere Autoren und Bücher:*
*www.piper.de*

Von Heinz Duchhardt liegt im Piper Verlag vor:
Der Weg in die Katastrophe des Dreißigjährigen Krieges

FSC
www.fsc.org
MIX
Papier aus verantwortungsvollen Quellen
FSC® C014496

ISBN 978-3-492-05871-1

Satz: Kösel Media GmbH, Krugzell
Gesetzt aus der Adobe Garamond Pro
Litho: Lorenz & Zeller, Inning am Ammersee
Druck und Bindung: GGP Media GmbH, Pößneck
Printed in Germany

*Außerdem waren diese zwei Monate, obgleich voll Mühe und Arbeit, doch unstreitig die interessantesten, befriedigendsten und ruhmvollsten meines Lebens.*

FRIEDRICH GENTZ, Tagebuch

# Inhalt

Vorwort 9

Einleitung 11

Von Wien nach Aachen 19

Der Ort des Geschehens 49

Die Agenda und der Erwartungshorizont der Öffentlichkeit 73

Die Protagonisten – die Monarchen und ihre Minister – und der Arbeitsstil 87

Fürstlicher Tourismus und höfischer Glanz in einer alten Reichsstadt 124

Symbolisches Handeln: Der Aachener Kongress und die Geschichte 135

Der Aachener Kongress als Etappe der Kunstgeschichte 145

Der Kongress als musikalisches Ereignis 156

Die politischen Ergebnisse 167

Der Ort des Aachener Monarchentreffens im Vormärz 208

Danksagung 223

Anhang 225

Anmerkungen 225

Siglen- und Abkürzungsverzeichnis 243

Quellen- und Literaturverzeichnis 245

Bildnachweis 253

Personenregister 255

Geographisches Register 261

# Vorwort

Gipfeltreffen von Staatspräsidenten und Regierungschefs zählen seit den 1980er Jahren im Zuge der ungeheuren Verdichtung der Staatenbeziehungen und von Globalisierungsprozessen zu den Normalitäten einer »nachmonarchischen« Zeit, die glaubt, im persönlichen Austausch der Staatsmänner die Gebrechen eines Kontinents oder der ganzen Welt heilen und den Weg in eine bessere Zukunft planieren zu können: Die EU- und NATO-Gipfel, die EU-Afrika-Gipfel, die G7-, G8- und G20-Gipfel, die Klimagipfel und vieles andere mehr stehen für diesen Trend, dem spektakulären Zusammentreffen einer politischen Spitzenelite mehr zuzutrauen als dem stillen und beharrlichen, unprätentiösen sachorientierten Arbeiten von Diplomaten und Experten oder den UN-Resolutionen.

Unsere Gegenwart, so scheint es, bedarf des medial weltweit vermittelten Spektakels, mögen die tatsächlich auf diesen – immer massiver hinterfragten – Treffen erzielten Ergebnisse oft mit dem riesigen Aufwand auch in einem eklatanten Widerspruch und Missverhältnis stehen. Multilaterale Gipfeltreffen sind jedoch kein Phänomen der Moderne, die Traditionslinien gründen vielmehr im frühen 19. Jahrhundert. Damals wurde dieser Typus in die internationale Politik eingeführt, den es vor der Französischen Revolution so gut wie nicht gegeben hatte und der zugleich damals geradezu »explodierte«.

*

Der *Kongress nach »dem« Kongress* – so lautete eine erste (tentative) Titelfassung dieses Buches – verdient in mehr als einer Hinsicht stärkere Beachtung, als ihm bisher zuteilwurde: als ein politisches Ereignis, das – ein kontrovers diskutiertes Thema in der zeitgenössischen Presse[1] – sich zwar nicht als bloße »Fortsetzung« des Wiener Kongresses verstand (und auch nicht verstanden werden darf), das aber trotzdem in mehr als einer Hinsicht auf Ergebnisse der Wiener Friedensordnung – des Kongresses und der ergänzenden Dokumente des Herbstes 1815 – rekurrierte und sie teils fortschrieb, teils modifizierte, teils wieder aufhob. Er ist zu verstehen als eine Blaupause, wie solche Gipfeltreffen zukünftig abliefen, als ein Einschnitt, der die nachfolgenden Repressionen gegen oppositionelle zivilgesellschaftliche Gruppierungen wenigstens gedanklich antizipierte, aber auch als ein »Kulturfestival«, das für einige Wochen die bürgerliche Gesellschaft der ehemaligen Reichsstadt Aachen mit musikalischen und künstlerischen Höchstleistungen in unmittelbaren Kontakt brachte.

Mainz, im Januar 2018
*Heinz Duchhardt*

# Einleitung

Nachdem das Gedenkjahr des Wiener Kongresses in allen Medien – Büchern, Ausstellungen, Zeitungen, Funk und Fernsehen – 2014/15 reichen Widerhall gefunden hat, drängte es sich auf, den ersten »Folgekongress«, den Friedrich Gentz, der umtriebige Protokollführer, in seinem Tagebuch immerhin als den »interessantesten, ruhmvollsten und befriedigendsten« seines Lebens charakterisierte, unter zeitgemäßen Fragestellungen aufzuarbeiten[2]. Dass er nicht vergleichbar glamourös und zeitlich viel enger dimensioniert als »Wien« war, tat dieser Absicht keinen Abbruch, umso weniger, als sich in Aachen im Prinzip derselbe, allerdings deutlich »geschrumpfte« Kreis der »politischen Klasse« wiedertraf, der auch schon die Physiognomie des Wiener Kongresses geprägt hatte. Über den unbefriedigenden Forschungsstand wird weiter unten zu sprechen sein.

Formal führte sich der Kongress, als dessen Standort Aachen ausgewählt wurde, auf Artikel V des Zweiten Pariser Friedens vom 20. November 1815 zurück, der den vier Siegermächten (Russland, Österreich, Preußen, Vereinigtes Königreich) anheimstellte, nach Ablauf von drei Jahren (»au bout de trois ans«) darüber zu befinden, ob die gegen Frankreich verhängten Sanktionen – die Teilbesetzung des Königreichs durch eine alliierte Beobachtungsarmee und Kriegsentschädigungen in beträchtlicher Höhe – noch die festgesetzten zwei weiteren Jahre fortgeführt oder aber gelockert oder ganz aufgehoben werden sollten.

Im Text der (zur Kontrolle Frankreichs von der Siegerkoalition errichteten) Quadrupelallianz vom selben Datum, dem zweiten für »Aachen« wichtigen Referenzdokument, war eine solche präzise Terminierung unterblieben, und es war bemerkenswert, dass man sich nach anfangs sehr kontroversen Diskussionen nicht auf den Pariser Frieden, sondern auf die allgemeine Konsultationsoption der Vier Mächte gemäß Artikel III ihres Allianzvertrags bezog. Im Rückgriff auf die dortigen Formulierungen von der Aufrechterhaltung der Ruhe Europas, der »tranquillité de l'Europe«, und der Ächtung revolutionärer Grundsätze, die, von Frankreich ausgehend, die Ruhe auch dritter Staaten beeinträchtigen könnten, eröffnete das die Chance, sich auch mit anderen Themen als nur der französischen Agenda zu befassen. Der Rekurs bot zudem den Vorteil, dass er über die Konsultations*option* hinaus eine Art Konsultations*gebot* beinhaltete und der Kreis der Teilnehmer, als er einmal festlag, nicht beliebig veränderbar war; angesichts der vielen Schuldner Frankreichs, die auf Zahlungen warteten, hätte bei einer Berufung nur auf den Pariser Frieden nicht ausgeschlossen werden können, dass auch weitere Staaten ihre Teilnahme reklamierten.

Ungeschrieben stand im Raum, wie Frankreich, wenn seine Regierung denn alle Auflagen erfüllt haben würde und die Sanktionen beendet würden, weiter zu behandeln sei. Der Bourbonenstaat war in Wien schon einmal wieder voll in den Kreis der Großmächte aufgenommen worden, die Neuauflage des Krieges gegen den zurückgekehrten Napoleon hatte diese Situation aber erneut völlig verändert. Wie auch immer diese Prüfung und die Entscheidung ausfielen: Es war klar, dass sie das Mächtespiel nachhaltig berühren würden.

Es sei darauf verzichtet, die zeitgenössischen, unter anderem von Friedrich Gentz angestellten begrifflichen Reflexionen hier wiederzugeben, ob der Aachener »Kongress« ob seiner Kürze, des begrenzten Kreises der Akteure und seiner weitgehenden Unspektakularität wirklich ein Kongress oder »nur« eine »Ministerialkonferenz« gewesen sei, die das Etikett »Konferenz« nahelege. Anders als im Englischen – Webster spricht immer nur von »the conference of Aix-la-Chapelle« – hat sich im Deutschen für die vier Treffen der drei »östlichen« Monarchen und ihrer Kabinette in den Jahren 1818 bis 1822 der Begriff »Kongress« eingebürgert. Es besteht, wie ich denke, trotz der Ansätze von Werner Näf und seiner »Schule«, den Rang des Aachener Gipfeltreffens durch den Rückgriff auf die Begrifflichkeit »Konferenz« abzusenken, auch kein Anlass, von diesem allgemeinen Sprachgebrauch abzuweichen.

Dabei soll nicht in Abrede gestellt werden, dass die Protagonisten in einer bestimmten Phase des Vorlaufs von »Aachen« selbst den Rang des Treffens niedrig zu hängen suchten, um Empfindlichkeiten auszubalancieren und um dritte Monarchen oder Diplomaten vom »Kongress« fernzuhalten. Deswegen hatten sie in dieser Phase aus taktischen Gründen den verniedlichenden und verharmlosenden Begriff der »Konferenz« bevorzugt.

*

Ein Buch zur Dekade nach dem Wiener Kongress kann nicht *eo ipso* auf gespanntes Interesse hoffen, gilt dieses Jahrzehnt doch als ein Zeitfenster, in dem manche Ansätze und Ergebnisse von 1814/15 zurückgedrängt oder entleert worden seien, dem also der Geruch des Rückwärtsgewandten anhaftet: das Verdikt der finsteren »Restauration«, die bei in demokratischen und liberalen Werten sozialisierten Menschen unserer Gegenwart eher eine Antihaltung denn Begeisterung auslöst. Und da sich dieses überaus problematische Schlagwort der Restauration, der Rückschritte bis in die vorrevolutionäre Zeit, dann meist auch noch mit dem der »unverständlichen« und pejorativ besetzten Heiligen Allianz und mit dem Namen Metternich verbindet, des »Kutschers Europas«, des Mannes, der – vermeintlich – alle liberalen und demokratischen Bekundungen in Europa habe niederkartätschen lassen, der sich also gegen den »Fortschritt« gestellt habe, gilt diese Dekade gemeinhin als ein »dunkles Jahrzehnt«. Sie sei geprägt durch nicht eingelöste Verfassungsversprechen, die Karlsbader Beschlüsse und die Niederschlagung der liberalen Bewegungen in Spanien und im *Mezzogiorno,* durch »Demagogenverfolgung« und Zensur, durch Missernten, Hungersnot, schwärmerischen Mystizismus, Judenfeindschaft und -pogrome, um hier nur einige wenige Aspekte herauszugreifen. Indes: Diese Sicht greift zu kurz und wird der »dunklen« Dekade nicht voll gerecht. Neuere, vor allem von der Politikgeschichte ausgehende Aufhellungen des düsteren Bildes[3], die das innovative Potenzial jenes Jahrzehnts akzentuieren, haben den Weg ins allgemeine Bewusstsein allerdings noch längst nicht gefunden.

Wissenschaftler, Historiker zumal, pflegen ihre Bücher meist mit dem Hinweis auf eine eklatante Forschungslücke einzuleiten, die dringend auszufüllen wäre. Für das breitere Publikum sind solche Feststellungen in der Regel von nachgeordnetem Interesse, weil es schlicht ein unterhaltsames, gut geschriebenes und dabei zuverlässig recherchiertes Buch erwartet, das seine Neugier befriedigt und gegebenenfalls eine Wissenslücke beseitigt. Gleichwohl kann und soll aber auch hier nicht ganz auf den Topos von der Forschungslücke verzichtet werden, die im Vergleich mit dem Wiener Kongress besonders ins Auge springt.

Zunächst ein Wort zur Quellenlage. Einen zweiten Klüber, also einen Staatsrechtler oder Historiker, der es sich – zeitgenössisch – zur Aufgabe gemacht hätte, die

»Akten« dieses Gipfeltreffens herauszugeben, hat der Aachener Kongress nicht »geboren«. Johann Ludwig Klüber hatte in vielen Lieferungen, die wenige Wochen nach Beginn der Wiener Verhandlungen zu erscheinen begannen und dann zu neun gewichtigen Bänden gebunden wurden, dem erwartungsvollen Publikum Protokolle, Memoranden, auch Druckschriften zur Kenntnis gebracht, die ihm von verschiedenen Gewährsleuten zugespielt worden waren. Er hatte damit für einen eher noch dem Arkanbereich zugeordneten Kongress für eine ganz ungewöhnliche Transparenz und »Öffentlichkeit« gesorgt.

Bei den vielen Fachkommissionen, die in Wien parallel tagten, war diese Kompilation eine unschätzbare Hilfe, um in dem Dschungel der Verhandlungen einigermaßen den Durchblick zu behalten. Bei allen Defiziten dieses Unternehmens ist »der Klüber« bis heute eine zentrale Quellengrundlage für Forschungen zum Wiener Kongress geblieben. Am Aachener Kongress hat Johann Ludwig Klüber, inzwischen aus badischen in preußische Dienste übergewechselt und im Departement des Auswärtigen tätig, zwar mit dem Rang eines Geheimen Legationsrats im Gefolge des Fürsten Hardenberg teilgenommen, aber zu einem ähnlichen Unternehmen wie den *Acten des Wiener Congresses* fühlte er sich nicht herausgefordert – und sicher wäre ein solches Vorhaben auch gar nicht mehr im Sinn Berlins und Wiens gewesen.

In Aachen ist es zu einer vergleichbaren Auffächerung der Agenda und zur Einrichtung von Spezialkommissionen wie in Wien nicht gekommen. Die Runde der Minister der »Großen Vier« beziehungsweise der Fünf kontaktierte zwar fallweise – sehr selten! – Repräsentanten dritter Gemeinwesen oder Finanzfachleute als »Experten«, diese nahmen aber in keinem Fall an den Sitzungen teil. Die Ministerrunde blieb ein geschlossener politischer Körper, der sich zudem darauf verständigt hatte, vor Abschluss bestimmter Sachthemen keine Dokumente an die Öffentlichkeit zu geben. Die Treffen der Minister stellen somit die zentrale und letztlich auch einzige Einrichtung des Kongresses dar. Protokolliert wurden sie von dem bewährten »Sekretär« des Wiener Kongresses, Friedrich Gentz, ohne dass sie, gegebenenfalls mit ihren Beilagen, jemals das Interesse eines Editors gefunden hätten.

Immerhin liegen einige Schlüsseldokumente in einer fast zeitgenössischen Edition, Meyers *Corpus iuris* (1822), und in späteren Editionen (Albrecht-Carrié, 1928) vor. Ein in der Presse[4] erwähntes, von dem Pariser Buchhändler Emry herausgegebenes Lieferungswerk mit dem (übersetzten) Titel *Beobachter am Kongress: oder geschichtliche und anekdotische Erzählung des Aachener Kongresses im Jahre 1818* konnte in den Bibliotheken nicht ermittelt werden und ist wohl auch über die erste(n) Lieferung(en) nie hinausgekommen. Die in den deutschen und französischen Bibliotheken nicht mehr nachweisbaren *Nouvelles d'Aix-la-Chapelle* haben sich – notgedrungen – wohl allenfalls dem gesellschaftlichen »Begleitprogramm« des Kongresses gewidmet[5].

Aber die Quellendefizite beschränken sich nicht nur auf einen zweiten »Klüber«, sondern schließen auch die für »Wien« so ertragreiche zeitgenössische Memoirenliteratur ein. Um es nur an einem Beispiel aufzuzeigen: Der dann in der philhellenischen Bewegung eine große Rolle spielende Jean-Gabriel Eynard, ein Freund des russischen Außenministers Capodistria, hat zwar über seine Sicht des Wiener Kongresses, auf dem er die Interessen Genfs vertrat, ein gehaltvolles Tagebuch hinterlassen, nicht aber für den Aachener Kongress, obwohl er zweifelsfrei[6] daran teilgenommen hat[7]. Entsprechendes gilt für den Freiherrn vom Stein, der sich freilich nur wenige Tage (zwischen dem 31. Oktober und dem 9. November) in Aachen aufhielt.

Andere »notorische« Tagebuchschreiber wie etwa der Weimarer Verleger Carl Bertuch konnten den »Folgekongress« in Aachen gar nicht mehr aufsuchen, weil sie inzwischen – in diesem Fall im Oktober 1815 – verstorben waren. Mutmaßlich wäre für Bertuch eine Teilnahme aber auch wenig sinnvoll gewesen, weil sein Hauptanliegen, das Problem des unautorisierten Büchernachdrucks, dort keine Rolle mehr spielte. Ein »Briefeschreiber«, also ein Verfasser fiktiver, unmittelbar nach dem Ereignis in den Druck gegebener Briefe wie der rheinische Jurist und Literat Theodor von Haupt[8] blieb vom politischen Geschehen sehr weit entfernt, wiewohl seine Beobachtungen in Aachen nicht ohne kulturhistorischen Reiz sind.

Also: keine zeitgenössische Aktensammlung wie für Wien, nur wenige ins Detail gehende »Ego-Dokumente« wie knappe Tagebücher von Hauptakteuren oder Randfiguren (Hardenberg[9], Gentz[10], Capodistria[11], der westfälische Oberpräsident Vincke[12]), allerdings etliche (teil-)edierte Briefwechsel (Friedrich Wilhelm III.[13], Gentz[14], Humboldt[15], Stein[16]). Dieser Befund wird abgerundet durch eine im Vergleich mit Wien 1814/15 ernüchternd schlechte Literaturlage. Aus ihr ragt, wenn man denn so will, die ein Jahr nach dem Ereignis erschienene Darstellung *Aachen: der Monarchen-Kongreß 1818* des Aachener Archivars Karl Franz Meyer heraus, der selbst an einigen Punkten im Ablauf des Kongresses Akteur gewesen war und den Majestäten und sonstigen Besuchern seine geschichtlichen und naturkundlichen Sammlungen zu zeigen die Ehre hatte.

Die politische Agenda des Kongresses ist jedoch nie zusammenfassend oder auch nur ausschnitthaft aufgearbeitet worden. Am ehesten noch angegangen haben diese Aufgabe die von August Fournier geförderte Wiener Arbeit von Ernst Molden, die freilich, mitten im Ersten Weltkrieg nicht ohne tagespolitische Reflexionen auskommend, den

Fokus sehr einseitig auf die österreichisch-russischen Beziehungen legt, und die Studie von Wilhelm Schwarz über die Heilige Allianz. Die flott und für ein breites Publikum geschriebene reportageähnliche und im Inhalt sich der Regenbogenpresse annähernde Darstellung van Taacks ergeht sich oft in Spekulationen und quellenmäßig nicht belegbaren Annahmen. Sie glänzt mit *chroniques scandaleuses* und dem Nachzeichnen der Karrieren von Randfiguren, ermangelt aber einer konzisen politischen Fragestellung.

Der Rückgriff wenigstens auf das nur in archivalischer Überlieferung zugängliche Protokoll der Sitzungen erwies sich angesichts dieser Forschungslage, obwohl ursprünglich nicht geplant, als unabdingbar; es wurde in der Überlieferung des Berliner Geheimen Staatsarchivs herangezogen[17]. Die im Aachener Stadtarchiv erhobenen Akten werfen in erster Linie Licht auf die logistische Bewältigung der Kongressausrichtung durch die Kommune. Für die Rückwirkungen des Kongresses auf das städtische Leben erwies sich die lokale Zeitung als ergiebige Quelle, die in der Nachfolge des offiziösen *Journal de la Roer* stehende *Stadt Aachener Zeitung*.

# Von Wien nach Aachen

Seit der Leipziger Völkerschlacht im Oktober 1813, die sehr rasch in den Rang und die Funktion eines gemeinsamen *lieu de mémoire,* eines »Erinnerungsorts« der Siegermächte aufgerückt war, waren die drei »östlichen« Monarchen – die Kaiser von Österreich und Russland sowie der preußische König – mit ihrer engeren Entourage immer mehr zu einer Art »Familie« zusammengewachsen, die den standesüblichen familiären Anreden eine neue Qualität verliehen hatte. Sie hatten – immer ohne den britischen König Georg III., der als geisteskrank galt – mehr oder weniger *gemeinsam* am letzten Feldzug gegen Napoleon teilgenommen, waren *gemeinsam* im »befreiten« Paris eingezogen, hatten in der französischen Hauptstadt *gemeinsam* den Rahmen des Ersten Pariser Friedens bestimmt und sich *gemeinsam* – wenn auch ohne den österreichischen Kaiser – einige Wochen in London beim Prinzregenten aufgehalten (und sich dort porträtieren lassen). Sie hatten all die Monate in Wien *gemeinsam* verbracht, hatten nach Bekanntwerden von Napoleons Rückkehr von Elba auf das Festland innerhalb weniger Stunden die Viererallianz von Chaumont erneuert und sich nach der Entscheidungsschlacht von Belle-Alliance/Waterloo erneut in Paris versammelt, um im September 1815 die Heilige Allianz und im November den Zweiten Pariser Frieden zu beraten und die Quadrupelallianz zu schließen.

Monarchentreffen, in den zurückliegenden Jahrhunderten rare Ereignisse, waren – um es ein wenig zuzuspitzen –

zur Normalität geworden, und auch wenn die Herzlichkeit zwischen den drei Monarchen abgestuft war, sprach vieles dafür, auch die letzte Etappe der Rückführung Frankreichs in die Gemeinschaft der Großmächte *gemeinsam* zu begehen. Mit und auf dem ersten »Folgekongress« nach Wien sollte ein weiteres Mal Solidarität demonstriert und symbolhaft ein Kapitel europäischer Geschichte, nämlich das der Leitung wesentlicher Elemente der Politik durch einen exklusiven Kreis von (auf bestimmte ethische Normen festgelegten) Großmächten, begonnen werden. Dass Frankreich zu diesem Kreis wieder hinzugezogen wurde, war ein Akt politischer Klugheit, allerdings verbunden mit einem sehr deutlich erhobenen Zeigefinger – das Repressions- und Sanktionsinstrumentarium behielt man wohlweislich in der Hinterhand.

In den Tagen europäischer Krisenbewältigung waren die Monarchen gefragt gewesen, es war an ihnen, die Dinge in die Hand zu nehmen: ausnahmslos autokratische Herrscher, die nicht durch irgendwelche Verfassungen eingegrenzt waren. Und sie hatten sich seit 1813 zu politischen Grundsatzentscheidungen durchgerungen, nicht immer einvernehmlich, oft auch gegen die Ratschläge ihrer Minister: nämlich den Krieg nach Frankreich hineinzutragen, mit Napoleon nicht mehr zu verhandeln und ihn, den Ehemann einer Erzherzogin, honorig mit dem Fürstentum Elba auszustatten. Sie hatten dafür gesorgt, Frankreich zunächst sehr glimpflich zu behandeln und erst nach Waterloo unter Kuratel zu stellen, die Heilige Allianz als Ausweis einer neuen politischen Philosophie zu etablieren, die gleichwohl noch ganz auf den Grundlagen eines »vormodernen, dynastischen Staatsverständnisses«[1] ruhte, und sich Druckmittel an die Hand zu geben, damit es wenigstens in der voraussehbaren Zukunft nie mehr zu revolutionären Exzessen kommen würde.

Die drei Monarchen, die sich dann in Aachen wiedertreffen sollten, einte bei aller Unterschiedlichkeit des Temperaments und des Grades ihrer immer wieder beschworenen »Freundschaft« eine entscheidende Erfahrung: die des unendlichen Leids, das Napoleon über ihre Herrschaftsbezirke gebracht hatte; die riesigen, vor allem den männlichen Anteil betreffenden Bevölkerungsverluste durch Kriegseinwirkung; die Zerstörung der Infrastruktur; der systematische Kunstraub gewaltigen Ausmaßes; im Fall Preußens und Österreichs die finanziellen Leistungen, die die Staaten an den Rand des totalen Kollapses gebracht hatten. So unterschiedlich ihre Weltbilder im Einzelnen gewesen sein mögen: Es war ein aus der Erfahrung, aus der Zeitgenossenschaft geborener Konsens, dass sich so etwas nie wiederholen dürfe, dass eine neue Politik Platz greifen müsse. Nachkriegszeiten verbinden Menschen und vor allem Verantwortliche, schwören sie auf eine andere Zukunft ein.

Es kann inzwischen als gesichertes historisches Wissen gelten, dass die Monarchen und ihre Minister in Wien und Paris – im Prinzip schon im Frühsommer, aber auf jeden Fall im Herbst 1815 – Abschied nahmen von einem Politikstil, der die letzten drei Jahrhunderte geprägt hatte: dem der »Balance of Power«, der Gleichgewichtsdoktrin. Dahinter steckte die Vorstellung, dass eine »Supermacht« oder ein in der Regel dynastisch verbundenes Staatenkonglomerat so drückend überlegen sei, dass für die Freiheit der anderen Schlimmes befürchtet werden müsse, weswegen Koalitionsbildungen für unabdingbar gehalten wurden, die dieses vermeintliche Übergewicht austarierten – oder man entschied sich gar für die Option des Präventivkriegs. »Gleichgewichtspolitik«, so ist es formuliert worden, »bildete […] eine Selbstschutzvorrichtung der Großmächte gegen mögliche hegemoniale Ambitionen ihrer Nachbarn«[2], mehr aber auch nicht.

Dieses Wechselspiel von (tatsächlicher oder vermeintlicher) Bedrohung und Reaktion war für ein Kontinuum von Konflikten verantwortlich, die in geradezu systemischer Weise – der »bellizistischen Grunddisposition der Fürstenstaaten«[3] entsprechend – zu einer steten Abfolge von Kriegen und Friedensschlüssen geführt hatten, wobei Letztere allen Ewigkeitsformeln ungeachtet über kurz oder lang wieder in Kriege einmündeten. Dies umso eher, als sich die Bündniskonstellationen in der Zwischenzeit radikal verändert haben konnten.

Die Protagonisten von 1815 waren in vielem uneins, aber in einer Hinsicht nicht: Es musste ein neues staatliches Miteinander fernab von Ruhmsucht und Rivalitäten, fernab der Aussicht auf ein paar Quadratkilometer Land und eine »bessere« Grenze, fernab des steten Kreislaufs von tatsächlicher oder vermeintlicher Bedrohung des Friedens, Krieg und Friedensschluss gefunden werden. Das, was aus den Dokumenten des Herbstes 1815 hervorging, hatte nichts mehr mit Gleichgewicht zu tun, sondern nur noch mit Solidarität und Einvernehmen. Es war ein Strukturwandel, der das Staatensystem auf eine neue Grundlage stellte und wenigstens in Richtung eines kollektiven Sicherheitssystems zielte.

Man wird nicht umhinkönnen, die Anfänge dieser Sicherheitspolitik auf solidarischer Basis schon auf den März 1815 zu datieren, als die Vier Mächte unmittelbar nach und unter dem Eindruck von Napoleons Rückkehr ohne Wenn und Aber und in kürzester Frist die Entscheidung trafen, das gerade errichtete »System« mit allen Konsequenzen zu sichern und zu verteidigen. Seit dem großen Buch *The Transformation of European Politics, 1763–1848* von Paul W. Schroeder besteht in der Forschung ein breiter Konsens, dass in Wien eine staatenpolitische »Revolution« stattgefunden hat, die wenigstens unter den Hauptmächten dem

Ansatz zum Durchbruch verhalf, den Schlagworten Frieden, Freundschaft und Völkerrecht *(droit publique de l'Europe)* einen völlig neuen Bedeutungsgehalt zuzusprechen und die Solidarität der »Großen Vier« zur verbindlichen Grundlage einer auf Dauer angelegten Politik zu machen. Ihr gemeinsamer Nenner war die durch Unverständnis für einen wachsenden schwärmerischen Nationalgedanken angereicherte Angst vor einer neuerlichen Revolution oder gar einer Neuauflage der napoleonischen Diktatur.

Die genannten Schlagworte fanden ihre erste Manifestation in dem schon von den Zeitgenossen als merkwürdig eingestuften Konstrukt der Heiligen Allianz, die die drei Monarchen – Alexander I., Franz I. und Friedrich Wilhelm III.: ein Orthodoxer, ein Katholik, ein Protestant – an einem hohen orthodoxen Kirchenfest, dem Kreuzerhöhungsfest, im September 1815 miteinander schlossen. Metternich hat viele Jahrzehnte später diesen Freundschaftsbund dreier Fürsten als ein »lauttönendes Nichts« bezeichnet, aber damit wurde er der politischen Bedeutung dieser »Allianz« ebenso wenig gerecht wie Castlereagh mit seinem Dictum vom Aktenstück eines prachtvollen Mystizismus. Die Heilige Allianz, eher im Stil eines »erbaulichen Traktats« gehalten[4], war kein Mantra für eine bestimmte konkrete Politik und zielte anfangs überhaupt nicht auf die Unterdrückung liberaler Emanationen. Sie hat aber durch die in ihr genannten Prinzipien die europäische Politik der Folgezeit dennoch nachhaltig beeinflusst.

Es unterliegt keinem Zweifel, dass Zar Alexander I. als *spiritus rector*, als Ideengeber und als Verfasser der ersten Entwürfe gelten muss: ein Mann, der sich in den zurückliegenden Jahren durch viele Kontakte mit mystisch angehauchten, auf die Vertiefung des Christentums und seine Signalwirkung auf das ganze öffentliche Leben ausgerichteten Theologen und Nicht-Theologen ein ganz spezifisches Weltbild geschaffen hatte, das von hohen Moralvorstellungen geprägt war[5]. Seine Kontaktleute und »Quellen« waren beispielsweise die Russen Koschelew und Galitzin, die Böhmischen Brüder, Quäker und Jung-Stilling. Die Genese dieses Weltbilds führte er in einem Gespräch mit dem Berliner Bischof Rulemann Friedrich Eylert im Frühherbst 1818 direkt auf das Schlüsselerlebnis des Brandes Moskaus 1812 zurück, das ihn Gott, dessen Willen und Gesetz habe erkennen lassen[6].

Nach der redaktionellen Überarbeitung von Alexanders Entwurf, der in vielem an Novalis' *Die Christenheit oder Europa* (1799) zu gemahnen scheint, durch Metternich, die dem Konzept »seinen phantastisch-religiösen Charakter nahm und ihm eine konservativ-monarchische Färbung gab«[7], waren es »la religion, la paix, et la justice«, die aufrechtzuerhalten sich die drei Monarchen als »pères de famille« aus einem »esprit de fraternité« versprachen. »Les préceptes de [la] religion sainte« würden zukünftig nicht nur die innere Administration ihrer Staaten, sondern auch ihre Außenpolitik bestimmen.

Diese Bindung aller Politik der drei Vertragschließenden, die im Unterschied zur völkerrechtlichen Praxis diesen Freundschaftsbund eigenhändig unterschrieben, sollte unbefristet gelten. Zum Beitritt wurden alle europäischen Staaten eingeladen. Wie ernst es insbesondere dem Zaren, an den nicht zufällig dann auch die Beitrittserklärungen von dritten Fürsten vorrangig adressiert wurden, mit dieser Selbstverpflichtung war, erhellt unter anderem daraus, dass er die Heilige Allianz – allerdings in Form eines mit dem Vertragstext nicht kongruenten »Manifests«[8] – am Weihnachtstag 1815 in allen russischen Kirchen verlesen ließ! Auch die »westliche« Presse machte die Allianz rasch dem breiten Publikum bekannt.

Die Heilige Allianz war »nur« eine Art moralischer Appell dreier Fürsten, die nicht müde wurden, ihre Brüderlichkeit, ihre gemeinsame Zugehörigkeit zu einer christlichen Familie und ihre Funktion als Beauftragte der »Vorsehung« zu betonen. Sie beinhaltete also keine Verabredungen zum Nachteil Dritter. Gerade deshalb wurde sie von den kleinen und mittleren europäischen Staaten, die ihr so gut wie vollzählig beitraten – 46 an der Zahl mit Ausnahme des Papstes, der Hohen Pforte und, aus verfassungsrechtlichen Gründen, des englischen Prinzregenten –, als eine Art Schutzschild gegen vermutete oder tatsächliche Ansprüche von Großmächten verstanden und als eine »rechtlich-moralische Hilfe«[9]. Es ist ja, vor allem in Nachkriegszeiten, ein Wesen von eine sichere, »goldene« Zukunft verheißenden Schlagworten, dass sie eine besondere Faszination verströmen.

Insofern hat die Heilige Allianz der praktischen Politik durchaus ihren Stempel aufgedrückt, auch wenn sie vom Typus her nicht mehr als ein freier Zusammenschluss zur Einhaltung moralischer Prinzipien war, der sich zudem keinerlei organisatorischen Mechanismus und keinen »Konsultationsapparat«[10] schuf. Der Qualitätssprung hin zu einem Politiksystem, das generell auf den Verzicht auf »Machtpolitik« und auf die Friedlichkeit der Mächtebeziehungen setzte, ist und bleibt dennoch aufregend genug.

Außer über die Sprache und die dahinterliegenden Prinzipien hat die Heilige Allianz auch dadurch über den Tag hinaus gewirkt, dass die drei Erstunterzeichner – wenngleich ohne ausdrücklichen Rekurs auf die Allianz – die vier Folgekongresse nicht nur einvernehmlich initiierten, sondern auch, mit einer Ausnahme, immer gemeinsam mit ihrer Teilnahme beehrten. Sie taten das zwar eher mit Bezug auf die Quadrupelallianz und das in Aachen aus der Taufe gehobene »Konzert«, aber in den Augen der Öffentlichkeit verwob sich das unauflöslich mit der Eigenschaft der Drei als Gründerväter der Heiligen Allianz. Dieser Eindruck konnte umso eher aufkommen, als einige der zentralen Dokumente von »Aachen« ganz unverkennbar die Sprache der Heiligen Allianz atmeten. Das Gewebe der Verträge von 1815 und 1818 war in der Tat verwirrend!

Die Heilige Allianz war für einen nicht begrenzten Zeitraum abgeschlossen worden, also für »ewig«, sie wurde dann aber doch 1833 durch einen geheim ausgehandelten und geheim bleibenden trilateralen Berliner Vertrag fortgeschrieben (dem, da geheim bleibend, kein weiterer Staat beitreten sollte). Das war dann allerdings auch der Schwanengesang der Heiligen Allianz; an ihrem unbeschränkten Interventionsanspruch hatten sich inzwischen die Geister geschieden. Ob man, wie die französische Diplomatie, von den »Trümmern der Heiligen Allianz« sprach oder es etwas moderater ausdrückte: Die Reformkräfte allüberall und der wachsende, über das Schwärmerische hinausgehende Patriotismus, die Verfassungsbewegung, die niemanden mehr unbeeindruckt lassen konnte, veränderten den politischen Spielraum der Protagonisten von 1815 entscheidend.

Hinzu fiel ins Gewicht, dass der Begriff »Heilige Allianz« inzwischen zu *dem* negativ besetzten Schlagwort der Zeit geworden war, mit dem man sich öffentlich nicht mehr gern in Verbindung bringen lassen wollte. Und genau deswegen gerieten auch die spektakulären Monarchentreffen der Vergangenheit mehr und mehr ins politische Abseits: der Geruch des Konspirativen, die Diskussion um ihre »Souveränität«, ihre zunehmende Einbindung in die »Nation« und generell der Wind des Liberalismus standen den Majestäten nun massiv ins Gesicht. Namentlich Preußens König widersetzte sich jetzt beharrlich dem Gedanken eines neuerlichen öffentlichkeitswirksamen Zusammentreffens der drei Fürsten.

Aber der Gedanke periodischer Zusammenkünfte der Monarchen beziehungsweise ihrer leitenden Minister gründete gar nicht in der Heiligen Allianz, sondern in Artikel VI der Quadrupelallianz vom 20. November 1815[11]. Es war eine revolutionäre, im Kern auf den britischen Außenminister Castlereagh zurückgehende Idee, durch Fürsten- und Ministertreffen eine Form europäischer Zusammenarbeit zu installieren, die die Sicherung des Status quo garantierte, der Friedensordnung, wie sie im Frühsommer in Wien »erfunden« worden war. Sieht man von den letztlich gescheiterten Kongressen von Soissons und Cambrai in den 1720er Jahren ab[12], war dies ein völlig neuer Ansatz zur kontinentalen Friedenswahrung und Konfliktprophylaxe, dessen Grundgedanke – der Exklusiv- und Monopolanspruch der Vier Mächte – freilich von Anfang an nicht unumstritten war. Denn obwohl – ganz anders als hundert Jahre später beim Völkerbund – jedes schriftliche Regelwerk und jede bürokratische Verfestigung fehlte, blieb Skepsis angesagt, wie lange dieser Klub der Mächtigen bestehen bleiben oder irgendwann zum Zweck der Verfolgung separater Interessen doch wieder auseinanderfallen würde.

Aber trotz der rasch allgemeinen Zulauf findenden Heiligen Allianz und der exklusiven Quadrupelallianz war die Architektur des europäischen Hauses noch fragil. Denn Frankreich, *die* Supermacht kurz zurückliegender Jahre, unter Quarantäne zu stellen und einer scharfen Kontrolle zu unterwerfen rührte massiv an den Stolz und das Selbstbewusstsein dieser Nation (und wurde innenpolitisch von radikalen Gruppierungen auch weidlich ausgenutzt). Einen Staat, der noch in jüngster Vergangenheit von der absoluten Dominanz in Europa geträumt hatte, mit einem Besatzungsheer und gewaltigen Kriegsentschädigungen zu belegen, mochte sich aus der Situation des Herbstes 1815 verstehen, aber schien nicht auf länger tunlich, wollte man das Land nicht noch weiter ins radikale Lager treiben lassen.

Die Regelungen waren für fünf Jahre getroffen worden, doch ist es bezeichnend, dass man aufseiten der Siegerkoalition unter dem Eindruck nachhaltiger französischer Petitionen und der Stimmungsberichte alliierter Beobachter einsichtig genug wurde, um bereits im Frühjahr 1817 die »Beobachtungsarmee« um ein Fünftel, 30000 Mann, zu reduzieren und sich mit einer Ermäßigung der von Frankreich zu tragenden Verpflegungskosten einverstanden zu erklären. Dass mit solchen Schritten die Regierung gegenüber der wachsenden Opposition gestärkt und ihr Prestige erhöht werden sollte, liegt auf der Hand. Schon bei Beginn des Aachener Kongresses waren die Dinge ungeachtet aller Widerstände namentlich Preußens so in Fluss gekommen, dass man in der Öffentlichkeit trotz weiter bestehender Vorbehalte gegenüber Frankreichs »Läuterung« damit rechnete, in den Ministerkonferenzen den endgültigen Durchbruch zu erzielen und Frankreich von (fast) allen Repressalien zu befreien.

Nachdem Berlin unter sanftem russischem Druck beigedreht hatte, herrschte seit dem Hochsommer 1818 zwischen den Mächten der Quadrupelallianz prinzipielle Einmütigkeit in Hinsicht einer spürbaren Entlastung Frankreichs. Dessen finanzielle Lage mit einem riesigen Defizit im Budget des Jahres 1818 ließ im Grunde auch gar keinen Spielraum, wollte man die bourbonische Herrschaft, die sich neben den 1815 vereinbarten Kriegsentschädigungen ja auch noch mit gewaltigen Entschädigungsforderungen Dritter konfrontiert sah, nicht sehenden Auges weiter destabilisieren.

*

Die konkrete Agenda des Folgekongresses – deutlicher Schwerpunkt sollte das Frankreichproblem sein – lag indes Ende September mit Gewissheit noch nicht fest. Verschiedene mögliche Beratungspunkte waren aber auf den »normalen« diplomatischen Kanälen in Wien, St. Petersburg, Berlin und London vorbesprochen und zudem in den im Zweiten Pariser Frieden institutionalisierten Pariser Botschafterkonferenzen behandelt worden, die in etlichen Fällen auch Memoranden und Beschlussvorlagen lieferten. Diese »stehende« Pariser Konferenz der alliierten Botschafter mit dem Oberbefehlshaber der Besatzungstruppen, dem Waterloo-Sieger Wellington, war freilich nur eine von drei Einrichtungen, die zur Abrundung beziehungsweise Fortschreibung der Wiener und der Pariser Beschlüsse eingerichtet worden waren.

Daneben rangierten die Londoner Botschafterkonferenzen der Diplomaten der Siegermächte unter Vorsitz des britischen Außenministers[13], die allerdings einen eng umgrenzten Auftrag hatten. Sie sollten weiter über das Problem des Sklavenhandels und der Sklaverei diskutieren und das in einem Zusatzartikel des Pariser Friedens erneuerte Verbot des Sklavenhandels in die Praxis umsetzen sowie geeignete Maßnahmen gegen das Piratenunwesen im Mittelmeer vorschlagen – Übergriffe, denen im öffentlichen Diskurs wachsende Bedeutung zukam. Und in Frankfurt wurde am neu errichteten Bundestag eine dritte »stehende« Konferenz der Diplomaten der Vier Mächte installiert. Sie sollte die für die noch offenen deutschen Territorialangelegenheiten zu erarbeitenden Lösungen gemäß der Aufsichtsfunktion der Mächte prüfen und konstruktiv begleiten.

Dem Ancien Régime waren Botschafterkonferenzen »wesensfremd« geblieben[14], sie wurden aber in dem Augenblick sinnvoll, als sich die Mächtepolitik seit der Endphase der napoleonischen Epoche nachhaltig und dauerhaft verdichtete. Sie waren Ausdruck des Bedürfnisses, dass ein veränderter, auf Kooperation statt auf Misstrauen und Rivalität setzender Politikstil auch eines neuen politischen Instrumentariums zur kontinuierlichen Diskussion bedurfte. Die (in der Regel wöchentlich zusammentretenden) Botschafterkonferenzen waren eine »Erfindung«, die sich als politisches Instrument mit manchen spektakulären Ergebnissen bis heute gehalten hat, insofern eine institutionelle Erfolgsgeschichte.

Die als Ausführungsorgan der Quadrupelallianz zu verstehende Pariser Botschafterkonferenz, deren Vertraulichkeit wegen der politischen Nähe des russischen Diplomaten Pozzo di Borgo zur französischen Regierung nicht immer gewahrt blieb, leistete seit ihrer Einrichtung im Herbst 1815 über ihre »Kernaufgabe« – die Evaluation der »Fortschritte« in Frankreich – hinaus so gute Arbeit, dass das Vertrauen der beteiligten Mächte in dieses Instrument kräftig wuchs: Die in Paris akkreditierten Botschafter hatten eine ganze Reihe von Streitfragen erledigt und waren ungeplant mehr und mehr in die Funktion einer »Instanz der Krisenentschärfung mit gesamteuropäischer Reichweite« hineingewachsen[15].

So hatte die Botschafterkonferenz 1817 eine Lösung für die (zwischen Österreich und Spanien umstrittene) Nachfolge in den mittelitalienischen Fürstentümern Parma, Piacenza und Guastalla zustande gebracht. Oder sie hatte – im Sinn einer kollektiven Vermittlung, für diesen Zweck erweitert um die Botschafter der beiden iberischen Staaten – im Frühjahr 1818 einen Ausgleich zwischen Spanien und Portugal in der Angelegenheit der sogenannten *Banda Oriental* erzielt. Dieser verpflichtete Portugal, einen widerrechtlich besetzten Teil des spanischen Vizekönigreichs Rio de la Plata zu restituieren, wofür es mit einer verbesserten Grenzziehung und einem finanziellen Ausgleich entschädigt wurde. Dass – entgegen einer ausdrücklichen Empfehlung der in Aachen versammelten Alliierten[16] – eine Partei von »Falken« am Madrider Hof diese Vereinbarung zu konterkarieren suchte, steht auf einem anderen Blatt. Beide Fälle illustrierten mit beeindruckender Deutlichkeit, wie die großen *Player* individuelle Präferenzen zugunsten einer von allen getragenen Lösung zurückzustellen bereit waren.

Die Erfahrung, die die Pariser Botschafterkonferenz bei der Evaluation des innenpolitischen Zustands Frankreichs geschöpft hatte, hat Metternich bewogen, schon 1816 einen Plan ausarbeiten zu lassen, sie zu einer festen Einrichtung zu machen, die aufgrund der Polizeirapporte alles Material sammeln und auswerten sollte, das revolutionäre Umtriebe irgendwo in Europa betraf. Man würde heute von einer Art Datenbank sprechen, die den Vertretern der Vier beziehungsweise Fünf auf Dauer zur Verfügung stehen und Entscheidungshilfen liefern sollte. Dieser Plan scheiterte damals freilich am britischen Widerstand. In der 1819 eingerichteten Mainzer Zentraluntersuchungskommission sollte er nach den Karlsbader Beschlüssen dann aber fröhliche Urständ feiern.

*

In Paris hat man sich mit gutem Grund nicht mit den vielen noch schwebenden deutschen Territorialangelegenheiten befasst. Der Wiener Kongress hatte – der sogenannten Herrschaft der Hundert Tage, also der völlig unerwarteten Rückkehr Napoleons nach Frankreich wegen – überstürzt abgeschlossen werden müssen, und es war schlicht keine Zeit mehr geblieben, in Anwesenheit eines ganzen Schocks von deutschen Delegierten alle Verschiebungen abzusegnen, die aus dem Heiligen Römischen Reich eine neue Landkarte machten. Über manche an Frankreich angrenzende Gebiete war noch überhaupt nicht entschieden worden, kleine territoriale Einheiten wanderten von der einen Hand in eine andere, hier waren Entschädigungen fällig, Streit und Unmut allerorten.

Auch in Süddeutschland, Österreich eingeschlossen, war noch vieles im Fluss, die Verhandlungen zogen sich hin, teils unter Mitwirkung der interessierten Großmächte, aber ein Machtwort irgendeiner Instanz schloss sich auf diesem sensiblen Feld – neue Grenzziehungen, das Aufrechnen der schieren Zahlen von Untertanen, Verschiebungen unter Außerachtlassung von Traditionen und von Emotionen – aus. Ein Gutteil der Unruhe in Europa schuldete sich diesen ungeklärten und ergebnisoffenen neuen Zuschnitten der deutschen Staaten. Am Frankfurter Bundestag löste ein »Territorialrezess« den anderen ab, ohne dass damit das Konfliktpotenzial aus der Welt geschafft worden wäre. Auch die Aachener Ministerkonferenzen sollten noch mit einer ganzen Reihe von *querelles allemandes* konfrontiert werden.

Die verbreitete Unruhe in Deutschland ob der noch ausstehenden Territorialverschiebungen setzte sich aus anderen Gründen in halb Europa fort: in Polen, wo mit dem Konstrukt der Personalunion mit Russland (»Kongress-Polen«) kaum jemand glücklich war; in Italien, wo es zu überhaupt keiner »Flurbereinigung« gekommen, die Dominanz Österreichs nur noch größer geworden war (und als immer drückender empfunden wurde) und wo liberale Gruppen immer deutlicher Selbstbestimmung und »nationale« Lösungen einforderten; in Griechenland, wo sich – wie auch in anderen Teilen des Balkans – Bewegungen formierten, die, dezent oder offen von Russland als zentraler Anlaufstelle ihrer Klagen[17] unterstützt, die osmanische Herrschaft abzuschütteln suchten. Und natürlich in Frankreich.

Nach den Hundert Tagen und der Schlacht bei Waterloo waren – im Bewusstsein, dass Frankreich wohl noch auf längere Zeit ein unsicherer Kantonist bleiben würde – ursprünglich fast gänzlich vermiedene Sanktionen in Kraft gesetzt worden. Frankreichs auf dem Schlachtfeld bei Brüssel endgültig besiegter Herrscher hatte Europa fünfzehn Jahre und hundert Tage lang herausgefordert, seine Bekämpfung und Niederringung hatte Unsummen Geld und einen riesengroßen Aderlass an »Humankapital« und Wirtschaftskraft gekostet, hatte Infrastrukturen und Handelswege zusammenbrechen lassen: Nun war der Geduldsfaden gerissen, und die Siegermächte hatten spürbare Sanktionen verfügt – so spürbar, dass sie das französische Ehrgefühl empfindlich verletzten.

Die Alliierten hatten Frankreich gewaltige Reparationen auferlegt – deren anteiliger Zufluss in Berlin beispielsweise für Wiederaufbaumaßnahmen sehnlich erwartet wurde – sowie, vielleicht noch gravierender, eine 150 000 Mann starke alliierte Beobachtungsarmee im Nordosten Frankreichs stationiert, die gegen alle »revolutionären«, also nicht systemkonformen Unruhen unnachsichtig einschreiten sollte. Besatzungstruppen sind nur selten ein Instrument, um die psychischen und physischen Wunden einer Niederlage rasch vergessen zu machen. In Frankreich war das nicht anders: Der verletzte Stolz überwog die Erleichterung, dass das Kapitel Napoleon endgültig abgeschlossen war, bei Weitem.

Zu allen Unsicherheiten, ob Ludwig XVIII., der jüngere Bruder des 1793 hingerichteten Ludwigs XVI., der nicht ohne vorgängige Diskussionen unter den alliierten »Königsmachern« installierte Bourbone, in der Lage sein würde, die aufgeladene Stimmung zu befrieden, kam aus der Sicht der Alliierten noch ein zweites Bedenken gegen die Stabilität der innenpolitischen Lage in Frankreich: Der Monarch mochte noch so sehr das Gottesgnadentum als Basis seiner Herrschaft betonen statt – wie vom Senat gewünscht – das Prinzip der Volkssouveränität, es führte dennoch kein Weg an der Erkenntnis vorbei, dass sich in Frankreich ein politisches System ausgebildet hatte, das sich von dem der anderen Monarchien elementar unterschied. Hier gab es mit der *Charte* eine Verfassung, die das Prinzip der Gewaltenteilung als Grundlage der Rechtsstaatlichkeit verankerte und damit ein Maß an persönlicher Freiheit und des öffentlichen Diskurses herstellte, von dem die autokratischen Regime der drei »östlichen« Monarchen noch meilenweit entfernt waren.

Außerdem – und auch in dieser Hinsicht regten sich Zweifel an der politischen Statur des Bourbonenkönigs – erforderte die Situation in den »beiden Frankreich«, dem der zurückkehrenden revolutionsgeschädigten Adligen und dem der Sympathisanten oder gar Profiteure des napoleonischen Systems, ein hohes Maß an Fingerspitzengefühl. Man konnte vorläufig überhaupt nicht sicher sein, dass die Lage nicht doch nach der einen oder der anderen Seite kippen würde: Das Land war zerrissen zwischen Royalisten und Bonapartisten, zwischen Liberalen, Ultraroyalisten und Jakobinern, zwischen Protagonisten des Antiklerikalismus und solchen neuer Religiosität. Die Wahlen zur Abgeordnetenkammer vom August 1815 mit ihrer erdrückenden Mehrheit der Ultrarechten hatten den Eindruck, dass die Lage in Frankreich instabil war, dick unterstrichen. Die mögliche Nachfolge von »Monsieur«, dem bourbonischen Grafen von Artois, beim vorzeitigen Tod des Königs blieb für viele seit 1815 ein Trauma[18].

Diese Bedenken waren in den anderen Hauptstädten in die Sorge eingemündet, Gruppierungen im eigenen Land könnten vergleichbare Forderungen wie in Frankreich auf den Tisch legen. Dass der König – so durch das Wahlgesetz von 1817 und das Militärgesetz von 1818 – tendenziell eindeutig das Bürgertum begünstigte, schmeckte in Berlin und Wien auch längst nicht jedermann. Unmittelbar vor Beginn des Aachener Kongresses machten Gerüchte einer ultraroyalistischen Verschwörung unter Führung des Bruders des Königs, des Grafen von Artois, die Runde, derentwegen Metternich zeitweise sogar plante, als »Feuerwehr« vor Beginn der Aachener Verhandlungen noch nach Paris zu eilen. Der gescheiterte Putsch von Vitrolles im Juli 1818 hatte einen Eindruck von dem vermittelt, womit man in Frankreich jeden Tag rechnen musste. Frankreich war im Herbst 1815 wieder in die Klasse der unzuverlässigen, revolutionsanfälligen Gemeinwesen strafversetzt worden, und diese Einschätzung sollte bis in die Diktion der Aachener Dokumente mitschwingen.

Zu allen linksliberalen und demokratischen Bewegungen, die sich in Frankreich zu formieren begannen, kam schließlich noch die napoleonische »Altlast« hinzu, die Diskussion über den Umgang mit der eigenen Geschichte: die Frustration seiner immer noch zahlreichen Anhängerschaft und die verbreitete Unzufriedenheit mit der wieder eingesetzten Dynastie und speziell mit Ludwig XVIII. Freilich bewegte sich fast alles, was aus Paris oder anderen Weltgegenden kolportiert wurde, im Halbdunkel des Gerüchts: Napoleons angebliche Fluchtpläne und wer seine potenziellen Helfershelfer auf dem Kontinent und auf St. Helena seien. Diese Mutmaßungen sollten auch den Aachener Kongress nicht nur erreichen, sondern überschatten.

Die Episode um die vermeintlich geplante Entführung des russischen Kaisers anlässlich eines Besuchs in Brüssel bei seiner jüngsten Schwester Anna, die seit 1816 mit dem Kronprinzen der Niederlande vermählt war, beschäftigte die Konferenzteilnehmer nachhaltig und sollte auf ihre Weise auch zu einer Verhärtung maßgeblicher Akteure gegenüber allem Unruhepotenzial beitragen. Brüssel, das war notorisch, war ein Hauptaktionsplatz geflohener Anhänger Napoleons, die von dort aus ihre antibourbonischen Netze knüpften, um einem der Napoleoniden zur Macht zu verhelfen. Die Brüsseler »Verschwörung«, von der die Gerüchte seit Mitte November wissen wollten, war in den letzten beiden Wochen Tagesgespräch am Konferenzort und weit darüber hinaus, ohne dass, wie bei Verschwörungen üblich, alle Facetten klar vor Augen lagen.

Es wurde jedenfalls kolportiert – so etwa der vor Ort anwesende Wilhelm von Humboldt in einem Brief an seine Frau[19] –, dass Anhänger Napoleons geplant hätten, den Zaren in Brüssel »aufzuheben«, also gefangen zu setzen, nach Paris zu verbringen und dort zu zwingen, entweder Napoleon wieder auf den Thron zu setzen oder dessen Sohn zum König ausrufen zu lassen. Belgische Quellen, die in Aachen rezipiert wurden (und auch in einer Ministersitzung zur Sprache kamen[20]), nahmen an, dass das Komplott »nur« dazu gedient habe, Alexander ein Dokument unterschreiben zu lassen, mit dem Napoleon wieder auf freien Fuß gesetzt würde[21]. Das »Komplott«, von dem man nicht weiß, wie weit es wirklich durchgeplant gewesen war, hat immerhin dazu geführt, dass etliche Napoleonanhänger ausgewiesen wurden – und sich dann im Großraum Frankfurt niederließen, wo sie den österreichischen »Konfidenten«, den Spionen, ein reiches Betätigungsfeld eröffneten.

Aber Frankreich war längst nicht das einzige europäische Gemeinwesen, dessen Weg aus der napoleonischen »Universalmonarchie« in eine neue Zeit dornenreich war. Napoleon hatte sein spanisches Abenteuer unter dem Druck des Ergebnisses der Leipziger Völkerschlacht und der schnell in den Rang eines nationalen Heldenepos aufgerückten Volkserhebung im Dezember 1813 beenden müssen. Um nicht einen völligen Scherbenhaufen und ein politisches Vakuum zu hinterlassen, hatte er den »legitimen« bourbonischen Kronprinzen Ferdinand (VII.) als Herrscher anerkannt: *el Deseado,* der Ersehnte, von der Bevölkerung anfangs enthusiastisch begrüßt.

Die Euphorie war freilich schnell in grenzenlose Enttäuschung umgeschlagen, je mehr der auf Misstrauen ruhende Charakter des Monarchen erkennbar wurde und es sich erwies, dass sein ganzes Sinnen und Trachten darauf gerichtet war, das Rad der Geschichte ins Jahr 1808 zurückzudrehen. Wegmarken waren die Wiederherstellung der Inquisition, die Annullierung der Verfassung von 1812 und der gesamten Gesetzgebung von Regentschaftsrat und *Cortes* (Einkammerparlament), die Verfolgung liberaler *Cortes*-Mitglieder und der Anhänger des vertriebenen Napoleoniden Joseph, sofern sie sich nicht ohnehin mit ihm nach Frankreich abgesetzt hatten. Die brodelnde Unruhe und politische Polarisierung, die aus der durch offenkundige Korruption bewirkten Zerrüttung der Staatsfinanzen zusätzlich genährt wurde, mündete in Denunziantentum und Verschwörungen, in Putschversuche des stark politisierten Offizierskorps und der Guerillaführer, in Geheimbündeleien jedweder Art.

Die Art, wie der König die bisherigen Kolonien in Lateinamerika wieder unter seine Herrschaft zurückzwingen wollte, verschärfte die politisch-gesellschaftliche Lage weiter, sodass 1817/18 nicht nur die Regierung, auch durch äußere Einflüsse und ständige Ministerwechsel, immer instabiler wurde, sondern es auch nicht mehr ausgeschlossen werden konnte, dass in Spanien etwas Revolutionsähnliches »ausgebrütet« werden würde, das weite Teile des Kontinents mit sich reißen könnte. Der Putsch des Obersten Rafael Riego und der auf den Transport nach Hispanoamerika in Andalusien wartenden Truppen am 1. Januar 1820 kündigte sich lange an.

Und selbst das vermeintlich dauerstabile Großbritannien blieb in den Jahren zwischen dem Wiener Kongress und dem Beginn der Aachener Konferenzen von inneren Erschütterungen nicht verschont, dort freilich nur indirekt als eine Art napoleonische Altlast. Das britische Staatswesen hatte sich zum exponiertesten Gegner Napoleons entwickelt, hatte gleichwohl im Schatten der napoleonischen Herrschaft sein Kolonialimperium zulasten kontinentaler Konkurrenten in verschiedenen Weltteilen gewaltig ausgedehnt und musste somit indirekt als ein Profiteur der zurückliegenden Krisenjahre gelten.

Whitehall hatte in Wien ein politisches System auf dem Kontinent installieren können, das seinem Sicherheitsdenken voll Rechnung trug. Das Prinzip der britischen Innenpolitik, in einer durch die industrielle Revolution zunehmend polarisierten und durch rückläufige Exporte, durch den Zusammenbruch der Rüstungsindustrie und die vom Kontinent zurückflutenden arbeitsuchenden Soldaten zusätzlich auf die Probe gestellten Gesellschaft das Druckventil immer dann, wenn die Pression gar zu groß wurde, ein wenig zu lösen und sehr moderate Reformen zu initiieren, hatte freilich in den hier zur Diskussion stehenden Jahren erste Schrammen erhalten. Die noch 1799 verbotenen Arbeiterkoalitionen ließen sich nicht mehr verhindern, Massendemonstrationen wie die Londoner *Spa Fields Riots* im Spätherbst 1816 wühlten das Land auf. Die Regierung sah sich 1817/18 gar gezwungen, zum wiederholten Mal innerhalb weniger Jahre die zum Grundstock des Verfassungslebens zählende Habeas-Corpus-Akte und die darin verbriefte Versammlungsfreiheit befristet außer Kraft zu setzen; Maßnahmen gegen radikale Klubs, die sich offen für die »Ideen von 1789« einsetzten, häuften sich. Und vor allem: Die ersten Aktivitäten und Demonstrationen gewerkschaftlicher Verbindungen, die ein Mehr an sozialen Maßnahmen und an politischer Partizipation einforderten, ließen sich nicht mehr verhindern, oder doch allenfalls nur noch wie bei der Maschinenstürmerei von 1816 (»Ludditen«) durch den massiven Einsatz des Militärs.

Seit 1817, seit dem Protestmarsch der in ihrer Existenz bedrohten Handspinner *(Blanketeers)* aus den Midlands auf London, wo sie dem Parlament ihre Petitionen übergeben wollten, reagierte die Regierung zunehmend nervös und mit wachsender Brutalität auf Großveranstaltungen gegen die Getreidezölle, die den heimischen Brotpreis künstlich hoch hielten, und für eine Parlamentsreform. Das sogenannte Peterloo-Massaker im August 1819 bei Manchester kündigte sich frühzeitig an und führte durch die darauffolgenden *Six Acts* auch in Großbritannien zu einer deutlichen Verschärfung des innenpolitischen Klimas. Eine großflächige allgemeine Rebellion konnte nicht mehr ausgeschlossen werden. Dass ausgerechnet der *Oesterreichische Beobachter* mit den englischen Fabrikarbeitern zu sympathisieren schien, erregte Metternichs uneingeschränkten Zorn[22].

Unruhe, ein gesellschaftliches Brodeln, wohin man blickte: Die wenigen Jahre zwischen Wien und Aachen waren alles andere als Jahre des lähmenden Erschöpfungszustands und des Atemholens nach einem langen Krieg.

*

Um die ganze Brisanz und Dramatik der drei Jahre nach den Wiener Herbstverträgen zu ermessen, genügt die politisch-staatengeschichtliche Perspektive freilich nicht. Die Wirtschaft ist ins Auge zu fassen, deren beklagenswerter Zustand wenigstens teilweise dem endlos langen Krieg geschuldet war, den Auswirkungen der Kontinentalsperre, dem Zusammenbruch ganzer Märkte und Handelswege, einer geradezu grotesken Überschuldung der Staaten – aber eben nur teilweise, denn es gab vereinzelt durchaus Kommunen und Regionen, die vom Krieg profitiert hatten.

Und es ist, namentlich für den Deutschen Bund, jene tief in die Mentalitäten einschlagende Enttäuschung in Rechnung zu stellen, die das Ergebnis des Wiener Kongresses in liberalen Kreisen ausgelöst hatte: Anstelle eines kräftigen, mit nationalstaatlichen Elementen angereicherten Bundesstaats war nicht mehr als ein lockerer Staatenbund geboren worden, dessen Einzelglieder nach innen und außen weitgehend souverän waren, der aller »nationalen« Einrichtungen wie etwa eines Zentralgerichts und einer repräsentativen Spitze entbehrte. Von der erhofften »Nationalisierung« Deutschlands waren die Architekten der Bundesverfassung weit entfernt geblieben: Die Publizisten fassten, soweit die Zensur sie nicht mundtot machte, ihre Enttäuschung in Worte und Pamphlete. Ein von der Aachener Lokalzeitung wiedergegebener Artikel eines Speyerer Blattes hatte vorgeschlagen, zur sogenannten Deutschen Nation ein Buch zu schreiben mit dem Titel »Abhandlung von Versuchen, die nicht gelungen sind«[23].

Und dann die zivilgesellschaftlichen Gruppen: die Turner, die mit dem Unterton der Forderung nach Zensurfreiheit auf dem thüringischen Wartenberg eine Bücherverbrennung großen Stils veranstalteten, der antinationale Schriften zum Opfer fielen; die Studenten, die sich 1817 auf der Wartburg in einer großen Demonstration »mit nationalen Visionen«[24] organisierten und sich just zur Zeit des Aachener Kongresses, im Oktober 1818 – natürlich erneut am Jahrestag der Völkerschlacht! – in Jena, am Standort der »Urburschenschaft«, zur Allgemeinen Deutschen Burschenschaft zusammenschlossen.

Die ersten behördlichen Maßnahmen wurden – wie in Hessen – ergriffen, um Studenten, die, so die Behauptung, im Land umherzögen, um Unterschriften für eine Petition zur Errichtung von Landständen zu sammeln, sofort hinter Schloss und Riegel zu setzen[25]. In Göttingen wurde eine größere Zahl »aufmüpfiger«, in Konflikt mit der Bürgerschaft geratener Studenten relegiert; ihre Suche nach einer neuen Hochschule gestaltete sich eminent schwierig. Auch allzu »freimütige« Journalisten gerieten zunehmend ins Fadenkreuz der Staatsorgane, so etwa, was selbst die staatsloyale *Stadt Aachener Zeitung* vermeldete, der Herausgeber des *Volksfreundes aus Schwaben*[26]. Auch die Tatsache, dass die *Hanauer Zeitung* mehrere Tage nicht erscheinen durfte, war dem Aachener Blatt eine Meldung wert[27].

Die in Süddeutschland entstehenden »Deutschen Gesellschaften« wären zu nennen und viele andere deutschtümelnde Gruppen und Bewegungen, die den Überwachungsbehörden zunehmend Kopfzerbrechen bereiteten, obwohl sie allesamt den revolutionären Umsturzideen klare Absagen erteilten. Der globale Revolutionsvorwurf Metternichs und anderer an die Adresse »der« Studentenschaft entbehrte letztlich jeder Grundlage. Auch die drei Reden, die am vierten Jahrestag der Leipziger Völkerschlacht auf dem Wartburgfest – jener Manifestation »des bürgerlichen Protestes gegen die Ergebnisse des Wiener Kongresses«[28] – gehalten wurden, waren zwar emotional, aber ebenso wenig wie das Jenenser Burschenschaftsprogramm als Aufruf zum revolutionären Umsturz zu verstehen. Die Gießener Studenten von 1816/18 waren zwar um einiges radikaler, indes keineswegs repräsentativ für die deutsche Studentenbewegung.

Wie auch immer: Unter der Oberfläche gärte es, und gerade die mystisch verbrämten Assoziationen eines kruden und schwärmerischen Nationalgedankens, wie ihn etwa die berühmte Flugschrift *Teutsche Jugend an die teutsche Menge*[29] (1818) spiegelt, wurden als Indikator eines bevorstehenden Umsturzes (miss-)verstanden. Das Konfliktpotenzial war jedenfalls beträchtlich und wurde in den Kabinetten und Hauptstädten akribisch registriert. Schon die Propagierung eines ethnisch geprägten Volksbegriffs in der Nachfolge Johann Gottfried Herders wurde von manchen Politikern landauf, landab als eine existenzielle Bedrohung der 1815 hergestellten Ordnung empfunden. Und es ist ja bekannt, wie die Romantiker, die Novalis und Wackenroder, die Schelling und Fichte, die nationale Idee, oft im Rückgriff auf ein mythisiertes Mittelalter, zu lancieren begannen: eine Art Proto-Nationalismus, der in der gemeinsam gefühlten, aber vage bleibenden »deutschen Identität« seinen Fixpunkt hatte.

Dass gerade die großen »Orientierungsstaaten« sich mit der in der Bundesakte zugesagten Einrichtung von Repräsentativverfassungen Zeit ließen und sie auf den Sankt-Nimmerleins-Tag zu verschieben suchten, goss nur noch mehr Öl ins glimmende Feuer. Ohnehin wurde generell die Umsetzung des Artikels 14 der Deutschen Bundesakte ein zentraler Gegenstand des politischen Diskurses. Der Aachener Kongress hat sich zwar nicht offiziell und ausdrücklich mit dem Wartburgfest 1817 und der durch die Gründung der Allgemeinen Deutschen Burschenschaft noch stärker emotionalisierten Grundstimmung der Menschen in der Mitte Europas beschäftigt, aber durch die Polizeirapports und die Spitzelberichte war allen Akteuren selbstredend die (zudem um Längen überzeichnete) Brisanz der Lage bewusst. Der preußische König war durch einen – im Übrigen völlig fehlerhaften – Bericht des *Brandenburger Erzählers* über das Wartburgfest informiert worden[30] und hatte unter dem Eindruck der Agitationen des Polizeidirektors Karl Christoph von Kamptz schon im frühen Dezember 1817 unter Umgehung des Staatskanzlers eine Kabinettsordre erlassen, die deutlich über das hinausging, was später in Karlsbad beschlossen werden sollte[31].

Zur politischen Unruhe trat eine existenzielle. Der Ausbruch des Stratovulkans Tambora auf der Insel Sumbawa im indonesischen Archipel wurde zu einem erfahrungsgeschichtlichen Trauma, ohne dass die meisten der Zeitgenossen den Namen jemals gehört oder die Zusammenhänge erkannt hätten, die auf sie rückwirkten. Nachdem der Vulkan viele Hunderte Jahre »geruht« hatte, brach er, vorangekündigt durch stärkere Aktivitäten seit 1812, im April 1815 mit einer ungeheuren Wucht aus; die Explosionen sollen noch in über zweitausend Kilometer Entfernung zu hören gewesen sein. Die Stärke dieses Ausbruchs wird mit 7 auf der Skala des Vulkanexplosionsindex geschätzt. Mitsamt den durch den Ascheregen und die pyroklastischen Ströme unmittelbar ums Leben gekommenen Inselbewohnern und infolge des durch die unvorstellbare Energie des Ausbruchs ausgelösten Tsunamis sind wohl annähernd 100 000 Menschen getötet worden.

Die Zeitungen hatten damals noch keine Korrespondenten weltweit stationiert, sodass sich die Nachrichten von dieser Katastrophe am Rande des britischen Empire nur sehr allmählich in Europa verbreiteten – die ersten gedruckten Augenzeugenberichte erschienen wesentlich später. Und deswegen sahen die Menschen zunächst auch überhaupt keinen Zusammenhang mit dem, was seit dem Sommer 1816 über sie hereinbrach: Die durch die Windströmungen verteilten Staubteilchen machten in Europa den Sommer 1816 zum kältesten überhaupt seit Beginn der Wetteraufzeichnungen, sodass die Zeitgenossen geradezu von einem »Jahr ohne Sommer« sprachen. In den meisten europäischen Ländern kam es zu dramatischen Ernteausfällen, die in Hungersnöte und dann – so in England und Frankreich – in Hungeraufstände oder aber in verstärkte Auswanderung einmündeten. Zwischen 1816 und 1819 sind aus Deutschland über 25 000 Menschen nach Übersee ausgewandert[32], mehr als jemals zuvor. Die Krisenjahre 1816/17 wurden in ganz Europa als eine einzige Katastrophe empfunden. Dass die Sonnenuntergänge in Europa als mittelbare Folge des Vulkanausbruchs im fernen Südostasien von besonderer Pracht waren und Künstler wie William Turner herausforderten und zu Meisterwerken inspirierten, war den meisten Menschen in Europa, die um ihre nackte Existenz fürchten mussten, wohl ziemlich gleichgültig.

Vergleichbare Naturkatastrophen wie der Tambora-Ausbruch und seine Folgen blieben den Menschen in Europa im Jahr 1818 zwar erspart – die Zeitungen vermeldeten allenfalls einmal ein starkes Erdbeben im Gebiet von Palermo im Frühherbst[33] und wenig später[34] ein offenbar wesentlich leichteres in der erdbebenanfälligen Region Aachen. Nach den verheerenden Erfahrungen und Wetterkapriolen mit ihren massiven Auswirkungen auf das Wirtschafts- und Sozialleben in den zurückliegenden beiden Jahren war man jedoch sichtlich erleichtert, nicht schon wieder mit schweren Eingriffen der Natur in das tägliche Leben konfrontiert zu sein.

Die europäischen Staaten konnten die durch die Ernteausfälle bedingten enormen Versorgungsengpässe nicht wirklich ausgleichen, weil sie durch die lange Kriegsdauer hoffnungslos verschuldet waren. Das betraf Österreich, das harte Kontributionen, die ihm Napoleon diktiert hatte, hatte erlegen müssen und den Krieg von 1815 nur im Vorgriff auf fünfzehn Jahre Steuereinnahmen hatte finanzieren können (und gerade 1818 wegen des Schwankens der Kurse seines Papiergeldes erneut in finanzielle Turbulenzen geriet)[35]. Das betraf vor allem aber Preußen, das von Napoleon in besonders rücksichtsloser Weise ausgeplündert worden war und dessen Staatsschuld um 1818 ca. zweihundert Millionen Reichstaler betragen haben dürfte, bei Staatseinnahmen von lediglich 25 Millionen jährlich. Insofern versteht man die preußische Reaktion auf den Schuldenschnitt, der 1818 zugunsten Frankreichs verabredet wurde, nur zu gut.

Die drei Jahre nach dem Wiener Kongress waren somit Jahre extremer sozioökonomischer Anspannung: Jahre der

Hungerkatastrophen und der (für die Menschen unerklärlichen) Wetterverschlechterung, Jahre extremer Finanzknappheit der Staaten, die größere Investitionen vorderhand ausschlossen. Und die Austeritätspolitik der Staatshaushalte verschärfte die soziale Krise nur noch weiter[36], denn die finanziellen Engpässe der Staaten hatten vielerlei Konsequenzen, unter anderem die, dass der Beamtenapparat, gerade als man für die neuen Gebiete gut ausgebildete und verlässliche Staatsdiener dringend benötigte, eher abgebaut werden musste denn verstärkt werden konnte. Selbst graduierte Juristen blieben »auf der Strecke« und erhielten keine Chance auf eine Festanstellung im Staatsdienst. Die stellungslosen Privatdozenten, die sich mühsam als Journalisten durchzuschlagen suchten, wurden zu einem Sozialphänomen und einem Reservoir der Fundamentalopposition.

Armut, Hunger, ein so gut wie abgeschotteter Stellenpool der staatlichen Behörden, Universitäten oft eingeschlossen, Handwerksgesellen, die angesichts der Subsistenzkrise keine Aussicht auf eine Meisterstelle mehr hatten, schufen ein Klima allgemeiner Unzufriedenheit und Perspektivlosigkeit, dem viel Brisanz innewohnte. Diese Stimmung wurde dadurch noch weiter angeheizt, dass viele Intellektuelle, ohnehin ob fehlender Zukunftsperspektiven frustriert, nicht nur die Studenten und die Turner, die Defizite an liberalen und demokratischen Elementen in der Bundesverfassung und ein Zuviel an staatlicher Zersplitterung vehement kritisierten. Und sie wurden sich damit zugleich auch bewusst, als »verspätete Nation« – den Begriff nutzte allerdings damals noch niemand – gegenüber den Nachbarn kaum aufgeholt zu haben.

Aus diesem Gebräu von Perspektivlosigkeit, Subsistenzsorgen und politischer Unzufriedenheit erwuchs eine Geisteshaltung, die vermeintlich oder tatsächlich »Schuldigen«

an dieser Entwicklung den Zorn des »Volkes« spüren zu lassen. Schleichend entwickelte sich eine »Philosophie des politischen Mordes«, also des gezielten personenbezogenen Terrorismus. Da alle diese genannten Faktoren – Haushaltsprobleme und -kürzungen, gravierende Ernährungsprobleme, Perspektivlosigkeit breiter Bevölkerungsschichten – auch für das bisherige »Geberland« Großbritannien zutrafen, war es kein Zufall, dass politische Attentate sogar dort auftraten, etwa schon 1812 gegen den Premierminister Spencer Perceval und dann in Form eines (gescheiterten) Anschlags auf den Prinzregenten im Januar 1817, in dessen Vorfeld – ein wiederkehrendes Motiv in der englischen Geschichte! – Pläne aufgedeckt worden waren, das Parlament in die Luft zu sprengen.

Aber mehr noch häuften sich die Attentate auf dem Kontinent. So wurde 1818 etwa – hier spielten Aggressionen gegenüber einem Repräsentanten der Beobachtungsarmee eine maßgebliche Rolle – in der französischen Hauptstadt ein Mordversuch gegen den Sieger von Waterloo, den Herzog von Wellington, unternommen[37]. Als der Zar auf seiner Reise nach Aachen im Spätsommer 1818 in Weimar Station machte, ging eine radikale Jenenser Studentengruppe (»Die Unbedingten«) mit dem Plan um, ihn zu ermorden – die Absicht wurde publik und schlug hohe Wellen. Das »Attentat« war damit endgültig zu einem Schlüsselbegriff der Epoche geworden, nachdem schon im Zweiten Pariser Frieden der Umsturzversuch Napoleons als ein »Attentat« qualifiziert worden war: das Attentat als Bedrohungsszenario, als Anschlag auf das europäische System, das Attentat als krimineller Vorgang.

Dass die Follen-Brüder in Gießen ganz konsequent dem politischen Mord das Wort redeten, dass 1819 der Dichter und russische Staatsrat August von Kotzebue von dem Theologiestudenten Karl Ludwig Sand, einem Follen-Schüler und Teilnehmer am Wartburgfest, ermordet wurde und kurz darauf ein von einem Gießener Burschenschaftler geplanter Anschlag auf den nassauischen Regierungspräsidenten Karl Friedrich Emil von Ibell unternommen wurde, dass 1820 der Herzog von Berry mit dem Ziel, die Bourbonendynastie wieder zu stürzen, Opfer eines Attentats wurde – all das waren Indizien für eine europaweit wachsende Gewaltbereitschaft. Es waren solche terroristischen Aktionen, von deren Signalwirkung Metternich die Gefahr eines Umsturzes des »Systems« befürchtete, nicht etwa von einer Revolution der »Massen«[38]. Insofern war es hoch bezeichnend, wie intensiv sich Metternich mit einer dezidiert antirevolutionären Rede beschäftigte, die George Canning, der Castlereagh-Gegner und damalige Präsident des Kontrollrats der Ostindien-Kompanie, nach dem Prinzregenten-Attentat hielt – und sich mit ihr identifizierte[39].

Dass sich bei dieser Suche nach den »Schuldigen« für die rundum missliche Lebenssituation die Augen auch wieder auf die Juden richteten, die vermeintlichen »Profiteure« der Hungerkatastrophe und der wirtschaftlichen Notlage, konnte keinen, der um die aus Krisen erwachsenen Pogrome der Vergangenheit wusste, wirklich überraschen. Vor allem in Südwestdeutschland wurden antijüdische Exzesse manifest, die sich in der sogenannten Hep-Hep-Bewegung artikulierten und 1819 im an sich im Prozess der Emanzipation der Juden bereits weit vorangeschrittenen Großherzogtum Baden zwar zu keinem Blutvergießen führten, aber zu erheblichen Übergriffen auf Sachen und Immobilien[40]. Da sich derartige Auswüchse in aller Regel mit xenophoben und sozialkritischen Tendenzen verknüpften, durfte man sie gleichwohl nicht auf die leichte Schulter nehmen, umso weniger, als viele nicht reüssierte Intellektuelle ihre Perspektivlosigkeit offen oder verdeckt auf »die Juden« zu projizieren begannen.

Das Aachener Gipfeltreffen steht am Beginn einer Abfolge von vier Kongressen, die nicht mehr der Beilegung eines konkreten Konflikts, eines zwischenstaatlichen Krieges dienten, sondern der Wahrung eines gegebenen Status quo. Sie waren nicht etwas völlig Neues, das Neue war, dass die Protagonisten nicht mehr prinzipiell gegeneinander arbeiteten, sondern gemeinsam nach Antworten auf Herausforderungen suchten, dass man nun allseits eine Lösung *erreichen* und nicht *verhindern* wollte. Das war in der Tat eine neue Stufe von Außen- und Gesellschaftspolitik: Die Kooperation zwischen den (selbst ernannten) Großmächten ersetzte die Austragung von Mächterivalitäten als Leitprinzip von Politik[41].

Nachdem schon die Schlüsseldokumente des Herbstes 1815 nur noch von den *vier* Großmächten unterzeichnet, im Unterschied zur Kongressakte vom Juni 1815 die damaligen Signatarstaaten Spanien, Schweden und Portugal also nicht mehr hinzugezogen worden waren, wurde das Aachener Treffen der erste Kongress, der nur noch von den Alliierten von 1813 beschickt wurde. Diese erhoben fortan den Anspruch, als eine Art Kartell die anfallenden europäischen Angelegenheiten, seien sie zwischenstaatlicher oder in bestimmten Fällen auch innerstaatlicher Art, einer Lösung zuzuführen. Es war – nach Aachen wieder mit Zuziehung Frankreichs in der institutionalisierten Form des »Konzerts« – der Versuch, einen selbst geschaffenen politisch-gesellschaftlichen Zustand zu zementieren oder allenfalls so zu modifizieren, dass er mit den Interessen aller Kartellangehörigen kompatibel war.

# Der Ort des Geschehens

Warum die Alliierten für den ersten Kongress nach dem Wiener und den Pariser Treffen vom Herbst 1815 sich für eine preußische Stadt entschieden, lag in der Logik des brüderlichen Einvernehmens der Herrscher und der Parität: In Paris, im besiegten Feindesland, hatte man den Triumph des epochalen Sieges über Bonaparte gefeiert und sich in wochenlangen Verhandlungen auf den (Ersten) Pariser Frieden verständigt. Im Sommer 1814 waren die Monarchen – mit Ausnahme des österreichischen Kaisers – und ihre Entourage nach London aufgebrochen, wo man einige Wochen mit der politischen Elite des Landes verbrachte, von dort war man nach Wien weitergereist, wo man neun Monate verhandelt und gefeiert hatte, dann hatte man sich erneut in Paris getroffen, um den (Zweiten) Pariser Frieden zu verhandeln und abzuschließen und in Anlehnung an den (ohnehin auf zwanzig Jahre abgeschlossenen) Vertrag von Chaumont die Quadrupelallianz zu erneuern.

Nun war des Feierns und des Friedenschließens genug, jetzt war die politische Routine wieder angesagt bei gleichzeitiger erneuter Demonstration der unverbrüchlichen Einheit der Vier Mächte. Es lag auf der Hand, dass ein weiteres Treffen der Monarchen und ihrer Ministerriege anderswo, in Preußen oder Russland, stattfinden sollte. Die Parität sollte, schon aus optischen Gründen, gewahrt bleiben, mochte Zar Alexander auch 1816/17 immer wieder einmal mit einer Neuauflage des Kongresses in der Donaumetropole geliebäugelt haben[1]; das war freilich für die Wiener Entscheidungsträger schon allein aus finanziellen Gründen nicht (mehr) vorstellbar! Da sich Russland – es wäre der repräsentativen Bausubstanz und der Logistik wegen ohnehin wohl nur St. Petersburg in Betracht gekommen – der Geografie und der (vor allem wenn es ins Spätjahr hineinging) klimatischen Bedingungen wegen nicht gerade aufdrängte, lag die Option Preußen mehr oder weniger »alternativlos« nahe. Die Überlegungen des Grafen Capodistria, der sich seine diplomatischen Sporen in der Schweiz verdient hatte, eine eidgenössische Stadt als Konferenzort ins Gespräch zu bringen, hatten vor diesem Hintergrund wenig Chancen.

Warum am Ende der Kongress nicht nach Berlin anberaumt wurde, sondern in eine »Provinzstadt«, wird sich endgültig nur schwer beantworten lassen. Es gibt Belege dafür, dass es Alexander war, der in seiner inzwischen sehr spiritistisch-religiösen Grundstimmung den Hauptstädten mit ihrem lockeren Lebenswandel generell eine Absage erteilte[2]. Hinzu kam, dass Berlin kurz nach den Napoleonischen Kriegen immer noch unter den Zerstörungen von 1806 und den Schäden von 1812 litt und mit dem Glanz der Kaiserstadt an der Donau noch längst nicht mithalten konnte – die großen Bauvorhaben der Schinkel-Epoche liefen ja gerade erst an. Zudem sollte der Folgekongress ein in seiner zeitlichen Erstreckung sehr viel bescheidenerer Arbeitskongress mit einer beschränkten Agenda sein, für die man ausgiebige Feste nicht zwingend benötigte. Man suchte, wie fast alle Beteiligten verlauten ließen, eine ruhige Stadt fernab weltstädtischen Betriebes und Treibens, eine Stadt, die aber doch die eine oder andere Annehmlichkeit bot und logistisch günstig gelegen war.

Wenn schon nicht Berlin, warum dann Aachen – und nicht etwa Breslau, Stettin oder Königsberg, Münster oder

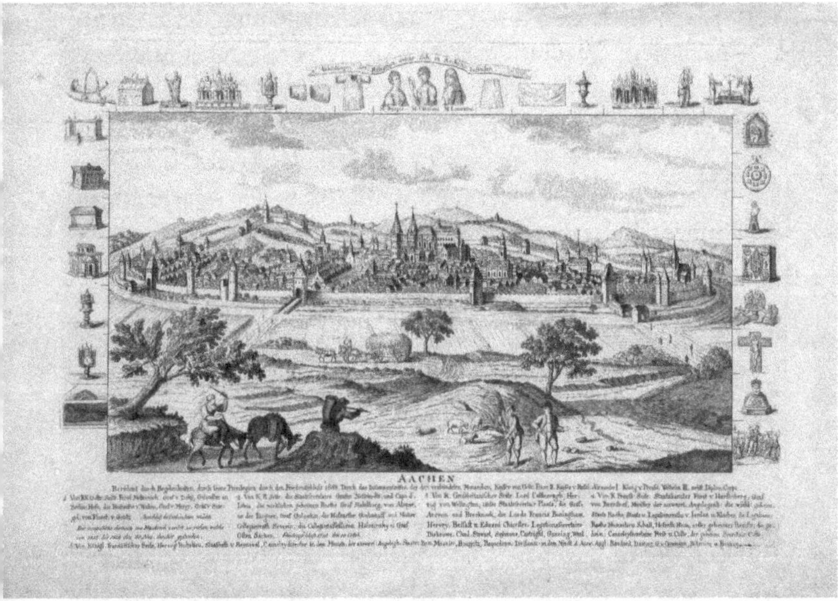


[1] Ansicht der Stadt Aachen, 1818

Magdeburg? Warum nicht – von den gelegentlich genannten nichtpreußischen Städten Heidelberg und Mannheim einmal ganz abgesehen – das wegen seiner bequemeren Erreichbarkeit auf dem Wasserweg in Vorschlag gebrachte Düsseldorf?

Zum einen sprach die geografische Lage für Aachen: Hinter der nicht weit entfernten französischen Grenze war das alliierte »Sicherheitskorps« stationiert, dem – was dann auch geschah – ein Besuch der Majestäten guttun und der von der Öffentlichkeit sicher besonders positiv vermerkt werden würde. Vor allem aber: Aachen hatte eine reiche Erfahrung in der Organisation von »Gipfeltreffen«, einen Fundus an kollektivem *Know-how,* den sonst kaum eine Stadt auf deutschem Boden vorweisen konnte. In Aachen hatten die Konferenzen zur Wiederherstellung des Friedens nach dem Devolutionskrieg zwischen Frankreich und Spanien 1668 und nach dem Österreichischen Erbfolgekrieg 1748 stattgefunden, gerade Letzteres ein Ereignis, das im Gedächtnis der Bürgerschaft fest verankert war. Sie konnte bei (fast) jeder Gelegenheit die Porträts der seinerzeitigen Spitzendiplomaten (Österreichs, Frankreichs, Großbritanniens, Preußens, der Generalstaaten, Sardiniens, Modenas, Genuas, Venedigs, der Kurie und Kurbayerns) bewundern[3], die ihr Rathaus und dessen »Friedenssaal« zierten – heute sind sie auf verschiedene Räume verteilt. Die städtischen Autoritäten sollten dann auch kaum eine Gelegenheit auslassen, diese besondere Dignität ihrer Kommune gebührend hervorzuheben: Aachen als die Kongressstadt *par excellence* – dem hatten konkurrierende Städte nur wenig entgegenzusetzen!

Der zweite, vielleicht noch wesentlichere Aspekt der aus der Geschichte abgeleiteten Dignität der Kommune, der in exzeptioneller Weise für sie sprach, gründete in der reichsverfassungsrechtlich hervorgehobenen Stellung der Stadt: Sie war über Jahrhunderte hinweg, bekräftigt noch einmal durch die Goldene Bulle von 1356, der traditionelle Krönungsort der deutschen Könige, also jener Ort, an dem mit Karl dem Großen die Grundlagen des monarchischen Systems Alteuropas gelegt worden waren und an dem sich sein legendärer Herrscherstuhl befand. Zu den anderen Momenten, die für die Option Aachen sprachen, kam deswegen mit ganzer Wucht die Geschichte hinzu: Aachen als Wiege einer Gesellschaftsordnung in Europa, die vom gesalbten und gekrönten Herrscher geprägt wurde und die unverändert Gültigkeit besaß. Sogar ein »Aufsteiger« wie Napoleon Bonaparte, der seit seinem Aachenbesuch 1804 eine sehr emotionale Beziehung zu der Stadt entwickelt, den Karlskult maßgeblich gefördert und der Kommune den Ehrentitel »bonne ville« verliehen hatte, hatte dem Tribut gezollt.

Die Stadt mochte also noch so überschaubar und vergleichsweise wenig repräsentativ sein: Es gab eine Menge Gründe, Aachen als Ort des ersten Folge- und Abwicklungskongresses nach 1815 in Vorschlag zu bringen.

Es ist müßig, darüber zu spekulieren, wer für die Initialzündung verantwortlich war. Metternich hatte Aachen schon im Frühjahr 1817 einmal ganz vage und tentativ als Ort eines möglichen Kongresses genannt, was offenbar der russische Botschafter in Wien Graf Stackelberg aufgegriffen hatte[4]. Wenigstens im russischen Lager scheint man sich – nicht zuletzt der Kur- und Badebedürfnisse des Kaisers wegen – bis Jahresende 1817 auf Aachen festgelegt oder wenigstens doch »eingeschossen« zu haben, mochte auch Capodistria sozusagen in letzter Minute – vergeblich – noch Basel ins Gespräch bringen[5]. Die in Berlin für einen Augenblick ventilierte Option, sich vielleicht doch – eine bloße Courtoisie oder mehr? – für St. Petersburg zu entscheiden, war damit schneller wieder vom Tisch, als man sich das in der Entourage Friedrich Wilhelms III. vorgestellt hatte.

Bei der Berliner Entscheidung zugunsten Aachens haben, auch wenn sie quellenmäßig schwer fassbar sein mögen, noch weitere Gesichtspunkte neben der Geschichte und der einschlägigen Erfahrung bei der Abwicklung von Kongressen eine Rolle gespielt: Eine »Kurstadt« mit Heilquellen, zudem nicht weit von Spa entfernt, *dem* Modebad der damaligen Zeit, war allemal eine Attraktion, wobei man vonseiten der Berliner Regierung freilich – die Verwissenschaftlichung griff um sich! – im Vorfeld des Kongresses einen Jenenser Gelehrten damit beauftragte, die Qualität der Wässer chemisch zu untersuchen[6]. Da der Badebetrieb in der napoleonischen Ära weitgehend zusammengebrochen war, konnte ein Spektakel wie ein Gipfeltreffen dem Kurbetrieb nachhaltig wieder aufhelfen. Eine subtile Art von Tourismus- und damit Wirtschaftsförderung!

Zum anderen verkörperte Aachen den Typus der Gewerbe- und Industriestadt, deren Einrichtungen, die in den Jahren der napoleonischen Herrschaft einen gewaltigen Aufschwung genommen und viel Innovatives rezipiert hatten, für »Moderne« und wirtschaftlichen Aufbruch standen. Die dortigen Fabriken und Manufakturen sollten deswegen nicht zufällig auch die besondere Aufmerksamkeit der Monarchen auf sich ziehen.

Für die Berliner Ministerien und die unmittelbare Umgebung des Königs kam noch eine weitere Überlegung hinzu, die etwas mit den Mentalitäten und mit symbolischem Handeln zu tun hatte: Der Anfall des Rheinlands an Preußen auf dem Wiener Kongress, obwohl umgehend schon im April/Mai 1815 vollzogen, wurde an der Spree eher als ein Danaergeschenk eingestuft, als ein wenig willkommener »Ersatz« für jene Teile Sachsens, die an die alte Dynastie retourniert werden mussten und die man doch liebend gern behalten hätte. Den – zudem noch katholischen! – Rheinlanden stand man in Berlin mit ausgesprochener Distanz gegenüber, und diese Haltung beruhte auf Gegenseitigkeit. Die Spannung zwischen Hof und (neuer) Provinz, zwischen Zentrum und Peripherie wurde noch dadurch gesteigert, dass das »französische« Recht auf dem linken Rheinufer in Kraft blieb – und auch die französische Munizipalverfassung erst 1845 durch die preußische Gemeindeordnung ersetzt werden konnte. Die Rheinlande waren also ein Sonderrechtsgebiet, in einem zentralistisch-uniformen Staatswesen wie Preußen an sich ein Unding.

Die höheren Verwaltungspositionen in der »Rheinprovinz« – der Begriff sollte sich erst nach einer Verwaltungsreform in den frühen 1820er Jahren einbürgern – galten dem preußischen Dienstadel als die am wenigsten attraktiven.

Vor diesem Hintergrund war eine Geste wie die Vergabe eines Ereignisses, das europäische Aufmerksamkeit finden würde, an eine Kommune in dieser Provinz durchaus geeignet, diese an die Krone anzunähern, eine Stimmung zu generieren, die einen Zuwachs an emotionaler Nähe und Gesamtstaatsbewusstsein erwarten ließ.

Die Wahl Aachens war somit Teil einer bewussten Strukturpolitik der Berliner Zentrale, einer *Good-will*-Offensive, um die neue »Rheinprovinz«, die 1816 knapp unter zwei Millionen Einwohner zählte, näher an den preußischen Staat heranzuführen. Wie stark diese Region noch nach Wien hin orientiert war und mit der neuen Situation, von heute auf morgen Bestandteil eines durch und durch protestantischen Staates geworden zu sein, Schwierigkeiten hatte, war Metternich bei seinem kurzen Aufenthalt auf der Anreise in Köln geradezu in die Augen gesprungen.

Ein wichtiger weiterer Aspekt dieser Bemühungen um eine bessere Integration der Rheinlande war die Gründung einer Universität in den und für die neuen Landesteile. Die »alten« Universitäten in der Region – die traditionsreiche Kölner, die Trierer und die kurzlebigen Duisburger und Bonner – waren in den Wirren der Revolutionskriege untergegangen, und es verstand sich von selbst, dass hier Handlungsbedarf bestand: Man konnte der rheinischen Studentenschaft nicht auf Dauer zumuten, in Berlin, Königsberg, Halle, Greifswald oder Breslau zu studieren – und die katholische Universität Münster war im Sommer 1818 fehlender Reformbereitschaft und mangelnden eigenen Widerstandes wegen endgültig aufgelassen worden[7]. Es sprach somit, und hier war ein Nexus mit Münster mit im Spiel, alles für die Option, die preußische Hochschullandschaft im Westen zu erweitern.

Während Trier seiner peripheren Lage wegen sich dafür nicht zwingend aufdrängte und man in Berlin befürchtete, in Köln könne eine Universität schnell vom örtlichen erzbischöflichen Ordinariat dominiert werden, entfielen für Bonn ähnliche Bedenken. Die bevorstehende Neugründung der von vornherein überkonfessionell geplanten Bonner Universität war schon Wochen vorher allgemeines Gesprächsthema[8], war also keine Überraschung mehr. Die Kabinettsordre zur Errichtung der »zweiten« Bonner Universität war Ende Mai 1818 erlassen worden, die eigentliche Gründungsurkunde wurde von König Friedrich Wilhelm am 18. Oktober, dem Jahrestag der Leipziger Völkerschlacht, in Aachen ausgefertigt[9] und tags darauf Staatskanzler Hardenberg zugestellt[10]. Damit konnten die Dinge in Bonn mit der Konstituierung der Gremien und den ersten Wahlen endgültig ihren Lauf nehmen.

Ob damals bereits im Anschluss an die Besichtigungen der lokalen und regionalen Industriebetriebe durch den Monarchen und seine Entourage erste Überlegungen angestellt wurden, in dieser von einer innovativen Wirtschaft geradezu übersprudelnden Industrielandschaft eine auf Wirtschaft und Technik spezialisierte Hochschule ins Leben zu rufen, ist mehr als fraglich. Der Gedanke der Gründung von anwendungsorientierten Hochschulen jenseits der »traditionellen Universität« lag trotz zunehmender Bedeutung der Polytechnischen Lehranstalten noch nicht wirklich in der Luft und realisierte sich dann ja auch erst nach der Mitte des Jahrhunderts nach und nach. Die Gründung der Rheinisch-Westfälischen Technischen Hochschule erfolgte erst 1870, also ein gutes halbes Jahrhundert nach der der Bonner Universität. Bis dahin hatte sich Aachen mit der 1817 errichteten Handwerksschule und der 1837 ins Leben getretenen Gewerbeschule zu begnügen. Aber auch wenn Aachen in diesem Sektor der Kultur- und Wissenschaftspolitik vorerst noch nicht zum Zuge kam: Die Errichtung einer Universität in Bonn kann in ihrer Signalwirkung für die gesamte

Rheinprovinz gar nicht überschätzt werden. Archivar Meyer sprach deswegen in Anlehnung an Horaz auch nicht zufällig von einem »monumentum aere perennius«[11].

Wie auch immer die Entscheidung für Aachen gefallen sein mag: Sicher hat ein Artikel des rührigen Stadtarchivars Meyer in der lokalen Zeitung, der die unvergleichlichen Vorzüge Aachens bilanzierte, keine Rolle gespielt. Rekonstruieren lässt sich aber, wie massiv die Stadt bei den Berliner Verantwortlichen vorstellig wurde und ihre »Kandidatur« betrieb. Nachdem – dem Tagebuch des Staatskanzlers zufolge – der Aachener Generalvikar Funk Hardenberg schon am 12. Februar 1818 einen Besuch abgestattet hatte, bei dem es mutmaßlich nicht nur um geistliche Angelegenheiten ging, traf Hardenberg wenige Tage später, am 22. Februar, eine größere Aachener Delegation, die vom Oberbürgermeister angeführt wurde und drei weitere Personen umfasste: Leopold Bettendorf und zwei (ungenannt bleibende) Kaufleute, von denen angenommen werden kann, dass sie dem Stadtrat angehörten.

Irgendwann im März 1818 muss dann in Berlin die endgültige Entscheidung für Aachen gefallen sein – das Metternich wenig später in Karlsbad zugetragene Gerücht, das Monarchentreffen werde in Prag stattfinden[12], entbehrte somit jeder Grundlage.

Spätestens nach dem 20. April, als die förmliche Ankündigung in Aachen eintraf, konnten vor Ort die logistischen Vorbereitungen des Treffens anlaufen, wofür es nun allerdings auch höchste Zeit wurde. Ende Juli kam Hardenberg selbst in die Stadt, besichtigte die für ihn angemietete Wohnung im Hotel der Witwe Bettendorf am Markt und machte sich sicher auch ein Bild vom Stand der Vorbereitungen des Kongresses – den baulichen Veränderungen, dem Zustand der Straßen, den »Orten« des »Rahmenprogramms« –, bevor er nach Spa weiterreiste. Auf dem Rückweg weilte er mehrere Tage – vom 29. August bis 5. September – erneut in Aachen, sozusagen zur Schlussinspektion.

Für die preußischen Gastgeber war es angesichts ihrer nach wie vor klammen Kassen sicher eine Erleichterung, dass – im Unterschied zu Wien, wo Krone und Regierung den weitaus größten Teil der Aufenthaltskosten wenigstens der »Siegermächte« getragen hatten – auf Anregung Kaiser Franz' man sich diesmal schon im Vorfeld verständigte, dass jede Seite ihre anfallenden Kosten selbst übernehmen solle[13]. Trotzdem blieb für Berlin noch genug zu finanzieren übrig.

*

Aachen, dessen künftige staatliche Zugehörigkeit lange unsicher gewesen war, war kurz nach dem Ende der Napoleonischen Kriege eine Kommune, die kaum mehr als 32 000 Einwohner zählte und deren Leben sich nach wie vor im Wesentlichen innerhalb der alten »Freiheit« abspielte und sich durch den Wall und die großen Tore (Marschiertor, Kölner Tor usw.) begrenzte; die Befestigungsanlagen waren freilich in der Franzosenzeit weitgehend zerfallen. Wenngleich den sorgfältigen vitalstatistischen Befunden für den Regierungsbezirk zufolge, die in der lokalen Presse penibel referiert wurden[14], davon ausgegangen werden kann, dass auch in der Stadt Aachen die Bevölkerung kontinuierlich anstieg, blieb sie doch im unteren 30 000er-Bereich. Von Wien mit seinen deutlich über 200 000 Einwohnern und einer ungleich größeren Fläche trennten Aachen Welten.

Aber das war ja genau das, was die Protagonisten in Wien und Berlin im Fokus hatten: eine »mittlere« Kommune mit einer begrenzten Fläche und sehr beschränkten Unterbringungsmöglichkeiten, die es von vornherein ausschlossen, an eine riesengroße Zahl von Delegationen kleiner und kleinster und selbst größerer Staaten auch nur zu denken. Aachen sollte, ganz anders, als es einigen russischen Funktionsträgern vorschwebte, keine »Superveranstaltung« wie Wien sein, sondern allein der Logistik wegen ein Kongress im Wesentlichen der Großen Vier, der sich unter Umständen zu einer Veranstaltung der Großen Fünf veränderte, aber nicht zu einem Unternehmen der zweihundert Delegationen. Deswegen vermied man seitens der Mächte sogar anfangs konsequent den Begriff »Kongress«, um nicht Erwartungen und Befürchtungen zu wecken und fremden Staaten die Teilnahme verwehren zu müssen. Diese Maßnahmen in Schriftform zu bringen war übrigens eine der letzten großen Leistungen der Pariser Botschafterkonferenz, die nach dem Aachener Kongress – logischerweise – zu bestehen aufhörte[15].

Die Umwälzungen um die Jahrhundertwende hatten tief greifende Auswirkungen mit sich gebracht: Ihren Charakter als freie Reichsstadt hatte die Kommune schon spätestens seit ihrer Eingliederung in das französische Reich (als Hauptort des Départements Roer) verloren (1797). Im Unterschied zu anderen Kommunen – den Hansestädten Bremen und Hamburg, Frankfurt – war es Aachen auf dem Wiener Kongress, sicher auch mangelnder Präsenz wegen, nicht gelungen, zur alten Unabhängigkeit zurückzufinden. Im Wesentlichen ist damals über den Kopf der Betroffenen hinweg entschieden worden, und in Artikel 25 der Kongressakte war Aachen Preußen zugeschlagen worden, zwar – neben Koblenz, Trier, Düsseldorf und Köln – eine der fünf Bezirkshauptstädte, aber nicht Sitz des Oberpräsidenten. Das wurde als eine empfindliche Minderung der politischen Bedeutung der Kommune empfunden, wobei sie dieses Schicksal freilich mit etlichen anderen Städten teilte, die im Ancien Régime eine herausragende Rolle gespielt hatten. Den politischen Bedeutungsverlust hatte Aachen allerdings mit bemerkenswerten Erfolgen durch seinen wirtschaftlich-industriellen Aufschwung wettzumachen versucht.

1802 war, nachdem jahrelang antikirchliche Aktionen die Szene beherrscht hatten, die Stadt von Napoleons Gnaden zum Sitz eines Bischofs aufgestiegen, eines glühenden Napoleonanhängers, in dessen Sprengel aber die Protestanten beider Richtungen weitgehende Freiheiten genossen. Letzteres war in Aachen nicht immer so gewesen. Im ausgehenden 16. und beginnenden 17. Jahrhundert war die Stadt von schweren konfessionellen Wirren heimgesucht worden, denen allerdings immer auch ein erhebliches Maß an verfassungsrechtlichen und sozialen Problemen innewohnte. Über die Kommune war seinerzeit gleich zweimal die Reichsacht verhängt worden! Dem neuen Bischofssitz war indes nur ein kurzes Dasein beschieden: 1821, also schon in der preußischen Zeit, wurde das Bistum wieder aufgelassen. Der 1809 von Napoleon eingesetzte, aber vom Papst nie bestätigte Bischof Camus war 1814 verstorben, es bestand also eine Sedisvakanz.

*

An der Spitze des Stadtrats stand 1818 der schon in der Franzosenzeit als *Maire* fungierende Oberbürgermeister Cornelius von Guaita. Sein Name mag stellvertretend stehen für die Weltoffenheit der Kommune, in die seit Generationen Menschen aus den Nachbarregionen – den südlichen und den nördlichen Niederlanden, Frankreich – zuzogen, teils aus konfessionellen, teils aus ökonomischen Gründen. Die Guaitas stammten ursprünglich aus Menaggio am Comer See und waren als Südfrüchtehändler nach Deutschland gekommen. In Frankfurt hatten sie rasch eine beachtliche soziale Stellung errungen und waren von dort Anfang des 18. Jahrhunderts über Köln auch nach Aachen weitergezogen, wo sich ein Zweig der Familie dauerhaft etablierte.

Um die Jahrhundertwende zählte die Patrizierfamilie zu den großen Grundstücks- und Immobilienbesitzern der Stadt und spielte im Wirtschaftsleben eine herausragende Rolle. Cornelius von Guaita war Inhaber einer großen Nadelfabrik, und für sein wirtschaftliches Ansehen spricht auch, dass er nach der Franzosenzeit Präsident der Industrie- und Handelskammer Aachen wurde. Sein Sozialprestige spiegelt sich darin, dass während des Kongresses kein Geringerer als der Herzog von Wellington in seinem Haus am Markt Wohnung bezog.

Des Oberbürgermeisters – und des Stadtrats – Aufgabe war es natürlich nicht, den Kongress politisch vorzubereiten, seines Amtes war es, die logistischen Voraussetzungen für das »Rendezvous« der Fürsten und ihrer Minister zu schaffen. Das meinte, die Quartiere für die illustren Gäste zu organisieren und für deren »Optimierung« zu sorgen, die Höchstpreise für Unterkünfte[16], Gewerbe und (Lebensmittel-)Händler zu überwachen, die ausreichende Versorgung der Gäste zu gewährleisten, für ein attraktives »Rahmenprogramm« zu sorgen. Für wenigstens einen Teil dieser Aufgaben war eine im Frühjahr 1818 eingesetzte Servis- und Einquartierungs-Commission zuständig, die mit der Königlich Preußischen Etappen-Kommission[17] Hand in Hand arbeitete.

In Ermangelung eines weiträumigen Palastes, wie ihn die Hofburg geboten hatte, musste beispielsweise das (überschaubare) Angebot an einigermaßen repräsentativen Hotels und Privatquartieren nach bestem Wissen und Gewissen auf die einzelnen Delegationen verteilt werden. Und diese Herausforderung war schon allein quantitativ groß. Die – auch im Druck erschienene – Quartierliste der preußischen Delegation, die sich in den Akten des Aachener Stadtarchivs findet[18], nennt allein über siebzig Personen, die zur engeren »Suite« des Königs zählten und auf eine Fülle von Standorten verteilt werden mussten. Diese erstreckten sich vom Markt (Staatskanzler Hardenberg) über den Kapuzinergraben (Prinz Karl), die Adalbert- und die Ursulinenstraße bis zum Büchel, zur Hartmannstraße, zum Wirichsbongart, zur Eselsgasse, zur Peterstraße, zum Damengraben, zum Kolbert, zum Hühnermarkt, zum Neutor, zur Pontstraße, zur Kölnstraße, zur Großkölnstraße, zur St. Annastraße, zur Kleinmarschierstraße, zur Jakobstraße und zum Augustinerbach. Im »Palast« des Königs selbst waren nur die Allerwenigsten untergebracht, neben dem Kämmerer und dem Hofmarschall auch der Leibfriseur, der Mundkoch, der Silberaufseher und der Hofkonditor[19].

Entsprechend »dezentral« waren natürlich auch die engeren »Suiten« der anderen Monarchen untergebracht; die Unterkünfte des Stabes des österreichischen Kaisers, des Zaren[20] und des Herzogs von Wellington[21] wurden ebenfalls in der lokalen Zeitung abgedruckt[22]. Die Vermieter werden diese verkappte Werbung gar nicht ungern gesehen haben.

Royale Prominenz war der Badestadt nicht unbekannt. Im Sommer 1791 hatte beispielsweise der schwedische König Gustav III. in ihren Mauern geweilt, und der Aachenbesuch Napoleons und Joséphines 1804 hatte sich tief ins kollektive Gedächtnis der Stadt eingegraben. Aber diesmal ging es um mehr, ging es um etwas Exzeptionelles, ja Singuläres. Ein Spektakel wie das Zusammentreffen gleich mehrerer Monarchen pflegte – Wien hatte ein mehr als anschauliches Exempel geliefert – viele Menschen aus den verschiedensten Gründen anzuziehen: Dienstboten, Kutscher und Handwerker, die seit Mitte September vermehrt per Zeitungsannonce ihre Dienste anboten, Glücksritter, Spekulanten und Prostituierte – Aachen mit seiner großen Fluktuation an Badegästen war ohnehin schon eine relativ bordellgesättigte Stadt![23] –, Kaufmänner wie einen Braunschweiger Juwelier und einen holländischen Diamantenhändler[24], einen Bielefelder Leinwarenproduzenten[25] und Kunsthändler, zwei türkische Kaufleute mit einem großen Sortiment an orientalischen Spezialitäten[26] oder einen brabantischen Weinhändler[27].

Hinzu kamen Anbieter spektakulärer *events* wie eines Panoramas der Schlacht von Waterloo, des »optischen Panoramas« der deutschen Lande des Hamburger Malers Suhr[28] oder eine Ausstellung hochwertiger französischer Gobelins[29]. Zwei Frauen versuchten sich an Heißluftballonfahrten, und drei englische Faustkämpfer trugen gegen Entgelt im Redoutensaal öffentliche Boxkämpfe aus[30]. Große Aufmerksamkeit fanden ein indischer Jongleur[31] – ob er wirklich aus Indien stammte, mag dahingestellt bleiben –, eine (stark nachgefragte) Wahrsagerin und ein Bauchredner[32]. Keine Frage: Das Leben in der Kommune wurde reicher, bunter und »spannender«, wozu etwa auch beitrug, dass ein Restaurant »nach Pariser Art«[33] eröffnet wurde.

Dass bei den (Eintritts-)Preisen nichts überhandnahm und sich die Preisspirale nicht kontinuierlich nach oben drehte, war Sache der lokalen Obrigkeit. Trotz aller Vorsorge und Appelle: Klagen über überhöhte Zimmerpreise und dass die Nahrungsmittel zu teuer seien – weswegen man in Westfalen beispielsweise für günstiges Geld Eier aufkaufte und nach Aachen schaffte und in den niederländischen Hafenstädten ohne Zwischenhändler in großem Stil Fisch einkaufte – blieben nicht aus, waren bei solchen Anlässen aber eher der Kategorie Standardbeschwerden zuzurechnen.

Was für den täglichen Bedarf galt, setzte sich bei den »Sonderanbietern« fort. Metternich klagte über die Preise und war überzeugt, dass die meisten Händler sich verspekuliert hätten, weil die auswärtigen Besucher nur das Allernotwendigste kauften. Der Sorge, Polizeireglements zu erlassen wie bei früheren Friedenskongressen, um zu verhindern, dass es zwischen den Angehörigen verfeindeter Delegationen zu Schlägereien und Blutvergießen kam, war man inzwischen glücklicherweise enthoben. Für die Sicherheit in der Kongressstadt war in letzter Instanz übrigens ein für die Kongressdauer eigens bestallter Stadtkommandant verantwortlich, kein Geringerer als Carl von Clausewitz, der nach seinem Ausscheiden aus preußischen Diensten mit einiger Mühe wieder das Vertrauen des Monarchen gewonnen hatte und unmittelbar nach Aachen das Amt des Direktors der Berliner Kriegsschule übernehmen sollte.

Trotz dieser Hilfe von »außen« blieb genug zu tun für die Kommune. So musste, um nur ein Beispiel zu nennen, bei den großen gesellschaftlichen Ereignissen – den Bällen, Theateraufführungen, großen Konzerten usw. – dafür gesorgt werden, dass die Kutschen der hohen Gäste freie Fahrt hatten und auch beim Abholen nicht durch Menschenansammlungen oder andere Gefährte aufgehalten wurden. Die Ordnungsaufgaben des Stadtrats bezogen sich vor allem auf den Verkehr – man muss sich Aachens Straßen ja um vieles enger vorstellen, als die heutigen Trassenführungen es assoziieren – und auf das Meldewesen, das eine penible Kontrolle aller an- und abreisenden Fremden ermöglichte[34] (und die Wirte, die der Einlieferung der An- und Abmeldeformulare nicht nachkamen, mit empfindlichen Strafen belegte[35]). Die geradezu buchhalterische Erfassung der Fremden wurde von der österreichischen und der preußischen Geheimpolizei selbstverständlich nicht ungern gesehen[36].

Erst gegen Kongressende, am 11. November, wurde aber dann doch eine allgemeine Polizeiordnung erlassen, die Elemente der nächtlichen Sicherheit, der Verkehrssicherheit, des Rauchens mit »ungedeckten« Pfeifen, des Jugendschutzes und der Tierhaltung miteinander verband[37] – sicher aus den Erfahrungen der zurückliegenden Wochen erwachsen. Sie fand zwei Tage später ihre Ergänzung durch eine eigene Kehrordnung[38] – »Preußen« hatte endgültig Einzug in Aachen gehalten.

Allen diesen Reglementierungen und Einschränkungen des Verkehrs und des öffentlichen Lebens zum Trotz: Die Einwohnerschaft sah dem Ereignis mit riesengroßen Erwartungen entgegen, mit ungetrübter Vorfreude. Ein längeres, gelegentlich etwas holpriges, auf den 1. September 1818 datiertes und mit dem Namen des Verfassers – Ermisch – versehenes Gedicht in der *Stadt Aachener Zeitung* vom 8. September 1818 bringt das zum Ausdruck:

*Auf Aachen ist jetzt Aller Blick gerichtet,*
*Und von der Kaiserstadt spricht Süd und Nord,*
*Hier, heißt es, wird der Völker Zwist geschlichtet,*
*Der Heil'ge Bund versammelt sich ja dort!*
*Wo Karl der Große schon vor Tausend Jahren,*
*Das deutsche Land beschützte vor Gefahren;*
*Den Ort, von wo in jenen finstern Zeiten,*
*Das Licht des Christenthums verbreitet ward;*
*Die Statt, wo oft nach blut'ger Fehd' und Streiten,*
*Dem Lande Fried' und Ruh' gegeben ward;*
*Und wo zu gleichem Zweck vor siebzig Jahren,*
*Von ganz Europen Gesandte waren;*
*Wo einst, nach langem Streit und Unglückstagen,*
*Rudolph von Habsburg ward mit Pomp gekrön't.*
*Wodurch das deutsche Reich von Kriegesplagen,*
*Befreit, und alle Fürsten ausgesöhnt.*
*Hier ward die kaiserlose Zeit beendet,*
*Und Zwist und Krieg von Deutschland abgewendet;*
*So laß't uns denn nun fest und voll Vertrauen.*
*Mit deutschem Sinn, und treuer Bürgerpflicht,*
*Auf unsers Königs Wort und Großmuth bauen,*

*Dem's nicht an Weisheit, nicht an Kraft gebricht;*
*Im Glück und Unglück hat Er dies bewiesen,*
*Von Feinden selbst ward Er deßhalb gepriesen.*
*Und welche Männer stehen Ihm zur Seite?*
*Ein Hardenberg! – der sich des Landes Noth,*
*Zu Herzen nahm, und keine Opfer scheu'te,*
*Den Staat zu retten, der so sehr bedroh't;*
*Mit großer Mühe ist es Ihm gelungen,*
*Er hat den edlen Zweck so schön errungen,*
*Verein't mit Friedrich Wilhelm wird erscheinen.*
*Ein Fürst, bewährt als Freund, gleich wie als Held,*
*Der's ungern sieht, wenn Unterthanen weinen*
*Deutschlands Befreier! (nennet ihn die Welt),*
*Den Held des Nordens brauch' ich nicht zu nennen,*
*Ihr werdet diesen Freund des Königs kennen.*
*Um nun dies Fürsten-Kleeblatt voll zu machen,*
*So kömmt auch Oest'reichs Stolz, der Kaiser Franz*
*Für Deutschlands Wohlfahrt mit zu wachen,*
*Reicht Er die Hand zum ew'gen Friedenskranz.*
*Was Ihm das Liebste war in diesem Leben,*
*Hat Er um Frieden einst dahin gegeben.*
*Nicht alle großen Männer kann ich nennen,*
*Die man erwartet in der Kaiserstadt,*
*Germanen, Britten, Russen, Franken, Brennen,*
*Die Namen aller füll'ten dieses Blatt.*
*Wir wollen froh der Zeit entgegen sehen,*
*Unß kann durch den Kongreß nur Heil entstehen!*

Für die Stadt war der Kongress jedenfalls ein Ereignis, das vom Glanz her die beiden früheren Kongresse bei Weitem in den Schatten stellte. Trotzdem kamen die städtischen Autoritäten und die Journalisten auf diese Trias – 1668, 1748, 1818 – immer wieder zu sprechen. Und es war auch kein Zufall, dass die Stadt im Sinn einer nacharbeitenden

Werbemaßnahme mit dafür sorgte, dass die – mehr oder weniger offiziösen Charakter tragende – Schrift des Stadtarchivars Meyer ganz breit »gestreut« und Anfang 1820 auch allen beteiligten Monarchen übersandt wurde[39].

Zu dieser Aufarbeitung des spektakulären Ereignisses gehörte zudem, dass man sich bemühte, die eine oder andere Kopie der von dem britischen Hofmaler Lawrence verfertigten Gemälde der Repräsentanten der Mächte – darüber unten mehr – für den Ratssaal zu erwerben. Es scheint, dass erst der vorzeitige Tod des Oberbürgermeisters Guaita diese Bemühungen wieder abbrechen ließ. Aber der Wille war vorhanden, dem Ensemble der Gemälde der Friedensgesandten von 1748 ein Äquivalent zur Seite zu stellen, das nicht nur Diplomaten, sondern veritable Monarchen und leitende Minister umfasst hätte. *Das* wäre dann der spektakulärste *lieu de mémoire* geworden!

Auf einem bescheideneren Niveau, wenn auch durchaus publikumswirksam, bewegte sich die Auflage dreier Gedenkmedaillen durch die Kommune, die in verschiedenen Metallen und Legierungen noch während des Kongresses zur Ausgabe gelangten. Sie huldigten zum einen mit dem Datum Oktober 1818 der allegorischen Figur der Pax, erwiesen zum anderen dem russischen Kaiser Alexander I. Reverenz und beschworen schließlich die *concordia* der christlichen Fürsten Europas (Abb. 2). Da es von diesen Medaillen auch eine Kupferversion gab, werden sie in zahlreiche Aachener Haushalte Eingang gefunden und die Erinnerung an den Kongress wachgehalten haben.

Aber die kommunale Erinnerungskultur reichte, nicht nur dieser Erinnerungsstücke wegen, weit über die unmittelbaren Nach-Kongress-Jahre hinaus. Das nachhaltigste Indiz, dass sich das Monarchentreffen im kollektiven Gedächtnis der Stadt fest implementiert hatte, ist das sogenannte Kongressdenkmal. Es wurde seit 1822 mit Entwür-

[2] Gedenkmedaillen auf den Aachener Kongress, 1818

fen für die Stelle vor dem Adalbertstor geplant, an der die drei Fürsten am Jahrestag der Völkerschlacht ihren damaligen Schwur erneuert hatten, gemeinsam »zum Heil der Völker, zur Herstellung des Rechts und der Wahrheit« unverbrüchlich zusammenwirken zu wollen. Das Denkmalprojekt blieb zunächst etliche Jahre liegen, bis anlässlich des Besuchs des preußischen Kronprinzen, des späteren Königs Friedrich Wilhelm IV., 1836 die Grundsteinlegung erfolgte. Ein wenig später entstandener Schinkel-Entwurf, der das Friedenstempelmotiv vorgab, wurde am Ende dann zwischen 1841 und 1844 von einheimischen Künstlern und Handwerkern umgesetzt und 1844 eingeweiht (Abb. 3), also 26 Jahre nach dem Kongress.

Allerdings blieb dem Denkmal nicht nur eine lange Entstehungsphase, sondern auch ein wechselvolles Schicksal

[3] Kongressdenkmal, 1844, zeitgenössischer Stahlstich

nicht erspart. 1914 musste es dem Erweiterungsbau des Gerichtsgebäudes weichen, wurde demontiert, um erst vierzehn Jahre später, in Einzelheiten ein wenig verändert, im Stadtgarten wiederaufgebaut zu werden.

Die Straßen, an denen die Quartiere der drei Monarchen lagen – der preußische König logierte im Offermannschen Hotel, Kaiser Franz II. im Hotel am Großmarschiertor, Alexander I. im Hotel der Witwe Claus –, tragen im Übrigen bis heute die Namen der Protagonisten (Alexanderstraße, Friedrich-Wilhelm-Platz, Franzstraße). Die Umbenennungen wurden durch die Namensgeber am Jahrestag der Völkerschlacht, also am 18. Oktober 1818, persönlich vorgenommen[40]. Sie haben alle politischen Umwälzungen der folgenden zwei Jahrhunderte unbeschadet überstanden.

Die Stadtverwaltung war sicher der Meinung, durch den Kongress eine Menge »symbolisches Kapital« akkumuliert zu haben – die Ehre, im europäischen Rampenlicht zu stehen, wog in ihren Augen zweifellos die erheblichen Investitionen auf, die im Vorfeld des Kongresses getätigt werden mussten. Dabei bleibt es freilich unsicher, inwieweit sich der in Köln ansässige Regierungspräsident der Rheinprovinz oder auch die Berliner Zentrale an den Kosten beteiligten. So wurde im Vorfeld des Kongresses beispielsweise das Schauspielhaus – wie Meyer schreibt – »mercklich verschönert« und »geschmackvoll eingerichtet« (was offenbar auch notwendig war, weil es fremden Besuchern nicht gerade als ein architektonisches Juwel mit einem Optimum an Funktionalität erschien[41]). Weiterhin wurden im Innern des Rathauses »Modernisierungen« vorgenommen (das große Porträt Napoleons im Sitzungssaal hatte schon zwei Jahre vorher seinen Weg nach Berlin angetreten); die in ehemaligen Klöstern untergebrachten Kasernen wurden besser ausgestattet; vor allem aber wurden die Straßen und die Promenaden gründlich saniert und wenigstens teilweise auch gepflastert. Da die Aachener Gewerke diesem Maß an Arbeiten nicht allein gewachsen waren, mussten von außerhalb Handwerker und Arbeiter in die Stadt geholt werden, um termingerecht mit allem abgeschlossen zu haben. Ein Konjunkturprogramm, das vielen Beteiligten sicher hochwillkommen war!

Wie die Einwohnerschaft – die Kaufleute und Handwerker, die Vermieter und Dienstleister – von dem Kongress profitiert haben, ist kaum zu bemessen. Meyers Bemerkung, groß sei die Geldmasse gewesen, die von den hohen, höchsten und allerhöchsten Gästen in Umlauf gesetzt worden sei[42], lässt sich naturgemäß kaum verifizieren, geschweige denn beziffern. Einem Besucher wie Theodor von Haupt fiel jedenfalls auf, wie viele Zimmer und Wohnungen nicht hatten vermietet werden können. Ob sich förmliche Freundschaften zwischen privaten Vermietern und ihren auswärtigen Gästen entwickelt haben, ist angesichts der Kürze des Kongresses eher unwahrscheinlich – bei Kongressen mit einer deutlich längeren Laufzeit hatten, wie in Münster und Osnabrück, solche gewachsenen Nahverhältnisse bis hin zur Übernahme von Patenschaften geführt. Ob es die verstärkte Kaufkraft der Aachener Bürger war, die Austernhändler in beachtlicher Zahl auftreten ließ?

Aber alle, auch wenn ihre kaufmännischen Erwartungen sich nicht erfüllt hatten, werden am Ende den Kongress haben scheiden sehen mit dem Gefühl, ein Stück europäischer Geschichte hautnah miterlebt zu haben. Einige Bürger hatten bei Kongressbeginn ihre Häuser mit Chronogrammen auf die Teilnehmer oder das Ereignis an sich geschmückt[43], die nicht gleich wieder entfernt wurden. Die lokale Zeitung verlieh diesem Gefühl, dass der Kongress eine tiefe Zäsur im Leben der Stadt bedeute, dadurch Ausdruck, dass sie ab dem 29. September, dem Tag vor Konferenzbeginn, bei der Nummerierung ihrer Ausgaben auf die 1 wechselte!

Das »symbolische Kapital« war aber nur einer der Aspekte, der die Ratsherren beschäftigte. Dem standen die Investitionen der Kommune gegenüber, von denen schon die Rede war, zu denen aber auch noch die Kosten für die von der Stadt veranstalteten Bälle und Soireen kamen, die Verpflegung der vielen Soldaten, die die Kommune allein – die Akten des Stadtarchivs sind voll davon – nicht schultern konnte, die Ehrengeschenke, die den illustren Gästen gemacht werden mussten. Kongresse waren für die ausrichtenden Kommunen in der Vormoderne in aller Regel ein finanzielles Zuschussgeschäft – in Aachen verhielt es sich 1818 nicht anders.

# Die Agenda und der Erwartungshorizont der Öffentlichkeit

Die Wünschbarkeit eines neuen Kongresses hatte sich, ganz unabhängig von den Vorgaben des Zweiten Pariser Friedens und der Einsicht, dass die Teilbesetzung Frankreichs nicht bis zum Letzten ausgereizt werden dürfe, seit dem Hochsommer 1817 mehr und mehr verfestigt. Daran trug zu einem wesentlichen Teil die Unruhe Schuld, die der Zar – willentlich oder unwillentlich – verbreitete. Auch hier kam dem Gerücht eine maßgebende Rolle zu: Mutmaßungen, Alexander plane ein Bündnis mit den Bourbonenstaaten, sei in Vorbereitungen begriffen, nach Italien zu reisen, um den dortigen Liberalen den Rücken zu stärken, oder wolle die Bourbonenstaaten sofort in die Quadrupelallianz integrieren, machten in der Presse die Runde und fanden Eingang in die Diplomatenkorrespondenzen. Auf jeden Fall generierten diese auf kaum belastbaren Quellen beruhenden Ondits wenigstens in Wien, aber auch in Berlin eine Stimmung, den Zaren möglichst umgehend wieder »einzufangen« und auf die alten Verträge zu verpflichten. Jenseits aller Zwänge, über die Zukunft Frankreichs zu entscheiden, machten die Gerüchte die Einberufung einer neuen Konferenz in noch höherem Maß wünschenswert.

Über seine Agenda ist im weiteren Vorfeld des Aachener Kongresses im politischen Raum eifrig »deliberiert« worden. Die Diplomaten waren seit dem März 1818 hin und her gegangen und wurden – wie im Fall des russischen Georg Alexander Golowkin – wohl auch von der »Gegenseite« einmal bespitzelt. Die unterschiedlichen politischen Perspektiven standen zwar im Raum, waren letztlich indes doch nicht so gewaltig, als dass man sich nicht hätte einigen können.

Besonderes Gewicht im Sinn eines Denkanstoßes kam einem Memorandum Metternichs vom 5. April 1818 zu, das sich entschieden dafür aussprach, die Konferenz auf Artikel V des Zweiten Pariser Friedens und nicht auf Artikel VI der Quadrupelallianz zu basieren, umso mehr, als Frankreich zwar möglicherweise alle materiellen Voraussetzungen zur Aufhebung oder doch Lockerung der Sanktionen erfüllen werde, aber sicher nicht die moralischen. Metternichs Vorstoß bedeutete auf jeden Fall, dass die anderen Signatarmächte der Wiener Kongressakte von der Teilnahme ausgeschlossen bleiben sollten. Eine solche wurde seitdem in der Tat nicht mehr ernsthaft in Erwägung gezogen.

An sich waren die früheren Überlegungen des Zaren und die Verlautbarungen seiner Diplomaten aber in genau diese Richtung gegangen: einen Kongress mit einem größeren Teilnehmerkreis und einer breiteren Agenda anzuberaumen und insbesondere die deutschen Angelegenheiten und die Probleme Spaniens in seinen amerikanischen Kolonien zur Sprache zu bringen. Außenminister Capodistria, bis in den Frühsommer hinein das unumstrittene Sprachrohr des Zaren, hatte eben dies immer wieder gefordert. Für ihn rangieren in seinen Memoiren denn auch – ganz irrig – die spanischen Angelegenheiten und die deutschen vor der Lösung des Frankreichproblems[1]. Aber die russische Diplomatie ließ es in Hinsicht weder auf den Teilnehmerkreis noch auf den Schwerpunkt der Beratungen auf eine wirkliche Kraftprobe ankommen. Gegen die im Kern einander ähnlichen

Positionen Wiens und Londons, die sich allerdings im Umfang des Mandats des Kongresses unterschieden, war dann doch kein Durchkommen – wobei die russische Diplomatie freilich darauf beharrte, dass Frankreich hinzugezogen werden müsse. Man fand am Ende dann einen Mittelweg, demzufolge Frankreich zunächst nur eine Art Beobachterstatus mit Rechenschaftspflicht zuerkannt und der französische Ministerpräsident ab einem bestimmten Zeitpunkt eingeladen werden solle, fortan an den Sitzungen als vollberechtigtes Mitglied teilzunehmen. Wie das verfahrens- und vertragsrechtlich zu regeln wäre, war vorläufig noch völlig unklar.

Die ursprünglich unterschiedlichen Konzeptionen der Mächte blieben der Öffentlichkeit nicht verborgen und führten zu Spekulationen. Aber die Gerüchteküche brodelte ohnehin – sieht man einmal ganz davon ab, dass die Möglichkeit einer Flucht Napoleons von St. Helena, die alles auf den Kopf stellen würde[2], zu einem der Standardthemen der Presse wurde. Pozzo di Borgo, der aus Korsika stammende, in Paris akkreditierte bourbonenorientierte und in einem Nahverhältnis zum neuen Ministerpräsidenten Richelieu[3] stehende russische Diplomat[4], ließ im Frühjahr 1818 beispielsweise verlauten, der Zar werde auf der Konferenz Vorschläge machen, auf die niemand gefasst sei, und die Öffentlichkeit glaubte umgehend, von interventionistischen Aktivitäten des Zaren ausgehen zu müssen, dessen Interesse an dem Problemfeld Spanien/Portugal/Kolonien notorisch war[5].

Solche Ankündigungen, die sich rasch mit Angstpsychosen angesichts der riesigen russischen Armee verbanden, waren geeignet, diplomatische Aktivitäten auf der »Gegenseite« in Gang zu setzen, die zu der Verabredung zwischen London, Wien und Berlin führten, es bei der Beibehaltung der alten Allianz zu belassen und Frankreich nur insoweit in das System der Großmächte wieder einzugliedern, als es zu den Beratungen allgemeinpolitischer Art nach Artikel VI der Quadrupelallianz hinzugezogen werden sollte.

Die Erwartungshaltung der Öffentlichkeit war demgegenüber zwar unrealistisch, aber der Druck war da, dass der Kongress all das fortschreiben werde, was der Wiener Kongress rückständig und ungeklärt gelassen hatte. Dass »Wien« für die Alliierten ein abgeschlossenes Kapitel war und sie »Aachen« nicht als Fortsetzung verstanden, sondern als eine Veranstaltung mit einer vergleichsweise eng umgrenzten Agenda, ist längst nicht allen am politischen Diskurs Beteiligten klar gewesen. Anlässlich einer kurz vor Kongressbeginn bekannt gewordenen englischen Pressemeldung, dass der Aachener Kongress alles nacharbeiten werde, wozu man in Wien nicht gekommen sei, trat Gentz schließlich in einer unzweideutigen Pressekampagne allen solchen Spekulationen entgegen[6].

Es wird zu zeigen sein, wie stark die Publizistik diesem lieb gewordenen Gedanken noch nachhing. Denn obwohl der Aachener Kongress – wie der Wiener – nur eine begrenzte »Vorlaufzeit« von deutlich weniger als einem halben Jahr hatte, meldeten sich Publizisten zuhauf zu Wort. Es war ja die hohe Zeit der politischen Publizistik, die bekanntlich längst nicht immer auf das Wohlgefallen der Regierungen stieß. Titel wie *Erwartungen Deutschlands vom Aachener Congreß. Ansichten eines freymüthigen deutschen Mannes,* die im September 1818 nicht nur in den Aachener Buchhandlungen angeboten[7] (und in der lokalen Presse rezensiert[8]) wurden, standen für einen gewaltigen Erwartungsdruck – der mutmaßlich enttäuscht werden würde.

Eine prominente Stimme in diesem Chor der Publizisten war die Conrad Oelsners, der seine Autorschaft allerdings hinter dem Pseudonym »Dr. Schlottmann« verbarg – eine gezielte Sottise, denn der wirkliche Dr. Schlottmann hatte im Vorfeld des Wartburgfestes die preußischen Behörden mit dem Polizeiminister Graf Wittgenstein an der Spitze über die studentischen Umtriebe informiert und war, kaum zufällig, von den Veranstaltern zu dem Wartburgfest auch nicht zugelassen worden[9]. Die Schrift *Politische Aphorismen zur Beherzigung vor dem Congreß zu Aachen* war ein engagiertes Plädoyer für eine neue umfassende Völkerrechtsordnung, von der in Wien ja nur das eine oder andere kleinere Segment – die Freiheit der Flussschifffahrt, das Verbot des Sklavenhandels – kaum abschließend, aber doch vorläufig geregelt worden war.

Oelsner – immer unter der stillschweigenden Voraussetzung, dass die von und in den Bibliotheken vorgenommene Identifizierung des Pseudonyms zutrifft – hatte zum Zeitpunkt der Publikation dieser Schrift schon ein bewegtes politisches Leben hinter sich: 1764 in Schlesien geboren, hatte er, nach dem Abbruch seines Studiums in unsicheren Verhältnissen lebend, nach Ausbruch der Revolution rasch und entschlossen den Weg nach Frankreich gesucht mit dem Ziel, seinen deutschen Landsleuten ein möglichst authentisches und unmittelbares Bild der dortigen Entwicklung zu vermitteln: mit kritischer Distanz zur jakobinischen Herrschaft und vor allem zur *Terreur*. Er wurde zu einem wichtigen »Reporter« der Ereignisse, die er unter anderem in Artikeln in der viel gelesenen Zeitschrift *Minerva* und in dem Periodikum *Klio* niederlegte. Mehrere Jahre lang zwischen der Schweiz und Frankreich pendelnd, hier wie dort wiederholt verhaftet und bespitzelt, 1798 von den preußischen Behörden des Landes verwiesen, war Oelsner, gerade als er um die französische Staatsbürgerschaft einkam, immer deutlicher bewusst geworden, dass das französische Experiment in seinem Sinn – die Umsetzung der Ideen der Aufklärung in praktische Politik – als gescheitert angesehen werden musste. Er zog sich in der Napoleonära völlig aus der Politik zurück, verfasste stattdessen historische Arbeiten und bemühte sich allenfalls bis 1817 noch, eine deutsche Bundeszeitung ins Leben zu rufen, die allerdings schon nach zwei Nummern einging.

In dieser Situation erschienen seine *Politischen Aphorismen,* die seine französischen Erfahrungen spiegelten, sie aber auf einc andere Ebene transponierten: die des Völkerrechts, das endlich in eine der Zeit und der Zivilisationsstufe der Menschheit gemäße Form gebracht werden müsse. Es war ein ganzes Völkerrechtsgebäude, das der Verfasser entwarf. Er proklamierte einen »Verein« von Gemeinwesen, für die – nebenbei abgehandelt – der Handel immer essenzieller würde, die, obschon monarchisch strukturiert, alle auf der Basis einer mitbestimmungsberechtigten Volksvertretung, also einer repräsentativen Verfassung, beruhten. Alle Beschlüsse, die dort geplant oder gefasst würden, wären »lautkündig« und würden durch eine freie Presse vorher in die Bevölkerung hinein vermittelt.

Die aktive Mitwirkung der Volksvertretung, ohne deren Genehmigung insbesondere kein Krieg erklärt werden dürfe, würde alle Maßnahmen des jeweiligen Regimes »überlegter, weiser, gerechter, edler, großsinniger« machen. Die Organisation, in der sie sich, ohne die Individualität und die Spezifik ihrer Glieder infrage zu stellen, zusammenfänden, hätte friedenswahrende schiedsrichterliche Befugnisse. Sie dürfe sich aber nicht so verfestigen, dass zur Umsetzung ihrer Entscheidungen militärische Gewalt vonnöten wäre, die nur ihrerseits wieder Kriege anfache, das Übel schlechthin der Vergangenheit. Die »Behörde«, also ein Schiedshof, könne nur über die öffentliche Meinung etwas bewirken, nicht durch Zwangsmittel. Kriege in der Abfolge von Krieg und Frieden seien zwar unvermeidbar, dabei könne man über die Beweggründe aber durchaus unterschiedlicher Meinung sein. In den Revolutionskriegen hätten sich beide Seiten viele Verfehlungen und Verstöße gegen das Recht zuschulden kommen lassen, die nur als »sittliche Verwilderung« eingestuft werden könnten.

Die »tonangebenden Mächte« in Europa hätten deswegen nun ein Friedensmanifest zu entwerfen und zu verkünden, mit all den »völkerrechtlichen Grundsätzen«, »zu welchem sich alle gesitteten Staaten der christlichen Welt zu bekennen hätten, wenn sie in gegenseitiger Eintracht stehen wollten«. Zentral für die Mitglieder dieses »Friedensbundes« wären die absolute Vertragstreue und die Garantie der territorialen Integrität aller Beteiligten – also, in der heutigen Begrifflichkeit, der Kern eines kollektiven Sicherheitssystems. Sie müssten sich auf alle Zeiten verpflichten, dass keine Dynastie im Eventualfall Ansprüche auf vakant gewordene Staaten erhebe und dass die Teilung von Gemeinwesen zu ihrem Ende komme.

Was die Religion betreffe, in der Vergangenheit oft genug Auslöser kriegerischer Konflikte, so sei überall das Prinzip der Glaubens- und Gewissensfreiheit einzuführen, das in Verbindung mit der Pressefreiheit ähnliche Verirrungen unterbinde. Die Pressefreiheit wäre auch – da sie Übel rechtzeitig aufdecke – ein Garant, dass innere Aufstände die Herrschaft nicht destabilisierten. Die stehenden Heere, die *per se* oft genug Ursache eines Krieges gewesen seien, seien gänzlich abzuschaffen und durch ein Landwehrsystem zu ersetzen, das in etlichen Staaten ja schon mit Erfolg praktiziert werde.

Um Kriegen vorzubeugen, sei die Handelsfreiheit ein adäquates Mittel, wie überhaupt die Freiheit des Verkehrs – Kommunikation und Austausch von Ideen eingeschlossen – in Verbindung mit der Glaubens- und Gewissensfreiheit und der Öffentlichkeit aller politischen Handlungen als konstitutiv für das neue Völkerrechtssystem eingestuft werden müsste. Hilfreich für die neue Ordnung wäre es, wenn jeder Staat seine Verträge mit anderen Gemeinwesen – europäischen und außereuropäischen – nicht nur offenlegte, sondern auch von den anderen genehmigen ließe.

Im Kriegsfall, der Eigentumsverhältnisse von Privatpersonen höchstens befristet aufhebe, sei die Piraterie allenfalls gegen Staatseigentum erlaubt. Kriegsgefangene dürften weder verstümmelt noch getötet, weder zur Zwangsarbeit gezwungen noch versklavt werden; Verwundete und Kranke oblägen der Fürsorge des Siegers; Frauen, Greise und Beamte dürften nicht zwangsverpflichtet werden. Museen, Monumente und wissenschaftliche Einrichtungen, wohltätige Anstalten ebenso wie Sparkassen seien unantastbar. Die den Flussmündungen vorgelagerten Inseln gehörten unstreitig dem Besitzer des rückwärtigen Landes, im Übrigen habe die Freiheit der Seeschifffahrt zu gelten. Im Kriegsfall gelte das Prinzip der Neutralität des Meeres, jedenfalls bis auf Geschützweite vom neutralen Ufer aus gerechnet.

Gegen die Übung, dass auf See ein Schiff der schwächeren Macht eines der stärkeren Macht mit Flaggenhissung begrüße, sei nichts einzuwenden. Falsche Flaggen seien nicht zwingend zu bestrafen, es sei wohl nur ein frommer Wunsch, dass sich Schiffe verschiedener Kriegsparteien von ferne einander zu erkennen gäben. Die Häfen einer Krieg führenden Partei müssten nicht notwendigerweise auch den Schiffen neutraler Mächte verschlossen bleiben. Es sei ein Gebot der Menschlichkeit, den Schiffbruch des Gegners nicht zum eigenen Vorteil auszunutzen. Im Übrigen sei es ein dringendes Desiderat der Stunde, dass sich die europäischen Mächte endlich gegen die mittelmeerischen Seeräuberstaaten zusammenschlössen und gemeinsam gegen sie vorgingen.

Was das Zeremoniell auf internationalem Parkett betrifft, so plädiert der Autor für den Vorrang der Macht gegenüber anderen Kriterien – Alter des Staatswesens oder der Dynastie – und erklärt sich damit einverstanden, dass das Französische die *Lingua franca* der Diplomaten werde. Vorteile bringe das Frankreich nicht.

Den Gedanken, einen über ganz Europa verteilten Ritterorden ins Leben zu rufen, der über die Einhaltung der völkerrechtlichen Regeln wacht, diskutiert der Autor zwar, verwirft ihn dann aber. Dagegen komme den Schriftstellern – gemeint sind die Publizisten – die Funktion zu, die Völker auf den Weg zu Repräsentativverfassungen zu führen und sie zu sensibilisieren, das Verhalten ihrer jeweiligen Regierung genau unter die Lupe zu nehmen und auch zu kritisieren. Sie, die Publizisten, sind die eigentliche Macht, das Völkerrecht auf der Grundlage von Volkswillen und »offenkundigen Staatsverhandlungen« einzufordern und über die Einhaltung der Regeln zu wachen.

Soweit das Plädoyer Oelsners für ein neues, auf Repräsentativverfassungen aufbauendes europäisches Völkerrecht, das sich von dem Diktat der Dynastien löst und der ständigen Kontrolle durch die Presse unterworfen ist, das gleichwohl aber einige Organisationsformen – den Friedensbund, der sofort an die Heilige Allianz denken lässt, die Allianz gegen die Barbareskenstaaten – vorsieht und eine Menge Einzelfragen thematisiert. Das waren Wünsche eines Außenstehenden an die Versammlung in Aachen, die freilich so, in dieser Komplexität, nicht realistisch waren.

Am Ende entwarf Oelsner noch seine Vision der Zukunft Deutschlands, über die seit Wien ja intensiv diskutiert wurde, wie auch über die vermeintlichen Versäumnisse, die damals triumphiert hatten, über die Unzulänglichkeiten des Konstrukts des Deutschen Bundes. Das Bedürfnis eines »engeren Zusammenhangs der deutschen Völkerschaften« werde landauf, landab erörtert, am wenigsten wohl in Altbayern, »das für sich eine kleine welterobernde Nation ausmachen möchte«. Deutschland werde sich allerdings nie zu einer »streng geschlossenen Einheit« entwickeln. Es sei der Grundzug der deutschen Signatur, aus einer Vielzahl kleiner Einheiten zu bestehen. Das sei aber gar nicht wirklich zu beklagen, weil sich dadurch viel mehr »Selbstständigkeiten« ausgebildet hätten: solche des Verstandes, des Willens, der Sitten. Bei keiner europäischen Nation sei »die Kultur der Vernunft und der Sitten des gemeinen Mannes« so weit vorangeschritten wie in Deutschlands Vielfalt. Dem Gewissen des Volkes wichen die »schlechten Staatseinrichtungen und Gesetze« von selbst. Man dürfe darauf vertrauen, dass in ganz wichtigen Situationen die Deutschen wohl auch in der Lage wären, als »gemeinschaftlicher Körper« aufzutreten.

Lässt man diese abschließenden Reflexionen über Deutschlands Zukunft, die auf dem Kongress kein Thema sein konnte, einmal außer Betracht, so interessiert vorrangig, welche Motive aus dem völkerrechtlichen Kaleidoskop, das Oelsner präsentiert hatte, in der Aachener Ministerrunde tatsächlich aufgegriffen wurden. Um es vorwegzunehmen: Es waren nicht viele. Von einem neuen »Grotius«, einem universalen Völkerrecht, blieb Aachen weit entfernt.

Ein noch viel größeres Echo als »Dr. Schlottmanns« Pamphlet fanden Reflexionen in der Tagespresse, unter denen ein Artikel im englischen *Courier* hervorsticht, weil er von der deutschen Presse breit rezipiert und ausführlich diskutiert wurde, allerdings mit einem deutlich kritischen Unterton. Der ungenannte, aber sicher nicht in einem Nahverhältnis zur Regierung stehende Autor hatte ein umfangreiches Programm des Kongresses entworfen, das von der Wiederherstellung der *Cortes* in Spanien bis zum Austausch Portugals gegen die lateinamerikanischen Kolonien, von der englischen Parlamentsreform bis zur Emanzipation der irischen Katholiken, von der Vereinigung Polens mit Preußen (!) bis zur »Bereinigung« der deutschen Landkarte auf fünf oder sechs Staaten reichte[10]. Gerade weil das ein so abstrus-wirklichkeitsfremdes »Programm« war, fanden derartige Presseerzeugnisse eine Resonanz, die weit über ihre tatsächliche Bedeutung hinausging.

Oelsners Flugschrift steht für eine ganze Phalanx ähnlich ausgerichteter Abhandlungen, die in den Wochen vor Beginn der Aachener Konferenz auf dem Buchmarkt erschienen – die meisten anonym oder unter Pseudonym und meist auch mit fingierten Druckorten: Die landesfürstliche Zensur war ein Damoklesschwert. Die ohne Verfasserangabe erschienenen *Erwartungen Deutschlands vom Aachener Congreß* nannten als Druckort beispielsweise lediglich »Deutschland«. Auf sie soll noch ein kurzer ergänzender Blick geworfen werden, weil der Typus dort noch deutlicher hervortritt: der Typus des Pamphlets, das aus der Enttäuschung über die Ergebnisse des Wiener Kongresses erwachsen ist und von dem neuen Kongress nicht nur die Fortschreibung der dortigen Beschlüsse, sondern geradezu deren Revision erwartete. Sie wird zugleich aber auch des Kontrastes wegen ausgewählt, weil sie im Unterschied zur Multiperspektivität der Oelsner-Schrift sich mit einem einzigen großen Thema begnügt.

Der Verfasser beklagte vehement, dass der Wiener Kongress den »Zeitgeist« völlig übergangen habe wie auch die Bedürfnisse der Völker, die es schließlich gewesen seien, die den Fürsten ihre Throne gerettet hätten. Statt Selbstständigkeit der Völker und der Konstitutionen seien Zerstückelung und Repression auf der Tagesordnung geblieben. Der Wiener Kongress habe lediglich die Regelung der äußeren, aber nicht die inneren Verhältnisse im Auge gehabt, habe somit für die Entwicklung der nationalen Einheit, des »Nationalwohls« und der Nationalkulturen nichts geleistet.

Warum nur hätten die Verantwortlichen in Wien nicht die vielen Anregungen der Aufklärung und vor allem der

Revolution aufgegriffen und zu ihren gemacht? Die Wiener Diplomatie habe nichts anderes gekannt, als gleichsam als »Pflugschaar« alle Grenzen »aufzureißen« und die Länder neu zu schneiden. Und der Deutsche Bund, auf den man sich nach unendlich langen Diskussionen verständigt habe, liege wie eine »tode phlegmatische Masse«, die »kein politisches Leben gewinnen kann«, vor den Menschen: eine »unreife Geburt«, etwas »Monströses und Karikaturartiges«, ein Gebilde zudem, in dem die beiden deutschen Großmächte immer Fremdkörper bleiben müssten. Da aber Politik generell noch völlig unwissenschaftlich, mit Instrumentarien der Vergangenheit betrieben werde, weil ihr das entsprechende Rüstzeug fehle, könne man den sogenannten Staatsmännern gar keinen rechten Vorwurf machen, die Interessen der Völker bisher (zu) wenig beachtet zu haben.

Von diesem Ansatz her, Mechanismen zu erfinden, die aus dem Konglomerat der Bundesglieder einen wirklich politischen Körper machten, entwickelt der Anonymus sodann mit großem Aufwand eine Theorie der Erfordernisse von Staatlichkeit, die auf die Verfügbarkeit von Wasser (Meer, Flüsse) und Gebirge hinausläuft und ihn ein riesengroßes territoriales Revirement in der Mitte Europas in Vorschlag bringen lässt. Es läuft auf ein Nebeneinander der Großmächte Preußen und Österreich, die gewaltig zu arrondieren wären, und eines Bundesreichs hinaus, dessen einzelne Glieder ihrerseits geradezu groteske Verschiebungen hinzunehmen hätten. Das an Österreich fallende Bayern beispielsweise wäre am Rhein durch die jetzt preußischen Rheinlande zu entschädigen und Mecklenburg, das an Preußen fiele, in Westfalen.

Diese Auflösung aller bisherigen Ordnung wäre hinzunehmen, weil die Menschen in allen deutschen Staaten dieselben konstitutionellen Freiheiten genössen, die Dynastie also keine Rolle mehr spiele. Diese Totalumgestaltung schließe auch französische (Elsass, Lothringen, Nordfrankreich) und russische Verluste ein, die beide Staaten aber durch den Erwerb nordafrikanischer Kolonien (zulasten der Barbareskenstaaten) und durch die Befreiung Griechenlands und stärkeren Einfluss auf das Osmanische Reich kompensieren würden. Die Schaffung eines so geschnittenen deutschen Bundesreichs mit zwanzig Millionen Einwohnern, in dem man gegebenenfalls Bayern eine Führungsrolle überlassen würde, läge auch im Interesse der europäischen Staaten, weil dadurch die frühere Schwäche der Mitte des Kontinents beseitigt würde.

Auch wenn der Anonymus die Schwierigkeiten bei der Umsetzung seiner Vision nicht verkannte – insbesondere aufseiten Bayerns! –, glaubte er, dieses Projekt eines nie vorher gesehenen Ländertauschs in die anstehende Diskussion einbringen zu sollen. Die völlige Neukonturierung der deutschen Landkarte – die entsprechende Auflösung von großflächigen Imperien schien dem Verfasser geradezu ein Modell für die Zukunft zu sein – von einem Kongress zu erwarten, der sich selbst sehr enge Termine gesetzt hatte, war schlicht blauäugig, spiegelt aber den Grad der Unzufriedenheit, die weithin ob des Konstrukts des Deutschen Bundes herrschte. Eine Revision der Wiener Lösung erschien wünschenswert, aber ob sie gleich so weit gehen musste, die gesamte mitteleuropäische Staatenwelt auf den Kopf zu stellen und durcheinanderzuwirbeln, werden sich unbefangene Leser dann wohl doch gefragt haben.

*

Ob die sieben beziehungsweise acht Minister, die die Verhandlungen in Aachen bestreiten sollten, derartige *admonitiones* überhaupt zur Kenntnis nahmen, ist denkbar ungewiss. Die Tagesordnung des Kongresses war eine Resultante des in den zurückliegenden Monaten gepflogenen Austauschs zwischen den Monarchen und den Regierungen, sei es zwischen leitenden Ministern, sei es von Diplomaten mit dem Gastgeberhof, sei es bei den Pariser Botschafterkonferenzen. Hier fielen die Grundsatzentscheidungen: über den Teilnehmerkreis, über die zentralen Agenden, auch über den Zeitrahmen, den man nach Möglichkeit nicht überschreiten wollte. Die »Feinarbeit« wurde dann einige Wochen vor Kongressbeginn bei einem Treffen Hardenbergs mit Metternich und dem Grafen Münster, der für die britische Regierung ein Mandat hatte, in Koblenz[11] geleistet.

Das Fehlen eines russischen Repräsentanten war schon vorher dadurch geheilt worden, dass sich Metternich Mitte August in Franzensbad und Karlsbad mit dem Grafen Capodistria getroffen und man die unterschiedlichen Vorstellungen ausgetauscht hatte mit dem Ergebnis, dass sich Capodistria, eher zähneknirschend, mit dem »abgespeckten« Kongress und seiner begrenzten Agenda einverstanden erklärt hatte. Es waren in Böhmen im Übrigen spektakuläre Tage, als Metternich Adlige und Diplomaten aus ganz Europa um sich scharte und, in Gesellschaft unter anderem von der Herzogin von Sagan, einer der *femmes fatales* von Wien, von Goethe und dem zukünftigen Star des Aachener Musikherbstes, Angelica Catalani, »Hof hielt«[12].

Der Kongress blieb der dort vorbesprochenen Tagesordnung dann im Wesentlichen treu; Befürchtungen auf österreichischer Seite, er könne in die Diskussionen im Frankfurter Bundestag über die Militärverfassung des Bundes eingreifen, denen angesichts des Abzugs der alliierten Truppen aus Frankreich eine gewisse Brisanz innewohnte, bestätigten sich nicht. Das schloss nicht aus, dass die Briten am Ende aber doch die Chance nutzen sollten, die Tagesordnung um einige Punkte zu erweitern, die ihnen besonders am Herzen lagen.

# Die Protagonisten – die Monarchen und ihre Minister – und der Arbeitsstil

Es war eine wahre Invasion von Menschen – die weitaus meisten adlig –, die über die Bürgergemeinde »hereinbrach«. Überschlägt man die auch im Druck erschienenen Quartierlisten der Delegationen, wird man auf etliche Hundert »offizielle« Delegationsmitglieder der Briten, Russen, Österreicher und Preußen kommen – die kasernierten Soldaten nicht mitgerechnet. Und dann die weitere Entourage: Die Prinzessin von Thurn und Taxis brachte natürlich ihren eigenen Hofstaat mit; der Herzog von Richelieu, der, immer wieder unterbrochen durch Paris-Reisen, von Anbeginn des Kongresses an in Aachen weilte, ebenso. Und jeder der Minister hatte selbstredend seinen eigenen kleinen Tross bei sich, bestehend aus Schreibern und Kanzlisten, aus Fachleuten und Dienstpersonal.

Wie gewohnt zog ein solches Ereignis jede Menge Menschen an, die hofften, auf schnelle Art immens reich zu werden oder ihre berufliche Zukunft in andere Bahnen lenken zu können. Es gab zwar im Unterschied zum Wiener Kongress nicht annähernd zweihundert Delegationen aus fast allen Ecken Europas, aber die Menge an Fremden, die in der vergleichsweise engen alten Reichsstadt zusammentraf – allein in Paris sollen tausend Pässe für Aachen ausgestellt worden sein![1] –, wurde von den Einheimischen, die ihretwegen nicht nur Einnahmen hatten, sondern auch gewisse Einschränkungen hinnehmen mussten, dann doch als »Überfüllung« empfunden. Längst nicht alle Kleinfürsten und Beamte, Diplomaten und »Lobbyisten«, die Aachen für kürzere oder längere Zeit uneingeladen aufsuchten, konnten angemessen, das heißt ihren Vorstellungen und Standards gemäß, untergebracht werden – obwohl der »Markt« an Privatquartieren nach dem Eindruck von Besuchern keineswegs ausgereizt war.

*

Die Form des Kongresses – mit drei Monarchen, die zwar indirekt auf die Verhandlungen Einfluss nahmen, aber nicht an den Sitzungen teilnahmen – ist im Vorfeld keineswegs unumstritten gewesen. Capodistria beispielsweise hatte Metternich seine Skepsis gegenüber der Einbeziehung der Fürsten zu verdeutlichen gesucht[2], hatte sich dann aber dem Argument gebeugt, dass die Anwesenheit der Monarchen notwendig sei. Im Kern betraf es den Zaren, der seiner religiösen Schwärmereien, seiner expansionistischen Gedankenspiele und seiner vermuteten Pläne wegen, direkt oder indirekt die nationalen und konstitutionellen Tendenzen in europäischen Großregionen wie etwa Italien zu befördern, als eine Art Sicherheitsrisiko galt und deswegen öffentlichkeitswirksam wieder in die Solidarität der Mächte auf der Grundlage der Herbstverträge 1815 einzubinden sei.

Es ging bei dieser Diskussion aber auch um die mögliche Eifersucht dritter Mächte und Fürsten auf einen selbst ernannten und exklusiven Areopag und das Reklamieren von Ansprüchen, ebenfalls zugelassen zu werden. Metternich hatte diese Einwände unter Hinweis auf die »Pflicht« der Signatarmächte vom Herbst 1815, sich im Interesse der Sicherheit und der Ruhe in Europa zu solchen Zusammenkünften persönlich zu treffen, ins Leere laufen lassen.

Der äußere Ablauf der materiellen Seite des Kongresses lässt sich aus den ungedruckten Protokollen, aber auch aus Tagebüchern und Briefwechseln der Akteure und anderen Quellen präzise rekonstruieren. Die erste Konferenz wurde beim Gastgeber Hardenberg am 30. September 1818 abgehalten. Seitdem fanden in der Regel tagtäglich – im Wechsel im Quartier des preußischen Staatskanzlers am Markt und demjenigen Metternichs in der Komphausbadstraße – Konferenzen statt, die jeweils um zehn oder elf Uhr begannen und bis zum frühen Nachmittag andauerten.

Der Teilnehmerkreis stand fest: im Prinzip mit Ausnahme Österreichs je zwei Delegierte der Vier Mächte, wobei schon gleich zu Beginn mit dem Herzog von Richelieu ein Gast hinzugebeten wurde. Parallel dazu beschäftigten sich kleine informelle Expertengruppen mit den randständigen Fragen, von denen man noch nicht einmal so recht wusste, ob sie ins »Plenum« gelangen würden. Über die Zusammensetzung dieser Arbeitsgruppen schweigen sich die Protokolle im Allgemeinen aus.

Der 14. November als Termin der Schlusssitzung ließ sich zwar wegen der Notwendigkeit, für die französischen Restschulden einen neuen Terminplan zu finden[3], nicht halten, aber am 22. November, einem Sonntag, fand schließlich die letzte Konferenz – erneut bei Hardenberg – statt. Die anfängliche Prognose Metternichs, man werde die Agenda wohl in drei oder vier Wochen abarbeiten können[4] – das war auch der Erwartungshorizont etwa des Herzogs von Richelieu[5] –, hatte sich dann doch als ein wenig zu optimistisch erwiesen.

Die förmlichen, protokollierten 46 Konferenzen waren freilich nur Puzzleteile in dem emsigen Getriebe, das sich hinter den Kulissen abspielte und in das beispielsweise das Tagebuch Friedrich Gentz' einen guten Einblick eröffnet. Es verging wohl kein Tag, an dem der Sekretär des Kongresses nicht mit wenigstens einem halben Dutzend fremder Funktionsträger mehr oder weniger intensiv auf privater Ebene – für ihn das »Salz von Aachen«[6] – gesprochen und Beschlüsse vorbereitet hat. Und bei den Ministern war das selbstredend nicht anders.

Man hatte sich im Übrigen darauf verständigt, die Pariser Botschafterkonferenzen und die Frankfurter Territorialkommission während des Kongresses weiterlaufen zu lassen – wie böse Stimmen behaupteten vor allem deswegen, um den in Wien verhassten Pozzo di Borgo, den russischen Botschafter in Paris, davon abzuhalten, nach Aachen anzureisen. Freilich scheiterte dieses – offenbar mit Preußen abgestimmte – Metternich'sche Manöver; schon aus Prestigegründen und entgegen einem früheren Beschluss vom Mai 1818 bestand die russische Seite auf Pozzos Anwesenheit, der zwar an den Ministerkonferenzen nicht teilnahm, aber im Hintergrund als Alexanders Berater wirkte. Die von Metternich vermutete Bildung einer festen Achse Paris–St. Petersburg blieb trotz Pozzos Präsenz aus; alle Befürchtungen, der Zar könne aus der »Einheitsfront« ausbrechen und sein eigenes Süppchen kochen, erwiesen sich schlussendlich als gegenstandslos.

*

So ähnlich der Personenkreis in Wien und Aachen war, so sehr hatten sich im Einzelnen die Gewichte doch verschoben. Zu den Persönlichkeiten, die in Aachen mit einer ganz anderen Aura auftraten als in Wien, zählte vor allem der Waterloo-Feldherr, der Herzog von Wellington. Der einzige »Neuling« unter den bevollmächtigten Ministern war neben dem erst nach Wien ins Amt gelangten französischen Ministerpräsidenten Richelieu der preußische Außenminister Graf Bernstorff.

Andere, die die »Geschäfte« in Wien wesentlich mitbestimmt hatten, fehlten dagegen: natürlich Talleyrand, der kurz nach Ende des Wiener Kongresses seiner offenkundig russophoben Tendenzen wegen entlassen worden war, aber auch der Pole Adam Czartoryski, den die Entwicklung in seinem Heimatland schnell desillusionierte und dessen Spannungen mit Zar Alexander schon in der Endphase des Wiener Kongresses unübersehbar geworden waren. Auf österreichischer Seite war der Freiherr Johann von Wessenberg, der jetzt in der Frankfurter Territorialkommission tätig war, nicht mehr dabei. Auf preußischer Seite fehlte Wilhelm von Humboldt, der als nunmehriger Botschafter auf dem ungeliebten Posten in London saß und als engagierter Gegner Hardenbergs nur gegen Ende des Kongresses, am 3. November, für ein paar Tage nach Aachen kommen durfte[7], aber kaum mehr Einfluss ausübte.

Es war ein enger Zirkel von gerade einmal acht Persönlichkeiten, zwischen denen es zumindest zu keinen schweren Friktionen kommen sollte. Sie einte ein von der Revolution und dem europäischen Kampf gegen Napoleons »Supermacht« geprägtes Weltbild, das an der Erhaltung der gesellschaftlichen Strukturen (oder allenfalls deren moderaten Anpassung an den »Zeitgeist«), an der Stärkung der »erhaltenden« Kräfte orientiert war.

Die Erfahrung einer sich völlig auflösenden politischen Ordnung, die die Staatenvielfalt außer Kraft gesetzt hatte, war für sie zum Trauma geworden und war eingemündet in die Vorstellung, dass die nachnapoleonische Ordnung nur von einem kleinen Kreis von Großmächten überwacht und garantiert werden könne. Daraus war die Überzeugung erwachsen, dass die bisherige kurzatmige, an der Gleichgewichtsmetapher orientierte Staatenpolitik einem neuen Denken weichen müsse, das die grundsätzliche Kooperation an die Stelle permanenter Rivalität, die kollektive Verantwortung an die Stelle nackten Machtegoismus stelle. In

Wien und im Herbst 1815 waren die entscheidenden Weichenstellungen hierfür erfolgt.

*

Auch wenn die Monarchen nicht persönlich an den Arbeitssitzungen teilnahmen, soll der kursorische Überblick über die Teilnehmer mit ihnen beginnen, denn natürlich waren sie es, die in letzter Instanz für die politischen Entscheidungen standen. Schon ihr Eintreffen in Aachen war ein kleines Politikum. Aus Gründen der Etikette musste der Landesherr, der preußische König, zuerst in die Stadt einziehen, im Tagesabstand folgten dann der österreichische Kaiser und wenig später der Zar. Der preußische König hatte somit in beiden Fällen die Gelegenheit, den anderen Fürsten, die die Uniformen »ihrer« preußischen Regimenter angelegt hatten, spektakulär entgegenzuziehen und sie in ihre Quartiere zu geleiten.

Dem virtuellen Rang nach kam dem österreichischen Kaiser Franz I. der erste Platz zu[8]. Franz hatte auf seiner Anreise, die zu einem guten Teil auf dem Wasserweg vor sich ging, hautnah erfahren, wie populär das österreichische Kaiserhaus im ehemaligen sogenannten Dritten Deutschland – den kleineren deutschen Staaten – nach wie vor war. Und es war auch kein Zufall, dass er, der letzte Römisch-Deutsche Kaiser, in Aachen mit geradezu grenzenloser Begeisterung – sozusagen als legitimer Nachfolger Karls des Großen – empfangen wurde. Auch fremden Beobachtern fiel der eklatante Unterschied zwischen der Kühle, die die Anreise des preußischen Königs durch das Rheinland begleitete, und dem Enthusiasmus auf, den das Erscheinen des Kaisers auslöste. Seine triumphale Rheinreise war begleitet vom Jubel der am Ufer wartenden Menschen, eskortiert von geschmückten kleineren Schiffen, gefeiert mit Musik, Glockengeläut und Böllerschüssen. In Köln waren die Straßen so voll mit jubelnden Menschen, dass der Wagen des

Kaisers nur Schritt für Schritt vorankam; Illuminationen und Glockengeläut der zahlreichen Kölner Kirchen trugen das Ihre dazu bei, den Tag für alle Anwesenden unvergesslich zu machen. Auch die weitere Anreise in der Kutsche auf dem linken Rheinufer durch die Dörfer und Städtchen, die sich mit Ehrenbögen und Inschriften herausgeputzt hatten[9], glich einer Triumphfahrt. Dass damals Gerüchte auftauchten, er, der letzte Träger der Römisch-Deutschen Kaiserkrone, könne doch noch seine Hand nach der Kaiserwürde im Deutschen Bund ausstrecken, wird dem österreichischen Lager wenigstens geschmeichelt haben.

Franz I., bei Weitem keine so stattliche Erscheinung wie etwa der Zar, einer leichten Rückgratverkrümmung wegen auch kein »Partylöwe« wie der Romanow, hatte in den zurückliegenden Jahren, ganz im Fahrwasser des immer bestimmender und mächtiger werdenden Grafen beziehungsweise Fürsten Metternich, einen strikten Kurs des Immobilismus, also der Nichtveränderung, gefahren. Der Kaiser, »a rigid conservative«, wie es formuliert worden ist[10], hatte sich sogar den sehr moderaten Verwaltungsreformen Metternichs verschlossen.

Der 1768 als ältester Sohn des Großherzogs Peter Leopold von Toskana, des späteren Kaisers Leopold II., in Florenz geborene Franz, der von 1792 bis 1806 die Römisch-Deutsche Kaiserkrone getragen und sich 1804 den Titel eines Kaisers von Österreich beigelegt hatte, hatte in jungen Jahren eine Gärtnerlehre absolviert, was nicht nur sein lebenslanges Interesse an der Botanik erklärt (»Blumenkaiser«), sondern auch ahnen lässt, dass sein Interesse an der »großen« Politik eher begrenzt war. Anders als das große, überall reproduzierte »Staatsporträt« von Giuseppe Tominz von 1821 assoziieren könnte (Abb. 4), trat Franz nur höchst selten in Uniform auf, sondern bevorzugte in geradezu biedermeierscher Manier bürgerliche Kleidung.

[4] Porträt Kaiser Franz' I. von Giuseppe Tominz, 1821

Das darf allerdings nicht in dem Sinn missverstanden werden, dass er nicht von seinem Gottesgnadentum voll überzeugt und einem »liberalen« und bürgerlichen Weltbild verpflichtet gewesen wäre. Als Franz I. in Aachen eintraf, war er kurz vorher (1816) seine vierte Ehe (mit einer bayerischen Prinzessin) eingegangen, die im Unterschied zu den ersten drei Ehen kinderlos bleiben sollte.

Wenn man sein Aachener Besuchsprogramm Revue passieren lässt, fällt auf, dass er ausgesprochen selten zusammen mit seinen beiden Fürstenkollegen in der Öffentlichkeit auftrat. Der österreichische Kaiser mied eher die Gesellschaft der beiden anderen, als dass er sie suchte. Höchst bezeichnend war schon, dass er auf der Hinreise einen Tag länger in Mainz und Johannisberg verbrachte, um nicht in Koblenz mit dem preußischen König zusammenzutreffen. Zum Schlussmanöver der Observierungsarmee und nach Paris begleitete er – symbolisches Handeln? – den Hohenzoller und den Romanow nicht. Dem preußischen König fühlte er sich qua Geburt und den Rang seiner Dynastie überlegen, Alexander blieb für ihn immer ein unsicherer Kantonist, mochte der Romanow auch noch so oft in Wien »vorbeischauen«, an dessen Flair er sein Herz verloren hatte.

Zar Alexander I. hatte sich seit dem Wiener Kongress zu einer Art *enfant terrible* für die Kräfte des Konservatismus entwickelt[11]: Es hatte sich das Bild eines Fürsten generiert und verfestigt, der, auch ob seiner Hinwendung zu mystisch-religiösen Schwärmereien, als unberechenbar galt, eines – wie Zeitgenossen mutmaßten – Mannes, der nicht ganz richtig im Kopf sei. Die »öffentliche Meinung« glaubte in ihm einen Monarchen zu erkennen, dem man ob seiner aus seiner Affinität zu den Ideen des Liberalismus und des »Völkerfrühlings« herfließenden »Humanitätsduselei« zutraute, das ganze internationale System auf den Kopf zu stellen.

Im März 1818 hatte Alexander den ersten Reichstag seit der Errichtung des in Personalunion mit dem Zarenamt verbundenen Königreichs Polen eröffnet, in seiner Thronrede die Strahlkraft der neuen polnischen Verfassung unterstrichen und angedeutet, dass sein entschlossenes Bemühen dahin gehe, ganz Europa mit Konstitutionen liberalen Zuschnitts ausgestattet zu sehen. Er ließ bei dieser Gelegenheit gar verlauten, er habe bereits eine Konstitution für Russland in Auftrag gegeben. Die Liberalen in ganz Europa jubelten dieser (vermeintlichen) Rückkehr Alexanders zu seinen früheren Ideen der Völkerbeglückung wegen auf, die ihm den Ruhm des fortschrittlichsten Herrschers Europas eingetragen hatten.

Umso sorgenvoller aber wurden die Mienen in Wien und auch in Berlin, weil man eine solche Ermunterung der liberalen Opposition und des nationalen Gedankens als ein Menetekel empfand, das nur Schlimmes nach sich ziehen würde. Zwar distanzierte sich Alexander gegenüber aufgeregten österreichischen Emissären bald wieder von diesem pathetischen Paukenschlag, der wohl vor allem für den europäischen »Zeitgeist« gedacht war. Dies wiederum war geeignet, das Bild von seiner Unberechenbarkeit nur noch einmal zu unterstreichen. Denn die Pläne, die er in den zurückliegenden Jahren hervorgezaubert hatte, etwa den einer allgemeinen und kompletten Abrüstung in Europa (1816), hatten mehr als einmal für Irritationen gesorgt.

Diese Unberechenbarkeit war auch schon den Beobachtern in Wien aufgefallen, und sie hatte sich dort noch dadurch verstärkt, dass sich Alexander mit einem breiten Kreis von Beratern umgeben hatte – darunter dem Freiherrn vom Stein –, der alles andere als homogen war. Das sollte sich, obwohl er den Freiherrn vom Stein zu einem Kurzbesuch in den ersten Novembertagen einlud[12], in Aachen zwar anders gestalten, als Alexander sich im Wesentlichen nur auf den Grafen Nesselrode und Ioannis Capodistria verließ, den nominellen Außenminister. Aber die Sprunghaftigkeit blieb trotzdem Alexanders »Markenzeichen«.

Und sie hatte System: Die beiden Minister, die ihn in Aachen umgaben, standen »ideologisch« – nicht menschlich – zueinander wie Feuer und Wasser. Jedenfalls konnten aber in Aachen trotz oder wegen dieses ambivalenten Ministertandems die lange gepflegten Gerüchte, dass Alexander ein verkappter Liberaler und dass der Grundzug seiner Politik die unverbrüchliche Freundschaft mit Frankreich sei, nicht mehr als feste politische Größen gelten.

Der neuerliche Stimmungsumschwung nach der Warschauer Rede war die Folge einer geradezu »konzertierten Aktion« konservativer Gegenkräfte – darunter neben österreichischen Diplomaten auch der preußische König und seine Emissäre –, die in Alexander die Gedanken hatten keimen lassen, dass an vielen Orten Europas revolutionäre Gruppen Umstürze der Gesellschaftssysteme vorbereiteten und es auch in seinem eigenen Reich Geheimgesellschaften gebe, die mit derartigen Absichten umgingen. Dass Alexander viele seiner anfänglichen Pläne in Bezug auf den anstehenden Kongress – Teilnehmerkreis, keine förmliche Erneuerung der (gegen Frankreich gerichteten) Quadrupelallianz, vorbehaltlose und völlige Gleichberechtigung Frankreichs – wieder fallen ließ, war diesem geradezu manipulativen Vorstelligwerden der Wiener und Berliner Diplomatie geschuldet.

Spätestens auf seiner Anreise nach Aachen über Weimar und Frankfurt, Darmstadt, Stuttgart und München, auf der er von seinen zahlreichen Verwandten und von Intellektuellen ob seiner Vision angegangen worden war, hatte der Zar erkannt, dass er sich zu weit vorgewagt und sich isoliert hatte. In Aachen herrschte dann wieder eitel Sonnenschein, zumal der Romanow mit Verve allen Gerüchten, sozusagen seine ständigen Begleiter[13], entgegentrat, er plane einen Krieg – gegen wen? – oder er wolle den Charakter und die Zusammensetzung der Quadrupelallianz grundsätzlich verändern. Metternich fand den Zaren in derselben Aufgeschlossenheit und »Disposition« wie im Jahr 1813. Der russische Kaiser überbot sich in Höflichkeiten und Freundlichkeiten, und dass er dabei bei dem preußischen König, dem »älteren« Waffengefährten, auf mehr Resonanz stieß als bei dem österreichischen Kaiser, wird man nach allem, was in den zurückliegenden Monaten und Jahren vorgefallen war, nachvollziehen können.

Der 1777 geborene, aus der Ehe des Großfürsten (und späteren Zaren) Paul und dessen württembergischer Gemahlin Sophie Dorothee hervorgegangene Romanow hatte, obwohl von seinem Vater eher kritisch beobachtet, eine ganz von den aufgeklärten Zeitströmungen geprägte Erziehung genossen, bei der sich der Schweizer Frédéric-César de la Harpe (Laharpe) besonders hervorgetan hatte. Alexander war, fünfzehnjährig, 1793 mit der noch ein Jahr jüngeren badischen Prinzessin Louise vermählt worden, aber auch nach der Eheschließung hatten die Demütigungen des Vaters, der 1796 den Kaiserthron bestiegen hatte, nicht aufgehört – einer der typischen Vater-Sohn-Konflikte, an denen das 18. Jahrhundert reich war.

Nach einer Verschwörung gegen seinen Vater, von der Alexander mit Sicherheit nichts wusste, und dessen Ermordung hatte er, der Nachfolger, sein Augenmerk zunächst auf innere Reformen gerichtet. Aber die Zeitumstände hatten ihn früh auch auf die Außenpolitik verwiesen, wobei von besonderer Bedeutung für sein ganzes Leben der »Freundschaftsbund« wurde, den er 1802 in Memel mit dem preußischen König Friedrich Wilhelm III. abgeschlossen hatte. Dass die beiden Monarchen in Aachen und außerhalb oft als Duo auftraten, war deswegen kein Zufall. Alexanders

Beziehungen zu Franz I. blieben dagegen immer kühl; trotz gelegentlicher »Ausbrüche« von *good will* und Höflichkeit brachte er ihm nur wenig Sympathie entgegen.

Seine Außenpolitik gegenüber Napoleon in der ersten Dekade des Jahrhunderts war trotz aller Bewunderung für die Führungsqualitäten des Kaisers der Franzosen sprunghaft gewesen. Dann hatte sich die preußische Karte aber doch wieder in den Vordergrund gespielt, als Alexander nach der preußischen Katastrophe von 1806 den Frieden mit Napoleon vermittelte und sich 1812 endgültig aus dem »Weltherrschafts-Syndikat« mit dem Korsen löste. Nach dem für Napoleon in einem Desaster endenden Russlandfeldzug 1812/13 entschloss sich Alexander, beraten von deutschen Militärs und Politikern, aber nicht ohne Bedenken in seiner weiteren Entourage wachzurufen, den Krieg über Russlands Grenzen hinauszutragen und bis zum endgültigen Sturz Bonapartes fortzusetzen. Mit Mühe konnte ein Bündnis auch mit Österreich geschlossen werden, die Völkerschlacht hatte den Anfang vom Ende des Kaisers der Franzosen markiert. Alexander war schließlich an der Spitze der verbündeten Monarchen in Paris – zu Pferd und mit wechselnden Uniformen, seiner großen Leidenschaft – eingezogen und hatte mit dafür gesorgt, dass die bourbonische Dynastie umgehend restituiert wurde.

Auf dem Wiener Kongress hatte Alexander in jeder Hinsicht eine Hauptrolle gespielt, so etwa in Bezug auf Polen, die Ionischen Inseln und die Eidgenossenschaft. Er hatte aber schon damals ob seiner vermeintlich liberalen Programme die konservativen Kräfte eher verunsichert. Ob das Urteil, dass er ständig mit viel Pathos neue Ideen produzierte und auf den Applaus des bewundernden Europa wartete[14], wirklich den Kern der Sache trifft, mag auf sich gestellt bleiben; aber dass der Romanow das Rampenlicht suchte, steht außer Frage.

Schon in Wien waren dem Einfluss der verschrobenen »Prophetin« Juliane von Krüdener zugeschriebene mystisch-religiöse Anwandlungen des Zaren erkennbar geworden, die sich nach dem Ende des Kongresses im Herbst 1815 auch politisch manifestiert hatten, als Alexander jene auf der Religion und der besonderen Verpflichtung der Monarchen gegenüber Gott fußende Verbindung mit den preußischen und österreichischen Herrschern initiiert hatte, die unter dem Namen Heilige Allianz in die Geschichte einging.

Dass Alexander in Aachen dem Grafen Capodistria die Vertretung seiner Interessen (mit) überließ, dessen Nähe zum Liberalismus notorisch war, ließ die Gegenseite lange fürchten, er werde dort massiv dem Konstitutionalismus das Wort reden. Freilich erwiesen sich diese »Befürchtungen« dann aber doch als unbegründet, umso mehr, als Graf Nesselrode sich als ein probates »Gegengewicht« erwies.

Das zeitweilige *enfant terrible* vollzog eine neuerliche Häutung hin zu einer Mischung von Konservatismus und Mystizismus, dessen tiefe Religiosität sich, *pars pro toto,* daran ablesen lässt, mit welchem Nachdruck Alexander die Bibelgesellschaften in seinem Reich förderte, die freilich seit 1817, weil sie vermehrt Einfluss auf das Schulwesen zu gewinnen suchten, zu einem Problem für ihn wurden.

Aachen sollte zu einem der letzten Höhepunkte im politischen Leben des Zaren werden, danach nahmen sein Prestige in Europa und seine Popularität in der Heimat erkennbar ab, sodass nicht zufällig bald die ersten Gerüchte auftauchten, er wolle zugunsten seines Bruders abdanken.

Dieser Ausblick ändert aber nichts an dem Generalbefund, dass unter den drei Monarchen, die in Aachen zusammentrafen, der Zar auf die laufenden Geschäfte in den Ministerialkonferenzen den mit Abstand größten Einfluss nahm, sehr regelmäßig seine beiden Minister für die

[5] Kaiser Alexander I. von Russland. Gemälde von Sir Thomas Lawrence, 1814/1818

Sitzungen instruierte, oft mit den Repräsentanten der anderen Mächte zu Vieraugengesprächen zusammentraf und eindringlich versuchte, seine Sprache in die offiziellen Kongressdokumente einfließen zu lassen[15].

Der Dritte im »Bund« der Monarchen war der preußische König Friedrich Wilhelm III., in der noch relativ überschaubaren Reihe der Hohenzollernmonarchen seit 1701 nicht gerade eine herausragende Persönlichkeit[16]. Friedrich Wilhelm hatte in den zurückliegenden Jahren viele schlimme Erfahrungen machen müssen: den Niedergang seines Staates, der sich Reformen viel zu lange verschlossen hatte, dessen Zusammenbruch auf den Schlachtfeldern von Jena und Auerstedt, die gnadenlose Amputation wesentlicher Teile des Gesamtstaats, eine unglaubliche harte Besatzungsherrschaft der Franzosen, die das Land ausgesogen hatte, und der frühe Tod seiner Gemahlin Luise 1810, die dann zu einem Symbol preußischen Behauptungswillens stilisiert worden war.

Preußen, von Stein und dann von Hardenberg mühsam, aber doch nachhaltig auf den Weg der inneren Erneuerung geführt, war maßgeblich an der Leipziger Völkerschlacht beteiligt; sein König hatte gemeinsam mit dem Zaren dafür gesorgt, dass der Krieg bis nach Paris getragen wurde. Friedrich Wilhelm hatte aber danach auf dem Wiener Kongress erleben müssen, dass das seit Generationen von seiner Dynastie verfolgte territoriale Hauptziel, der Anfall ganz Sachsens, am Veto anderer Mächte – auch Talleyrands – scheiterte und Preußen stattdessen für seine territorialen und finanziellen Verluste in Westfalen und am Rhein entschädigt wurde, mit einem Territorienblock, der zunächst zu den »ungeliebten« Kindern der Monarchie zählte.

Gerade wegen der weiten Zerfaserung des neu geschnittenen preußischen Staates hatte es im weiteren Vorfeld des Aachener Kongresses in Berlin Überlegungen gegeben, das

[6] Friedrich Wilhelm III. Kopie von 1817, Antonio Schrader nach einem Gemälde von François Gérard

gesamte Königreich unter den Schutz des Deutschen Bundes zu stellen – die Traumata von Jena und Auerstedt wirkten lange nach. Diese Überlegungen waren von verschiedenen Seiten kritisch kommentiert worden, sodass Metternich eine Chance zu erkennen glaubte, durch das Konstrukt eines geheimen preußisch-österreichischen Defensivbündnisses eine solche Garantie herzustellen. Da die Gefahr gedroht hätte, dass beim Bekanntwerden eines derartigen Bündnisses Russland es als eine Art unfreundlichen Akt hätte verstehen können, hatte man in Berlin diese Option allerdings nicht weiterverfolgt. Der Vorgang lässt aber erkennen, als wie essenziell man an der Spree den Schulterschluss mit dem Zaren einschätzte.

Aus Wiener Sicht mag sich das anders dargestellt haben, aber es unterliegt keinem Zweifel, dass für Friedrich Wilhelm die enge Partnerschaft mit Russland allererste Priorität genoss – und auch behalten sollte. Der preußische und der russische Herrscher reisten in Aachen oft gemeinsam, nicht nur nach Sedan und Paris; sie waren unmittelbar vor dem Kongress in Berlin zusammengetroffen[17] und pflegten seit Jahren eine persönliche Freundschaft, die inzwischen auch dynastisch unterfüttert war: Im Frühsommer hatten sie sich in Russland getroffen, um das im April geborene gemeinsame neue Familienmitglied zu bewundern, das aus der 1817 geschlossenen Ehe der preußischen Prinzessin Charlotte mit dem Großfürsten Nikolaus hervorgegangen war, den späteren Alexander II.

Symbolisch genug, hatten sie bei ihrem Zusammentreffen unmittelbar vor Kongressbeginn in Tempelhof bei einer »imposanten Feier« gemeinsam den Grundstein gelegt für ein Denkmal zur Erinnerung an die Kriege von 1813 bis 1815 und für den Anteil Preußens daran[18]. Angesichts der engen familiären Verbindung, die zwischen dem Haus Hohenzollern und dem Haus Romanow bestand, kann das explizite

Nahverhältnis beider Fürsten auch gar nicht sonderlich überraschen[19].

Friedrich Wilhelm war 1770 als ältester Sohn des nachmaligen Königs Friedrich Wilhelm II. geboren worden – der im Haus Hohenzollern nicht unübliche Vater-Sohn-Konflikt sollte auch seine Kindheit und Jugend überschatten, ganz ähnlich wie bei dem einige Jahre jüngeren Alexander. Er galt als verschlossen und schüchtern und blieb sein ganzes Leben ein eher trockener und nüchterner, über weite Strecken auch alles andere als entschlussfreudiger Mensch (als »Melancholiker auf dem Thron« charakterisiert ihn Stamm-Kuhlmann), dessen lakonische Redeweise sprichwörtlich werden sollte. Von seiner 1783 geschlossenen Ehe mit der Mecklenburgerin Luise war schon die Rede – die mit Abstand glücklichste Zeit seines Lebens, die ihm auch die Augen für die Kunst, das Theater und die Wissenschaften öffnete, die er nach Luises Tod nach Kräften zu fördern suchte.

Zur Zeit des Aachener Kongresses stand Friedrich Wilhelm, an sich kein Gegner vorsichtiger Reformen, ganz unter dem Einfluss einer reaktionären Hofkamarilla, die von dem Polizeiminister Wittgenstein und dem ehemaligen Hofprediger Ancillon angeführt wurde. Sie hatte ihm auch zwei am Ende des Aachener Kongresses konzipierte Denkschriften Metternichs vermittelt[20], die ihn noch stärker als bisher für die »Gefahren« sensibilisierten, die von dem internationalen revolutionsträchtigen Liberalismus ausgingen und ihn später zu einem kompromisslosen Befürworter der Karlsbader Beschlüsse machten.

Auch in Aachen fehlte, wie schon in Wien, der (noch ungekrönte) englische Prinzregent Georg[21], obwohl es ihn diesmal – wohl auch angesichts der relativen Nähe Aachens zum Kanal – offenbar reizte, wieder in unmittelbaren Kontakt zu den »Voll-Monarchen« zu treten[22]. Man hatte sich immerhin ja im Hochsommer 1814 in London persönlich kennengelernt, auch wenn die Sympathien nicht gerade überbordeten und die kontinentalen Gäste am Lebensstil des Prinzregenten durchaus Anstoß nahmen.

Ein ernsthaftes Drängen der drei »östlichen« Herrscher, sich dem Aachener Treffen anzuschließen, scheint es nicht gegeben zu haben. Der Prinz von Wales als »Statthalter« des schwer erkrankten Königs Georg III.[23] war ja schließlich auch kein »autokratischer« Herrscher wie die drei anderen, die von einer Stunde zur anderen entscheiden konnten – außenpolitisch waren dem Prinzregenten wie jedem anderen britischen Herrscher durch Regierung und Parlament die Hände weitgehend gebunden. Britische Monarchen entfernten sich zudem generell, selbst wenn sie kontinentale Wurzeln haben mochten, nur höchst selten von der Insel, in diesem Fall wohl auch deswegen umso weniger, als der Prinzregent wegen der innenpolitischen Gärung den Buckingham-Palast nur ungern für Wochen oder vielleicht sogar Monate verlassen konnte und wollte.

*

Als eine Art Gastgeber fungierte der preußische Staatskanzler Fürst Hardenberg[24], Wien-gestählt, Russland eher mit Distanz gegenüberstehend, ein Mann, wie es formuliert worden ist, der das »preußische Staatsschiff mit listig lavierender Diplomatie durch die Woge der höchsten napoleonischen Macht geleitet«[25] hatte.

Hardenberg war freilich zugleich ein Mann, an dem sich die Geister schieden: Ob seines lockeren Lebenswandels in der Vergangenheit konnte beispielsweise der prinzipientreue und von einem starken Ethos geprägte Freiherr vom Stein nie eine wirkliche Beziehung zu Hardenberg aufbauen. Bei alledem konnte Karl August von Hardenberg – eine imposante Erscheinung mit schlohweißem dichtem

Haar – witzig und unterhaltsam sein und liebte es, die Abende mit anregenden Künstlern und Wissenschaftlern zu verbringen. Er, der in Wien als der fleißigste Aktenleser galt, war damals schon extrem schwerhörig, was sich bis zum Aachener Kongress nicht zum Besseren gewendet hatte.

Im Kreis der »Prinzipalgesandten« der Älteste, galt der Staatskanzler als ein gewiefter Taktiker, sogar als »Meister zweideutigen Doppelspiels«[26], dem die Ehre Preußens über alles ging und der bei der Abwicklung der finanziellen Leistungen Frankreichs nur höchst ungern Kompromisse zum Nachteil seines ausgeplünderten Staates hinnahm. Zur alles beherrschenden Figur ist Hardenberg auf dem Kongress jedoch nicht geworden.

Hardenberg, der in bevorzugter Wohngegend am Markt residierte, war mit seiner dritten Frau Charlotte angereist, einer früheren Schauspielerin, die im gesellschaftlichen Leben des Kongresses aber keine Rolle spielte. Die Ehe galt manchen – so dem Freiherrn vom Stein – als grenzwertig und letztlich inakzeptabel und sollte 1821 geschieden werden. Seit 1817 hatte Hardenberg zudem eine weit jüngere Geliebte in seinem Haushalt, die ebenfalls mit nach Aachen gekommen war.

Hardenberg war als Angehöriger des Jahrgangs 1750 bei Beginn des Aachener Kongresses bereits 68 Jahre alt. Seine politische Karriere hatte im welfischen Hannover begonnen und sich seit 1798 in Preußen fortgesetzt, wobei ihm das Schicksal mehrmalige Entlassungen und Wiederberufungen nicht erspart hatte. 1810 hatte er die Funktion des leitenden Ministers mit verschiedenen Zuständigkeiten übernommen, hatte die Stein'schen Reformen weitergeführt und auf dem Wiener Kongress mit Verve – soweit dem kühlen Norddeutschen das möglich war – die preußischen Interessen vertreten, freilich, wie schon angedeutet, nicht mit vollem Erfolg.

Es war klar, dass der zweite preußische Bevollmächtigte in Aachen, Graf Christian Günther Bernstorff[27], in den Sitzungen noch nicht das große Wort führen würde; wie es scheint, ist er in all den Wochen nur zweimal als *Rapporteur* – in der Angelegenheit des Elsflether Weserzolls und dem Streit zwischen Oldenburg und dem Grafen Bentinck um Kniphausen – hervorgetreten[28]. Er war erst wenige Tage vor Kongressbeginn, am 12. September, zum Außenminister ernannt worden und hatte sich auf der Stelle auf den Weg nach Aachen gemacht.

Der aus einem alten mecklenburgischen Adelsgeschlecht stammende und 1759 als Sohn des nachmaligen dänischen Bauernbefreiers geborene Bernstorff hatte zunächst in dänischen Diensten als zeitweiliger Außenminister eine Diplomatenkarriere absolviert, in deren Verlauf er unter anderem auch Botschafter in Berlin gewesen war, hatte als dänischer Gesandter am Wiener Kongress teilgenommen, bevor ihn der preußische König 1816 abwarb und ihm dann das bisher vom Fürsten Hardenberg mitverwaltete Departement des Auswärtigen anvertraute.

Bernstorff, hochgebildet, literarisch dilettierend und den schönen Künsten zugetan, war allem Anschein nach nur sehr zögernd aus seinem bisherigen Dienstverhältnis ausgeschieden und dachte offenbar sogar in Aachen noch über seine Rückkehr in dänische Dienste nach[29]. Er zählte bis zu seinem Tod zu den engsten persönlichen Beratern Friedrich Wilhelms III. und sollte sich später besondere Verdienste um die preußische Zollpolitik erwerben. Da er auf Betreiben des ultrakonservativen Polizeiministers Wittgenstein in sein Amt gelangt war und seine Ernennung in Wien offenen Beifall gefunden hatte, konnte seine grundsätzliche politische Ausrichtung in etwa eingeschätzt werden. Bernstorff bezog in Aachen sein Quartier im Gasthof zum Löwen.

Die relative Passivität der beiden preußischen Minister

ließ einen – allerdings über Kreuz mit Hardenberg liegenden und insofern befangenen – Beobachter wie Wilhelm von Humboldt zu der Einschätzung kommen, dass nach aller Urteil die preußische Delegation »nicht da« sei und von ihr keine Impulse ausgingen[30]. Stein hat diesen Befund in einem Schreiben an Gneisenau in noch deutlichere Worte gefasst[31]. Dieser Tatbestand spielte Metternich in die Karten, dessen wienbewährtes »Team« mit Gentz und dem Kanzleivorstand Wacken, in dessen Büro die Protokolle und sonstigen Dokumente den Sekretären der anderen Mächte in die Feder diktiert wurden, ohnehin auch die organisatorischen Fäden in der Hand hielt.

Angesichts der Unerfahrenheit Bernstorffs und der gesundheitlichen Probleme Hardenbergs verstand es sich von selbst, dass dem »Dirigenten« des Wiener Kongresses, Fürst Clemens Lothar von Metternich, der an politischer Erfahrung, der Konsistenz seines Weltbildes und in der Weite des Blicks die meisten seiner Kollegen deutlich übertraf, auch auf diesem Kongress eine Schlüsselrolle zufallen würde. Der Mann, der, wie die einem Mainzer Umfeld entstammenden Stadion-Brüder, aus »dem Reich« nach Wien gelangt war und nach einer glänzenden diplomatischen Karriere – unter anderem auch bei Napoleon in Paris – 1809 in schwerer Stunde das Wiener Außenministerium übernommen hatte, hatte seitdem die österreichische Diplomatie zu einer wahren Meisterschaft darin entwickelt, die weit gestreckte »Habsburgermonarchie« vor weiteren territorialen Verlusten zu bewahren und das multiethnische Imperium zu einer gestaltenden Figur auf dem europäischen Schachbrett zu machen – ohne den Ehrgeiz, die Funktion der Dame oder des Königs ausüben zu wollen.

Mit dem alliierten Heer unter der Leitung des Fürsten Schwarzenberg 1814/15 und dem Kongress, der in die Kaiserstadt an der Donau einberufen worden war, hatte der inzwischen gefürstete rheinische Niederadlige etwas bewerkstelligt, was man bei seinem Amtsantritt nicht für möglich gehalten hätte, nämlich Österreich öffentlichkeitswirksam in eine Schlüsselrolle zu bringen – wiewohl er sein lange verfolgtes Ziel, Napoleon im europäischen Spiel zu belassen, nicht hatte verwirklichen können.

Metternich war über Frankfurt, wo er sich über den Stand der Diskussionen am Bundestag informiert hatte, sein Rheingauer Schloss Johannisberg, das ihm mitsamt den umliegenden Weinbergen der Kaiser zwei Jahre zuvor geschenkt hatte, und Mainz angereist, wo er mit dem österreichischen Kaiser zusammengetroffen war. Dort, in der Stadt, die nostalgische Gefühle in ihm weckte und die er auf der Suche nach seiner eigenen Vergangenheit durchstreifte, hatte er seinen Aufenthalt um einen Tag verlängert, um nicht in Koblenz vorzeitig dem preußischen König zu begegnen, war dann auf dem Landweg über Bingen, Koblenz, Bonn und Köln, wo er die Kathedrale besichtigte und irrtümlicherweise vom Publikum für Kaiser Franz gehalten wurde, weitergereist und am 28. September in Aachen eingetroffen.

In einem Brief an seine Gemahlin gestand er frank und frei, dass er sich einen anderen Konferenzort gewünscht hätte: »das Ziel der Reise, aber niemals das Ziel meiner Wünsche«. Metternich traf in Aachen mit einer ganzen Garde österreichischer Spitzendiplomaten zusammen, etwa Ludwig von Lebzeltern und Karl von Zichy, und war bei den nachmittäglichen und abendlichen Hintergrundgesprächen schlicht allgegenwärtig.

Es unterliegt keinem Zweifel, dass Metternich in den Sitzungen – und auch gesellschaftlich – dem eigentlichen Gastgeber Hardenberg um Längen den Rang ablief. In seiner Wohnung traf sich die Ministerrunde ein übers andere Mal, und die Protokolle spiegeln wider, wer in ihr das Wort

[7] Metternich, Castlereagh und Hardenberg. Zeitgenössischer Punktierstich von Friedrich Wilhelm Bollinger

führte. Ohne den Rang Castlereaghs in dieser Runde kleinreden zu wollen: Die entscheidenden Impulse gingen von Metternich aus, die zentralen Beschlüsse der Konferenz wurden von ihm und seinem »Team« initiiert und formuliert. Und da anders als in Wien auch die Rivalitäten mit dem Zaren um die Gunst von Frauen ausblieben, sollte

Metternich am Ende auf einen ebenso erfolgreichen wie harmonischen Kongress zurückblicken.

Im Unterschied zu Österreich, dessen Repräsentanz sich auf die Person des Fürsten Metternich begrenzte (freilich abgestützt durch die aktive Mitwirkung des »Protokollführers« Gentz), entsandten die anderen drei Mächte jeweils zwei Vertreter in die Ministerkonferenzen. Die beiden prominentesten und zugleich rührigsten waren sicher die Repräsentanten des Vereinigten Königreichs.

Der 1769 geborene und 1814 in den Herzogsstand erhobene Arthur Wellesley Wellington[32] hatte seine militärische Karriere von Anfang an mit einer politischen verknüpft. 1790 war er als *captain* ins englische Parlament eingezogen, in dem er bis 1795 blieb, war als *colonel* 1807 Staatssekretär für Irland geworden, war 1809 zum Oberkommandierenden der britischen und portugiesischen Truppen auf der Iberischen Halbinsel befördert worden, war als Feldmarschall 1814 Botschafter in Paris geworden und hatte in der zweiten Hälfte am Wiener Kongress teilgenommen. Der Sieger von Waterloo war schließlich zum Oberkommandierenden der alliierten Beobachtungsarmee in Frankreich ernannt worden, womit ihm zugleich die Schlüsselrolle zugefallen war, eine politische Einschätzung der Entwicklung in Frankreich vorzunehmen.

Ihm, dem schon auf dem Schlachtfeld in Spanien erfolgreichen General, wo er, kaum zufällig, vom (bourbonischen) König zum *Duque de Ciudad Rodrigo* erhoben worden war; ihm, dem gefeierten Bezwinger Napoleons, dem überall in Europa die Herzen zuflogen, war seiner aktuellen Funktion wegen noch einmal neues Profil und Prestige zugewachsen. Zudem hatte er in der Pariser Botschafterkonferenz, zu der er regelmäßig hinzugezogen wurde, weiter so an Statur gewonnen und beispielsweise den oben erwähnten spanisch-portugiesischen Ausgleich über die *Banda Orien-*

*tal* entscheidend mitgestaltet, dass sogar die russische Regierung den Gedanken zu verfolgen begann, ihn förmlich zum europäischen Chefvermittler zu küren, zum *L'Homme de l'Europe.* Dass er auch als Oberkommandierender einer zukünftigen europäischen Armee ins Auge gefasst wurde – vielleicht von ihm selbst ins Spiel gebracht – (und zu diesem Behuf mit den Würden eines russischen, preußischen und österreichischen Feldmarschalls ausgestattet wurde), vermag bei seinem Ruhm als *der* Feldherr seiner Zeit kaum zu erstaunen. Diese europäische Armee zur Sicherung des Status quo wäre, wenn sie denn zustande gekommen wäre, ein wesentliches Puzzleteil eines kollektiven Sicherheitssystems gewesen. Das europäische Renommee Wellingtons spiegelte sich auch darin, dass Premierminister Liverpool ihn noch während des Aachener Kongresses in sein Kabinett holen wollte – der Herzog lehnte dankend ab.

Wellington bezog in Aachen – was als eine besondere Auszeichnung zu verstehen war – eine Wohnung im Haus des Oberbürgermeisters Guaita am Markt, das über genügend Räumlichkeiten verfügte, um auch größere Soireen durchzuführen.

Wie schon in Wien bildeten Wellington und der britische Außenminister Castlereagh in Aachen eine Art Tandem – mit dem Unterschied, dass seinerzeit der Außenminister förmlich abberufen worden und Wellington ihm als Chefunterhändler gefolgt war, während jetzt die beiden Männer gemeinsam agierten. Beide fühlten sich für unterschiedliche Schwerpunkte zuständig – Wellington für die militärischen Belange und die Schuldenregelung Frankreichs, Castlereagh für konzeptionelle und humanitäre Fragen. Sie arbeiteten, wie es scheint, in größter Harmonie zusammen, ohne dass jemals von Eifersucht, Rivalität oder Meinungsverschiedenheiten etwas nach außen gedrungen wäre[33].

Während Wellington seiner militärischen Verdienste und seines politischen Geschicks wegen gewissermaßen »unangreifbar« war, stand Castlereagh, der Führer der Torys, auch in Aachen unter ständiger kritischer Beobachtung seitens der politischen Klasse und der – in Aachen zahlreich und prominent vertretenen – britischen Presse. Die Journalisten hatten rasch ihr Thema gefunden, nämlich ihm vorzuwerfen, Großbritannien viel zu stark in die kontinentalen Angelegenheiten zu verstricken. Castlereagh war überzeugt davon, dass Großbritannien in der moralischen Pflicht stehe, die Friedensordnung, die in Wien verabredet und in Paris ergänzt worden war, durch seine Präsenz mit aufrechterhalten zu müssen – ein Ansatz, der längst nicht jedermann auf der Insel genehm war und letztlich auch dem britischen Selbstverständnis widersprach[34].

Das Misstrauen ihm gegenüber und die Kontrolle, derer man ihn unterwarf, ging so weit, dass Premier Liverpool sich zeitweise in Dover aufhielt, um schneller in den Besitz von Castlereaghs Depeschen zu kommen und entsprechend rasch darauf reagieren zu können. Dabei ist es erstaunlich, dass Castlereagh während der gut sieben Wochen in Aachen lediglich neun Instruktionen des Londoner Kabinetts erhielt (allerdings auch eine Reihe von Privatbriefen Liverpools), sodass man doch vermuten kann, dass sein Spielraum nicht ganz bescheiden war. Es war für Castlereagh, der durch die heimische Öffentlichkeit einem ständigen Legitimationsdruck unterworfen war, oft genug eine Art Tanz auf der Rasierklinge, zwischen den russischen Maximalforderungen und den Zwängen eines parlamentarischen Systems einen Mittelweg zu finden.

Castlereagh[35] zählte im Übrigen schon im Frühjahr 1818 zu denjenigen, die einem bescheidenen, kleinen, auf die Vier Mächte begrenzten Kongress das Wort redeten, keiner neuen endlosen Mammutveranstaltung *à la Viennoise.* Es mag mit der Quellen- und der Literaturlage zusammenhängen, aber es spricht sehr viel dafür, in Castlereagh eine der – neben Metternich – prägenden Gestalten des Kongresses zu sehen: seiner diplomatischen Erfahrung und Geschmeidigkeit, aber auch seiner besonnenen Art wegen, den Verbündeten plausibel zu machen, was für Whitehall akzeptabel war und was nicht. Das Projekt des Zaren, über eine »Politisierung« der Heiligen Allianz ein Instrument zu schaffen, um gegebenenfalls auch in die inneren Angelegenheiten dritter Staaten einzugreifen, hat er mit dieser Argumentation grandios zum Scheitern gebracht. Die Schlussdokumente des Aachener Kongresses tragen zu einem erheblichen Teil Castlereaghs Handschrift, mögen sie am Ende auch von jemand anderem konzipiert worden sein.

Castlereagh, mit seiner hageren Gestalt ganz den Typ des adligen britischen Diplomaten verkörpernd, wohnte in Aachen im Hotel Schlösser in der Kleinen Marschierstraße. Er war wie in Wien mit seiner Gemahlin vor Ort; über sie an anderer Stelle etwas mehr.

Den russischen Außenminister Ioannis Capodistria, der im Vorfeld des Kongresses eine Schlüsselrolle gespielt und in Berlin und in Karlsbad, wo er sich von einer Erkrankung erholte, mit den Repräsentanten der beiden Partner die »Dramaturgie« und die Zielperspektive des Gipfeltreffens besprochen hatte[36], hat Gentz einmal bezeichnet als »das seltsamste Gemisch von Schlauheit, Freimütigkeit und Originalität, das sich denken lässt«[37]. Der griechischstämmige Mann, der sich schon auf dem Wiener Kongress hinter den Kulissen engagiert für die Emanzipation seiner Heimat vom Osmanischen Reich eingesetzt hatte, verband in der Tat eine Art orientalischer Schläue mit einem ausgesprochen liberalen Weltbild, mit dem er selbstredend bei den österreichischen Konservativen nicht auf viel Gegenliebe stieß. Er war es auch, der den Zaren immer wieder auf den Pfad des

Konstitutionalismus zurückbrachte und ihn an seine vermeintliche Mission, zum Protagonisten der liberalen Bewegung in Europa zu werden, erinnerte. Bei dem starken Gefühlsschwankungen unterworfenen Alexander war das freilich längst nicht immer von Erfolg gekrönt.

Aber Capodistria stand, seine Memoiren bestätigen diesen Eindruck, Alexander durchgehend nahe – »close to the Emperor in friendship and intellectual outlook«[38], wie es formuliert worden ist. Der Zar bewunderte in dem Gleichaltrigen sowohl die Weltläufigkeit und Ausstrahlung als auch eine religiöse Empfänglichkeit, die nicht alltäglich war. Vor und auch noch in Aachen war es Capodistria, dem Alexander vorrangig Gehör schenkte; das sollte sich erst in der Phase ab 1820 ändern, als sich Capodistrias Lebensentwurf endgültig zu verändern begann. Der unverheiratete Grieche war ein »Vollblutpolitiker«, der in der hier zur Diskussion stehenden Zeitspanne freilich klug genug war, nicht mit dem Kopf durch die Wand gehen zu wollen.

Capodistria stand seines Wesens, seiner Kompetenz und seiner Ausstrahlung wegen bei fremden Diplomaten und der politischen Elite des »Westens« – sieht man von den österreichischen *hardlinern* ab – in hohem Ansehen; seine Klarheit und seine Ernsthaftigkeit im politischen Tagesgeschäft beeindruckten viele seiner Zeitgenossen, etwa auch den Freiherrn vom Stein. Er war 1776 auf der ionischen Insel Korfu in eine alte Adelsfamilie geboren worden und hatte die Liebe zu seiner griechischen Heimat früh verinnerlicht. Seine ersten politischen Sporen hatte er sich in der kurzlebigen, unter russischer Protektion stehenden Siebeninsel-Republik (1800–1807) verdient, war nach deren Untergang 1809 in den russischen diplomatischen Dienst eingetreten und hatte sich Alexanders Aufmerksamkeit aufgrund und nach einer sensiblen diplomatischen Mission in die Eidgenossenschaft gesichert.

Aus Wien, wo Capodistria zu einem der herausgehobenen Berater Alexanders aufgestiegen war[39], kehrte er mit dem Titel eines Staatssekretärs des Auswärtigen nach Russland zurück – ein Amt, das er formal bis zum Sommer 1822 ausüben sollte. Capodistria blieb der griechischen Sache während seiner ganzen Amtszeit verbunden, auch als zu seiner Enttäuschung der Zar sich in Wien nicht massiv für sein Anliegen ins Zeug legte und sich mit dem Konstrukt eines britischen Protektorats für die Ionischen Inseln einverstanden erklärte[40].

Von daher versteht es sich, dass Capodistria mit Metternich nie in ein Nahverhältnis trat. Ein am nationalen Gedanken ausgerichtetes Europa, wie es Capodistria vorschwebte (und das ja auf eine Auflösung der großen Imperien der Zeit hinausgelaufen wäre), war mit dem legendären System Metternich schlicht nicht kompatibel. Der nachmalige erste griechische Präsident nach dem Befreiungskampf, dessen Führerschaft schon seit 1819 mehr oder weniger offen diskutiert wurde, passte sich in Metternichs Weltbild nie ein. Alles, was von Capodistria in Wort und Schrift artikuliert wurde, konnte sicher sein, von Wien zunächst einmal verworfen zu werden.

Man geht wohl nicht ganz fehl in der Beurteilung, dass Capodistria in Aachen trotz seiner Ausstrahlung und seiner unbestreitbaren Kompetenz relativ isoliert war und von etlichen seiner Ministerkollegen eher geschnitten denn einbezogen wurde. Das galt zwar nicht für alle, denn Gentz beispielsweise fand den Gedankenaustausch mit ihm durchaus erhellend, aber dieser Befund trifft für die meisten in Aachen versammelten Minister zu. Es hatte daher wenig zu bedeuten, dass nicht nur der Zar Capodistria nach Ende des Kongresses hoch dekorierte, sondern auch die anderen Monarchen sich dem anschlossen[41].

Dass Capodistria in Aachen der Graf Karl Robert Nesselrode[42] – schon in Wiener Tagen einer der Berater des Zaren, aber erst 1816 zum Außenminister befördert – zur Seite stand, hätte bei der Vertretung russischer Positionen Probleme aufwerfen können. Die Grundbefindlichkeiten beider Männer waren nämlich längst nicht kongruent: hier der reformorientierte »Liberale«, der den Monarchen aktiv zu beeinflussen suchte, dort ein konservativer Repräsentant des unbedingten Status quo, dessen Passivität gegenüber seinem Fürsten immer wieder ausgestellt wurde. Es war, wie schon in Wien, eine Art institutionalisiertes »haphazard arrangement«[43], zwei Männer »zusammenzuspannen«, die für ganz unterschiedliche politische Optionen standen. Zudem waren noch nicht einmal ihre Zuständigkeiten aufgeteilt worden, wiewohl es jedermann klar war, dass Capodistria eine regionale Expertise besaß, die von der Nesselrodes deutlich abwich. Sie waren in ihrem Charakter, ihrem Auftreten und in ihren politischen Perspektiven so grundverschieden, wie sie nur sein konnten. Aber die Reibungsverluste hielten sich allem Anschein nach in engen Grenzen.

Nesselrode, dem seit 1740 in Russland ansässigen Zweig eines niederrheinischen Adelsgeschlechts entstammend und trotz seines noch jugendlichen Alters von gerade einmal 38 Jahren mit reicher diplomatischer Erfahrung (Berlin, Stuttgart, den Haag und Paris) ausgestattet, hatte schon in Wien als eine Art Sprachrohr Metternichs und der österreichischen Politik gegolten. Seine engen Beziehungen zu Gentz und dem österreichischen Botschafter in St. Petersburg, Baron Lebzeltern, waren notorisch, und dieser Rolle sollte Nesselrode auch während seiner gesamten Amtszeit als Außenminister (1816–1822) treu bleiben. Nesselrode stand für die Bekämpfung jeglichen reformerischen oder liberalen »Ungeistes«, stand für die Wahrung der legitimen monarchischen Souveränität, für dynastische und territoriale Integrität der Großmächte und selbstredend – und im diametralen Gegensatz zu Capodistria – dann dem griechischen Aufstand absolut ablehnend gegenüber.

Trotzdem war das Arbeitsklima zwischen den beiden Protagonisten keineswegs zerrüttet. Es ginge zwar zu weit, von »Freundschaft« zu sprechen, aber Nesselrode wusste, was er an Capodistrias Intellekt hatte – und daran, dass Capodistria der Mann war, der sich im Unterschied zu ihm nicht scheute, die Letztverantwortung zu übernehmen. Gegenüber Metternichs Versuchen, Capodistria zu Fall zu bringen, blieb Nesselrode immer resistent. Insofern überrascht es nicht, dass ihr Zusammenwirken weitgehend geräuschlos verlief. In den Aachener Ministerkonferenzen blieb Nesselrode eher im Hintergrund und trat nach Ausweis der Protokolle nur sehr selten – in der schwedisch-dänischen Schuldensache und in einer deutschen Territorialangelegenheit – als *Rapporteur* auf[44].

Seit der allerersten Ministerkonferenz Ende September 1818 nahm von französischer Seite der Herzog Armand de Richelieu an den Beratungen teil, freilich zunächst nicht regelmäßig und nur auf besondere Einladung. Der 1766 geborene Sohn eines Generals (und Urgroßneffe des legendären Kardinals), ins Exil gegangen und in der napoleonischen Zeit als Protegé des Zaren Chef von vier Gouvernements in »Neu-Russland« sowie eigentlicher Gründer von Odessa, 1814 nach Frankreich zurückgekehrt (und am Wiener Kongress präsent, wenn auch ohne Amt[45]), war von Ludwig XVIII. nicht nur als Nachfolger Talleyrands mit der Leitung des Außenministeriums, sondern auch mit dem Amt des *premier ministre* betraut worden.

Innenpolitisch war das ein kluger Schachzug, wiewohl Richelieu zur Annahme des Amtes erst gedrängt werden musste. Diese Personalie war nämlich eine klare Richtungsentscheidung des Monarchen, auf welche Karte er in Zukunft setzte: Von seiner Biografie her konnte mit Gewissheit angenommen werden, dass Richelieu die ohnehin schon guten (politischen, nicht zwischenmenschlichen!) Beziehungen des Bourbonenkönigs zu Alexander I. weiter ausbauen würde.

Richelieu hatte in Aachen Ende September die ersten Unterredungen mit den drei Monarchen, in denen ihm so wie in der ersten Ministerrunde sofort die geballte Sorge vor einem erneuten revolutionären Umsturz in Frankreich entgegenschlug. Der Herzog hatte für sich und seinen kleinen Stab das Haus des Tuchfabrikanten Wilhelm Kaspar Pohlen in der St.-Peter-Gasse angemietet.

Schließlich soll noch ein kurzer Blick auf Friedrich Gentz[46] geworfen werden, wie in Wien der Protokollführer und auch an der Formulierung zentraler Texte maßgeblich beteiligt. Der 1764 in Breslau ins gut situierte Bürgertum hineingeborene Mann hatte nach dem (kurzen) Studium in Königsberg seine politische Karriere in preußischen Diensten begonnen und sich als Publizist sowie als Übersetzer von Edmund Burkes *Reflections on the Revolution in France* (1790) einen Namen gemacht. Wegen Schulden, enttäuschter Karrierehoffnungen und Eheproblemen war er nach einem kurzen Aufenthalt in England in österreichische Dienste eingetreten. Dort hatte er sich als Protegé Metternichs peu à peu im »Propagandabereich« hochgedient, bis ihn Metternich zu seinem engsten Mitarbeiter auf dem Wiener Kongress gemacht hatte. Gentz' Leistungen dort wurden von allen Seiten gerühmt – und schlugen sich auch in etlichen Ordensverleihungen von Drittstaaten nieder[47], wohingegen die Nobilitierung in Österreich oder auch »nur« die Ernennung zum Staatsrat ausblieb.

Schon in Wien und auch in den folgenden Jahren hatte sich Gentz, der mehr und mehr zum schreibgewandten Interpreten der Metternich'schen Politik aufgestiegen war, als entschiedener Gegner aller liberalen und nationalen Bewegungen in Europa profiliert, die von ihm meist nur in höchster Abschätzigkeit als »die Rotte« bezeichnet wurden[48]. Während Metternich das diplomatische Florett bevorzugte, wurde Gentz zum Mann des Säbels, zum Mann fürs Grobe, der unzweideutigen Worte, die er, der »Medienprofi«, mit Geschick zu lancieren wusste. Dabei ist an seinem überragenden Intellekt nicht zu zweifeln, auch nicht an seinem Gefühl für das Politische und seinem Gespür für den Umgang mit den hochadligen Repräsentanten. Freilich war seine Welt scharf in zwei Lager geteilt: die Mächte der Bewahrung des Wiener Systems und die Mächte »des Bösen«, die sich nationalen und liberalen Ideen öffneten und deswegen stets in Gefahr standen, wieder einer Revolution zu verfallen.

Auch in Aachen sollte Gentz, dessen persönlicher, Bisexualität und Bestechlichkeit einschließender Lebensstil im Übrigen immer wieder zu heftiger Kritik und Unverständnis Anlass gab, am Ende mit etlichen Gunstbezeigungen von Teilnehmerstaaten bedacht werden – Orden und geldwerten Geschenken im Wert von sechstausend Dukaten. Er verließ den Kongress, der für ihn seinem Tagebuch zufolge »unstreitig« der »interessanteste, befriedigendste und ruhmvollste meines Lebens«[49] war, ein »glänzender Feldzug«[50], mit einem wahren Hochgefühl.

In der Tat war er die Schaltzentrale des Kongresses. Wer auch immer nach Aachen kam und etwas erreichen wollte, sprach zunächst bei Gentz vor, und seine abendlichen Gespräche jenseits der Konferenzen mit den Ministern und »Lobbyisten« sind kaum zu zählen. Stoßseufzend beklagte er nicht ohne Grund in einem Brief an den Journalisten Pilat einmal, nicht »eine Art stenographischen Apparat« zur Hand zu haben, um die vielen Gespräche »mitzuschneiden« und damit für die Nachwelt zu erhalten[51]. Bei all diesem Engagement und dieser Anerkennung von dritter Seite traf es ihn besonders hart, dass der österreichische Kaiser seine Ernennung zum Staatsrat ein weiteres Mal abschlägig beschied[52].

*

In den Rückblicken beteiligter Personen auf die Aachener Konferenzen wurden – fast ist man geneigt, von einer allgemeinen Sprachregelung zu sprechen – *unisono* das ausgezeichnete Klima und die von Vertrauen geprägte Atmosphäre hervorgehoben. Natürlich hat es in den Ministerrunden und zwischen den Monarchen Meinungsverschiedenheiten gegeben, aber der Eindruck größtmöglicher Eintracht sollte davon unberührt bleiben.

Jenseits stillschweigender Sprachregelungen war freilich, dass etliche Akteure, die über die Wahl Aachens nicht gerade in Jubel ausgebrochen waren – Metternichs Bemerkung wurde oben zitiert –, sich mit der Stadt ihrer reizvollen Umgebung, ihrer historischen Dignität und ihrer »Aufbruch« signalisierenden »protoindustriellen« Unternehmen wegen relativ rasch versöhnten und ob des milden Herbstklimas in der Aachener Bucht die Annehmlichkeit des Kongressortes fast einhellig lobten. Dass viele mit einem guten Gefühl aus Aachen abreisten, war nicht zuletzt dem witterungsbedingten und naturräumlichen Ambiente geschuldet.

*

Im Lauf der Wochen stießen zu den gekrönten Häuptern[53], ihren bevollmächtigten Ministern und ihrer (adligen und bürgerlichen) Entourage Hunderte Besucher des Kongresses hinzu, die aber keine eigentliche Funktion hatten, sondern »nur« an den *social events* und dem »Rahmenprogramm« beteiligt waren oder sich als Berater einbrachten. Zu diesen Besuchern zählten regierende Fürsten kleinerer und mittlerer deutscher Bundesstaaten, Minister und andere hochrangige Beamte deutscher Fürsten, ranghohe Militärs, Grafen und Freiherren, zählten verschiedene geistliche Würdenträger und natürlich nichtadlige Interessenvertreter, die auf die eine oder andere Weise versuchten, ihre Anliegen ins Gespräch zu bringen. In der schieren Zahl reichte das an »Wien« nicht heran, aber es war trotzdem in den wenigen Wochen ein beeindruckender Querschnitt der politischen, militärischen und kulturellen Elite, der sich in Aachen ein Stelldichein gab (und im »General-Rapport« der *Stadt Aachener Zeitung* minutiös Tag für Tag aufgelistet wurde). Zu den Verhandlungen im engeren Sinn ist keine dieser Personen hinzugezogen worden, was Hintergrundgespräche nicht ausschloss.

Zu den wenigen externen Experten, die durch ihre Gespräche mit Wellington und Richelieu ganz nah an den inneren Kern der Konferenz heranrückten, gehörten der Londoner Bankier Alexander Baring und der Teilhaber am Bankhaus Hope, Labouchère, deren Meinung benötigt wurde, weil nach Selbsteinschätzung keiner in der Ministerrunde von finanziellen Dingen eine Ahnung hatte[54]. Auch Angehörige des Hauses Rothschild hielten sich in Aachen auf und wurden zur Beratung herangezogen, insbesondere von Gentz, den die Rothschild-Brüder für sich zu gewinnen verstanden. Die entscheidenden Impulse kamen freilich von dem Finanzjongleur Gabriel-Julien Ouvrard, dem es gelang, die Alliierten davon zu überzeugen, sich für die französischen Zahlungen mit französischen Anleihepapieren einverstanden zu erklären und nicht auf Bargeld zu bestehen.

# Fürstlicher Tourismus und höfischer Glanz in einer alten Reichsstadt

Wie bereits erwähnt, nahmen die gekrönten Häupter an den eigentlichen Arbeitssitzungen in den Domizilen Hardenbergs und Metternichs nicht teil. Es war nach allgemeinem Verständnis nicht Aufgabe von Monarchen, sich in die »Niederungen« des Feilschens um Kompromisse und des Entwerfens von Texten zu begeben. Sie diskutierten aber außerhalb dieses formalen Rahmens in ihrer jeweiligen Residenz regelmäßig mit ihren Ministern die Agenda, sodass Letztere in aller Regel mit einem präzisen Mandat in die Konferenzen gingen; am wenigsten »rückgebunden« wurde wohl der preußische Staatskanzler.

Die Fürsten haben den zeitlichen Freiraum in »royalerer« Manier genutzt. Wie in Wien zählten Ausflüge und Besichtigungen in maßgebender Weise zu ihren Betätigungen, einzeln oder gemeinsam. Sie müssen nicht nur als Befriedigung von Neugier verstanden werden und als ernsthafte Versuche, sich eine überschaubare Region zu erschließen, sondern auch als ein Ansatz, mit breiteren Bevölkerungsschichten in unmittelbaren Kontakt zu kommen. Für die Eigentümer der besuchten Objekte wurde ein fürstlicher Besuch als eine exzeptionelle Auszeichnung verstanden und in dieser oder jener Form auch für die Nachwelt festgehalten.

Geht man die Liste der besuchten Örtlichkeiten durch, so fällt zunächst – auch im Vergleich mit dem Wiener »Rahmenprogramm« – ins Auge, welchen Stellenwert Industrie und Technik inzwischen gewonnen hatten. Das Interesse an technischen Innovationen war – die Spalten der Gazetten spiegeln das wider – weitverbreitet, die Öffentlichkeit war fasziniert vom technischen Fortschritt, selbst die Entwicklung eines neuen Typs von Mühlrad durch einen Münchener Professor war geeignet, in den Zeitungen breite Resonanz zu finden[1]. Und Aachen mit seinen Tuch- und Metallwarenmanufakturen galt als eine Art Einfallstor der Industrialisierung nach Deutschland[2]. Das war den Herrschern wohl auch voll bewusst. Der preußische König beispielsweise, der fast drei Wochen wegen seiner Reise nach Sedan und Paris nicht in Aachen weilte, besuchte unter anderem – ein besonderes *highlight* – die weit erstreckte Tuchfabrik Kelleter, die als erste eine Dampfmaschine für ihre Produktion eingesetzt hatte[3].

Es war vor allem aber der österreichische Kaiser, der an repräsentativen Beispielen der regionalen Industriekultur Interesse zeigte. So besuchte er die Tuchfabrik Wilhelm Kuetgens in der Wolfsfuhrter Mühle[4] und nahm nicht nur die Maschinen, sondern auch die textilen Endprodukte in Augenschein. Einige Tage später suchte er noch eine zweite Tuchfabrik auf, die (eben bereits erwähnte) von Edmund Joseph Kelleter, in der ihn neben den textilen Erzeugnissen und der Dampfmaschine auch die Gasbeleuchtung beeindruckte. Er nahm die Maschinen zum Kohleabbau jenseits des Duisburger Pflasterwegs in Augenschein und besichtigte die Stecknadelfabrik Mignon & Schervier[5]. Wenige Tage später stattete er der Salmiak- und Berliner Blaufabrik Rethel einen Besuch ab, weitere zwei Tage danach besichtigte er die Nähnadelfabrik Leonard Starz[6]. Am 20. Oktober besuchte Franz I. das nahe der Stadt Aachen gelegene

Gut Trimborn und ließ sich von dessen Besitzer seine Naturaliensammlung und vor allem die dort eingerichtete »Blau- und Schönfärberei« zeigen. Ob der Kaiser bei seinen Besichtigungen von Manufaktur- und Industrieanlagen auch schon der wachsenden Umweltprobleme, insbesondere der Luftverschmutzung, gewahr wurde, erschließt sich nicht. Die Sensibilität für diese Kehrseite der Industrialisierung war im frühen 19. Jahrhundert aber sicher noch begrenzt.

Dass gerade der österreichische Kaiser ein offenkundiges Interesse an Einrichtungen der Wirtschaft und an technischen Neuerungen an den Tag legte, war wohl genetisch bedingt, sozusagen ein lothringisches Erbgut. Schon sein Großvater Franz Stephan hatte in seiner Zeit als Großherzog der Toskana die Wirtschaftsförderung mit besonderem Nachdruck betrieben und auch als Kaiser (Franz I.) sich immer wieder mit ökonomischen Fragen befasst; in Wirtschaftsfragen wurde ihm von vielen Seiten eine überdurchschnittliche Expertise attestiert. Gleiches lässt sich bei Kaiser Franz' Vater, Leopold II., beobachten, dessen Reformprogramm für sein mittelitalienisches Großherzogtum ganz generell darauf zielte, Anschluss an die moderne Wirtschaftsentwicklung und den technologischen Fortschritt zu finden. Der Sohn zeigte zeitlebens – seine Bibliothek spiegelt das wider – ein ausgeprägtes Interesse an den Naturwissenschaften und der Botanik und ihrer gewerblichen Umsetzung. Auf dieser Linie bewegte sich auch sein Aachener Besichtigungsprogramm.

Mit diesem expliziten Interesse an technischen Innovationen – es war die Zeit, als sich in öffentlichen und privaten Gebäuden Schritt um Schritt die Gasbeleuchtung durchsetzte – korrespondierte die Neugier, die die gesamte höfische Gesellschaft und die bürgerliche nicht weniger den Ballonfahrtexperimenten der Damen Reichard[7] und Garnier entgegenbrachte. Zwar scheiterte der Ballonfahrtversuch[8] der Demoiselle Elise Garnier, sicher auch witterungsbedingt, kläglich[9], was der »Luftschifferin« freilich nicht nur Hohn und Spott, sondern auch Anteilnahme und Sympathie einbrachte[10]. Die – auch von den Monarchen besuchten – Demonstrationen von Wilhelmine Reichard, die auf dem besten Weg war, zu einer europäischen Berühmtheit zu werden[11], wurden dagegen ein voller Erfolg[12].

Heißluftballons waren diesseits und jenseits des Atlantik die große Attraktion der Zeit, ihre Nutzung konnte allerdings immer auch in Katastrophen enden[13]. Ein gewisser Nervenkitzel kann beim Publikum deswegen in aller Regel angenommen werden. Überhaupt war die Überwindung der Naturgesetze ein Faszinosum der Zeit; so fand beispielsweise auch ein Experiment von vier jungen Französinnen und Franzosen, die sich in einer Tauchglocke bis zu einer Tiefe von 120 Fuß hinunterließen und dort 25 Minuten verharrten, in der Presse breites Echo[14].

Schließlich manifestierte sich das nachhaltige technisch-naturwissenschaftliche Interesse wenigstens der beiden deutschen Monarchen auch darin, dass sie sich die lokalen mineralogischen Sammlungen zeigen ließen. Und es spiegelt sich in einer Personalie: Der preußische König stattete während seines Aachenaufenthalts den Naturforscher Alexander von Humboldt, der, aus London kommend, Mitte Oktober eingetroffen war[15] und den Monarchen seitdem nicht nur fast tagtäglich sah, sondern auch nach Paris begleitete, mit einem ansehnlichen Jahressalär aus und stellte ihm für seine geplante Expedition nach Indien, Tibet und in den indonesischen Archipel alle erforderlichen physikalischen und astronomischen Instrumente zur Verfügung[16]. Zu der Reise sollte es am Ende allerdings nicht kommen, weil die britische Regierung sich mit der Erteilung der Reisegenehmigung (zu) viel Zeit ließ. Die mitteleuropäischen Monarchien »entdeckten« für sich ein neues, zukunftsweisendes Betätigungsfeld: die Förderung von Industrie und technischem Fortschritt, dem sie, soweit die Mittel das zuließen, alle Unterstützung in Aussicht stellten.

Das war wohl auch als probates Mittel gedacht, um der Öffentlichkeit, die nach wie vor auf Indizien für eine innenpolitische Weiterentwicklung der mitteleuropäischen Monarchien wartete, eine gewisse Öffnung für einen neuen Zeitgeist und wachsende Aufgeschlossenheit zu bekunden. Man darf nicht aus den Augen verlieren, dass sowohl Österreich als auch Preußen entgegen dem Trend der Zeit und entgegen dem »Verfassungsauftrag« der Wiener Kongressakte noch über keine Verfassungen mit einem Kodex von Menschen- und Bürgerrechten verfügten und über keine Gesamtrepräsentation, um nur diese beiden Elemente von »Modernität« zu benennen. Da waren ihnen manche Staaten im Dritten Deutschland um Etliches voraus, von Verfassungsstaaten wie Großbritannien oder Frankreich ganz zu schweigen.

*

Aber selbstredend kamen im royalen »Rahmenprogramm« auch die naturräumlichen *highlights* zu ihrem Recht. Das nahe gelegene Spa, *das* Modebad der Epoche, fehlte im Itinerar keines der Fürsten, der eine oder andere besuchte es gleich mehrmals. Auch Metternich ließ sich mit etlichen Begleitern die Chance nicht entgehen, Spa kennenzulernen, das er in dieser Jahreszeit fast menschenleer vorfand.

Den von einer Pyramide bekrönten Ludwigsberg, eine als besonders romantisch gerühmte Gegend in unmittelbarer Nähe der Kongressstadt, besuchten die beiden Kaiser – wie es bei Meyer heißt – »incognito in bürgerlicher Kleidung« gemeinsam. Das *Incognito*-Konstrukt war seit Langem eine übliche Praxis des Hoch- und Höchstadels, die

Formen und Erfordernisse des Zeremoniells hinter sich zu lassen, indem man für eine begrenzte Zeit eine andere, niedrigrangigere Identität annahm. Auch Friedrich Wilhelm stattete wenige Tage nach den beiden Kaisern dem Ludwigsberg einen Besuch ab, im Unterschied zu seinen beiden Kollegen ließ er es sich sogar nicht nehmen, ihn zu besteigen (und dabei der wiedererrichteten Napoleonpyramide unmittelbar ansichtig zu werden).

Kaiser Franz besuchte – abermals *incognito* – die Burtscheider Mineralquellen und unternahm anschließend im nahen Paulinen-Wäldchen einen Spaziergang. Sein Interesse an der Botanik manifestierte sich kurz vor seiner Abreise in einer ausgedehnten Besichtigung eines privaten Botanischen Gartens, in deren Verlauf er seine profunden botanischen Kenntnisse unter Beweis stellte[17].

Neben der Natur fanden auch bemerkenswerte Bauten das Interesse der Fürsten. Der österreichische Kaiser beispielsweise stattete dem Benediktinerstift Kornelimünster einen Besuch ab und ließ sich die dort aufbewahrten Reliquien zeigen[18]. Der Zar ließ zwar am Kohleabbau ein gewisses Interesse erkennen, war ansonsten aber vor allem an den landschaftlichen Schönheiten und an Gesprächen mit Geistlichen interessiert. Er suchte wiederholt Pfarrhäuser auf oder auch Landgüter, um mit den Besitzern in deren Parks zu flanieren und über landwirtschaftliche Fragen zu diskutieren.

Es war freilich nicht nur touristische Neugier, die die kleinen Ausflüge in die Region veranlasste, sondern in einem Fall auch die große Politik. Am 20. Oktober, unmittelbar nach den Festlichkeiten zum Jahrestag der Völkerschlacht, brachen Zar Alexander und der preußische König in Begleitung der Großfürsten und des Prinzen Karl zu einer »Revue« der alliierten Streitkräfte, einem großen Manöver in der Gegend von Valenciennes, auf. Die Reise setzten sie dann über Soissons nach Paris fort; sie hielt sie rund zweieinhalb Wochen von Aachen fern.

Der Zar begnügte sich in Paris damit, König Ludwig XVIII., ihm persönlich eher unsympathisch, aufzusuchen, um ihn zum Ergebnis der Aachener Beratungen zu beglückwünschen, was in der Öffentlichkeit sehr wohlgefällig aufgenommen wurde. Der preußische König stürzte sich nach seinem Höflichkeitsbesuch bei Ludwig als »Theaterfreak« hingegen ins Pariser Theaterleben und besuchte reihenweise Opern und Schauspiele (was von der Öffentlichkeit mit einem eher kritischen Unterton registriert wurde). Da der vorzeitige Abzug der alliierten Besatzungsarmee zu diesem Zeitpunkt schon beschlossene Sache war, war die »Revue« von Sedan eine Art finaler Akt, sich bei den Truppen zu bedanken und die gemeinsame Militäroperation für beendet zu erklären. Die Reise der beiden Monarchen hatte also den Charakter einer mit einigen Annehmlichkeiten garnierten »Dienstreise«.

Als letzter Typus der Reisen der Monarchen vom Kongressort aus seien die Familienreisen genannt, auch sie oft mit einem hohen Maß an Symbolik ausgestattet. Am spektakulärsten war dabei das Treffen des Zaren und seiner Brüder mit der (aus Württemberg stammenden) Kaiserinmutter in Aldenhoven beziehungsweise auf Schloss Rode, zu dem dann nicht nur der österreichische Kaiser samt Gefolge[19], sondern auch die preußischen Prinzen, die Prinzessin von Thurn und Taxis und einige hessische Fürsten hinzustießen: ein Treffen, das die ganze Verflechtung des europäischen Hoch- und Höchstadels widerspiegelt, der sich als Familie verstand und sich familiärer Epitheta bediente.

*

Es war zu erwarten, dass der lokale Magistrat den Ehrgeiz entwickeln würde, seiner Kommune, die von Fabrikbesitzern und Kaufleuten geprägt war, wenigstens befristet ein wenig höfischen Glanz zu verleihen. Ein Ball, zu dem die Stadt Aachen für den 4. Oktober 1818 in den neu gestalteten Redoutensaal einlud, war Ausdruck dieses Bemühens. Das von tausend Gästen – von denen etliche mit Freikarten ausgestattet worden waren – besuchte Ereignis wurde vom russischen und vom preußischen Monarchen eröffnet. Kaiser Franz war wegen einer Erkältung verhindert, ebenso Metternich, der seiner Frau gestand, dass er zum ersten Mal in seinem Leben eine Erkrankung als ein Glück (»bonheur«) empfunden habe. Auch Fürst Hardenberg, ohnehin kein »Gesellschaftslöwe«, gab eher den Staatsgeschäften Vorrang.

Bei den Polonaisen und Quadrillen blieben die beiden Sphären – hie höfische Welt, da Bürgertum – aber letztlich doch fein säuberlich getrennt. Eine »Durchmischung« der beiden gesellschaftlichen Kreise fand allenfalls in sehr begrenztem Umfang statt. Das Vergnügen nahm an Fahrt erst auf, nachdem die Monarchen und ihr Gefolge nach zwei Stunden die Veranstaltung verlassen hatten. Die Zeiten, als Alexander wie in Wien – so eine der Wahrheit zumindest nahe kommende Anekdote – eine ganze Woche lang jede Nacht durchgetanzt hatte, waren vorbei. Auch an dem Ball, den die Kaufmannschaft – der »Handelsstand« – am 16. November gab und der unter den erneut fast tausend Menschen viel Prominenz in der Redoute versammelte[20], nahmen die Monarchen, schon ganz in Aufbruchstimmung, nur sehr begrenzte Zeit teil, tanzten immerhin aber, wie die lokale Presse vermeldete, bei der Polonaise auch mit Ehefrauen und Töchtern der Kaufleute[21].

*

Das weibliche Element spielte – im Unterschied zum Wiener Kongress – in Aachen allenfalls eine bescheidene Nebenrolle. Während in Wien die zahllosen Gesellschaften der Fürstin Bagration, der Herzogin von Sagan, der Gräfin Zichy und vieler anderer legendär geworden waren, fehlten in Aachen schlicht die Gastgeberinnen. Die Ehefrauen der Monarchen waren nicht mit angereist. Der Preußenkönig war ohnehin verwitwet, und die (badische) Ehefrau des Zaren machte während des Kongresses eine Art Deutschlandtournee. Die Damen, die in Wien den Ton angegeben hatten, hatten darauf verzichtet, in eine relativ glanzlose Stadt zu reisen, sodass das gesellschaftliche Leben zwar kontinuierlich, aber auf einem relativ bescheidenen Niveau nur von Tee-Einladungen der Prinzessin Therese von Thurn und Taxis in ihrem Hotel bereichert wurde. Sie, die Schwägerin des preußischen Königs, verfolgte mit ihrer Anwesenheit in Aachen im Übrigen einen politischen Hauptzweck, nämlich die Souveränität für ihre Besitzungen wiederzuerlangen[22].

Zwar lud Lady Castlereagh, die mit ihrem Gatten angereist war, regelmäßig zu sich ein, aber Metternich fand die Atmosphäre dort extrem langweilig und vergnügte sich deswegen abends eher in seinem eigenen Domizil mit einigen Freunden und Bekannten aus dem Bankenmilieu beim Whistspiel (bei dem natürlich auch politisiert wurde). Ansonsten scheint Lady Castlereagh, die in Wien ihrer unkonventionellen Garderobe und ihrer stark übertriebenen Neigung wegen, sich über und über mit Schmuck, allem voran Diamanten, zu behängen, gelegentlich für Aufsehen gesorgt hatte, eher im Hintergrund geblieben zu sein. Auch einige ältere englische und russische Damen und die russische Gattin Nesselrodes, die als kluge Gesprächspartnerin und als politisch versiert gerühmt wurde, haben dem gesellschaftlichen Leben nicht auf die Beine helfen können, wobei der Salon Nesselrode noch zu den attraktiveren zählte.

Die große Zeit der Amouren am Rande des Kongresses kam ebenfalls nicht wieder. Immerhin wurde kolportiert, dass Metternich, der von seiner Tochter Marie von Esterhazy in Aachen besucht wurde[23], mit der Ehefrau des russischen Diplomaten Lieven sehr vertrauten Umgang gepflogen habe[24]. Thomas Lawrence hatte Dorothea von Lieven in London schon auf Leinwand verewigt: keine atemberaubende Schönheit, aber geistvoll und charmant sowie politisch interessiert. Sie, deren Affäre mit Großfürst Konstantin einige Jahre zuvor für Aufsehen gesorgt hatte und die viel später in der europäischen Diplomatie eine beachtliche Rolle spielen sollte, wurde, daran besteht angesichts der erhaltenen Briefe kein Zweifel, zu einer sehr engen Vertrauten des »Frauenverstehers« Metternich[25]. Kurz vor Ende des Kongresses hatte eine Reise Metternichs nach Brüssel vornehmlich einen Zweck: mit ihr zusammen zu sein.

Ganz ohne die »Pikanterie einer bedeutsamen Liaison«[26], ohne eine der *amours foux,* die zum »Markenzeichen« Metternichs – ob der Zahl seiner Seitensprünge seit Langem legendär – geworden waren, kam der Aachener Kongress dann doch nicht aus. Die Beziehung zu Dorothea von Lieven war freilich keine der üblichen Affären Metternichs[27]. Die briefliche, nur ganz selten von persönlichen Begegnungen unterbrochene Verbindung, die in ihren Dokumenten zugleich die »Brieflust« (Siemann) Metternichs und eine starke emotionale Nähe spiegelt als auch eine politische Dimension hatte, sollte noch über viele Jahre, bis zum Juli 1826, weiterbestehen[28]. Metternichs Briefe an Dorothea[29] sind ein herausragendes Beispiel für die Hohe Schule des Verfassens von Liebesbriefen, die in seiner Zeit wohl niemand so beherrschte wie der Fürst.

Weniger ins Auge sprang der Besuch von Julie Récamier

in Aachen, einer der (von manchen bedeutenden Künstlern auf Leinwand gebannten) Schönheiten der damaligen Epoche und Napoleongegnerin, die nur eines Mannes, des preußischen Prinzen August, wegen gekommen war und die beiderseits sehr emotionale Beziehung aus früheren Jahren wieder aufleben lassen wollte[30].

# Symbolisches Handeln: Der Aachener Kongress und die Geschichte

Es darf als gesichert vorausgesetzt werden, dass den Teilnehmern des Kongresses bewusst war, in welch geschichtsbeladener Stadt sie einige Wochen leben und arbeiten würden: an einem *der* symbolischen Orte Alteuropas schlechthin. Der Krönungsort Karls des Großen, des »Urvaters« des europäischen Monarchismus, einer der Gestalten, die gleich von zwei Gesellschaftsordnungen als Referenzpunkt verstanden (und vereinnahmt) wurden, gehörte weit über die Grenzen Deutschlands und Frankreichs hinaus zum Basiswissen gebildeter Menschen.

Es zählte deshalb zu den Selbstverständlichkeiten, dass alle »offiziellen« Teilnehmer des Kongresses dem Aachener Münster und seinen unglaublichen Schätzen ihre Reverenz erwiesen: der Pfalzkapelle mit dem Thron des großen Karl, dem Karlsschrein, seinem Grabmal, der Karlsbüste mit seiner Schädeldecke, den Reichsinsignien und den sonstigen Aachener Heiltümern, den (üblicherweise nur alle sieben Jahre gezeigten) Reliquien wie den Windeln und dem Lendentuch Christi und den Preziosen der Domschatzkammer, dem bedeutendsten Kirchenschatz nördlich der Alpen. Dieser Schatz war in der Revolutionszeit zunächst nach Paderborn ausgelagert (und dort zentraler Kleinodien beraubt), dann aber von Napoleon wieder nach Aachen rückgeführt worden.

Bei den Fürsten stand dieser Besuch als eine Art »Standardverpflichtung« in aller Regel ziemlich am Anfang ihres Besuchsprogramms: Der österreichische Kaiser, der ja von 1792 bis 1806 Kaiser des Heiligen Römischen Reiches deutscher Nation gewesen war, erwies der *Memoria* Karls des Großen schon am 30. September seine Reverenz, also am Tag des offiziellen Beginns des Kongresses und einen Tag nach seiner Ankunft in Aachen[1]. Er wurde vor Ort empfangen vom preußischen König, der die Örtlichkeiten schon anlässlich eines Besuchs im Vorjahr kennengelernt hatte, sie aber später, am 10. November, dann doch noch einmal aufsuchen sollte. Der Kaiser kniete vor dem Hochaltar zu einem Gebet, besichtigte die Heiltümer und stieg schließlich zusammen mit dem Hohenzollernfürsten zur Empore hinauf, um den legendären Thronstuhl zu bewundern.

In dieser Szene kam es zu einem – geplanten oder spontanen? – Zwischenfall, als der uralte Dekan des Domstifts, Konrad Hermann Cardoll, vor dem Kaiser auf die Knie fiel und ihn unter Tränen fragte, ob er sich an eine frühere Begegnung erinnere, als er 1792 anlässlich der Frankfurter Kaiserkrönung Franz' die Reichsinsignien aus Aachen überbracht und ihm als neuem (*Ex-officio-*)Mitglied des Aachener Stifts den Eid abgenommen habe. Ob sich der Kaiser tatsächlich an diese Szene erinnerte, sei auf sich gestellt, jedenfalls versicherte der Monarch dem Greis, sehr wohl diesen Vorgang vor üb er einem Vierteljahrhundert noch präsent zu haben. Eine gewisse Rührung ergriff die Anwesenden, als der Dekan stammelte, nun könne er getrost ins Grab steigen, denn er habe den »Gesalbten des Herrn« noch einmal gesehen[2].

Die Pfalzkapelle war für die Fürsten ein »Muss«, ein europäischer Erinnerungsort, dem sich die besondere Dignität der Kongressstadt verdankte – es sprach für dieses Bewusstsein, dass die russische Kaiserinmutter unmittelbar nach dem Kongress nach Aachen reiste und die »Gedenkstätten« Karls des Großen in Augenschein nahm.

Ein zweiter Erinnerungsort kam hinzu, dessen Besuch sozusagen obligatorisch war. Mitten in den Wochen des Aachener Kongresses jährte sich zum siebzigsten Mal der Abschluss des Aachener Friedens von 1748. Dessen Bedeutung in der Geschichte der europäischen Friedenskongresse darf zwar nicht überschätzt werden, da ihm – schon von den Zeitgenossen so eingeräumt und in der bilanzierenden Rückschau erst recht – letztlich nicht mehr als die Funktion eines verlängerten Waffenstillstands zukam; es war aber trotzdem ein Ereignis, das in der *Memoria* der Kommune, dem kollektiven Gedächtnis ihrer Menschen, tiefe Spuren hinterlassen hatte. Die Stadt hatte seinerzeit Porträts der Gesandten der beteiligten Staaten erworben, die in einem eigenen Raum des Rathauses aufgehängt und allgemein

[8] Kaiser Alexander und die Fürstin von Thurn und Taxis besuchen die Pfalzkapelle. Gemälde von Frans Vervloet, 1818

zugänglich waren. Da es ein ähnliches Gemäldecorpus vom 1668 in Aachen verhandelten und durch die sogenannte Tripelallianz betriebenen spanisch-französischen Frieden nicht gab, war dieser Friedenssaal die einzige Erinnerung an Aachens bemerkenswerte Vergangenheit als Kongressort.

Den Saal zeichnete zwar nicht die Wucht der Münsterschen und Osnabrücker Friedenssäle mit den vielen Dutzend Porträts der Friedensgesandten aus, aber er war nichtsdestoweniger eindrucksvoll. Es verstand sich von selbst, dass alle gekrönten Häupter, die sich 1818 in Aachen versammelten, und natürlich auch ihre Minister dem Saal einen Besuch abstatteten, eingedenk der hohen Verantwortung, die nun auch auf ihnen lastete. Die einst im Rathaus platzierte Büste Napoleons aus Carrara-Marmor, die sich nicht erhalten hat, mussten sie bei Gelegenheit dieser Besuche nicht mehr anschauen, auch nicht die Porträts Napoleons und Joséphines, die 1816 nach Berlin abtransportiert worden waren, aber 1840 in den Sitzungssaal des Rathauses rückgeführt werden sollten.

Bewusst war den handelnden Personen auch – die »Macht« der Geschichte! –, dass sich »ihr« Kongress in ein Kontinuum der Kongressgeschichte einordnete, eine Assoziation, die sich im Blick auf die Aachener Vorgängerkongresse von 1668 und 1748 zudem besonders aufdrängte. Auch wenn sich das Aachener Gipfeltreffen von seinem Ansatz her von früheren Diplomatenkongressen fundamental unterschied, war ein Gefühl für die Tradition dieses politisch-völkerrechtlichen Instruments unübersehbar. Symbolhaft kam das dadurch zum Ausdruck, dass der Zar den preußischen Legationsrat Friedrich Schoell, der 1817 eine Geschichte der Friedenstraktate seit dem Westfälischen Frieden vorgelegt hatte[3], mit einem Brillantring auszeichnete[4] und anordnete, dass Schoells Werk von allen öffentlichen Bibliotheken in seinem Reich und von den diplomatischen Außenposten Russlands zu erwerben sei[5]. Allerhöchste *promotion* – den Kompilator wird's gefreut haben!

Der österreichische Kaiser vertiefte die Besichtigung der beiden lokalen *lieux de mémoire* – des Münsters und des Friedenssaals – durch einen Besuch des Stadtarchivs, wo er sich unter anderem die Privilegienbriefe früherer Kaiser für die Stadt Aachen vorlegen ließ.

Die dritte historisch unterlegte »Pflichtübung« für die Teilnehmer des Kongresses – nicht nur die gekrönten Häupter – schuldete sich nicht einem Ort, sondern einem Datum, das überhaupt nichts mit Aachen zu tun hatte. Der 18. Oktober 1813, der zentrale Tag der Leipziger Völkerschlacht, war in weiten Teilen des damals beteiligten Europa – selbstredend nicht in Frankreich! – zu einem kollektiven *lieu de mémoire* geworden, einem Gedenktag zur Befreiung des Kontinents von einem verhasst gewordenen politischen System. Der Tag mag für Preußen eine ganz besondere Bedeutung gewonnen haben, aber er war als Tag des Anfangs vom Ende eines Diktators und Usurpators zu einer Art frühem »Europatag« aufgestiegen – unbeschadet der Tatsache, dass diese Ideologisierung (»Befreiungskrieg« versus »Freiheitskrieg«) die Gefahr der Polarisierung in sich barg und seit den 1820er Jahren zudem kritisch hinterfragt zu werden begann[6].

Schon auf dem Wiener Kongress war der Tag von den unmittelbar Beteiligten – den Monarchen Russlands, Österreichs und Preußens und den Repräsentanten des Vereinigten Königreichs – in großem Stil publikumswirksam begangen worden[7]: durch einen Gedenk- und Dankgottesdienst, durch eine aufwendige Truppenparade, durch ein Volksfest. An dem Truppendefilee nahmen wenigstens 14 000 Soldaten teil, die anschließend im Prater mit einem reichen Mittagsmahl bedacht wurden, während parallel dazu die Monarchen und die anderen Honoratioren im Lusthaus tafelten und das städtische Publikum die kunstvoll aufgebauten Beutewaffen von Leipzig bewundern durfte, freilich offenbar ohne allzu große Begeisterung.

Die Wiener Gedenkfeier der Völkerschlacht war von verschiedenen kaiserlichen Behörden über Wochen und Monate hinweg minutiös vorbereitet worden. Derartige mit dem Zeremoniell und der Organisation von Großereignissen vertraute Ämter fehlten in einer vergleichsweise kleinen Kommune selbstredend. Deswegen gestalteten sich die Dinge dort auch um etliches »spartanischer«: Dem nahe am Ereignis stehenden Bericht von Meyer zufolge waren an dem Truppendefilee drei preußische Bataillone Infanterie, eine Eskadron Husaren und eine Batterie zu Pferd beteiligt, die morgens jenseits der Stadtmauern nahe der Ketschenburg in einer Front Aufstellung nahmen. Dieser militärischen Formation gegenüber war ein Altar mit einem silbernen Kruzifix errichtet worden.

Der österreichische und der preußische Monarch samt dem Prinzen Karl, dem Herzog von Wellington und sämtlichen anwesenden Generälen holten zu Pferd den Zaren von seiner Residenz ab und ritten gemeinsam zum Truppendefilee – die beiden nichtpreußischen Monarchen in preußischen Uniformen mit Orden des jeweils anderen Partners, der preußische König, der den Zug anführte, mit österreichischen und russischen Orden. Den Zuschauern sollte durch diese Demonstration der Einheit jeder Zweifel genommen werden, dass das Bündnis vielleicht nur auf schwachen Füßen ruhte und fragil wäre: Kleidung und Ehrenzeichen als politisches Programm und Demonstration!

Dem Defilee der Truppen – mehr als dreitausend Mann, aber natürlich deutlich weniger als in Wien – vor den Monarchen und ihrem Gefolge schloss sich der religiöse Akt an, der Gebete und Gesänge mit einem Bezug zum Tag umfasste sowie eine Ansprache des (wohl protestantischen) Koblenzer Brigadepredigers Obenaus »voll Kraft und Würde«, wie Meyer befand. Sie wurde mit einer Fürbitte unter dem Donner der Kanonen auf den Wällen beschlossen. Politisch am eindrücklichsten war wohl die Erneuerung des Gelöbnisses vom Leipziger Schlachtfeld und des »heiligen Fürstenbundes« der Drei durch öffentlichen Händedruck und Umarmung.

Der Zug der Monarchen und Militärs bewegte sich dann zum Quartier des russischen Kaisers zurück, wo ein (spätes) Frühstück für einen ausgewählten Personenkreis vorbereitet worden war. Man traf sich geraume Zeit später auf dem (überaus repräsentativen) Rathaus wieder, wo der preußische König im sogenannten Kaisersaal den beiden Kaisern und weiteren rund hundert Personen ein Mittagessen gab; zu den Gästen zählten neben den russischen Großfürsten Konstantin und Michael und der Prinzessin von Thurn und Taxis auch die niederländische Kronprinzessin, die jüngere Schwester des Zaren, und ihr oranischer Gemahl. Umrahmt wurde das Essen von sechzig Musikern der königlichen Garde und des Rheinischen Schützenbataillons. Parallel dazu fand in einem Neubau am Ludwigsberg auf Einladung des Fürsten Hardenberg ein Essen für das diplomatische Korps statt, an dem rund achtzig Persönlichkeiten teilnahmen.

Wie in Wien war das städtische Publikum, das am Vor- und am Nachmittag das Geschehen verfolgte, nur Staffage und »Zaungast«. Es hatte immerhin die Freude, am Abend eines schönen Herbsttages die Stadt glanzvoll illuminiert zu erleben, und es wurde natürlich auch registriert, dass der preußische König für die Armen der Stadt einen Betrag von hundert Dukaten zur Verfügung stellte. Aber letztlich blieb die bürgerliche Gesellschaft von der höfischen dann doch ähnlich geschieden wie bei den Bällen in der Redoute.

Die Kombination aus militärischer Parade, Gottesdienst und (exklusivem) Mahl war im Grunde das »Wiener Modell«, nur dass im Unterschied zu 1814 die beteiligten Soldaten – ausgenommen waren die Offiziere – von der Verköstigung ausgeschlossen blieben, möglicherweise mangelnder Räumlichkeiten oder Freiflächen wegen. Dieses »Modell« hatte in der Tat manches für sich: die militärische Komponente, der Dank an eine göttliche Autorität, die den militärischen Erfolg bewirkt habe, die Wiederholung eines »heiligen« Gelöbnisses, die Demonstration der Einheit der »Leipziger Koalition« durch das gemeinschaftsstiftende gemeinsame Mahl. Auch in der Zeit nach dem Ancien Régime verstand man sich auf symbolisches Handeln. Der Aachener Kongress ging angesichts der demonstrierten Stabilität des Fürstenbundes ohne größere zeremonielle Probleme über die Bühne, die sich im weiteren Verlauf des 19. Jahrhunderts bei Mehrmonarchentreffen allerdings wieder in den Vordergrund schieben sollten.

Die Aachener Truppenparade, an der analog zu Wien militärische Verbände nur einer Siegermacht von 1813 beteiligt waren, war typologisch gesehen ein Mixtum von Sieges- und Verbrüderungsparade; die Abwesenheit österreichischer und russischer Verbände hatte man dadurch zu »heilen« gesucht, dass man die preußischen Regimenter »Kaiser Franz« und »Kaiser Alexander«, deren Ehrenkommandeure die beiden genannten Monarchen waren, in die Parade einbezog. Dieser Typus war mit der großen »Bündnisparade« im nordostfranzösischen Vertus Anfang September 1815 ins Leben getreten, als die drei Monarchen inmitten des russischen Heeres ihre unverbrüchliche Solidarität zeremoniell zum Ausdruck gebracht hatten.

Vertus ermangelte des höfischen Umfelds, in Aachen war das genauso. Das nichthöfische Ambiente machte es den Monarchen leichter: Es war schlichter und bot doch genug

Raum für gegenseitige Ehrbezeigungen. Denn das war schließlich der Hauptzweck der ganzen Veranstaltung: durch die historische Reminiszenz die stabile und »ewige« Freundschaft und Solidarität der drei Fürsten – der englische stillschweigend immer mit eingeschlossen – zu beschwören und publikumswirksam zu inszenieren. Die lokale Presse wurde deswegen folgerichtig auch nicht müde, genau das immer wieder zu unterstreichen: das unauflösliche Einvernehmen und die durch nichts zu gefährdende Freundschaft der Fürsten[8]. Es versteht sich vor diesem Hintergrund auch, dass der französische Kongressdelegierte, der Herzog von Richelieu, an den Feierlichkeiten nicht teilnahm, sondern es vorzog, an diesem Tag eine nahe gelegene Abteikirche zu besuchen.

Die Darstellung der Feierlichkeiten zum Jahrestag der Leipziger Völkerschlacht soll noch einmal bewusst gemacht haben, wie sehr ein Ereignis wie ein Monarchentreffen auch noch im »rationalen« 19. Jahrhundert der Inszenierung bedurfte. Die Anwesenheit der Fürsten bei diesem Arbeitstreffen wäre, auch wenn sie der Kommunikation mit den »arbeitenden« Ministern förderlich war, nicht zwingend notwendig gewesen; insofern lag Graf Capodistria mit seinen Einwänden nicht falsch. Aber die »Öffentlichkeit« – das Aachener Publikum, die anwesenden Journalisten, die von auswärts angereisten »Zaungäste« – erwartete die Demonstration der Eintracht zwischen jenen Fürsten, jenem, wie Theodor von Haupt sich auszudrücken beliebte, »Herrscherkleeblatt«[9], das sich fünf Jahre zuvor ewige Freundschaft und Solidarität geschworen hatte. Die Fürsten »dienten« dazu, bei solchen öffentlichen Akten ihren engen und unverbrüchlichen Schulterschluss immer wieder unter Beweis zu stellen.

Das Monarchentreffen von Aachen stand für das System, mochten die Fürsten hinter den Kulissen auch durchaus unterschiedliche Perspektiven haben und in unterschiedlicher Weise einander zugetan sein – familiäre Anreden hin oder her. Es waren das kollektive Auftreten der Monarchen in der Öffentlichkeit, die gemeinsame Fahrt am Ankunftstag im offenen Wagen durch die Stadt, die Umarmungen, die Uniformen, die Anwesenheit jener preußischen Garderegimenter, die die Namen Franz' und Alexanders trugen, die ostentativ angelegten Orden, das gemeinsame Anhören einer Predigt, das gemeinsame Mahl, nicht zu vergessen auch der gemeinsame Besuch eines Balls oder einer Musikveranstaltung – kurz gesagt, es war die Gemeinschaft als Gruppe, die das Publikum ein Höchstmaß an Einheit und Solidarität assoziieren ließ. Pomp und Politik, mit dieser Alliteration hat Johannes Paulmann den Zusammenhang von Inszenierung und internationaler Politik auf den Punkt gebracht. Das, was in Aachen vor sich ging, war der Ansatz, »um mittels Repräsentation vor der Öffentlichkeit das politische System zu rechtfertigen und zu festigen«[10].

*

Zu dem Gesamtkomplex der gemeinsamen Erinnerung und Beschwörung des militärischen Erfolgs zählte selbstredend auch und sehr prominent die Schlacht bei Waterloo/Belle-Alliance. In Aachen hatte ein auswärtiger Maler ein Panorama der Schlacht vom Juni 1815 aufgebaut, das offenbar lebhaftes Interesse nicht nur des bürgerlichen Publikums fand, sondern auch des preußischen Königs[11] und weiterer »öffentlicher Personen«. Der Eintrittspreis schreckte nicht ab und machte den Hamburger Maler vermutlich zu einem begüterten Mann.

# Der Aachener Kongress als Etappe der Kunstgeschichte

Es war ein »Kulturfestival«, wie es einer mittleren Provinzstadt nicht alle Tage zuteilwird, das die Aachener Bürger in den wenigen Herbstwochen des Jahres 1818 erleben durften: Vokal- und Instrumentalkonzerte bedeutender Interpreten in Hülle und Fülle, Glanz und guter Wille auf der Opern- und Sprechbühne, Dichterlesungen, Kunstausstellungen – und das Erlebnis, an der Arbeit renommierter Maler mehr oder weniger unmittelbar teilhaben zu können.

Aus der Sicht der Kunstwissenschaft wurde das Aachener Gipfeltreffen zu einem bemerkenswerten Einschnitt. Nicht, weil eine ganze Reihe von Kunsthändlern mit Kollektionen ihrer Bilder nach Aachen geeilt war und auf einen großen Verkaufserfolg bei einem zahlungskräftigen Publikum hoffte. Karl Franz Meyer, den gerade diese »nichtpolitischen« Begebenheiten besonders interessierten, hat die (unglaublich zahlreichen) oft von den hohen Herrschaften besuchten fremden absatzorientierten Galeristen, deren Verkaufsausstellungen mit den in Aachen ansässigen Kunstsammlungen um die Gunst des Publikums wetteiferten, minutiös festgehalten.

Aus den lokalen Sammlungen ragte die Bettendorfsche heraus, die unter anderem schon vor Kongressbeginn der preußische Staatskanzler Hardenberg besichtigt hatte (»Schöne Tableaux«), die König Friedrich Wilhelm III. und der österreichische Kaiser mit ihrem Besuch beehrten und die später in süddeutschen Museen eine neue Heimat fand. Ob die angereisten auswärtigen Kunsthändler – so der Brüsseler Galerist Niebenhuys, dessen Sammlung der preußische König besuchte – wirklich auf ihre Kosten gekommen sind, entzieht sich allerdings einer Einschätzung. Einige dieser ortsfremden Galeristen haben – die lokale Presse hat wiederholt darauf hingewiesen[1] – nach Kongressende ihre mitgebrachten, klangvollen Namen zugeschriebenen Kunstwerke auf Auktionen an Käufer zu bringen versucht; auch hier bleiben der Verkaufserfolg und die wirtschaftliche Seite des Unternehmens im Dunkeln.

Es waren indes nicht die hier zusammengeführten Sammlungen der Kunsthändler, die von einer Art »Sternstunde« der europäischen Malerei sprechen lassen, es war die mehrwöchige Tätigkeit des englischen Hofmalers Thomas Lawrence am Ort des Geschehens, die als kleine Sensation eingestuft werden muss. Der damals 49 jährige Maler, Mitglied der Royal Academy of Arts, der seit den ausgehenden 1780er Jahren mit bedeutenden Porträts der »herrschenden Klasse« hervorgetreten war, war vom Prinzregenten beauftragt worden, die Protagonisten des Umbruchs von 1814/15 mitsamt dem Aachener Kongress zu porträtieren.

Während den Wiener Kongress der französische Maler Jean-Baptiste Isabey geprägt hatte, der – ohne förmlichen Auftrag, aber mit moralischer Unterstützung des französischen Außenministers Talleyrand – die männlichen und weiblichen Hauptakteure des Kongresses auf Leinwand oder anderen Materialien verewigt hatte (und im Übrigen auch für *das* Kongressgemälde verantwortlich zeichnete, das, als sogenannter Punktierstich ausgeführt, bis heute das »Bild« des Wiener Kongresses ausmacht), überstrahlte in Aachen die Gestalt Thomas Lawrence alles. Für Isabey, der in Wien Geld gescheffelt hatte, war es relativ reizlos geworden, erneut einen Fürstenkongress aufzusuchen, weil die

Teilnehmer sich nicht wesentlich und grundsätzlich von denen in Wien unterschieden, die ihm bereits Modell gesessen hatten. Es gibt jedenfalls keine Nachricht, dass er sich »berufsmäßig« 1818 in Aachen aufgehalten hat.

Der Engländer Lawrence, wenige Jahre zuvor bereits zum Ritter geschlagen, trat nun an die Stelle Isabeys; ob die beiden sich – etwa in Paris 1814 – jemals persönlich begegnet sind, bleibt im Dunkel. Dass Lawrence Isabeys Arbeiten kannte, die ja oft genug auch in andere Techniken überführt und damit einem breiteren Publikum zugänglich gemacht wurden, unterliegt dagegen keinem Zweifel.

Lawrence traf kurz nach dem 20. Oktober in Aachen ein. Die zu porträtierenden »Monarchen, Helden und Staatsminister, welche zur Befreiung Europas das Ihrige durch Rath und That rühmlichst beigetragen«[2], waren von der britischen Delegation selbstredend schon über die Pläne unterrichtet worden, auch über die Absicht des Prinzregenten, die Porträts in seine Privatsammlung einzugliedern. Sie sollten später (1823) der zentrale Bestandteil der Waterloo Chamber von Schloss Windsor werden.

Die Prozedur, die nun folgte, hatte von Anfang an einen semioffiziellen Charakter, ganz anders als seinerzeit in Wien bei Isabeys Modellsitzungen, die in dessen Privatquartier stattfanden. Man räumte dem gefeierten englischen Künstler den ehemaligen Ratssaal ein, der, um optimale Voraussetzungen für den Maler und seine »Objekte« zu schaffen, nicht nur angemessen möbliert, sondern des Lichts wegen sogar ein wenig umgebaut wurde – Lawrence war begeistert von diesem riesengroßen Atelier. Hier stellte man zudem einige Porträts auf und aus, die Lawrence aus London mitgebracht hatte, unter anderem das des Prinzregenten und das des preußischen Generals und Mitsiegers von Waterloo, Marschall Blücher – zweier Protagonisten, die in Aachen fehlten, so aber wenigstens *in effigie* präsent waren. Das

[9] Selbstporträt von Thomas Lawrence, um 1787

Aachener Publikum, das in Massen das Lawrence-Atelier aufsuchte, war begeistert, einige der Meisterwerke der zeitgenössischen Porträtmalerei bewundern zu können. Von den Sitzungen mit den »Modellen« blieb es natürlich ausgeschlossen.

Schon die zur Schau gestellte Kunstproduktion lässt erahnen, dass das Vorhaben, die Protagonisten der großen

Zäsuren der letzten Jahre auf Leinwand zu bannen, keineswegs erst mit dem Aachenaufenthalt begann. Im Vorfeld des Wiener Kongresses, an dem teilzunehmen ihn ein prominentes Delegationsmitglied – Lord Stewart – ausdrücklich eingeladen hatte, hatte Lawrence begonnen, den umfassenden Auftrag des Prinzregenten umzusetzen, indem er während des sommerlichen Englandaufenthalts der alliierten Spitzen den Feldmarschall Blücher und den russischen General Platow porträtiert hatte. Während des Wiener Kongresses, den er, wie erwähnt, nicht aufsuchte, malte Lawrence statt der kontinentalen Führer bedeutende Mitglieder der englischen Hofgesellschaft bis in die königliche Familie hinein. Aachen wurde nun zu der Gelegenheit, den »Zyklus« der »Helden« von 1813 bis 1815 fortzusetzen, wenn auch noch nicht zu beenden.

Zu diesen Kunst-Staatsakten nahmen seit der letzten Oktoberdekade die illustren Kongressteilnehmer ihre jeweiligen »Termine« wahr. Der Marathon begann am 26. Oktober mit dem österreichischen Kaiser Franz, der neun Tage lang jeweils vormittags von elf bis dreizehn Uhr Modell saß, unterhalten meist von dem Grafen Wrbna aus seinem Gefolge. Ihm schloss sich ab dem 5. November Zar Alexander an. Lawrence benötigte »nur« fünf zweistündige Sitzungen, um jenes Gemälde zu entwerfen, das zwar nicht das bekannteste, aber ein wichtiges Porträt Alexanders I. geworden ist – der Monarch als stehende Ganzfigur. Auch Metternich wurde in Aachen – nicht zum ersten Mal – auf Leinwand verewigt; für ihn war Lawrence schlicht »le premier du Monde«[3].

Es kann davon ausgegangen werden, dass Lawrence nicht alle Arbeiten in Aachen zu Ende brachte. Es scheint, wenn man einen Brief des Künstlers an seine Nichte richtig liest, dass Lawrence die Porträts des preußischen Königs Friedrich Wilhelm, des russischen Außenministers Nesselrode und des Duc de Richelieu in Aachen zu Ende malte und nicht mit auf seine Anschlussreise nach Wien nahm. Ob das auch für die Porträts von Castlereagh, Hardenberg und Graf Bernstorff galt, die in Aachen wenigstens begonnen wurden, muss auf sich gestellt bleiben. Hardenberg berichtet jedenfalls in seinem Tagebuch unter dem 24. November, dass er die letzte Sitzung bei Lawrence absolviert und auch gleich Kopien in Auftrag gegeben habe. Die Gemälde – ob vollendet oder nicht – blieben jedenfalls bis nach Kongressende im Ratssaal, wo sie die russische Kaiserinmutter am 22. November besichtigte.

Ab dem Januar 1819 hielt sich Lawrence in Wien auf[4], und es spricht vieles dafür, dass dort etliche in Aachen skizzierte Porträts ihre endgültige künstlerische Ausformung fanden – dort hatte Lawrence schließlich auch »Vergleichsmaterial« in Hülle und Fülle zur Verfügung, übrigens auch eigenes, denn immerhin hatte er beispielsweise Metternich zu diesem Zeitpunkt schon mehrmals porträtiert. Auf jeden Fall hat Lawrence das Capodistria-Porträt erst in Wien abgeschlossen, wofür ihm der russische Außenminister sogar noch einmal Modell saß[5], und, im März 1819, mit dem Porträt von Gentz begonnen[6]. Fürst Schwarzenberg und Lady Selina Meade, eine der unbestrittenen Schönheiten jener Jahre, waren weitere Persönlichkeiten, die ihm dort Modell saßen. Die österreichische Forschung ist sich einig darin, dass Lawrence während dieser Wiener Monate auf die lokalen Künstler einen viel nachhaltigeren Eindruck machte und Einfluss ausübte, als es Isabey jemals vermocht hatte. Lawrence war für sie der neue Stern am Firmament, nicht mehr der »klassizistische« Isabey.

Eine besondere Herausforderung stellte wohl das Porträt des Hohenzollernkönigs dar. Es war allgemein bekannt, dass sich Friedrich Wilhelm nur höchst ungern malen ließ, entsprechend wenig »dankbar« wird er als Modell gewesen sein. Er hatte sich, mehr dem Zwang der Konvention gehorchend, 1814 in Paris von Gérard, *dem* Maler der napoleonischen Ära schlechthin, porträtieren lassen, und danach war, um weiteren ungeliebten Verpflichtungen zu entgehen, die Berliner Akademie angewiesen worden, von diesem Gemälde nicht weniger als 28 Kopien anzufertigen, die für alle möglichen Anlässe und Orte Verwendung finden sollten: Es sollte, wenn sich das schon nicht umgehen ließ, *das* Staatsporträt sein und bleiben.

Dass sich der Monarch, der im Sommer 1814 in London Lawrence schon einmal Modell gesessen hatte, in Aachen ab dem 11. November erneut zu insgesamt sieben Sitzungen bereitfand, geschah wohl durchaus *contre cœur,* war aus optischen Gründen aber unumgänglich. Alexander von Humboldt war es vorbehalten, bei diesen ungeliebten Terminen den Monarchen einigermaßen »bei Laune« zu halten. Die »Ehre« vielfacher Kopierung wurde dem Lawrence-Porträt übrigens nicht zuteil, umso weniger, als es beim Direktor der Berliner Akademie der Künste, Johann Gottfried Schadow, auf nur wenig Gegenliebe stieß. Es ist lediglich überliefert, dass dem »Objekt« selbst, also dem König, vor 1823 eine Kopie dediziert wurde, die allerdings als verloren zu gelten hat.

Der Stadtrat von 1818 hatte seine historischen Hausaufgaben gemacht und aus der Geschichte insofern gelernt, dass er sich wie sein Vorgänger vor siebzig Jahren intensiv bemühte, das Andenken an den Kongress in der Stadt auch bildlich am Leben zu halten. Im Unterschied zu dem alten Stadtrat, der als Gremium einer »souveränen« freien Reichsstadt eigenständig Außenbeziehungen pflegte, musste der Stadtrat von 1818 zunächst die Erlaubnis der Berliner Regierung einholen, mit den Repräsentanten einer ausländischen Macht – Großbritannien – Kontakt aufzunehmen. Erst mit dieser Genehmigung wandte sich die Kommune an Wellington und Castlereagh mit der Bitte, Kopien der drei Monarchenporträts von Lawrence – man darf wohl annehmen: zu einem bezahlbaren Preis – zu erhalten. Die Schreiben an die beiden britischen Kongressteilnehmer gingen den Akten des Aachener Stadtarchivs zufolge Ende Juni 1820 heraus, aber dann scheint sich die Spur zu verlieren. Jedenfalls zerschlug sich das Vorhaben, die drei Kommemorativ-Gemälde auf diesem Weg zu akquirieren, ebenso wie ein gutes Jahr später, im Herbst 1821, ein weiterer Versuch, beim preußischen König mit demselben Anliegen vorstellig zu werden. Dem Aachener Bürgertum und Besuchern blieb somit ein zweiter Friedenssaal im Rathaus versagt.

Für Lawrence war mit diesen beiden Stationen – Aachen und Wien – sein Auftrag freilich noch nicht erfüllt. Seit dem Sommer 1819 findet man ihn in Rom, wo er den (ihm seit 1815 eng verbundenen) päpstlichen Nuntius auf dem Wiener Kongress, Kardinal Consalvi, porträtierte, auch er ja einer der »Männer von 1815«, wenn auch nicht gerade einer der Konstrukteure der Wiener Friedensordnung. Das Consalvi-Gemälde gilt als eine künstlerische Meisterleistung, wohingegen Lawrence' Porträt von Papst Pius VI. ein größeres Maß an Distanz erkennen lässt. Von Rom aus, wo ihm die Herzen der Künstler und des Publikums zuflogen, machte Lawrence anschließend eine Kunstreise nach Neapel und Florenz, ehe er zum Jahresende 1820 nach London zurückkehrte, inzwischen mit etlichen Großen seiner Zeit auf sehr vertrautem Fuß stehend.

Lawrence war aber nur der eine – wenn auch prominentere – zweier englischer Maler, die in Aachen ihrer Profession nachgingen. Der andere war George Dawe, ein sehr erfolgreicher Porträtmaler, der beauftragt worden war, die Porträts aller russischen Generäle anzufertigen, die 1812 Napoleon die erste große Niederlage bereitet hatten. Er weilte in Aachen, um sein Portfolio zu ergänzen, mit dem er künftige Auftraggeber beeindrucken wollte. Dawe hatte unter anderem durch ein ganzfiguriges Doppelporträt von Prinzessin Charlotte und Prinz Leopold auf sich aufmerksam gemacht, von dem Kunsthistoriker den »auffälligen Einsatz modischer Kleidung« hervorheben und den »feineren Farbauftrag als Lawrence«, freilich ohne dessen »kostbar-seidiges Impesto« zu erreichen[7]. Natürlich trafen die beiden englischen Künstler in Aachen zusammen, und Dawe verdankt sich die Einschätzung, dass Lawrence dort seine Bilder »feiner ausgeführt habe«, »als er es davor zu tun pflegte«[8].

Ob und welche Sujets Dawe in Aachen malte, erschließt sich nicht; auch Meyer erwähnt nur einige der großen Gemälde Dawes, schweigt sich aber über seine künstlerische Produktivität vor Ort aus. Vielleicht ging es dem Maler auch »nur« um die Anbahnung von Kontakten zu künftigen Auftraggebern. Dawe reiste von Aachen nach Weimar weiter, wo er Goethe porträtierte, und von dort nach St. Petersburg, wo er zum gefeierten Hofmaler avancierte und in den nächsten Jahren nicht weniger als 239 Brustbilder russischer Generäle malte, die in der neuen Militärgalerie des Petersburger Winterpalasts zusammengeführt wurden. Er malte dort auch noch ein – sehr bekanntes – Ganzfigurbild Zar Alexanders (1824), dessen Eigenart, nur auf einem Bein fest zu stehen und das zweite lose den Boden berühren zu lassen, Dawe offenbar weniger Schwierigkeiten bereitete als Lawrence.

Aber auch mit den beiden Engländern noch nicht genug. Der preußische König hatte dafür gesorgt, dass im Kaisersaal des Rathauses frühe Gemälde der als Porträtisten, aber auch als Genremaler hervorgetretenen Künstler Carl Joseph Begas (1794–1854) aus dem Rheinland und Wilhelm Ternite (1786–1871) aus Neustrelitz gezeigt wurden. Das waren zwei Maler, die Friedrich Wilhelm seit 1814 durch Aufträge und Stipendien nachdrücklich förderte, die er in Paris bei dem Baron Gros hatte weiterbilden lassen und die in der preußischen Kunstszene dann rasch Karriere machen sollten. Es wurde ja schon angedeutet, dass der Hohenzollernkönig eine ausgesprochene Neigung entwickelt hatte, hoffnungsvolle Maler zu unterstützen.

Von dem Begas-Gemälde ist das Sujet bekannt, ein Christus am Ölberg umgeben von seinen Jüngern und von Engeln[9]; es war kurz zuvor mit großem Erfolg in Paris ausgestellt und von dort nach Aachen verbracht worden[10]. Von den Ternite-Stücken fehlen solche Informationen. Spätestens ab dem Moment, als im frühen November der preußische König die »Werkausstellung« besuchte, wird die Präsentation der beiden Nachwuchskünstler wohl erheblichen Zulauf des Aachener Publikums gefunden haben, umso mehr, als die lokale Zeitung ausführlich über diesen Besuch des Monarchen berichtete[11]. Das genannte Begas-Gemälde, in der Aachener Presse ausführlich beschrieben[12], kaufte der preußische König schließlich selbst, was der Karriere des Künstlers sicher weiteren Auftrieb gab. Auch hier eine Art verdeckte *promotion*.

Dass der überaus kunstsinnige preußische König, der sich möglicherweise sogar über das ihm in Aachen dezidierte Pompeji-Gemälde des Landschaftsmalers Müller gefreut hat[13], auch die Gemäldesammlung des Brüsseler Kunsthändlers Nievenhuys besuchte und vor allem den Stücken der niederländischen Schule Aufmerksamkeit zollte, veranschaulicht noch einmal, wie lebhaft der Kunstbetrieb in den Herbstwochen des Jahres 1818 in Aachen war.

In Wien war die Kunstszene nicht nur von Isabey und anderen Porträtmalern beherrscht worden, sondern auch von Dutzenden und Aberdutzenden von »Gebrauchskünstlern«: Zeichnern, Karikaturisten, die, oft unbekannt bleibend, ihre teils bösen und satirischen Blätter rasch auf den

Markt zu bringen und daran zu verdienen suchten. Dieser Typus des Künstlers fehlte in Aachen völlig. Das Treffen der Monarchen und ihrer Minister versprach wenig Spektakuläres, zumal das Zielpublikum an Zahl viel bescheidener war als in Wien. Satirische oder persiflierende Blätter vom Aachener Kongress oder, um nur ein Beispiel zu nennen, Darstellungen des »Militärfestes«[14] scheinen nicht das Licht der Welt erblickt zu haben – auch in den Sammlungen der lokalen Museen haben sie keine Spuren hinterlassen.

# Der Kongress als musikalisches Ereignis

Es waren indes nicht nur die kommerziellen und nichtkommerziellen Kunstausstellungen und die Einblicke in Lawrence' *work in progress,* die dem kulturellen Leben in der ehemaligen Reichsstadt neuen – freilich transitorischen – Glanz verliehen. Das Visuelle fand vielmehr eine Ergänzung im Akustischen: durch Musikveranstaltungen ganz besonderer Exzellenz.

Den Glanzpunkt setzten dabei sicher die Konzerte der europaweit gerühmten und gefeierten Sopranistin Angelica Catalani. Die aus der Nähe von Ancona stammende Sängerin, zum Zeitpunkt ihrer Auftritte in Aachen 38 Jahre alt, war die mit Abstand umschwärmteste Zelebrität der europäischen Musikszene. Sie hatte 1797 am berühmten Teatro La Fenice in Venedig debütiert, danach an italienischen Bühnen gearbeitet und dabei die Titelrollen in Uraufführungen von Zingarelli- und Nicolini-Opern gesungen, war nach großen Auftritten in Rom und Neapel 1804 auf Einladung des dortigen Prinzregenten nach Lissabon gegangen und anschließend, nachdem sie ein Angebot Napoleons für ein längeres Engagement an der Grand Opéra abgelehnt hatte, sieben Jahre in England gewesen. Dort erreichte sie als wahre *Primadonna assoluta* ihrer Zeit den Höhepunkt ihrer Karriere und war in der Lage, geradezu schwindelerregende Gagen zu verlangen.

Nach Napoleons Sturz hatte Catalani zum einen eine

[10] Angelica Catalani. Kupferstich von Claude-Marie-François Dien, um 1815

Theaterleitung in Paris übernommen und zum anderen Tourneen durch halb Europa bis nach Skandinavien organisieren lassen, auf denen sie geradezu enthusiastisch gefeiert wurde. Gleichwohl scheinen 1817 die ersten Probleme stimmlicher Art aufgetreten zu sein, die es ihr nicht mehr erlaubten, sämtliche Rollen zu singen, die zu ihrem Repertoire gehörten. Das war der Zeitpunkt, als sie, kurz vorher noch in Dresden gefeiert und in Weimar vor Zar Alexander aufgetreten[1], der Einladung nach Aachen folgte und dort in unmittelbaren Kontakt mit allen Monarchen und der politischen Elite kam, die sich hier zusammengefunden hatten.

Catalanis Publikum in Aachen – das höfische und das bürgerliche – wird die leichten Veränderungen ihrer Stimmlage kaum bemerkt haben: Es war einfach nur hingerissen von der Primadonna, die seit Jahr und Tag ihrer Stimme, aber auch ihrer Schönheit und ihrer Ausstrahlung wegen die Menschen faszinierte und zum Zentrum eines förmlichen Starkults sowie zum Gegenstand zahlloser Huldigungsgedichte, Sonette und Poesien wurde. Sie trat während des Kongresses mit ihren Arien bei sechs Anlässen auf: Am 6. Oktober während eines »Hofzirkels« in der Residenz des Fürsten Metternich, der ihr gewogen, aber nicht eng verbunden war, und am 15. Oktober bei einer von der ganzen höfischen Gesellschaft besuchten Abendveranstaltung im Quartier Wellingtons, der Catalani natürlich schon – auch recht gut – aus ihrer Londoner Zeit kannte. Da Wellington ja im Hause Guaita in zentraler Lage am Markt logierte und man an einem milden Herbstabend die Fenster des Festsaals geöffnet hatte, war das zugleich eine Art Konzert für die bürgerliche Gesellschaft, die auf der Straße oder von ihren angrenzenden Häusern aus der »Zauberstimme« atemlos lauschte. Das war allerdings nur eine begrenzte Öffentlichkeit; diese ersten beiden Konzerte waren im Kern exklusive Veranstaltungen der zum Kongress versammelten politischen Elite.

Vier Tage später, am Jahrestag der Leipziger Völkerschlacht[2], gab Catalani im Redoutensaal ein großes öffentliches Konzert »für jedermann«, das trotz überdurchschnittlich hoher Eintrittspreise restlos ausverkauft war. Die Sopranistin, so Meyer, habe mit ihren »Seraphs-Tönen« das Publikum zu Begeisterungsstürmen hingerissen, die ihren Höhepunkt nach dem Lied »God save the King« erreicht hätten. Und dann wurde der Archivar geradezu poetisch: »Schwingt sich die Lerche trillernd aus des Frühlings Saaten zum Himmel hin, so ist das freilich schön in der Natur, aber sie bleibt nur monoton; singt und steigt Catalani, so entzücken das Ohr die lieblichsten Töne der Natur und Kunst in tausendfachen unnennbaren Trillern. Sie ist ein unübersehbares Feld, auf welchem die Kunstliebhaber eine reiche Erndte des Anmuths, und die Virtuosin Tausende der Goldblüten einscheuern«[3].

Meyer stützte sich hier auf eigenes Erleben, aber die Presse, die schlicht vom Genie der Sängerin sprach und von dem Enthusiasmus, den ihre Darbietungen ausgelöst hätten, stand dahinter kaum zurück[4]. Da die vorangegangenen Konzerte private Veranstaltungen gewesen waren, war das Konzert am Völkerschlacht-Gedenktag das erste, über das die Presse berichtete. Es gab wohl nicht viele Besucher – so wie der westfälische Oberpräsident Vincke, der später noch ein weiteres Catalani-Konzert besuchte –, die nicht ins Schwärmen gerieten. Am 26. Oktober gab die Italienerin, erneut im Redoutensaal, ihr zweites öffentliches Konzert, abermals enthusiastisch in der Lokalzeitung besprochen[5]. Es folgte am 8. November ein fünftes Konzert, von der lokalen Presse ähnlich begeistert aufgenommen[6]. Ihr Abschiedskonzert gab Catalani am 12. November, wieder im Redoutensaal, in Anwesenheit der Monarchen: ein (in der lokalen Presse nachdrücklich beworbenes[7]) Benefizkonzert[8], das die stolze Summe von zehntausend Franken einbrachte, die dem lokalen karitativen Armen-Institut zugeführt wurden.

Angesichts der unter vermeintlichen »Experten« gelegentlich zum Ausdruck gebrachten Kritik an der Sängerin, etwa dass sie bestimmte Höhen nicht mehr spielerisch erreiche, übernahm die lokale *Stadt Aachener Zeitung* die Rolle des engagierten Apologeten. In der Ausgabe vom 11. November druckte sie einen Leserbrief vom Vortag ab, der Angelica Catalani attestierte, ihre Kunst sei so überwältigend, dass die Worte fehlten, sie zu beschreiben. In derselben Ausgabe zitierte das Organ aus einem »öffentlichen Blatt«, Catalani sei die Königin der Sängerinnen und die Sängerin der Könige. Von angeblichen Musikkennern wollte man sich ihre Konzerte dann doch nicht zerreden lassen. Es ist hoch bezeichnend, dass ein während des Kongresses gestochener Stadtplan mit den Aachener Reliquien, Heiltümern und Preziosen im Rahmen von einer Vignette geziert wird, die Angelica Catalani in der Mitte eines Trios von Künstlern zeigt (siehe Abb. 1).

Aber es gab auch unter den »Nichtprofessionellen« Menschen, die ihr mit Reserve gegenüberstanden. Für Gentz beispielsweise war sie schlicht »gemein«[9] – mutmaßlich allerdings weniger aus musikalischen Gründen, sondern wegen eines Vorfalls in Franzensbad, der, wohl nicht ohne Gentz' Zutun, in die Presse gelangt und Catalani heftig gegen ihn eingenommen hatte[10]. Aber lässt man solche sich der persönlichen Animosität schuldenden Urteile einmal beiseite: Dass die Catalani den Höhepunkt ihrer Karriere überschritten hatte und in der blutjungen französischen Mezzosopranistin Maria Malibran schon eine neue *primadonna* nachwuchs, war in der musikalischen Welt einhellige Meinung.

Angelica Catalani war der unbestrittene Star des Aachener Musikherbstes, die »Krone« der Musikwelt, die sich in Aachen versammelte, wie die lokale Zeitung es formulierte[11], mit deren Ausstrahlung die männlichen Sänger wohl nicht ganz mithalten konnten: Der Prominenteste von ihnen war der französische Bariton Pierre-Jean Garat, der, 1792 in Bordeaux geboren, 1818 schon zu den Routiniers im Konzertsaal gehörte – er war ein reiner Liedsänger und in seinem Repertoire auf die Werke Christoph Willibald Glucks spezialisiert. Er erregte nach wie vor seines ungewöhnlichen Stimmumfangs wegen, der ihm sogar erlaubte, Sopranarien zu singen, ungeteilte Bewunderung. Neben ihm weilte der niederländische Bassist (und Komponist) Mees in Aachen, über dessen Auftritte allerdings wenig bekannt ist. Die aus dem Großherzogtum Baden, wo sie am Karlsruher Hoftheater wirkte, nach Aachen geeilte Sopranistin Katharina Gervais, die in Opern wie »Titus« oder »Johanna von Paris« Partituren sang (und generell im dramatischen Fach ihre größten Triumphe feierte), wurde in der lokalen Presse ihrer musikalischen Ausdruckskraft und ihrer schauspielerischen Fähigkeiten wegen gerühmt[12].

Es gab noch andere Stars, die allerdings nicht ihre Stimme, sondern Instrumente einsetzten. Meyer zählt mehr als ein halbes Dutzend »Tonkünstler« auf, die bei verschiedenen Gelegenheiten als Solisten auftraten. So der aus Turin stammende, gerade erst siebzehnjährige Violinist Léon de Saint-Lubin, eines der »Wunderkinder« jener Jahre, der bereits in Dresden und anderswo im nördlichen und östlichen Deutschland Triumphe gefeiert hatte; so auch der in Band 21 der *Allgemeinen Musikalischen Zeitung*[13] als zarter und bildschöner Knabe angeführte Carl Larsonneur, der – ebenfalls ein »Wunderkind« – schon im Alter von sieben Jahren seine ersten Violinkonzerte gegeben hatte. Die Überfülle an »Wunderkindern« ging manchen, wie etwa Metternich, freilich auf die Nerven.

Dann waren da die Gebrüder Anton und Maximilian Bohrer aus München, beide Kammermusiker, Cellist der eine, Geiger der andere, die bei Konzerten in aller Regel als »Pärchen« auftraten[14] und am 10. Oktober ihr eigenes Doppelkonzert für Violine und Cello zu Gehör brachten[15]. In der Regel gemeinsam bestritten auch die Gebrüder Bender ihre Konzerte, beide erste kaiserlich-russische Hofklarinettisten; an ihrem »schönen Klarinettenkonzert« am 8. November nahm etwa der westfälische Oberpräsident Vincke teil[16]. Viel Aufmerksamkeit fanden die Auftritte eines anderen Geschwisterpaars: der fünfzehnjährigen Sopranistin Katharina Sigl aus München und ihres sechsjährigen Bruders, der sie auf dem Cello begleitete[17], wobei die lokale Presse sich sogar dazu verstieg, der Sängerin eine Entwicklung bis zum Niveau Catalani zu prognostizieren[18]. Die Sigl wirkte auch mit bei einem Konzert des (schon genannten) niederländischen Hofkomponisten Mees und des Sängers Sarrat am 3. November[19].

Nicht zu vergessen ist der Flötist Anton Bernhard Fürstenau (1792–1852), auch er ein »Wunderkind«, das seit seinem siebten Lebensjahr Konzerte gegeben hatte und in Prag auf einer seiner Tourneen mit Carl Maria von Weber in freundschaftlichen Kontakt trat. 1826 unternahmen die beiden eine Konzertreise nach London, wo Weber verstarb[20]. In Aachen traten Vater und Sohn Fürstenau wiederholt auf[21]. Neben solchen (älteren und jungen) »Routiniers« mit großer Konzerterfahrung kam auch der künstlerische Nachwuchs zu seinem Recht, etwa in Gestalt des Harfenisten Franz Stockhausen[22]. Ob es sich bei dem von Meyer erwähnten Musiker Romberg – eine weitverzweigte westfälische Musikerfamilie – um den Cellisten Bernhard (1767–1841) handelte oder seinen Cousin, den Violinisten Andreas (1767–1821), muss offenbleiben.

Aber unabhängig davon: In Aachen versammelten sich Spitzenmusiker für fast alle damals geschätzten Instrumente, Virtuosen der Streich- und der Blasinstrumente, die man in dieser Dichte und dieser Konzentration sonst kaum angetroffen haben dürfte. Die Presse vermeldete zwar nur ausnahmsweise einmal etwas von den gespielten Stücken, aber das war für das »normale« Publikum vielleicht sogar eher zweitrangig: Es erfreute sich schlicht an der Virtuosität dieser Musiker.

Neben den »praktizierenden«, also reproduzierenden und interpretierenden Musikern standen – wie in Wien – etliche Komponisten, die mit potenziellen Mäzenen und zukünftigen Auftraggebern in Kontakt zu kommen suchten: kein Beethoven unter ihnen, aber doch Komponisten, die man dem oberen Mittelfeld oder sogar der erweiterten Spitze zuordnen könnte. Friedrich August Burgmüller ist hier zu nennen, zwar auch ein hervorragender Pianist, der am 9. Oktober im Redoutensaal ein Konzert mit unter anderem einer Vertonung von Schillers »Glocke« gab[23], wobei die offenbar besonders zahlreichen Zuhörer die Musik mit dem Text des Gedichts in der Hand verfolgten. Burgmüller ist aber vor allem als Kapellmeister und als Musikorganisator bekannt geworden, Mitveranstalter etwa des Niederrheinischen Musikfests, in das einige Jahre nach dem Kongress auch Aachen als Standort neben Düsseldorf und Köln integriert wurde. Für den Dirigenten wurde der Aufenthalt in Aachen auch deswegen von Bedeutung, weil er hier in engeren Kontakt zu Angelica Catalani trat, mit der er 1819 eine sehr erfolgreiche Konzerttournee durch Nord- und Westdeutschland unternahm[24] und die er wenigstens in Osnabrück und Bremen am Klavier begleitete.

War Burgmüller auch als Pianist hervorgetreten, so war es bei dem französischen Komponisten Charles Philippe Lafont die Violine, die er geradezu meisterhaft beherrschte, sodass in den Musikzeitschriften der 1820er- und 1830er-Jahre gelegentlich Vergleiche mit Paganini angestellt wurden. Lafont wurde vor allem in den Jahren nach Aachen zu einem der gefeiertsten, im Übrigen auch hochdekorierten Komponisten des Kontinents, der – hier kommt Angelica Catalani erneut ins Spiel – auch einige Stücke für die Primadonna komponierte.

Und man gab sich in Aachen sogar »avantgardistisch«. Der damals »hochberühmte«, wie die Presse immer wieder versicherte[25], »Akustiker« Friedrich Kaufmann (1785–1866) präsentierte den Aachener Bürgern seine von ihm entwickelten neuen Instrumente[26] – darunter das Balloneon, das Harmonichord, das Chordaulodion und den mechanischen Trompeter –, die er auf seinen Werbereisen »durchzusetzen« versuchte. Theodor von Haupt, der an manchen Solisten, die in Aachen auftraten, durchaus Kritik übte, erschien die *performance* Kaufmanns geradezu als ein Höhepunkt des »Musikherbstes«[27].

Zum größeren Teil fanden die Musikveranstaltungen in – von der Akustik her nicht optimalen – Sälen der Neuen Redoute statt, nicht im Städtischen Schauspielhaus, das im Prinzip ein »Hybrid« war, eine Sprech- und Musikbühne. In den Wochen vor Kongressbeginn waren durchaus auch Opern zur Aufführung gelangt, so etwa der 1813 uraufgeführte »Bergsturz«, ein Werk des damals höchst erfolgreichen und produktiven österreichischen Komponisten Joseph Weigl[28]. In der Zeit des Kongresses scheinen die Opern und Singspiele gegenüber den Sprechstücken aber doch in den Hintergrund getreten zu sein. Unmittelbar vor Sitzungsbeginn wurde Rossinis »Tancred« gegeben[29], am 5. Oktober »halb gut, halb mittelmäßig«, wie der Rezensent der *Stadt Aachener Zeitung* befand, Mozarts »Hochzeit des Figaro«[30], am Gedenktag der Völkerschlacht Mozarts »Titus«[31].

Nicht unterschlagen werden soll – Theodor von Haupt berichtet darüber[32] –, dass an zwei Abenden offenbar besonders gut besuchte Ballettaufführungen eines »détachement« des Pariser Balletts die Anwesenden begeisterten.

*

Der Skizzierung des sehr lebhaften Musiklebens in der Gemengelage von Bürgerschaft und höfischer Gesellschaft sollen noch einige Worte zum Sprechtheater in den fraglichen Wochen angeschlossen werden. Mit dem Wiener Theaterleben mit gleich mehreren ständig bespielten Häusern konnte Aachen natürlich keinen Vergleich aufnehmen, aber wie dort wurde auf der Bühne des Städtischen Theaters wohl vor allem leichte Kost serviert, etwa – worüber sich ein so ernster Mann wie Freiherr Vincke höchst amüsiert zeigte – eine Komödie, in der der Schauspieler Albert Alois Wurm[33] eine Doppelrolle spielte. Wahrscheinlich handelte es sich um das Stück »Doppel-Papa«, das auch in der lokalen Zeitung positiv rezensiert wurde[34]. Stücke wie Kotzebues Lustspiele »Der Rehbock« und »Der Leinweber« oder die Komödie »Der Schauspieler wider Willen« beherrschten weitgehend die Szene[35].

Aber es wurden auch »seriöse« Stücke gegeben, so etwa, schon seit dem 15. September zum Repertoire zählend[36], Schillers »Wilhelm Tell« unter einem prominenten Regisseur[37]. Der »Tell«, letztmals wohl am 14. November auf der Bühne[38], wurde am 17. November von den »Räubern« abgelöst[39]. Die Aachener Bühne wurde zu einem wahren »Schiller-Theater«, denn den »Räubern« folgte unmittelbar der »Fiesco«[40]. Alles in allem waren die Theateraufführungen aber keine *highlights* des Aachener Kulturherbstes, weil es dem Theater schlicht an zu vielem mangelte: an Dekorationen, Ausstattungsgegenständen, der Bühnentechnik, von der viel zu kleinen Bühne ganz abgesehen.

Im weiteren Sinn dem »Theater« zugeordnet werden muss schließlich noch eine Lesung der Schriftstellerin, Schauspielerin und »Deklamatrice« Elise Bürger (1769–1833), der – inzwischen wieder geschiedenen – dritten Ehefrau des Dichters Gottfried Wilhelm Bürger. Sie trat Ende Oktober in der Redoute mit eigenen Werken und solchen

Dritter[41] und dann noch einmal am 6. November[42] auf. Die skandalumwitterte Schwäbin hat ganz sicher ihr Publikum gefunden; kein Zufall deswegen, dass sie in einem privaten Zirkel der Fürstin Thurn und Taxis noch einmal auftrat[43]. Sie war ein Star; kein Zufall deswegen auch, dass der Stecher sie auf dem oben erwähnten Stadtplan neben Angelica Catalani platzierte.

# Die politischen Ergebnisse

Die zentrale Quelle für den Verlauf der Verhandlungen sind die von Friedrich Gentz geführten, in französischer Sprache gehaltenen Sitzungsprotokolle. Ihnen beigeschlossen sind Dokumente, die aus den Sitzungen hervorgegangen sind, und solche, die für die Meinungsbildung des Gremiums aus dem inneren Kreis der Teilnehmer angefertigt wurden; auch Informationen an die Mitglieder der Pariser Botschafterkonferenz wurden hier niedergelegt. Die knappen Ergebnisprotokolle, die im Allgemeinen nicht mehr als zwei Seiten umfassten[1], wurden nach Billigung durch die Anwesenden einige Tage später in der – gemäß der französischen Sprache – alphabetischen Reihenfolge[2] der Staaten unterschrieben.

Die Sitzungen fanden im Prinzip täglich statt, es gab aber auch – so beispielsweise vom 4. bis 7. Oktober – sitzungsfreie Tage, die sich in diesem Fall den Verhandlungen des Herzogs von Wellington mit britischen und niederländischen Bankhäusern schuldeten[3]. Gelegentlich, so am 9. Oktober[4] und dann gegen Ende des Kongresses, fanden abends weitere (protokollierte) Sitzungen statt; es gab außerdem informelle Treffen, etwa am 31. Oktober und am 1. November, die nicht protokolliert wurden. Über den Teilnehmerkreis wurde an anderer Stelle bereits gesprochen.

*

Es war wohl der sehr begrenzten Zahl der Teilnehmer zuzuschreiben, dass von den Konferenzen so gut wie nichts an die Öffentlichkeit drang. Das Volk, die professionellen Journalisten zumal, von denen etliche aus England angereist waren, hatten sich wohl erhofft, dass Interna schneller *à jour* gebracht oder gar schon, wie in Wien, parallel zu den laufenden Verhandlungen wichtige Dokumente im Druck erscheinen würden. Meyer beliebte es anzumerken: »Ein undurchdringlicher Schleier verbarg dem lüsternen Publikum die Resultate, welches [...] dem Ausgang der Staatsangelegenheiten mit langwieriger Sehnsucht entgegen sah«[5]. Die Vertraulichkeit der Beratungen ist in Aachen in einem ganz ungewöhnlichen Maß gewahrt worden.

Erst am 27. Oktober, also knapp vier Wochen nach Beginn der Verhandlungen, wurde das erste Dokument – die Konvention über die Räumung des französischen Territoriums[6] – der Öffentlichkeit bekannt gemacht; das »Schlussprotokoll« vom 15. November, das in fünfhundert Exemplaren auch gedruckt wurde[7], brachte die lokale Zeitung erst mit zehntägiger Verspätung ihren Lesern zur Kenntnis, dann allerdings in »offizieller« Übersetzung[8], die von Gentz überprüft worden war. Auch frühere Dokumente wurden erst nach dem 25. November – in diesen Fällen immer in deutscher Sprache – veröffentlicht[9].

Die von allen Delegationen getragene Selbstverpflichtung, mit dem Veröffentlichen von Dokumenten bis nach Kongressende zuzuwarten, ist weitestgehend beachtet worden. Bis zu diesem Termin hatte die *Stadt Aachener Zeitung* allenfalls einmal über Gerüchte berichtet, die – vornehmlich in Pariser Blättern – zum Abzug der alliierten Armee oder zur Schuldenregelung veröffentlicht worden waren. Die Vereinbarung über den Truppenabzug vom 9. Oktober hatte das Aachener Periodikum beispielsweise aus dem französischen *Monteur* übernommen und mit knapp dreiwöchiger Verspätung nachgedruckt. In Frankreich hatte man das allergrößte Interesse daran, dass diese Nachricht rasch publik wurde, sodass die undichte Stelle in der französischen Delegation vermutet werden muss. Die Abschottung der Konferenz nach außen war für die französische Seite vor allem deswegen ein Problem, weil in Frankreich am 20. Oktober Wahlen stattfanden und die Regierung liebend gern vorher mit einer Erfolgsmeldung aufgewartet und ein positives Echo erwirkt hätte.

Aachen, das sollte verdeutlicht werden, war keine »öffentliche Veranstaltung« *à la Viennoise* mehr, mit Aachen brach sich das Moment der Vertraulichkeit und damit, wenn man denn so will, die Geheimdiplomatie wieder Bahn. Für die angereisten Journalisten blieb über Wochen hinweg nur, über Gerüchte zu berichten oder über das kulturelle und gesellschaftliche Rahmenprogramm des Kongresses. Auch Gentz, der eine regelmäßige Korrespondenz mit dem Redakteur des *Oesterreichischen Beobachters,* Pilat, unterhielt, ging über Atmosphärisches oder das Rahmenprogramm nie hinaus. Als ein Hamburger Blatt unautorisiert vorzeitig das Dokument vom 9. Oktober veröffentlichte, führte das zu einer sehr strengen internen Untersuchung, wo die »undichte« Stelle zu verorten sei [10].

Mit dieser strikten Vertraulichkeit, der sich die Teilnehmer – der »Medienprofi« Gentz eingeschlossen [11] – verpflichtet fühlten und unterwarfen, korrespondierte ein offenbar von vielen als sehr angenehm empfundenes Klima. Nach den ersten Sitzungstagen sprach Metternich davon, er habe noch nie einen angenehmeren (»plus joli«) kleinen Kongress erlebt als diesen, der sein Blut gar nicht in Wallung bringe.

Diese Einschätzung mag nicht nur der Vertraulichkeit und der sehr begrenzten Teilnehmerzahl geschuldet sein, sondern auch darin gründen, dass es nach der »konservativen Wandlung« des Zaren zu den ganz großen Auseinandersetzungen – wie denen über die Sachsen-Polen-Problematik in Wien – in Aachen nicht kommen sollte. Metternich schien es nach Abschluss der Beratungen angebracht, davon zu sprechen, dass die Ergebnisse den Ministern »honneur en Europe« machten, auch weil es einen »parfait accord« zwischen den Delegationen gegeben habe. Alles habe sich gewissermaßen von selbst ergeben[12]. Ob allerdings hier die Meinungsverschiedenheiten nicht doch allzu sehr bagatellisiert wurden? Ob Gentz' Tagebuch nicht doch zuverlässiger ist, in dem an mehr als einer Stelle »ernsthafte Unannehmlichkeiten« erwähnt sind[13]?

*

Wenn man sich die kontrovers anmutenden je bilateralen Vorberatungen der Repräsentanten der Vier über die Form und die Agenda des Kongresses vergegenwärtigt, melden sich in der Tat leichte Zweifel, ob Metternich und andere nicht ein Ereignis schöngeredet haben, bei dem es nicht immer harmonisch zuging. Schon bei der Tagesordnung tauchten Meinungsverschiedenheiten auf, zum Beispiel darüber, ob deutsche Territorialstreitigkeiten durch den Kongress und damit einen Oktroi der Großmächte abschließend entschieden werden sollten, ob und wie man die in London und Paris von den dortigen Botschafterkonferenzen verhandelten Angelegenheiten nach Aachen ziehen solle, ob man nicht doch die Gunst der Stunde nutzen und bei der Kodifizierung des Völkerrechts einen Schritt weiterkommen solle. Denn der Erwartungshorizont der »Öffentlichkeit« war ja hochgesteckt: Die Publizisten waren fast *unisono* für eine möglichst ausgedehnte Tagesordnung eingetreten, um all die vermeintlichen Defizite von »Wien« jetzt, auf diesem neuen Kongress, zu beheben.

Dass das Gesamtpaket der »französischen Frage« ganz

obenan auf der Agenda zu stehen hatte, war bei alledem unumstritten – sie war schließlich der unmittelbare Anlass für die Einberufung dieses Fürsten- und Regierungstreffens gewesen. Am prominentesten dabei und unmittelbar nach Beginn der Beratungen in einem Protokoll festgehalten war, dass das bourbonische Frankreich von der Besatzungsarmee komplett befreit werde. Dieses Thema hatte, auch in der Presse, schon seit Wochen die Runde gemacht, und es galt als ausgemacht, dass diese Entscheidung so und nicht anders fallen werde, zumal sie durch Andeutungen Wellingtons in Frankreich[14] und durch Indizien wie den Verkauf der Pferde der britischen Soldaten genährt worden war. Hier war unter den Vier Mächten Einmütigkeit angesagt, es ging allenfalls noch um den Zeitpunkt des Abzugs der Truppen und um die Art und Weise, wie man das nach außen kommunizieren würde.

Das heißt indes nicht, dass diese Entscheidung zwischen den »Siegermächten« *völlig* unstrittig gewesen wäre. Die unterschiedlichen Positionen wurden in den ersten Sitzungen in eingehenden Befragungen des Herzogs von Richelieu zur innenpolitischen Situation in Frankreich, insbesondere zu den politischen Spannungen zwischen dem König und seinem Bruder, aktenkundig. Von absoluter Einigkeit, dass Frankreich erfolgreich einen Reifeprozess hinter sich gebracht habe, es nun immun gegen neue revolutionäre Eskapaden sei und dass von diesem Gemeinwesen in Zukunft keine »Gefahr« für die europäische Staatenlandschaft mehr ausgehen werde, konnte keine Rede sein. Zwischen den Zeilen in den einschlägigen Protokollen lassen sich durchaus Reste von Skepsis ausmachen. Sogar die Möglichkeit einer Wiederaufnahme des Krieges schwang in den offiziellen Aachener Dokumenten noch mit. Aber es war ein Gebot der Stunde, die als ehrabträglich eingeschätzte und der eigenen Sicherheit und der Sicherheit Europas wegen verfügte Teilbesetzung Frankreichs nach drei Jahren zu beenden und die Verbände der Observationsarmee zurückzubeordern. Bezeichnend für die Stimmung in der Ministerrunde war, dass man sich auch nach der Grundsatzentscheidung »Beendigung der Teilbesatzung« anhaltend Gedanken darüber machte, welche Vorkehrungen für den Fall einer neuerlichen Militarisierung und Aggression Frankreichs zu treffen wären.

Formal vollzog sich die Entscheidung nach einer Anhörung Richelieus in der allerersten Sitzung der Minister am 30. September, in der er, bereits im Juli eingeladen, die Bitte seines Monarchen vortrug, die Teilbesetzung Frankreichs so bald als möglich – »le plustot possible« – zu beenden. Trotz aller weiter bestehenden Vorbehalte war das für die Minister letztlich kein Stolperstein mehr, zumal das Protokoll betonte, wie intensiv man sich schon im Vorfeld des Kongresses über diese Frage ausgetauscht habe. Freilich thematisierte man auch schon hier den inneren Zusammenhang von Begleichung der Schulden und militärischem Rückzug.

Die Aufhebung des Besatzungsstatuts in dem Protokoll vom 3. Oktober 1818[15] und damit die Bestätigung, dass Frankreich sämtlichen Artikeln der Konvention vom 20. November 1815 nachgekommen sei, datiert als förmliche Verfügung vom 9. Oktober 1818 – das erste von sechs zentralen Dokumenten des Kongresses. Es wurde dem französischen Bevollmächtigten Richelieu am 4. November offiziell überstellt. Dass diese Konvention, die in ihren sieben Artikeln den Termin der Räumung Frankreichs festlegte und sich mit den Festungen und dem Zusammenhang von militärischem Rückzug und Schuldenregelung befasste, nur wenige Tage nach Beratungsbeginn verabschiedet wurde, war als eine Art Vertrauensvorschuss zu verstehen. Die Entscheidung war durch eine kleine, von Wellington geleitete Kommission vorbereitet worden, die sich auf die Eindrücke des Oberkommandierenden der Beobachtungsarmee und auf die Berichte der in Paris residierenden Botschafter der Vier stützte.

Mit der Umsetzung des Rückzugs der alliierten Truppen wurde Wellington betraut. Es war nicht nur eine logistische Herausforderung, sondern auch eine soziale – 120 000 jetzt Arbeit suchende Soldaten, die in ihre erschöpften Heimatländer zurückströmten! – und ungewollt und indirekt auch ein Beitrag zur Wiederaussöhnung und Völkerverständigung: Einer Notiz in der *Stadt Aachener Zeitung* zufolge sind nicht weniger als 1500 Eheschließungen französischer Frauen mit britischen Soldaten zustande gekommen, und die Französinnen folgten ihren Männern jetzt in aller Regel auf die Insel[16]. Die Kehrseite eines – in französischen Augen – Ärgernisses.

Mehr Mühe bereitete das zweite Kardinalproblem. Die Regelung der französischen Restschulden war das andere große Thema, das die Minister zu beschäftigen hatte – in diesem Punkt war die Front deutlich weniger geschlossen. Schon die Übernahme der Kosten für Verpflegung und Kleidung der Soldaten der Beobachtungsarmee wurde kontrovers diskutiert. Für die wegen Transportunfähigkeit im Land bleibenden Soldaten wurde zwar eine Übergangslösung gefunden[17], aber für die Begleichung der Restschuld der ursprünglich siebenhundert Millionen Franken umfassenden Kontribution gestaltete sich eine Regelung um Längen schwieriger. Von daher erklären sich auch die erheblichen Fristen zwischen der Entscheidung vom 30. September/1. Oktober und ihrer förmlichen Veröffentlichung erst im November.

Für die französische Delegation war auch die Schuldenregelung ein *point d'honneur.* Die Bankiers und Finanzexperten, die die Minister mitgebracht beziehungsweise die sich in Aachen eingefunden hatten, sahen das freilich gänzlich anders. Zwar wurde schon früh eine Einigung im Prinzipiellen erreicht, die die Restschuld Frankreichs in Wechselbriefe auf zwei renommierte Bankhäuser aufsplittete – die eng miteinander verflochtenen Banken Baring in London und Hope in Amsterdam, die 165 Millionen Franken garantierten – und eine (schnell gezeichnete) französische Anleihe auf dem Kapitalmarkt über hundert Millionen.

Diese Reduktion konnte – ein Beispiel, dass in den Konferenzen, wenn es denn sein musste, auch das Mehrheitsprinzip bemüht wurde – nur gegen den hartnäckigen Widerstand Preußens beschlossen werden. Der erhebliche Schuldenschnitt und der Verzicht auf sofortige Barzahlung stießen bei Hardenberg auf massiven Gegenwind, umso mehr, als mit den zu erwartenden finanziellen Zuflüssen in Berlin bereits fest gerechnet worden war. Dass Richelieu die Zahlungsverpflichtungen noch weiter zu reduzieren suchte, war sein gutes Recht. Er bediente sich dabei unter anderem auch einer von den beteiligten Mächten beschickten Expertenkommission[18].

Nach Börsenspekulationen – hier spielten allem Anschein nach die Rothschilds eine Schlüsselrolle – und einem dadurch bedingten Kursverfall des Franken musste aber in der ersten Novemberdekade noch einmal nachverhandelt werden[19]. Am Ende wurde – ein weiteres erhebliches Entgegenkommen gegenüber Frankreich – der Termin für die Tilgung der Restschuld von September 1819 auf Juli 1820 verlängert[20]. Mit dieser Prolongation konnte die Pariser Regierung alles in allem recht gut leben. Die französische Restschuld von 265 Millionen Franken wurde als solche freilich nicht mehr zur Disposition gestellt[21]. Das sogenannte Zusatzprotokoll vom 19. November 1818 ist das zweite zentrale Dokument des Kongresses.

Der dritte zentrale Beratungspunkt war, wie Frankreich trotz des Abzugs der Beobachtungsarmee für den Fall der

Fälle weiter unter Kontrolle gehalten werden könne. Hier gab es verschiedene Denkmodelle, unter anderem das, die Nachbarn – also etwa die Niederlande oder den Deutschen Bund – zur Stellung von Kontingenten zu veranlassen, die erforderlichenfalls sofort eingreifen könnten. Es lag auf der Hand, dass das eines neuen Vertrags bedurft hätte, der wiederum in Frankreich neue Animositäten hervorrufen würde. Als »Ausweg« bot sich an, für den Eventualfall konkrete Verabredungen unter den Mitgliedern der Quadrupelallianz zu treffen, also unter Ausschluss einer weiteren Öffentlichkeit. Das Problem wurde dann tatsächlich innerhalb der Quadrupelallianz gelöst. Das bedeutete – ein Papier Capodistrias durchhieb diesen Gordischen Knoten – im Umkehrschluss, dass die Quadrupelallianz weder aufgelassen noch um Frankreich erweitert würde, wie Richelieu seit Anfang Oktober unter anderem in einem Gespräch mit dem Zaren gefordert hatte[22]. Das war ein Punkt, über den in Aachen intensiv und kontrovers diskutiert wurde, vor allem über den Alternativplan des Zaren, statt der Quadrupelallianz einen auf der Grundlage der Heiligen Allianz beruhenden Vertrag aller europäischen Monarchen abzuschließen, der auf eine Art kollektives Sicherheitssystem hinausgelaufen wäre[23].

Das sogenannte Militärprotokoll, auf das man sich am Ende verständigte, besagte, dass die Verbände der Vier Mächte – von jeder sechzigtausend Mann – im Fall einer als notwendig erachteten Intervention in Brüssel, Köln, Mainz und Stuttgart zusammengezogen werden und von dort nach Frankreich vorrücken sollten. Da man wenig Vertrauen in die Schlagkraft und vor allem in die Zuverlässigkeit der niederländischen Truppen hatte, sollten *in casu foederis* die belgischen Grenzfestungen von britischen Truppen besetzt werden. Es verstand sich von selbst, dass diese rein militärische, natürlich ohne Mitwirkung Richelieus verhandelte Vereinbarung Frankreich nicht förmlich bekannt gemacht, sondern in Form eines Geheimprotokolls niedergelegt wurde[24]. Eine Expertenkommission unter Wellingtons Leitung hatte es vorbereitet, der von preußischer Seite der Kriegsminister Boyen und General Müffling angehörten[25]. Das Militärprotokoll war das dritte zentrale Dokument von Aachen.

Ein Notenwechsel vom 4. beziehungsweise 12. November 1818 war die eigentliche Weichenstellung für die Zukunft. Mit der zweiten Note – dem vierten zentralen Dokument von Aachen – nahm Richelieu für seinen Monarchen die Einladung an[26], fortan an allen Beratungen über die Sicherheit und die Ruhe in Europa teilzunehmen, statt wie bisher nur fallweise und auf besondere Einladung; er unterschrieb seitdem auch die Protokolle mit und hat wenig später sogar erstmals die Funktion eines Berichterstatters über bestimmte Materien übernommen[27].

Die Formulierungen waren mit Bedacht so gewählt worden, dass Frankreich lediglich »eingeladen« wurde, sich fortan an den Konsultationen der Vier zu beteiligen; ein »Recht« auf Teilnahme wurde ihm also nicht eingeräumt. Das war seit Beginn der Aachener Verhandlungen – und auch schon in ihrem weiteren Vorfeld – der große Kontroverspunkt gewesen, weil man vor allem in Wien und in Berlin der dezidierten Meinung war, dass man vor dem Hintergrund der nach wie vor als instabil eingeschätzten Lage in Frankreich ein Mittel in der Hand behalten müsse, um gegebenenfalls wieder gegen einen revolutionären Umsturz dort vorgehen zu können. Und auch der Zar, der die förmliche Umwandlung der Quadrupel- in eine Quintupelallianz lange nachhaltig befürwortet hatte, war von diesem Gedanken mehr und mehr wieder abgerückt, je öfter ihm das überall glimmende Feuer der Revolution vor Augen geführt worden war.

Welchen Weg also würde man finden, um Frankreich zum einen zu entlasten und einzubinden, andererseits aber so weit auf Distanz zu halten, um im Eventualfall wieder militärisch eingreifen zu können? Eine militärische Intervention wäre schlechterdings nicht mehr möglich, wenn Frankreich Mitglied einer Quintupelallianz würde – ein abstruses Gebilde, das zur Kontrolle Frankreichs eingerichtet worden war und so unter der Hand zu einem politischen Instrument der vollen Gleichberechtigung des Bourbonenstaats mutieren würde. Am Ende standen die Vier Mächte, die britische Regierung ausdrücklich eingeschlossen, der förmlichen Aufnahme Frankreichs in die Quadrupelallianz einmütig entgegen.

In einem wohl von Gentz und Capodistria gemeinsam entworfenen Geheimvertrag vom 11. Oktober – tatsächlich hatte das Dokument eher den Charakter eines geheimen Protokolls –, der Richelieu nicht förmlich mitgeteilt wurde, erneuerten die Vier statt jeder Änderung ihren alten Vertrag vom November 1815, schlossen Frankreich ausdrücklich aus und behielten sich vor, im Fall revolutionärer Unruhen nach vorheriger Abstimmung der vier Kabinette wieder einzugreifen. Von dem diesen »Geheimvertrag« ergänzenden geheimen Militärprotokoll war oben schon die Rede. Das geheime Protokoll zur Verlängerung der Quadrupelallianz war das fünfte zentrale Dokument von Aachen.

Der zweite Schritt war allerdings, einen Staat, der ob seiner schieren Größe und Bedeutung nicht auf Dauer abseits gelassen werden konnte, in *irgendeiner* Form wieder in den Kreis der Großmächte zu integrieren. Hierfür erfand man in langen Sitzungen in Abwesenheit Richelieus Mitte Oktober das Konzept des »Konzerts der Mächte« – *concert pacifique* –, eines Verbunds, der fortan als Gremium den Anspruch erheben sollte, die Geschicke der europäischen Politik zu lenken. Die Idee eines Frankreich einschließenden »Konzerts« *neben* der weiterhin bestehenden Quadrupelallianz, schon im Sommer Metternichs allererste Option[28], war nicht der endgültige Schlussstrich unter die Ära der Revolution und Napoleons, umso weniger, als damit Frankreichs Erwartungen nicht erfüllt wurden. Aber auf der anderen Seite kamen, wie schon im Ersten Pariser Frieden, die »Siegermächte« Frankreich deutlich entgegen und vermieden es, dass die Emotionen dort weiter anwuchsen und das Land sich in eine Pariaposition abgedrängt fühlte. An diese Politik war jetzt wieder anzuknüpfen.

Das seit dem 12. Oktober diskutierte Konstrukt eines »Konzerts der Mächte« war eine Art diplomatisches Meisterwerk. Dass die rasche Reintegration Frankreichs in das europäische Großmächtesystem auch dazu diente, die Dynastie zu stärken, die als Garant der Stabilität in Frankreich eingestuft wurde, bleibt davon unberührt. Irgendwelche Maßnahmen mit Bezug zur Heiligen Allianz erübrigten sich, weil Ludwig XVIII. schon wenige Wochen nach ihrem Abschluss, am 19. November 1815, beigetreten war[29].

Das »Protokoll«, das diese Regelung in seine Form brachte, war seit dem 6. Oktober gemeinsam von Wellington und Gentz ausgearbeitet worden, also ohne russische Beteiligung. Die russischen Bevollmächtigten Nesselrode und Capodistria, von denen lange befürchtet worden war, sie würden dieses Prozedere zu unterlaufen suchen, erklärten sich schon nach kurzer Zeit damit einverstanden. Das Protokoll war ein Kunstwerk. Formal bezog es sich auf den »Konsultationsartikel« der Quadrupelallianz, die ausdrücklich erneuert wurde. Dieses Konstrukt, mit dem Frankreich in die »neue Friedenskultur eingebunden und gewissermaßen sozialisiert wurde«[30], wurde in Gestalt einer »öffentlichen Erklärung« der politischen Welt zur Kenntnis gebracht und damit faktisch Bestandteil des Völkerrechts.

Diese »Déclaration«[31] war das sechste zentrale Dokument des Kongresses. Sie war – neben dem »Einladungsschreiben« – jene Willensbekundung der Vier Monarchen, mit der sie ihre Bereitschaft zum Ausdruck brachten »d'associer la France à l'union des quatre puissances et au systeme générale de l'Europe«[32]. In diesem Dokument ist zum ersten Mal von der »union des *cinq* puissances« die Rede. Der Begriff »Konzert« sollte sich erst nach einer gewissen Zeit voll durchsetzen.

Die *Déclaration* war nach den langen Verhandlungen am 15. November 1815 approbiert worden[33]. Sie zielte, kaum zufällig, darauf ab, den anderen Staaten jeden Verdacht zu nehmen, hier werde ein neues politisches System begründet, und ihnen gleichzeitig zu versichern, das Ziel bleibe dem von 1815 gleich, nämlich »le maintien de la paix«, die Beachtung der »principes du droit des gens«, »l'indépendance de chaque gouvernement« und die Stabilität in Europa. Auch bei ihren zukünftigen Treffen, die sie ihrer eigenen Interessen wegen abhalten würden oder auf Bitten eines dritten Staates, die also fallweise und nicht periodisch stattfänden, werde es immer nur um ein Ziel gehen: um den »repos du monde«, um Ruhe.

Ihre Verantwortung gegenüber Gott und ihren Völkern schrieb den Monarchen geradezu zwingend die Wahrung von Recht, die Prosperität ihrer Länder und die Beförderung der Religion vor. Indem man keinen Zweifel daran ließ, als Gruppe eine Gesamtverantwortung für Europa zu haben und wahrzunehmen, suchte man zugleich jeden Argwohn auszuräumen, den Kontinent in irgendeiner Weise umzugestalten – das hätte dann auch zu sehr an den verhassten Bonaparte gemahnt. Um Russland wenigstens ein wenig entgegenzukommen, wurden am Ende des Dokuments Alexanders Lieblingsbegriffe eingeflochten: dass die Herrscher es als ihre Pflicht gegen Gott und ihre Völker ansähen, der Welt das Beispiel der Gerechtigkeit, der Eintracht und der Mäßigung zu vermitteln: »glücklich, dass es ihnen von nun an vergönnt ist, alle ihre Bemühungen auf Beförderung der Künste des Friedens, auf Erhöhung der inneren Wohlfahrt ihrer Staaten, und auf die Wiedererweckung jener religiösen und sittliche Gefühle zu richten, deren Herrschaft unter dem Unglück der Zeiten nur zu sehr erschüttert worden war«.

Schon dieser Einblick in die Phraseologie der *Déclaration* mag verdeutlichen, dass die Entstehung der Dokumente zu einem erheblichen Teil ein »Krieg um Worte und Begriffe« war und man Kompromisse machen musste, um einerseits der Sprache des Zaren Rechnung zu tragen und andererseits dem englischen Parlament keinen Anlass zum Einspruch zu geben. Die vielen Beschwörungs- und Beschwichtigungsformeln, auf die man zurückgriff, die offensichtlichen Anleihen bei Begrifflichkeiten der Heiligen Allianz lassen ahnen, dass dieses – letztlich wichtigste – Dokument von Aachen einen mühsamen Entstehungsprozess hatte.

Der »öffentlichen Erklärung« war in der Tat ein langes Tauziehen um ihre Textfassung vorausgegangen. Sie sollte und musste, wie schon gesagt, dem großen Rest der europäischen Staatenwelt, insbesondere jenen Staaten, die noch die Wiener Kongressakte mit signiert hatten, den Verdacht nehmen, dass mit dem neuen (fünfköpfigen) »Konzert« eine Instanz entstehen würde, die autoritativ über den Gang der europäischen Politik entscheiden würde. Deswegen musste zwingend eine Verbindung zur Heiligen Allianz hergestellt werden und zu ihren Postulaten Brüderlichkeit, christliche Verpflichtung der Unterzeichner, Legitimität und Respektierung der Souveränität aller Glieder des Staatensystems als Ausfluss der »Vorsehung«. Diesen »Kunstgriff«, also, wie es formuliert worden ist, die »Koexistenz der Quadrupelallianz und der allgemeinen Allianz« plausibel zu machen[34], galt es zu bewerkstelligen. Denn es gebe nur ein

Ziel aller Politik in Europa: unter strikter Wahrung des Völkerrechts Revolution und Anarchie im Staatenleben zu verhindern.

Das Ineinandergreifen der verschiedenen Bündniskreise allein schon sprachlich verständlich zu machen, war eine redaktionelle Herausforderung, aber sie war mehr als das. Man redete sich in Aachen in den ersten Sitzungen des Kongresses die Köpfe heiß, auch um die russischen Bevollmächtigten davon zu überzeugen, von einem sehr »luftigen« Memorandum, das sie als Grundlage der Beratungen verstanden wissen wollten, Abschied zu nehmen. Es gab Gegenmemoranden von britischer und österreichischer Seite, es gab verschiedene Textstufen der endgültigen Erklärung, die sich mit unterschiedlichen Gewichtungen bemühten, die Funktionalität, die Wirkmächtigkeit und die Interdependenz von Quadrupelallianz, dem (Frankreich einschließenden) »Konzert« und der die ganze europäische Staatenwelt umfassenden Heiligen Allianz zu verdeutlichen.

Und man legte die »Spielregeln« dieses neuen Konstrukts, dieser *union* fest. Die fünf »Konzert«-Mächte verständigten sich in der »Zweiten Note« und in der *Déclaration* darauf[35], künftig aus gegebenen Anlässen Treffen der Monarchen, Minister und Diplomaten einzuberufen, um über Angelegenheiten gesamteuropäischen Zuschnitts zu befinden: über den Frieden, über die Sicherheit, über die Gültigkeit der Verträge von 1815. Im Grunde lag das auf der Linie dessen, was in den zurückliegenden Jahren in Form der Botschafterkonferenzen schon praktiziert worden war und aktuell in Aachen vor sich ging.

Dass diese reklamierte Zuständigkeit des »Konzerts« für alle denkbaren europäischen Belange nicht selbstverständlich war und hinterfragt werden würde, kann kaum überraschen. Während Metternich zum entschiedenen Befürworter eines solchen Mandats wurde, waren die Briten in dieser

Hinsicht weit zurückhaltender. Es gab freilich keinen Automatismus: *Ob* eine politische Angelegenheit vor diese Instanz gezogen wurde, hing immer von der Zustimmung jedes Einzelnen ihrer Mitglieder ab. Mehr, etwa auch eine vor allem von russischer Seite betriebene Periodizität solcher Treffen, war in Aachen nicht durchzusetzen, vor allem nicht wegen starker Bedenken im Londoner Kabinett und in der britischen Öffentlichkeit, in der die Vorbehalte gegen ein zu starkes kontinentales Engagement nie zum Schweigen kamen. Vor allem der *President of the Board of Control* George Canning erwies sich in dieser Hinsicht als ein scharfer Kritiker von Castlereaghs Kurs. In seinen Statements schwangen im Übrigen auch unüberhörbar Vorbehalte mit, sich auf Dauer mit autokratischen Fürsten auf dem Kontinent einzulassen[36]. Es bedurfte des nachdrücklichen Einsatzes von Außenminister Castlereagh, um die nötige Rückendeckung für die Annahme der *Déclaration* in London und im Parlament zu finden.

Russland hatte inhaltlich mehr gewollt – es ist darauf zurückzukommen –, vor allem, den Kreis der Mitglieder dieses Areopags zu erweitern. Man dachte in St. Petersburg dabei außer an Spanien – das ist sicher! – wohl an einige »nordische« Staaten wie Schweden oder auch die Niederlande, die mit dem Haus Romanow ja dynastisch verbunden waren. Aber damit war gegen das Wiener Duo Metternich/Gentz kein Durchkommen. Am exklusiven Charakter des *steering committee* wollten die Wiener keine Abstriche machen. Und entgegen allen Befürchtungen im Vorfeld des Kongresses, die durch nebulöse Andeutungen Capodistrias weitere Nahrung erhalten hatten, setzte Russland dieses Thema auch nicht mehr auf die Tagesordnung.

Aber die angesprochenen Dissonanzen zwischen den russischen und den österreichischen Teilnehmern fanden ihre Fortsetzung in anderer Hinsicht. Über die Umsetzung der großen Vision des Zaren, die in der Heiligen Allianz ihren institutionellen Ausdruck gefunden hatte, konnte in Aachen keine Einigung erzielt werden. Alexander hatte ein mit dem Begriff der *alliance générale* umschriebenes kollektives Sicherheitssystem vorgeschwebt, dessen Herzstück die umfassende Garantie des territorialen Besitzstandes sämtlicher europäischer Staaten mit Ausnahme des Osmanischen Reiches gewesen wäre. Aber dieses Projekt erwies sich als nicht mehrheitsfähig. So blieb es aus der Einsicht heraus, ein so komplexes Thema nicht in wenigen Tagen – sogar schon nach Kongressende – bewältigen zu können, bei einer Vertagung, nicht ohne dass die russische Delegation den übrigen Kongressbevollmächtigten noch eine ausführliche Denkschrift als Reiselektüre mit auf den Weg gab. Der in der diplomatischen Korrespondenz immer wieder angesprochene Gedanke, ein solches Sicherheitssystem durch eine allgemeine Abrüstungskonferenz abzustützen[37], blieb deswegen ebenfalls Zukunftsmusik.

Es sollte noch zwei weitere Jahre, bis zum Folgekongress in Troppau, dauern, bis eine – freilich erheblich modifizierte, nun nur noch den gesellschaftspolitischen Status quo festschreibende – Sicherheitsgarantie zustande kam: in einem Protokoll, das für alle Liberalen und Demokraten zum roten Tuch schlechthin werden sollte. Weil in Großbritannien das Moment der »Sicherheit« nie derart bemüht wurde und nie eine solche Rolle spielte, tat sich hier der systemische Konflikt der Zukunft auf: Spätestens seit dem Freitod Castlereaghs war auf der Insel niemand mehr bereit, ein solches Maß an kontinentalem Engagement und die fast zur Periodizität übergehende Sequenz kontinentaler Sicherheitskonferenzen mitzutragen.

*

So stand am Ende der Aachener Verhandlungen sowohl weniger als auch mehr als das, was erwartet worden war: mehr, weil es durch die Novemberdokumente, abgeschlossen durch die Deklaration vom 15. November, gelungen war, rasch und geräuschlos das Besatzungsstatut für Frankreich zu Grabe zu tragen und den bisherigen *outlaw* weitgehend in das System einer Großmächteallianz zu integrieren, die für sich das Recht reklamierte, über alle Fragen von äußerer Sicherheit, über Friedenswahrung und strikte Einhaltung der Verträge von 1815 zu wachen; weniger, weil es nicht dazu kam, den Areopag der Großen zu erweitern und zu einem europäischen Sicherheitssystem weiterzuentwickeln, dessen Kern die Garantie der territorialen Integrität aller europäischer Staaten gewesen wäre, mit der Möglichkeit, einen Bruch zu sanktionieren. Diese Vision des Zaren, die auf seiner Anreise nach Aachen Ancillon in Berlin noch einmal befeuert hatte, wäre ein wirklicher Schritt in die Zukunft gewesen, war aber gegen Castlereaghs innenpolitisch motivierte Bedenken und den Widerstand und das Misstrauen Wiens nicht durchsetzbar.

*

Über diesem zwiespältigen Bild mit Licht- und Schattenseiten dürfen die Ergebnisse des Kongresses, die jenseits des Frankreich- und Reintegrationsproblems gewissermaßen nebenbei erzielt – oder wenigstens doch diskutiert – wurden, nicht aus den Augen verloren werden. In etwa der Hälfte der Aachener Sitzungsprotokolle tauchen Themen auf, über die ein oft kontroverser Meinungsaustausch gepflogen wurde, der freilich nur in den wenigsten Fällen zu förmlichen Beschlüssen führte. Gleichwohl war dies unter dem Gesichtspunkt des praktischen Völkerrechts von Gewicht, weil die Mächte des »Konzerts« im Sinn ihres Anspruchs, kollektiv für »Ruhe« und die Wahrung des Friedens in Europa zuständig zu sein, sofort Aufgaben wahrnahmen, für die sie sich gerade erst in den Dokumenten vom 15. November ein Mandat verschafft hatten. In der Sitzung vom 10. November hatte man sich darauf verständigt, die »peripheren« Fragen in den allerletzten Tagen des Kongresses vor seiner Beendigung zu behandeln[38].

In Wien hatte sich eine eigene Kommission mit dem diplomatischen Zeremoniell beschäftigt, einem der politisch-völkerrechtlichen Kernprobleme, die in den zurückliegenden Jahrhunderten Friedenskongresse oft wochen- und monatelang zur Untätigkeit verurteilt und die ganz normalen diplomatischen Beziehungen eminent belastet hatten und mehr als einmal in Blutvergießen eingemündet waren. Welcher Diplomat hat aus welchen Gründen den Vortritt vor anderen, welche Abstufungen von Diplomaten soll es überhaupt geben, nach welchen Kriterien sollen sich Sitzordnungen gestalten, die Formen und Farben der Sessel, die Zahl der Kutschpferde, die Begrüßung durch den Gastgeber und vieles andere, was zum Diplomatenalltag gehörte?

Im Ancien Régime hatte sich eine eigene Disziplin entwickelt, die Zeremonialwissenschaft, und die Autoren der einschlägigen Werke waren gesuchte Experten und ihre Bücher, die sich meist mit der Auflistung von Präzedenzbeispielen zu begnügen hatten, ebenso geschätzte Nachschlagewerke. Dass hier eine gründliche Reform mit dem Ziel eines allseitigen Konsenses nottat, war vielen Staats- und Völkerrechtlern sowie »Praktikern« seit Langem bewusst. Der Versuch der französischen Revolutionäre, in den 1790er Jahren die bisherigen Usancen kurzerhand außer Kraft zu setzen, war freilich noch gescheitert.

In Wien, wo Rangkonflikte ausdrücklich ausgeschlossen worden waren, hatte man in der Tat Ergebnisse erzielt, die nach lediglich drei Sitzungen darauf hinausliefen, dass drei »Klassen« von Diplomaten eingerichtet (und in Anlage 17 der Kongressakte genau beschrieben) wurden: die Botschafter, die das Recht hatten, mit dem aufnehmenden Staatsoberhaupt direkt zu kommunizieren, die Gesandten und die Geschäftsträger *(Chargés d'affaires).*

Die andere wichtige Neuregelung war, dass bei Unterschriftsleistungen unter multilaterale Verträge das Losverfahren die Reihenfolge bestimmte, nicht mehr irgendwelche Präzedenzansprüche – diese Regelung ist freilich rasch wieder hinfällig geworden und konnte sich nicht durchsetzen. Für die Reihenfolge der Unterschriften unter mehrseitige Verträge galt nun die französische Nomenklatur, also der französische Name des Entsendestaates – »Autriche« beispielsweise sollte fortan immer vor »Grande-Bretagne« oder »Russie« rangieren. Dieses Prinzip, das spiegelt, wie das Französische dem Lateinischen den Rang abgelaufen hatte, ist bis vor Kurzem universal anerkannt geblieben. Erst seit Gründung der Vereinten Nationen ist ein schleichender Prozess zu beobachten, dass die englische Nomenklatur die französische ablöst.

Die dritte fundamentale Neuerung war, dass sich der »Rang« der Diplomaten – ihre Stellung im jeweiligen örtlichen diplomatischen Korps – ganz formal nach dem Datum der Überreichung ihres Beglaubigungsschreibens bemaß, also, wie es formuliert worden ist[39], nach der Lokalisierung des Rangs am Ort der Tätigkeit. Nur der an dem betreffenden Hof akkreditierte päpstliche Nuntius als (ständiger) Doyen des diplomatischen Korps wurde von diesem rationalen Prinzip ausgenommen.

Aber es waren bei allem Fortschritt damals noch Reste einer Zweiklassengesellschaft geblieben: Über den »Ort« der Republiken in der im Prinzip monarchischen Staatenwelt war noch nicht befunden worden, das Recht, »Botschafter« zu senden, war vorläufig – wenigstens informell – weiterhin auf die »Großmächte« begrenzt worden usw. Es hatte also weiterer Handlungsbedarf bestanden, der nun allerdings nur in einer Hinsicht befriedigt wurde. Den in Wien vereinbarten drei Rangstufen wurde in Aachen eine vierte – die der *ministres résidents* – hinzugefügt[40], was aber nichts an dem Gesamtbild änderte, den Diplomaten weitestgehend von der Person des entsendenden Fürsten »abzukoppeln«. Stillschweigend wurden alle sonstigen Wiener Beschlüsse bestätigt, auch schon allein dadurch, dass die Protokolle und die Dokumente nach dem französischen Namen des Entsendestaates signiert wurden – Metternich (»Autriche«) immer an der Spitze, Nesselrode und Capodistria (»Russie«) immer als Letzte.

Die Minister haben sich in Aachen nur in einer einzigen Sitzung kurz vor Kongressende – der 45. am 21. November 1818 – mit dieser Angelegenheit beschäftigt, und aus den Protokollen geht leider nicht hervor, welche Personen im Einzelnen – aus der Entourage der Minister oder die Pariser Botschafter der Vier – für die Beschlussvorlage verantwortlich waren. Letztlich haben die Minister zwar »nur« für die eigenen Diplomaten in den Staaten des »Konzerts« die neuen Regeln vereinbart, aber diese gar nicht in eine anspruchsvolle Form gebrachten Verabredungen wurden doch rasch Gemeingut des diplomatischen Alltags – denn niemand konnte sich mit Aussicht auf Erfolg gegen den Kodex der Großmächte stellen. Die Abrundung eines Meilensteins in der Geschichte der Diplomatie und im Prozess ihrer Rationalisierung verdankte sich also einem beiläufigen Beschluss von Ministern von fünf Mächten. Die Beschlüsse von Wien waren durch die Unterschriftsleistungen fast aller europäischen Staaten sanktioniert worden, die ergänzende Regelung von Aachen verabredeten die Großen Fünf lediglich untereinander und für sich und zudem formlos.

Zwar schöpfte die Regelung von 1818 das Problemfeld bei Weitem nicht aus – die Präzisierung der Funktionen des

Doyens etwa wurde der Zukunft überlassen, und es kam ja auch nicht zu einer *vertraglichen* Sanktionierung der zeremoniellen Egalität und Parität der Staaten. Aber es ist trotzdem keine Frage, dass das Bündel der Regelungen von Wien in Verbindung mit der Aachener Ergänzung und der dort (schon wie selbstverständlich) praktizierten Handhabung der französischen Nomenklatur als eine »Revolution« eingeschätzt werden müssen und die Vormoderne ein für alle Mal überwanden. Zusammen mit der während des Aachener Kongresses in Mainz verhandelten Rhein-Schifffahrts-Konvention über die Freiheit des Flussverkehrs waren das zwei wichtige Schritte auf dem Weg zu einer Neukonturierung des Völkerrechts.

Andere ins Völkerrecht einschlagende Themen wurden angeschnitten, mündeten aber nicht in konkrete politische Schritte. So brachte der Herzog von Wellington in einer der letzten Sitzungen die Beziehungen Spaniens zu seinen (lateinamerikanischen) Kolonien in die Diskussion ein, ein Thema, dessentwegen Metternich gar glaubte, eine Reise nach Brüssel um zwei Tage verschieben zu müssen. Kolonialfragen hatten, wie oben erwähnt, die Pariser und die Londoner Botschafterkonferenzen fast in Permanenz beschäftigt. Wellingtons Vorstoß in dieser Angelegenheit war indes nicht der erste Stein, der ins Wasser geworfen wurde.

In der letzten Oktoberdekade hatte der Madrider Hof förmlich eine Vermittlung der Fünf Mächte erbeten, nachdem entsprechende Schritte in London bis dahin nicht zielführend gewesen waren[41]. Die Minister in Aachen haben freilich das spanische Ersuchen auf die fernere Zukunft verwiesen[42], eingedenk der Sprunghaftigkeit der spanischen Außenpolitik vielleicht mit gutem Grund. Auch Wellingtons Vorstoß führte letztlich nur zu einem Meinungsaustausch, der phasenweise wegen eines englischen Vorschlags, den noch loyalen lateinamerikanischen Kolonien weitgehende politische und wirtschaftliche Zugeständnisse zu machen, sehr aufgeregt verlief und, kaum zufällig, nicht in irgendein Protokoll einmündete. Aber auch die russische Gegenposition, gemeinsam die fortschreitende Auflösung des spanischen Kolonialreichs in Amerika zu verhindern, blieb weit davon entfernt, mehrheitsfähig zu werden. An solchen Differenzen ließ sich ablesen, dass die britisch-russische Partnerschaft im Rahmen der Quadrupelallianz und des »Konzerts« nicht mit ehernen Lettern geschrieben worden war.

Zu der Sitzung in Aachen, die sich mit dem Thema beschäftigte, wurde weder ein vor Ort anwesender spanischer Diplomat noch ein ebenfalls anwesender Vertreter der südamerikanischen »Aufständischen« – der Sohn des kolumbianischen Präsidenten[43] – eingeladen[44]; *à fond* wollte man in der Kürze der zur Verfügung stehenden Zeit das komplexe Thema dann offenbar doch nicht diskutieren. Das sorgte in Madrid übrigens für erhebliche Verstimmung, die sich vorab schon daran entzündet hatte, dass man dem spanischen König bedeutet hatte, dass man in Aachen nicht mit seinem Erscheinen rechne. Die Kolonialfrage wurde also in Abwesenheit des unmittelbar Beteiligten verhandelt, was bereits vor Kongressbeginn zu einem vorsorglichen Protest des (inzwischen nicht mehr im Amt befindlichen) Außenministers Pizarro geführt hatte, der zugleich verlautbarte, allfällige Beschlüsse nicht zur Kenntnis nehmen zu wollen, geschweige denn zu respektieren.

Die Unübersichtlichkeit der Lage in Madrid war es schließlich in der Hauptsache, die Wellingtons Vorstoß ins Leere laufen ließ. In der Regierung lieferten sich russland- und englandorientierte Gruppierungen heftige Grabenkämpfe und ließen keine Prognosen mehr zu. Dass Großbritannien trotz dieser Rahmenbedingungen das Thema relativ überraschend auf die Tagesordnung setzen ließ, gründete darin, dass es um seinen freien Handel mit den aufständischen Kolonien fürchtete. Aber letztlich insistierte Wellington nicht, die lateinamerikanischen Probleme zum »großen Thema« des Kongresses zu machen, umso weniger, als sich seit geraumer Zeit abzeichnete, dass London zu einer Art Drehkreuz der Verhandlungen zwischen den neuen Machthabern in Amerika und der spanischen Regierung zu werden schien[45].

Das Scheitern des ersten Versuchs des »Konzerts«, einer dritten Macht seinen politischen Willen aufzuzwingen, hatte übrigens noch ein Nachspiel – oder korrekter sogar: zwei. Das eine führte sich auf den bei Kongressende verabredeten Plan zurück, den »Mann Europas«, den Herzog von Wellington, zu einer Vermittlungsaktion nach Madrid zu senden – der Plan scheiterte schon allein an Wellingtons eigener Skepsis. Das zweite war ein in einer russisch-französischen Denkschrift erstmals fassbarer Vorschlag, vonseiten des »Konzerts« an die Vereinigten Staaten heranzutreten und sie um Mitwirkung an der Vermittlungsaktion zu bitten. Aber der in London weilende amerikanische Staatssekretär Adams ließ umgehend verlauten, dass an eine Einbindung der USA in eine Vermittlung der Fünf Mächte nicht zu denken sei. Die Reaktion war wohl auch deshalb so kategorisch, weil Adams mühelos die Absicht der Europäer erkannte, Washington so von der raschen Anerkennung von Buenos Aires abzuhalten. Zar Alexander gab sich freilich mit dieser Absage nicht zufrieden, sondern fertigte noch von Aachen aus einen Diplomaten nach Washington ab, der dort die Einladung aussprach, die USA als »christlicher und brüderlich verbundener Staat« möge sich der Heiligen Allianz anschließen. Die Washingtoner Administration schob staatsrechtliche Gründe vor, um die Diskussion darüber rasch zu beenden.

Ein anderes Thema, das – von Oelsner angesprochen und

von der Öffentlichkeit auch erwartet[46] – den Kongress in seiner Endphase kurzzeitig beschäftigte, war die Bekämpfung der Barbareskenpiraterie im Mittelmeer. Selbst in die Aachener Lokalzeitung »verirrten« sich Meldungen von Übergriffen der Seeräuber auf Handelsschiffe[47]. Der verstärkte Zugriff maghrebinischer Korsaren auf die Handelsschifffahrt im Mittelmeer und die Praxis der Versklavung einer großen Zahl christlicher Seeleute und Reisender hatte, initiiert von einer *pressure group* des englischen Admirals Sir Sidney Smith, schon den Wiener Kongress am Rande beschäftigt. Zwar war es dort zu keinerlei Beschlüssen gekommen, dass aber Handlungsbedarf bestand, war offensichtlich.

Die Bemühungen, irgendeine tragfähige Lösung des Problems zu finden, waren nach Wien[48] keineswegs abgerissen. Schließlich hatte sich auch die Londoner Botschaftergruppe seit 1817 sehr intensiv des Themas angenommen. Beispielsweise hatte Zar Alexander lange vor Kongressbeginn die Aufstellung einer internationalen Flotte – natürlich unter Einschluss russischer Schiffe! – in Vorschlag gebracht, die ihren Stützpunkt auf Menorca oder gar direkt an der nordafrikanischen Küste haben sollte[49]. Daneben gab es die im englischen *Courier* unterbreitete Empfehlung, dass die europäischen Seemächte eine gemeinsame Flotte unter einer eigenen Flagge ausrüsten sollten, die permanent vor den Häfen von Algier, Tunis und Tripolis kreuzen und Piratenschiffe aufbringen würde[50]. Vorschläge mehr oder weniger realistischer Art lagen zuhauf auf dem Tisch, auch vor Ort, in Aachen, so etwa ein Diskussionspapier des russischen Außenministers Capodistria, der, am östlichen Mittelmeer und in den Grenzen des Osmanischen Reiches aufgewachsen, wusste, wovon er sprach, wenn er im Anschluss an ein Memorandum Castlereaghs für die Aufstellung einer »Seepolizei« zum Schutz des Handelsverkehrs plädierte.

Aber der Druck, den Kongress um den 15. November zu beenden, verhinderte konkrete (militärische oder politische) Maßnahmen, des Problems Herr zu werden, und so verpuffte auch diese Initiative ohne Wirkung. Man überlegte stattdessen, die Lösung des Problems den auf der Insel Kussa wieder zu installierenden Malteserrittern zuzuschieben und bei der Pforte vorstellig zu werden, ihren Einfluss in den selbstbewussten Barbareskenstaaten geltend zu machen. Formal wurde die weitere Diskussion der Angelegenheit an die Londoner Botschafterkonferenz zurücküberwiesen[51], die sich auch mit einer Denkschrift des österreichischen Kabinetts beschäftigen sollte, in der die Kosten eines gemeinsamen Seeunternehmens beziffert worden waren[52]. Außerdem wurden die Regierungen in London und Paris aufgefordert, bei den Barbareskenstaaten mit der unmissverständlichen Forderung vorstellig zu werden, die Piraterie-Aktivitäten sofort einzustellen, andernfalls ganz Europa gegen sie vorgehen werde[53] – eine Drohgebärde, die mutmaßlich nur wenig Eindruck machte. Übrigens beschäftigte sich der Kongress wenigstens am Rande auch noch mit einem anderen Schwerpunkt der internationalen Piraterie: der im karibischen Raum[54].

Auch in der Frage des Sklavenhandels, für dessen Beendigung in Wien den betroffenen Staaten großzügige Übergangsfristen konzediert worden waren, kam man nicht weiter, ganz zu schweigen von dem von interessierten Kräften immer wieder einmal ventilierten Versuch, nicht nur den Sklavenhandel, sondern die Sklaverei generell zu verbieten und ins völkerrechtliche Abseits zu stellen. Das Thema war seit dem wahren »Trommelfeuer« von Memoranden und Druckschriften, dem die britischen Abolitionisten die Wiener Protagonisten ausgesetzt hatten, nicht mehr von der Tagesordnung des öffentlichen Diskurses verschwunden.

Die britischen und sonstigen Interessenvertreter waren überzeugt, in Alexander I. einen Sympathisanten gefunden zu haben, und beklagten das relative Desinteresse an dem Thema in Preußen, Österreich und Frankreich. Das Agitieren eines inoffiziellen Mitglieds der britischen Delegation, des bewährten »Abolitionisten« Thomas Clarkson, das – wie bereits 1815 in Wien[55] – ein langes Vieraugengespräch mit dem Zaren einschloss, reichte jedoch nicht aus, um das Thema ganz nach vorn auf die Tagesordnung zu bringen. Castlereagh führte die Materie zwar bereits am 19. Oktober in die Diskussion ein und erstattete dabei Bericht, dass sich Spanien mit einem Termin für die Beendigung dieses von allen *nations civilisées* verabscheuten Geschäfts einverstanden erklärt habe, nicht aber Portugal, und dass dringend weitere Maßnahmen vonnöten seien, um diesen Menschenhandel zu unterbinden[56].

Eine übergroße Begeisterung, das Problem neu anzupacken, hat dieser Schritt nicht hervorgerufen. Man nahm das britische Papier, das den Vorschlag beinhaltete, bei der portugiesischen Regierung in Rio de Janeiro wegen eines verbindlichen Termins vorstellig zu werden, lediglich »ad referendum«. Castlereagh ließ indes nicht locker und kam mehrmals auf das Thema zurück[57], so Anfang November mit dem konkreten Vorschlag, Portugal ultimativ eine Frist bis spätestens 1823 zu setzen, wenn nicht schon wie Spanien bis 1820[58]. Der Vorschlag, britischen Schiffen ein Mandat zu erteilen, verdächtige Schiffe, von denen angenommen werden konnte, dass sie Sklaven beförderten, zu kontrollieren[59], fand aus verständlichen Gründen nirgendwo große Gegenliebe. Ein Memorandum Capodistrias, das ein »Afrikanisches Institut« mit einem angeschlossenen Gerichtshof und einer internationalen Flotte zur Überwachung der afrikanischen Westküste vorsah[60], verpuffte ebenfalls ohne Wirkung. Wie auch bei anderen Materien, wollte man den

Kongress durch vermutlich kontroverse Diskussionen sich nicht in die Länge ziehen lassen, sondern verwies in einer der letzten Sitzungen auch diese Angelegenheit zurück an die Londoner Botschafterkonferenz[61].

Wellington hatte denn auch allen Grund, sich ungewöhnlich heftig zu beklagen, dass man weder in der Frage des Sklavenhandels noch der der Abschaffung der Sklaverei auf dieser Konferenz irgendeinen Schritt weitergekommen sei[62]. Letztlich hatten die Briten, trotz der vollmundigen Versprechungen des Zaren, ziemlich allein auf weiter Flur gestanden, viel zu isoliert, um auf dem Gipfeltreffen konkrete Maßnahmen zu bewirken. Kein Zufall war es deswegen auch, dass auf den drei nächsten Kongressen bis 1822 das Thema auf den Tagesordnungen nicht mehr auftauchte[63]. Die Schreiben der Monarchen an den in Rio residierenden portugiesischen (und brasilianischen) König Johann VI., den Import von Sklaven nach Brasilien zu unterbinden, hatten eher eine deklamatorische Funktion.

Dass sich Castlereagh in dieser Frage – wie auch schon in Wien 1815 – ungemein engagierte, entsprang sicher nicht nur dem Kalkül, vor dem englischen Parlament mit einer wirklichen Erfolgsmeldung aufzuwarten, sondern seinem tiefen humanitären Ethos. Die englische Abolitionsbewegung hat ihn ganz ohne Frage direkt und nachhaltig angesprochen. Deshalb können Formeln wie »un crime contre le droit des gens« oder »un devoir universelle« sicher nicht als bloße politische Phraseologie abgetan werden.

In die Sphäre der internationalen Politik schlug des Weiteren eine Vereinbarung der Minister zur schwedischen Schuldenfrage ein; auch sie hatte seit Längerem im Raum gestanden[64]. Im Kieler Vertrag vom Januar 1814 war der Übergang Norwegens aus dänischer in schwedische Souveränität vereinbart worden – freilich gegen erhebliche Abstandszahlungen. Der Besitzwechsel war zwar problemlos vollzogen worden: Der schwedische König Karl XIV. Johann (der ehemalige Marschall Bonapartes) hatte sich Anfang September 1818 in Trondheim zum norwegischen König krönen lassen[65], aber er war seinen Zahlungsverpflichtungen noch nicht nachgekommen.

Die Angelegenheit hatte die Londoner Botschafterkonferenz der Vier schon wiederholt beschäftigt, nun wurde in Aachen zwischen den Mächten eine »vertrauliche« und zugleich an Deutlichkeit nichts zu wünschen übrig lassende Protestnote ausgehandelt[66], die in Stockholm überreicht wurde und tatsächlich den beabsichtigten Zweck erfüllte.

*

Der Eindruck, dass in den Fragen der »großen Politik« das Vertagen, die Rücküberweisung an ein anderes Gremium und eine – nicht generell auf gravierende Meinungsunterschiede zurückzuführende – Entschlusslosigkeit dominierten, wird durch die erfolgreiche Intervention in der norwegischen Schuldensache nicht grundsätzlich entkräftet. Und er setzt sich auch in den »deutschen« Angelegenheiten fort.

Immerhin wurde in einer Protokollnotiz in Sachen Judenemanzipation wenigstens eine kleine Wegmarke erreicht. Die Gleichstellung der Juden war in der Deutschen Bundesakte durch einen verbalen »Trick« faktisch hinfällig gemacht worden, aber es gab in Europa einflussreiche Kräfte, die diesen redaktionellen Fauxpas von Wien zu korrigieren suchten. Zu ihnen zählte der Gründer der *London Society for Promoting Christianity amongst the Jews*, Louis Way, der 1817 und 1818 in Preußen und Russland nachdrücklich für die Sache der Juden geworben und vor allem bei Alexander viel Resonanz gefunden hatte.

Auf ausdrückliche Einladung des Zaren war Way nach Aachen angereist und hatte ihm ein Memorandum überreicht, das sich für die volle zivilrechtliche Gleichstellung der Juden starkmachte. Mit Unterstützung Metternichs und Gentz' fand dieses private Memorandum Eingang in die Konferenzberatungen und in eine Protokollnotiz, die die in Wien zugunsten der Juden getroffenen Vereinbarungen den Bundesstaaten und den Mächten ans Herz legte[67]. Das war zwar etwas, aber blieb letztlich doch unverbindlich und hat der Emanzipation der Juden nicht zum allgemeinen Durchbruch verholfen.

Mit ganz wenigen Ausnahmen gar nicht auf die Tagesordnung gesetzt wurden die noch schwebenden deutschen Territorialangelegenheiten, die bereits die beiden Jahre vor Aachen geprägt hatten. Die Minister verwiesen Interventionswünsche betroffener Fürsten – so von Oldenburg, Hessen-Homburg und Sachsen-Coburg, die anstelle weit entlegener linksrheinischer Entschädigungslande näher gelegene einforderten, oder bezüglich eines Streits um den von den Oldenburger Grafen beziehungsweise Großherzögen bis 1820 erhobenen Elsflether Weserzoll[68] – in aller Regel zurück an die Frankfurter Gremien[69]. Für die in Aachen versammelten Mächte waren das erledigte Sachen[70], sie stellten den Petenten lediglich (mit erkennbarem Unwillen) anheim, sich an einzelne deutsche Staaten zu wenden und alternative Regelungen herbeizuführen.

Allerdings machte man eine Ausnahme. Sie betraf einen Konflikt zwischen Baden und Bayern um die von den Wittelsbachern bestrittene Eventualnachfolge der Grafen von Hochberg[71] im Großherzogtum – angesichts des erwarteten baldigen Ablebens des Großherzogs eine brennende Entscheidung – und darüber hinaus Entschädigungsfragen, insbesondere eine Schadloshaltung für den vom Großherzogtum wieder abgetretenen Main-Tauber-Kreis. Bei allem Beteuern, sich nicht einmischen zu wollen, beschäftigte die Angelegenheit alle »östlichen« Minister, namentlich auch die Diplomatie des russischen Kaiserreichs seiner familiären Nähe zu Karlsruhe wegen (und zog manche russischen Denkschriften nach sich).

Der Konflikt, der zwischen den beiden Nachbarn für erhebliche Spannungen sorgte[72], wurde dementsprechend am Ende auch im badischen Sinn entschieden, das gegen den Verzicht auf Wertheim um die Reichsgrafschaft Geroldseck arrondiert wurde und die Sukzession der Grafen von Hochberg bestätigt erhielt. Immerhin hatten sich die Kongressbeteiligten einverstanden erklärt, einen badischen Diplomaten, den Minister Berstett, zu empfangen, der ein Memorandum überreichen durfte, das helfen sollte, der abschließenden Regelung in Frankfurt Nachdruck zu verleihen[73].

Aber das war, wie gesagt, eine Ausnahme; die Regelung aller schwebenden Streitfragen hätte den Kongress auf unabsehbare Zeit verlängert, sodass es wohl eine richtige Entscheidung war, diese *querelles allemandes* nicht zum Thema des Kongresses zu machen. Die zahlreichen Repräsentanten deutscher Staaten, die im Sommer 1818 bei Capodistria in Karlsbad vorstellig geworden waren, bekamen denn auch nur Vertröstungen zu hören. Es gab im Frankfurter Bundestag, an dem alle Mächte – seit 1815 bereits in Gestalt des Grafen Karl Friedrich Reinhard auch wieder Frankreich – vertreten waren, schließlich ein Gremium, das »näher« an den Problemen stand: die Territorialkommission des Bundestags. In einem Fall, an dem Russland aus dynastischen Gründen erneut interessiert war, nämlich einem Streit zwischen dem Herzog von Oldenburg und dem Grafen Bentinck um die Herrschaft Kniphausen, wurden die Höfe von Berlin und St. Petersburg unter Missachtung der Faustregel – Verweisung nach Frankfurt – immerhin zu einer gemeinsamen Vermittlung aufgefordert[74].

Aber die Zurückhaltung des Aachener Kongresses in

Bezug auf die deutschen Sujets war unübersehbar. Sie mündete faktisch in die Verweisung der Bundesangelegenheiten an die Aufsicht der in Frankfurt residierenden preußischen und österreichischen Diplomaten ein, während die Bevollmächtigten der anderen Großmächte sich nur in Existenzfragen berührenden Krisensituationen einschalten sollten[75].

Noch in einer weiteren Frage, die direkt mit der Bundesakte von 1815 zu tun hatte, wurde der Kongress aktiv, auch diesmal – wenn man so will – mit begrenztem Erfolg. Es ging – Metternich war daran ganz persönlich interessiert – um die Rechtsstellung der sogenannten Mediatisierten, der »Standesherren«, die, wie anderes, in Wien nicht abschließend geregelt worden war. In Artikel 14 der Kongressakte waren die davon tangierten deutschen Staaten aufgefordert worden, einen einheitlichen Rechtszustand für den betroffenen, ehedem »souveränen« Adel herzustellen. Da die Mächte eine Art völkerrechtliche Garantie der Bundesakte beanspruchten, hatten sie einen Titel, um dieses Problem erneut aufzurollen. Auf der Grundlage einer wohl von Friedrich Gentz formulierten Beschlussvorlage wurden die Regierungen Württembergs, Badens, Hessen-Darmstadts und Hessen-Kassels, die die den Standesherren zugesprochenen Rechte vermeintlich nicht garantierten, aufgefordert, eine gemeinsame Lösung herbeizuführen, die sich mutmaßlich an einer bayerischen Verordnung orientieren würde. Das war kein Oktroi, spiegelt aber wenigstens das momentane Interesse der Mächte, die Regelungslücken baldmöglichst zu schließen.

In der Frage des Status der Standesherren wurde die Ministerialkonferenz – jetzt wieder im Viererverbund agierend – noch einen Deut bestimmter. Aufgrund eines Vorstoßes der Fürsten von Löwenstein-Wertheim und Bentheim-Steinfurt – auch die in Aachen anwesende Fürstin von Thurn und Taxis wird hinter den Kulissen ihre Beziehungen haben spielen lassen – wurde dem Frankfurter Bundestag eindringlich ans Herz gelegt, einer Empfehlung in der Wiener Kongressakte zu entsprechen, den Standesherren in Würdigung ihrer »anciens lustres de leurs naissances« eine Kollektiv- oder Kuriatstimme zuzusprechen. Österreich und Preußen erklärten sich bereit, diesem Prozess ihre Aufmerksamkeit zu schenken[76]. Aber auch diese Einschaltung der Vier bestätigt nur den Generalbefund, dass die Mächte in aller Regel die deutschen Angelegenheiten an den Frankfurter Bundestag verwiesen und von eigenen Entscheidungen absahen.

Was für die Mediatisierten gilt – eine Altlast des Wiener Kongresses –, gilt letztlich auch für die Zukunft des Herzogtums Bouillon: Trotz – oder gerade wegen! – einer Regelung in Artikel 69 der Wiener Kongressakte, die ein Schiedsverfahren vorgesehen hatte, war das Besitzrecht umstritten geblieben, und zwar zwischen dem Herzog von Bourbon und dem Grafen Charles de Rohan. Die Aachener Ministerrunde hat das Thema am 29. Oktober auf die Tagesordnung gesetzt[77], sah sich aber zunächst außerstande, vor Eintreffen weiterer Informationen einen Beschluss zu fassen. Nachdem ihr Kenntnisstand sich verbessert und sie realisiert hatte, dass in diese Frage auch noch die der Souveränität des Königs der Niederlande hineinspielte, sah sie von einer Entscheidung ab und verwies sie an eine paritätisch zusammengesetzte Schiedskommission[78]. Über den Stand von 1815 gelangte man demnach nicht hinaus.

*

Schließlich – auch das kein Wunder angesichts der Bedeutung, die das Thema in der Öffentlichkeit genoss – kamen die Minister in mehreren Sitzungen, am 13. Oktober und am 13. und 21. November, auf Napoleons Verbannung nach St. Helena und die Bedingungen seiner »Haft« zu sprechen.

Bonaparte war, obwohl das Eiland weit von den europäischen Schauplätzen entfernt lag, durchaus Ziel von Besuchen und natürlich von Briefen, und von den immer wieder auftauchenden Gerüchten, ihn auf irgendeine Art freizupressen oder zu entführen, war oben schon die Rede. Von Hafterleichterungen war in Aachen aber keine Rede; die Minister billigten im Gegenteil vollumfänglich die Vorgehensweise des britischen »Aufsehers«, des Gouverneurs Sir Hudson Lowe, was die Kontrolle der Korrespondenz des Ex-Kaisers und die Überwachung seiner Besucher betraf.

Wie alle Kongresse dieser Art wurde auch der Aachener als Forum gesucht, um mehr oder weniger ausgereifte Projekte voranzubringen. So wurden etwa, lange vorher angekündigt[79], die Untertanen des Fürstentums Monaco mit Beschwerden gegen ihren Fürsten vorstellig, und auch der Flaggengruß auf See beschäftigte die Diplomaten. Am spektakulärsten unter diesen kleinen Agenden war ein in der Sitzung am 11. Oktober behandelter Vorstoß des Kurfürsten von Hessen-Kassel, ihm die Königswürde zuzusprechen. Das Thema war bei einem Treffen des Kurfürsten mit Kaiser Franz bei dessen Anreise nach Aachen schon einmal zur Sprache gekommen[80]. Ein entsprechendes Schreiben an die drei Monarchen wurde allerdings mit der größtmöglichen Kälte beschieden[81], verbunden mit der Ankündigung, dass keine der Mächte eine solche Rangerhöhung völkerrechtlich anerkennen würde. Die Sache verlief im Sand; zu einem Königreich Hessen-Kassel sollte es niemals kommen.

*

Diese Beratungen über nachgeordnete Fragen stehen, auch wenn sie in den meisten Fällen dilatorisch behandelt wurden, für die Bereitschaft der Diplomaten, für Europa Verantwortung zu übernehmen und Lösungen zu suchen. Dass das in allen Fällen ohne wirkliche Konsultationen mit den

Betroffenen über deren Köpfe hinweg geschah, wurde ganz bewusst in Kauf genommen, um zu demonstrieren, dass sich die Fünf als eine Verantwortungsgemeinschaft verstanden, die sich im Übrigen niemals mehr in der Folge in ähnlicher Harmonie auswirkte wie in Aachen. Aachen hatte ein Modell geliefert, dessen Nachahmung sich schwerer und schwerer gestalten sollte.

Die ganze Palette von Entscheidungen – beziehungsweise eher von Meinungsbildungen, Verweisungen an andere Gremien und Vertagungen! – war bei Kongressbeginn, um es zu wiederholen, nicht abzuschätzen und vorherzusehen gewesen, denn an sich wollte man sich nur mit der Gegenwart und der Zukunft Frankreichs beschäftigen. Aber ähnlich wie in Wien zögerten interessierte Kreise nicht, mit ihren speziellen Anliegen an die Minister und Monarchen, an fünf an einem Ort versammelte Kabinette heranzutreten. Entscheidender als das ist aber, dass die Protagonisten in Aachen diese Bälle aufnahmen und mehr und mehr in die Rolle eines Direktoriums für alle europäischen Angelegenheiten hineinzuwachsen begannen. Das war nicht geplant gewesen, aber die Fünf sträubten sich auch nicht, eine Art Oberaufsicht über die gesamte europäische Politik zu übernehmen.

Das gefiel nicht jedem, vor allem nicht den sich nach wie vor als »groß« empfindenden Nationalstaaten und den größeren deutschen Bundesstaaten, aber Politik hat ihre eigene Dynamik. Und es versteht sich von selbst, dass unmittelbar nach Kongressende die ersten Schriften erschienen – so *L'État de l'Europe après le congrès d'Aix-la-Chapelle* von Pradt[82], die Gentz seit dem Dezember intensiv beschäftigte –, die das Gesamtpaket der Aachener Beschlüsse kritisch hinterfragten.

*

Es blieb Friedrich Gentz, dem »Sekretär« des Wiener und Protokollführer des Aachener Kongresses und *dem* PR-Mann schlechthin, vorbehalten, eine Art Gesamtwürdigung der Aachener »entrevue« vorzunehmen. Das geschah in einem seiner Berichte an den *Hospodar* (Fürsten) der Walachei, der mit Wissen Metternichs seit Jahren mit Informationen aus Wien und aus dem Bereich der Quadrupelallianz versorgt wurde. Während des Wiener Kongresses beispielsweise hatte Gentz nicht weniger als siebzehn Berichte an den Hospodar geschrieben[83], von denen angenommen werden kann, dass ihre Substanz an die Hohe Pforte weitervermittelt wurde.

Gentz hat seine lange Synthese des Aachener Kongresses vorab Metternich zugeleitet, sodass sie in zwei Editionen vorliegt[84]. Es war freilich nicht mehr sein langjähriger Korrespondenzpartner in Bukarest, an den dieser Bericht adressiert wurde, sondern dessen Nachfolger im Amt[85]. Der bisherige Hospodar Fürst Caradja – die Mitteilung erreichte Aachen Ende Oktober 1818[86] – war mit Konstantinopel in Konflikt geraten, hatte sich nach dem »Westen« abgesetzt und sollte dann in Wien um diplomatischen Schutz nachsuchen. Sein Schicksal beschäftigte die Presse wiederholt[87]. Seinem Tagebuch zufolge hat Gentz im März 1819 in mehrtägiger Arbeit den Bericht an den neuen Hospodar verfasst[88].

Er beginnt mit der Feststellung, dass dem Aachener Kongress nicht wegen der Zahl oder der Bedeutung seiner Entscheidungen in der aktuellen Weltlage eine besondere Bedeutung zukomme, denn er habe im Grunde ja nur eine Frage zu entscheiden gehabt: den Rückzug der alliierten Beobachtungsarmee aus Frankreich und dessen Wiederaufnahme in den Kreis der (dirigierenden) Großmächte. Aber auch alle anderen Materien, die behandelt worden seien, seien in einem Geist des Vertrauens, des Friedens, der Gerechtigkeit und der Weisheit diskutiert worden, und es habe kein einziges Dokument gegeben, das nicht aus diesem Geist erwachsen sei. Deshalb dürfe man den Kongress nicht nur an seinen materiellen Ergebnissen messen, sondern an dem Geist, der auf die europäische Politik ausstrahlen werde. Er, Gentz, greife aus dem Bündel der behandelten Themen nur drei heraus:

Da sei zunächst das allgemeine politische System. Die europäischen Staaten seien seit 1813 durch ein System verbunden, das jedem seinen Platz aufgrund von allgemein anerkannten Prinzipien und von Verträgen zuweise. Dieses System sei in sich schlüssig. Und es wäre eine Kalamität, wenn die Staaten zur früheren Praxis der Allianzen, der Intrigen, der unkalkulierbaren Komplikationen zurückkehrten. Das würde und müsse in einen neuen Krieg einmünden, der die Sozialordnung Europas endgültig über den Haufen würfe. Diese Unsicherheit habe schon das Jahr 1817 und die erste Jahreshälfte 1818 geprägt, als man den Verdacht hegte, Zar Alexander arbeite auf ein enges Bündnis mit dem Gesamthaus Bourbon in Frankreich, Spanien und Italien hin. Eine solche Entwicklung hätte Gegenallianzen auf den Plan rufen müssen, etwa zwischen Österreich, Preußen und Großbritannien. Die kleinen und mittleren Mächte hätten sich zwischen beiden Blöcken aufgeteilt, und es wäre vorhersehbar gewesen, dass die erste Krise »eine Explosion hervorgerufen hätte«.

Dieses Misstrauen gegenüber Russland habe sich zwar schon vor Beginn des Kongresses wieder abgebaut, aber Aachen sei trotzdem eminent wichtig gewesen: Zum einen, weil alle Zweifel an der Vertragstreue einer Seite beseitigt worden seien und das gegenseitige Vertrauen der Kabinette und das in die Stabilität der »union générale« voll wiederhergestellt worden sei. Zum anderen, weil die Einsicht in die Notwendigkeit der Aufrechterhaltung des gegenwärtigen politischen Systems sich wieder gefestigt habe, das »alternativlos« sei und als »Rettungsanker für Europa« gelten müsse.

Zum Zweiten sei es um den Zustand Frankreichs gegangen. Die Bestätigung der Quadrupelallianz, die der Bedrohung der Sicherheit der Nachbarn durch Frankreich wegen ins Leben getreten sei, sei das herausragende Ergebnis des Aachener Kongresses gewesen. Obwohl die letzten Zweifel nicht ausgeräumt werden konnten, sei Frankreich das Land, das an dem gegenwärtigen Zustand der Ruhe das allergrößte Interesse habe. Es sei denkbar unwahrscheinlich, dass ein König von Frankreich dem »Druck der Straße« noch einmal nachgeben und das Signal zu neuen Kämpfen geben würde.

Zum Dritten schließlich habe man sich mit dem moralischen und politischen Zustand Europas beschäftigt. Das zivilisierte Europa durchlaufe seit geraumer Zeit einen erbitterten Kampf zwischen einer alten und einer neuen Sozialordnung. Die »Reaktion« von 1813 habe das revolutionäre System nicht etwa völlig verschwinden lassen. Alles sei, wie die Gebäude in einer alten Stadt bei einem Erdbeben, in sich zusammengebrochen. Wenn in einer solchen Situation die wichtigen Monarchen Europas uneins gewesen wären, wenn irgendeiner von ihnen die Situation zum eigenen Vorteil hätte ausnützen wollen oder wenn er dem Schauspiel um ihn herum blind, interesse- und emotionslos begegnet wäre, dann wären alle in ganz wenigen Jahren verschwunden.

Aber das hätten die Fürsten, die »Beschützer und Bewahrer der öffentlichen Ordnung«, glücklicherweise verhindert. Ihr Bund sei zum Gegengewicht gegen revolutionäre Verirrungen geworden, gewissermaßen von der Vorsehung selbst eingesetzt, um die alte Ordnung zu retten. Diese wirklich heilige Allianz, für die die Heilige Allianz nur ein unzureichendes Symbol sei, habe sich niemals eindrücklicher präsentiert als in der Phase des Aachener Kongresses.

Man habe gar nicht über die drängenden Fragen diskutieren müssen, weder über die Regierungsformen, über das Repräsentativsystem, noch über die Privilegien des Adels, die Pressefreiheit oder die Religionsfrage. Man habe auch die Diskretion strikt gewahrt, weil andernfalls sich sofort die Kritiker zu Wort gemeldet hätten. Vielmehr hätten die Monarchen und die Minister einfach verstanden, was ihnen die allgemeine Wohlfahrt vorschrieb. Sie hätten verstanden, dass das gegenseitige Vertrauen viel mehr wiege als alle Verträge. Sie hätten zweitrangige Fragen, die sie hätten auseinanderdividieren können, dem ihnen von der Vorsehung zugewiesenen Auftrag geopfert, die Völker vor dem Zusammenbruch zu retten. Ohne sich in Einzelheiten zu verlieren, hätten sie die großen Fragen thematisiert, wie es in diesen stürmischen Zeiten weitergehen solle, und sich über die drei Leitlinien verständigt, die ihre gemeinsame Zukunft bestimmen sollten: »la justice, la modération et la concorde«.

Da der Kongress nur von ganz wenigen Schriften von außen begleitet worden sei, sei der allgemeine Eindruck vorherrschend, dass er die Anhänger der (alten) Ordnung und des Friedens nachhaltig gestärkt und überall die Neuerer alarmiert habe. Ein Kongress könne zwar nicht die Welt verändern, aber es sei zu erwarten, dass die von ihm ausgehenden Impulse die Neuerer bremsen und mäßigen werden.

Gentz' Bericht mag viele Einzelheiten unterschlagen, die einen Amtsträger am anderen Ende Europas vielleicht auch nur bedingt interessierten, aber er ist trotzdem erhellend, weil er die Sicht eines unmittelbar Beteiligten wiedergibt, der einer hochrangigen Zielperson das Gedankengebäude entwickelt, in das sich der Aachener Kongress einordnet.

Für Gentz war wichtig, dem im osmanisch-russischen Überlappungsbereich Verantwortung tragenden Hospodar den Eindruck von der vollkommenen Solidarität und Einmütigkeit der drei Monarchen – also mit Einschluss des Zaren! – zu vermitteln, die sich den Prinzipien der Gerechtigkeit und der Zurückhaltung verpflichtet fühlten, auch in territorialer Hinsicht. Das Dokument sollte indirekt aber wohl auch den in die Öffentlichkeit lancierten Einschätzungen unbeteiligter Dritter entgegenwirken, der Kongress sei, wie Humboldt es formulierte, »aufs wenigste unbedeutend«[89] gewesen.

Diese »Botschaft« war indes nicht nur für den Hospodar der Walachei von Belang, sondern für die europäische Öffentlichkeit insgesamt. Deswegen hat Gentz im *Oesterreichischen Beobachter* für das breite Publikum noch eine Art Kurzfassung seines langen Berichts an den Hospodar gegeben, wenn er schrieb: »Die Wahrheit aber ist, dass bei keinem diplomatischen Verein eine größere Übereinstimmung in Grundsätzen, in Gesinnungen, in Zwecken, in Bestrebungen, in Allem, was das Wesen einer politischen Berathschlagung ausmacht, statt finden kann, als zu Aachen wirklich geherrscht hat«[90]. Der Kongress hatte – abgesehen von der Aufhebung des Besatzungsstatuts und der Rückführung Frankreichs in den Kreis der Großmächte – nur wenig spektakuläre Beschlüsse gefasst und Dokumente verabschiedet, die an Zahl und Gewicht mit denen des Wiener Kongresses nicht vergleichbar waren. Deswegen musste dem Publikum umso eindringlicher vor Augen geführt werden, was – angeblich oder tatsächlich – sein zweiter Hauptzweck gewesen sei: die Demonstration der Einheit, der Einmütigkeit und der unauflöslichen Freundschaft der Mitglieder der Viererallianz. Eine solche Adresse richtete sich an die nationalen, liberalen und demokratischen Bewegungen in Europa, nicht darauf vertrauen zu dürfen, dass einer der

Fürsten – Alexander – »ausscheren« und zu ihrem Erfüllungsgehilfen werden würde. Und sie richtete sich an die kleinen und mittleren Staaten, sich keinen Spekulationen über eine Konspiration der Großen hinzugeben, darüber, dass in Aachen Beschlüsse zu ihrem Nachteil getroffen worden seien. Das Aachener Gipfeltreffen sollte, so die »Botschaft«, eine kalmierende Wirkung erzielen. Dass schon wenige Wochen nach seinem Abschluss sich der Wind in Richtung Karlsbader Beschlüsse zu drehen begann und statt Kalmierung nun Konfrontation und Eskalation angesagt waren, war in Aachen noch nicht zwingend vorherzusehen, wiewohl Gentz' Reflexionen diese Entwicklung immer wieder angedeutet hatten.

# Der Ort des Aachener Monarchentreffens im Vormärz

Seit Mitte November begann sich die Kongressstadt nach und nach zu leeren. Am 17. November reiste der österreichische Kaiser – *incognito* unter dem Namen eines Grafen von Habsburg – ab. Am selben Tag verließ der Zar die alte Reichsstadt, um zunächst nochmals seine Schwester, die niederländische Kronprinzessin, in Brüssel zu besuchen und seine Mutter wiederzutreffen, und dann, nach seiner Rückkehr nach Aachen, am 22. November endgültig abzureisen. Es ging in Richtung Frankfurt, wo Alexander erneut mit Friedrich Wilhelm III. zusammentraf, und weiter nach Darmstadt und Karlsruhe[1]. Am 20. November brach der preußische König in seine Stammlande auf, auch er, sobald er preußisches Gebiet verlassen hatte, *incognito*[2]. Die Minister der Teilnehmerstaaten folgten in verschiedene Richtungen – Brüssel, Paris oder Köln – an den sich anschließenden Tagen.

Die Begeisterung, die den Monarchen auch bei ihrer Abreise noch einmal entgegenschlug – besonders derjenigen, die aus diesem oder jenem Grund beschenkt und ausgezeichnet worden waren[3] –, und die Freude der Bevölkerung, die »drei größesten Fürsten der Erde beinahe 2 Monate hindurch in [den Aachener] Ringmauern verehren zu können«, konnte aber nicht darüber hinwegtäuschen, dass der Kongress zwar in mancher Hinsicht objektive Fortschritte erbracht hatte, jedoch – erneut, wie der Wiener – längst nicht alle Erwartungen erfüllt hatte. In seinem Buch über die Heilige Allianz spricht Wilhelm Schwarz in einer Kapitelüberschrift von den »Scherben nach dem Fest«, und auch wenn das sicher etwas überspitzt ist: ganz grundlos war diese Einschätzung nicht. Denn über dem Hauptzweck des Kongresses waren die zahlreichen Nebenthemen, die Oelsner benannt hatte, durchweg un-entschieden geblieben.

Oelsner und andere träumten, wie oben schon gesagt, von einer Fortsetzung oder Wiederauflage des Wiener Kongresses und glaubten, dass all die Materien, die dort ungeklärt geblieben oder nicht nach ihren Vorstellungen beschlossen worden waren, nun im zweiten Anlauf einer (besseren) Lösung zugeführt werden könnten. Aber daran, den Wiener Kongress erneut aufzurollen, die schwebenden deutschen Territorialprobleme autoritativ zu entscheiden, das halbherzige Verfassungsgebot zu verschärfen, für Italien ein neues »System« zu »erfinden« – um nur einige wenige Agenden zu nennen –, dachte in den Hauptstädten niemand wirklich. Wien war ein abgeschlossenes Kapitel, jetzt konnte es nur noch um die Sicherung des Status quo gehen. Aachen war – sieht man von den Entlastungen Frankreichs ab – ein Status-quo-Kongress, eher defensiv und ohne die ganz neuen Visionen in die Zukunft hinein.

Gerade deshalb – und Gentz' Denkschrift spiegelt das exemplarisch – musste den handelnden Personen daran gelegen sein, der Öffentlichkeit, deren Erwartungen massiv enttäuscht worden waren, zweierlei zu vermitteln: zum einen die unbedingte Solidarität der vier (beziehungsweise dann fünf) Höfe, das geradezu familiäre Einvernehmen der Monarchen, die Assoziation, dass es in Aachen keinerlei Missstimmung und Misstöne gegeben habe, und zum anderen, dass alle Beteiligten mit den Ergebnissen rundum zufrieden seien.

Das wird man so hinnehmen können, denn auch Zar

Alexander, der gelegentlich unkonventionelle Überlegungen angestellt und Pläne ventiliert hatte, konnte – allen Gegenwirkungen Capodistrias und Pozzos ungeachtet – am Ende in jeder Hinsicht wieder in die Solidarität der Quadrupelallianz eingebunden werden. Von Wien aus, wo er auf der Rückreise noch für einige Wochen Station machte, hat Alexander dieses Gefühl der brüderlichen Solidarität mit den anderen Monarchen und die Zufriedenheit mit dem Ablauf und den Ergebnissen des Aachener Gipfeltreffens ausdrücklich noch einmal bestätigt[4].

Unglücklich oder frustriert verließ keiner der Monarchen und Minister Aachen. Denn die alles entscheidende Frage, wie Frankreich in das bestehende Netz der Verträge zwischen den Hauptmächten – die Wiener Kongressakte, die Heilige Allianz, den Zweiten Pariser Frieden und die Quadrupelallianz – wieder eingebunden werden würde und ob es gelänge, Frankreich zugleich auf Distanz zu halten wie zu integrieren, ohne dass in Paris ein schaler Beigeschmack zurückblieb, war durch das Konstrukt des »Konzerts der Mächte« oder »Europäischen Konzerts« elegant gelöst worden. Das war die Hohe Schule einer Diplomatie, die Männern wie Metternich und Castlereagh bis heute einen Ehrenplatz in der Diplomatiegeschichte sichert.

Das Konstrukt des »Europäischen Konzerts«, das nun neben die Quadrupelallianz trat, war nicht nur ein diplomatisches Glanzstück, sondern wurde auch – dadurch, dass man es allen europäischen Mächten mitteilte und es von ihnen stillschweigend akzeptiert wurde – zu einem Institut des Völkerrechts. Es sollte *cum grano salis* bis zum Ersten Weltkrieg das Staatenleben prägen: eine *union* sich selbst als solche definierender Großmächte, die für sich reklamierte, die Leitlinien der europäischen Politik nicht nur vorzugeben, sondern auch zu überwachen.

Das darf, um es noch einmal zu wiederholen, nicht darüber hinwegtäuschen, dass die Ergebnisse von Aachen jenseits dieser Zentralagenda eher bescheiden waren und deutlich hinter den Erwartungen der »öffentlichen Meinung« zurückgeblieben waren. Gewiss, die »Entmündigung« Frankreichs vor der Zeit zu beenden und den Bourbonenstaat wieder in das Mächtesystem zu integrieren, war eine weise Entscheidung, die freilich *à la longue* nicht stilbildend werden sollte – die Pariser Vorortverträge nach dem Ersten Weltkrieg belegen das nachdrücklich. Auch die Fortschreibung der »diplomatischen Revolution« von 1815 wird man auf der Habenseite des Kongresses zu verbuchen haben, wobei ihr Ausmaß allerdings arg begrenzt blieb. Die Lösung der norwegischen Schuldensache wird man ebenfalls als Positivum zu vermerken haben, ebenso die Schritte, um des maghrebinischen Piratenunwesens Herr zu werden. Aber sonst dominierten doch Halbherzigkeit (Judenemanzipation, Sklavenhandel), Verweise an andere Gremien (deutsche Territorialfragen) oder auch Vertagungen auf die Zukunft. Das selbst gesetzte Zeitlimit mag für das Fehlen wirklich zukunftweisender Entscheidungen verantwortlich gewesen sein, aber dieses Zeitlimit kam, so scheint es, manchen Protagonisten durchaus gelegen, um die »heißen Eisen« elegant zu umgehen.

Betrachtet man die Ergebnisse von Aachen aus einer staatengeschichtlichen Perspektive, wird man nicht umhinkönnen, das Moment der Wahrung des äußeren Friedens – im Wesentlichen den ganzen Vormärz hindurch – hervorzuheben. Die in Aachen ins Auge gefassten Folgetreffen, zu denen es im preußischen Troppau, im österreichischen Laibach und im österreichischen Verona in den Jahren 1820 bis 1822 kommen sollte, haben den Ausbruch eines neuen allgemeinen Krieges verhindert. Das war eine große, fast an die früheren Friedensvisionen eines Abbé de Saint-Pierre gemahnende politische Leistung: ein Friedensbund von

Monarchen und Regierungen, deren Autorität aus der jüngst vergangenen Geschichte abgeleitet wurde und die als ein Konsortium auftraten, um die Ruhe Europas zu gewährleisten.

Aber, und das ist die Kehrseite der Medaille, um welchen Preis: um den Preis, dass nationalschwärmerische, demokratische und liberale Bewegungen radikal mundtot gemacht wurden, dass Verfassungsbewegungen auch durch den Einsatz eines begrenzten militärischen Potenzials unterdrückt wurden, dass Intellektuelle verfolgt und die Presse an die ganz kurze Leine gelegt wurde. Ob man von einer »Friedhofsruhe« spricht, die mit 1819 in Europa Einzug hielt, oder andere Metaphern bevorzugt: Der Wahrung des politisch-sozialen Systems hatte sich alles unterzuordnen.

Man kann das an einem oder zwei Beispielen veranschaulichen. Am spektakulärsten schon für die Zeitgenossen, aber auch die Nachlebenden waren sicher die sogenannten Karlsbader Beschlüsse, die auf Betreiben einer seit dem Dezember 1817 nachweisbaren, geradezu konspirativen preußisch-österreichischen Zusammenarbeit im August 1819 vereinbart und umgesetzt wurden, um die vermeintlich staatsgefährdenden Aktivitäten der deutschen Studenten und ihrer akademischen Lehrer zu ersticken. In Aachen wurden die Vorbereitungen dafür weiter vorangetrieben. In Abstimmung mit dem Metternich eng verbundenen preußischen Polizeiminister Graf Wittgenstein – nicht nur für den Freiherrn vom Stein ein rotes Tuch – und unter gezielter Umgehung Hardenbergs ließ der rheinische Österreicher dem preußischen König die ersten Denkschriften zukommen, die zu einer vorbehaltlosen Verfolgung der Burschenschaftler und der Turner aufriefen, die (angeblich) planmäßig auf eine Revolutionierung Deutschlands hinarbeiteten. Diese Metternich-Denkschriften[5], die Friedrich Wilhelm III. Mitte November 1818 in Aachen ausgehändigt wurden, können, so ist es formuliert worden, als »Programm für die Karlsbader Konferenzen gelten«[6].

Bei alledem kann es inzwischen jedoch als gesichert gelten, dass Metternich – dessen geradezu manische Angst vor revolutionären Umtrieben damit nicht in Abrede gestellt werden soll – durch Falschmeldungen über die Begebenheiten auf dem Wartenberg und über das studentische Unruhepotenzial auf diesen Weg verwiesen worden ist. Befeuert wurde dieser Vorgang zudem durch polemische Artikel seines Mitarbeiters Friedrich Gentz, der schlicht jede Forderung nach Reformen als Insubordination und als revolutionär einstufte. Die Ermordung August Kotzebues im Namen der »deutschen Nation« durch den Studenten Sand wurde in Wien und Berlin als Bestätigung des grundsätzlich revolutionären Potenzials der Studenten interpretiert und hat auf direktem Weg zu den Karlsbader Beschlüssen geführt. Das Kotzebue-Attentat lieferte – Metternich und Gentz ließen daran keinen Zweifel – den willkommenen Anlass, um die Repressionsmaschinerie voll in Gang zu setzen.

Denn es *war* eine Repressionspolitik, die ihresgleichen suchte, mit Amtsenthebungen auch verdienter Intellektueller wie Ernst Moritz Arndt, die die sogenannten Befreiungskriege mit ihren Schriften begleitet hatten, mit Suspendierungen etwa eines Philosophen wie des Jenenser Professors Jakob Friedrich Fries, mit Landesverweisen namentlich nicht beamteter, also »unversorgter« Privatdozenten. Der »Demagogenverfolgung« konnte sich am Ende selbst ein liberales »Musterland« wie Sachsen-Weimar nicht mehr entziehen, einer der wenigen »Verfassungsstaaten« im Deutschen Bund und bisher der Studentenbewegung sehr aufgeschlossen gegenüberstehend.

Wenn man so will, war eines der wichtigsten Signale in diese Richtung – sieht man von den beiden Metternich-Denkschriften ab – vom Aachener Kongress ausgegangen:

nicht von einem offiziellen Dokument, sondern von einer »privaten« Denkschrift, dem *Mémoire sur l'état actuel de l'Allemagne.* Ihr Verfasser war der vom südlichen Balkan stammende und längere Zeit zu den publizistischen Hilfstruppen Capodistrias zählende russische Diplomat und Kulturpolitiker Alexander Sturdza. Sie zirkulierte zunächst als Manuskript in fünfzig Exemplaren in Aachen – ohne in die Akten aufgenommen oder in den Protokollen erwähnt zu werden – und wurde beispielsweise vom Freiherrn vom Stein sofort einer kritischen Betrachtung unterzogen[7]. Noch im selben Jahr – dem Titelblatt zufolge im November – erschien sie in Paris auch im Druck, im Verlag Librairie Grecque-Latine-Allemande.

Die Denkschrift ging zurück auf ein während des Aachener Kongresses von dem russischen Minister für öffentliche Erziehung Graf Galitzin bei Johann Christian Loder, einem lange in Sachsen-Weimar tätig gewesenen Staatsrat und Jenenser Professor, in Auftrag gegebenes Memorandum über den Zustand des deutschen Universitätswesens. Aber, und das erklärt die eine oder andere problematische Einschätzung, Loder lebte schon längere Zeit in Russland und hatte den unmittelbaren Kontakt zu den deutschen Universitäten weitgehend verloren[8]. Nachweislich kannte Sturdza das Loder-Memorandum, ohne dass damit die Frage geklärt wäre, ob er – wie er behauptete – direkt im Auftrag des Zaren tätig geworden war.

Sturdzas Schrift über den gegenwärtigen Zustand Deutschlands hatte die Universitäten und deren Autonomie auf die Anklagebank gesetzt, die für die revolutionären, also »nationalen« und liberalen »Umtriebe« im Deutschen Bund verantwortlich seien. Dabei war es im Kern eine deutschlandfreundliche Schrift, die durchaus einen Sensus für die deutschen Mentalitäten erkennen ließ, die die großen weltgeschichtlichen Leistungen dieses Volkes – das »Herz Europas« – würdigt, es zugleich aber mahnt, die durch die Französische Revolution bewirkte soziale, kulturelle und religiöse Zerrissenheit zu überwinden und zu früherer Stärke zurückzufinden. Angesichts der Wiederaufnahme Frankreichs in den Kreis der Mächte sei das notwendiger denn je.

Um das zu bewerkstelligen, müssten die Regierungen einschreiten gegen die Freiheit der Presse und der Universitäten, dieser »gotischen Überreste des Mittelalters«. Es wird nicht ohne Grund vermutet, dass die Schrift auch als eine Art Störfeuer gegen die Errichtung der Universität Bonn gemeint gewesen sein könnte. Den Universitäten müsse ihre Autonomie entzogen werden, sie müssten auf den Status von Fachschulen mit geregeltem Stundenplan reduziert werden, und überhaupt sei der Zugang strikt zu reglementieren.

Die Empörung im Gebiet des Deutschen Bundes – selbst preußische Funktionsträger äußerten sich bestürzt – war umso größer, als längst nicht alle Behauptungen Sturdzas sich als belastbar erwiesen und sich hier, so der Tenor der Kritik, ein Ausländer anmaßte, über deutsche Befindlichkeiten und Traditionen zu urteilen. Ob man an Intellektuelle, Bundestagsabgeordnete oder die professoralen und studentischen »Wartburger« und selbst einen Mann wie Adam Müller denkt: Die Ablehnung war einhellig und sorgte für eine dezidiert antirussische Stimmung, die es Personen, die dem russischen Hof nahestanden oder ihm dienten, schwer machte. Das Attentat gegen den russischen Staatsrat und literarischen Kommissar Zar Alexanders in Deutschland, August Kotzebue, der in der russischen literarischen und Theaterszene fest verankert war[9], gründete letztlich in dieser plötzlich ausbrechenden russophoben Stimmung – eine der verhängnisvollen Konsequenzen des Aachener Kongresses.

Denn die Öffentlichkeit vermutete – wohl auch nicht zu Unrecht –, dass diese Schrift wenigstens mit Wissen Alexanders verfasst worden war und letztlich seine veränderte Weltsicht zum Ausdruck brachte. In dieser Auffassung mögen sich viele deutsche Liberale bestätigt gesehen haben, wenn sie sich die Lobeshymnen vergegenwärtigten, die Alexander und seiner Politik auf dem Aachener Kongress zuteilgeworden war. Alexander Sturdza, der Zar und die Heilige Allianz flossen in eins zusammen: die deutschen Liberalen und die nationalen Schwärmer hatten ihr Feindbild. Es hatte sich noch weiter aufgeladen und verschärft durch Maßnahmen wie jene, die noch von Aachen aus getroffen wurde, derzufolge in den baltischen Provinzen nur noch Bewerber in ein Amt gelangen durften, die kontinuierlich drei Jahre lang an der eigenen Universität Dorpat – und nicht im Ausland! – studiert hatten[10].

Aber es waren nicht nur die deutschen Liberalen, die russophobe Affekte entwickelten. Gleich an mehreren Fronten wehte der politische Wind den Repräsentanten Russlands nun plötzlich heftig ins Gesicht – in manchen Fällen natürlich auch in Reaktion auf die abenteuerlich vielen und scharfen Kehrtwendungen der russischen Politik in den zurückliegenden Monaten und Jahren. Einige russische Diplomaten, darunter Metternichs »rotes Tuch« Carlo Andrea Pozzo di Borgo, der weit über seinen diplomatischen Posten hinaus auf die europäischen Liberalen eingewirkt hatte, gerieten massiv in die Defensive, Sturdza kostete das gewaltige Erdbeben, das seine Schrift auslöste, (wenigstens vorläufig) gar seine Karriere. Der Herzog von Richelieu, der in Aachen eng mit den Russen zusammengearbeitet hatte, musste, erkrankt und seines langen Exils in Russland wegen nicht mehr mit allen Verästelungen der französischen Innenpolitik vertraut, unmittelbar nach Ende des Kongresses demissionieren – dass er schon 1820 das Amt erneut übernahm, hätte zunächst niemand vorherzusagen gewagt. Das neue Ministerium setzte im Rückgriff auf eine in der napoleonischen Zeit aufgekommene verbreitete antirussische Stimmung jetzt ganz auf die Karte Großbritannien. Das Büchergeschenk für die neu zu errichtende Universität Korfu, das sich Capodistria statt eines französischen Ordens erbeten hatte, fiel der Demission Richelieus zum Opfer[11].

Es waren aber nicht nur die deutschen und französischen Liberalen, die in den Fokus der konservativen Kräfte in St. Petersburg, Berlin und Wien rückten, sondern es ging auch um Italien. War vor dem Aachener Kongress noch die Rede von einer möglichen Reise des Zaren auf die Apenninhalbinsel gewesen, auf der er – angeblich – den dortigen, wie in Deutschland nationalschwärmerisch angehauchten Liberalen seine Unterstützung in Aussicht stellen würde, so geschah nun das gerade Gegenteil: In Begleitung Metternichs reiste der österreichische Kaiser über die Alpen, um die letzten »Schlupfwinkel« der Liberalen, der *Carbonari,* die bisher von Laharpe, Capodistria und anderen russischen Funktionsträgern – und übrigens auch spanischen Diplomaten – gestützt worden waren, auszuheben.

Die rüde Art, wie die österreichische Administration in Lombardo-Venetien gegen oppositionelle Kräfte vorging, generierte ein Konfliktpotenzial, mit dem in Zukunft gesteigert gerechnet werden musste. In Wien war man sich dessen auch voll bewusst; eine große Denkschrift Metternichs schon aus dem Spätherbst 1817[12] lässt erkennen, dass die politische Elite in der Kaiserstadt keine Zweifel an der tiefen Unzufriedenheit breiter Schichten südlich der Alpen hatte. In Italien so wie in Deutschland sah Metternich – das eigentliche rote Tuch seiner ganzen Politik! – Kräfte am Werk, die mit dem (grundfalschen) Gedanken umgingen, die nationale Identität zum »Bauprinzip eines Staates« zu erheben[13].

Krisenstimmung also, wohin man schaute, die – ganz

entgegen den Hoffnungen der Protagonisten – durch »Aachen« nicht etwa beruhigt, sondern direkt oder indirekt angeheizt wurde. Diese Krisenstimmung, die durch neue Attentate noch befeuert wurde, schwappte sogar auf die Britischen Inseln über. Die sozialen Aufstände vermehrten und verschärften sich, und es wohnte ihnen immer auch eine politische Komponente inne, weil, vor allem in Manchester, die Arbeiter mit ihrem Widerstand gegen bestimmte Gesetze und der Forderung nach einer Parlamentsreform auf die Straße gingen[14]. Es waren Gewaltexzesse, die als »revolutionär« interpretiert werden konnten und in das sogenannte Peterloo-Massaker und die »Verschwörung der Catostraße« einmündeten.

Das alles war Wasser auf die Mühlen der Konservativen, die die Überzeugung, dass alles Revolutionsverdächtige mit Feuer und Schwert zu bekämpfen sei, zu ihrem Credo machten. Nach dem Ausbruch der fast zeitgleichen Revolutionen in Spanien und Neapel – beide Male gegen bourbonische Könige – wurde es zur Notwendigkeit, die »Demagogenverfolgung«, die formal ja »nur« auf den Karlsbader Beschlüssen ruhte und »nur« den Deutschen Bund betraf, politisch-völkerrechtlich zu ergänzen. Der entsprechende Beschluss[15] der drei Erstunterzeichner der Heiligen Allianz kam in Troppau 1820 zustande. Damit verschafften sich die »östlichen« Monarchen ein Mandat, um auch in die inneren Angelegenheiten dritter Staaten, aktuell in die Unruhen in Neapel, militärisch einzugreifen. Großbritannien als Verfassungsstaat trug dieses Mandat bezeichnenderweise nicht voll mit, sondern begrenzte das Interventionsrecht der Großen auf Fälle, in denen Regierungen »illegal« an die Macht gekommen waren[16]. Auch Frankreich wurde lediglich »eingeladen«, diesem »Protokoll« vom 19. November 1820 beizutreten.

Es entsprach dieser verbreiteten Nervosität, dass das

große Stühlerücken in den Hauptstädten der »Konzert«-Mitglieder zunächst ausblieb: Die Ministerrunde von Aachen, also die »Generation Wien«, kam auch bei den Folgetreffen zusammen, wenigstens ihr harter Kern (Metternich, Hardenberg, Nesselrode, Bernstorff). Dass Richelieu aufgrund von Intrigen seiner Kollegen im *Conseil* nicht mehr zu halten war und demissionieren musste, wurde bereits erwähnt – aber er kam ja wieder! Capodistria fühlte sich am russischen Hof mehr und mehr isoliert, nahm einen längeren »Urlaub«, den er in seiner griechischen Heimat verbrachte, und wurde derweilen von seinem dezidiert konservativen Kollegen Nesselrode mehr oder weniger entmachtet.

Der britische Außenminister Castlereagh blieb zwar bis zu seinem Freitod 1822 im Amt, geriet aber gegenüber dem Parlament und dem Premier Liverpool in immer schwereres Wasser. Seine Beliebtheit erreichte Tiefstwerte, sein Stern begann unübersehbar zu sinken. Als Exponent des britischen Engagements auf dem Kontinent musste er schon in Troppau als ein Minister auf Abruf gelten. Kaum weniger wichtig war, dass Humboldt – ein scharfer Widersacher Hardenbergs und »geborener« Außenpolitiker – entgegen allgemeiner Erwartung *nicht* mit einer exponierten Funktion in der Regierung bedacht wurde, sondern stattdessen als heftiger Kritiker der Karlsbader Beschlüsse sich zum Jahresende 1819 ins Privatleben zurückziehen musste. Die ultrakonservative Kamarilla hatte sich in Berlin ein weiteres Mal auf ganzer Linie durchgesetzt.

Mit dem letzten Folgetreffen innerhalb der »Kongressära« 1822 in Verona endete jenes Zeitfenster der internationalen Politik, das Anselm Doering-Manteuffel mit dem Begriff des »Wiener Systems« – im Unterschied zu der längeren Phase der »Wiener Ordnung« – belegt hat. Sie war geprägt von der Präsenz der drei – in einem Fall nur zweier –

Monarchen, die damit ihrer »Verbrüderung« seit dem Sieg über Napoleon, manifestiert in der Heiligen Allianz, ostentativ immer wieder Ausdruck verliehen.

Insofern hatte »Aachen 1818« ein Modell für die Folgekongresse geliefert, auch insofern, als man sich von den Hauptstädten abwandte, die »Provinz« für Arbeitstreffen der leitenden Minister suchte, denen die anwesenden drei Monarchen einen höheren Grad an Autorität und Strahlkraft verliehen. Die Zusammenstellung bei Paulmann macht deutlich, wie sehr die Hauptstädte »ausgespielt« hatten. In Berlin fand nach dem Zusammentreffen des Zaren mit dem preußischen König im Sommer 1818 bis 1829 kein Monarchentreffen mehr statt, in Wien keines zwischen 1822 und 1844, in London keines zwischen 1814 und 1842, in St. Petersburg das erste überhaupt 1842. Stattdessen schoben sich andere Namen in den Vordergrund: Karlsbad und Teplitz, Schwedt in der Uckermark, Kalisch und Münchengrätz in Böhmen[17]. Der Abschied vom Spektakel der Hauptstädte und der Übergang zum Nicht-Spektakel eines Arbeitstreffens kann signifikanter kaum zum Ausdruck kommen als in solchen statistischen Befunden.

Aachen hatte aber auch insofern ein »Modell« für die Zukunft geliefert, als die Verquickung von Heiliger Allianz, »Konzert« und Quadrupelallianz nun zur Regel wurde. Grundlage der nachfolgenden Konferenzen und Kongresse waren die entsprechenden Mandate von 1815 und 1818; die Protagonisten waren regelmäßig nur die drei Monarchen, die im Herbst 1815 die Heilige Allianz begründet hatten; »aufgefüllt« wurden die Treffen durch die Minister der Fünf, und wenn sich die Notwendigkeit ergeben hätte, wären auch die Minister der vier Quadrupelallianzmitglieder separat zusammengekommen. Denn die Quadrupelallianz bestand – für alle Fälle sozusagen – ja fort.

Gleichwohl sollte man die Vorbildfunktion von »Aachen«

ebenso wenig überstrapazieren wie »Aachen« in jeder Hinsicht in einen Topf mit den Folgetreffen werfen. Wenn man die vier Veranstaltungen der »Kongressära« oft mit dem Verdikt belegt, sie seien Ausdruck eines »Systems« Metternich gewesen, in dem und mit dem er alles seinem »antirevolutionären Dogma« unterworfen habe[18], so trifft das für das Aachener Treffen sicher nur höchst bedingt zu. Man wird dem Aachener Kongress manches vorwerfen können – seine Unentschlossenheit, seine Selbstbeschränkung, seine »Vertagungsstrategie« –, aber er war weder ein »Kongress Metternichs« noch eine Veranstaltung, die von dem *einen* Gedanken des Antirevolutionären durchtränkt gewesen wäre. Der »Erfindung« des »Konzerts« eignete zunächst wenig Antirevolutionäres, und die Hauptagenda – die Zukunft Frankreichs im Mächtesystem – wurde elegant und mit Fantasie gelöst. Wenigstens diese Beschlüsse atmeten keineswegs ein Übermaß an Antirevolutionärem, sondern spiegelten eher die unsichere Suche, wie man den Herausforderungen der Zeit begegnen und politische Vernunft mit Sicherheitsdenken verbinden solle. Der Troppauer Kongress war da schon aus einem anderen Holz geschnitzt.

Die britischen Repräsentanten wussten es in Aachen zu verhindern, dass das antirevolutionäre Gedankengut alles überlagerte. Die Revolutionsgefahr wurde schlicht auch noch nicht als bedrohlich genug empfunden, um bereits konkrete prophylaktische Maßnahmen dagegen einzuleiten. Die Memoranden Metternichs für den Preußenkönig vom November 1818 spiegeln das perhorreszierte Bedrohungspotenzial zwar wider, aber man eignete sich noch kein Instrumentarium an, um ihm zu begegnen.

Aber obschon diese Praxis der Gipfeltreffen der Monarchen und Minister mit 1822 wieder abbrach, blieb das »System«, auf das man sich in Aachen und Troppau verständigt hatte, in Kraft. Es stellte – erstaunlicherweise – sogar seine

Flexibilität unter Beweis, indem die Gründungsmitglieder der Heiligen Allianz die Errichtung weiterer Verfassungen in deutschen Bundesstaaten hinnahmen, letztlich die belgische Revolution gegen die »legitime« Dynastie absegneten und gar den Dynastie- und Verfassungswechsel in Frankreich 1830 akzeptierten. Auf der anderen Seite schritten Österreich und Russland massiv gegen italienische und polnische Emanzipationsversuche ein. Diese »Mischung aus Zustimmung, Duldung und hinhaltendem Widerspruch«[19] hellt das düstere Bild, das der zwar zeitgenössische, sich auf ein Buch des Staatsrechtlers Karl Ludwig von Haller zurückführende, aber zugleich höchst problematische Begriff »Zeitalter der Restauration« evoziert, doch wenigstens partiell ein wenig auf.

*

Sieht man einmal von der Kongressstadt ab, hat das Aachener Gipfeltreffen im kollektiven Gedächtnis der Europäer nie einen festen Platz gefunden – der Schlagschatten des Wiener Kongresses war schlicht zu gewaltig und erdrückend. Gewiss, Stresemann hat es in einer Rede 1926 einmal zitiert, um die große Leistung Castlereaghs hervorzuheben, aber »Aachen 1818« wird heute den wenigsten Menschen etwas sagen. Doch obwohl die Ergebnisse eher überschaubar blieben: Aachen war der Ort, an dem die weitgehende Wiedereingliederung eines »Verliererstaates« exemplarisch gelang, an dem ein neuer Politikstil manifest wurde, an dem zum allerersten Mal sehr konkret über ein kollektives Sicherheitssystem diskutiert wurde. Dahinter mögen manche Defizite und manche aus der Erfahrung und dem Trauma der Hundert Tage herfließende Geisteshaltungen dann gern zurücktreten.

# Danksagung

Ich danke dem Verlag, dass er den Vorschlag, diesen Titel in sein Programm aufzunehmen, bereitwillig aufgegriffen (und den Autor zum zweiten Mal vorbildlich betreut) hat – Martin Janik und Anna Frahm sollen hier ausdrücklich genannt sein.

Ich danke ferner den Mitarbeitern und Mitarbeiterinnen der konsultierten Archive (Stadtarchiv Aachen, Geheimes Staatsarchiv Preußischer Kulturbesitz Berlin) für die freundliche Bereitstellung der einschlägigen Bestände, insbesondere der (einem preußischen Kanzlisten in die Feder diktierten) Kopie des von Friedrich Gentz geführten Protokolls der Sitzungen der Kongressbevollmächtigten. Ich weiß mich für Hinweise dem Leiter des Aachener Stadtmuseums (»Route Charlemagne«) Dr. Frank Pohle und dem Verantwortlichen für die Aachener Numismatische Sammlung Heinz Kundolf sehr verbunden; das Aachener Museum lieferte auch die Vorlagen der meisten Abbildungen.

Ich danke weiterhin der Leiterin und den Beamten des Dortmunder Zeitungsarchivs für einen Scan der *Stadt Aachener Zeitung*.

Nachdem ich mich vor über vier Jahrzehnten in meinem ersten Buch nach der Dissertation schon einmal mit dem Wiener Kongress und der »Kongressära« beschäftigt habe[1], schließt sich hier nun gewissermaßen ein Kreis, der mich, in letzter Zeit verstärkt[2], immer wieder in die »Sattelzeit« (Reinhart Koselleck) zurückführte.

# Anhang

## Anmerkungen

Gedruckte Quellen und Literatur werden im Folgenden mit Kurztiteln angeführt. Die bibliografisch vollständigen Titel sind dem Quellen- und dem Literaturverzeichnis zu entnehmen.

### Vorwort

1 SAZ Nr. 2 vom 30. Sept. 1818.

### Einleitung

2 Von den Autoren der »Jubiläumsliteratur« hat nur Vick, Congress of Vienna, auf wenigen Seiten auf den Aachener Kongress ausgeblickt (S. 325–327).

3 Zu denken ist hier etwa an Schroeders magistrale Studie The Transformation of European Politics (1994) oder an Pyta, Konzert der Mächte (1997), aber auch an Schulz, Norm und Praxis (2009), und Doering-Manteuffel, Vom Wiener Kongreß (1991).

4 SAZ Nr. 17 vom 17. Okt. 1818.

5 Erwähnt in SAZ Nr. 17 vom 17. Okt. 1818.

6 Vgl. Meyer, Aachen, der Monarchen-Kongreß, S. 54.

7 Das Tagebuch seiner Frau Anna vom Aachener Kongress ruht unediert im Genfer Archiv.

8 Haupt, Skizzen (1819).

9 Hardenberg, Tagebücher.

10 Gentz, Tagebücher.

11 Capodistria, Aperçu.
12 Tagebücher Vincke.
13 Bailleu, Bw König Friedrich Wilhelm.
14 Bw Gentz/Pilat.
15 Bw Humboldt/Caroline.
16 Stein, BuaS V.
17 Die Protokolle werden im Folgenden nur mit dem Datum der Sitzung zitiert. Auf die jeweilige Nennung der Bestandssignatur – siehe Verzeichnis der ungedruckten Quellen – wurde verzichtet.

### Von Wien nach Aachen

1 So Schulz, Norm und Praxis, S. 61.
2 Pyta, Konzert der Mächte, S. 138.
3 So, etwas modifiziert, der Untertitel eines Aufsatzbandes von Johannes Kunisch, Fürst – Gesellschaft – Krieg, Köln 1992.
4 So Pyta, Idee und Wirklichkeit, S. 315.
5 Dazu die Monografie von Francis Ley, Alexandre Ier.
6 Vgl. Molden, Zur Geschichte, S. 29.
7 So Schmalz, Versuche, S. 30.
8 Eine eingehende textliche Gegenüberstellung der beiden Dokumente bei Näf, Europapolitik, Teil 1. Text des Vertragstextes selbst und des »Manifests« leicht greifbar bei Näf, Die Heilige Allianz, S. 31–33 bzw. 33–34.
9 So Paulmann, Pomp und Politik, S. 115.
10 Schulz, Norm und Praxis, S. 61.
11 Der im Verlauf des Aachener Kongresses immer wieder angezogene Artikel hat folgenden Wortlaut: »Pour assurer et faciliter l'exécution du présent traité et consolider les rapports intimes qui unissent aujourd'hui les quatre souverains pour le bonheur du monde, les hautes parties contractantes sont convenues de renouveler, à des époques déterminées, soit sous les auspices immédiats des souverains, soit par leurs ministres respectifs, des réunions consacrées aux grands intérêts communs et à l'examen de mesures qui, dans chacune de ces époques, seront jugées les

plus salutaires pour le repos et la prosperité des peuples et pour le maintien de la paix de l'Europe«. Näf, Europapolitik, S. 21.

12 Dazu Lingens, Kongresse.

13 Ihr gehörten an die Botschafter Lieven (Russland), Humboldt (Preußen), Esterhazy (Österreich) und Außenminister Castlereagh. Fallweise ist auch der französische Botschafter d'Osmond hinzugezogen worden.

14 So Pyta, Konzert der Mächte, S. 147.

15 So ebd., S. 151.

16 Protokoll vom 15. Okt. 1818.

17 Capodistria, Aperçu, S. 224 f.

18 Lord Stewart an Castlereagh, 24. Aug. 1818: Freitag/Wende, British Envoys, S. 477.

19 Humboldt an Caroline v. Humboldt, 24. Nov. 1818: Bw Humboldt/Caroline, S. 385 f.

20 Protokoll vom 14. Nov. 1818.

21 SAZ Nr. 54 vom 20. Nov. 1818.

22 Gentz an Pilat, 30. Sept. 1818: Bw Gentz-Pilat, S. 341.

23 SAZ Nr. 110 vom 12. Sept. 1818.

24 Siemann, Staatenbund, S. 332.

25 Das entsprechende hessische Edikt in SAZ Nr. 110 vom 12. Sept. 1818.

26 SAZ Nr. 16 vom 16. Okt. 1818.

27 SAZ Nr. 22 vom 23. Okt. 1818. Das Blatt erregte auch Gentz' Zorn, der Anfang November gegenüber Pilat mit dem Gedanken umging, ihm »den Hals zu brechen«. Gentz an Pilat, 9. Nov. 1818: Bw Gentz-Pilat, S. 362.

28 So Büssem, Karlsbader Beschlüsse, S. 68 f.

29 Vgl., mit Abbildung, Siemann, Metternich, S. 666 f.

30 Vgl. Büssem, Karlsbader Beschlüsse, S. 74.

31 Vgl. ebd., S. 77.

32 Siemann, Staatenbund, S. 90.

33 SAZ Nr. 9 vom 8. Okt. 1818.

34 In der Nacht vom 4. auf 5. November; SAZ Nr. 35 vom 7. Nov. 1818 und Kommentar von Haupt, Skizzen, S. 465.

35 SAZ Nr. 114 vom 22. Sept. 1818.

36 So Siemann, Metternich, S. 644.
37 SAZ Nr. 111 vom 15. Sept. 1818. Der Mordanschlag des Pariser Juweliergesellen Marie André Cantillon war im Februar 1818 verübt worden. Metternich sorgte dafür, dass im *Oesterreichischen Beobachter* ausführlich über den Fall berichtet wurde, der für ihn ein Indikator für die überall in Europa zunehmende Gewaltbereitschaft zwecks Unterhöhlung der Staatsautorität war. Vgl. Siemann, Metternich, S. 660 f.
38 Vgl. Siemann, Metternich, S. 647.
39 Vgl. ebd., S. 656 ff.
40 Vgl. Rürup, Emanzipation, S. 51.
41 So sinngemäß Pyta, Konzert der Mächte, S. 144.

## Der Ort des Geschehens

1 Vgl. Molden, Zur Geschichte, S. 67 f.
2 Vgl. Schwarz, Die Heilige Allianz, S. 122.
3 Darunter befinden sich Porträts des Grafen Wenzel Anton von Kaunitz und des Barons Frederick Hendrik van Wassenaer.
4 Vgl. Molden, Zur Geschichte, S. 68.
5 Vgl. ebd., S. 89.
6 SAZ Nr. 110 vom 12. Sept. 1818.
7 SAZ Nr. 25 vom 27. Okt. 1818.
8 SAZ Nr. 14 vom 14. Okt. 1818.
9 SAZ Nr. 24 vom 26. Okt. 1818.
10 Die Verfügung der Regierung vom 30. Okt. 1818 in SAZ Nr. 32 vom 5. Nov. 1818.
11 § 31.
12 Metternich an Kaiser Franz, 18. Juli 1818: MnP IV, Nr. 278, S. 134.
13 Vgl. Molden, Zur Geschichte, S. 90.
14 SAZ Nr. 48 vom 23. Nov. 1818.
15 Protokoll der letzten Sitzung vom 22. Nov. 1818.
16 Material in StAAc HS 284.
17 StAAc Krämer 1–13d-2. Die preußische Kommission war u. a. in die Unterbringung der Soldaten involviert.
18 StAAc Krämer 1–13d-1.

19 Vgl. die gedruckte Übersicht in StAAc Krämer 1–13d-1.
20 SAZ Nr. 7 vom 6. Okt. 1818.
21 SAZ Nr. 9 vom 8. Okt. 1818.
22 SAZ Nr. 6 vom 5. Okt. 1818.
23 Vgl. Römling, Aachen, S. 208.
24 SAZ Nr. 27 vom 29. Okt. 1818.
25 SAZ Nr. 8 vom 7. Okt. 1818.
26 SAZ Nr. 11 vom 19. Okt. 1818.
27 SAZ Nr. 116 vom 26. Sept. 1818.
28 Vgl. Haupt, Skizzen, S. 439 ff.
29 SAZ Nr. 116 vom 26. Sept. 1818; SAZ Nr. 6 vom 5. Okt. 1818.
30 Vgl. Haupt, Skizzen, S. 458.
31 SAZ Nr. 41 vom 14. Nov. 1818.
32 SAZ Nr. 42 vom 16. Nov. 1818. Alexander – so der Name – war eine europäische Berühmtheit. Er war am 8. November in Aachen eingetroffen: SAZ Nr. 36 vom 9. Nov. 1818.
33 SAZ Nr. 116 vom 26. Sept. 1818.
34 Ebd.
35 Ebd.
36 Vgl. Molden, Zur Geschichte, S. 125.
37 SAZ Nr. 42 vom 16. Nov. 1818.
38 SAZ Nr. 43 vom 17. Nov. 1818.
39 Akten: StAAc HS 284.
40 SAZ Nr. 21 vom 22. Okt. 1818.
41 Vgl. die Einschätzung des Grafen Pückler-Muskau aus dem Jahre 1817 bei van Taack, S. 11.
42 Meyer, Aachen, der Monarchen-Kongreß, S. 93.
43 SAZ Nr. 3 vom 1. Okt. 1818.

## Die Agenda und der Erwartungshorizont der Öffentlichkeit

1 Capodistria, Aperçu, S. 230.
2 So in London in der Endphase des Kongresses. SAZ Nr. 52 vom 27. Nov. 1818. Zur Brüsseler »Verschwörung« vgl. oben S. 35 f. und SAZ Nr. 54 vom 30. Nov. 1818.

3 Armand Emmanuel-Joseph-Septimanie de Vignerot de Plessis-Richelieu.
4 Zu Pozzo vgl. die Biografie von Ordioni, Pozzo di Borgo, und die Anmerkungen bei Grimsted, Foreign Ministers, S. 281 f.
5 Die Capodistria-Memoiren spiegeln das eindrücklich wider. Vgl. beispielshalber S. 221 f.
6 Vgl. Molden, Zur Geschichte, S. 118 f.
7 SAZ Nr. 109 vom 19. Sept. 1818.
8 SAZ Nr. 116 vom 26. Sept. 1818.
9 Vgl. Büssem, Karlsbader Beschlüsse, S. 72.
10 Hier zitiert nach der Zusammenfassung in SAZ Nr. 3 vom 1. Okt. 1818.
11 SAZ Nr. 113 vom 19. Sept. 1818.
12 Vgl. Molden, Zur Geschichte, S. 101 f.

## Die Protagonisten – die Monarchen und ihre Minister – und der Arbeitsstil

1 Vgl. Molden, Zur Geschichte, S. 127.
2 Metternich an Kaiser Franz, 18. Aug. 1818: MnP Nr. 284, S. 141 ff.
3 Das Protokoll der letzten Sitzung, die sich am 19. Nov. 1818 mit dieser Angelegenheit befasst, in SAZ Nr. 52 vom 27. Nov. 1818.
4 Metternich an seine Frau, 1. Okt. 1818: MnP Nr. 266, S. 124.
5 Richelieu an Ludwig XVIII., 30. Sept. 1818: Cisternes, Conférences, S. 767.
6 Gentz an Pilat, 7. Nov. 1818: Bw Gentz/Pilat, S. 361.
7 Er traf am 4. Nov. in Aachen ein: SAZ Nr. 33 vom 5. Nov. 1818.
8 Kurz zu ihm Schneider/Werner, Europa in Wien, S. 154 f.; ausführlicher der Essay von Walter Ziegler in: Schindling/Ziegler, Kaiser der Neuzeit, S. 309–328.
9 Haupt, Skizzen, S. 422.
10 Schroeder, Transformation, S. 595.
11 Kurz: Schneider/Werner, Europa in Wien, S. 100 ff.
12 Stein berichtet darüber in einem Schreiben an Gneisenau vom 27. Febr. 1819: Stein, BuaS VI, Nr. 27, S. 38 f. In dem Brief an seine Tochter Henriette vom 15. Nov. 1818 schreibt er nur über

seine Begegnungen mit alten Weggenossen: BuaS V, Nr. 742, S. 829 f.

13 Selbst in der SAZ Nr. 39 vom 12. Nov. 1818 wurde das Gerücht kolportiert, Alexander plane, sich der Ionischen Inseln zu bemächtigen.

14 So sinngemäß Molden, Zur Geschichte, S. 13.

15 Die Literatur über Alexander ist abundant. Ich nenne hier nur die für ein breiteres Publikum konzipierte, gleichwohl zuverlässige Biografie von Palmer (1974). Palmer fasst die Teilnahme Alexanders an dem Aachener Kongress wie folgt zusammen: »His star had not always shone as brightly in the ascendant as at Aix« (S. 361).

16 Kurz: Schneider/Werner, Europa in Wien, S. 161 f.; erschöpfend: Stamm-Kuhlmann, König in Preußens großer Zeit; über Friedrich Wilhelms Aachenaufenthalt S. 428–431.

17 SAZ Nr. 116 vom 26. Sept. 1818 (Bericht über Ankunft und Aufenthalt des Zaren).

18 SAZ Nr. 2 vom 30. Sept. 1818.

19 Auch die gegenseitigen Auszeichnungen – so wurde dem preußischen Kronprinzen Friedrich Wilhelm (IV.) 1818 das Kommando über ein russisches Regiment übertragen; vgl. Bailleu, Bw Friedrich Wilhelm, Nr. 513 – sprechen für ein besonderes Nahverhältnis zwischen Berlin und St. Petersburg.

20 Druck: MnP Nrr. 304–306, S. 171–180.

21 Vgl. den Essay von Rudolf Muhs in: Wende, Englische Könige, S. 242–259.

22 Vgl. Webster, Castlereagh, S. 122.

23 Vgl. den Essay zu Georg III. von Hans-Christoph Schröder in Wende, Englische Könige, S. 220–241.

24 Kurz: Schneider/Werner, Europa in Wien, S. 184 f., erschöpfend: Gall, Hardenberg. Der Aachener Kongress wird auf S. 253 nur ganz kurz erwähnt. Bei Gall auch die ältere Literatur, u. a. von Thielen und Haussherr.

25 So Griewank, Wiener Kongress, S. 89.

26 So ebd., S. 90.

27 Schneider/Werner, Europa in Wien, S. 116 f.

28 Protokolle vom 14. und vom 20. Nov. 1818. Der Graf von Bentinck war mit seiner winzigen Herrschaft Kniphausen auf dem Wiener Kongress schlicht »vergessen« worden, woraufhin sich Oldenburg dieses Territoriums bemächtigt hatte. Der Streit beschäftigte den Bundestag bis 1854! Vgl. van Taack, S. 222 f.

29 Humboldt an Caroline v. Humboldt, 20. Nov. 1818: Bw Humboldt/Caroline, S. 383.

30 Humboldt an Caroline v. Humboldt, 4. Nov. 1818: Bw Humboldt/Caroline, S. 366. Zum Aufenthalt Humboldts in Aachen, der von dem Konflikt mit Hardenberg überlagert und überschattet war, vgl. Gall, Wilhelm von Humboldt, S. 314 ff.

31 Stein, BuaS VI, Nr. 27, S. 30.

32 Kurz: Schneider/Werner, Europa in Wien, S. 309 f.

33 Webster, Castlereagh, S. 131.

34 Vgl. dazu Doering-Manteuffel, Vom Wiener Kongress, S. 41 f.

35 Zu ihm kurz Schneider/Werner, Europa in Wien, S. 131 ff.

36 Vgl. Woodhouse, Capodistria, S. 178 f.

37 Zit. bei Schwarz, Heilige Allianz, S. 128.

38 Grimsted, Foreign Ministers, S. 226.

39 Umso auffälliger, dass er in dem Referenzwerk von Schneider/Werner, Europa in Wien, keine Erwähnung findet.

40 Die Literatur zu Capodistria ist ebenfalls abundant. Sie behandelt freilich vorrangig die »griechische Zeit« und weniger die Jahre in russischen Diensten. Dazu die gehaltvolle Studie von Grimsted, Foreign Ministers, Kap. 7.

41 Vgl. Capodistria, Aperçu, S. 235, und Woodhouse, Capodistria, S. 190.

42 Kurz: Schneider/Werner, Europa in Wien, S. 248 f.

43 So Grimsted, Foreign Ministers, S. 269.

44 Protokoll vom 29. Okt. und vom 7. Nov. 1818.

45 Deswegen auch nicht bei Schneider/Werner, Europa in Wien.

46 Kurz: Schneider/Werner, Europa in Wien, S. 169 f.

47 Gentz an Pilat, 20. Nov. 1818: Bw Gentz/Pilat, S. 366.

48 Vgl. Büssem, Karlsbader Beschlüsse, S. 113.

49 Gentz, Tagebuch, S. 286.

50 Gentz an Pilat, 20. Nov. 1818: Bw Gentz/Pilat, S. 367.
51 Gentz an Pilat, 13. Okt. 1818: Bw Gentz/Pilat, S. 349.
52 Das Reskript vom 18. Nov. 1818 abgedruckt bei van Taack, S. 234f.
53 Wenn dieser Begriff gelegentlich Verwendung findet, dann geschieht das im Wissen darum, dass die preußischen Könige nach dem Königsberger Akt von 1701 bis zur Mitte des 19. Jahrhunderts nicht mehr im eigentlichen Sinn des Wortes »gekrönt« wurden.
54 Vgl. Molden, Zur Geschichte, S. 137.

### Fürstlicher Tourismus und höfischer Glanz in einer alten Reichsstadt

1 SAZ Nr. 5 vom 3. Okt. 1818.
2 So Römling, Aachen, S. 210.
3 Vgl. ebd., S. 216.
4 SAZ Nr. 5 vom 3. Okt. 1818.
5 SAZ Nr. 16 vom 16. Okt. 1818.
6 SAZ Nr. 22 vom 23. Okt. 1818.
7 Ankündigung der Demonstration am 4. Okt. 1818: SAZ Nr. 4 vom 2. Okt. 1818 und Nr. 5 vom 3. Okt. 1818.
8 Terminierung: SAZ Nr. 13 vom 13. Okt. 1818. Nach dem misslungenen ersten Versuch kündigte Garnier eine zweite kostenlose Vorführung an: SAZ Nr. 16 vom 16. Okt. 1818.
9 SAZ Nr. 15 vom 15. Okt. 1818.
10 SAZ Nr. 34 vom 6. Nov. 1818.
11 Reichard reiste von Aachen aus auf einer kleinen *tour d'Europe* nach Brüssel weiter; SAZ Nr. 46 vom 20. Nov. 1818. Finanziell scheint sich ihre dortige Demonstration freilich kaum gelohnt zu haben: SAZ Nr. 53 vom 27. Nov. 1818.
12 SAZ Nr. 12 vom 12. Okt. 1818.
13 Beispiel: SAZ Nr. 16 vom 16. Okt. 1818.
14 SAZ Nr. 33 vom 5. Nov. 1818.
15 SAZ Nr. 14 vom 15. Okt. 1818.
16 Vgl. auch SAZ Nr. 39 vom 12. Nov. 1818. Das vom 18. Oktober

1818 datierte königliche Dekret ist abgedruckt in SAZ Nr. 40 vom 13. Nov. 1818.

17 SAZ Nr. 44 vom 18. Nov. 1818.

18 SAZ Nr. 17 vom 17. Okt. 1818.

19 SAZ Nr. 31 vom 3. Nov. 1818.

20 SAZ Nr. 43 vom 17. Nov. 1818.

21 SAZ Nr. 44 vom 18. Nov. 1818.

22 Diese Angelegenheit hat die Ministerrunde wiederholt beschäftigt, so in der Sitzung am 15. Nov. 1818.

23 Sie sollten schon zwei Jahre später, 1820, sterben.

24 Webster, Castlereagh, S. 133.

25 So Siemann, Metternich, S. 544.

26 So van Taack, S. 28.

27 Van Taack hat der Affäre ein ganzes Kapitel ihres Buches gewidmet, das aber im Rückgriff auf Dorothea von Lievens Memoiren viel zu weit ausholt und sich überwiegend gar nicht mit der Zeit des Aachener Kongresses beschäftigt.

28 Zu der Beziehung Metternichs zu Frau von Lieven vgl. jetzt Siemann, Metternich, S. 573 ff.

29 Sie liegen in deutscher Übersetzung seit 1942 gedruckt vor: Bw Metternich/Lieven.

30 Vgl. van Taack, S. 25.

## Symbolisches Handeln: Der Aachener Kongress und die Geschichte

1 SAZ Nr. 3 vom 1. Okt. 1818.

2 Die Begebenheit wird von Haupt, Skizzen, S. 461, unter der Rubrik »Anekdoten« wiedergegeben.

3 Es handelte sich um eine Neuauflage und Fortschreibung des ursprünglich von Christophe-Guillaume Koch verfassten Werks »Abrégé de l'histoire des traités de paix depuis la paix de Westphalie«, Bd. 1, Basel 1797. Schoell setzte unter dem Titel »Histoire abrégée des traités de paix entre les puissances de l'Europe depuis la paix de Westphalie. Ouvrage entièrement refondu, augmenté et continué jusqu'au congrès de Vienne et

aux traités de Paris de 1815« das Werk bis zu den Verträgen vom Herbst 1815 fort. Es erschien in Paris 1817. Vgl. auch Heinz Duchhardt (Hrsg.), Bibliographie des Westfälischen Friedens, bearb. von Eva Ortlieb und Matthias Schnettger, Münster 1996, Nr. 1270. – Schoell (geb. 1766), ein französischer Exilant, hatte in Posen, Basel und Paris als Drucker und Buchhändler gewirkt und war 1814 in preußische Dienste eingetreten.

4 Meyer, Aachen, der Monarchen-Kongreß, S. 93.

5 SAZ Nr. 50 vom 25. Nov. 1818.

6 Vgl. Thamer, Völkerschlacht, Kap. 8.

7 Dazu der Aufsatz von Lovecky, Militärische Festivitäten.

8 SAZ Nr. 19 vom 20. Okt. 1818.

9 Haupt, Skizzen, S. 431 u. ö.

10 So als allgemeines Strukturelement Paulmann, Pomp und Politik, S. 14.

11 SAZ Nr. 13 vom 13. Okt. 1818.

## Der Aachener Kongress als Etappe der Kunstgeschichte

1 Beispiel: SAZ Nr. 49 vom 14. Nov. 1818.

2 Meyer, Aachen, der Monarchen-Kongreß, S. 33 f.

3 Metternich an seine Frau, 3. Nov. 1818: MnP Nr. 271, S. 127.

4 Gentz, Tagebuch, S. 298.

5 Vgl. Woodhouse, Capodistria, S. 181.

6 Gentz, Tagebuch, S. 314.

7 Wilton, Britische Porträtkunst, S. 178.

8 Ebd.

9 SAZ Nr. 39 vom 12. Nov. 1818.

10 SAZ Nr. 11 vom 10. Okt. 1818. In diesem Artikel werden auch die Arbeiten Ternites gewürdigt.

11 SAZ Nr. 39 vom 12. Nov. 1818.

12 SAZ Nr. 48 vom 23. Nov. 1818.

13 SAZ Nr. 21 vom 22. Okt. 1818.

14 Vgl. die *Wiener Blätter* bei Lovecky, Militärische Festivitäten, S. 314 f.

## Der Kongress als musikalisches Ereignis

1 SAZ Nr. 6 vom 5. Okt. 1818. Sie hat in Weimar sogar in russischer Sprache gesungen!

2 SAZ Nr. 17 vom 17. Okt. 1818.

3 Meyer, Aachen, der Monarchen-Kongreß, S. 32.

4 SAZ Nr. 19 vom 20. Okt. 1818.

5 SAZ Nr. 25 vom 27. Okt. 1818.

6 SAZ Nr. 36 vom 9. Nov. 1818.

7 SAZ Nr. 38 vom 11. Nov. 1818 und Nr. 39 vom 12. Nov. 1818.

8 Haupt, Skizzen, S. 457, hat diese Geste ganz besonders gewürdigt.

9 Gentz, Tagebuch, S. 271.

10 Der Vorfall breit geschildert bei van Taack, S. 50ff.

11 SAZ Nr. 11 vom 10. Okt. 1818.

12 Vgl. den langen Artikel – wiederum ein »Leserbrief« – in der SAZ Nr. 40 vom 13. Nov. 1818.

13 S. 444.

14 Vgl. eine Rezension in der SAZ Nr. 40 vom 13. Nov. 1818.

15 SAZ Nr. 8 vom 7. Okt. 1818. Sie traten noch mehrmals auf; u. a. hat sich – eine Seltenheit – ihr genaues Programm eines Konzerts am 9. Nov. erhalten: SAZ Nr. 36 vom 9. Nov. 1818.

16 Tagebücher Vincke, S. 462. Ankündigung: SAZ Nr. 39 vom 2. Nov. 1818.

17 SAZ Nr. 40 vom 13. Nov. 1818 über ihr Konzert in der Redoute.

18 SAZ Nr. 46 vom 20. Nov. 1818.

19 SAZ Nr. 30 vom 2. Nov. 1818. Rezension: SAZ Nr. 33 vom 5. Nov. 1818.

20 Zu Fürstenau vgl. den Artikel von Wilhelm Vierneisel in der NDB 5 (1961), S. 694.

21 Ankündigung. SAZ Nr. 15 vom 16. Okt. 1818.

22 SAZ Nr. 12 vom 12. Okt. 1818. Eine sehr positive Besprechung seines Konzerts in SAZ Nr. 17 vom 17. Okt. 1818. Stockhausen, 1792–1868, Vater des Baritons und Dirigenten Julius Stockhausen.

23 SAZ Nr. 8 vom 7. Okt. 1818.

24 Zu Burgmüllers Konzertreise mit Angelica Catalani vgl. Tischendorf, »Was in der Dinge Lauf jetzt missklingt«.

25 SAZ Nr. 11 vom 10. Okt. 1818.
26 In einem Konzert am 13. Okt. 1818: SAZ Nr. 12 vom 12. Okt. 1818. Ein zweites Konzert folgte am 28. Oktober: SAZ Nr. 25 vom 27. Okt., ein drittes am 4. November: SAZ Nr. 31 vom 3. Nov. 1818.
27 Haupt, Skizzen, S. 456.
28 SAZ Nr. 110 vom 12. Sept. 1818.
29 SAZ Nr. 1 vom 29. Sept. 1818. »Tancredi« war 1813 uraufgeführt worden.
30 SAZ Nr. 8 vom 7. Okt. 1818.
31 SAZ Nr. 16 vom 16. Okt. 1818.
32 Haupt, Skizzen, S. 458.
33 Wurm war um den 20. Okt. eingetroffen: SAZ Nr. 21 vom 22. Okt. 1818.
34 SAZ Nr. 38 vom 11. November 1818.
35 SAZ Nr. 22 vom 23. Okt. 1818. In den genannten Stücken brillierte Wurm ebenfalls.
36 SAZ Nr. 115 vom 24. Sept. 1818.
37 SAZ Nr. 39 vom 12. Nov. 1818; Nr. 41 vom 14. Nov. 1818; Nr. 43 vom 17. Nov. 1818.
38 SAZ Nr. 36 vom 9. Nov. 1818.
39 SAZ Nr. 44 vom 18. Nov. 1818.
40 SAZ Nr. 47 vom 21. Nov. 1818.
41 SAZ Nr. 24 vom 26. Okt. 1818.
42 SAZ Nr. 31 vom 3. Nov. 1818.
43 SAZ Nr. 33 vom 5. Nov. 1818.

## Die politischen Ergebnisse

1 Ausnahmen bildeten die Protokolle vom 4. und 19. Nov. 1818 (Modifikation der Schuldenregelung).
2 Entsprechend den Beschlüssen der Wiener Rangkommission zum diplomatischen Zeremoniell!
3 Protokoll vom 8. Okt. 1818.
4 Ebd. Hier ging es um die Form der Mitteilung über den Abzug der Beobachtungsarmee an dritte Staaten, die seinerzeit dem Vertrag vom 20. Nov. 1815 beigetreten waren.

5 § 36.
6 Druck. Meyer, Aachen, der Monarchen-Kongreß, Urkunde Nr. 1.
7 Protokoll vom 15. Nov. 1818.
8 SAZ Nr. 50 vom 25. Nov. 1818.
9 SAZ Nr. 51 vom 26. Nov, 1818.
10 Gentz an Pilat, 9. Nov. 1818: Bw Gentz/Pilat, S. 361 f.
11 Gentz an Pilat, 29. Sept. 1818: Bw Gentz/Pilat, S. 340 f.
12 Metternich an seine Frau, 21. Nov. 1818: MnP Nr. 274, S. 130.
13 Gentz, Tagebuch, S. 282.
14 SAZ Nr. 113 vom 19. Sept. 1818.
15 Druck: Näf, Europapolitik, S. 40–42. Die nationalen Truppenteile sollten sich nach Brüssel (Briten), Köln (Preußen), Stuttgart (Österreicher) und Mainz (Russen) zurückziehen. Außerdem wurden Verfügungen über die Besatzungen der an Frankreichs Grenzen gelegenen Festungen getroffen.
16 SAZ Nr. 52 vom 27. Nov. 1818.
17 Protocolle Supplément vom 9. Okt. 1818.
18 Protokoll vom 19. Okt. 1818.
19 Protokoll vom 3. Nov. 1818.
20 Das umfangreiche Paket der Modifikationen in Protokoll vom 11. Nov. 1818.
21 Von dieser Summe flossen Preußen 55 Mio., Großbritannien 52 Mio., Russland 43 Mio., Österreich 38 Mio. zu, die restlichen 77 Mio. 37 anderen Ländern. Capodistria geht in seinem »Aperçu« übrigens mit einem einzigen Satz über diesen kardinalen Beratungspunkt der Aachener Ministerrunde hinweg: S. 235.
22 Die in der Literatur immer wieder erhobene Behauptung, 1818 habe sich die Quadrupelallianz in die Quintupelallianz verändert (so etwa Maurer, Geschichte Englands, S. 262), ist irrig. Auch Siemann, Metternich, S. 665 – »Aus der Quadrupelallianz wurde wieder die Pentarchie« – ist zu korrigieren.
23 Castlereaghs Zurückweisung: Albrecht-Carrié, The Concert of Europe, S. 42.
24 Druck: Molden, Zur Geschichte, S. 181 f., und Näf, Europapolitik, S. 40 ff. Vgl. auch Protokoll vom 15. Nov. 1818.

25 Van Taack, S. 211.
26 Deutsche Übersetzung: van Taack, S. 171–174.
27 Protokoll vom 13. Nov. 1818.
28 Freitag/Wende, British Envoys, S. 482 (Lord Stewart an Castlereagh, 24. Aug. 1818).
29 Text der Beitrittserklärung: Näf, Heilige Allianz, S. 42.
30 So Schulz, Norm und Praxis, S. 67.
31 Druck: Näf, Europapolitik, S. 35 ff.
32 Druck: Molden, Zur Geschichte, S. 182 f.
33 Druck: Albrecht-Carrié, The Concert of Europe, S. 45 f.
34 Schwarz, Heilige Allianz, S. 131.
35 Druck: Albrecht-Carrié, Concert of Europe, S. 43 ff.
36 Vgl. Webster, Castlereagh, S. 147, und Doering-Manteuffel, Vom Wiener Kongreß, S. 43 f.
37 Freitag/Wende, British Envoys, S. 457 (Lord Stewart an Castlereagh, 23. Juni 1816).
38 Gentz an Pilat, 10. Nov. 1818: Bw Gentz/Pilat, S. 363.
39 So Paulmann, Pomp und Politik, S. 70.
40 Protokoll vom 21. Nov. 1818.
41 Zur britischen Lateinamerikapolitik vgl. die Edition von Webster (1938).
42 Protokoll vom 23. Okt. 1818.
43 Woodhouse, Capodistria, S. 187.
44 Dazu Capodistria, Aperçu, S. 234.
45 SAZ Nr. 14 vom 14. Okt. 1818.
46 SAZ Nr. 111 vom 15. Sept. 1818.
47 SAZ Nr. 42 vom 16. Nov. 1818.
48 Vgl. Duchhardt, The Congress of Vienna.
49 Protokoll vom 7. Nov. 1818.
50 Hier zitiert nach SAZ Nr. 4 vom 2. Okt. 1818.
51 Protokoll vom 13. Nov. 1818.
52 Protokoll vom 13. Nov. 1818.
53 Protokoll vom 20. Nov. 1818.
54 Protokoll vom 14. Nov. 1818.
55 Vgl. Pyta, Idee und Wirklichkeit, S. 327.
56 Protokoll vom 24. Okt. 1818.

57 Protokoll vom 4. Nov. 1818.
58 Protokoll vom 4. Nov. 1818.
59 Vgl. Protokoll vom 4. Nov. 1818 und Molden, Zur Geschichte, S. 162.
60 Vgl. Woodhouse, Capodistria, S. 188.
61 Protokoll vom 19. Nov. 1818.
62 Ebd.
63 Vgl. zum Ganzen den Aufsatz von Betty Fladeland, Abolitionist pressures, hier insbes. S. 367 ff.
64 SAZ Nr. 111 vom 15. Sept. 1818.
65 SAZ Nr. 5 vom 3. Okt. 1818.
66 Protokoll vom 29. Okt. 1818.
67 Vgl. Webster, Castlereagh, S. 169.
68 Protokoll vom 14. Nov. 1818.
69 Protokoll vom 7. Nov. 1818.
70 Protokoll vom 9. Nov. 1818.
71 Protokoll vom 10. Nov. 1818.
72 Protokoll vom 14. Okt. 1818.
73 Protokoll vom 17. Okt. 1818. Vgl. auch Capodistria, Aperçu, S. 236, zur Aufnahme dieses Beschlusses der Mächte in München.
74 Protokoll vom 20. Nov. 1818.
75 Vgl. Schroeder, Transformation, S. 698 f.
76 Das entsprechende Aktenstück – das Konferenzprotokoll vom 7. Nov. 1818 – gedruckt bei Meyer, Corpus Iuris, S. 75–78.
77 Protokoll vom 29. Okt. 1818.
78 Protokoll vom 5. Nov. 1818.
79 SAZ Nr. 110 vom 12. Sept. 1818.
80 Vgl. Molden, Zur Geschichte, S. 120.
81 Protokoll vom 11. Okt. 1818.
82 Dominique Dufour de Pradt (1759–1837) ist seit seinem zweibändigen Werk über den Wiener Kongress mit etlichen weiteren Studien zu europäischen Kongressen hervorgetreten.
83 Prokesch-Osten, Dépêches inédites. Die Briefe aus der Zeit des Wiener Kongresses in Bd. 1.
84 MnP S. 164–179, Nr. 303; Prokesch-Osten, Dépêches inédites 1, S. 397–415.

85 Seinen ersten Brief an den neuen Hospodar Alexander Sutzo hatte Gentz am 28. Dez. 1818 geschrieben; vgl. Gentz, Tagebuch, S. 295.
86 Gentz, Tagebuch, S. 277.
87 SAZ Nr. 49 vom 24. Nov. 1818.
88 Gentz, Tagebuch, S. 311.
89 Humboldt an Caroline v. Humboldt, 20. Nov. 1818: Bw Humboldt/Caroline, S. 384.
90 Zit. bei Büssem, Karlsbader Beschlüsse, S. 127 f.

## Der Ort des Aachener Monarchentreffens im Vormärz

1 SAZ Nr. 54 vom 30. Nov. 1818.
2 SAZ Nr. 53 vom 28. Nov. 1818.
3 So wurde Oberbürgermeister Guaita vom preußischen König mit dem Roten Adlerorden ausgezeichnet (SAZ Nr. 48 vom 23. Nov. 1818), der österreichische Kaiser ließ etlichen lokalen Funktionsträgern Geschenke überreichen, ebenso der preußische König, wobei sich unter den von ihm Ausgezeichneten auch einfache Handwerker befanden; SAZ Nr. 51 vom 26. Nov. 1818.
4 Vgl. Molden, Zur Geschichte, S. 166.
5 Druck: MnP S. 171–181.
6 So Büssem, Karlsbader Beschlüsse, S. 118.
7 Stein, BuaS VI, S. 39 f.
8 Vgl. Büssem, Karlsbader Beschlüsse, S. 109.
9 Vgl. dazu das Buch von Giesemann, Kotzebue in Russland.
10 Druck: SAZ Nr. 43 vom 17. Nov. 1818.
11 Vgl. Woodhouse, Capodistria, S. 191.
12 MnP S. 75 ff.
13 Vgl. Siemann, Metternich, S. 649.
14 SAZ Nr. 115 vom 24. Sept. 1818.
15 Text dieser Troppauer Erklärung über das Interventionsrecht der fünf Großmächte bei Näf, Europapolitik, S. 43–46.
16 Druck: Näf, Europapolitik, S. 45 f.
17 Paulmann, Pomp und Politik, S. 422.

18 So Schulz, Norm und Praxis, S. 73.
19 So Paulmann, Pomp und Politik, S. 118.

## Anhang

1 Duchhardt, Gleichgewicht der Kräfte.
2 U. a.: Duchhardt, Stein: eine Biographie, Münster 2007, $^{2}$2010; Freiherr vom Stein. Preußens Reformer und seine Zeit, München 2010; Der Wiener Kongress. Die Neugestaltung Europas 1814/15, München 2013, $^{2}$2015.

## Siglen- und Abkürzungsverzeichnis

| | |
|---|---|
| BuaS | Freiherr vom Stein, Briefe und amtliche Schriften |
| Bw | Briefwechsel |
| MnP | Metternich-Winneburg (Hrsg.), Aus Metternich's nachgelassenen Papieren, 2. Teil, Bd. 1 |
| NDB | Neue Deutsche Biographie |
| SAZ | *Stadt Aachener Zeitung* |
| StAAc | Stadtarchiv Aachen |

# Quellen- und Literaturverzeichnis


## Ungedruckte Quellen

Stadtarchiv Aachen

HS 284

Alte Krämer'sche Registratur 1–13d-1, 1–13d-2, 1–13d-3

Oberbürgermeistereiregistratur 41–4, 41–4a

Geheimes Staatsarchiv Preußischer Kulturbesitz Berlin

III, HA, MdA, I Nr. 1590 (Protokolle der Aachener Ministerkonferenzen).

## Gedruckte Quellen

Quellenkunde zur deutschen Geschichte der Neuzeit von 1500 bis zur Gegenwart, hrsg. von Winfried Baumgart, Bd. 4: Restauration, Liberalismus und nationale Bewegung (1815–1870), bearb. von Wolfram Siemann, neu bearb. von Winfried Baumgart, Darmstadt 2005.

## Zeitgenössische Quellen

Stadt Aachener Zeitung Jg. 1818, Nr. 108–116, 1–54 (Bestände des Stadtarchivs Aachen bzw. des Zeitungsarchivs Dortmund).

Johann Ludwig Klüber (Hrsg.), Acten des Wiener Congresses, Bde. 1–9, Erlangen 1814–1835 (ND Osnabrück 1966).

[Alexander Sturdza] Mémoire sur l'État actuel de l'Allemagne, par M. de S…, Conseiller d'État de S.M.I. de toutes les Russies, Paris 1818.

[N.N.] Erwartungen Deutschlands vom Aachener Congreß. Ansichten eines freymüthigen deutschen Mannes, Deutschland o.J. [1818].

[Dr. Schlottmann] [i.e. Conrad Oelsner] Politische Aphorismen zur Beherzigung vor dem Congreß in Aachen, Frankfurt/Main 1818.

Theodor von Haupt, Aachener Congreß-Briefe, geschrieben im Herbst 1818, in: Skizzen, Düsseldorf 1819, S. 413–467.

## Spätere Quelleneditionen

René Albrecht-Carrié (Hrsg.), The Concert of Europe, London/Melbourne 1968.

[Ioannis **Capodistria**] Aperçu de ma carrière publique, depuis 1798 jusqu'à 1822, in: Sborniki Ruskowo historiczeskawo obczestwa Bd. 3, St. Petersburg 1868, S. 163–292.

Sabine Freitag/Peter Wende (Hrsg.), British Envoys to Germany 1816–1866, Bd. 2: 1816–1829, Cambridge 2000.

Paul Bailleu (Hrsg.), Briefwechsel König **Friedrich Wilhelm's** III. und der Königin Luise mit Kaiser Alexander I. Nebst ergänzenden fürstlichen Korrespondenzen, Stuttgart 1900 (ND Osnabrück 1967).

Dépêches inédites du Chevalier de **Gentz** aux Hospodars de Walachie, pour servir à l'histoire de la politique Européenne (1813–1828), hrsg. von [Graf] Prokesch-Osten, 3 Bde., Paris 1876.

Tagebücher von Friedrich von **Gentz**, aus dem Nachlaß Varnhagen's von Ense, Bd. 2, Leipzig 1873 (ND Hildesheim 2004: Friedrich Gentz, Gesammelte Schriften, Bd. XII.2).

Karl Mendelssohn-Bartholdy (Hrsg.), Briefe von Friedrich von **Gentz** an **Pilat**, Bd. 1, Wien 1868 [ND Hildesheim 2002: Friedrich Gentz, Gesammelte Schriften, hrsg. von Günther Kronenbitter, Bd. X.1].

Anna v. Sydow (Hrsg.), Wilhelm und Caroline von **Humboldt** in ihren Briefen. Bd. 6: Im Kampf mit Hardenberg. Briefe von 1817–1819, Berlin 1913.

Fürst Richard Metternich-Winneburg (Hrsg.), Aus **Metternich**'s nachgelassenen Papieren, 2. Teil, Bd. 1, Wien 1881.

H.-H. von Vogt-Alastair (Übers.), Geist und Herz verbündet. **Metternichs** Briefe an die Gräfin **Lieven**, Wien 1942.
Philipp Anton Guido von Meyer (Hrsg.), Corpus Juris Confederationis Germanicae. Staatsacten für Geschichte und öffentliches Recht des Deutschen Bundes, 3. Aufl., ergänzt von Heinrich Zoepfl, 2. Teil, Frankfurt/M. 1859.
Werner Näf (Bearb.), Europapolitik zu Beginn des 19. Jahrhunderts, 2. Aufl., Bern 1953.
Des russischen Reichskanzlers Grafen **Nesselrode** Selbstbiographie, deutsch von Karl Klevesahl, Berlin 1866.
A[lexandre] Polovtsoff (Hrsg.), Correspondance diplomatique des ambassadeurs et ministers de Russie en France et de France en Russie, Bd. 2, St. Petersburg/Paris 1903.
Freiherr vom **Stein**, Briefe und amtliche Schriften, Bde. V u. VI, Stuttgart 1964, 1965.
Ludger Graf von Westphalen (Bearb.), Die Tagebücher des Oberpräsidenten Ludwig Freiherrn **Vincke** 1813–1818, Münster 1980.
Charles Kingsley Webster (Hrsg.), Britain and the Independence of Latin America, 2 Bde., London 1938.

## Literatur

Branig, Hans: Fürst Wittgenstein: Ein preußischer Staatsmann der Restaurationszeit, Köln/Wien 1991.
Büssem, Eberhard: Die Karlsbader Beschlüsse von 1819, Hildesheim 1974.
Cisternes, R. de: Les conférences d'Aix-la-Chapelle d'après la correspondence inédite du Duc de Richelieu, in: Cosmopolis 5 (1897), S. 752–779, 6 (1897), S. 150–164.
Doering-Manteuffel, Anselm: Vom Wiener Kongreß zur Pariser Konferenz: England, die deutsche Frage und das Mächtesystem 1815–1856, Göttingen/Zürich 1991.
Dorn, Barbara: Friedrich von Gentz und Europa. Studien zu Stabilität und Revolution 1802–1822, Diss. Bonn 1993.
Duchhardt, Heinz: Gleichgewicht der Kräfte – Convenance – Europäisches Konzert. Friedenskongresse und Friedensschlüsse

vom Zeitalter Ludwigs XIV. bis zum Wiener Kongreß, Darmstadt 1976.
–: Stein. Eine Biographie, Münster 2007, 2. Aufl. 2010.
–: Der Wiener Kongress und seine »diplomatische Revolution«. Ein kulturgeschichtlicher Streifzug, in: *Aus Politik und Zeitgeschichte* 65 (2015), Nr. 22–24, S. 27–32.
–: The Congress of Vienna, the Balkans, and the Mediterranean, in: *Études Balkaniques* 53 (2017), S. 67–78.
Eich, Ulrike: Russland und Europa. Studien zur russischen Deutschlandpolitik in der Zeit des Wiener Kongresses, Köln/Wien 1986.
Fladeland, Betty: Abolistionist pressures on the Concert of Europe, 1814–1822, in: *Journal of Modern History* 38 (1966), S. 355–373.
Gall, Lothar: Wilhelm von Humboldt. Ein Preuße von Welt, Berlin 2011.
–: Hardenberg. Reformer und Staatsmann, München/Berlin/Zürich 2016.
Giesemann, Gerhard: Kotzebue in Russland. Frankfurt/M. 1971.
Griewank, Karl: Der Wiener Kongress und die Neuordnung Europas 1814/15, Leipzig 1942.
Grimsted, Patricia Kennedy: The Foreign Ministers of Alexander I. Political Attitudes and the Conduct of Russian Diplomacy (1801–1825), Berkeley/Los Angeles 1969.
Hammer, Karl: Die Französische Diplomatie der Restauration und Deutschland 1814–1830, Stuttgart 1963.
Hippel, Wolfgang von/Stier, Bernhard: Europa zwischen Reform und Revolution 1800–1850, Stuttgart 2012.
Johannsen, Rolf H.: Das napoleonische Jahrzehnt. Porträtmalerei im frühen 19. Jahrhundert an den deutschen Fürstenhöfen, in: Agnes Husslein-Arco u. a. (Hrsg.), Europa in Wien. Der Wiener Kongress 1815/15, München 2015, S. 187–195.
Kramp, Mario (Hrsg.): Krönungen. Könige in Aachen – Geschichte und Mythos (Ausstellungskatalog), 2 Bde., Mainz 2000.
Ley, Francis: Alexandre Ier et sa Sainte-Alliance (1811–1825), Paris 1975.
Lingens, Karl-Heinz: Kongresse im Spektrum der friedenswahren-

den Instrumente des Völkerrechts – Cambrai und Soissons als Beispiele frühneuzeitlicher Praxis, in: Heinz Duchhardt (Hrsg.), Zwischenstaatliche Friedenswahrung in Mittelalter und Früher Neuzeit, Köln/Wien 1991, S. 205–226.
Lovecky, Katharina: Militärische Festivitäten während des Wiener Kongresses, in: Agnes Husslein-Arco u. a. (Hrsg.), Europa in Wien. Der Wiener Kongress 1814/15, München 2015, S. 312–317.
Maurer, Michael: Geschichte Englands, Stuttgart 2000.
Meyer, Karl Franz: Aachen, der Monarchen-Kongreß im Jahr 1818, Aachen 1819.
Molden, Ernst: Zur Geschichte des österreichisch-russischen Gegensatzes. Die Politik der europäischen Großmächte und die Aachener Konferenzen, Wien 1916.
Müller, Harald: Im Widerstreit von Interventionsstrategie und Anpassungszwang. Die Außenpolitik Österreichs und Preußens zwischen dem Wiener Kongress 1814/15 und der Februarrevolution 1848, Teil 1, Berlin 1990.
Näf, Werner: Zur Geschichte der Heiligen Allianz, Bern 1928.
Ordioni, Pierre: Pozzo di Borgo: diplomate de l'Europe française, Paris 1935.
Palmer, Alan: Alexander I: Tsar of War and Peace, London 1974.
Paulmann, Johannes: Pomp und Politik. Monarchenbegegnungen in Europa zwischen Ancien Régime und Erstem Weltkrieg, Paderborn 2000.
Pyta, Wolfram: Konzert der Mächte und kollektives Sicherheitssystem. Neue Wege zwischenstaatlicher Friedenswahrung in Europa nach dem Wiener Kongreß 1815, in: *Jahrbuch des Historischen Kollegs* 1996, München 1997, S. 133–173.
–: Idee und Wirklichkeit der »Heiligen Allianz«, in: Frank-Lothar Kroll (Hrsg.), Neue Wege der Ideengeschichte (Festschrift Kurt Kluxen), Paderborn 1996, S. 315–345.
Römling, Michael: Aachen – Geschichte einer Stadt, Soest 2007.
Rürup, Reinhard: Emanzipation und Antisemitismus. Studien zur »Judenfrage« der bürgerlichen Gesellschaft, Göttingen 1975.
Schindling, Anton/Ziegler, Walter (Hrsg.): Die Kaiser der Neuzeit 1519–1918, München 1990.

Schmalz, Hans W.: Versuche einer gesamteuropäischen Organisation 1815–1820. Mit besonderer Berücksichtigung der Troppauer Interventionspolitik, Aarau 1940.

Schmidt, Peer (Hrsg.): Kleine Geschichte Spaniens, Stuttgart 2002.

Schneider, Karin/Werner, Eva Maria: Europa in Wien. Who is who beim Wiener Kongress 1814/15, Wien/Köln/Weimar 2015.

Schroeder, Paul W.: The Transformation of European Politics, 1763–1848, Oxford 1994.

Schulz, Matthias: Normen und Praxis. Das Europäische Konzert der Großmächte als Sicherheitsrat, 1815–1860, München 2009.

Schwarz, Wilhelm: Die Heilige Allianz. Tragik eines europäischen Friedensbundes, Stuttgart 1935.

Siemann, Wolfram: Metternich. Stratege und Visionär. Eine Biografie, München 2016.

–: Vom Staatenbund zum Nationalstaat. Deutschland 1806–1871, München 1995.

Stamm-Kuhlmann, Thomas: König in Preußens großer Zeit. Friedrich Wilhelm III., der Melancholiker auf dem Thron, Berlin 1992.

Taack, Merete van: »Die Affären gehen gut«. Metternichs kleiner Europa-Kongreß von 1818, Düsseldorf 1988 [überarbeiteter Nachdruck von: »… und weiter tanzt der Kongreß«, Stuttgart 1969].

Thamer, Hans-Ulrich: Die Völkerschlacht bei Leipzig. Europas Kampf gegen Napoleon, München 2013.

Tischendorf, Klaus: »Was in der Dinge Lauf jetzt missklingt, tönt eins in ewigen Harmonien«. Der Düsseldorfer Städtische Musikdirektor August Burgmüller als Begleiter der Sängerin Angelica Catalani, in: *Düsseldorfer Jahrbuch* 71 (2001), S. 243–257.

Vick, Brian E.: The Congress of Vienna: Power and Politics after Napoleon, Cambridge, Mass./London 2014.

Webster, C[harles]. K.: The Foreign Policy of Castlereagh 1815–1822. Britain and the European Alliance, London 1925.

Wende, Peter (Hrsg.): Englische Könige und Königinnen, München 1998.

Wilton, Andrew: Britische Porträtkunst und der Wiener Kongress, in: Agnes Husslein-Arco u. a. (Hrsg.), Europa in Wien. Der Wiener Kongress 1814/15, München 2015, S. 173–185.

Woodhouse, C. M.: Capodistria: The Founder of Greek Independence, London/New York/Toronto 1973.

Zimmermann, Harro: Friedrich Gentz. Die Erfindung der Realpolitik, Paderborn 2012.

## Bildnachweis

[1] © Städtische Sammlungen Aachen; Foto: Anne Gold, Aachen

[2] © Städtische Sammlungen Aachen – Münzsammlung; Foto: Anne Gold, Aachen

[3] © Städtische Sammlungen Aachen

[4] © akg-images/Cameraphoto

[5] © akg-images

[6] © akg-images

[7] © akg-images

[8] © Städtische Sammlungen Aachen; Foto: Anne Gold, Aachen

[9] © Wikimedia Commons

[10] © akg-images

## Personenregister

Die im Text erwähnten Autoren von Forschungsliteratur wurden *kursiv* ausgeworfen. In den Fußnoten genannte Personen wurden nicht berücksichtigt.


Adams, John Quincy 190
*Albrecht-Carrié, René* 16
Alexander I., russ. Ks. 19 – 21, 23–26, 34–36, 46, 49, 50, 53, 62, 66–70, 73, 74, 88, 90–93, 95–102, 104–106, 111, 115–120, 124, 128–132, 137–144, 149, 152, 153, 158, 159, 170, 175, 176, 179, 180, 183, 184, 190, 191, 193–195, 200, 203, 204, 206–210, 214–218, 220
Alexander (II.), nachmaliger russ. Ks. 104
Alexius von Bentheim-Steinfurt, Fürst 198
Ancillon, Jean Pierre Frédéric 105, 183
Anna Pawlowna, niederl. Kronprinzessin 35, 141, 208
Arndt, Ernst Moritz 213
Artois, Charles Philippe de Bourbon Gf. 34, 35, 171
August, preuß. Prinz 130, 134

Bagration, Katharina, Fürstin 132
Baring, Alexander 123, 174
Beethoven, Ludwig van 163
Begas, Carl Joseph 153, 154
Bender, Johann Konrad 161, 162
Bender, Ludwig 161, 162
Bentinck, Johann Karl Gf. 108, 197
Berdolet, Marc-Antoine, Bf. 60
Bernstorff, Andreas Peter Gf. 108
Bernstorff, Christian Günther Gf. 90, 108, 109, 150, 219
Berry, Charles Ferdinand d'Artois, Hzg. von 47
Berstett, Wilhelm Ludwig Leopold Reinhard von 197

Bertuch, Carl 17
Bettendorf, Leopold 57
Bettendorf, Wwe. 57
Blücher, Gebhard Leberecht von, Fürst 147, 149
Bohrer, Anton 161
Bohrer, Maximilian 161
Bollinger, Friedrich Wilhelm 111
Bourbon, Hzg. 199
Boyen, Hermann von 176
Bürger, Elise 165, 166
Bürger, Gottfried Wilhelm 165
Burgmüller, Friedrich August 163
Burke, Edmund 120

Camus, Jean-Denis-François, Bf. 60
Canning, George 47, 182
Capodistria, Ioannis, Gf. 16, 17, 50, 53, 74, 86, 88, 96, 100, 115–117, 119, 143, 150, 175, 177, 178, 181, 182, 187, 191, 193, 197, 210, 214, 217, 219
Caradja, Ianko, Hospodar der Walachei 202
Cardoll, Konrad Hermann 136
Castlereagh, Lady Emily Anne Stewart 132
Castlereagh, Robert Stewart Viscount 23, 27, 29, 47, 111, 113–115, 132, 150, 152, 182–184, 191, 193, 194, 210, 219, 222
Catalani, Angelica 86, 156–160, 162, 163, 166
Charlotte, preuß. Prinzessin bzw. russ. Großfürstin 104
Charlotte Auguste, engl. Prinzessin 153
Clarkson, Thomas 193
Claus, Wwe. 69
Clausewitz, Carl von 64
Consalvi, Ercole, Kardinal 152
Czartoryski, Adam 91

Dawe, George 152, 153
Dien, Claude-Marie-François 157
*Doering-Manteuffel, Anselm* 219

Emry, Pariser Buchhändler 16
Ermisch 65
Esterhazy, Marie von 133
Eylert, Rulemann, Friedrich 24
Eynard, Jean-Gabriel 16

Ferdinand VII., span. Kg. 36, 37, 112, 189
Fichte, Johann Gottlieb 42
Follen, Adolf Ludwig 46
Follen, Karl 46
*Fournier, August* 17
Franz I., österr. Ks. 19–21, 23–26, 34, 49, 58, 62, 66–70, 88, 92–95, 98–100, 106, 110, 117, 120, 122, 124–131, 136, 138–145, 149, 152, 158, 159, 179, 200, 204, 206, 208–210, 217, 218, 220
Friedrich Wilhelm II., preuß. Kg. 105
Friedrich Wilhelm III., preuß. Kg. 17, 19–21, 23–26, 34, 42, 49, 53, 54, 56, 61, 62, 64–70, 88, 92, 95, 97–100, 102–106, 108, 110, 117, 120, 124, 125, 127–132, 136, 138–146, 149–154, 158, 159, 179, 200, 204, 206, 208–210, 212, 218, 220, 221

Friedrich Wilhelm (IV.), preuß. Kronprinz bzw. Kg. 68
Fries, Jakob Friedrich 213
Fürstenau, Anton Bernhard 162
Fürstenau, Kaspar 162
Funk, Generalvikar 57

Galitzin, Alexander Nikolaiewitsch 24, 214
Garat, Pierre-Jean 160, 161
Garnier, Elise 126, 127
Gentz, Friedrich 11, 12, 16, 17, 76, 89, 90, 109, 112, 115, 117, 118, 120–123, 150, 160, 167–170, 177, 178, 182, 196, 198, 201–207, 209, 213, 223
Georg III., brit. Kg. 19, 106, 143
Georg IV., Prinzregent bzw. brit. Kg. 19, 25, 46, 47, 105, 106, 143, 146, 147, 149, 179
Gérard, François-Pascal 103, 151
Gervais, Katharina 161
Gluck, Christoph Willibald 161
Gneisenaz, August Neidhardt von 109
Goethe, Johann Wolfgang von 86, 153
Golowkin, Georg Alexander 74
Gros, Antoine-Jean 154
Grotius, Hugo 82
Guaita, Cornelius von 57, 60, 61, 67, 113, 158
Gustav III., schwed. Kg. 62

Haller, Karl Ludwig von 222
Hardenberg, Charlotte von 197
Hardenberg, Karl August Fürst 15, 17, 42, 56–58, 62, 66, 86, 89, 91, 102, 106–111, 124, 131, 141, 145, 150, 174, 212, 219
Haupt, Theodor von 17, 71, 143, 164
Herder, Johann Gottfried 41
Hope, Archibald 123, 174
Horaz, Quintus 57
Humboldt, Alexander von 127, 151
Humboldt, Caroline von 36
Humboldt, Wilhelm von 17, 36, 91, 109, 206, 219

Ibell, Karl Friedrich Emil von 47
Isabey; Jean-Baptiste 146, 147, 150, 154

Johann VI., portug. Prinzregent bzw. (portug. und brasilian.) Kg. 156, 194
Joseph Bonaparte, span. Kg. 37
Joséphine, franz. Ks.in 62, 138
Jung-Stilling, Johann Heinrich 24

Kamptz, Karl Christoph von 42
Karl d. Gr., Ks. 52, 65, 92, 135–137
Karl, preuß. Prinz 62, 129, 130, 140
Karl XIV. Johann, schwed. Kg. 195
Karl Ludwig Friedrich, bad. Großhzg. 196
Karoline Auguste von Bayern, Ks.in 95

Kaufmann, Friedrich 164
Kelleter, Edmund Joseph 125
Klüber, Johann Ludwig 14–16
Koschelew, Rodion Alexandrowitsch 24
Konstantin, russ. Großfürst 129, 130, 133, 141
*Koselleck, Reinhart* 223
Kotzebue, August von 46, 165, 213, 215
Krüdener, Juliane von 100
Kuetgens, Wilhelm 125

Labouchère, Pierre César 123
Lafont, Charles Philippe 163
Laharpe, Frédéric-César de 98, 217
Lasonneur, Carl 161
Lawrence, Thomas 67, 101, 133, 146–153, 156
Lebzeltern, Ludwig von 110, 118
Leopold II., röm.-dt. Ks. 93, 126
Leopold, Prinz von Sachsen-Coburg-Saalfeld, später Kg. der Belgier 153
Lieven, Christoph von 133
Lieven, Dorothea von 133
Liverpool, Robert Jenkinson Earl of 113, 114, 219
Loder, Johann Christian 214
Löwenstein-Wertheim, Georg Fürst 198
Louise, bad. Prinzessin, russ. Ks.in 98, 132
Lowe, Sir Hudson 200
Ludwig XVI., franz. Kg. 33
Ludwig XVIII., franz. Kg. 33–35, 119, 120, 130, 171, 172, 176, 178
Luise, mecklenburg. Prinzessin, preuß. Kg.in 102, 105

Malibran, Maria 160
Marie Luise, Erzherzogin und franz. Ks.in 20, 66
Meade, Selina 150
Mees, niederl. Komponist und Sänger 161, 162
Metternich, Clemens Wenzeslaus Lothar Gf. (bzw. ab 1813 Fürst) 14, 23, 24, 31, 35, 39, 41, 47, 53, 55, 57, 63, 74, 86, 88–90, 93, 98, 104, 105, 109–112, 115, 117–121, 124, 128, 131–133, 149, 150, 158, 161, 169, 170, 178, 181, 182, 187, 188, 196, 198, 202, 210, 212, 213, 216, 217, 219, 221
Metternich, Maria Eleonore Fürstin 110, 131
Meyer, Karl Franz 17, 57, 67, 70, 128, 140, 141, 145, 153, 159, 161, 162, 168
*Meyer, Philipp Anton Guido von* 16
Michael, russ. Großfürst 129, 130, 141
Mignon und Schervier, Fabrikanten 125
*Molden, Ernst* 17
Mozart, Wolfgang Amadeus 164
Müffling, Philipp Friedrich Karl Ferdinand von 176
Müller, Adam 215
Müller, Friedrich, gen. Maler Müller 154
Münster, Ernst Herbert Gf. 86

*Näf, Werner* 13
Napoleon Bonaparte 12, 19–23, 29, 31, 33–36, 38, 44, 46, 49, 50, 52–54, 58, 60, 62, 70, 75, 77, 91, 99, 106, 109, 110, 112, 119, 129, 134, 135, 138, 139, 151, 152, 156, 178, 179, 195, 199, 200, 217, 220
Napoleon (II.) 36
Nesselrode, Karl Robert Gf. 97, 100, 117–119, 149, 178, 181, 187, 219
Nesselrode, Marija Dmitrieva Gureva Gf.in 132, 133
Nicolini, Giuseppe 156
Niebenhuys, niederl. Galerist 146, 154
Nikolaus (I.), russ. Großfürst bzw. Ks. 100, 104
Novalis (Georg Philipp Friedrich von Hardenberg) 24, 42

Obenaus, Brigadeprediger 141
Oelsner, Conrad 76–83, 190, 209
Offermann, Hotelier 69
Ouvrard, Gabriel-Julien 123

Paganini, Niccolò 163
Paul I., russ. Ks. 98
*Paulmann, Johannes* 144, 220
Perceval, Spencer 46
Peter I. Friedrich Ludwig, Hzg. von Oldenburg 197
Pilat, Josef Anton von 121, 169
Pizarro, José García León 189
Pius VI., Papst 60, 152
Platow, Matvei 149
Pohlen, Wilhelm Kaspar 120
Pozzo di Borgo, Carlo Andrea 30, 75, 90, 210, 216
Pradt, Dominique Dufour de 201
Récamier, Julie 133, 134
Reichard, Wilhelmine 126, 127
Reinhard, Karl Friedrich Gf. 197
Rethel, Johann 125
Richelieu, Armand Emmanuel-Joseph-Septimanie de Vignerot du Plessis 75, 87, 89, 90, 119, 120, 123, 143, 150, 171, 172, 174–177, 216, 217, 219
Richelieu, Armand-Jean du Plessis, Duc de, Kardinal 119
Riego, Rafael 37
Rohan, Charles Alain Gabriel de. Fürst 199
Romberg, Andreas 162
Romberg, Bernhard 162
Rossini, Gioachino 164
Rothschild, Karl 123, 174
Rothschild, Salomon 123, 174
Rudolf von Habsburg, dt. Kg. 65

Sagan, Wilhelmine Hzg.in 86, 132
Saint-Lubin, Léon de 161
Saint-Pierre, Charles Irénée Castel de 211
Sand, Karl Ludwig 46, 213
Sarrat, Sänger 162
Schadow, Johann Gottfried 151
Schelling, Friedrich Wilhelm Joseph 42
Schervier, siehe Mignon und Schervier
Schiller, Friedrich von 163, 165

Schinkel, Karl Friedrich 50, 68
Schlösser, Hotelier 115
Schlottmann, Dr. 76, 77, 82
Schoell, Friedrich 138, 139
Schrader, Antonio 103
*Schroeder, Paul W.* 22
*Schwarz, Wilhelm* 18, 209
Schwarzenberg, Karl Philipp Fürst 109, 150
*Siemann, Wolfram* 133
Sigl, Katharina 162
Sigl, Ignaz 162
Smith, Sir Sidney 191
Sophie Dorothee, württemberg. Prinzessin, russ. Ks.in 98, 130, 136, 150, 208
Stackelberg, Gustav von, Gf. 53
Stadion, Friedrich Lothar von 109
Stadion. Johann Philipp von 109
*Stamm-Kuhlmann, Thomas* 105
Starz, Leonard 125
Stein, Heinrich Friedrich Karl Frhr. vom 16, 17, 96, 102, 106, 107, 109, 116, 212, 213
Stewart, Charles, Lord 149
Stockhausen, Franz 162
Stresemann, Gustav 24
Sturdza, Alexander 214–216
Suhr, Cornelius 63, 144
Sutzo, Alexander, Hospodar der Walachei 202, 205, 206

*Taack, Merete van* 18
Talleyrand-Périgord, Charles-Maurice 91, 102, 119, 146
Ternite, Wilhelm 153, 154
Thurn und Taxis, Therese, Fürstin von 87, 130, 132, 137, 141, 166, 198
Tominz, Giuseppe 93, 94
Turner, William 43

Vervloe, Frans 137
Vincke, Ludwig Frhr. 17, 159, 162, 165

Wacken, Nikolaus von 109
Wackenroder, Wilhelm Heinrich 42
Way, Louis 195
Weber, Carl Maria von 162
*Webster, Charles K.* 13
Weigl, Joseph 164
Wellington, Arthur Wellesley Duke of 29, 46, 61, 62, 90, 112–114, 123, 140, 151, 152, 159, 167, 171, 172, 173, 176, 178, 188–190, 194
Wessenberg, Johann von 91
Wilhelm I., Kg. der Niederlande 199
Wilhelm (II.), niederl. Kronprinz bzw. Kg. 35, 141
Wilhelm I., Kf. von Hessen-Kassel 200
Wittgenstein, Wilhelm Gf. bzw. Fürst 77, 105, 108, 212
Wrbna (Würben), Joseph Gf. 149
Wurm, Albert Alois 165

Zichy, Julie, Gf.in 132
Zichy, Karl Gf. 110
Zingarelli, Niccolò Antonio 156

## Geographisches Register

Die damaligen Großmächte (Russland, Österreich, Großbritannien, Preußen sowie Frankreich) wurden ebenso wenig ausgeworfen wie die Kongressstadt Aachen.


Aldenhoven 130
Algier 191
Amsterdam 174
Ancona 156
Andalusien 37
Argentinien 190
Auerstedt 99, 102, 104

Baden, Großhzgt. 15, 47, 161, 196, 197, 198
Baden-Hochberg (Hachberg), Gfsch. 196, 197
Baltikum 216
Barbareskenstaaten 80, 81, 85, 191, 192, 211
Basel 53
Bayern, Kft. bzw. Kgr. 52, 81, 84, 85, 196–198
Belgien 222
Belle-Alliance, siehe Waterloo
Berlin 26, 29, 33, 50, 55, 70, 104, 115, 138, 151, 220
Bielefeld 63
Bingen 110
Bonn 55–57, 110, 215
Bordeaux 160
Bouillon, Hzgt. 199
Brabant 63
Brasilien 194
Braunschweig 62
Bremen 59, 163
Breslau 50, 55, 120, 133
Brüssel 33, 35, 36, 175, 188, 208
Bukarest 202
Burtscheid 129

Cambrai 27
Chaumont 19, 49

Dänemark, Kgr. 108, 119, 194
Darmstadt 97, 208
Den Haag 118
Dorpat 216
Dover 114
Dresden 158, 161

Düsseldorf 51, 59, 163
Duisburg 55

Elba 19, 20
Elsaß 85
Elsfleth 108, 196

Florenz, Großhzgt. und Stadt 93, 152
Frankfurt/M. 29, 32, 36, 59, 60, 86, 91, 97, 110, 136, 196–199, 208
Franzensbad 86, 160

Genf 16
Genua, Republik 52
Geroldseck, Gfsch. 197
Gießen 41, 46, 47
Göttingen 40
Greifswald 55
Griechenland 32, 85, 116, 117, 219
Guastalla, Hzgt. 30

Halle/S. 55
Hamburg 59, 63, 169
Hanau 41
Hannover, Kft. 107
Heidelberg 51
Hessen 40
Hessen-Darmstadt, Großhzgt. 198
Hessen-Homburg, Ldgfsch. 196
Hessen-Kassel, Kft. 198, 200

Indien 63, 127
Indonesischer Archipel 42, 127
Ionische Inseln 99, 116, 117
Irland 82, 112
Italien 32, 73, 88, 209, 217, 222

Jena 40, 41, 46, 53, 99, 102, 104, 214
Johannisberg 95, 110

Kalisch 220
Karibik 192
Karlsbad 14, 31, 42, 57, 86, 105, 115, 197, 207, 212, 213, 218–220
Karlsruhe 161, 208
Kiel 194
Kirchenstaat 25, 52, 186
Kniphausen 108, 197
Koblenz 59, 86, 95, 110, 141
Köln 55, 56, 59, 60, 70, 92, 93, 110, 163, 175, 208
Königsberg 50, 55, 120
Kolumbien 189
Korfu 116, 217
Kornelimünster 129
Korsika 75
Kussa 192

Laibach (Ljubljana) 13, 25, 48, 194, 211, 221
Lateinamerika, siehe Spanisch-Amerika
Leipzig 19, 36, 40, 41, 56, 68, 70, 99, 102, 129, 139–143, 158, 159, 164
Lissabon 156
Lombardo-Venetien, Kgr. 217
London 19, 29, 38, 39, 49, 91, 106, 127, 133, 147, 151, 152, 158, 162, 170, 174, 188, 190–192, 194, 195, 220
Lothringen 85

Magdeburg 51
Main-Tauber-Kreis 196
Mainz 31, 95, 109, 110, 175, 188

Manchester 39, 218
Mannheim 51
Mecklenburg, Hzgt. 84
Memel 98
Menaggio am Comer See 60
Menorca 191
Mezzogiorno, siehe Neapel-Sizilien
Midlands 38
Mittelmeer 29, 191
Modena, Hzgt. 52
Monaco, Ft. 200
Moskau 24
München 97, 161
Münchengrätz 220
Münster 50, 55, 138

Neapel 152, 156
Neapel-Sizilien, Kgr. 14, 73, 203, 218
Neustrelitz 153
Niederlande, Republik bzw. Kgr. 52, 60, 118, 182, 199
Norwegen 194, 195, 211

Odessa 119
Oldenburg, Gfsch. bzw. Großhzgt. 108, 196, 197
Osmanisches Reich 25, 32, 63, 85, 115, 183, 191, 192, 202, 205
Osnabrück 138, 163

Paderborn 135
Palermo 44
Paris 11, 12, 16, 19, 21, 29–31, 35, 36, 46, 49, 59, 63, 73, 74, 86, 87, 90, 95, 99, 102, 104, 109, 112, 114, 125, 127, 130, 147, 151, 154, 156, 157, 164, 167, 168, 170, 173, 178, 187, 188, 208, 210, 211, 213
Parma, Hzgt. 30
Piacenza, Hzgt. 30
Polen, Kgr. 32, 82, 91, 96, 99, 170, 222
Pompeji 154
Portugal, Kgr. 30, 48, 74, 75, 82, 112, 193
Prag 57, 162

Rheinprovinz 54, 55, 57, 59, 84, 92, 102
Rio de Janeiro 193, 194
Rio de la Plata, Vizekgr. 30
Roer-Département 18, 59
Rom 152, 156

Sachsen, Kft. bzw. Kgr. 54, 102, 170
Sachsen-Coburg, Hzgt. 196
Sachsen-Weimar, Hzgt. bzw. Großhzgt. 213, 214
St. Helena 35, 75, 199, 200
St. Petersburg 29, 50, 53, 153, 220
Sardinien, Kgr. 52
Schlesien 77
Schwaben 41
Schweden, Kgr. 48, 74, 119, 157, 182, 194
Schwedt (Uckermark) 220
Schweiz (Eidgenossenschaft) 50, 77, 99, 116
Sedan 104, 125, 130
Soissons 27, 130
Spa 53, 57, 128
Spanien, Kgr. 14, 30, 31, 36, 37, 48, 52, 73–75, 82, 112, 138, 182, 188–190, 193, 203, 217, 218
Spanisch-Amerika 37, 74, 75, 82, 112, 188–190

Speyer 40
Stettin 50
Stuttgart 97, 118, 175
Sumbawa (Indonesien) 42, 43

Tambora 42–44
Teplitz 220
Tibet 127
Toskana, Großhzgt. 126
Trier 55, 59
Tripolis 191
Trondheim 195
Troppau 13, 25, 48, 183, 194, 211, 218, 219, 221
Tunis 191
Turin 161

Valenciennes 129
Venedig, Republik 52, 156
Vereinigte Staaten von Amerika 190
Verona 13, 25, 48, 194, 211, 219, 221
Vertus 142
Vitrolles 35

Wales 106
Warschau 96, 97
Wartburg 40–42, 47, 215
Wartenberg 40, 77, 213
Waterloo 19, 20, 32, 33, 63, 90, 112, 144, 147
Weimar 17, 46, 97, 153, 158
Wertheim 197
Westfalen 17, 63, 84, 102
Wien 10–17, 19–22, 27, 29, 31, 37–39, 41, 44, 49, 50, 54, 58, 59, 61, 62, 76, 81, 83–87, 90–92, 95, 96, 99, 100, 102–109, 111–115, 117–121, 123, 125, 131, 139, 142, 146, 147, 149, 150, 152, 154, 155, 163, 165, 168–170, 180, 185, 187, 188, 191–196, 198, 199, 201, 202, 206, 208–210, 217, 219, 220, 222
Windsor 147
Württemberg, Kgr. 118, 198